Tränen des Mondes

DI MORRISSEY

Tränen des Mondes

Roman

*Deutsch von Maria Andreas
und Susanne Dickerhof-Kranz*

Weltbild

Die Originalausgabe erschien unter dem Titel
Tears of the Moon
bei Pan Macmillan, Australien

Genehmigte Lizenzausgabe für
Verlagsgruppe Weltbild GmbH, Augsburg

Übersetzung: Maria Andreas und Susanne Dickerhof-Kranz
Umschlaggestaltung: Studio Höpfner-Thoma, München
Umschlagmotiv: Getty Images, München
Gesamtherstellung: Clausen & Bosse, Leck
Printed in Germany
ISBN 3-8289-6945-3

2005 2004 2003 2002
Die letzte Jahreszahl gibt
die aktuelle Lizenzausgabe an.

Besonderen Dank an …

den Mann, den ich liebe, der mich glücklich macht und der mir die Idee zu diesem Buch gegeben hat.

Jim Revitt, der mir die Richtung wies, indem er einer sehr jungen Nichte die Faszination des Schreibens vermittelte.
Meine Kinder Gabrielle und Nicolas. Sie sind meine besten Freunde, meine schärfsten Kritiker, und ich liebe sie sehr.
Meine Mutter, meine gesamte Familie und alle, die dazugehören.
Und an Onkel Ron Revitt
für seine fantastischen Illustrationen.

Im Gedenken all jener, die auf See geblieben sind …

In der indischen Mythologie glaubt man, dass Perlen die Tränen des Mondes sind, die einst ins Meer tropften …

Prolog

Broome 1905

Der Taucher bewegte sich im Zeitlupentempo, ein schwerer Stiefel trat kleine graue Staubwolken los. Das Einzige, was er hören konnte, war das ständige Zischen in seinem Luftversorgungsschlauch und sein eigenes rhythmisches Atmen, während er von dem Logger über ihm über den Meeresgrund geführt wurde. Wenn er ausatmete, stieg jedes Mal eine Wolke von Luftblasen an die Oberfläche, etwa dreißig Faden über ihm. Die glasklaren Bläschen mit heißem, entfernt nach Chili und schwarzer Soße riechendem Atem platzten irgendwann in der Nähe des driftenden Loggers auf dem Indischen Ozean auf.

Dem an der Pumpe kauernden Helfer, der trotz seiner schläfrigen Haltung wachsam war, verriet das beständige Aufperlen der Luftblasen, dass alles normal verlief. Durch seine Hände lief das Kokosseil, das zugleich Rettungsseil und Signalseil war und die beiden Männer wie eine Nabelschnur verband. Ungeachtet des Ratterns der Handpumpe und des Geplappers der Muschelarbeiter verfolgte der Helfer die Schritte des Tauchers und steuerte den Logger in die Richtung, die der Mann unter Wasser nahm.

Der japanische Taucher arbeitete allein, ganz im Vertrauen auf seine Fähigkeit, es lange in der Tiefe auszuhalten, Ruhe zu bewahren und Perlmuscheln ›sichten‹ zu können. Er streifte langsam über den Meeresboden, sein Korb war schon fast bis zum Rand gefüllt mit den breiten, flachen, grauen Schalen, die für andere so schwer auszumachen sind. Beinahe eine Stunde verbrachte er in dieser Welt von eigenartiger Fremdheit und Schönheit und blieb doch von den Geheimnissen und dem Zauber um ihn herum unberührt. Er hatte schon früh in seinem Beruf gelernt, die Einzigartigkeit der Unterwasserwelt zu vergessen. Nur ein winziger Augenblick der Unachtsamkeit konnte ihn manch schönen Fund kosten oder sogar einen Unfall herbeiführen.

Die Luft aus dem Versorgungsschlauch erfüllte seinen Schädel mit einem beständigen Rauschen. Wie ein Wesen von einem anderen Stern wanderte die wulstige Gestalt mit dem befensterten Kupferhelm durch den Wasserkosmos – ein Fremder in einer fremdartigen Welt.

Er hatte fünf Jahre auf Thursday Island gearbeitet und war für weitere drei Jahre hier in Broome verpflichtet worden. Er war ein Ass unter den Tauchern, einer der Besten seiner Zunft. Er gehörte zu den Männern, die auf dem Meeresgrund zu Hause waren. Den Männern, die tiefer tauchten, länger unter Wasser blieben und mehr Perlmuscheln fanden als Weiße, Malaien oder Aborigines. Er hatte sein gut Teil an gestohlenen Perlen verkauft, Geschäfte gemacht, aus Perlenfunden und Perlmuttausbeute Profit geschlagen. Dies war jedoch seine letzte Saison. Sobald er wieder Fuß an Land setzte, würde er nach Wakayama und zu Akiko San zurückkehren.

Hatte ihn der Gedanke an die Frau abgelenkt? Wurde seine stete Wachsamkeit für einen Augenblick von der Erinnerung an den warmen Körper, das seidige Haar und die süße Stimme getrübt? Oder hatten die Götter beschlossen, dass an diesem Tag, in diesem Moment seine Zeit gekommen sei? Der kleine Talisman aus Walfischknochen unter den vielen Schichten aus Flanell, Gummi und Segeltuch bot keinen Schutz vor den Ereignissen, die nun hereinbrechen sollten.

Aus dem Augenwinkel nahm er eine rasche Bewegung wahr, erhaschte einen großen Schatten, der sich auf ihn zubewegte. Ungewollt atmete er heftig aus, der Schwall von

Luftblasen verstörte die silbrige Gestalt. Der riesige Schwertfisch schwang herum, sein breites, tödliches Schwert durchschnitt das Wasser. In seinem Weg der Luftversorgungsschlauch und das Rettungsseil, die über dem Kopf des Tauchers baumelten. Aber der gewaltige Fisch ließ sich nicht beirren.

Die rote Gummiarterie über dem Taucherhelm wurde zur Hälfte durchtrennt. Mit lautem Getöse entwich die Luft aus dem Schlauch und wirbelte das Wasser zu einer brodelnden Wolke auf. Der Taucher war durch den Schlag aus dem Gleichgewicht geraten und nestelte verzweifelt an seinem Handventil, um die restliche Luft in seinem Taucheranzug zu halten, damit er es bis an die Oberfläche schaffen konnte.

Der Helfer im Boot merkte, dass etwas passiert war. Er hatte das plötzliche Rucken und Erschlaffen des Luftversorgungsschlauchs gespürt, noch ehe der Taucher ihm verzweifelt Zeichen gab, ihn heraufzuholen.

Im Normalfall stieg der Taucher nach und nach an die Oberfläche, legte immer wieder Dekompressionspausen ein, damit sich kein Stickstoff im Blut ansammelte. Der Helfer erkannte jedoch an dem wilden Reißen am Seil, dass dem anderen Atemluft fehlte. Obschon das Risiko einer Lähmung erheblich war, beschloss er, den Taucher sofort hochzuziehen.

Laute Rufe trommelten die Mannschaft auf dem Logger zusammen. Die Männer an der Handpumpe arbeiteten wie besessen, um wenigstens etwas Atemluft an dem Leck vorbei durch den Schlauch zu pressen und den Taucherhelm mit dem Atem des Lebens zu füllen.

Der Taucher spürte, wie der Druck zunahm. Stechende Schmerzen jagten durch seine Gelenke, als sein Körper wie eine Marionette im Wasser emporschwang und dabei regelrecht erdrückt wurde, da man ihn zu schnell an die rettende Luft zu befördern suchte.

In den letzten Sekunden, die er bei Bewusstsein war, hoffte er inständig, die anderen würden das Leck im Schlauch schnellstmöglich flicken und ihn gleich wieder in die Tiefe ablassen, wo er einige Stunden bleiben würde, bis sein Körper sich wieder an die Druckverhältnisse angepasst hätte.

Es gibt wundersame Geschichten und Legenden vom Überleben und genauso viele von schrecklichen Schicksalen, die so manchen Taucher ereilten. Es gab den Tod unter Wasser, verursacht durch heimtückische Strudel, gefährliche Strömungen oder verborgene Krater, die einen Taucher einfach verschluckten, oder durch unglückselige Begegnungen mit Teufelsrochen, Schwertfischen, Haien oder Walen. Über Wasser konnten die Beriberi-Krankheit, Zyklone, Schiffbruch und meuternde Besatzungen ebenso leicht zum Tod führen. Ein Taucher mochte wohl überleben, war aber dann zu einem Landleben als elender Krüppel verdammt. Die Straßen von Broome wimmelten von menschlichen Wracks, die lieber als Taucher umgekommen wären, als ein Leben als Davongekommener zu fristen.

Sie wussten um die Gefahren, dennoch wagten sie das Risiko.

Der Logger neigte sich, als sich alle Mann über Bord beugten. Der triefende Taucher wurde an Deck gehievt, die schweren Stiefel und der Kupferhelm krachten auf die Planken.

Beim Anblick der schwärzlichen Hautfarbe durch das Helmfenster hindurch schüttelten die Männer den Kopf. Der Helm wurde abgeschraubt und das schreckliche Gesicht freigelegt … Die Augen quollen hervor, ein Augapfel hing bis auf die Wange, Blut strömte aus Ohren, Nase und Mund. Während die Körper einiger Taucher so fest in Anzug und Helm gepresst waren, dass man sie herausschneiden musste, bestand hier noch Hoffnung auf einen Funken Leben. Die Männer schraubten den Helm wieder fest, flickten den Atemschlauch und ließen den Taucher ins Wasser zurückgleiten.

Ein Taucher begleitete ihn, verharrte neben ihm und wartete in der unheimlichen Grabesstille des Meeres. Er regulierte den Druck im Taucheranzug und im Taucherhelm in der vagen Hoffnung, die schwarz gewordene Haut möge wieder einen rosigen Schimmer annehmen und der geschundene Schädel sich wieder aufrichten.

Die beiden Taucher schwebten eine gute Stunde lang nebeneinander im Wasser. Schließlich gab der zweite Taucher das Zeichen zum Hochziehen. Er hoffte inständig, wenn seine Zeit gekommen sei, möge sein Tod unter Wasser kurz und schmerzlos sein.

Der tote Taucher wurde aus seinem Anzug geschält. Der Logger löste sich aus der Taucherflotte und nahm Kurs auf Broome, die Männer an Deck machten sich wieder an das Aufbrechen der Perlmuscheln.

Die erste Muschel aus dem Korb des toten Perlentauchers gab eine makellose zartrosa Perle frei. Ihre Schönheit würde einmal in einer fernen Stadt den Hals einer vornehmen Dame schmücken – aber zu welch hohem Preis wurde sie geborgen!

Erstes Kapitel

Sydney 1995

Lily saß im Schlafzimmer ihrer Mutter auf dem Fußboden und kam sich wie ein Eindringling vor. Um sie herum lagen Schubladen voller Unterwäsche, persönliche Papiere, Schmuck, zwei Hutschachteln mit Reiseandenken und allerlei Erinnerungsstücke. Auf dem Bett türmten sich Schuhe und Kleidungsstücke. Der Duft von ›Blue Grass‹, dem Parfüm ihrer Mutter, hing in der Luft, und Lily wünschte, sie könnte weinen.

Sie hatte das Aussortieren der persönlichen Dinge ihrer Mutter so lange wie möglich hinausgeschoben. Nun, da seit dem Begräbnis mehrere Wochen vergangen waren und die Wohnung verkauft werden sollte, duldete die Angelegenheit keinen Aufschub mehr.

Es wurde allmählich dämmerig. Lily stand auf, machte Licht und goss sich ein Glas Wein ein.

Wie hatte es nur geschehen können, dass sie ihrer eigenen Mutter nie wirklich nahe gekommen war und sich nicht bewusst geworden war, dass sie keine Familie besaß? Sie hatte ihre Mutter geliebt, sie war so offensichtlich anders als andere Mütter, und Lily wünschte sich jetzt von Herzen, sie hätte ihre Mutter besser gekannt. Wirklich gekannt – die wichtigen Stationen ihres Lebens, was sie erlebt, was sie begeistert, was sie verletzt hatte. Ihre unerfüllten Träume. Was in ihr vorging, als Lily geboren wurde. Über solche Dinge hatten sie nie miteinander gesprochen. Sie hatte ihre Mutter nie gefragt, und die hatte nie etwas gesagt. Und jetzt war es zu spät. Die Hoffnungslosigkeit dieser Tatsache rief in Lily ein Gefühl der Schuld, des Versagens und der Enttäuschung hervor. Georgiana, ihre verrückte, rastlose Mutter, hatte ihr Leben mit Reisen und Dramen erfüllt und ihr immer wieder gesagt, wie glücklich sie sich schätzen könnten, nicht durch Familienbande gehalten zu werden. Nur sie beide gegen den Rest der Welt. Und Lily hatte ihr geglaubt – bis sie selbst eine Familie gründen und in der Gewissheit leben wollte, künftig an ein und demselben Ort bleiben zu können.

Wie gern hätte Lily die Familie ihrer Mutter gekannt, wie gern ihren Vater und dessen Familie. Georgiana hatte mehrere Ehemänner verschlissen, einschließlich Lilys Vater. Sie hatten sich während des Kriegs kennen gelernt. Er war ein charmanter amerikanischer Marineoffizier, sie jung und abenteuerlustig. Nach einer kurzen Zeit des Werbens und einer, wie ihre Mutter es abfällig nannte, ›mickrigen‹ Hochzeit war sie als Kriegsbraut an Bord gegangen.

Lily wurde 1947 in Kalifornien geboren, doch das Leben in Torrence, Kalifornien, schien nicht dem zu entsprechen, was Georgiana sich nach dem Genuss amerikanischer Filme vorgestellt hatte. Sie ließ sich scheiden, als Lily noch im Krabbelalter war, und sah keine Veranlassung, mit ihrem Exmann noch irgendwelchen Kontakt zu pflegen. Sie erzog Lily in dem Glauben, dass ihr Vater kein Interesse an einer Tochter gezeigt hatte, die er kaum kannte. Und was die Schwiegereltern anging, hatte Georgiana sich nur geschüttelt und wieder einmal betont, wie glücklich sie beide seien, frei wie die Vögel zu leben und sich ihre Freunde selbst aussuchen zu können, anstatt sich mit unbequemen Anverwandten herumschlagen zu müssen.

Lilys Kindheits- und Jugenderinnerungen bestanden aus Internatsschulen und Ferien mit ihrer Mutter an exotischen Orten. Dies waren die kostbaren Momente, die nur ihnen beiden gehörten. Georgiana behelligte Lily niemals mit Stiefvätern, und Lily brach jedes Mal das Herz, wenn sie am Ende der Ferien ihre unternehmungslustige Mutter verlassen und ins Internat zurückkehren musste.

Georgiana hatte ihrerseits nie ein Hehl daraus gemacht, dass sie ein schwieriges und wildes Kind gewesen war und ihrer Mutter viel Kummer bereitet hatte.

»Ich ging lieber ins Internat, als da im Westen festzusitzen. Du wirst es mir eines Tages danken, dass ich dich in gute Schulen geschickt habe, glaube mir«, pflegte sie zu Lily zu sagen.

Georgiana lehnte jedes Gespräch über die ›Familie‹ ab und beschränkte sich auf Anekdoten oder wenig schmeichelhafte Bemerkungen, wie etwa die, dass sie damals als Kriegsbraut in Amerika ihre Herkunft lieber verschwieg. »Wie sich dann herausstellte, wäre das unnötig gewesen. Seine Leute waren die reinsten Hinterwäldler.«

So hatte Lily ihre Kindheit in der Obhut anderer Menschen verbracht, immer wieder unterbrochen von verschiedenen Reisen und Aufenthalten in tropischen Somerset-Maugham-Hotels. Egal, wohin sie reisten, Georgiana hatte gewöhnlich innerhalb kürzester Zeit einen Schwarm von Verehrern um sich, Hilfe von allen Seiten und unterhaltsame Gesellschaft.

Das Einzige, was Georgiana je über ihre eigenen Eltern verlauten ließ, war, dass ihr Vater noch vor ihrer Geburt im Ersten Weltkrieg in Frankreich gefallen war und dass ihre Mutter im Westen gelebt hatte, einer Gegend, die Georgiana von ganzem Herzen hasste. Sie machte allen das Leben derartig schwer, dass man sie gezwungenermaßen in Perth in ein Internat steckte, wo es ihr weitaus besser gefiel. Sobald es ging, war sie nach Sydney gezogen, hatte dort als Sekretärin gearbeitet und ihren zukünftigen amerikanischen Ehemann kennen gelernt.

So weit Lilys Wissensstand über ihre Herkunft. Es gab eine verschwommene Erinnerung an einen Besuch bei ihrer Urgroßmutter in Perth. Lily erinnerte sich an einen herrlichen Garten und eine liebe alte Dame. Wie oft hatte sie dorthin zurückgewollt, doch irgendwie schien das nie mit Georgianas Plänen in Übereinstimmung zu stehen. Dann war Lily auf eine teure Privatschule in Sydney geschickt worden und hatte ihre Verwandte nie mehr wiedergesehen. Ungerührt hatte Georgiana ihr verkündet, Westaustralien läge noch weiter hinter dem Mond als das übrige Australien.

Selbstbezogen wie Kinder sind, hatte Lily ihre Mutter nie mit Fragen über ihre Familie behelligt. Als sie mit ihrer eigenen Tochter Samantha schwanger war, hatte sie Georgiana in einem Brief gefragt, ob es mögliche Erbkrankheiten in der Familie gäbe. Georgiana hatte Lilys Ängste beiseite geschoben und erklärt, sie wüsste so gut wie gar nichts über die Krankheitsgeschichte von Lilys Vater und würde auch deswegen keinen Kontakt mit seiner Familie aufnehmen, selbst wenn sie wüsste, wo sie lebte. In ihrem Antwortbrief hatte Georgiana wörtlich gesagt:

Das Leben beginnt mit der Geburt. Vergiss allen Ballast, du kannst ja sowieso nichts mehr ändern. Ich habe versucht, dich frei zu erziehen. Du wirst herausfinden, was du wissen musst, wenn die Zeit dafür reif ist. Manchmal kann zu viel Wissen auch schmerzhaft sein.

Lily konnte mit dieser Bemerkung wenig anfangen, war sich aber bewusst, dass sie von ihrer Mutter mehr nicht bekommen würde. Ihr damaliger Mann Stephen meinte, sie sollte sich den Kopf nicht weiter darüber zerbrechen. Er war froh, dass seine exzentrische, launische Schwiegermutter ihr eigenes Leben führte, und begegnete ihr mit unermesslicher Geduld, was ihn bei Georgiana nicht gerade beliebt machte. Als er und Lily sich scheiden ließen, war Georgiana entzückt, konnte sie doch künftig bei ihren Besuchen Lilys und Samis ungeteilter Aufmerksamkeit gewiss sein, ohne die lästigen Unterbrechungen und Einmischungen durch ›diesen Mann‹.

Lily bestand jedoch darauf, dass Stephen Kontakt mit Sami hielt. »Ich hatte kein männliches Vorbild in meinem Leben, und ein Mädchen braucht seinen Vater.«

Ihr Exmann, ein Akademiker, der mit den Widrigkeiten des alltäglichen Lebens wenig vertraut war, war ein liebevoller, wenn auch entfernter Vater – entfernt, weil sie nicht in derselben Stadt lebten.

Lily seufzte. Hätte sie doch darauf gedrungen, dass Georgiana ihr mehr über ihre Familie erzählte. Sie brannte darauf, alles über die Herkunft ihrer Mutter zu wissen, und nun war es zu spät. Zu spät, um ihre rebellische, flatterhafte, unabhängige Mutter zu verstehen, die ihr Leben in vollen Zügen genossen hatte. Nicht einmal ›Mutter‹ hatte sie sie nennen dürfen. Georgiana fand, das mache sie alt. Selbst im reiferen Alter hatte Georgiana weiterhin unbekümmert geflirtet und immer viel jünger ausgesehen, als sie wirklich war. Und ihre Enkeltochter musste sie Georgie nennen, keinesfalls Oma.

Damals hatten Lily und Sami sich darüber amüsiert, aus heutiger Sicht fand Lily, dass die kapriziösen Launen ihrer Mutter nur dazu dienten, Aufmerksamkeit zu erhaschen.

In ihrer Jugendzeit wurde Lily von ihren Freunden um ihre glamouröse, lustige und leicht überspannte Mutter beneidet. In Wahrheit war Georgiana selbstsüchtig und egozentrisch gewesen und hatte sie, wie Lily heute erkennen musste, um ihre Familie gebracht.

Als sie sich so ihrem Kummer hingab, wurde ihr allmählich bewusst, dass sie genau das tat, was sie Georgiana vorwarf – sie schloss alle anderen aus. Sie hatte Sami den Tod der Großmutter so schonend wie möglich beigebracht. Ihre Tochter war daraufhin mit dem Flugzeug aus Melbourne gekommen, um an dem schlichten Begräbnis teilzunehmen. Da jedoch die Prüfungstermine nahe bevorstanden, hatte

Lily sie gedrängt, gleich wieder an die Universität zurückzukehren.

Erst jetzt machte sie sich Gedanken darüber, wie ihre Tochter mit diesem ersten unerwarteten Todesfall in ihrem kleinen Familienverband fertig würde. Sie beide sollten ihren Kummer teilen. Lily fand es nicht richtig, dass in der heutigen Gesellschaft das Trauern als Privatangelegenheit angesehen wurde. Wo blieb das Ritual, wo das Wehklagen, das Teilen und gemeinsame Ertragen des Schmerzes, die Tradition des Todes, wie sie in anderen Kulturen gepflegt wurde? Fiel ihr der Abschied von ihrer Mutter deshalb so schwer?

Der Gedanke versetzte Lily einen bitteren Stich. Sie stand auf und öffnete den Kleiderschrank ihrer Mutter. Außer den satinbezogenen Kleiderbügeln gab es nichts in dem Schrank, bis auf einen alten Lederkoffer, der, wie Lily wusste, das Herzstück von Georgianas Leben enthielt. Sie hatte ihn ihr einmal gezeigt und dabei gesagt: »Wenn ich einmal tot bin, wirst du mein Leben hier in diesem Koffer finden.«

Lily hatte den Koffer nie aufgemacht, hatte aber darauf bestanden, dass ihre Mutter ihr Testament, ihre Aktien und ihre Investmentpapiere herausnahm und bei der Bank deponierte.

Lily zog den Koffer in die Mitte des Zimmers, nahm noch einen Schluck Wein und ließ die altmodischen Schlösser aufschnappen. Ein leichter Geruch von Mottenkugeln entstieg seinem Innern. Lily zog das zuoberst liegende Seidenpapier fort und fand mehrere unordentliche Bündel von Fotografien und Briefen. Sie blätterte aufs Geratewohl durch einen der Stapel. Es waren Liebesbriefe von Georgiana und den zahlreichen Männern in ihrem Leben. Andere Briefe stammten von ihren zahlreichen Reisebekanntschaften. Sie hatte mit vielen von ihnen noch eine Zeit lang korrespondiert, bis die Entfernung und nachlassendes Interesse den Briefkontakt ausklingen ließen.

Eine vertraute, wenngleich kindliche Schrift erweckte Lilys Aufmerksamkeit. Gerührt hielt sie all die Briefe in der Hand, die sie ihrer Mutter aus dem Internat geschrieben und die diese säuberlich zusammengebunden hatte. Georgiana war keine gute Briefschreiberin gewesen, sie bevorzugte das Telefonieren. Lily hatte sich nie des Verdachts erwehren können, dass die Briefe ihrer Mutter an sie in Wirklichkeit für ein großes Publikum gedacht waren, zum Vorlesen und Bewundertwerden. Es waren dramatische und detaillierte Beschreibungen von exotischen Orten, in die witzige und maßlos übertriebene Anekdoten eingestreut waren. Das Ganze in einer großzügigen, freien Handschrift auf dickem Hotelbriefpapier.

Der Koffer enthielt noch Dutzende von Fotos, die Georgiana mit Freunden zeigten oder auf Reisen. Ein Foto war in Seidenpapier eingeschlagen. Neugierig zog Lily das Papier fort und hielt eine vergilbte Fotografie in einem schmalen Silberrahmen in der Hand. Sie erblickte einen gut aussehenden Mann in einer weißen Marineuniform mit keck aufgesetzter Mütze. Trotz der förmlichen Pose schien ein Lächeln um Augen und Mund des Mannes zu spielen. Lily hatte diesen Mann noch nie zuvor gesehen und fragte sich einen Moment lang, ob dies wohl ihr Vater sei. Dann fiel ihr ein, dass er ja in der Armee gewesen war. Sie drehte den Rahmen um, öffnete ihn und las auf der Rückseite des Fotos in zittriger Handschrift die Worte ›*Broome 1910*‹. Der Mann auf dem Foto war zu alt, um einer der Liebhaber ihrer Mutter gewesen zu sein, und da Georgianas Familie, wie Lily wusste, aus dem Westen stammte, gab es hier offensichtlich eine Verbindung.

Es gab noch mehr Fotos, von Bällen und anderen gesellschaftlichen Ereignissen, in Gärten von unbekannten Häusern. Ein junger Mann in Uniform tauchte auf mehreren Fotos auf, die, dem Auto im Hintergrund nach zu schließen, in Amerika aufgenommen sein mussten. Es gab Aufnahmen aus aller Welt und immer mit Georgiana im Mittelpunkt, mit Elefanten, vor Schlössern oder in Gesellschaft lächelnder Menschen. Dann gab es Fotos von Lily auf ihren gemeinsamen Urlaubsreisen und einige Kinderfotos von ihr, mit einem Spielzeugsegelboot, auf der Schaukel oder fürchterlich aufgedonnert mit Hut und Schleife und niedlichen Lackschuhen – ihren ›Shirley-Temple-Schuhen‹, wie ihre Mutter sagte.

All diese Aufnahmen dokumentierten jedoch nur das Leben Georgianas, nachdem sie Australien verlassen hatte. Es gab kein Zeugnis von ihrer Familie, ihrer Kindheit oder ihrem Heimatland. Nichts, bis auf das geheimnisvolle silbergerahmte Foto von dem Mann aus Broome.

Lily war jetzt auf dem Boden des Koffers angekommen. Da lag noch eine Schachtel. Sie enthielt einen Brief und ein stoffumwickeltes Päckchen. Mit zittrigen Fingern machte Lily den Brief auf, der in der Handschrift ihrer Mutter an sie adressiert war.

Liebste Lily,

ich wollte dir dies immer schon geben, fand aber nie die richtige Gelegenheit dazu. Ich zögerte, weil ich wusste, du würdest Fragen stellen, auf die ich nicht alle Antworten weiß.

Ich hatte eine so unbeständige Jugend, dass ich kein Interesse an meiner Vergangenheit hegte. Ich zog es vor, dem Leitspruch zu folgen: ›Was du nicht weißt, macht dich nicht heiß.‹ Ich glaube, dass ich seit dem Krieg nach dem Grundsatz ›Das Leben ist heute‹ lebte.

Diese gehören nun dir, denn sie werden schon seit Generationen in unserer Familie von einer Frau an die nächste weitergegeben. Als meine Großmutter sie mir gab, sagte sie zu mir: ›Trage sie nah an deinem Herzen, wie ich es getan habe. Wenn sie nicht gehütet und geschätzt werden wie die Liebe, zerfallen sie zu Staub.‹

Du warst mein Leben, und auf meine Weise habe ich das Beste für dich getan. Außer dir brauchte ich keine Familie.

In Liebe,

Deine Mutter

Lily kamen die Tränen, als sie die Worte ihrer Mutter las. Es war das erste Mal, soweit sie sich erinnern konnte, dass Georgiana sich selbst ›Mutter‹ nannte.

»Warum hast du mir das nicht schon eher gesagt! Du warst alles, was ich hatte, Georgie. Meine Mutter, sicher, aber ich brauchte mehr!«

Lily wurde von Schluchzen geschüttelt, sie weinte um den Verlust der Mutter und der Familie, die sie nie gekannt hatte, um die Frau, die sie selber war und die sie nicht verstand, und um ihre eigene Tochter, der sie so wenig von ihrer Vergangenheit vermitteln konnte.

Irgendwann verebbten die Tränen und das Schluchzen. Lily nahm das Päckchen zur Hand und wickelte es aus.

Es enthielt einen blauen Samtbeutel. Sie knotete die Kordel auf und zog eine Schnur herrlicher, großer, schimmernder Perlen heraus. Lily stockte der Atem, als sie die Pracht in der Hand hielt. Wie gebannt schaute sie auf den seltsam geformten Perlmuttanhänger in der Mitte der Perlenkette. Auf seiner Oberfläche waren parallele Linien, ein Kreis mit kleineren Kreisen und ein X eingeritzt.

Unwillkürlich schlang sie sich die Perlenkette um den Hals und legte die Hand auf den Anhänger. Er fühlte sich glatt und kühl an. Lily schloss die Augen, und es überkam sie ein wunderbares Gefühl.

Und dann, wie durch einen feinen Schleier, kam die Erinnerung. Sie hatte diese wunderschöne Halskette schon einmal gesehen. Sie wurde auf einem dunkelblauen Seidenkleid getragen von … der Dame aus dem Blumengarten. Ein anderes Bruchstück tauchte in ihrem Gedächtnis auf. Sie waren Hand in Hand durch den Garten gegangen. Ihre

Urgroßmutter hatte ihr die Namen der Blumen erklärt. Einmal hatte sie sich zu Lily heruntergebeugt und sie angelächelt. Das kleine Mädchen hatte die Hand nach dem Perlmuttanhänger ausgestreckt, und ihre Urgroßmutter hatte ihr die Kette umgelegt und gesagt: »Eines Tages wird sie dir gehören, kleine Lily.«

Dann war Georgiana gekommen und hatte gemeint, es sähe albern aus, wenn ihr die Kette bis zu den Knien baumelte, hatte sie ihr abgenommen und erklärt: »Sie könnte sie kaputtmachen.«

Lily hatte diesen Vorfall längst vergessen, doch nun stand alles wieder vor ihr. Das war bei dem einzigen Besuch gewesen, den sie ihrer Urgroßmutter in Perth abgestattet hatten. Sie fragte sich, warum sie ihre Mutter diesen Familienschmuck nie hatte tragen sehen. Er war ganz offensichtlich alt und kostbar. Noch kostbarer wurde er jedoch durch die Erkenntnis, dass es sich um ein Familienerbstück handelte. Lily wurde sich bewusst, dass diese Halskette die einzige Verbindung zu ihrer unbekannten Familie darstellte.

Sie streckte die verkrampften Beine aus, leerte ihr Weinglas und begann, ruhelos im Zimmer auf und ab zu gehen, die prächtige Perlenkette noch immer um den Hals.

Ihr erster Impuls wäre gewesen, nach dem Telefonhörer zu greifen und ihre Tochter anzurufen. Sie ließ es, sie wollte ihre Tochter, die mitten im Examen steckte, nicht mit ihrem Kummer behelligen. Dann erwog sie, den Mann anzurufen, den sie liebte. Sie wusste, dass Tony sie trösten würde, aber dazu musste sie in seiner Nähe sein, sie brauchte seine Zuwendung, seine Zärtlichkeit, seine Arme, in denen sie weinen konnte. Die räumliche Entfernung und ihr Privatleben trennte sie beide.

Plötzlich fühlte Lily sich entsetzlich allein.

Die nächsten Wochen verbrachte sie damit, den Nachlass ihrer Mutter zu ordnen: Sie verkaufte einiges, verschenkte anderes und bot die Wohnung zum Verkauf an. Doch sie konnte das Gefühl des Verlusts, das sie empfand, ihre innere Unruhe und den quälenden Wunsch, die Lücken in ihrer Vergangenheit zu schließen, nicht abschütteln.

Die Perlenkette hatte einen Sturm der Gefühle in ihr hervorgerufen. Wiederholt ertappte sie sich dabei, wie sie sich im Badezimmerspiegel anstarrte, ihre Gesichtszüge studierte und nach Hinweisen auf die unbekannten, schemenhaften Verwandten suchte, die diesen Menschen namens Lily hervorgebracht hatten.

Wo kam sie her … welche Gene hatte sie an ihre eigene Tochter weitergegeben?

Als ob sie ihren stummen Ruf vernommen hätte, rief Samantha an. »Ich denke viel an dich, Mami. Es muss schwer sein, Georgies Sachen auszusortieren und so … Ich wünschte, ich wäre gekommen, um dir zu helfen. Für mich wäre es dann auch einfacher zu begreifen, dass sie wirklich nicht mehr da ist.«

»Ja, ich hätte dich auch gerne dabeigehabt, Sami. Aber du stehst schließlich vor dem Examen … Es war schon irgendwie … merkwürdig.«

Sami hörte das Zittern in der Stimme ihrer Mutter. »Daddy wollte wissen, wie es dir geht. Er sagt, er will sich nicht aufdrängen, er hofft, dass du zurechtkommst.«

»Ich komme natürlich zurecht, du kennst mich doch. Es ist nur …« Lilys Stimme brach ab.

»Was hast du, Mami? Du vermisst sie doch nicht etwa? Ich meine, du hast ja nicht besonders viel von ihr gehabt, oder?«

»Sie war schließlich meine Mutter, Sami … und ich denke viel über sie nach. Über sie und ihr Leben.«

»Wir wissen ja auch nicht viel über sie«, sagte Sami mit einer gewissen Schärfe. »Ich finde, es war sehr egoistisch von ihr, alles für sich zu behalten. Sie hat uns nie irgendetwas erzählt. Jedes Mal, wenn ich sie nach ihrer Familie fragte, wiegelte sie ab und meinte, ich bräuchte das nicht zu wissen. Ich muss es aber wissen, Mami!« Jetzt war es Samis Stimme, die zitterte. »Das ist doch ein Teil von uns. Es kommt mir vor, als hätte sie uns unsere Familie weggenommen, ausgelöscht. Und jetzt gibt es nur noch dich und mich, ein Bündel Briefe und ein paar Fotos von Leuten, die wir nicht einmal kennen. Was soll ich denn meiner Tochter erzählen, wenn ich einmal eine habe?«

»Beruhige dich, Sami. Sei nicht so melodramatisch. Du hast natürlich Recht, Liebes. Deswegen bin ich ja auch so traurig, aus ebendiesen Gründen, und ich mache mir Vorwürfe, dich genauso im Stich gelassen zu haben ...«

»Aber Mami. Das hat du nicht. Vielleicht finden wir eines Tages die Zeit, die Spuren unserer Vorfahren zu verfolgen und unseren Stammbaum aufzudecken. Bitte sei nicht traurig, Mami. Soll ich nicht doch lieber zu dir kommen?«

»Nein, mein Schatz. In ein paar Monaten sind Ferien. Konzentriere dich auf deine Prüfungen und arbeite gut. Vielleicht machen wir dann was ganz Besonderes, fahren irgendwohin, wo es schön ist ... wir lassen uns was einfallen – falls du nicht was anderes vorhast.«

»Nein, ich freue mich! Abgemacht, Mami. Ich hab dich lieb.«

»Ich dich auch. Pass auf dich auf, Sami.«

Lily legte auf. Sie war dankbar für das Mitgefühl ihrer Tochter, dafür empfand sie nun die Trostlosigkeit umso stärker. Offenbar schien die Geschichte sich zu wiederholen. Nachdenklich legte Lily die Briefe und Fotos in den Lederkoffer zurück, bis auf das Bild im Silberrahmen von dem Mann aus Broome. Sie behielt die Perlenkette an und schlief in dieser Nacht nackt, nur mit den Perlen um den Hals. Auf ihrer Haut fühlten sie sich warm und lebendig an, und als Lily während der Nacht kurz erwachte und die Perlen im Mondlicht schimmern sah, kam es ihr so vor, als seien sie zum Leben erwacht, denn sie schienen von innen heraus zu leuchten.

Am nächsten Morgen stand ihr Entschluss fest. Sie würde drei Monate Ferien machen. Sie arbeitete als technische Assistentin in einem Forschungslabor und hatte lange Zeit keinen Urlaub mehr genommen. Sie würde nach Broome fahren und dort mit der Suche nach ihrer Vergangenheit und der Familie ihrer Mutter beginnen. Das war sie sich selbst und ihrer Tochter schuldig.

Je mehr Lily über Georgiana und ihr merkwürdiges Verhalten nachdachte, desto mehr gelangte sie zu der Überzeugung, dass es Geheimnisse gab, die ihre Mutter am liebsten vergessen und begraben hätte.

Es überraschte sie, wie einfach alles manchmal ging. Im Verlauf von nur wenigen Wochen hatte sie ihr Leben vollkommen umgekrempelt.

Tony, ihr Geliebter, ihr guter Freund und Lebensgefährte, reagierte zunächst leicht irritiert und wollte wissen, warum sie ausgerechnet jetzt mit der Spurensuche begann. »Warum hast du das nicht schon vor Jahren gemacht? Du sagtest, du hattest dieses Bedürfnis ganz stark, als du mit Sami schwanger warst. Warum jetzt? Was willst du damit bezwecken?«

Sein sanftes Befragen veranlasste Lily, die Antworten in ihrem Herzen zu suchen. Schon einige Male in ihrem Leben hatte sie den tiefen Wunsch verspürt, ihre Familie, ihre Herkunft zu ergründen. Während der Schwangerschaft hatte sie über das Wunder der Vererbung, über Gene und erbliche Merkmale gegrübelt, aber aus Zeitgründen war sie nie dazu gekommen, dem ernsthaft nachzugehen. Sie hatte sich vorgenommen, ihrer Mutter eines Tages bei einer gemütlichen Flasche Wein alle notwendigen Fragen zu stellen, aber auch dazu war es nie gekommen. Und im Internat, unter all den Schulkameradinnen, die von ihren Familien erzählten und ihre kleinen Geheimnisse teilten, hatte Lily wenig beizusteuern gehabt und es lieber in Kauf genommen, dass die anderen dachten, sie verheimliche ihnen etwas, als ihnen zu gestehen, dass sie kaum etwas über ihre Herkunft wusste. Hatte Sami etwa vor dem gleichen Problem gestanden?

Womöglich hatte die emotionale Erschütterung ihres Lebens, dieser Kummer, der Schock, sie zu der Erkenntnis gebracht, dass sie ihrer Tochter etwas schuldete. Lily erkannte, dass die Zeit gekommen war, sich dem Leben zu stellen – der Vergangenheit wie der Zukunft.

Auf seltsame Weise waren ihre Lebensgeister wieder erwacht, sie fühlte sich geradezu verjüngt. »Ich hoffe, du findest jetzt endlich deinen Frieden, Georgie. Aber ich habe noch etwas zu erledigen. Familienangelegenheiten. Ich ziehe gen Westen.«

Lily hob die Perlenkette an und küsste den Anhänger. Zum ersten Mal in diesen langen Wochen konnte sie wieder lachen.

Lily saß in einer der vorderen Reihen am Fenster in eine Tageszeitung vertieft. Sie schreckte auf, als die Flugbegleiterin den kleinen Tisch vor ihr herunterklappte und ein Essenstablett vor sie hinstellte.

Lily lächelte sie entschuldigend über ihrer Zeitung an. »Tut mir Leid, ich habe gelesen.«

Die junge Stewardess in Uniform lächelte zurück. »Tee oder Kaffee?«

»Tee bitte.«

Während sie den dampfenden Tee einschenkte, schaute die Stewardess die attraktive Frau freundlich an. »Wollen Sie in Darwin Urlaub machen?«

Das Kabinenpersonal hatte die hübsche Vierzigjährige in den beigen Leinenhosen und der cremefarbenen Seidenbluse interessiert beäugt. Das kräftige dunkle Haar war zu einem lockeren Knoten geschlungen, der Goldschmuck dezent, aber teuer. Eine ›Frau mit Klasse‹, wie die Crew konstatierte. Zart gebräunte Haut, große dunkle Augen, der breit geschwungene Mund schön geformt. Sie war eine dieser Frauen, deren Schönheit sich allmählich erschloss und lange nachwirkte.

Lily antwortete mit ihrer weichen, rauchigen Stimme.

»Eigentlich bin ich auf dem Weg nach Broome.«

»Oh, mit seinen Traumstränden der ideale Urlaubsort!«

»Na ja, ich habe geschäftlich dort zu tun. Familienangelegenheiten. Wie lange habe ich Aufenthalt in Darwin?«

»Fünf Stunden, fürchte ich. Sie müssen in eine andere Maschine umsteigen.«

Mit einem bedauernden Lächeln ging die Flugbegleiterin weiter zur nächsten Sitzreihe.

Als sie nach einer Weile mit neuem Tee zurückkam, lag Lily in ihren Sitz zurückgelehnt, die Augen geschlossen. Der versonnene Ausdruck in ihrem Gesicht duldete keine Störung.

Lily schlief nicht, obwohl sie müde war. Psychisch und physisch erschöpft. Sie hatte die Einlagerung der Möbel, den Verkauf vieler Gegenstände und verschiedene Spenden aus Georgianas Besitz organisiert. Die Wohnung war leer geräumt und sauber und nunmehr in Händen eines Immobilienmaklers. Lily hatte die halbe Nacht gepackt und alles Übrige für die Haushälterin vorbereitet, die sich während ihrer Abwesenheit um alles kümmern sollte. Sie war früh aufgestanden, hatte noch einmal mit Sami telefoniert, um ihr zu sagen, dass sie nun auf dem Weg sei und im Hotel Continental in Broome wohnen würde. Sie würde regelmäßig anrufen.

Lily sah diese Reise als eine Art Wendepunkt in ihrem Leben. Es war ihr bewusst geworden, dass sie eine ganze Weile schon auf der Stelle trat und erst vorankommen würde, wenn sie mit ihrer Vergangenheit im Reinen war. Schon merkwürdig, dass sie die vierzig erreicht hatte, ohne wirklich zu sich selbst gefunden zu haben. Aber vielleicht gab es für alles im Leben den richtigen Zeitpunkt.

Mit Samis Vater hatte sie eine konventionelle Ehe geführt. Mit der Zeit war sie schal geworden, beide hatten begonnen, sich auseinander zu leben. Er, indem er sich in den Elfenbeinturm des akademischen Lebens als Universitätsdozent verkroch, während sie, für alles Neue aufgeschlossen, ihren Horizont erweiterte und nach neuen Perspektiven für ihr Leben suchte.

Vier Jahre nach ihrer Scheidung hatte Lily Anthony Jamieson – Tony – kennen gelernt, einen Witwer, dessen Frau zwei Jahre zuvor gestorben war. Nach ihrem Tod hatte er sich gefühlsmäßig abgekapselt und war, trotz seiner Gewandtheit und Professionalität im Beruf, ein verletzlicher Mann. Im Alter von zweiundfünfzig Jahren verspürte er keinen Wunsch, sich jemals wieder ernsthaft in eine Frau zu verlieben. Er hatte einen anstrengenden Beruf und erwachsene Kinder, ja sogar Enkelkinder.

Aber Lily hatte sich durch seine harte Schale hindurch in sein Herz geschlichen und sich, wie er gestehen musste, in seiner Seele eingenistet. Es schien ihnen wie ein Wunder, zusammen eine emotionale und sexuelle Leidenschaft zu erfahren, die sie nie zuvor erlebt hatten. Beiden schien ihr Arrangement geradezu perfekt, denn das Getrenntleben ließ das Romantische ihrer Beziehung nicht verkümmern und schürte ihr Verlangen.

Zu Beginn ihrer Beziehung spürte Lily, dass Tony keine Verantwortung für das Glück eines anderen Menschen übernehmen wollte. In der Umgewöhnungsphase nach ihrer Scheidung hatte sie die unschätzbare Lektion gelernt, mit sich alleine auszukommen, aus der eigenen Kraft zu schöpfen und für das eigene Leben verantwortlich zu sein.

Ein steiniger Weg, mit Tränen des Selbstmitleids gepflastert, aber sie hatte ihn gemeistert, war eine starke, selbstbewusste und doch sanfte und geduldige Frau geworden. Tony wunderte sich oft über das Ausmaß ihres Verständnisses, ihrer Wärme, ihrer Toleranz. Ohne sich dessen bewusst zu sein, war sie eher eine Gebende denn eine Nehmende geworden. Die Bande jedoch, die zwei Menschen knüpfen, sind nicht aus unbiegsamem Stahl gemacht, sie dehnen und spannen sich, schnappen zurück wie elastisches Gummi, und nichts bleibt, wie es war. Das Leben erforderte immer wieder kleinere Anpassungen und ein beständiges Festigen und Lockern dieser Fesseln. Trotzdem wurden gewisse Themen nicht angerührt, und Lily hatte nun viel Zeit, einige Faktoren in ihrem Leben neu zu überdenken. Fand sie womöglich nicht das, wonach sie suchte, oder mochten ihr die Antworten nicht behagen, so hatte ihr Leben dennoch zum ersten Mal nach langer Zeit wieder einen Sinn.

Lily fuhr aus ihren Gedanken auf und stellte die Rückenlehne ihres Sitzes gerade. Die Maschine war bereits im Landeanflug auf Darwin. Als Lily aus der klimatisierten Kühle des Flugzeugs trat, schlug ihr feuchtwarme Luft entgegen und ließ sie an Asien denken. Die üppigen Palmen, der blendend helle Sonnenschein, der lächelnde Flughafenbeamte in Shorts, Socken und kurzärmeligem weißem Hemd erinnerten sie daran, dass sie sich hier in den Tropen befand. Sie lächelte zurück. »Sie finden Ihre Koffer da drüben auf der linken Seite«, sagte der Mann.

»Hoffentlich nicht«, scherzte Lily. »Die sollen nämlich nach Broome weiterreisen.«

»Man weiß nie, junge Frau. Alles Glückssache.«

Lily checkte noch einmal ihren Anschlussflug und die genaue Abflugzeit, dann stieg sie in ein Taxi und fragte nach dem Museum.

»Tolle Ausstellung da. Auch 'n hübsches Gebäude. Wird Ihnen gefallen. Endlich haben die Bürokraten mal was

Richtiges gemacht. Wurde auch Zeit«, kommentierte der Fahrer mit einem gewissen Sarkasmus.

Er hielt vor einem Gebäude mitten im Grünen auf einer Landzunge nahe Mindil Beach. Als Lily durch das große Glasportal trat, fielen ihr sogleich die Holzschnitzereien der Aborigines von den Inseln im Norden Darwins und aus Arnhem-Land auf, und sie wurde augenblicklich gefangen genommen vom Zauber dieser geheimnisvollen Kultur. Etwas Spirituelles, ja geradezu Magisches ging von diesen Holzarbeiten und ockerfarbenen Malereien aus.

Der erste Raum präsentierte eine umfassende Ausstellung der Kunst der Aborigines mit Exponaten aus allen Teilen Nordaustraliens. Es waren Arbeiten auf Rinde oder Leinwand in einem Stil, der so gar nichts mit westlicher Kunst gemein hatte und vielmehr einer uralten Kultur und einer beinahe unbegreiflichen spirituellen Welt entstammte, der so genannten *Traumzeit*. Bei ihrem Rundgang durch die Ausstellung fühlte Lily sich auf eine merkwürdig aufregende Art mit der Kunst der Ureinwohner verbunden, obwohl sie so gut wie nichts davon verstand.

Ein Hinweisschild mit Pfeil ›Zum Marinemuseum‹ weckte Lilys Neugier und ließ sie aus ihrem tranceähnlichen Zustand erwachen, in dem sie sich beim Betrachten der Aboriginekunst verloren hatte. Sie folgte dem Schild und stand alsbald vor einer Sammlung der ungewöhnlichsten Segelfahrzeuge. Da gab es den Einbaum, das aus einem ausgehöhlten Baumstamm bestehende Kanu der Eingeborenen, winzige Boote mit absonderlich geformten Segeln und den *prau*, das große Segelschiff für den Handel mit den indonesischen Inseln, ein vietnamesisches Flüchtlingsboot und Auslegerboote aus Papua-Neuguinea. Doch das Glanzstück der Ausstellung verschlug ihr fast die Sprache.

Ein funkelnd weißer Perlenlogger in voller Betakelung. Daneben das Exponat eines alten Perlentaucheranzugs mit dem voluminösen stählernen Taucherhelm. Urplötzlich fiel

Lily das Foto mit dem schneidigen Seefahrer wieder ein, das sie aus dem Koffer ihrer Mutter mitgenommen hatte. Es war ihr, als sähe sie ihn, wie er lässig am Bug des Loggers lehnte, und sie musste schmunzeln bei diesem Gedanken.

Eine ganze Weile stand sie so vor dem Perlenlogger, nahm jedes Detail in sich auf und fuhr versunken mit der Hand über den hölzernen Rumpf.

»Wunderschön«, flüsterte sie. »Einfach wunderschön.«

In einer anderen Abteilung des Museums erfuhr Lily, dass die nördlichen Gewässer und Küsten Australiens schon jahrhundertelang von fremden Schiffen heimgesucht worden waren, lange bevor der Engländer James Cook die Ostküste Australiens entdeckte. Goldhäutige Männer aus Makassar hatten sich jedes Jahr im Dezember auf die Reise gemacht, waren auf ihren *praus* mit dem Nordwestmonsun gesegelt, um Kleidung, Werkzeug, Tabak und Reis gegen Trepang und Schildpatt einzutauschen. Getrockneter Trepang, auch *bêche-de-mer* oder Seegurke genannt, war in der chinesischen Küche und Medizin begehrt und wurde mit großem Profit an chinesische Händler verkauft.

Die Männer von den Molukken blieben einige Monate lang, lebten, arbeiteten und trieben Handel mit den Eingeborenenstämmen, bis der Südostmonsun begann und sie in die Heimat zurücktrieb.

Die Händler und Seefahrer, die mit den Monsunwinden reisten, waren keine Siedler und keine Kolonialherren. Sie waren einfache Handelsleute von den Gewürzinseln jenseits der Timorsee. Solange sie die uralten Sitten und Gebräuche respektierten, waren sie willkommene Gäste. Weniger willkommen waren die vom Kurs abgekommenen Portugiesen oder Holländer, die den Navigationsfehler verfluchten, durch den sie, vom Kap der Guten Hoffnung kommend, zu weit nach Osten abgetrieben waren, bevor sie nach Norden zu ihren in der Malaiischen See gelegenen Handelsposten abdrehten. Ob nun ein Missgeschick oder Bedarf an frischem Wasser und Proviant, sie gingen jedenfalls hin und wieder an Land und lieferten sich nicht selten Kämpfe mit den Eingeborenen, was auf beiden Seiten Menschenleben kostete.

Lily schaute auf ihre Armbanduhr, warf einen letzten Blick auf das Perlenfischerboot und eilte zum Museumseingang zurück. Am Eintrittsschalter fragte sie, wo sie mehr über die Perlenfischerei erfahren könnte. Eine hilfsbereite junge Dame empfahl ihr das Perlenmuseum im Hafenbezirk der Stadt und telefonierte nach einem Taxi.

Diesmal hielt der Taxifahrer vor einem alten Hafenschuppen unterhalb des steilen Hangs, auf dem der Stadtkern von Darwin erbaut war. Lily bezahlte ihre fünf Dollar und betrat einen kleinen, dunklen Raum, der wie ein Kino aussah.

Fluoreszierendes blaues Licht schien durch riesige Aquarien, das Zischen und Gurgeln von Luft und das Blubbern von Luftblasen kam über eine Lautsprecheranlage. Eine kleine begehbare Höhle, geformt wie das obere Halbrund eines Taucherhelms, enthielt weitere Exponate. Unterwasserszenen demonstrierten die alte Kunst des Perlentauchens, und auf einem Großbildschirm lief ein Videofilm über Perlenfarmen und die moderne Form der Perlenzucht. Großformatige Bilder zeigten Nadeln, die in das Muskelfleisch von Austern gestochen wurden, gefolgt von geöffneten Schalen mit ihrer feucht schimmernden Frucht, und schließlich jene legendären und fürstlich bezahlten Prachtstücke, die man in den besten Juweliergeschäften der Welt findet.

Lily interessierte sich mehr für die alte Perlenfischerei und stand lange vor den vergilbten Fotos, den alten Zeitungsausschnitten, den Resten einer Taucherausrüstung, dem Werkzeug der Perlenpolierer und einer Sammlung ausgesuchter Perlen in einer Glasvitrine. Dann, in einer dunklen Ecke, entdeckte sie das Rumpfstück eines kleinen Perlenloggers. Er war ohne Takelage, in seiner Bauweise aber unverkennbar.

Fotos von diesem und anderen Perlenfischerbooten zeigten Decks voller Muschelschalen, dunkelhäutige Besatzung und japanische Perlentaucher, die noch in ihren Segeltuchanzügen steckten und fröhlich lachten, in den Händen den gewaltigen stählernen Taucherhelm. Lily konnte die Kokosfaser der Taue, den Teer und das Salz des Meeres förmlich riechen.

Eine raue Stimme, begleitet von starkem Tabakgeruch, ließ Lily herumfahren. Vor ihr stand ein gedrungener Mann im Seemannshemd, an seiner Brust steckte ein Namensschild mit der Aufschrift ›Dave‹.

»Interessiert Sie das?«, fragte er leutselig.

»Ja, sehr. Arbeiten Sie hier?«

»Hmm. Sie können mich alles fragen, was Sie wollen.«

Lily lächelte bei der Vorstellung, was er wohl sagen würde, wenn sie ihn um Auskunft über ihre Familie bäte. Stattdessen sagte sie: »Ich bin auf dem Weg nach Broome, also dachte ich, ich mache erst einmal meine Hausaufgaben.«

»Aha, Sie wollen wohl den Drei-Uhr-Flieger nehmen? Na schön, ist der richtige Ort hier, um sich die Zeit zu vertreiben. So, Sie wollen also nach Broome? Da hab ich mal 'ne Zeit lang gelebt. Hab bei 'nem Schiffsbauer gearbeitet, 'n bisschen dies und das gemacht und dann bin ich auf eine dieser Perlenfarmen gegangen. Ist heute ganz schön anders als damals.« Er unterbrach sich und betrachtete versonnen eines der Fotos. »Hartes Leben damals. Hat 'ne Menge von seiner Romantik verloren, heute ist es nur noch 'n Geschäft wie jedes andere. Obwohl, glauben Sie's mir, ist immer noch 'ne Menge Spannung und Abenteuer dabei. Jemand entwickelt ein neues Verfahren, und schon sind alle dahinter her. Abgelegene Perlenfarmen werden nachts überfallen und ausgeraubt. Die großen Broome-Perlen werden im Ausland immer noch zu horrenden Preisen gehandelt. Eine Perlenkette bringt manchmal hunderttausend Dollar, ich sag's Ihnen. Also, wie heißen Sie, wie heißt Ihre Familie? Broome is 'n kleines Pflaster, vielleicht kenne ich sie.«

»Das bezweifle ich. Keiner mehr da. Sind alle tot und begraben.« Lily wechselte das Thema. »Ist in Broome noch etwas von der alten Geschichte zu finden?«

»Dank Lord McAlpine, der unser Broome für den Tourismus entdeckt hat, ist noch einiges erhalten – das historische Viertel Chinatown, zum Beispiel, und das alte Freilichtkino. Leider hat nicht jeder, der sich hier niederlässt, einen Sinn für so was. Wenn Sie das alte Broome suchen, müssen Sie ans Wasser gehen, die Mangroven riechen, auf Muschelschalen wandern und bei Ebbe die Wracks der alten Flugboote anschauen. Gehen Sie an den Strand, und Sie werden das alte Broome riechen und spüren. Aber vorher werfen Sie noch mal 'nen gründlichen Blick auf diesen Logger ... weit und breit der letzte seiner Sorte.«

Lily bekam allmählich klaustrophobische Zustände in diesem engen, abgedunkelten Museum, und die von der Lautsprecheranlage verstärkten Atemgeräusche machten sie irgendwie schwindelig.

»Herzlichen Dank, Dave. Ich denke, ich gehe ins nächste Hotel und stärke mich ein wenig, bevor ich zum Flughafen zurückfahre.«

»Gehen Sie ins Hotel Darwin«, schlug Dave vor. »Mein liebstes Wasserloch und, wie dieses Boot hier, ein Gruß aus der Vergangenheit.«

Lily quittierte das mit einem Lächeln. »Danke für den Tipp.«

Dave eskortierte sie bis an die Tür und überschüttete sie noch mit gut gemeinten Ratschlägen. Geradezu erleichtert trat Lily in die grelle Mittagshitze. Sie setzte sich die Sonnenbrille auf und stieg langsam die Treppen hinauf, die zum Stadtzentrum führten. Den ganzen Weg freute sie sich auf ein kaltes Bier und ein leckeres Sandwich in der Kühle des altmodischen Hotels.

Zweites Kapitel

Es dämmerte bereits, als die Maschine in Broome landete. Die Tageshitze hatte spürbar nachgelassen, und die tropische Nacht brachte angenehme Kühlung.

Am Steuer des kleinen Hotelbusses saß ein freundlicher junger Mann, der im Hotel Continental als Empfangschef und Barkeeper zugleich fungierte. Bei ihren Erkundigungen über Broome war Lily auch auf alte Fotos gestoßen, die das große, alte ›Conti‹ in seiner Blütezeit Anfang des 19. Jahrhunderts zeigten. Doch als sie in die Auffahrt einbogen, musste Lily enttäuscht feststellen, dass die langen, bungalowähnlichen Gebäude eher zu einem Motel der sechziger Jahre passten. Von kolonialer Pracht war nichts mehr geblieben. Es war zwar nicht das Ritz, aber was dem Hotel an Großartigkeit fehlte, wurde durch ein freundliches Lächeln und familiären Umgang wettgemacht. Das Zimmer war einfach, aber komfortabel. Statt der Klimaanlage stellte Lily lieber den Deckenventilator an. Sie freute sich, dass ihr Zimmer auf eine eigene kleine, von Bougainvilleen umrankte Terrasse führte, auf der ein Tisch und ein Stuhl standen.

Lily löste ihren Haarknoten und bürstete sich ausgiebig das lange, kräftige Haar. Dann frischte sie ihr Make-up auf und nahm Kurs auf die Logger-Bar. Noch so ein Gruß aus der Vergangenheit, dachte sie heiter.

Es gab aber weder einen gemütlichen langen Bartresen noch einen Gin Sling, vielmehr war alles nüchtern und funktionell, wie in den meisten Bars in Australien. Es herrschte kaum Betrieb, und Lily hatte keine Bedenken als einzige Frau in der Bar. Sie bestellte sich ein Glas Weißwein und sah sich ein wenig um. An den Wänden hingen großformatige, gerahmte Fotografien. Sie zeigten das alte Broome – an dem langen Anleger vertäute Logger, bei Ebbe mit dem Rumpf im Schlick liegende Boote, japanische Taucher in unförmigen Taucheranzügen, den stählernen Helm unter dem Arm, asiatische Arbeiter neben riesigen Muschelhaufen beim Sortieren und Aufbrechen der Schalen.

Lily hätte liebend gern teilgehabt an jener aufregenden Ära und wünschte, das Flugzeug hätte sie in das Broome des frühen 19. Jahrhunderts gebracht. Obwohl sie noch nichts von dem Ort gesehen hatte, war es für sie ein bewegendes Gefühl, einfach hier zu sein, und sie hoffte inständig, dass ihre Erwartungen nicht enttäuscht würden. Was, wenn die Vergangenheit ausradiert war und ihre persönlichen Nachforschungen in einer Sackgasse endeten?

Ein sonnengegerbtes, grauhaariges Männchen in einem verwaschenen T-Shirt mit einem handfesten Trinkspruch darauf schwang sich auf seinem Barhocker herum und sprach Lily an. »Das waren noch Zeiten, Mädchen. In den Zwanzigern ging es ganz schön rund hier in der Stadt.«

Lily nahm die Anrede ›Mädchen‹ amüsiert zur Kenntnis. Förmlichkeiten waren in Broome offenbar nicht üblich. »Ich wette, Sie sind ein Einheimischer«, gurrte sie.

»Na ja, könnte man so sagen.« Das Gesicht des Mannes legte sich in Hunderte von Fältchen, als er sie anlächelte.

»Leben Sie schon lange hier?« Lily ging zwischen den unbesetzten Tischen und Stühlen in billigem Tudorstil zur Bar und setzte sich zu dem Mann.

»Eigentlich schon viel zu lange. Man sagt hier, jeder kommt für ein oder zwei Jahre nach Broome und bleibt dann hängen. Ich wollte immer weiterziehen, wenn ich genug Kohle gemacht hab. Hab ich aber nie gemacht. Vor ein paar Jahren bin ich dann in ein Altenheim nach Perth gezogen. Hab's nicht ausgehalten da. Leb lieber in 'ner bescheidenen Hütte hier. Sie wollen also Urlaub bei uns machen?«

»So ähnlich. Ich will mich ein bisschen kundig machen über die alten Zeiten, die alteingesessenen Familien.«

»Was Sie nicht sagen!« Der Mann war ehrlich überrascht. »Wozu das denn?«

Lily nahm einen Schluck Wein, um sich Zeit mit der Antwort zu lassen. »Vielleicht schreibe ich was darüber. Oder entdecke einen Stammbaum.«

»In dieser Gegend hat wohl jeder ein oder zwei Leichen im Keller«, meinte der Mann mit einem fröhlichen Zwinkern. »Und wo wollen Sie anfangen?«

»Ich weiß noch nicht. Was würden Sie vorschlagen?«

»Am besten gehen Sie ins hysterische Museum. Gleich die Straße runter. War selber noch nie da.«

Lily musste lachen. »Ist das Historische Museum groß?«

»Im alten Zollhaus. Nur 'n kleiner Laden, aber vielleicht werden Sie da ja fündig. Sonst gibt's nix hier.« Der Mann leerte sein Glas und sah Lily erwartungsvoll an.

Sie verstand den Wink und bestellte eine Runde. »Ich bin Lily Barton.«

Sie gaben sich die Hände.

»Clancy. Na ja, eigentlich heiße ich Howard. Aber ich liebe Gedichte. Deswegen der Spitzname.«

»Ach, Sie lesen Lyrik?«

»Manchmal.« Er zuckte die Achseln und fuhr dann voller Selbstüberzeugung fort. »Das Zeug, das ich schreibe, ist besser.«

Lily wollte vermeiden, dass er ihr eine Kostprobe seines Könnens verabreichte, und lenkte schnell ab. »Sagen Sie, gibt es hier noch ›alte Hasen‹, mit denen ich reden könnte? Taucher oder jemand aus den alten Familien?«

»Genüge ich Ihnen nicht?«, feixte Clancy. »Hören Sie, es gibt noch alte Familien hier, aber die bleiben eher unter sich. Geschlossene Gesellschaft. Aber Mrs. Fong könnte Ihnen was erzählen, ihr Mann war Perlentaucher. Als sie noch jung war, hat sie für die reichen weißen Damen geputzt. Die Fongs sind heute ganz gut im Geschäft. Und die Perlenarbeiter hier sind alle ziemlich neu. Aber es kommt vor allem drauf an, was Sie eigentlich suchen.«

Lily kramte in ihrer Handtasche nach dem Foto von dem Mann in der weißen Marineuniform und reichte es Clancy. Der Barkeeper und die anderen Gäste rückten näher. »Er ist ein Teil meiner Vergangenheit, ich weiß aber überhaupt nichts über ihn.«

Die Männer betrachteten das Foto eingehend.

»Eins ist sicher, der Premierminister ist es nicht«, stellte Clancy mit einem verschmitzten Lächeln fest. »Keine Ahnung, wer das sein könnte. War vor meiner Zeit.«

Die anderen bekräftigten das mit einem Nicken, und Lily steckte das Foto wieder in die Handtasche.

Danach entwickelte sich eine angeregte Unterhaltung zwischen Lily und den übrigen Bargästen, die ihr zu ihrer Belustigung haarsträubende Geschichten und Anekdoten aus alten Zeiten auftischten. Irgendwann wurde sie müde, und sie verabschiedete sich von der Runde.

»Dank der Zeitzonen war mein Tag heute drei Stunden länger als der Ihre«, sagte sie zur Erklärung und auch, um der Bestellung einer weiteren Runde zuvorzukommen. »Es war sehr nett mit Ihnen allen, ich hoffe, wir können unsere Unterhaltung ein andermal fortsetzen.«

»Aber immer. Sie finden uns abends meistens hier in der Bar.« Clancy klang ehrlich begeistert.

Die Männer verfolgten die schlanke Gestalt mit anerkennendem Blick auf ihrem Weg nach draußen.

»Hübscher Käfer. Was meint ihr, was sie hier sucht?«, überlegte Clancy laut.

»Schwer zu sagen«, meinte der Barkeeper. »Jedenfalls hat sie für ein paar Wochen gebucht.«

Am nächsten Morgen nahm Lily ihr Frühstück unter den üppigen Bougainvilleen auf ihrer Terrasse ein. Auf dem

Frühstückstablett lag ein kleines Schreiben, in dem die Hotelleitung sich dafür entschuldigte, dass es anstelle von Croissants leider nur Muffins gab und dass die Tageszeitung erst mit der Mittagsmaschine eintreffen würde. Dafür hatte man ihr eine Broschüre ›Sehenswertes in Broome und im Kimberley-Distrikt‹ beigelegt. Lily schaltete das Radio an ihrem Bett ein und suchte vergeblich nach einem Sender mit Nachrichten. Also trank sie ihren Tee, bevor er kalt wurde.

Später erschien sie in Jeans und Hemd an der Rezeption und erkundigte sich nach dem Weg zum Historischen Museum. Die junge Frau am Empfang legte die Stirn in Falten.

»Ich glaube, das ist im alten Zollhaus«, half Lily ihr auf die Sprünge.

»Ach so, ja, das ist im *Seaview Shopping Centre*, einfach nur die Straße runter«, erinnerte sich die Frau.

Draußen wurde Lily von einer angenehmen Brise empfangen. Beim Anblick der weitläufigen Roebuck Bay, die sich vor ihr ausbreitete, stockte Lily der Atem. Kleine Wellen schwappten an dicken Mangrovenwurzeln hoch, vereinzelt ragten rostrote Felsen aus dem wundervoll türkisblauen Meer.

Lily stand da und schaute fasziniert auf das grandiose Farbspektakel. Milchige Stellen ließen das Meer wie gefroren erscheinen, und über dem Ganzen wölbte sich ein tiefblauer, geradezu transparenter Himmel.

Sie wanderte weiter und fand sich bald darauf vor einem weiteren Überrest aus der Vergangenheit. Sie konnte sich nicht erklären, was diesmal ihre Aufmerksamkeit weckte. Es war nur ein kleiner verlassener Laden direkt am Meer. Das rostige Wellblechdach war blutrot wie die Felsen, die Wände dünn und voller Löcher, und durch Spalten und Fenster konnte Lily im Inneren Stapel verrottender Austernkörbe, Netze und Taue entdecken. Sie wanderte um das Häuschen herum, machte ein Foto und rätselte immer noch, was sie an diesem Ort so faszinierte.

An dem kleinen weißen Holzhaus, in dem das Historische Museum untergebracht war, stand auf einem blanken Metallschild zu lesen, dass sich hier vormals die alte Zollstation befunden hatte. Teile von Taucherausrüstungen, Handpumpen von Loggern und Hausgerät aus Pioniertagen lagen in dem kleinen Vorgarten herum. Auf der schmalen Veranda standen Vitrinen mit Ausstellungsstücken, sie waren wohl abgeschlossen, aber vertrauensvoll dem Zugang des Betrachters überlassen.

Lily trat auf die Eingangstür zu, an der ein großes Schild ›KLIMATISIERT, BITTE EINTRETEN‹ hing. Darunter entdeckte Lily den kleinen handschriftlichen Hinweis ›FÜR EIN PAAR TAGE GESCHLOSSEN‹. Mit einem amüsierten Lächeln fragte sie sich, wie lange der Zettel wohl schon da hing und wie sie trotzdem Zugang zu dem kleinen Museum bekommen konnte. Sie ging in ihr Hotel zurück und rief die Autovermietung an, die man ihr empfohlen hatte.

Kurze Zeit später erschien eine lebhafte Frau in einem kleinen Geländewagen. Auf der Fahrt zu der Blechbaracke, die der Frau als Büro diente, erzählte sie Lily ihre gesamte Lebensgeschichte und dass ihre Ehe sich erheblich gebessert hatte, seit sie und ihr Mann von der Ostküste nach Broome gezogen waren. Lily sann darüber nach, inwiefern die Geografie Einfluss auf eine Ehe zu nehmen vermochte.

Sie erledigten kurz die Formalitäten und schon rollte Lily in ihrem Mietwagen über eine staubige Straße an kleinen, hinter tropischen Pflanzen versteckten Bungalows vorbei. Bei der Touristeninformation hielt sie an und erkundigte sich, wo sie noch etwas über das alte Broome erfahren könnte, nachdem das Historische Museum geschlossen war.

»Ja, richtig. Die Museumsleiterin hat familiäre Verpflichtungen, und ihre Aushilfe ist nicht da. Was genau wollen Sie denn wissen?«, fragte das Mädchen hinter dem Tresen zuvorkommend.

Lily hatte ihre Version schon parat. Als sie beiläufig die faszinierende Geschichte der ersten Händler an der Küste erwähnte und ihr Interesse an der guten alten Zeit bekundete, schnippte das Mädchen mit den Fingern. »Na, da hab ich was für Sie. Sie sollten mal die Küste rauffahren, da gibt es einen Ort, der Sie interessieren könnte. Ihr Team braucht einen Geländewagen, aber wir haben jetzt Trockenzeit und es ist keine Saison, da dürften Sie keine Probleme haben.« Sie suchte nach einer Straßenkarte.

»Welchen Ort meinen Sie denn?«, fragte Lily.

»Kap Leveque. In den alten Missionsstationen wird man Ihnen vielleicht ein paar Fragen beantworten können. Ist zwar nicht viel los jetzt, aber wenn Sie in der Vergangenheit schürfen wollen, ist das genau der richtige Ort für Sie und Ihre Leute.«

Lily ging mit der Karte und einer bunten Ansammlung von Prospekten für ihr ›Team‹ davon. Offenbar war das Mädchen daran gewöhnt, dass Journalisten, Dokumentarfilmer und Reiseschriftsteller mit ihrem Gefolge hier einfielen. Vielleicht hatte sie auch den Eindruck vermittelt, dass sie auf der Suche nach mehr als bloß einer Familiengeschichte sei. Lily studierte die Karte. Kap Leveque lag sehr abgelegen. Sie würde also eine weite Strecke fahren müssen.

Zunächst fuhr sie durch die Stadt und parkte den Wagen an der *Napier Terrace*. Wieder überkam sie das merkwürdige Gefühl des *déjà-vu*, als sie an den alten Perlenschuppen an der Mole entlangging, wo die Ebbe das Watt freigelegt hatte und gestrandetes Mangrovengehölz aus dem Schlamm ragte.

Nun stand sie auf dem alten Anleger *Streeter's Jetty*, der weit in den grauen Schlick hinausreichte. In Broomes Blütezeit vor dem Ersten Weltkrieg hatten sich an die 400 Logger am Steg, an der Küste entlang und in den Kanälen gedrängt, die von der bis zu zehn Meter hohen Flut unter Wasser gesetzt wurden. Mit dem Verschwinden der Perlenlogger hatten die Mangroven das Wattland zurückgewonnen und bildeten nun dichte Haine, durch die sich ein Netz von Wasserarmen und Kanälen zog. Die Gegend lag verlassen, die Morgenhitze brannte auf die alten Planken des Anlegers.

Ein typisches Bild für Broome waren die Perlenlogger, die bei Flut am Anleger und vor der Küste im Wasser lagen oder bei Ebbe im Schlick steckten. Lily versuchte, sich die damalige Zeit zu vergegenwärtigen, die Männer, die an den Loggern hantierten und Werkzeug reparierten, die Betriebsamkeit in den Sortierschuppen, das Sprachengewirr, die gellenden Befehle der Perlenunternehmer, das Rasseln der Muschelschalen, wenn sie in Säcke gefüllt wurden, das Bimmeln der Fahrradglocken.

Sie vermeinte, das würzige asiatische Essen riechen zu können, den süßlichen indonesischen Tabak, den herben Meergeruch der Muschelschalen, den Teer der Boote. Doch alles, was sie wirklich roch, waren die salzige Luft und der Faulgestank der Mangroven.

Lily schlenderte am ehemaligen Büroschuppen eines Perlenunternehmers vorbei. Das Gebäude hatte einen neuen Anstrich und diente nunmehr einem Perlenexporteur als Firmensitz. Sie ließ den Blick über die Bucht schweifen und entdeckte eine kleine Sandbank, auf der eine menschliche Gestalt hockte, die Beine im Sand ausgestreckt, den Hut tief ins Gesicht gezogen, in der Hand eine Angelschnur.

Lily sprang von der niedrigen Hafenmauer und wanderte über den Strand auf die einsame Gestalt zu. Es war eine ältere Aborigine. Lily lächelte ihr einen Gruß zu und ging an ihr vorbei bis zum Ende der Sandbank, wo im seichten Wasser ein kleines Boot dümpelte. Zwischen niedrigen Mangrovenbüschen verästelten sich schmale Wasserläufe in alle Richtungen. Das offene Meer war etwa zwei Kilometer entfernt. Aber hier in der Bucht bildeten die schmalen Kanäle ein Labyrinth sich ähnelnder Wasserläufe, das zu befahren ein Albtraum sein musste. Lily wanderte zurück und blieb bei der alten Frau stehen, die gerade ihre Angelschnur einholte und ihren Fang betrachtete.

»Kein Glück, was?«, konstatierte Lily.

Die Frau befestigte ein Stück Fleisch am Angelhaken, warf dann die Schnur in weitem Bogen wieder aus und sah aufmerksam zu, wie der Köder aufs Wasser schlug.

»Gibt es hier viele Fische?« Eine Plastiktüte trieb vorbei.

»Fisch ist da. Aber nicht so gut.«

»Was für Fisch denn?«

»Welse. Manchmal Barben. War mal guter Fisch. Jetzt zu viel Müll.«

»Lebst du schon lange hier?«

»Alle meine Familie hier gearbeitet.«

»Was hast du gemacht?«

»Waschen und putzen.« Auf dem Gesicht der Frau zeigte sich ein zahnloses Lächeln. »Ich für weiße Damen gearbeitet. Meine Urgroßmutter, Großmutter und meine Mutter, alle für selbe Leute. Zu alt jetzt für Arbeit.«

Die alte Frau hatte schwielige Hände wie ein Mann. An ihren dünnen Beinen traten die Venen in Knoten hervor, ihr Körper war massig und schwer, und der Strohhut auf ihrem Kopf verbarg ihr schütteres weißes Haar.

»Ich heiße Lily.« Sie hockte sich neben die Frau in den Sand.

»Ich bin Biddy. Da hinten das kleine Haus is mir.« Sie wies mit dem Kopf kurz über ihre Schulter. »Die da gehören auch zu mir.« Noch ein Wink mit dem Kopf in Richtung der alten Schuppen, in deren Schatten Lily ein halbes Dutzend Männer lungern sah. Der Berg leerer Bierdosen und das silbrige Glitzern von leeren Weinflaschen kündeten von wochenlangem Trinken.

»Faule Kerle, die«, fuhr die Frau fort. »Früher Männer hart gearbeitet. Viel Arbeit damals.«

»Erzähl mir von früher, Biddy. Wie war es damals?«

Biddy prüfte die Angelschnur, die sie um den Finger gewickelt hielt, dann rückte sie sich zurecht und begann in Erinnerungen zu schwelgen. Sie kramte bunte Geschichten und Anekdoten aus ihrem Gedächtnis hervor, die sie mit gackerndem Lachen und Glucksen garnierte. Sie erzählte von großen Häusern mit prächtigen Möbeln. »Gab auch Stühle und was nicht alles mit Perlen und Gold dran.« Sie beschrieb die kunstvoll bestickten und verzierten Kleider der Frauen, die Uniformen der Männer, die großen Feste und Partys.

»Ich viel gewaschen! Herrje! Master weiße Sachen viele Male am Tag gewechselt.«

»Weiße Sachen?« Lily dachte dabei an das Foto mit dem lächelnden Mann in der strahlend weißen Uniform.

»Und Schuhe! Fünfzehn Paar weiße Schuhe ich für Master putzen müssen ... Waren aber gute Leute, die. Gute Leute.«

Lily hörte gebannt zu, ab und zu stellte sie eine Frage. Allmählich kam Farbe in ihr schwarzweißes Bild vom alten Broome.

Biddy erzählte, dass sie den größten Teil ihres Lebens bei derselben Familie gearbeitet hatte, bis der Krieg ausbrach. »In Broome alles kaputt. Jetzt wieder alles besser. Nich mehr so wie früher, aber für Biddy is okay. Meine Enkelin is 'n tüchtiges Mädchen.«

Lily begann, sich für Biddy zu erwärmen, ihr gesunder Humor und ihre feine Beobachtungsgabe gefielen ihr.

»Haben sie dich damals gut behandelt, Biddy?«

»Ja, meine weiße Leute, ja. Wir wie eine Familie. Mein ganzer Clan kommen nach Broome. Auch die Buschtanten und Buschonkel. Jetzt wir haben nur noch uns.«

»Gab es auch schlechte Zeiten?«, wollte Lily wissen.

Die alte Frau hob die Schultern. »Manchmal. Alte Biddy fischt jetzt immer hier, gute Zeiten und schlechte Zeiten. Was soll ich sonst machen, hm?«

Lily schmunzelte. Das war auch eine Lebensphilosophie, einfach fischen gehen. Sie mochte das. Ihr gefiel das schweigsame Fischen von einem Boot aus, nur mit einer Angelschnur. Das war ein Vorwand, um einfach dazusitzen und nachzudenken oder seine Gedanken schweifen zu lassen. Nicht etwa, dass man nichts tat, man war ja beim Angeln.

»Flut kommt«, bemerkte Biddy. »Macht alles wieder frisch.«

Das Wasser stieg nun rasch und schwappte bereits über Biddys abgetretene Sandalen. Sie stand auf und begann, die Angelschnüre einzuholen. Die eine lief um eine große Plastikrolle, eine andere um einen Korken, die dritte um eine Limonadenflasche.

Lily griff nach der Flasche. »Kann ich helfen?«

»Wenn Fisch dran, schnell rausziehen«, wies sie Lily an.

»Keine Sorge, Biddy. Ich habe schon einige Male in meinem Leben mein Abendbrot geangelt.«

Aber es war Biddy, die den Fang machte und einen kräftigen Wels an Land zog, den sie gekonnt vom Haken nahm, ohne an seine stachelige Rückenflosse zu geraten.

»Ferien in Broome?«, fragte sie Lily, als sie zusammenpackten.

»So ähnlich.«

Biddy sah Lily aufmerksam an. »Broome is 'n schöner Ort. Musst dich umschauen.«

»Das hab ich vor, Biddy.«

Lily wanderte dahin zurück, wo sich in den ehemaligen Muschelschuppen die Perlengeschäfte aneinander reihten. Sie bog in eine kleine Gasse ein und fand sich unversehens in Chinatown, dem alten Chinesenviertel mit seinen verwinkelten Gässchen, den dunklen, engen Läden und Esslokalen – Zeugen einer bewegten Vergangenheit. Lily kam am alten Roebuck Hotel vorbei. Im Pub war nicht viel los, eine Gruppe Aborigines hockte im Schatten neben dem Eingang. Trotz des bunten touristischen Anstrichs der Stadt blieb die Vergangenheit überall gegenwärtig, und Lily sog die Atmosphäre in sich auf wie ein Schwamm.

An diesem Abend beschloss Lily, auf einen Drink ins Mangrove Hotel zu gehen, das hoch über der Roebuck Bay lag. Sie wollte den herrlichen Ausblick bei Sonnenuntergang genießen und dann in einem Lokal zu Abend essen.

Sie spazierte durch den Bedford Park, vorbei an den verrosteten Waggons der Pferdebahn, die ehemals zum *Streeter's Jetty* fuhr, und am Denkmal für den großen William Dampier, das eine Seekiste darstellte, die er bei seinem ersten Besuch bei sich gehabt haben soll. Lily verweilte einen Moment, um die Gedenktafel für den unerschrockenen englischen Piraten und späteren Entdecker und Forscher zu lesen, der 1688 mit seiner *Cygnet* an der Nordküste von ›Neuholland‹ gelandet war. Sie überquerte die verlassene Uferstraße und blieb vor einem weitläufigen Holzhaus im Kolonialstil stehen, das sich unter seinem Schrägdach zu ducken schien und von prächtigen Bäumen mit tief herabhängenden Zweigen flankiert wurde. Die breite Veranda wurde auf drei Seiten von Gitterwerk umschlossen. An dem weiß gestrichen Lattenzaun hing ein Schild mit der Aufschrift GALERIE.

Lily blieb stehen. Die Türen zur Veranda standen weit offen. Sie ging durch den sandigen, von Blättern bedeckten Vorgarten und betrat die Holzveranda. Der zu den privaten Räumen führende Bereich war durch kunstvoll geschnitzte indonesische Holzwandschirme abgegrenzt. Lily wandte sich einer der offenen Türen zu und trat in einen großen, hellen Raum mit hoher Decke, in dem sich offenbar die Ausstellung befand. Unter den weiß gestrichenen Deckenbalken drehten sich Ventilatoren. Zeitgenössische Aboriginemalerei, Aquarelle mit einheimischen Landschaften oder Meeransichten und märchenhafte Unterwasserszenerien schmückten die Wände. An Stellwänden hingen fein ausgearbeitete, exquisite Radierungen von Pflanzen und Reptilien.

Vom Meer wehte eine leichte Brise herüber. Lily wähnte sich allein in der Galerie, da kam eine kleine schlanke Frau mit kastanienbraunem Lockenkopf und hellem Teint herein, die meterlange Bahnen handbemalter Seide auf den Armen trug. Sie trug einen Sarong mit passendem Baumwollmieder, dazu Ledersandalen. »Hallo«, grüßte sie fröhlich. »Etwas spät für einen Galerienbummel, ich wollte gerade schließen.«

»Tut mir Leid«, entschuldigte sich Lily. »Ich kam zufällig vorbei und sah das Schild ... und die Tür war offen ... wenn es gerade nicht passt ...«

»Aber ich bitte Sie!«, unterbrach sie die Frau und hängte die Seide über einen Ständer. »Lassen Sie sich ruhig Zeit. Übrigens, das alles hier sind Arbeiten von ansässigen Künstlern.«

Lily sah sich um. »Sie haben wunderbare Sachen hier. Und die richtigen Räumlichkeiten dafür. Das Haus ist wohl ein alter Besitz. Wer hat es bewohnt?«

»Ja, früher hieß es *Imata's Store*. In diesen alten Holzhäusern lässt es sich sehr angenehm wohnen. Die Neubauten mit ihren Klimaanlagen passen nicht in diese Gegend. Man braucht keine Klimaanlage, wenn man vernünftig baut.«

Lily blickte durch die große offene Doppelglastür auf die Bucht, über der jetzt die Sonne unterging. »Wie ruhig und friedlich es hier ist.«

Die Frau trat zu Lily und betrachtete den Sonnenuntergang. »Ja, ich habe es nie bedauert, dass ich hierher gezogen bin.« Sie warf Lily einen vielsagenden Blick zu. »Eine Menge geschiedener Frauen wie ich kommen hierher. Sehr heilsam.«

Lily musterte die Galeriebesitzerin. Sie schien Mitte bis

Ende dreißig und strahlte eine heitere Gelassenheit aus. »Fühlen Sie sich hier nicht manchmal einsam?«

Die Frau lachte leise. »Ganz und gar nicht. Ich hab's wie meine Freundinnen gemacht und wieder geheiratet. Einen jüngeren Mann. Sind Sie alleine hier?«

»Ja.«

»Wo wohnen Sie?«

»Die Straße runter im ›Conti‹. Ich wollte zum Mangrove Hotel und mir den Sonnenuntergang ansehen.«

»Darf ich Sie zu einem Glas Wein auf meiner Veranda einladen? Von da haben wir eine perfekte Aussicht auf den Sonnenuntergang. Mein Mann und meine Tochter sind beim Musikunterricht. Und ich habe nur nach einem Vorwand gesucht. Übrigens, ich heiße Deidre.«

Sie zogen sich zwei handgedrechselte Sessel mit Sitzflächen aus geflochtenem Leder heran. Deidre schenkte den Wein in zwei schwere Kelchgläser und stellte die Flasche auf dem Geländer ab. Dann lehnte sie sich in ihrem Sessel zurück und legte die Füße neben die Flasche auf das Geländer. »Also, was führt Sie in diese Gegend? Sie sehen nicht wie eine Touristin aus. Genau genommen sehen Sie fast wie eine Einheimische aus.« Sie spielte auf die Jasminblüten an, die Lily sich in das offene Haar gesteckt hatte, und auf ihr loses, hawaiisch anmutendes Kleid.

Lily nippte an ihrem Wein. »Ich habe angefangen, mir Fragen über mich selbst zu stellen, und einige Antworten werde ich vermutlich hier in Broome finden. Nicht, dass ich etwa schon weit gekommen wäre.« Lily machte eine kleine Pause. »Tut mir Leid, wenn das jetzt irgendwie rätselhaft klingt.«

»Klingt eher nach Scheidung.«

»Eigentlich nicht. Aber meine Mutter ist vor einer Weile gestorben. Das setzte die Spurensuche in Gang. Ich tue es für mich, für sie, für meine Familie, für mein weiteres Leben ... und so.«

»Die meisten von uns kommen irgendwann in ihrem Leben an diesen Punkt. Einige ignorieren das und machen einfach weiter wie bisher, andere vollziehen eine dramatische Wende oder betreiben das, was Sie gerade machen – Spurensuche.«

»Ich habe alle drei Phasen durchgemacht«, bekannte Lily.

»Das ist doch gut so. Der Prozess kann sehr schmerzhaft sein, aber man geht wie erneuert daraus hervor und mit einer anderen Einstellung zum Leben. Man bekommt ein neues Selbstwertgefühl, und nach und nach regelt sich alles von selbst.« Deidre füllte ihre Gläser nach. »Lassen Sie es einfach geschehen, jagen Sie nicht den bunten Schmetterlingen nach. Hier bei uns im Norden, an diesem irgendwie verrückten Ort, haben die Dinge eine merkwürdige Art, sich zum Guten zu wenden.«

Die untergehende Sonne hatte die Weinflasche erfasst, das grüne Glas sprühte goldgelbe Funken. Die beiden Frauen waren sich auf Anhieb sympathisch und plauderten unbefangen, wie Frauen oft spontan den richtigen Kontakt zueinander finden. Männern ist diese Art des offenen Umgangs eher fremd, für Frauen ist dieser Austausch aber eine ganz natürliche Sache mit einem besonderen Stellenwert.

Lily trank ihren Wein aus und erhob sich. »Herzlichen Dank für die Einladung zum Sonnenuntergang. Das war wirklich sehr nett von Ihnen. Ich denke, ich werde mich mal in der Stadt umsehen und irgendwo einen schönen Fisch essen. Was würden Sie mir empfehlen?«

»Das *Noshi*, gleich neben dem *Pearl Palace*«, schlug Deidre vor. »Übrigens, am kommenden Donnerstagabend werde ich eine Ausstellung im Cable Beach Club eröffnen. Hätten Sie Lust zu kommen?«

»O ja, gerne. Wer stellt aus?«

»Rosie Wallangou. Ich werde eine Einladung für Sie im Hotel abgeben. Wie ist denn Ihr Nachname?«

»Barton. Lily Barton.« Sie schlüpfte in ihre Sandalen und ging die Verandatreppe herunter.

»Nehmen Sie die Schotterstraße hinten um die Stadt herum, das ist eine Abkürzung«, rief Deidre hinter ihr her. »Sie fängt gleich hinter Kapitän Tyndalls Haus an.«

Lily wandte sich um. »Und wo ist das?«

»Einfach die Straße hoch, am Steilufer. Großartiges altes Haus. Einen schönen Abend noch, und lassen Sie sich's schmecken.«

Lily stand im Dämmerlicht vor dem herrlichen alten Kolonialhaus, das genau über der Bucht lag. Breite Veranden liefen um das Haus, riesige Jasminbäume und üppige Bougainvilleen zogen sich bis über das Dach. »Mein lieber Kapitän Tyndall«, dachte Lily bei sich, »Sie haben sich das schönste Plätzchen ausgesucht und gewusst, wie es sich leben lässt.« Sie war hingerissen von dem Anwesen und der atemberaubenden Aussicht und fragte sich, ob Kapitän Tyndall, wer immer er auch gewesen sein mochte, auf dieser Veranda gesessen und das friedliche Panorama der Bucht mit ihren Mangroven, Kanälen und glitzernden Wellen genossen hatte.

In der Ferne zog ein einsames Segelboot vorbei.

Lily setzte ihren Weg in die Stadt fort, fand ein nettes Gartenlokal und aß im Freien bei flackerndem Kerzenlicht. Sie war daran gewöhnt, als Frau allein essen zu gehen, und genehmigte sich ein Drei-Gänge-Menü. Zwischendurch plauderte sie mit der netten jungen Kellnerin, einer Dänin, die hier in den Ferien jobbte. Zufrieden machte sich Lily auf den Heimweg durch die kühle Nachtluft.

Im Hotel fand sie eine Nachricht von Tony vor – er war auf dem Weg nach New York. Er würde sie so bald wie möglich anrufen und schickte ihr liebe Grüße. Ein warmes Glücksgefühl durchströmte sie, wie immer, wenn sie an Tony dachte. Sie steckte die Nachricht ein …

In der hellen Morgensonne schob Lily ihr Frühstückstablett auf die Seite – immer noch keine Croissants und keine Tageszeitung – und studierte auf der Karte die Gegend nördlich von Broome. Dann packte sie eine Tüte Mandarinen und zwei Literflaschen Mineralwasser ein und fuhr in ihrem kleinen Geländewagen los. In wenigen Minuten hatte sie die Landstraße erreicht, und bereits eine halbe Stunde später ging der Asphalt in eine endlose orangerote Sandpiste über. Der leichte Jeep ließ sich in dem feinen Sand nur schwer lenken, und so fand Lily es klüger, das Tempo zu drosseln.

Es war ungewöhlich still um sie, ihr Mietauto verfügte weder über ein Radio noch einen Kassettenrekorder. Durch ihre Sonnenbrille wirkte die Piste wie tiefes Ockerbraun, es gab keinerlei Radspuren, offensichtlich war hier lange niemand gefahren. Vernünftigerweise hatte sie das Mädchen an der Rezeption über ihren Ausflug informiert und ihr aufgetragen, die Polizei zu verständigen, wenn sie bis acht Uhr abends nicht zurück wäre.

Das Fahren erforderte ihre ganze Konzentration, denn die Räder des Wagens rutschten in dem losen Sand immer wieder weg. Lily versuchte, sich in der Mitte der Piste zu halten, in der Hoffnung, der Untergrund würde dort fester sein. Aber im nächsten Moment, ehe sie begriff, was geschah, kam der Jeep vom Weg ab, drehte sich einmal um die eigene Achse und schoss auf einen großen roten Felshang zu. Lily versuchte gegenzulenken und betete, dass der Wagen sich nicht überschlagen möge. Nach einer letzten Drehung kam er vor dem bröckelnden Felshang zum Stehen.

Mit wackeligen Knien stieg Lily aus und versank sofort im knöcheltiefen, pulverfeinen Sand. Der Wagen steckte bis zu den Achsen fest. Sie schaute sich vergeblich nach herumliegenden Ästen oder Baumrinden um, die sie unter die Räder hätte legen können. Um sie herum sah sie nur offenes

Wüstenland und an der Piste einen hohen, dürren Baum, der mit seiner kümmerlichen Belaubung keinerlei Schatten bot.

Sie durchsuchte den blitzblanken neuen Wagen. Es lag keinerlei Werkzeug darin mit Ausnahme eines nagelneuen Wagenhebers. Sie versuchte, die Räder mit den Händen freizuschaufeln, aber sobald sie anfahren wollte, drehten sie durch und gruben sich noch tiefer in die Radspur. Fluchend setzte sich Lily neben den Wagen und schälte sich eine Mandarine.

Die Sonne stieg immer höher und mit ihr die Temperatur. Es waren mehr als dreißig Grad. Lily spürte, wie das Autoblech immer heißer wurde. Es war ratsam, beim Wagen zu bleiben – wo sonst sollte sie auch hin?

Am späten Nachmittag hatte Lily ihren Obstvorrat verspeist und eine Flasche Wasser geleert. Resigniert gestand sie sich ein, dass so spät wohl niemand mehr hier vorbeikommen würde und dass sie die Nacht wohl oder übel im Wagen verbringen musste. Bis das Mädchen an der Rezeption Alarm schlug, wäre es bereits Nacht, und Lily bezweifelte, dass man sie im Dunkeln suchen würde. Sie hatte keine Angst, sie ärgerte sich nur über ihre eigene Dummheit, die sie in diese missliche Lage gebracht hatte. Man hatte ihr versichert, dass sie mit einem Allradwagen gut bedient sei, aber sie sah nun ein, dass sie ein starkes Fahrzeug brauchte, nicht dieses kleine, leichte Ding, das bestenfalls für den Strand taugte.

Lily döste bis zum Sonnenuntergang, da schreckte ein Geräusch sie auf. Es klang wie der Ruf eines fremdartigen Tieres. Sie stellte sich mitten auf die Piste und spähte in beide Richtungen des endlosen bronzefarbenen Bandes.

»COOEE!«, sang sie in die Einsamkeit.

Zwei Aborigines tauchten so unerwartet hinter ihr auf, dass sie erschrocken herumfuhr. Sie saßen hoch zu Ross, zwei bedrohliche Schatten, und einen Moment lang bekam Lily es mit der Angst. Dann merkte sie, dass die beiden Männer ebenso überrascht waren wie sie selbst.

»Haben Sie 'ne Panne, Lady?«

»War 'n Unfall, schau mal, der Wagen«, erklärte der andere, ehe Lily etwas sagen konnte.

Sie stiegen vom Pferd und umrundeten den Jeep.

»Wie lange sind Sie schon hier?«

»Seit heute Morgen. Glauben Sie, Sie können mir helfen?«

»Sind Sie ganz allein?«

Lily nickte. Die Männer wechselten kurz einen Blick. Sie ließen die Zügel los und wanderten noch einmal um den Wagen herum.

»Wo wollen Sie 'n hin?«

»Ich war auf dem Weg nach Kap Leveque.«

»Die Straße is nich gut für so 'ne Karre.«

»Das hab ich auch schon gemerkt. Aber es war der einzige Leihwagen, den ich kriegen konnte. Wenn Sie mir hier raushelfen, fahre ich wieder nach Broome zurück.«

Die beiden Männer schoben und ruckten mit aller Kraft, bis der Jeep wieder auf der Piste stand. »Tausend Dank. Ich bin so froh, dass Sie vorbeigekommen sind. Was machen Sie eigentlich hier draußen?«, wollte Lily wissen.

»Sind Viehtreiber. Hüten Vieh auf dem Land der Mission.«

»Welcher Mission?«

»Beagle Bay. Nich weit. Sie haben die Abzweigung nach rechts verpasst. Is besser, wenn Sie da bis morgen bleiben. Is bald Nacht.«

»Stimmt, ich habe keine Lust, im Dunkeln zurückzufahren.« Lily sah, wie die letzten Sonnenstrahlen am Horizont verschwanden.

Die Männer gingen wieder zu ihren Pferden.

»Wo wollen Sie jetzt noch hin?«, fragte Lily.

»Stückchen weiter übernachten. Wir haben Vieh an 'nem Wasserloch«, erklärte einer der Viehtreiber.

»Also, noch mal vielen Dank für Ihre Hilfe.« Lily gab den Männern die Hand und war überrascht von ihrem sanften Händedruck.

»Kein Problem«, grinste der Jüngere, und dann schwangen sich beide in ihre Sättel, mit einer fast akrobatischen Geschmeidigkeit, die Lily in Staunen versetzte.

Sie fuhr die Strecke mit äußerster Konzentration und Umsicht zurück, und irgendwann erfassten ihre Scheinwerfer eine Stelle am Pistenrand, die mit einem Pfosten markiert war. Lily hielt an und stieg aus. Im Staub lag ein verwittertes Blechschild. BEAGLE BAY 8 KM las sie im Scheinwerferlicht.

Die Straße war in einem erschreckenden Zustand, schmal und voller Furchen. Lily fuhr mit größter Vorsicht und die meiste Zeit im zweiten Gang. Es war bereits stockdunkel, als sie die kleine Ansiedlung erreichte, die wie ausgestorben dalag. Ab und zu entdeckte Lily menschliche Schatten vor schachtelgroßen Häuschen mit der üblichen Feuerstelle im Hof. Sie fuhr langsam weiter, passierte einen kleinen eingezäunten Friedhof und hielt dann unvermittelt an, wie geblendet von der strahlenden Erscheinung, die sie vor sich sah.

Im Licht des Vollmondes, der rund und satt am Himmel hing, stand eine weiß gekalkte Kirche, majestätisch schimmernd wie das Taj Mahal. Lily stellte den Motor ab und ging neugierig näher heran. Sie bemerkte, dass die Kirchentür einen Spalt offen stand, drückte sie behutsam auf und trat leise ein.

Sie blinzelte mehrmals und brauchte eine Weile, bis sie sich in der wundersam befremdlichen Umgebung zurechtfand. Das Innere der Kirche schimmerte und leuchtete in dem milden Licht, das durch die bunten Glasfenster drang. Lily entdeckte einen kleinen Tisch mit Kerzen und Streichhölzern. Sie zündete eine Kerze an und leuchtete rundherum.

Der silbrige Schimmer rührte von Muschelschalen. Zu Tausenden schmückten sie Decken und Wände oder umrahmten Fensteröffnungen und Nischen in kunstvollen geometrischen Mustern. Bilder und Wandgemälde waren von sorgfältig gearbeiteten Mosaiken aus Perlmutt umlegt. Lily konnte das Wunder kaum fassen. »Wie unglaublich schön«, flüsterte sie.

Die Kirche strahlte Ruhe, Sicherheit und Frieden aus. Lily blies die Kerze aus und ging zu ihrem Wagen zurück. Sie setzte sich wieder ans Steuer und parkte den Jeep gleich neben dem kleinen Gotteshaus. Dann rollte sie sich auf dem Rücksitz zusammen und fiel sofort in tiefen Schlaf.

Drittes Kapitel

Als die Sonne den Wagen unerbittlich aufzuheizen begann, regte sich Lily unruhig. Ein leichtes Klopfen am Wagenfenster schreckte sie auf. Sie saß kerzengerade.

Vor dem Fenster zeichneten sich Kopf und Schulter eines Mannes ab. Er klopfte noch einmal. Lily kurbelte die Scheibe ein Stück herunter.

»Guten Morgen«, ertönte es fröhlich. Der Mann war im fortgeschrittenen Alter. Sein spärliches graues Haar stand ihm wirr um den Kopf.

»Äh, guten Morgen«, grüßte Lily zögernd.

»Haben Sie geschlafen?«

»Ja, habe ich.«

Er schob eine braun gefleckte Banane durch den Fensterspalt. »Möchten Sie mein Frühstück mit mir teilen?«

Lily nahm die Gabe dankbar entgegen, entriegelte die Wagentür und stieß sie auf. »Ich hatte gestern eine kleine Panne mit dem Wagen und hab es nur noch bis hierher geschafft. Ich heiße Lily.«

»Ich bin Bruder Wilhelm. So, Sie wollen uns also einen Besuch abstatten?«

»Eigentlich wollte ich weiter nach Norden, aber dann hielt ich es für besser, hier zu übernachten, statt nach Broome zurückzufahren.«

»Hab immer das Schiff nach Broome genommen. Ich fahre nicht mehr Auto. Meine Augen taugen nichts mehr.« Er strich sich über das Gesicht.

»Sie sind mit dem Schiff von hier nach Broome gefahren?«

»Ja, und von Lombadina – sind etwa 150 Kilometer.«

Lily hatte sich auf die Steintreppe vor der Kirche gesetzt und aß ihre Banane, während sie dem Mann zuhörte.

»Einmal komme ich von Broome zurück. Das Meer ist so rau, es geht immer rauf und runter, turmhohe Wellen. Haben bald eine Woche im Sturm gesteckt. Wir kommen nach Beagle Bay, können aber nicht rein wegen dem Wellengang. Ich steig mit drei Männern in ein Rettungsboot, um über die Brandung zu rudern, zwei Kilometer bis zum Ufer. Aber wir kentern, Boot kippt um, müssen schwimmen. Die Flut kommt hier mit acht Seemeilen die Stunde, das Wasser an dieser Küste steigt dann bis zu zwölf Meter und mehr. Ich bete und schwimme, bete und schwimme, und wir haben es geschafft.«

Triumphierend lächelte er Lily an, die offensichtlich gedacht hatte, mit dem Schiff wäre es leichter, nach Broome zu kommen, als mit dem Auto. Sie musste ihre Meinung ändern, ohne Zweifel war das Meer ebenso gefährlich wie die Route über Land. Als Bruder Wilhelm seine Geschichte beendet hatte, konnte sie nur bewundernd den Kopf heben.

Den tiefen Falten und Furchen in seinem Gesicht nach zu schließen, musste der Pater viel älter sein, als sie geschätzt hatte. Er trug ein blaues, kurzärmeliges Hemd, die weiten grauen Hosen wurden von einem abgewetzten Ledergürtel gehalten. Er wirkte ausgesprochen vital, und seine vom Alter leicht wässrigen Augen waren von strahlendem Blau. Sein deutscher Akzent war nicht zu überhören. »Leben Sie hier in der Missionsstation?«

»Ja, schon ziemlich lange. Das da ist meine Kirche.« Er deutete stolz auf das kleine Gebäude. »Gefällt sie Ihnen?«

Lily strahlte. »Ja, sehr! Sie ist einmalig. Erzählen Sie mir von den Muschelschalen. Sie sahen wunderschön aus im Mondlicht.«

Der Pater nickte glücklich. »Hm. Und erst im Sonnenschein. Schauen Sie mal da oben.« Er wies mit ausgestrecktem Finger auf die Kirchturmspitze.

Lilys Blick wanderte am Kirchturm hoch bis zur Spitze hinauf. Sie schloss mit einer kupfernen Kugel ab, die wiederum von einem Kreuz gekrönt wurde. Die Perlmuttverzierungen funkelten im Sonnenlicht.

»Kommen Sie jetzt mal mit hinein und schauen Sie.«

Ihre Augen brauchten eine Weile, bis sie sich an das Dämmerlicht gewöhnt hatten. Das Perlmutt schimmerte geheimnisvoll, wie von einem inneren Licht erhellt. Die blau gestrichene Decke des Altarraums war mit Sternen aus Perlen verziert, die im hereinfallenden Sonnenschein aufblitzten.

»Bischof Gibney und die Trappistenbrüder haben hier um 1890 angefangen, in einer primitiven Buschbehausung. Die Kirche wurde im Ersten Weltkrieg gebaut. Die Lehmziegel sind hier gebrannt worden, es gab aber keinen Mörtel. Also haben die Missionare und die Eingeborenen in Handwagen Muscheln vom Strand hergeschafft und sie zwischen Schichten aus Holz verbrannt, um Kalk zu gewinnen. Bruder Droste verdanken wir die Verzierungen aus Perlmutt und aus Muschelschalen. Schauen Sie mal, hier oben über dem Hauptaltar ist der große Perlmuttstern. Der wäre jeder Kathedrale würdig«, schloss Bruder Wilhelm nicht ohne Stolz. Er hatte diese Geschichte schon so oft so vielen Besuchern erzählt, dass er schon beinahe wie eine Schallplatte leierte.

»Und was sind das da für blaue Steine in dem Muster?«, wollte Lily wissen.

»Das ist Operculum, das kalkige Innere von Schneckengehäusen. Und hier in die Säulen sind zerbrochene Muschelschalen eingearbeitet. Sie sehen aus wie Opale, wenn sie in allen Regenbogenfarben schillern.«

»Der Krieg scheint nicht bis hierher gekommen zu sein. Die Gegend hier ist ziemlich abgelegen.«

»In den alten Zeiten war hier mehr los. Wir haben Holz für den Bau der Logger verkauft. Und dann haben wir mit viel Geduld und Mühe die Aborigines dazu gebracht, den Busch zu verlassen und ihre Kinder in unsere Schule zu geben. Bald hatten wir auch eine Rinderfarm. Die betreiben sie jetzt in eigener Regie.« Bruder Wilhelm blickte versonnen. »Die ersten Priester und Ordensbrüder hatten damals eine Menge Arbeit. Ich habe heute kaum noch was zu tun. Ich genieße meine alten Tage, halte sonntags die Messe und plaudere mit dem einen oder anderen Besucher, der sich hierher verirrt.«

»Von wo kommen Sie, wollen Sie nicht irgendwann wieder nach Hause zurück?«

»Ich habe keine Familie mehr in München. Ich werde hier begraben. Einige Brüder sind zurückgegangen, andere haben hier ihr Grab gefunden. Sind nicht alle an Altersschwäche gestorben, es gab auch Unfälle«, meinte der Pater mit einem schmerzlichen Ausdruck. Er warf Lily einen schrägen Blick zu. »Interessiert Sie das?«

»O ja, sehr.«

»Ich habe ein Buch. Ein Tagebuch, das ein Bruder in der Anfangszeit der Mission begonnen hat. Es ist über die Jahre fortgeführt und später von einem der Brüder gedruckt worden. Vielleicht können Sie etwas damit anfangen.«

Lily wartete vor der Kirche in der Morgensonne, während Bruder Wilhelm in seinem Zimmer einen Koffer unter dem Bett hervorzog und darin herumsuchte. Sein ›Zuhause‹ bestand aus einem einfachen Raum gleich neben der Gemeinschaftsküche und dem Gemeindesaal.

Lily hörte eine Frau in der Küche hantieren und zwei kleine Kinder schelten. Eins der Kinder kam nach draußen gelaufen und ließ die Tür hinter sich zuknallen. Als der Junge Lily erblickte, blieb er stehen und sah sie scheu an.

»Hallo, junger Mann. Wie geht's?«

»Ganz gut.« Ein breites Grinsen ließ die weißen Zähne in seinem dunklen Gesicht aufblitzen, dann floh der Junge kichernd wieder nach drinnen. Seine Mutter erschien an der Tür und lächelte die Fremde draußen freundlich an.

»Brauchen Sie was?«, fragte sie. »Da drüben ist ein Laden, der müsste jetzt aufhaben.«

»Nein, danke. Ich warte auf Bruder Wilhelm, er holt gerade etwas für mich.«

»Sagen Sie ihm bitte, sein Frühstück ist gleich fertig. Möchten Sie nicht auch was? Sie müssen ja schon früh losgefahren sein.«

»Danke, gern.« Lily folgte der jungen Frau in die Küche.

Über ihren dick mit Dosenhering belegten Toasts erzählte der Pater Lily von der Missionsstation und ihren Anfängen. Mit ihren über vierzig Gebäuden glich sie damals eher einem kleinen europäischen Dorf. Es gab ein Kloster für die Nonnen, getrennte Schulen, Schlafsäle und Speiseräume für Jungen und Mädchen, ein Backhaus, ein Schlachthaus, eine Wäscherei, einen Ziegenstall, Vorratsschuppen, eine Gerberei, Unterkünfte für die Missionare, die Viehtreiber, die Dienstboten und die Aboriginefamilien, die auf der Station arbeiteten. Weiter draußen, da, wo Bruder Droste einst die Straße nach Broome aus dem Dickicht schlug, gab es noch ein Lager für die ›Wilden aus dem Busch‹.

Bruder Wilhelm zeigte Lily vergilbte Fotos von barfüßigen Kindern in einfachen Kitteln, kurzen Hosen und Hemden. Sie standen brav in einer Reihe neben den Pallottinerpriestern in ihrem Habit, und ihre großen dunklen Augen in den geschrubbten Gesichtern blickten voller Argwohn in die Kamera.

»Es waren gute Kinder. Sie machten schöne Handarbeiten, arbeiteten im Garten, lernten ihre Aufgaben, priesen Gott aus vollem Herzen. Lange Zeit war es ganz so, wie der Bischof es sich erträumt hatte, aber …« Bruder Wilhelm zuckte die Achseln. »Irgendwann sind sie wieder in ihre alten Sitten und Gebräuche zurückgefallen.«

»Und heute?«

»Heute ist es anders. Ein bisschen von beiden Welten«, meinte der Pater diplomatisch. Er reichte Lily ein Buch voller Schimmelflecken. »Ich fürchte, es ist nicht in gutem Zustand. Die Seiten kleben aneinander. Aber die Schrift kann man noch gut lesen.«

Lily blätterte die laienhaft gebundenen Seiten vorsichtig um, vertiefte sich hier und da in einen Absatz. »Bruder Wilhelm, das ist faszinierend. Ich würde das Tagebuch gerne lesen, aber ich finde, es sollte in der richtigen Umgebung aufbewahrt werden und für Recherchen zugänglich sein.«

»Nun, in Europa gibt es ein oder zwei Kopien davon. Ich finde, dieses Exemplar gehört nach Broome.«

»Ins Historische Museum zum Beispiel. Ich bin auf dem Weg dorthin.«

»Nehmen Sie es mit. Geben Sie es denen. Ich habe noch eine Kopie. Vielleicht kann es in klimatisierten Räumen besser erhalten werden.«

»Meinen Sie? Ja, doch, das scheint mir eine gute Idee zu sein.« Lily trennte vorsichtig zwei aneinander haftende Seiten mit feuchten Rändern. »Ich muss das Buch unbedingt lesen. Das werde ich im Historischen Museum tun.«

»Tun sie das. Ist eine gute Geschichte. Wie ein Roman.« Bruder Wilhelm lächelte verschmitzt. »Es stehen eine Menge Dinge über diesen Ort drin.«

»Ich bin froh, dass Ihre Ordensbrüder so klug waren, ihre Beobachtungen niederzuschreiben. Die Zeiten ändern sich so schnell.«

»Nicht in Kimberley. Doch, doch, ist schon gut, wenn unser Werk nicht in Vergessenheit gerät.« Ein wehmütiger Zug lag auf seinem Gesicht, und Lily fragte sich, ob die Arbeit des Paters noch auf andere Weise gewürdigt würde als bloß in der Zuneigung, die ihm seine kleine Gemeindeschar entgegenbrachte. Während Missionare wie Bruder Wilhelm von dem Wunsch beseelt waren, für die Aborigines ›Gutes‹ zu tun, wusste Lily aus heutiger Sicht, dass das nicht immer zu deren Vorteil geschah. Sie würde sich aber hüten, derartige Themen mit dem greisen Bruder anzuschneiden.

Sie tauschten noch ein paar Freundlichkeiten aus, dann verabschiedete Lily sich von dem Pater. »Herzlichen Dank, Pater Wilhelm. Es war sehr interessant, mit Ihnen zu reden. Ich verspreche Ihnen, dass ich das Buch wohlbehalten dem Historischen Museum übergeben werde, und wünsche Ihnen alles Gute.«

Sie schüttelte ihm die Hand.

»Gott mit Ihnen, junge Frau. Und sehen Sie sich ruhig um, bevor Sie gehen«. Er grinste vergnügt. »Die Geister sind hier wohlgesonnen.«

Seinen Rat beherzigend, fuhr sie gemächlich durch die Missionsstation und betrachtete die verfallenen Zeugnisse vergangener besserer Tage – verlassene Gebäude, die Reste eines Brunnens, zerbrochene Karren und Feldgerät. Der Viehhof allerdings war erneuert worden, und in einem Schuppen lagerten Werkzeug und Futter. Als sie jedoch den kleinen Supermarkt betrat, schien es ihr wie ein gewaltiger Zeitsprung in die Welt der Tiefkühlkost, der Zeitschriften, Hamburger, Videospiele und der modernen Haushaltswaren. Lily deckte sich mit einer Flasche Wasser und einigen Schokoriegeln für die Rückfahrt ein.

Als sie an der weißen Kirche vorbeifuhr, entdeckte sie nicht weit davon einen kleinen Friedhof. Er musste früher einmal mitten im Busch gelegen haben. Sie hielt an. Ein französischer Trappistenbruder, mehrere Pallottinerpriester, zwei Nonnen, einige Kinder und viele erwachsene Aborigines hatten hier ihre letzte Ruhestätte gefunden. Die Schwarzen lagen unter christlichen Grabsteinen begraben, und Lily fragte sich, ob die Bekehrten nicht doch ihren traditionellen Baumsarg vorgezogen hätten. Sie wollte sich schon zum Gehen wenden, als ihr ein ungewöhnlicher Grabstein auffiel. Es war ein unbehauener Felsblock aus dem Busch mit einer Einlegearbeit aus Perlmuttschalen, die in der Sonne glänzten. Beim näheren Betrachten der Schalen stockte Lily der Atem. Ein zartes Muster, das in die größte der Muscheln geritzt war, fiel ihr ins Auge.

Sie kniete nieder und fuhr mit zitternden Fingern über die Muschelschale. Sie wies genau die gleichen Linien und den Kreis mit den kleineren Kreisen auf wie der Perlenanhänger ihrer Mutter. Lily holte ihre Kamera aus dem Wagen und machte ein Foto von dem Grabstein und eine Nahaufnahme von der großen Muschelschale. Sicherlich ein Stammeszeichen, mutmaßte sie.

Wer lag hier wohl begraben?

Lily kehrte noch einmal um. Sie wollte Bruder Wilhelm nach dem merkwürdigen alten Grab fragen, das irgendwie mit ihrer eigenen Geschichte verquickt zu sein schien. Der Pater hatte sich jedoch zurückgezogen, wie ihr die junge Frau aus der Küche erklärte. Er sei im Gebet und wolle mindestens eine Stunde lang nicht gestört werden.

Enttäuscht wandte Lily sich zum Gehen, da fiel ihr das Buch der Ordensbrüder über die Geschichte der Mission wieder ein. Irgendetwas sagte ihr, dass sie darin ihre Antworten finden würde. Der Gedanke beflügelte und beunruhigte sie zugleich. Mit einem nervösen Kribbeln im Bauch machte sie sich auf den Heimweg.

Es war schon später Nachmittag, als Lily staubig, erschöpft, verschwitzt und mit sechsunddreißigstündiger Verspätung an der Rezeption des Hotels erschien und fröhlich verkündete: »Da bin ich wieder!«

Ein fremdes Mädchen sah sie mit großen erstaunten Augen an. »Wieso, waren Sie weg?«

»Wo ist das Mädchen, das sonst hier arbeitet? Das mit den kurzen dunklen Locken?«

»Ach, Bridget? Sie hat ein paar Tage freigenommen. Kann ich Ihnen helfen?«

»Danke, nicht nötig«, murmelte Lily und ging auf ihr Zimmer.

Nach einer ausgiebigen Dusche streckte sie sich auf ihrem Bett aus und dachte über die alte Missionsstation nach. Sie bewunderte zwar die aufopferungsvolle Arbeit der Missionare, fand aber, dass sie ihr eigentliches Ziel verfehlt hatten. Was hatten sie denn wirklich erreicht? Eine Hand voll Bekehrter und Schulbildung für einige wenige, die es in der Welt der Weißen zu bescheidenem Erfolg gebracht hatten. Im besten Falle hatten die Missionare den Ureinwohnern Zuflucht vor den Angriffen der weißen Siedler geboten, die sie mit der Zeit vollständig ausradiert hätten. Nur war der Preis dafür sehr hoch gewesen, sagte sich Lily. So viel von einer wertvollen Kultur war verloren gegangen oder ausgelöscht worden, denn die meisten christlichen Missionen hatten die Sprache und Sitten der Eingeborenen nicht geduldet, weil sie sie in ihrer Unkenntnis als heidnisch und primitiv ansahen.

Lily starrte auf den Deckenventilator, dessen langsame Drehungen sie in einen hypnoseähnlichen Zustand gleiten ließen, und sie begann, ihre Einstellung zu den Aborigines zu überdenken. Bei so manchem gemütlichen Abendessen mit Freunden in Sydney hatte sie vehement für die von der Regierung geförderten Maßnahmen zur Aussöhnung mit den Aborigines Partei ergriffen, den Erhalt ihrer Landrechte verteidigt und leidenschaftlich dafür plädiert, dass der Gesundheits- und Lebensstandard der Ureinwohner verbessert werden müsste. Nur hatte sie vor ihrer Reise nach Broome noch nie einem leibhaftigen Aborigine gegenübergestanden oder war auch nur im Entferntesten mit ihrer alten Kultur in Berührung gekommen.

Ich bin eine politisch korrekte moderne Städterin, das ist alles, gestand sie sich ein. Biddy, die alte Frau mit der Angelschnur, war die erste Aborigine, die sie kennen gelernt hatte, eine Tatsache, die Lily gar nicht aufgefallen war. Sie hatten miteinander geredet, als sei es das Natürlichste auf der Welt. Im Nachhinein betrachtet, war die Begegnung für Lily ein bedeutendes Ereignis. Sie hatte mit einer Frau geplaudert, deren Kultur womöglich vierzigtausend Jahre alt war. Du lieber Himmel, vierzigtausend Jahre Angeltradition. Und jene Viehhüter ... sie waren aus der Weite aufgetaucht, als seien sie mit dem Land verwachsen, und waren ebenso selbstverständlich wieder verschwunden. Lily wurde bewusst, wie wohl sie sich in ihrer Gegenwart gefühlt hatte. Und auch in der Gegenwart der alten Frau. Dabei hatten sie doch nichts miteinander gemein.

Die Augen fielen ihr zu. Sie vermeinte, das melodische Summen eines entfernten Didgeridoos zu hören, und driftete allmählich in eine andere Welt ... einen anderen Bewusstseinszustand ... da klingelte das Telefon.

Es war Deidre. Sie wollte sie nur an die Ausstellung im Cable Beach Club erinnern und bot ihr an, sie im Auto mitzunehmen. Lily nahm das Angebot gerne an, und sie verabredeten sich im Mangrove Hotel.

Aufgrund seiner unvergleichlichen Lage hoch über der Bucht hatte man vom Hotel aus einen großartigen Blick über die Mangrovenhaine, auf den Wechsel der Gezeiten in der Bucht oder – etwas völlig Neues für jemanden von der Ostküste – auf den Sonnenuntergang über dem Meer.

Lily saß im Hotelgarten vor einem Glas Wein mit dem Rücken zu einer Gruppe aufgekratzter Touristen, einigen Einheimischen und einer Tagungsgesellschaft aus Perth, die die Bar und die Veranda lautstark bevölkerten. Als sie ihr Glas geleert hatte, stand sie auf, spazierte ans Ende des Gartens und blickte auf die Bucht hinunter. In den Mangroven lag das Gerippe eines Boots, das von der Flut umspült wurde.

»Darf ich Ihnen noch ein Glas Wein anbieten?«

Überrascht drehte Lily sich um und sah sich einem gut aussehenden Mann gegenüber, der sie freundlich anlächelte.

»Ken Fitzgerald. Ich bin der Hotelmanager. Sind Sie ein Hotelgast? Ich sehe Sie heute zum ersten Mal.«

Sie plauderten ein wenig, und es verwunderte Lily überhaupt nicht, dass der Manager vormals Viehzüchter war. Er hatte so eine offene, ungezwungene Art.

»Das ist aber eine Umstellung, wenn man aus der Landwirtschaft ins Hotelfach wechselt«, meinte sie.

»Eigentlich nicht. Ob Menschen oder Rinder, sie müssen alle Futter und Wasser bekommen«, scherzte er. »Es fiel uns nicht leicht, unsere Farm zu verlassen, aber das hier ist eine große Herausforderung für uns. Meine Frau Lola erledigt die Verwaltung. Broome wird in den nächsten Jahren einen großen Tourismusboom erleben.«

Er erzählte Lily, was ihm vorschwebte und was die Stadtverwaltung plante. Sie hörte mit einiger Besorgnis zu.

»Ich hoffe nur, dass die Stadt ihre Tradition und ihre Geschichte nicht ganz vergisst«, sagte sie.

»Keine Sorge. Broome ist immer noch ziemlich wild und ungezügelt. Die Vergangenheit ist einem hier immer auf den Fersen.«

Lily betrat den Cable Beach Club in Begleitung von Deidre und ihrem flotten jungen Ehemann. Zu ihrem Leidwesen erinnerte hier gar nichts mehr an die alten Zeiten. Sie wanderten durch einen gepflegt angelegten Garten, und über Miniaturbrücken gelangten sie zu orientalisch anmutenden Bungalows, die mit erlesenen Antiquitäten und Kunstwerken ausgestattet waren. Trotz seines knallroten Lackanstrichs und der Goldverzierungen wahrte das Hauptgebäude noch einen gewissen Stil. Sanfte Beleuchtung, Fackeln, Kerzen und eine leichte Brise voll süßer Blumendüfte aus dem Garten begleiteten sie über die breite Veranda zum Ausstellungssalon.

Die ersten Ankömmlinge aus Broomes gehobener Gesellschaft ergingen sich in dem weitläufigen Raum, nippten

Champagner und plauderten angeregt. Deidre war mit dem Verkauf der Kataloge und dem Bekanntmachen von Hotelgästen und Lokalgrößen beschäftigt, und so sah Lily sich alleine um. Sie staunte über die Exponate zeitgenössischer Aboriginekunst – Drucke in ausgefallenen Rahmen, Leinwandgemälde, Wandbehänge aus Tuch oder Rinde. Lily war beeindruckt. Sie fand, dass die Arbeiten etwas Kraftvolles und Mystisches ausstrahlten.

Deidre tauchte an ihrer Seite auf und nahm ihren Arm. »Lily, ich möchte Sie mit der Künstlerin Rosie Wallangou bekannt machen.«

Lily riss sich nur ungern von den Bildern los, um die Künstlerin zu begrüßen. Sie hatte eine weise alte Dame erwartet und war umso mehr überrascht, als sie sich einer etwa gleichaltrigen, ungemein attraktiven Aborigine gegenübersah. Sie trug ein aufregendes langes Gewand aus bedruckter Seide, dazu ungewöhnlichen Schmuck aus Holz und Steinen. Ihr Haar fiel ihr in wilden Locken über die Schultern und wurde auf einer Seite von einem Perlmuttkamm gehalten. Ihr Aussehen, ihr offenes Lächeln, die dunklen Augen und ihr gesamtes Auftreten waren betörend.

»Mir gefällt Ihre Malerei, wirklich. Ich weiß nicht, was ich sagen soll. Es ist einfach Magie in ihr.« Lily suchte nach den richtigen Worten, um zu beschreiben, welch starken Eindruck die Bilder auf sie gemacht hatten.

»Magie«, wiederholte Rosie nachdenklich und sah Lily aufmerksam an. »Stimmt schon, es ist Magie in ihr«, fügte sie leise hinzu.

»Man kann die Bilder nicht so leicht verstehen, selbst wenn man Ihre Erklärungen dazu liest«, sagte Lily. »Aber sie haben etwas, was mich nicht loslässt, auch wenn ich nicht sicher bin, was sie bedeuten.«

Rosie kicherte verhalten. »Na ja, vielleicht ist das ja der Zauber. Man muss die Bilder eine Weile auf sich wirken lassen … für sich selber entdecken. Es ist nicht alles aus der *Traumzeit.*«

»Rosie hatte gerade eine große Ausstellung in New York. Die reißen sich da drüben um ihre Bilder«, mischte Deidre sich ein.

»Das ist ja fantastisch«, meinte Lily beeindruckt, aber keineswegs überrascht. Die Malerei war ungemein kraftvoll, und Lily wusste, welchen Stellenwert hochwertige Aboriginekunst mittlerweile weltweit unter Sammlern genoss.

Rosie zuckte die Achseln. »New York ist eine schnelllebige Stadt. Was heute hoch gehandelt wird, kann morgen schon passé sein.« Sie lachte unbekümmert, und Lily konnte nicht erkennen, ob Rosie nun darauf pfiff, in New York eine gefeierte Künstlerin zu sein oder ob sie fest daran glaubte, dass sie ein ›heißer Tipp‹ bleiben würde. Ihre Kunst, die in ihrer tiefen Spiritualität und ihrem Wissen wurzelte und großes Talent verriet, würde allen Strömungen zum Trotz bestehen bleiben, daran gab es keinen Zweifel.

Deidre entschuldigte sich, um den ehemaligen Premierminister zu begrüßen, und Rosie nahm Lily am Arm. »Kommen Sie, ich gebe Ihnen eine persönliche Führung zu meinen Lieblingsstücken.«

Lily lauschte gebannt, als Rosie erläuterte, was sie zu ihren Bildern inspiriert hatte. Es war, als ob sich ein Schleier lüftete, denn Lily begann, etwas von der Geschichte und der Botschaft der Bilder zu verstehen. Sie versuchte, Rosie zu schildern, was in ihr vorging, aber sie kam sich so unbeholfen vor. »Ich kann nicht in Worte fassen, was ich empfinde«, bekannte sie zaghaft.

»Aber nein, Sie fangen doch erst an, die Sprache der Bilder zu lernen«, sagte Rosie beschwichtigend. »Je länger man sie betrachtet, desto mehr dringt man in sie ein und beginnt, sie ›zu lesen‹. Oder aber sie bleiben nur Bilder an der Wand.«

Deidre kam, um Rosie zu holen, weil sie sie wichtigen

Leuten vorstellen wollte, und Lily dankte ihr, dass sie sich so viel Zeit für sie genommen hatte.

Rosie schenkte ihr ein warmes Lächeln. »Ich bin sicher, dass wir uns wieder sehen werden. Ach, übrigens, da hängen noch ein paar Bilder, die Sie interessieren dürften«, sagte sie und wies in eine Ecke des Salons.

Lily nahm sich noch ein Glas Champagner und wandte sich den Gemälden im hinteren Teil des Raumes zu. Das größte zog sie sofort in seinen Bann. Auf einen in den typischen Erdfarben des Nordwestens gestalteten Hintergrund hatte Rosie ein Motiv gemalt, das Lily sofort wiedererkannte – kleine weiße Kreise in einem größeren Kreis, von parallelen Linien und einem großen X umgeben. Wie elektrisiert fuhr Lily so heftig herum, dass sie ihren Champagner verschüttete. Aufgeregt forschte sie in der Menge nach Rosie, aber die offizielle Eröffnung der Ausstellung war bereits in vollem Gange. Lily schlängelte sich im Rücken der Leute zu dem kleinen Tisch, an dem Kataloge verkauft und Kaufgebote entgegengenommen wurden.

Lily beugte sich zu dem Mädchen und flüsterte: »Kleben Sie bitte einen roten Punkt auf die Nummer 19, ich muss es haben.«

Das Mädchen sah im Katalog nach und schüttelte den Kopf. »Tut mir Leid, das Bild ist nicht verkäuflich.«

Lily biss sich auf die Lippen. Mit einem gemurmelten Dankeschön zog sie sich zurück und wartete ungeduldig, dass die Ansprachen ein Ende nähmen.

Sie sah keine Möglichkeit, Rosie allein zu sprechen, also drängte sie sich unter Entschuldigungen in den kleinen Kreis, der sich um die Künstlerin gebildet hatte. »Rosie, ich würde wahnsinnig gerne eines Ihrer Bilder kaufen, aber das, das ich haben will, steht nicht zum Verkauf. Ich hoffe, ich kann Sie vielleicht noch umstimmen.«

Die Dringlichkeit in Lilys Stimme ließ die anderen Gespräche verstummen. »Welches ist es denn?«, fragte Rosie.

Als Lily auf das fragliche Gemälde wies, sah sie, wie ein Schatten über Rosies Gesicht lief. »Ich nehme das Bild auf jede meiner Ausstellungen mit, aber ich würde mich nie davon trennen. Es ist etwas Besonderes.«

»Was bedeutet es?«, bohrte Lily weiter. »Ich muss es wissen, es ist wichtig für mich.«

Rosie sah Lily einige Augenblicke lang schweigend an. »Nun, es ist eines dieser Bilder, deren Bedeutung man für sich selber herausfinden muss.« Die kleine Gruppe um Rosie herum blickte Lily gespannt an. Um ihre Worte zu mildern, fügte Rosie etwas freundlicher hinzu: »Vielleicht werden Sie eines Tages das Bild ›lesen‹ können und seine wahre Bedeutung erkennen. Hier ist meine Karte.«

Den Tränen nahe nestelte Lily ungeschickt an ihrer Handtasche, um die Visitenkarte einzustecken. Als sie sich zum Gehen wandte, rief Rosie ihr noch etwas hinterher. »So viel kann ich Ihnen aber verraten – das Bild heißt ›*Tränen des Mondes*‹.«

Um zehn Uhr des folgenden Tages betrat Lily das klimatisierte Gebäude des Historischen Museums. Eine leger gekleidete Dame mit perfekter Dauerwellenfrisur und einer Brille, die an einer goldenen Kette um den Hals hing, war gerade damit beschäftigt, einen Stapel beschrifteter Aktenordner mit Fotos, Briefen und Zeitungsausschnitten in ein Regal einzuordnen. Als sie Lily entdeckte, ging sie eilig zu dem kleinen Empfangstresen, um den Eintritt zu kassieren.

»Wollen Sie sich nur ein wenig umsehen?«, fragte sie und setzte sich die Brille auf.

»Ja und nein«, begann Lily.

Die Frau schaute sie etwas verständnislos an.

»Ja, ich will mich hier umsehen, aber gleichzeitig möchte ich auch ein paar Nachforschungen anstellen. Ich bin Lily Barton. Ich war übrigens in Beagle Bay, und Bruder

Wilhelm möchte Ihnen das hier anvertrauen. Er meint, bei Ihnen sei es besser aufgehoben.« Sie zog das vergilbte Tagebuch aus der Tasche. »Allerdings würde ich es gerne selber erst lesen, wenn Sie nichts dagegen haben.«

»Aber natürlich. Das ist aber nett von ihm. Ich habe schon von dem Buch gehört.« Sie blätterte kurz darin und reichte es dann an Lily zurück. »Ich bin Muriel McGrath. Kann ich Ihnen helfen?«

»Ich weiß nicht so recht. Vielleicht sollte ich mich erst einmal umsehen. Wenn Sie Zeit haben, würde ich Ihnen dann gerne ein paar Fragen stellen.«

»Auch recht, meine Liebe. Ich setze inzwischen Wasser auf. Tee oder Kaffee? Leider nur Instant.«

»Kaffee wäre schön, danke.«

»Hier ist sozusagen das Archiv – wie Sie sehen, voller Denkwürdigkeiten. In den Regalen finden Sie Akten, Bücher, Zeitungen, Briefe und Fotos, alles Mögliche. Wir haben viel Material von den alten Familien, es wurde gerade noch rechtzeitig gerettet.« Dann deutete sie auf den rückwärtigen Teil des Raums, der sich zu einem kleinen Garten hin öffnete. »Da hinten sind noch zwei Ausstellungsräume, und auf der Veranda finden Sie den Bereich der allgemeinen Geschichte und einige größere Exponate. Druckkammern und so was.« Muriel verschwand in einem Kämmerchen, das als Teeküche und privates Büro diente.

Lily sah sich zunächst im Archiv um, blätterte in Akten und Zeitungsausschnitten und betrachtete Fotos, die ein lebendiges Bild vom Leben der damaligen Zeit boten. Da gab es den japanischen Friedhof, wo so viele Taucher begraben lagen, Fotos von Chinatown mit seinen schummerigen Läden und den schmuddeligen Opiumhöhlen, den indischen Perlendoktor, der für seine Kunstfertigkeit im Behandeln wertvoller Perlen berühmt war, die Pferdebahn zum Anlegesteg, die Barackenstadt mit den am *Dampier Creek* liegenden Perlenloggern. Ein Foto aus dem Jahr 1914 zeigte die Sortierschuppen mit kleinen Bergen von Perlen davor. Es war die Ausbeute jener Saison – sechzehnhundert Tonnen, wie die Bildunterschrift besagte.

Lily betrat den ersten Ausstellungsraum. Er gliederte sich in zwei Bereiche, der eine wurde von einem kompletten Taucheranzug eingenommen, einer eisernen Lunge, wie man sie zur Dekompression verwendete, und einer Auswahl von Werkzeugen und Geräten, die zum Perlenfischen gebraucht wurden. Dazu ein chinesisches Rechenbrett, japanische Papierarbeiten und einige Haushaltsutensilien.

Lily ging um einen chinesischen Wandschirm herum und stand mitten in der Nachbildung eines Wohnzimmers im edwardianischen Stil mit einer kompletten Familie aus lebensgroßen Wachsfiguren. Mit seinen schweren Möbeln sollte das Zimmer einen Eindruck von einem wohlhabenden europäischen Haushalt vermitteln. Die Dame des Hauses, im perlenbestickten Kleid mit Turnüre und einer Perlenkette um den Hals, hielt einen kleinen Jungen an der Hand. Er trug die Haare in langen Locken und steckte in einem Matrosenanzug mit Spitzenkragen. Bescheiden im Hintergrund stand eine Aborigine in Dienstbotentracht mit gestärkter weißer Schürze auf schwarzem Kleid.

Mit ihren Stühlen und Sesseln im Kolonialstil, den kitschigen Perlmuttaschenbechern, den Kartentischchen mit Intarsienarbeiten wirkte die Einrichtung absolut lebensecht. Seltsamerweise passten alle Möbelstücke zueinander und waren nicht in der sonst üblichen Weise wahllos zusammengestellt, was manchmal vorkam, wenn die Stücke aus verschiedenen Schenkungen oder Haushaltsauflösungen stammten.

Lily fuhr mit der Hand über den gehäkelten Sesselschoner und widmete sich dann den Porträts, Fotos und Gemälden an den Wänden. Ihr Blick wanderte von Bild zu Bild – und stockte. Inmitten der Fotos von Perlenloggern hing das großformatige Portrait eines schneidigen Mannes in weißer

Offiziersuniform – es war derselbe wie der in Georgianas Silberrahmen.

Lily stand einige Augenblicke wie gelähmt – das riesige Bild wirkte wie von Leben erfüllt, die Augen schienen sie belustigt anzuzwinkern. Mit zitternden Knien trat Lily von dem Bild zurück. »Muriel! Kann ich Sie mal was fragen?«, rief sie aufgeregt.

»Bin schon da. Der Kaffee ist fertig.« Muriel kam mit einem Tablett herein, das sie vorsichtig auf dem Intarsientisch neben der Chaiselongue abstellte. »Was gibt's denn, meine Liebe?« Betroffen sah sie in Lilys blasses Gesicht.

»Wer ist das?«, flüsterte Lily mit bebender Stimme und deutete auf das Gemälde.

Muriel seufzte. »Ein toller Mann, was? Das ist Kapitän John Tyndall, vermutlich der größte Perlenbaron seiner Zeit. Was für ein Mann!«

»Was wissen Sie über ihn?«

»Fehlt Ihnen was, Kindchen?« Muriel sah Lily besorgt an. »Wir wissen eine ganze Menge über ihn. Interessieren Sie sich dafür?«

Lily nickte. »Ich fand sein Foto unter den Sachen meiner verstorbenen Mutter. Ich wusste nicht, wer er war.«

»Nun setzen Sie sich erst einmal und trinken Sie Ihren Kaffee.« Sie reichte Lily einen Becher und zog sich selbst einen Stuhl heran. Während Lily hastig einen Schluck Kaffee nahm, holte Muriel aus. »Ja, wir wissen einiges über den Kapitän. Er war eine der schillerndsten Persönlichkeiten hier um die Jahrhundertwende und vor allem in den zwanziger Jahren. Sind Sie an seiner Lebensgeschichte interessiert?«

»O ja. Ich glaube sogar, dass wir verwandt sind!« Lilys Schock wich einer wachsenden Erregung.

»Wer hätte das gedacht. Und Ihre Eltern haben Ihnen nie von ihm erzählt? Ist er ein naher Verwandter?« Muriel musterte sie neugierig. Das hier war lebendige Geschichte.

»Ich weiß nicht viel. Ich habe meinen Vater nie gekannt, und meine Mutter war eine ziemliche Einzelgängerin. Sie hat nicht viel über ihre Familie erzählt. Nach ihrem Tod fand ich dieses Foto, auf der Rückseite stand ›Broome‹ mit einer Jahreszahl. Da habe ich beschlossen, selber nachzuforschen und zu versuchen, die Antworten auf die Fragen zu finden, die ich meiner Mutter zu Lebzeiten nie gestellt habe«, sagte Lily mit einem Kloß im Hals.

Muriel reichte ihr einen Teller mit selbst gebackenen Plätzchen. »Seit ich hier arbeite, sind mir schon eine Menge sonderbarer Familiengeschichten untergekommen, kann ich Ihnen sagen. Mich wundert gar nichts mehr. Aus jedem Schrank fällt hier ein altes Gerippe heraus.« Sie gluckste vergnügt. »Einige Familien waren gar nicht so begeistert über die Jugendsünden ihrer Vorfahren. Broome war damals ein lockeres Pflaster.«

Lily gelang ein schwaches Lächeln. »Es ist aber schon eine große Hilfe, wenn man wenigstens ein paar Teile des Puzzles zusammenbekommt.«

Muriel stellte Lilys Kaffeebecher auf das Tablett zurück und nahm es hoch. »Ich denke, ich habe mehr für Sie als das. Vorausgesetzt, Kapitän Tyndall ist wirklich ein Verwandter.« Mit einem verschwörerischen Lächeln ging sie hinaus.

Lily stellte sich noch einmal vor das große Porträt. »Also, wer bist du?« Mit einem Mal lächelte sie den Mann an, der ihr bereits so vertraut schien. »Und was weißt du über die ›*Tränen des Mondes*‹, hm?«, fragte sie laut.

Hinter sich hörte sie Muriel sagen: »Ich weiß, was es bedeutet ... ich habe es irgendwo in einem Bericht über das Perlenfischen gelesen.«

Lily fuhr herum. »Was, ›*Tränen des Mondes*‹?«

»Ja. Es ist eine alte indische Weisheit. Sie wissen schon, Hindumythologie und so. Sie glauben ... dass die Tränen des Mondes ins Meer tropfen und dann zu Perlen werden.

Deswegen sagen manche Leute auch, dass Perlen Unglück bringen. Aber das hier dürfte Sie vielleicht interessieren.« Mit einem Ächzen wuchtete sie vier schwere ledergebundene Bände auf den Tisch. »Uff. Eine Menge Lesestoff. Das sind Olivias Tagebücher. Sind auch viele Fotos dabei. Ich kann Ihnen die Bücher nicht mitgeben, aber kommen Sie, sooft sie wollen, und lesen Sie darin. Wussten Sie, dass das gesamte Mobiliar hier aus Tyndalls Haus stammt?« Sie deutete auf einen abgewetzten Lehnstuhl mit hoher Rückenlehne. »Ich sehe ihn genau vor mir, wie er in diesem Sessel sitzt, einen Gin Tonic in der Hand.« Sie lächelte verschmitzt bei dem Gedanken.

Lily konnte nur mit Mühe folgen. »Wer war Olivia? Seine Frau?«

»Ach, das ist eine lange, verwickelte Geschichte. Fangen Sie am Anfang an. Machen Sie es sich bequem und rufen Sie, wenn Sie was brauchen. Ich bringe Ihnen jederzeit Kaffee. Der eine oder andere Besucher wird Sie nicht stören. Wir kriegen hier keine Busladungen von Touristen.« Sie gluckste in sich hinein und wandte sich zum Gehen. »Hoffentlich finden Sie, was Sie suchen«, sagte sie mit einem warmen Lächeln.

»Vielen Dank, Muriel.« Lily musste schlucken. Die Dinge hatten sich rasant entwickelt. Würde sie, wenn sie Kapitän Tyndalls Lebensgeschichte las, auch etwas über ihre eigene Geschichte erfahren?

Sie nahm den ersten schweren Band auf und fuhr mit der Hand darüber. Das Leder fühlte sich weich an, das Buch wirkte beinahe lebendig, als ob die Buchdeckel nur mühsam die Gestalten im Zaum hielten, die die Seiten bevölkerten. Mit einigem Herzklopfen wurde Lily bewusst, dass sie nun ihre Familiengeschichte in Händen hielt.

Sie schlug die erste Eintragung auf und blickte auf eine feine, flüssige Handschrift auf dickem, elfenbeinfarbenem Papier.

Viertes Kapitel

An der Nordwestküste der Nickol Bay, 1893

Im schwachen Licht des wässerigen Mondes rauschte der massige Schoner *Lady Charlotte* durch die kräftige Brandung. Schwer bewegte er sich über die schaumgekrönten Wogen und durch den dichten Dunst, der sich über das Wasser gelegt hatte. Dann erreichte er den Windschatten einer kleinen, tiefen Bucht. Das regelmäßige, geräuschvolle Brechen der Wellen am Riff klang wie der keuchende Atem eines Seeungeheuers.

Langsam wich die Dämmerung dem Morgenlicht. Die grauen Wolken hoben sich. Nun wurde zwischen den Ausläufern des Riffs der enge Kanal sichtbar, den das Rettungsboot behände durchpflügte. Die Mannschaft an den langen Rudern hielt einen steten Kurs. Dennoch war sich Olivia Hennessy der Gefahren auf beiden Seiten des Ufers nur allzu bewusst. Sie hielt die Arme über ihrem gewölbten Bauch verschränkt und klammerte sich an ihren Schal, als könne er alleine sie retten. Conrad Hennessy warf einen Blick auf seine schwangere Frau im Heck, um sie herum war alles verstaut, was sie besaßen. Er versuchte, ihr aufmunternd zuzulächeln, doch sie blickte nur starr auf das einsame Ufer.

Die Entscheidung, schon hier an Land zu gehen, war ihnen nicht leicht gefallen. Wie Conrad Olivia erklärt hatte, hatte der Kapitän wegen der zunehmend stürmischen Winde und steigender Flut nicht wie ursprünglich beabsichtigt in Cossack anlegen können. Und da er sowieso schon Verspätung hatte, wollte der Kapitän so schnell wie möglich weiter gen Norden nach Broome. Die Fracht an Bord sollte dort nach Singapur eingeschifft werden. Sie hätten also entweder nach Broome weiterreisen und den beschwerlichen langen Weg zurück wagen können, um wie geplant südlich von Cossack ihr Land in Besitz zu nehmen. Oder aber sie gingen hier an dieser Stelle an Land, von wo sie, rein theoretisch, ihr Gut auf direktem Weg erreichen konnten. Allerdings war die Karte, die dies besagte, mehr als unvollkommen, da die Gegend noch weitgehend unerschlossenen war.

Olivia erwartete ihr erstes Kind und fühlte sich schwerfällig und unbehaglich. Auf der ganzen Fahrt von Fremantle hierher war sie seekrank gewesen, und sie wünschte sich nichts sehnlicher, als bald wieder festen Boden unter den Füßen zu haben.

Conrad bat den Kapitän, sie und ein paar ihrer Sachen an Land rudern zu lassen. Er rechnete mit einem Fußmarsch von einem Tag bis nach Cossack, wo er Pferd und Wagen für die Weiterreise besorgen würde.

Dem Kapitän schien dies eine riskante Sache. Nachdem das Paar aber so überzeugt davon war, dass diese Lösung die beste sei, und er zudem dem drohenden Sturm entfliehen wollte, willigte er schließlich ein.

Endlich knirschte es unter dem Rumpf, und das Boot kam mit einem leichten Zittern zum Stehen. Zwei Männer sprangen über Bord und lenkten es auf den Kieselstrand.

Niedriges Gebüsch und dürre Bäumchen säumten die Dünen, dahinter lag dichtes Buschland. Zwei Matrosen trugen Olivia ans Ufer. Sie setzte sich auf den feuchten Sand, breitete ihren dicken Rock mitsamt der Unterröcke um sich aus und sah zu, wie Conrad den Männern half, ihre Besitztümer an Land zu bringen.

So hatte sie sich ihre Ankunft in einem neuen Land und den Beginn ihres neuen Lebens wahrlich nicht vorgestellt. Als das junge Paar von London nach Fremantle aufbrach, geschah das in der Vorstellung, ein großes Abenteuer einzugehen. Sie würden eine Dynastie gründen und mit viel Fleiß und harter Arbeit irgendwann einmal ein großes Gut ihr Eigen nennen. Das Land, das sie in Besitz nehmen wollten, lag im Nordwesten des Staates Westaustralien, und zwar südlich der Küstenstadt Cossack landeinwärts. Conrad hatte die Zukunftsmöglichkeiten in der Kolonie so gründlich wie möglich erkundet, und Olivia hatte ihn dabei angespornt, war sie doch entschlossen, nach dem Tod ihres verwitweten Vaters einen neuen Start zu wagen. Der Verkauf des väterlichen Warenhauses hatte ihr genügend Kapital eingebracht. Ihr schien, dass sie und ihr Ehemann, Buchhalter von Beruf, ihre Hoffnung auf eine glückliche Zukunft in den Kolonien leichter verwirklichen konnten als daheim.

Gemeinsam hatten sie ihre Erkundigungen eingezogen, und trotz aller Ungereimtheiten oder sogar widersprüchlicher Berichte über Australien konnte nichts ihre Überzeugung erschüttern, dort ein besseres Leben zu finden. Sie investierten in landwirtschaftliches Gerät und Haushaltswaren jeglicher Art. Sie kauften außerdem alles Notwendige, um das erste Jahr zu überstehen. In Fremantle hatten sie erneut Rat gesucht, aber selbst die wildesten Geschichten über kannibalische Aborigines, Hochseeabenteurer, zwielichtige Gestalten in den kleinen Küstenstädten und über den harten, unbarmherzigen Überlebenskampf in der Wildnis konnten sie nicht abschrecken. Denn trotz all dieser Schreckensnachrichten war man sich doch einig, dass im Nordwesten ein Vermögen zu machen sein würde.

Der Kapitän gab ihnen Segeltuch, Seile, Proviant und zwei Fässer Regenwasser mit, damit sie ein provisorisches Lager aufschlagen konnten. Dann wünschte er den beiden viel Glück und schickte die Jungvermählten an Land. Die Mannschaft und die übrigen Passagiere sahen zu und waren froh, dass sie selbst an Bord bleiben konnten. Es verwunderte den Kapitän jedes Mal aufs Neue, mit welcher

Entschlossenheit und wie viel Enthusiasmus diese Pioniere in die Einsamkeit und ins Ungewisse aufbrachen.

Bei fallendem Barometer segelte der Schoner weiter Richtung Norden, den steigenden Winden entgegen. Das Pärchen am Strand wirkte verloren und verlassen. Olivia griff nach Conrads Hand.

Er gab sich einen Ruck und ließ den Blick über das Buschland wandern. »Lass uns einen Lagerplatz suchen.«

Als die Nacht hereinbrach, hatten sie ein notdürftiges Lager errichtet. Junge Baumstämme dienten als Eckpfeiler, aus Buschwerk und Leinwand bauten sie Dach und Wände. Ihre Kisten und Koffer stapelten sie zu Barrikaden auf. Dahinter versuchten sie, sich, so gut es ging, zum Schlafen einzurichten. Die Brandung, merkwürdige Geräusche aus dem Busch und Insekten störten sie auf. Olivia ängstigte sich zwar, aber es war ihr lieber, auf festem Boden zu sein, als die schwankende Dunkelheit unter Deck zu erleiden.

Sie kuschelten sich aneinander, und Conrad versuchte es mit einer aufheiternden Bemerkung: »Meine liebe Frau, ich versprach dir ein besseres Leben, und hier liegen wir nun, nicht anders als die Eingeborenen.«

Olivia konnte seine Munterkeit nicht teilen. »Hoffentlich bleibst du nicht so lange weg. Ich habe Angst ... die Eingeborenen, die Wildnis, und die Geburt, die so nah bevorsteht ...« Ihre Stimme zitterte.

»Wenn ich nur könnte, würde ich den ganzen Weg im Laufschritt zurücklegen. Aber du musst tapfer sein, meine Liebe. Du hast doch den Revolver – alles wird gut gehen. Wir wussten, dass dieses Unternehmen viel Mut und Tapferkeit erfordern würde.«

Olivia sagte nichts dazu. Ja, sie hatte gewusst, dass sie Mut brauchen würde, aber sie hatte nicht erwartet, schon so früh und so hart auf die Probe gestellt zu werden.

Am nächsten Morgen machte sich Conrad auf nach Cossack. Er hatte seine Stiefel fest geschnürt, Wassersack und Gewehr geschultert, ein Panamahut schützte seine helle englische Haut vor der Sonne. Mit seinem rötlichen Haar und den hellgrauen Augen entsprach er ganz und gar nicht dem Bild eines kühnen Abenteurers.

Er erklärte Olivia noch einmal genau, wie sie die Waffe gebrauchen müsse, legte ihr nahe, das kleine Feuer nicht ausgehen zu lassen, und empfahl ihr, die sengende Sonne zu meiden. Sie blickte ihm nach, als er, dem Zeiger des Kompasses folgend, entschlossenen Schrittes davonmarschierte. Und als seine schmale Gestalt im Busch verschwand, brach Olivia zusammen und weinte. Sie weinte aus Einsamkeit und Angst. Sie hatte Angst um ihn, um sich, um ihr Kind und vor dem ungewissen Leben, das vor ihnen lag.

Beide waren sie im Süden Londons aufgewachsen. Sie hatten sich kennen gelernt, als Conrad im Warenhaus ihres Vaters eine Stelle als Buchhalter antrat. Die hübsche und kluge junge Frau gefiel ihm. Sie zeigte genauso viel Geschick und Begeisterung beim Erlernen der Buchhaltung wie hinter dem Verkaufstresen. Seine Werbung fand Erwiderung, und Olivias Vater war erleichtert, dass seine einzige Tochter einen so trefflichen Ehemann gewählt hatte. Er erhöhte Conrads Gehalt und gab ihm mehr Verantwortung im Geschäft.

Ein Jahr später starb Olivias Vater. Nach langen Überlegungen mit Conrad beschloss die junge Frau und Alleinerbin, das Warenhaus zu verkaufen und mit dem Kapital einen Neuanfang in Australien zu finanzieren. Sie verstanden zwar nichts von Landwirtschaft, vertrauten jedoch darauf, dass sie als Pächter dort erfahrene Landarbeiter finden würden.

Conrad war ein guter, liebenswürdiger Mann, aber angesichts dieser neuen und bedrohlichen Herausforderung fragte Olivia sich, wie gut sie ihn eigentlich kannte und wie er in diesem fremden Land zurechtkommen würde.

Olivia schob diese Gedanken beiseite und konzentrierte sich auf ihre gegenwärtige Lage. Zunächst rührte sie sich nicht von ihrem Platz. Dann aber lockten sie das glitzernde Wasser und der Ruf der Seevögel, die mit den Luftströmungen segelten. Zögernd wanderte Olivia ans Wasser und blickte hinaus auf die wogende Linie des Horizonts, an dem sich eine dunkle Wolkenfront zusammenbraute. Zu ihren Füßen sah sie Muscheln, Kiesel und Splitter von Korallen wie Juwelen im Sand eingebettet. Unwillkürlich setzte sie sich nieder, zog die Stiefel und die dicken Strümpfe aus und marschierte den Strand entlang, einer fernen Landspitze entgegen.

Als sie zurückkehrte, waren ihre Füße wund, so weit war sie noch nie barfuß gelaufen. Sie zog ihre Haube an den Bändern hinter sich her, die Haarkämme hatte sie in die Tasche gesteckt. Eine leichte Seebrise spielte mit ihren kräftigen roten Locken. Es war belebend und befreiend. Sie spürte, wie das Kind in ihr strampelte, und hielt das für ein sicheres Zeichen seines Wohlbefindens.

Olivia aß etwas Brot und eingelegtes Fleisch, trank ein wenig Wasser und sank in einen friedlichen Schlaf, wenn sie auch immer noch die Schaukelbewegungen des Schiffes zu spüren vermeinte, die sie so lange hatte ertragen müssen.

In dieser Nacht fand der Frieden ein jähes Ende. Mit fürchterlicher Wucht brach der Sturm, der sich über dem Indischen Ozean zusammengebraut hatte, über das Land herein. Um die zu Tode erschreckte Olivia peitschten Wind und Regengüsse. Himmel und Erde schienen im Krieg zu liegen. Das Lager wurde in Fetzen gerissen, Kisten und Körbe wurden umgeworfen und den Strand hinuntergeweht, das Feuer verlosch in Sekunden. Olivia wich in den dichten Busch zurück, sie stolperte und rutschte und suchte im Licht der Blitze ihren Weg. An einen Baum geklammert, betete sie, dass sie diese Nacht überstehen möge. Sie betete auch für ihren Mann, betete, er möge die Stadt erreicht haben, bevor dieser Albtraum begann.

In der Ruhe des folgenden Morgens kehrte Olivia zu ihrem Unterschlupf zurück. Der Strand war mit Trümmern übersät, ebenso ihr kleines Lager. Sie machte sich an die Arbeit und baute alles, so gut es ging, wieder auf. Sie band die Überreste des Segeltuchs wieder fest, richtete einen durchweichten Korb auf und breitete ihre Kleidungsstücke zum Trocknen über die Büsche. Proviant und Wasser hatten nicht gelitten, aber die Feuerstelle war nass, und die kleine Dose mit Streichhölzern schien verschwunden. Während Olivia so hantierte, hatte sie das Gefühl, beobachtet zu werden. Sie konnte aber kein verräterisches Geräusch, keine Bewegung ausmachen. Vorsorglich hielt sie den Revolver griffbereit.

Mittags ruhte sie. Dann beschloss sie, einen Spaziergang am Strand zu machen, um zu sehen, was der Sturm angeschwemmt hatte. Sie wanderte nach Norden, entgegengesetzt zu ihrem letzten Erkundungsgang. Bald kam sie an eine kleine Landzunge. Schwerfällig kletterte sie über die Klippen und erstarrte bei dem Anblick, der sich ihr bot. So weit das Auge reichte, war der Strand mit zerborstenem Holz, persönlichem Hab und Gut sowie nautischen Geräten übersät. Es fröstelte sie bei dem Gedanken, dass diese Sachen Treibgut eines Schiffsbruchs sein mussten, höchstwahrscheinlich der *Lady Charlotte*, die sie gerade erst verlassen hatten.

Olivia wandte sich schaudernd ab. Sie konnte sich nicht überwinden, die Überreste genauer zu untersuchen. Dieses geheimnisvolle Land und die Macht seiner Elemente gaben ihr das Gefühl, verwundbar und nichtig zu sein. Sie befand, diesem Land sei nicht zu trauen, da sich seine Schönheit so unberechenbar und erbarmungslos in Zerstörung verwandeln konnte.

Entmutigt schleppte Olivia sich am Wasser entlang zurück. Das Gewicht des Kindes in ihrem Leib zog schwer an ihr. Sie entdeckte hübsche Muscheln, doch es machte ihr zu viel Mühe, sich zu bücken.

Als ›ihr‹ Stückchen Strand in Sichtweite kam, blickte sie auf. Etwas ließ sie anhalten und genauer hinsehen. Ihr wurde schwindelig, und sie merkte, wie ihre Beine nachgaben. Ihre schlimmsten Befürchtungen waren eingetreten – in ihrem Lager bewegten sich die Gesalten von nackten, schwarzen Männern. Auf den ersten Blick wirkten sie zierlich, diese Gestalten mit ihrem dichten schwarzen Haar. Offenbar waren sie sehr neugierig, sie wühlten in ihren Sachen herum, stießen mit ihren Speeren, stocherten und hackten wie ein Schwarm neugieriger Vögel. Dieser Übergriff auf ihre kleine Zuflucht in der Wildnis stellte für Olivia eine unverzeihliche Schändung dar.

Mit einem erbosten Schrei und ohne auch nur eine Sekunde zu überlegen, stürmte sie los. Dabei brüllte sie: »Weg mit euch! Weg mit euch!«

Die Schwarzen standen still. Entgeistert blickten sie in die Richtung, aus der das ferne Protestgeschrei kam. Für sie sah es aus, als hüpfte da ein fetter Vogel, der watschelnd, kreischend und flügelschlagend versuchte, die besten Jäger und Krieger ihres Stammes mit seinem trotzigen und von vorneherein aussichtslosen Angriff herauszufordern. Als ihnen klar wurde, dass es sich hier um ein menschliches Wesen handelte, zudem noch eine schwangere Frau, wich ihre Kampfbereitschaft allgemeiner Erheiterung. Einer von ihnen hatte das Wrack entdeckt, und so erklärte sich den Männern der Grund für diese drollige Erscheinung. Sie berieten sich kurz und traten dann gemeinsam vor, um diesen zornigen Fremdling zu begrüßen.

Olivia sah, wie sie sich zusammenschlossen. Angesichts ihrer Waffen und ihrer Übermacht fragte sie sich, wie sie so unüberlegt auf den sicheren Tod hatte zustürmen können.

Ihre Angst war nun doch größer als ihre Wut, also blieb sie einfach stehen, kniff die Augen zu und wartete auf den Speer, der sie treffen würde. Sie stand, die Hände vor das Gesicht geschlagen, ihre vermeintlich letzten Gedanken bei ihrem ungeborenen Kind.

Als sie aufblickte, lag der Strand verlassen da. Innerlich zitternd ging sie mit vorsichtigen Schritten auf das Lager zu, immer in der Erwartung, speerschwingende Wilde plötzlich aus dem Busch springen zu sehen. Aber alles blieb still. Olivia fand den Revolver und sank unter Tränen zu Boden.

Der Hunger und das Baby, das sich in ihrem Leib bemerkbar machte, zwangen sie schließlich, sich zusammenzureißen. Sie hatte gewusst, dass das Pionierleben hart sein würde, und hier verlor sie schon nach wenigen Tagen den Mut. Resolut machte sie sich daran, getrocknetes Gras und dünne Zweige zu sammeln, um ein kleines Feuer anzuzünden. Dann wühlte sie im Durcheinander ihrer Sachen nach Streichhölzern, aber die Dose war verschwunden. In Wut und Verzweiflung stampfte Olivia mit dem Fuß auf. Sie untersuchte den verbliebenen Proviant. Kaltes, ungekochtes Essen war nicht gerade einladend, aber es blieb ihr nichts anderes übrig, sie musste sich und ihr Kind ernähren.

Während Olivia noch überlegte, nahm sie aus dem Augenwinkel eine flüchtige Bewegung wahr. Einen Moment lang dachte sie, es sei ein Tier. Etwas Buntes leuchtete auf, dann entdeckte sie zwischen den Bäumen einen nackten, dunklen Mann. Olivia traute ihren Augen nicht. Es gab keinen Zweifel, ihr Strohhäubchen tanzte auf dem Hintern des Mannes, die roten Bänder hatte er vor dem Bauch verknotet. Als sie sich umdrehte, sah sie zu ihrer Verärgerung zwei andere Eingeborene bei ihrem Korbkoffer mit den feuchten Sachen. Einer hatte sich einen Unterrock um die verfilzten Haare gebunden, der andere betrachtete verwundert einen ihrer besten Schnürstiefel aus Glacéleder.

»Husch! Weg mit euch!« Olivia machte wütend ein paar Schritte auf sie zu, dann rannte sie zurück und holte ihren Revolver. Sie hantierte damit herum und schaffte es schließlich, ungefähr in Richtung der zwei Aborigines am Strand einen Schuss abzufeuern.

Sie rannten mit ihren Kleidern davon, die sie fest an die Brust gedrückt hielten.

Olivia überlegte fieberhaft, was sie nun tun sollte. Den Revolver in der Hand, begann sie mit zitternden Knien, die Kleider aufzusammeln, die sie zum Trocknen ausgebreitet hatte. Unbeholfen bückte sie sich nach ihrer Unterwäsche im Sand, da hörte sie jemand hinter sich rufen.

»He, Sie da!«

Sie ließ die Sachen fallen und schnellte herum, mit dem Revolver zielte sie in die Richtung, aus der die Stimme gekommen war. Verblüfft sah sie von der Landzunge her die stattliche Gestalt eines weißen Mannes auf sich zukommen. Er trug einen Strohhut und ein loses weißes Hemd zu Reithosen und Stiefeln. Sie bemerkte den Revolvergurt an seiner Hüfte. Dieser Mann konnte kein Schiffbrüchiger sein. Hinter ihm folgte in respektvollem Abstand ein kleinerer Mann von orientalischem Aussehen. Er hatte glatte schwarze Haare und trug einen merkwürdigen kleinen Hut.

Olivia fiel sofort auf, wie selbstsicher sich der weiße Mann bewegte. Er sah ausgesprochen gut aus, obwohl er sich offensichtlich länger nicht rasiert hatte. Er war groß und dunkelhaarig, über seinen vollen Mund lief ein breites Lächeln. In seinem braun gebrannten Gesicht leuchteten strahlend blaue Augen, sein lockiges Haar war länger als sonst bei Männern üblich. Am auffälligsten war jedoch die große Perle, die er im linken Ohrläppchen trug. Olivia erfasste all dies in Sekundenschnelle und war sofort auf der Hut. Der Kapitän der *Lady Charlotte* hatte ihnen von den zwielichtigen und oft sogar gefährlichen Schurken erzählt, die die Gewässer vor Nordaustralien befuhren. Er hatte von skrupellosen Banden gesprochen, die von Strandgut lebten und mit illegalem Schnaps handelten, auch mit Frauen und allem, was sie stehlen und dann an vorbeifahrende Schiffe verhökern konnten.

»Wer sind Sie. Was wollen Sie?«, rief sie dem Mann entgegen.

Er blieb stehen und starrte verblüfft auf den Revolver in ihrer Hand.

»Was ich will?«, fragte er leicht amüsiert. »Madame, ich dachte, Sie seien hier diejenige, die etwas braucht. Bitte haben Sie keine Angst.« Er hob die Arme über den Kopf und simulierte Ergebung.

Olivia wurde rot, als sie merkte, dass sie den Revolver immer noch auf ihn gerichtet hielt, und ließ die Waffe sinken. Bei aller Erleichterung darüber, einen Weißen zu treffen, blieb Olivia doch misstrauisch, und auch der Mann kam nur vorsichtig näher.

»Wie haben Sie es geschafft, an Land zu kommen, wo es doch offensichtlich keine Überlebenden gibt?« Er sah auf ihren gewölbten Leib, der vorher von den Kleidungsstücken in ihrer Hand verdeckt gewesen war, und gab sich sozusagen selbst die Antwort. »Ah, ich sehe, sie wurden wegen Ihrer Umstände bevorzugt behandelt.«

»Dem ist nicht so«, fauchte Olivia.

Die beiden schauten einander ins Gesicht. Er sprach mit unverkennbarem irischem Akzent, allerdings mit einem amerikanischen Näseln, wie ihr schien. Aber seine Ausdrucksweise war gepflegt, und Manieren hatte er auch. Sie tauschten ein flüchtiges Lächeln.

Jetzt, wo er sie näher betrachten konnte, fand er sie sehr hübsch. Er bemerkte ihre kecke Nase, ihre grünen Augen und die vollen Lippen.

»Madame, erlauben Sie mir die Frage, ob es Ihnen gut geht. Ich bin Kapitän John Tyndall. Mein Schiff liegt in der nächsten Bucht. Ich bin an Land gekommen, als ich das Wrack auf dem Riff sah.«

Bei dem Gedanken an die Mannschaft der *Lady Charlotte* und die Reisegefährten an Bord musste Olivia schlucken. Welch ein jähes Ende hatte sie getroffen. »Hat denn keiner überlebt?«, fragte sie.

»Ich fürchte, niemand, nein. Die Küste ist voller verborgener Riffe und eigentlich immer gefährlich. Im Moment ist auch noch Regenzeit, die Gefahr von Zyklonen ist jetzt besonders groß. Sind Sie allein?«

»Nein, mein Mann ist bei mir«, beeilte sich Olivia zu sagen. »Wir haben uns hier vor dem Sturm an Land setzen lassen. Wir wollen uns landeinwärts ansiedeln.«

»Also darf ich keiner schönen schiffbrüchigen Lady auf meinem Schiff eine Koje nach Broome anbieten?«, fragte er mit einem charmanten Lächeln. »Aber im Ernst, dies ist unwegsames Gebiet. Sie werden doch nicht zu Fuß weiterreisen wollen? Ich muss Ihren Gatten warnen, der Weg wird sehr beschwerlich sein. Vor allem in Anbetracht Ihres Zustands. Wo steckt Ihr Mann eigentlich?«

»Nein, es ist schon in Ordnung. Vielen Dank«, sagte Olivia hastig. In Gegenwart dieses Fremden hatte sie ein unbehagliches Gefühl. »Conrad ist nach Cossack aufgebrochen, um Pferde zu holen. Wir werden hier bleiben, bis das Kind da ist und wir zu unserer Farm ziehen können.«

Der Mann wiegte zweifelnd den Kopf. »Sie haben da eine ganz schön weite Reise vor sich. Und Sie sind sehr mutig, hier draußen allein zu bleiben. Haben Sie schon Bekanntschaft mit den Eingeborenen gemacht?«, fragte er. In seinen Augen glich sie einem Mädchen, das tapfer versuchte, seine Ängste zu verbergen. Allerdings schien sie Mumm in den Knochen zu haben.

»Ich habe Eingeborene gesehen. Sind sie gefährlich? In Fremantle haben wir gehört, dass vor einiger Zeit in La Grange einige Forscher im Schlaf gemeuchelt wurden.«

»Jede Geschichte hat zwei Seiten, vor allem in diesem Teil der Welt. Werte Dame, Sie werden feststellen, dass es sich bei diesem Vorfall um einen Vergeltungsschlag handelte. Zwanzig Aboriginefamilien, Frauen, Kinder und Greise, waren völlig grundlos überfallen worden. Ich schlage vor, Sie freunden sich mit den Einwohnern hier an. Ich denke, man wird Sie nicht als Gefahr oder Bedrohung empfinden.«

Es zuckte um Olivias Mundwinkel, doch sie blieb abweisend und bestand darauf, dass sie alleine zurechtkäme. Sie sah ängstlich zu dem Asiaten hinüber, der still hinter dem weißen Seefahrer stand. Ihre Blicke trafen sich kurz, und er bedachte sie mit einem Lächeln, das sie verunsicherte.

»Vielen Dank, dass Sie mir helfen wollten. Vielleicht treffen wir uns ja einmal in Broome«, sagte sie mit gezwungener Höflichkeit.

Der Fremde zog den Hut vom Kopf, verbeugte sich elegant und antwortete: »Ja, vielleicht.« Dann machte er auf dem Absatz kehrt und stapfte davon zu der Bucht mit dem Wrack. Olivia nahm an, die Männer würden jetzt plündern, was sie schleppen konnten, und dann weitersegeln.

Wäre sie den beiden gefolgt, hätte sie jedoch gesehen, dass sie ins Buschland abbogen und dort das Lager der Aborigines aufsuchten. Der weiße Mann beherrschte ihre Sprache gut genug, um sich verständlich zu machen. Er bat sie, ein Auge auf die Frau am Strand zu haben. Dann besprach er noch ein paar andere Dinge mit den Stammesältesten, und die beiden Männer kehrten auf ihren Schoner zurück.

Olivia hatte sich in der Zwischenzeit einfach auf den Boden gesetzt, weil sie völlig am Ende war. An eine Blechkiste gelehnt, dachte sie nach. Natürlich hatte sie nicht mit ihm nach Broome fahren können, aber vielleicht wäre es ihm mit seinem kleinen Schiff gelungen, nach Cossack zu segeln. Vielleicht hätte sie ihn bitten sollen, auf Conrad zu warten. Stattdessen hatte sie sich wie eine Dame auf einem

Kaffeekränzchen benommen und ihn hochmütig abgewiesen. Nun, zumindest fühlte sie sich nach diesem überraschenden Besuch nicht mehr so gottverlassen allein. Lieber Himmel, hoffentlich kam Conrad zurück, bevor es dunkel wurde. Der Gedanke an die Nacht rief ihr die Streichhölzer in Erinnerung. Sie hätte den Mann bitten sollen, ihr ein paar Streichhölzer dazulassen. Olivia stand auf und schleppte sich zu der felsigen Landspitze. Aber es war kein Schiff mehr zu sehen.

Auch von Conrad fehlte noch jede Spur, als die Dämmerung einsetzte. Olivia kam sich unsagbar einsam und verlassen vor, als sie das Häufchen trockenes Gras und Zweige betrachtete, das sie nicht hatte entzünden können. Sie aß ein paar Haferflocken, trank einen Schluck Wasser und hockte sich am Meer nieder, um sich das Gesicht zu benetzen. Sie wusste, dass das Salzwasser der Haut nicht gut bekam, aber sie wollte Trinkwasser sparen. Müde, wie sie war, saß sie im feuchten Sand und kühlte ihre wunden, geschwollenen Füße im Meerwasser.

Es war schon fast dunkel, als sie sich auf den Rückweg zu ihrem kleinen Unterschlupf machte. Einen Moment lang meinte sie, Rauchgeruch auszumachen, aber der Himmel war ganz klar. Als sie jedoch zu ihrem bescheidenen Lager zurückkam, wollte sie ihren Augen nicht trauen.

Einer der Aborigines, die sie schon gesehen hatte, saß im Schneidersitz vor den Resten ihres erloschenen Feuers. Konzentriert drehte er ein dünnes Stöckchen auf einem Stück Holz. Als eine Funke erglomm, beugte er sich nieder und blies hinein. Ein Flämmchen wurde entfacht, dann noch eins, schließlich stieg ein dünner Rauchfaden auf. Das Gras schmorte und fing an zu glimmen. Sachte blies der Mann in die winzige Glut, streute ein paar Grasschnipsel hinein, bis das Feuer brannte. Er beachtete Olivia gar nicht. Sie hatte sich ihm gegenüber hingehockt und wagte kaum zu atmen, während er bedachtsam seine Aufgabe ausführte. Als das Feuer richtig loderte, richtete der Mann sich auf und strahlte Olivia an.

»Danke«, flüsterte sie.

Sie verstand seine Antwort nicht. Die Worte klangen kurz und kehlig, wie keine andere Sprache, die sie je gehört hatte. Dankbar wärmte sie ihre Hände an der Flamme, die ihr Sicherheit und praktische Hilfe bedeutete, warmes Essen und Licht. Dann quälte sie sich wieder hoch und holte noch mehr Holz herbei, um das Feuer in Gang zu halten.

Als sie an ihre Feuerstelle zurückkehrte, war der Mann in die sanft fallende Dunkelheit entschwunden.

In dieser Nacht schlief Olivia unruhig, gequält von allerhand fliegenden, stechenden Insekten. Als der Morgen endlich kam, warf sie einen Ast auf die Glut und war erleichtert zu sehen, dass das Feuer wieder aufflackerte. Sie fühlte sich voll neuer Energie. Heute würde Conrad bestimmt kommen. Voller Vorfreude machte sie sich daran, ihre Sachen, die überall im Lager verstreut lagen, zusammenzupacken und zu verstauen. Sie sammelte auch noch mehr Brennholz. Sie sehnte sich nach frischer Nahrung, und ihr schwindender Trinkwasservorrat beunruhigte sie. Vielleicht könnte der Eingeborene, der ihr Feuer entfacht hatte, sie zu einer Wasserstelle führen. Sie hatte zwar weder etwas gesehen noch gehört, aber sie spürte, dass die Aborigines in der Nähe waren und sie beobachteten.

Als der Morgen fortgeschritten war, fühlte Olivia sich sehr erschöpft. Ihre Glieder schmerzten und ihr war so seltsam zumute. Sie schob es auf den Mangel an vernünftiger Nahrung, trank ein paar Schluck Wasser und beschloss, einen Spaziergang zu machen, um sich abzulenken. Hinter den Sanddünen gab es nichts als niedriges Gebüsch, sandige rote Erde, spindeldürre Bäumchen und ab und zu einen großen Eukalyptusbaum. Die Hitze machte ihr zu schaffen. Als sie auf eine kleine Lichtung kam, ließ sie sich im Schatten nieder und schloss erschöpft die Augen. Jäh schreckte sie auf, als ihr Körper von einem heftigen Schmerz gepackt wurde. Sie krümmte sich, als der Schmerz sie wieder durchfuhr und ihren Körper zu durchbohren schien. Die Erkenntnis traf sie wie ein Schock: Sie würde ihr Kind ganz allein zur Welt bringen, mitten in der Wildnis.

Stöhnend kämpfte sie sich auf die Füße. Sie hielt sich den Bauch, in dem das Kind unerbittlich nach unten drückte. Nach wenigen taumelnden Schritten zwang der Schmerz sie erneut zu Boden. Auf die Seite gekrümmt, wiegte Olivia sich stöhnend in den Wehen. Sie verlor jeden Sinn für Raum und Zeit, spürte nur noch ihrem Körper, der ihr diese Qualen verursachte. Ihrer misslichen Lage nur allzu bewusst, hatte sie schreckliche Angst und schrie nach ihrem Mann. Endlich sank sie in einen Dämmerschlaf.

Wie durch einen Nebel spürte sie eine sanfte Hand, die ihr über die heiße Stirn strich. Feste Hände richteten ihre Beine gerade. Jemand hob sie auf.

»Conrad, ich wusste, du würdest kommen«, stöhnte Olivia und mühte sich, wieder zu Bewusstsein zu kommen. Als sie jedoch erleichtert die Augen aufschlug, sah sie nicht ihren Mann vor sich, sondern blickte in die dunklen Augen einer schwarzen Frau. Zwei andere Aboriginefrauen murmelten Worte, die sie nicht verstand, und zerrten an ihrer Kleidung. Ein erneute Wehe machte es Olivia unmöglich, sich zu wehren. Bald wurde ihr klar, dass die Frauen ihr helfen wollten, und sie überließ sich ihren erfahrenen Händen. Man befreite sie von der Stofffülle ihrer Röcke. Sie ging in die Hocke, von vorne und hinten gestützt. Die dritte Frau gab die Anweisungen. Endlich bäumte sich Olivia ein letztes Mal auf und spürte, wie das Baby aus ihr herausglitt. Ein zufriedenes Grunzen der Frau, die die Befehle gab, gab ihr zu verstehen, dass alles in Ordnung war. Rasch drehten sie das Kind mit dem Gesicht zur Erde, zogen die Nabelschnur frei und durchtrennten sie mit einem scharfen

Feuerstein. Dann pressten sie mit geübtem Griff Olivias Bauch, damit die Nachgeburt eintreten konnte.

Die Frauen halfen Olivia, sich bequem hinzulegen. Dann kümmerten sie sich um das Baby. Sie hoben es auf und zeigten ihr mit breitem Lächeln, dass sie einen Sohn geboren hatte. Olivia lag immer noch schwach und zitternd da und rang mühsam nach Atem. Sie schoben ihr eine gummiartige Substanz in den Mund, an der sie, wie ihr bedeutet wurde, lutschte, bis sie spürte, dass ihre Kräfte wiederkamen. Sie vertraute diesen Frauen jetzt ohne Vorbehalte und verfolgte mit Staunen, wie sie eine aschenartige Paste auf ihren schmerzenden Körper strichen. Dann wandten sie sich wieder dem Kind zu. Ein kleines Feuer brannte. Olivia konnte sich nicht entsinnen, wer es angezündet hatte oder wer das Loch gegraben hatte, in dem jetzt die Plazenta begraben wurde. Nachdem die Frauen grüne Blätter auf das Feuer gelegt hatten, hielten sie das Baby in den Rauch und malten mit Asche und roter Paste ein Muster auf seine helle Haut.

Während sie das Baby versorgten, summten die drei Frauen leise einen alten Gesang. Dieses Ritual sollte das Kind mit der Mutter Erde verbinden und ihm seinen Platz in der *Traumzeit* schenken, den Platz seiner Zugehörigkeit, den Platz, an den seine Seele zurückkehren würde, wenn seine Zeit auf dieser Erde abgelaufen wäre. Olivia verstand nichts von all dem, sie sah nur, dass ihr Kind sich wach und zufrieden in guten Händen befand. Die Frauen reichten ihr das Baby, und Olivia legte es an die Brust. Dabei lächelte sie zum ersten Mal.

Dann schlief sie. Ihre Helferinnen warteten geduldig. Als die Nacht anbrach, brachten sie Olivia und das Kind zum Lager zurück. Ein Feuer brannte. Als sie den Geruch von Essen wahrnahm, überfiel Olivia unbändiger Hunger. In der Glut des Feuers garte ein Fisch. Während Olivia es sich bequem machte, holte eine der Frauen den Fisch mit einem Stock aus dem Feuer. Sie ließ ihn abkühlen und befreite ihn dann von der verkohlten Haut. Sie zerteilte das gare weiße Fleisch und reichte Olivia die Stücke, die sie gierig verschlang. Dann warfen die Frauen noch einmal grüne Blätter auf das Feuer. Ein durchdringender, beißender Rauch breitete sich aus. Die Frauen zogen sich zurück und überließen Olivia und das Kind ihrer Nachtruhe. Zufrieden lag Olivia neben dem Feuer und betrachtete verzückt das kleine vollkommene Menschlein in ihren Armen.

Fünftes Kapitel

Am nächsten Morgen hing Feuchtigkeit in der Luft wie in einer Waschküche. Nässe kroch in alle Winkel und Kleidungsstücke. Jede Bewegung machte Mühe. Olivias Gliedmaßen waren schwer wie Blei, ihre Haut klebte, Insekten plagten sie, und das Baby war unruhig. Sie wusste, dass ihre Erschöpfung und ihre Lethargie weniger auf die Anstrengung der Geburt zurückzuführen waren als auf das extreme Klima. Mit der Feuchtigkeit, die durch ihre unbequeme Kleidung kroch, beschlich sie auch ein tiefes Gefühl der Mutlosigkeit. Umständlich legte sie das Baby an die Brust. Wo blieb Conrad? War ihm etwas passiert? Warum war er noch nicht zurück? Schon unter idealen Umständen wäre ihr die Verantwortung für das kleine, schutzbedürftige Geschöpf in ihren Armen beängstigend vorgekommen. Aber jetzt machten sie die Einsamkeit und die Abgeschnittenheit von der Zivilisation völlig hilflos. Wie sollte sie nur die nächsten Stunden überstehen? An die nächsten Tage, Monate und Jahre wagte sie erst gar nicht zu denken. Müde warf Olivia ein Stück Holz ins Feuer. Sie wusste, dass sie sich aufraffen und etwas essen musste, um bei Kräften zu bleiben.

Olivia wiegte das Baby. Plötzlich hörte sie Stimmen. Ihre drei Helferinnen waren zurückgekehrt, im Schlepptau hatten sie ein kleines Mädchen. Schüchtern, aber neugierig beäugte das Kind Olivia. Die Frauen hatten etwas zu essen für die Fremde mitgebracht. Sie stellten ihr eine kleine Holzschale hin. Dann nahm sich die ältere Frau das Baby und herzte es. Olivia verschlug es die Sprache. In einer Aufwallung von Empörung wollte sie das Baby von der fremden schwarzen Brust reißen, doch die freundliche Art der Frau und ihr gütiges Lächeln beruhigten sie. Dankbar für die Gesellschaft, probierte Olivia vorsichtig die unbekannten Speisen. Das Mädchen musste etwa zehn Jahre alt sein. Es kicherte viel und scherzte mit dem Baby. Die erste Frau löste das Baumwolltuch des Kindes und ließ es nackt an der frischen Luft strampeln. Eine andere verscheuchte die Insekten mit einem Bündel grüner Blätter.

Das Essen schmeckte Olivia. Es gab eine Art Körnerkuchen, der mit wildem Honig getränkt war, und dann noch eine fingerlange weiße, nussig schmeckende ›Zigarre‹. Ihre Ähnlichkeit mit einer großen Nacktschnecke bewog Olivia, sie nicht näher zu untersuchen. Nach dem Mahl fühlte sie sich schon viel besser. Sie lächelte alle dankbar an und leckte sich die Finger ab. Die Frauen standen auf und bedeuteten Olivia mit Gesten, fremden Worten und Gekicher, dass sie ihnen folgen sollte. Olivia zögerte. Aber diese angeblich ›primitiven‹ Frauen waren so herzlich zu ihr, dass sie ihnen einfach Vertrauen schenken musste. Sie entrollten eine Trageschlinge, die mit Kängurufell gefüttert war, und zogen sie ihr über den Kopf, sodass sie quer vor ihrer Brust hing. Dahinein kam das Baby, das sich zufrieden an seine Mutter schmiegte. Vom Lager aus ging es landeinwärts. Nach dem Verlust ihres besten Strohhutes band Olivia sich ihr zweitbestes Häubchen um. Das kleine Mädchen reichte ihr einen Stock, und zusammen zogen sie in den Busch.

Die Wöchnerin kam nur langsam voran, aber ihre Begleiterinnen zeigten sich geduldig. Sie ließen ihr Zeit, legten öfter eine Pause ein und pflückten hier und da wilde Beeren. Olivia war bald erschöpft. Für die Eingeborenenfrauen schien es offenbar völlig normal, gleich nach der Geburt wieder auf den Beinen zu sein. Da, wo sie herkam, sah man das ganz anders. Eine Frau bot ihr an, das Baby zu nehmen, und Olivia überließ ihr dankbar das schwere kleine Bündel.

Die Frauen schwatzten leise miteinander. Es stimmte Olivia traurig, dass sie sich nicht besser mit ihnen verständigen konnte. Trotzdem war sie für ihre Gesellschaft dankbar. Bei ihnen fühlte sie sich gut aufgehoben.

Bald kamen sie zu einem Billabong, einem stehenden Gewässer, umgeben von Pandanuspalmen und Eukalyptusbäumen. Hier ließen sich alle im Schatten nieder. An einen Baumstamm gelehnt, sah Olivia den Frauen dabei zu, wie sie im Schlamm und unter der schwimmenden Decke von großblättrigen Wasserpflanzen nach Nahrung suchten. Eine der Frauen fing eine riesengroße Wasserschlange. Mit lautem Geschrei und Gejubel brachten sie das Tier an Land und töteten es geschickt. Die Frauen bedeuteten Olivia stolz und mit vielen Gesten, dass die Schlange ein Teil ihrer nächsten Mahlzeit sein würde.

Auf dem Rückweg hielten sie immer wieder an. Einmal förderten sie mit ihren Stöcken zwei große Eier zutage, die im Sand vergraben waren. Dann fingen sie einen kleinen Waran. Einmal schlugen sie auf einen Baum ein, um seine Samenhülsen herunterzuschütteln, die sie mit einer kleinen hölzernen Schaufel einsammelten. Ihre Stöcke schienen ihnen unentbehrlich zu sein. Sie waren kurz und schwer, das eine Ende war spitz und im Feuer gehärtet. Keine Frau ging ohne diesen praktischen und vielseitigen Gegenstand. Die Schleifsteine ließen sie im Lager. Jede Frau trug um die Taille einen Gürtel aus geflochtenem Haar, in dem verschiedene kleine Werkzeuge steckten. So hatten sie die Hände frei, um entweder ein Kind zu tragen oder zu jagen. Es beeindruckte Olivia, wie geschickt die Frauen kleine Tiere fingen.

Später am Tag kamen auch mehrere Männer aus dem Busch an den Strand. Die Frauen winkten ihnen zu, sie sollten in Olivias Lager kommen. Die Eingeborenen zögerten und berieten sich lange unter vielem Gekicher. Endlich kamen sie geschlossen näher. Der Anblick ihrer fast nackten

Körper war Olivia peinlich. Sie kam aber nicht umhin zu bemerken, wie schön sie alle gewachsen waren, schlank und muskulös. Die drei Frauen zeigten auf das schlafende Baby und schienen zu erzählen, was sie für Olivia gekocht hatten. Eine ausgiebige Diskussion folgte, bei der die Männer mit Nachdruck auf das Meer zeigten. Erst jetzt bemerkte Olivia direkt am Wasser eine lose aufgeschichtete Steinmauer, die zwischen zwei Felsen quer über eine kleine Einmündung lief. Bei Flut lag die Mauer vollkommen unter Wasser, doch wenn sich das Meer bei Ebbe durch die Mauerspalten zurückzog, blieben Fische hinter der Mauer zurück. Die Mauer war eine geniale Fischfalle. Im Moment herrschte Ebbe. Die Männer und Frauen gingen zur Mauer und sammelten den Fang ein. Fische, auch Muscheln und andere Schalentiere stellten eine willkommene Bereicherung des Speiseplans dar.

Um das Lager herum zündeten die Eingeborenen kleine Räucherfeuer an, um die Insekten fern zu halten. In einem Ring von Steinen loderte ein großes Feuer, das Kochfeuer. Man ließ es herunterbrennen, fegte die Überreste zur Seite und vergrub den Fang im heißen Sand. Dann wurden die heiße Asche und die Glut wieder auf die Stelle gehäuft und die Fische in diesem ›Ofen‹ gegart. Olivia sah dem Treiben aus einiger Entfernung zu. Sie bewunderte das Überlebensgeschick dieser Menschen. Das würde Conrad alles sehr interessieren. Conrad! Mit einem Schlag wurde ihr klar, dass sie seit Stunden nicht mehr an ihn gedacht hatte.

Olivia saß in ihrem Lager an ihrem eigenen kleinen Feuer. Sie hielt sich zurück, denn sie hatte beobachtet, dass es bei den Eingeborenen üblich war, von Zeit zu Zeit einfach nur dazusitzen und zuzusehen. Folglich hielt sie sich an diese Etikette. Nach einiger Zeit kam das kleine Mädchen herüber und gab ihr schüchtern zu verstehen, sie möge zu den anderen kommen.

Die Sonne versank schon im Meer, und die Männer hatten ihre Mahlzeit bereits beendet. Sie setzten sich an die Seite und sahen Olivia ungerührt dabei zu, wie sie ihre Meeresfrüchte hungrig verschlang. Wie konnte sie diesen Leuten ihre Unterstützung jemals wieder gutmachen? Sie konnte nur hoffen, dass sie so lange blieben, bis Conrad wiederkam. Sie zweifelte nicht mehr daran, dass er zurückkommen würde. Also saß sie einfach da, das Baby auf dem Schoß, und hörte den Männern und Frauen bei ihrer Unterhaltung zu. Olivia vermutete, dass sie zu einem größeren Stamm gehörten, denn sie sah, wie sie einen Teil des Fangs zur Seite legten, um ihn mitzunehmen.

Olivia schenkte allen ein dankbares Lächeln und bedeutete ihnen, dass ihr das Essen geschmeckt hatte. Die Leute nickten befriedigt. Sie hatten offenbar größtes Verständnis für die weiße Frau, die weder körperlich noch seelisch in der Verfassung war, es mit der Wildnis aufzunehmen. Zum ersten Mal kam Olivia der Gedanke, dass diese Leute eigentlich ihre Gastgeber waren. War es nicht so, dass sie, Olivia, sich auf fremdem Grund und Boden befand?

Das wimmernde Baby unterbrach Olivias Gedankengänge. Sie drehte den Männern den Rücken zu und legte das Kind an die Brust. Dann wurde ihr bewusst, wie albern es war, sich so züchtig zu verhalten. Alle anderen hier waren doch so gut wie nackt. Also ignorierte sie einfach ihr Schamgefühl und sah zu, wie das Kindchen gierig nuckelte.

Als die Sonne untergegangen war, löschten die Männer das Feuer, sammelten ihre Werkzeuge und Waffen ein und gingen zurück in den Busch. Die Frauen folgten ihnen. Einzig das kleine Mädchen wandte sich noch einmal zu Olivia um.

Olivia hatte wahrgenommen, dass die kleineren Feuer der Aborigines die beutesuchenden Moskitos und Sandflöhe in Schach gehalten hatten. Also machte sie es ebenso und richtete noch zwei kleinere Feuerstellen neben ihrem Hauptfeuer ein. Sie legte die gleichen grünen Blätter darauf wie die Eingeborenen. Der beißende Rauch tat seine Wirkung. Zufrieden kroch Olivia in ihren Verschlag, rollte sich mit dem Baby zusammen und schlief friedlich ein.

Am nächsten Morgen kam Olivia ihren mütterlichen Pflichten nach, ganz als sei sie in einem normalen Haus und nicht mitten in der Wildnis. Sie ging mit dem Baby ans Meer und badete es. Dann trug sie es zurück und wusch das Salz mit einem Schwamm und Süßwasser ab. Voller Energie räumte sie auf, froh über ihr zufriedenes Kind und voller Vertrauen darauf, dass Conrad sich auf dem Weg zu ihnen befand. Der Koffer mit den Babysachen war nicht auf Anhieb zu finden, also riss Olivia einen Unterrock in Streifen und fertigte daraus Windeln und Umschlagtücher. Dann legte sie das Baby in die Trageschlinge der Aborigines und ging an den Strand. Sie genoss die Bewegung an der frischen Luft und konnte es immer noch nicht fassen, so kurz nach der Geburt ihres Kindes schon wieder auf den Beinen zu sein. Daheim in London hätte sie jetzt im Bett gelegen und schwach an einer Kraftbrühe genippt.

Sie fand ein paar Muscheln, unter ihnen eine herrliche Kreiselschnecke. Dann versuchte sie, so wie die Eingeborenen mit den Füßen im Schlamm zu wühlen, und förderte tatsächlich ein halbes Dutzend kleiner Schalentiere zutage.

Als sie in ihr Lager zurückkehrte, standen mehrere Männer am Wasser. Sie schienen einen Fischzug vorzubereiten. Einer der Männer fuhr in einem kleinen Einbaum los, zwei andere balancierten auf einem aus Mangroven gebauten Floß. Sie hatten Netze und Speere dabei. Einer der Männer, die ihr vom Vorabend bekannt waren, grüßte mit erhobener Hand und deutete auf ihr Lager. Dort fand Olivia ein kräftiges, geschwungenes Stück Baumrinde, das mit einem welchen Fell ausgelegt war. Eine Wiege. Erfreut legte Olivia das Baby hinein. Ihr kleiner Junge lag zufrieden in seiner Wiege und sah vertrauensvoll zu ihr auf. Der weiße

Mann vom Strand hatte Recht gehabt. Es lohnte sich, mit diesen Menschen Freundschaft zu schließen. Die ersten Erforscher dieser Gegend beschrieben die Eingeborenen als primitive Barbaren, so hatten sie und Conrad es in den Reiseberichten gelesen. Nun, vielleicht mochte man sie als ›primitiv‹ einstufen. Ihr Leben war sehr einfach, vor allem verglichen mit den vielen Annehmlichkeiten, die Olivias zivilisierte Welt zu bieten hatte. Aber während die verwöhnte Olivia so hier saß, begann sie umzudenken. Die Aborigines hatten wohl genau die Lebensweise entwickelt, die ihren Bedürfnisse am besten entsprach.

Sie und Conrad würden bald ein Stück Land in Besitz nehmen, von dem sie immer dachten, dass es niemand gehörte. Ein verfallenes Pachtgebiet, gekauft von der Regierung in Perth. Sie hatten davon geträumt, das Land zu roden, ein Haus zu bauen, Landwirtschaft zu betreiben und Vieh zu züchten. Ihr Traum beinhaltete allerdings keine Eingeborenen, keine launischen Naturgewalten und auch nicht die Geheimnisse eines fremden Landes. Nie war ihnen die Idee gekommen, dass sie auch scheitern könnten. Nie hatten sie in Betracht gezogen, dass die Spuren ihrer Existenz genauso schnell vom Erdboden verschwinden könnten wie die Spuren ihrer Füße im Sand. Olivia rätselte über dieses fremde Land. Es schien schrecklich rau zu sein. Die Eingeborenen jedoch, hatte sie festgestellt, lebten mit dem Land. Sie gingen dorthin, wo Nahrung, Schutz und Freunde waren. Sie schienen – Olivia suchte nach dem richtigen Wort – heimisch zu sein. Ja, das war es. Sie waren heimisch in diesem Land.

Olivia seufzte. Dieses Thema führte für sie zu weit. Sie wusste zu wenig über das Land und die Leute, aber das würde sich ändern. Sie beschloss, so viel wie möglich zu lernen, und wünschte, sie verstünde die Sprache der Einheimischen. Friedlich saß sie im Schatten bei ihrem Kind und sah zu, wie die Männer den Strand entlangpaddelten. Lautlos glitten sie über die Muster, die die Sonne auf das bewegte Wasser malte. Der Ruf exotischer Vögel erklang, eine warme Brise zerzauste ihr Haar. Olivia nahm den Rhythmus dieses Ortes in sich auf. Hier saß sie und wartete geduldig auf die Rückkehr ihres Mannes. Nichts anderes bewegte sie in diesem Moment. Dieses Gefühl, im Einklang mit sich selbst zu sein, verlieh ihr eine heitere Ruhe. Warum hatte sie so etwas früher noch nie empfunden?

Etwas weiter nördlich segelte ein kleiner weißer Schoner in die sandigen, flachen Uferwasser eines winzigen Eilandes. Es lag nah am Festland, und die Sandbänke und Felsenriffe boten reiche Ernte an Trepang. Diese länglichen, primitiven Meerestiere, auch Seegurken genannt, galten als Delikatesse. Die Insel war nur zwei Kilometer lang und einen halben Kilometer breit. Und dennoch war ihr großer Strand voller Leben. Dort lag eine kleine Flotte malaiischer Boote, *praus* genannt. Eine Ansammlung von Hütten und der Rauch vieler Feuer ließen die Insel bewohnt aussehen. John Tyndall, der Kapitän des Segelschoners *Shamrock*, schmunzelte bei diesem Anblick. Mit geübter Hand reffte er das Hauptsegel und drehte den Bug in den Wind. Sein malaiischer Gehilfe, Ahmed, stand an der Ankerkette. Er wartete, bis das Schiff nah genug am Ufer war, damit sie bei Ebbe bequem an Land rudern konnten. Dann warf er den Anker, und die Kette fiel rasselnd über Bord. Von dem Krach aufgestört, flogen kreischend die Möwen auf. Tyndall lehnte entspannt an der Ruderstange und ließ den Blick über das Ufer wandern. Einige der Boote erkannte er. Das ist das wahre Leben, sagte er sich. Ein tropisches Paradies, mehr oder weniger jedenfalls, und ein bisschen Geschäftemacherei. Allerdings gab es auch in diesem Paradies ein Problem. Die Geschäfte waren eher Geschäftchen, und John Tyndall sehnte sich nach dem großen Geld.

Seiner Meinung nach barg das Leben eine Fülle von

Überraschungen. Er liebte die Unberechenbarkeit des Schicksals und hatte für sich entschieden, dass es auf dieser Welt keine Zufälle gab. Es war alles eine Frage von neuen Möglichkeiten und der Fähigkeit, sie zu erkennen und mit fester Hand zu ergreifen. Sobald du dir einen Plan gemacht hast, kommen die so genannten Zufälle von selbst, lautete sein Credo. Alle sagten, er hätte das Glück der Iren. Er selbst behauptete, es ginge nur darum, ›den Mut zu haben, von der Klippe zu springen, im sicheren Glauben, fliegen zu können‹.

Manchmal staunte John Tyndall darüber, was ihm das Leben mit all seinen Freuden, Leiden und Abenteuern bis jetzt gebracht hatte. Die See hatte ihn schon immer gelockt. Zunächst war er in Belfast bei einem Schiffsbauer in die Lehre gegangen. Als Junge war er auf Fischerbooten mitgefahren. Da er schnell lernte und klug war, überquerte er schon bald auf Windjammern den Atlantik und brachte es zum zweiten Maat. Tyndall kam bei Frauen gut an. Dennoch war er schüchtern und zögerte, eine feste Bindung einzugehen. Das machte ihn zum idealen Opfer für die hübsche, ehrgeizige Amy O'Reilly. Sie arbeitete als Dienstmädchen in einem Gasthaus. Was ihr an guter Kinderstube fehlte, machte sie durch Gewitztheit wieder wett. Vor allem trieb sie der Ehrgeiz, im Leben voranzukommen. In dem gut aussehenden John Tyndall, einem Mann von freundlichem Wesen und vielversprechender Zukunft, sah sie ihre Chance auf ein besseres Leben. Sie beschloss, sich an ihn zu hängen. Wie geplant erlag er ihrem Charme und ihrem Liebreiz. So fand sich der junge Tyndall im jungen Alter von zwanzig Jahren verheiratet mit einer schwangeren und sehr anspruchsvollen jungen Frau, die ihn bearbeitete, ihre Lebensumstände schnellstens zu verbessern. Er ergriff die Gelegenheit und segelte nach Australien, um die Möglichkeiten dort zu erkunden.

Gleich nach seiner Ankunft in Sydney fand er Arbeit bei

einem Schiffsbauer. Sofort erhielt die schöne Amy eine ansehnliche Summe Geld mit der Ankündigung, er würde wieder zur See gehen, und zwar auf Walfang, da sei noch mehr Geld zu verdienen.

Seine Schilderung von Sydney und ihrer gemeinsamen Zukunft dort lockten Amy nicht sonderlich, und sie überdachte ihre Lage noch einmal. Tyndall wusste nicht, dass sie mit dem Geld nach London fuhr, um Arbeit zu suchen und dort auf ihn zu warten. Die zweite Geldsendung nach Belfast wurde von Amys trunksüchtigem Vater, bei dem das Paar gewohnt hatte, umgehend in Alkohol umgesetzt. Bald darauf erhielt der Vater einen Brief von seiner Tochter, in dem sie klagte, dass sie ihr Kind verloren hätte. Es ginge ihr nicht gut, und in London sei eine Grippeepidemie ausgebrochen. Sie fragte, ob Tyndall nicht Geld geschickt habe. Der Vater antwortete, es seien weder Briefe noch Geld eingetroffen und ihr Missgeschick mache ihn sehr betroffen.

Amy war eine Frau der Tat, wenn es darum ging, ihre Situation zu verbessern. Der Verlust des Kindes und die Tatsache, dass ihr Mann sich am anderen Ende der Welt befand, waren für sie Grund genug, sich umgehend zu trösten. Das tat sie mit einem älteren Gutsbesitzer aus Schottland und verließ mit ihm das ungastliche London in Richtung Norden. Das Gasthaus, in dem sie gewohnt hatte, brannte während der Epidemie ab, und einige Menschen kamen dabei ums Leben. Der Gemeindepfarrer unterrichtete Amys Vater von dem tragischen Vorfall und von Amys Verschwinden. Er schrieb ihm, er hoffe, dass sie nicht der Epidemie anheim gefallen sei. Auf einer seiner Zechtouren erzählte Amys Vater seinen Saufkumpanen eine wirre Geschichte über den Tod seiner Tochter. In dieser Nacht fiel er auf dem Heimweg in einen Teich und ertrank. Als Tyndalls nächster Brief in Belfast eintraf, schickte der zuständige Postbeamte die Sendung mit dem Vermerk zurück, bedauerlicherweise seien Amy und ihr Vater ums Leben gekommen.

Da es keine weiteren Familienangehörigen gab, hatte Tyndall auf diese Nachricht hin der Alten Welt den Rücken gekehrt.

Hier war er nun, ein fünfundzwanzigjähriger attraktiver Junggeselle, der im Begriff war, sich vom Weltenbummler zum ehrbaren Bürger dieses neuen Landes zu wandeln, das sowohl Abenteuer als auch einträgliche Geschäfte versprach. Bei den Menschen, mit denen er an diesem Küstenstreifen zu tun hatte, war er wohl angesehen und beliebt. Er konnte eine Nacht im Hafen in Gesellschaft einer Meute Seeleute durchzechen und am nächsten Abend geistreich und charmant auf einer Dinnerparty glänzen, die ein angesehener Geschäftsmann und Vater von ein oder zwei heiratsfähigen Töchtern gab. Auch die sehr reichen Töchter der eher begrenzten besseren Gesellschaft sahen ihn gern zu Gast. Allerdings nicht mit ernsten Absichten. Sie waren fasziniert von seinem guten Aussehen und seiner etwas zwielichtigen Natur und flüsterten sich wilde Geschichten über seine Vergangenheit zu, die eher ihrer Fantasie als den Tatsachen entsprachen.

Tyndall spürte nicht das geringste Verlangen, sesshaft zu werden. Er liebte die See und sein Schiff. Und er liebte seine Freiheit. Tyndall war kein Engel und hatte auf verschiedenen Inseln zwischen Tahiti und Thursday Island mit dunkelhäutigen Schönheiten getändelt. Aber eine Frau seiner Rasse, ihm ebenbürtig und fähig, seine Sinne zu verwirren, war ihm seit der lang vergessenen Amy nicht wieder begegnet. Tief in seinem Inneren wusste er jedoch, dass es irgendwo da draußen eine Frau gab – eine mutige, schöne, anhängliche Frau –, die genügend Kampfgeist besaß, es an seiner Seite mit dem Leben aufzunehmen. Ja, auch John Tyndall hatte einen Traum. Aber nach seiner Lebensphilosophie musste jeder Mann (und jede Frau) für sich allein kämpfen, in der Liebe wie im Krieg.

Die kleine behelfsmäßige Siedlung am Ufer dort erinnerte Tyndall an die merkwürdigen Umstände, unter denen er diese Mrs. Hennessy vor ein paar Tagen angetroffen hatte. Er musste schmunzeln. Wenigstens würde an diesem Strand hier niemand eine Knarre auf ihn richten. Die Frau hatte Schneid, das musste man ihr lassen. Aber war sie auch stark genug, um in diesem fremden, rauen Land zu überleben? Wie die meisten Leute, die aus der Alten Welt herüberkamen, hatte sie sicher nicht die geringste Vorstellung von dem, was sie erwartete. Ihr Mann konnte sich glücklich schätzen, so eine mutige und hübsche Partnerin an seiner Seite zu wissen. Tyndall hoffte, dass es ihr gut ging, und nahm sich vor, auf dem Rückweg nach Cossack am Lager der Hennessys vorbeizuschauen.

Eine leise Bemerkung von Ahmed riss ihn aus seinen Gedanken, und er machte sich bereit, an Land zu gehen.

Auf dieser Insel hatten schon Generationen von Trepangfischern aus Makassar ihre Geschäfte betrieben. Trepang war die Haupteinnahmequelle vieler sulawesischer Fischer, die ihren Fang an chinesische Händler weiterverkauften. Der Monsun trieb die Männer in ihren *praus* von Ujung Pandang in das Land, das sie Marege nannten. Für diese Reise brauchten sie etwa zehn Tage. Sie befuhren immer die gleiche Route mit den gleichen Zwischenstopps. Manche *praus* waren mit zwanzig Mann besetzt und segelten sogar bis in die Kimberley-See. Im Lauf der Zeit hatten sich ihre Handelsbeziehungen und Kontakte zu den Eingeborenen gefestigt, und jedes Jahr, wenn die südöstlichen Passatwinde einsetzten, fuhren sie wieder in die Heimat zurück.

Die Kapitäne aus Makassar wurden großzügig mit Aboriginefrauen versorgt, und viele dieser Beziehungen wurden jede Saison wieder erneuert. Natürlich entstanden so auch Kinder. Sie wurden einfach in die Großfamilien der Aborigines aufgenommen. Die Aboriginefrauen, die nach Sulawesi und auf andere Inseln mitgenommen worden waren, kamen gelegentlich mit den Booten zurück, um ihre Familien zu besuchen.

Das Ufer ähnelte bereits einem Dorf. Am Strand lagen die Kanus und die *praus* aufgereiht. In tragbaren Räucherhütten aus Bambus wurde der Trepang getrocknet. Am Strand entlang machten Männer sich an runden Feuerstellen aus Stein zu schaffen, auf denen eiserne Kessel mit Meerschnecken kochten. Daneben waren Stapel Mangrovenholz aufgeschichtet. Mehrere Männer saßen am Boden und stampften Kolinerde, um Paste zum Kalfatern der Boote herzustellen. Unter schattigen Bäumen hatte man provisorische Hütten errichtet. An einem großen Feuer saßen davor die Stammesältesten der Aborigines vom nahe gelegenen Festland und die Anführer der Makassaren, die ihre Tabakpfeifen herumreichten.

Als Tyndalls Boot anlegte, begrüßten sie ihn, und er grüßte seine Freunde auf Malaiisch und in gebrochener Aboriginesprache zurück.

Vor zwei Jahren war er zufällig auf diesen Ort gestoßen. Seitdem kam er jedes Jahr, denn es gab viel von den Händlern und den hiesigen Eingeborenen zu lernen. Außerdem hatte er hier einen einträglichen Tauschplatz gefunden. Tyndall handelte mit frischen Nahrungsmitteln, Reis, Mehl, Zucker, Marmelade, Fischereigerät, Petroleum und allerlei Zubehör für die kleinen Boote. Dafür gaben sie ihm getrocknetes Schildkrötenfleisch und Meeresfrüchte sowie Trepang, den er an die Chinesen in Fremantle und in anderen Küstenstädten verkaufte.

Tyndall erkannte, dass allein Toleranz die friedliche Koexistenz zweier solch ungleicher Gemeinschaften gewährleistete. Ihre Handelsverbindungen konnten nur entstehen und fortbestehen, weil alle bedacht waren, die Traditionen und Sitten der anderen zu achten und zu verstehen. Natürlich ging das nicht ohne die üblichen Zwistigkeiten ab. Auch hier gab es Diebstahl, Streitigkeiten über Frauen und Verstöße gegen geheiligte Bräuche, die Vergeltungsmaßnahmen nach sich zogen. Dennoch, das Zusammenleben erwies sich über die Jahre hinweg als überwiegend friedlich und für beide Seiten von Vorteil. Man hatte ein Ritual des Zusammenlebens gefunden und gemeinsame Traditionen entwickelt.

Bei einem Ausflug ins Landesinnere hatte man Tyndall einmal uralte Höhlenzeichnungen gezeigt, die sehr frühe Begegnungen der Küstenbewohner darstellten. Auch in Traumzeitgeschichten, in Liedern und Tänzen wurden diese Begegnungen überliefert.

Tyndall setzte sich zu den Männern ans Feuer. Man tauschte Nachrichten aus. Später würde man Geschenke tauschen, man würde gut essen und eventuell sogar Schnaps aus Makassar trinken.

Es ging unter anderem um Tauschgeschäfte, und einer der Stammesältesten fragte Tyndall, ob er ihm die gewünschte Axt mit dem extralangen Handgriff mitgebracht hätte. Tyndall erklärte dem Mann, dass er nicht nur die Axt mitgebracht hatte, sondern auch den Stein, um sie zu schärfen. Der Alte dankte mit einem Kopfnicken und vertiefte sich darauf in eine längere Unterhaltung mit seinen Stammesgenossen, der Tyndall nur schlecht folgen konnte. Es hatte etwas mit zukünftigen Streifzügen ins Hinterland zu tun. Tyndall geduldete sich, trank in Ruhe seinen Tee und brachte erst dann das Gespräch wieder auf die Axt. Er fragte den Alten, was er ihm dafür geben wollte.

Dieser zeigte auf Tyndalls Perlenohrring, formte seine Hände zu einer Schale und deutete in Richtung Süden. Das konnte nur bedeuten, dass er als Gegenleistung für die Beschaffung der Axt an einem geheimen Ort, der nur den Leuten dieses Aboriginestamms bekannt war, nach Perlmutt suchen dürfe. Vielleicht würde er dort sogar die eine oder andere Perle finden. Das Angebot überraschte und freute Tyndall. Das könnte mir das große Glück bringen, dachte er voller Erwartungen.

Er ging zu seinem Dinghi zurück, und wie ein Schatten tauchte Ahmed sofort an seiner Seite auf. Gemeinsam schoben sie das Boot in das mondbeschienene Meer. Ahmed ergriff die Ruder. Kein Wort wurde gesprochen. Ahmed hatte das Lager der Bugis besucht, um Neuigkeiten über die Gegend zu hören, die er einmal seine Heimat genannt hatte. Seit zwei Jahren war er nicht mehr zu Hause gewesen, seit dem Tag nämlich, da Tyndall ihn von einer unbewohnten Insel in der Timorsee gerettet hatte. Ein Zyklon hatte den Perlenlogger versenkt, auf dem Ahmed gearbeitet hatte. Er hatte als Einziger überlebt. Nichts konnte Ahmed davon abbringen, dass Allah ihm Tyndall als Retter gesandt hatte. Seitdem war er Tyndalls ergebener und loyaler Diener.

Die Aborigines hielten ihr Wort. Am nächsten Tag fuhren sie mit Tyndall und Ahmed in ihren Einbäumen zu den Perlengründen. Die Eingeborenen gingen geschickter mit den Einbäumen um als Tyndall und Ahmed, und die beiden mussten sich gewaltig anstrengen, um mitzuhalten. Die ungelenken, grob ausgehöhlten Einbäume glitten den Küstenstreifen entlang, zwischen Riffen und Sandbänken hindurch, bis sie in eine von Mangroven gesäumte, sumpfige Flussmündung kamen. Man ging an Land, und die Eingeborenen ließen sich auf einem schmalen Streifen grauen Sands inmitten von Wurzeln und Mangrovensprossen nieder. Man müsse jetzt warten, bis das Wasser abgelaufen sei, erklärten sie. Also warteten sie.

Als endlich Ebbe war, ergriffen die Männer lange Stöcke und begannen, damit im Schlamm herumzustochern, den sie mit ihren Füßen aufwühlten.

Bald schon förderten sie unter viel Lachen und Rufen die ersten großen Muscheln zutage. Ihre Schalen waren fest verschlossen und mit Seepocken verkrustet. Ahmed und Tyndall brachen die Muschelhälften auseinander und legten das feucht schimmernde Fleisch und den Schließmuskel bloß. Es dauerte nicht lange, und sie hatten drei kleine runde Perlen gefunden, die Tyndall zufrieden in seine Tasche steckte. So arbeiteten sie den ganzen Tag, die Einbäume füllten sie mit ungeöffneten Muschelschalen. Als die Flut einsetzte, schoben sie die Boote ins Wasser und paddelten zur Trepanginsel zurück.

Tyndall konnte sein Glück kaum fassen. Endlich wusste er, wo die Perlenbänke lagen. Endlich hatte er eine Chance, ins Geschäft einzusteigen. Und das war noch nicht alles. Die Aborigines hatten ihm von Perlengründen noch weiter südlich im Meer erzählt.

Eine Idee begann in Tyndalls Gehirn Gestalt anzunehmen. Die Perlenfischerei hatte sich in den letzten zwanzig Jahren zu einem höchst einträglichen Geschäft entwickelt. Natürlich war der Weltmarkt für dieses Produkt den üblichen Schwankungen unterworfen, oder es gab Katastrophen wie den furchtbaren Zyklon, der vierzig Perlenlogger mit mehreren hundert Männern in die Tiefe riss. Es war eben eine Branche für Männer, die keine Angst vor dem Risiko hatten, Kampfgeist besaßen und ihre Erntegründe geheim hielten. Mit einer zuverlässigen, profitablen Quelle und den Ortskenntnissen seiner Aboriginefreunde fehlte ihm nur noch ein kapitalkräftiger Partner, um ernsthaft in das Perlengeschäft einzusteigen. Die Perlenbarone würden sich noch umsehen!

Als er diese Nacht mit Ahmed am Feuer saß, konnte er der Verlockung nicht widerstehen und öffnete eine Muschel nach der anderen. Die Möglichkeit, eine Perle zu finden, spornte ihn an. Versonnen rollte er die mondfarbenen Kugeln in seiner Handfläche und sagte schließlich zu Ahmed: »Mein Freund, ich glaube, ich werde ins Perlengeschäft einsteigen. Zunächst müssen wir uns mit dem alten Schoner zum Muschelsammeln begnügen, aber mit ein bisschen Glück werden wir bald ein besseres Boot besitzen.«

Ungerührt antwortete Ahmed »Wir bauen großen Logger, Tuan.«

»Für den Anfang werden wir von Cossack aus operieren. Allerdings darf niemand etwas über diese Stelle hier erfahren. Und dann werden wir bald schon Broome erobern ... Ich glaube, das ist die Chance, auf die ich gewartet habe.«

»Ist Schicksal, Tuan. Zeit ist reif.«

Es amüsierte Tyndall, wie fest Ahmed an das Schicksal glaubte, ganz wie es seinem muslimischen Glauben entsprach. Sein Freund war überzeugt, dass sie alles hinnehmen mussten, was das Leben an Gutem und Schlechtem zu bieten hatte, weil sie es sowieso nicht ändern konnten. Manchmal ärgerte sich Tyndall über diese Schicksalsergebenheit, aber heute fand auch er, dass die Götter es gut mit ihm meinten.

Sechstes Kapitel

Conrad Hennessy hielt sich nicht für besonders mutig. Mutige Männer vollbrachten Heldentaten und nahmen jede Herausforderung an. Von so etwas träumte er höchstens in seinem bequemen Lehnstuhl. Solche Männer waren wagemutig, wenn nicht sogar leichtsinnig. Nichts konnte sie von einem Vorhaben abhalten. Immerhin besaß Conrad Zivilcourage, und zählte er auch nicht zu den Unerschrockensten, so machte er das durch seine beständige und zielstrebige Art wett. Nie hätte er gedacht, dass eine Frau wie Olivia ihn nehmen würde, eine Frau von solchem Liebreiz und solch ungeheurem Unternehmungsgeist. Und wo hatte ihn das hingeführt? Mitten in die Wildnis, in ein fremdes, ungastliches Land, mit zwei großen Pferden und einem kleinen Wagen. Schlimmer noch, auf einen Buschpfad, den außer wilden Tieren niemand zu benutzen schien.

Unzählige Male musste er anhalten und mit einer Axt den Weg freischlagen. Zwei Tage lang hatte er Cossack abgesucht, um nach vielen Verhandlungen dieses kleine Gespann zu erstehen. Jetzt war er nur noch von dem Wunsch beseelt, möglichst rasch zu Olivia zu kommen, die ihn bestimmt schon seit Tagen ungeduldig erwartete. Er schob jeden Gedanken an die anschließende Weiterreise mit seiner hochschwangeren Frau beiseite und trieb die Pferde voran. Gott sei Dank waren es widerstandsfähige und buscherprobte Tiere. Der Fußmarsch hatte sich als viel länger und beschwerlicher erwiesen, als die Karte erahnen ließ. Und nach so manchem Gespräch in Cossack war ihm klar geworden, dass der Nordwesten noch rauer und unzivilisierter war, als er es sich im fernen England vorgestellt hatte.

Diese Gegend bot vielleicht Abenteurern, Spekulanten und Pioniergeistern großartige Möglichkeiten. Sie war das Richtige für Männer und Frauen, die alle Härten auf sich nehmen würden, um eine neue Existenz aufzubauen. Conrad aber hatte sich ein ruhigeres Leben, mehr Ordnung und Annehmlichkeiten versprochen. Er hoffte inständig, dass wenigstens das Land, das sie erworben hatten, ihren Erwartungen und den positiven Berichten der Regierung entsprach, die sie letzten Endes zu diesem Unternehmen bewogen hatten.

Conrad war so mit seinen Gedanken und dem Lenken des Gespanns beschäftigt, dass er die Felsbrocken und Baumstämme gar nicht bemerkte, die ihm den Weg versperrten. Auch fiel der Pfad hier plötzlich ab, was er durch das Unterholz und das dichte Buschwerk nicht hatte erkennen können. Ein Pferd geriet ins Stolpern und stürzte. Dabei kippte der Wagen um und brachte auch das andere Tier zu Fall.

Conrad wurde durch die Luft geschleudert und blieb einen Moment lang reglos liegen. Unterdessen gerieten die verängstigten Pferde in Panik. Sie versuchten, sich von ihrer Last zu befreien und auf die Beine zu kommen. Das eine Pferd konnte Conrad retten, das andere musste er erschießen. Auch der Wagen hatte Schaden genommen, aber die Räder waren noch ganz. Conrad schirrte das tote Pferd aus. Mit dem anderen Tier richtete er den Wagen wieder auf und zog, nach einem Blick auf den Kompass, entmutigt weiter.

Olivia verging die Zeit nur langsam, doch war sie dabei weder entmutigt noch einsam. Mehrmals am Tag kamen die Aboriginefrauen, meist in Begleitung ihrer Kinder, um nach ihr zu sehen. Als Gegenleistung für Essen und Trinken schien ihnen die Gesellschaft des Babys zu genügen, mit dem sie unter viel Gelächter und Geschnatter spielten.

Es verblüffte Olivia, wie schnell sie nach der Geburt wieder zu Kräften gekommen war. Eines Morgens nahm sie das Baby und folgte den Frauen zu der Fischfalle. Während die anderen den Fang bargen, setzte sie sich in den Sand und sah zu, wie die Strandläufer am Wasser tanzten und die Tölpel nach Fisch tauchten. Die Szene faszinierte sie – alles um sie herum, jedes Geschöpf, fand seine Nahrung. Eine bezaubernde Harmonie der Natur, an der nur sie, als weiße Frau aus einem fernen Land, nicht teilhatte. Fremd zu sein mit dem dringenden Wunsch dazuzugehören war für Olivia eine völlig neue Erfahrung. Sie sann noch lange darüber nach, während sie gedankenverloren ihr Baby streichelte.

Am folgenden Tag ging Olivia gleich bei Ebbe an die Fischfalle und wartete nicht erst auf die Aborigines. Das Baby blieb schlafend im Lager zurück. Sie näherte sich gerade der Mauer, als ein Schwarm Tölpel und Pelikane über den Fang herfielen. Schreiend und ihren Hut wild schwingend, rannte Olivia auf die Mauer zu, während gleichzeitig einige Eingeborene aus dem Busch brachen und ihr unter Rufen und lautem Gelächter folgten.

In diesem Moment kam Conrad mit seinem Gespann über die Düne gefahren. Der Anblick der Eingeborenen, die seine Frau laut schreiend mit Speeren in der Hand verfolgten, versetzte ihm einen Schock. Sollte er etwa mit ansehen, wie seine geliebte Frau vor seinen Augen ermordet wurde? Conrad setzte das Gewehr an und schoss.

Doch der Schuss ging ins Leere, zu sehr wackelten Pferd und Wagen, als sie die Düne herabschlitterten. Während die ›schwarzen Teufel‹ in Deckung rannten, sah Conrad zu seiner Verblüffung, dass seine Frau sich umdrehte und heftig winkend auf ihn zulief.

Von fern rief sie ihm zu: »Nicht, Conrad, nein!«

Conrad sprang vom Wagen und eilte ihr entgegen. Während er sie in die Arme schloss, schluchzte Olivia: »Sie sind Freunde, Conrad, sie haben mir geholfen.«

»Meine liebe, liebe Olivia.« Er hielt sie mit einem unendlichen Gefühl der Erleichterung fest umschlungen. Als er zurücktrat, um sie zu betrachten, fiel ihm auf, dass sie nur Unterwäsche trug: Leibchen und Unterrock. Ihre Füße waren nackt, die Haare fielen ihr offen über die Schultern. Da bemerkte er, dass ihr Bauch verschwunden war. Wortlos fasste er sie an. Er spürte nur weiches Fleisch, es gab keinen gewölbten Leib mit gespannter Haut mehr.

Olivia lächelte ihn liebevoll an und nahm seine Hand. »Es ist alles in Ordnung, Conrad. Komm mit und sieh selbst.«

Aufgeregt führte sie ihn zu ihrem Unterschlupf. Während er von den Beschwerlichkeiten der Reise und seiner Besorgnis um sie sprach, versuchte Conrad, sich mit dem Gedanken vertraut zu machen, dass Olivia tatsächlich niedergekommen war. Sie zog ihren Mann vor dem Zelt auf die Knie und holte die kleine Baumwiege mit dem schlafenden Baby hervor. Dann lüpfte sie den zerrissenen Unterrock, der ihr Kind bedeckte.

»Wir haben einen Sohn bekommen, Conrad«, sagte Olivia leise.

Vorsichtig berührte der junge Vater das kleine Gesichtchen, bemüht, das Kind nicht zu wecken. »Aber wie hast du das geschafft, mein Herz? So ganz allein hier … es muss doch furchtbar gewesen sein.«

Olivia beruhigte ihn. »Nein, ich war in guten Händen. Die Frauen, die Aboriginefrauen, haben sich um mich gekümmert.«

Conrad starrte sie entgeistert an. Und er hatte auf diese Leute geschossen!

Olivia tätschelte seine Hand. »Geh und kümmere dich um das Pferd. Ich setze Wasser auf. Mach dir keine Gedanken wegen des Schusses. Ich bin sicher, sie kommen zurück. Vielleicht können wir uns ja auf irgendeine Weise erkenntlich zeigen. Oh, ich habe dir ja so viel zu erzählen.«

»Ich dir auch«, erwiderte Conrad und spürte plötzlich das Ausmaß seiner Erschöpfung. »Es grenzt an ein Wunder, dass ich überhaupt hier bin. Ich habe keine Ahnung, wie wir uns durch dieses unwegsame Gelände zurückkämpfen sollen. Offenbar war es keine gute Idee, hier an Land zu gehen.«

Olivia drückte seine Hand. »Conrad, mein Liebster, die *Lady Charlotte* ... sie hat Schiffbruch erlitten. Es gibt keine Überlebenden. Wir haben doch das Richtige getan.«

Schaudernd zog Conrad seine Frau in die Arme.

»Bitte, gräme dich nicht, Conrad«, beschwor sie ihn. »Sieh doch nur die gute Seite – wir haben einen Sohn.«

Olivia ging noch einmal ans Wasser, um an den Strand gespülte Fische für ein bescheidenes Mahl einzusammeln. Sie konnte die Eingeborenen nirgends entdecken und rief nach ihnen, und obwohl keine Reaktion kam, war Olivia sich sicher, dass sie beobachtet wurde.

Währenddessen führte Conrad das Pferd in den Schatten und band es an. Der Wagen war im Sand stecken geblieben, und Conrad überlegte, wie er ihn am besten wieder freibekommen könnte. Als Olivia ihm etwas Wasser reichte, sah er, wie leer das Fass schon war. »Vielleicht können wir die Leute bitten, uns zu zeigen, wo wir Wasser finden können. Wir müssen unsere Vorräte für die Reise auffüllen.«

»Hör auf, dir Sorgen zu machen, Conrad. Komm und ruh dich aus. Der Fisch ist gleich fertig. Jetzt erzähl doch. Wie war es in der Stadt?«

Conrads Mund wurde schmal. »Ein ziemlich schäbiger Ort, fürchte ich. Überhaupt nicht das, was ich erwartet hatte. Aber wir können dort alles kaufen, was wir brauchen. In ungefähr einer Woche wird eine Ladung Schafe im Hafen eintreffen, und ich habe vor, für den Anfang ein paar zu kaufen. Wir sollten aufbrechen, sobald du dich stark genug für die Reise fühlst. Ich fürchte nur, es wird dir in Cossack nicht sehr gefallen. Ich meine, es gibt dort kaum Frauen, und überhaupt geht es ein bisschen rau zu.«

»Ich verstehe schon, Conrad. Ich tue, was du für richtig hältst. Weißt du, ich habe so viel von den Leuten hier gelernt. Hoffentlich gibt es in der Nähe unserer Farm auch Eingeborene.«

Conrad blickte sie entgeistert an. Er hatte nicht vor, sein Land mit Schwarzen zu teilen, und er wollte seinen wertvollen Besitz auch nicht irgendwelchen Risiken aussetzen. Er fürchtete Diebstahl, Wilderei und Überfälle. »Wir werden sehen«, meinte er und streichelte den Kopf des Babys. »Ein wirklich hübsches Kind, Olivia.«

Sie tauschten das erste entspannte Lächeln seit langem. »Nimm ihn in den Arm, Conrad. Er wird nicht gleich zerbrechen.«

Nach ihrer kleinen Mahlzeit wanderte Olivia wieder an den Strand. Sie wollte die Fischgräten ins Wasser werfen und nach Muscheln suchen. Conrad blieb im Lager und spielte mit seinem Sohn. Er nahm ihn auf den Schoß und betrachtete seine kleinen Finger und seine winzigen Zehen. Plötzlich fiel ein Schatten über ihn. Als er aufblickte, sah er drei Aboriginefrauen vor sich stehen, die ihn anstarrten. Es schien sie zu erstaunen, dass der Mann das Baby wiegte. Sie gingen vor ihm in die Hocke und beugten sich vor, um das Baby zu berühren. Dann deuteten sie auf Conrads Gesicht und begannen, in ihrer eigenen Sprache zu schnattern. Conrad fühlte sich unwohl bei dem Gedanken, dass sie über ihn redeten. Er versuchte es mit einem Lächeln, das mit einem lauten Gelächter ihrerseits quittiert wurde. Er war froh, als Olivia endlich auftauchte.

Sie nahm das Baby und reichte es den Frauen. Die nickten befriedigt, lächelten und tätschelten seinen runden Bauch.

Conrad versuchte, nicht auf ihre schaukelnden Brüste

oder ihren spärlichen Lendenschurz zu blicken, der kaum ihre Scham bedeckte. Einige Frauen trugen gewebte Binden um die Arme, doch im Großen und Ganzen waren alle ungeschmückt und nackt. Conrad erkannte, dass sie es nur gut meinten. Er tätschelte den Kopf seines Sohnes, deutete auf Olivia und sagte dann ganz langsam und mit Nachdruck: »Ich danke euch!«

Die Frauen kicherten, und Olivia legte Conrads Hand in die der ältesten Frau, die bei der Geburt die Hebamme gespielt hatte. Diese verstand die Bedeutung der Geste und nickte würdevoll. Dann nahmen die Frauen ihre Netze und Beutel auf und zogen an den Strand, um die Fischfalle zu leeren.

Conrad sah ihnen interessiert zu. »Geniale Idee, diese Mauer«, bemerkte er. »Meinst du, wir können ihnen klar machen, dass wir frisches Wasser brauchen?«

Das Baby begann zu weinen, und Olivia nahm es an die Brust. Während sie ihr Leibchen löste, sagte sie: »Nimm die leere Tonne und zeig ihnen, wie wenig Wasser wir noch haben. Ich bin sicher, sie werden verstehen, was wir wollen. Ihr Lager kann nicht sehr weit sein.«

»Gut, das werde ich machen.« Conrad wandte verlegen den Blick von Olivias entblößter Brust, griff sich die Wassertonne und zog damit zu den Frauen.

Das Baby nuckelte zufrieden. Olivia schloss einen Moment lang die Augen. Als sie das Kind an die andere Brust legte, hörte sie Schritte hinter sich und wandte den Kopf, in der Erwartung, Conrad zu sehen, der mit dem Wasser zurückkam. Stattdessen blickte sie auf die kräftige Gestalt von Kapitän John Tyndall, dem Mann mit dem Schoner.

Er hüstelte diskret, und sie bedeckte sich.

»Entschuldigen Sie bitte«, begann er verlegen. »Ich sah den Rauch und schloss daraus, dass Sie noch hier sind. Also kam ich, um zu sehen, ob alles in Ordnung ist.« Er blickte auf Olivia herab, wie sie da mit dem Baby an der Brust auf dem Boden saß. Unter dem nunmehr zerrissenen Unterrock lugten nackte Zehen hervor, und das Haar fiel ihr weich um das hübsche Gesicht. Trotz ihres etwas verwahrlosten Zustands bot sie einen herzerwärmenden Anblick. »Ich sehe schon, Sie kommen gut zurecht. Herzlichen Glückwunsch. Wie haben Sie die Geburt alleine geschafft?«

Sie brachte ein schwaches Lächeln zustande. »Ich hatte Hilfe. Die Aboriginefrauen waren wunderbar ... Sie erschienen wie aus dem Nichts, um mir zu helfen.«

Er nickte, erwähnte aber nicht, dass er mit den Stammesältesten gesprochen hatte. »Und Ihr Gatte? Gibt es Neuigkeiten?«

»Er kam heute Nachmittag zurück. Jetzt holt er mit den Frauen Wasser.«

Tyndall blickte sich um und entdeckte den Wagen im Sand. »Ein Wunder, dass er es geschafft hat. Das Gebiet soll sehr unwegsam sein.«

»Das stimmt. Er meinte, die Rückreise würde beschwerlich werden. Und bei seiner Ankunft hat er auf die Aborigines geschossen. Ein unglückliches Missverständnis.«

»Hat er jemanden verwundet oder getötet?« Tyndall sah besorgt aus. »Das könnte ihm einen Speerstoß durchs Bein oder Übleres einbringen. Vergeltungsschläge sind bei ihnen die übliche Reaktion.«

»Um Gottes willen, nein! Niemand wurde verletzt. Glauben Sie, es ist ihm etwas passiert?« Olivia blickte ängstlich in Richtung Strand.

»Ich werde mal nachsehen.« Mit diesen Worten ging Tyndall davon.

Bald darauf kamen beide Männer in lebhafter Unterhaltung zurück. Vor dem Wagen machten sie Halt, um gemeinsam zu überlegen, wie er freizubekommen wäre. Olivia legte das schlafende Kind in die Wiege und gesellte sich zu ihnen.

»Hallo, meine Liebe«, begrüßte sie Conrad. »Was für ein

Glück, dass Kapitän Tyndall uns gefunden hat. Er sagte, er hätte den Rauch gesehen.«

»Hast du Wasser mitgebracht?«

»Die Frauen haben mir eine kleine Quelle gezeigt. Wir haben Glück!«

»Und wir haben mit den Männern Frieden geschlossen«, fügte Tyndall hinzu.

»Er spricht ihre Sprache«, sagte Conrad beeindruckt. John Tyndall deutete auf das Gespann. »Ich glaube kaum, dass Pferd und Wagen den Rückweg überstehen werden«, gab er zu bedenken. »Ich schlage vor, Sie reisen mit mir nach Cossack zurück. Auf meinem Schoner ist genug Platz für Ihre Sachen.«

»Ein wirklich großzügiges Angebot«, bedankte sich Conrad. Dann sah er Olivias besorgte Miene. »Stimmst du mir nicht zu, Olivia?«

»Der Gedanke, wieder auf dem Wasser zu sein, behagt mir gar nicht.«

»Glauben Sie mir, Mrs. Hennessy, das Meer hat sich beruhigt. Die Reise wird so um einiges schneller und weniger beschwerlich für Sie.«

»Nun denn, wenn Conrad zustimmt. Es ist sehr freundlich von Ihnen.«

Am Abend brachte Ahmed Vorräte aus der Kombüse an Land und kochte ihnen ein Fischcurry mit Reis. Am späten Morgen des nächsten Tages stachen sie in See. Als Olivia in der folgenden Nacht auf ihrer winzigen Koje in der engen, stickigen Kabine der *Shamrock* lag, sehnte sie sich beinahe nach ihrem Lager am Strand zurück. Sie sehnte sich nach dem anheimelnden Licht des Lagerfeuers, ja sogar nach dem unangenehm beißenden Rauch der Blätter zurück, die verbrannt wurden, um die Insekten zu vertreiben.

Am nächsten Tag saß Olivia still an Deck und hielt ihren immer noch namenlosen Sohn in den Armen. Conrad stand neben John Tyndall am Ruder, Ahmed am Bugspriet. Er steuerte das Schiff sicher durch *Butcher's Inlet*, eine von Mangroven gesäumte schmale Bucht. Sie hatten geladen, was nur ging, und den Rest ihrer Habseligkeiten am Strand zurückgelassen. Das Pferd lief jetzt frei durch den Busch.

Draußen auf dem Wasser herrschte eine Hitze, die brannte wie loderndes Feuer und Olivias Lebensgeister sofort lahm legte. Jarman Island lag wie ein Wellenbrecher etwa vier Meilen vor der Küste in der Flussmündung. Da das Wasser bei Ebbe bis zu fünf Meter fiel, legten die meisten Schiffe hier an. Passagiere und Fracht wurden dann ans Ufer gerudert. Tyndall und Ahmed segelten jedoch weiter in die Mündung hinein und machten am *Deep-Hole*-Anleger gegenüber der Stadt fest, wo das Schiff noch genug Tiefgang hatte.

Als sie in Cossack an Land gingen, war Olivia so müde und erschöpft, dass sie nichts Gutes an dem schäbigen Ort finden konnte. Das geschäftige Städtchen lag auf einem Sandstreifen, umgeben von Mangrovensümpfen und felsigen Hügeln. Einige wenige aus Stein gebaute öffentliche Gebäude – das Zollhaus und die Post – machten einen halbwegs soliden Eindruck. Was Olivia jedoch beunruhigte, waren die Ketten, die bei einer Reihe von Häusern über die Dächer liefen und fest mit den Fundamenten verschraubt waren.

Auf ihren fragenden Blick zuckte Tyndall nur die Achseln: »*Willy-willys*, der Wind kann hier ganz schnell in einen Zyklon ausarten.«

Tyndall setzte Conrad und Olivia in ein Sulky und machte mit ihnen eine kleine Erkundungstour durch Cossack. Unterdessen lud Ahmed ihre Sachen auf einen Wagen und brachte sie zu Tyndalls Haus.

Das Örtchen lag zwischen zwei Hügel gebettet, im Osten lag der *Nanny-goat*, im Westen der *Reader Head*, der das Meer überragte. Im Süden verlief ein Damm mitten durch die Mangroven bis nach Roebourne. Es gab eine Holzkirche und zwei Läden. Das schlagende Herz der Stadt war aber das Chinesische Viertel, auch *Japtown* genannt, das sich in westlicher Richtung bis zum Friedhof erstreckte. Sie fuhren an chinesischen Geschäften vorbei, einem indischen Schneider, einem japanischen Laden, einer chinesischen Bäckerei, einem türkischen Bad, an Opiumhöhlen und japanischen Freudenhäusern. Verbotene Schnapsschenken gab es zuhauf, sie waren nicht einmal besonders getarnt. Einige dieser Behausungen waren nicht mehr als primitive Hütten, während die *mia-mias* der Aborigines weiter draußen am Ortsrand lagen, wie Tyndall erklärte.

Auf Olivia wirkten all diese Menschen, egal welcher Rasse, irgendwie ungehobelt und ein bisschen anrüchig. Während der ganzen Besichtigungsfahrt bekam sie nur zwei Frauen zu Gesicht: eine müde aussehende ältere Europäerin und eine schrill aufgemachte Japanerin in grellbuntem Kimono, die hastig in einem dunklen Hauseingang verschwand.

Später am Abend, nachdem Olivia und Conrad in Tyndalls schlicht, aber praktisch eingerichtetem Haus untergebracht waren, besprachen sie ihre Zukunftspläne.

Conrad wäre am liebsten auf der Stelle aufgebrochen, aber er fürchtete um Olivias Gesundheit. »Du solltest eigentlich Ruhe haben und jemanden, der sich um dich und das Kind kümmert. Andererseits möchte ich nicht, dass wir zu lange hier bleiben. Die Regenzeit soll einfach furchtbar sein. Mir wäre es lieber, wenn wir uns bis dahin schon eingerichtet hätten.«

Olivia fühlte sich von Geburt und Reise zwar noch ein wenig geschwächt, aber sie überlegte nicht lange. Der Gedanke, in dieser schmuddeligen Stadt zu bleiben, behagte ihr gar nicht. Auch wenn es harte Arbeit bedeutete, wollte sie lieber ihr neues Heim aufbauen helfen. »Dann lass uns aufbrechen, Conrad. Weißt du, seit ich gesehen habe, wie die Aboriginefrauen leben, sehe ich die Dinge in einem anderen Licht. Ich kann es nur schlecht erklären, aber ich habe das Gefühl, dass es besser ist, ein Teil dieses Landes zu werden, anstatt gegen es anzukämpfen, Es war viel besser für mich, nach der Geburt aufzubleiben und am Strand herumzulaufen, als in einem abgedunkelten Zimmer zu liegen. Also, lass uns gehen. Ich werde versuchen zu helfen, so gut ich kann.«

Conrad küsste sie voll inniger Liebe und Stolz auf die Stirn. »Kümmere du dich vor allem um dich selbst und das Baby. Ich verspreche dir, eines Tages werden wir ein großes Heim und einen wunderschönen Garten unser Eigen nennen, so wie du es dir immer gewünscht hast.«

»Fangen wir mit einem Dach über dem Kopf an«, meinte Olivia lächelnd. »Wie wohl unser kleines Farmhaus aussieht?«

Keiner von ihnen konnte ahnen, was sie in Wirklichkeit erwartete. Der Weg zu ihrem neuen Zuhause war mühsam und beschwerlich. Das Gespann kam nur langsam auf der Sandpiste voran. Ihre Karte war schlecht und teilweise falsch gezeichnet. Schließlich fanden sie den Platz, von dem sie annahmen, dass es ihr Besitz sei. Ein Teil entsprach der Beschreibung und schien sich auch für die Schafzucht zu eignen, der Rest war wildes Land. Aber wenigstens lagen Wasserloch und Bach an der bezeichneten Stelle.

Das ›Farmhaus‹ entpuppte sich als Blockhütte aus rohen Holzplanken und Baumrinde. Verputzt war es mit dem Schlamm alter Termitenbauten. Gestampfter Lehm bildete den Fußboden, vorn und hinten gab es eine Veranda. Das Dach aus verzinktem Eisenblech war mit einer dicken Strohschicht bedeckt, die es kühl halten sollte. Als Fensterersatz in den beiden großen Räumen hingen Holzläden an Lederriemen. In einem windschiefen Anbau befand sich eine Feuerstelle mit gemauertem Kamin, vom Vorbesitzer gab es noch ein paar roh behauene Holzmöbel. Es war nicht zu übersehen, dass hier auch eine Frau gewirkt hatte: In einer Ecke dieses tristen Heims rankte eine Kletterrose. Der Anblick schnürte Olivia die Kehle zu. Sie pflückte eine der Blüten und roch daran. Während sie den feinen Duft einatmete, sann sie darüber nach, was wohl aus der Familie geworden war, die hier offenbar mit den gleichen Träumen und Hoffnungen angefangen hatte wie sie. Mit bangem Herzen schaute Olivia sich um und fragte sich, ob es ihnen wohl besser ergehen würde.

»Ich denke, wir können froh sein, dass sich wenigstens niemand hier eingenistet hat«, versuchte Conrad den Schock zu mildern. »Die Dinge scheinen nicht ganz so zu liegen, wie man sie uns in Fremantle geschildert hat.«

»Wir machen uns besser an die Arbeit, ehe es dunkel wird.« Olivia versuchte, einen munteren Ton anzuschlagen, um von der Enttäuschung und auch von der Angst abzulenken, die sich in ihr Herz fraßen. Mit dem Rock wischte sie notdürftig eine dicke Lage Staub und Dreck von einem Hocker, setzte sich und begann, ihr Kind zu stillen. Conrad ging nach draußen, um einen Teil ihrer Sachen abzuladen. Am Wagen blieb er stehen und lehnte die Stirn an den Kutschbock. Heiße Tränen der Enttäuschung und des Kummers brannten ihm in den Augen.

Zwei Tage später schien die Lage schon etwas besser. Zwei Landarbeiter waren mit dem Rest ihrer Habseligkeiten eingetroffen. Olivia hatte es sogar fertig gebracht, ein einfaches Mahl zu kochen. Es gab Corned Beef mit Fladenbrot und einen schlichten Nachtisch aus getrockneten Früchten und Zucker. Im weichen Licht der Petroleumlampe sah der mit Rosen geschmückte Tisch beinahe festlich aus, und die triste Umgebung trat in den Schatten. Das Baby, es wurde jetzt James genannt, schlief in seiner Wiege zu Olivias Füßen.

Conrad setzte seinen Becher mit starkem, süßem Tee ab. Er nahm Olivias Hand und sagte: »Meine liebe Olivia, wir sollten dem Herrn für dieses Mahl danken und ihn bitten, unser Haus zu segnen.« Conrad kamen die schlichten Gebete seines Vaters in den Sinn. Er senkte den Kopf und sprach: »Vielen Dank, Herr, für das Essen auf diesem Tisch, für das Dach über unserem Kopf und für deine Hilfe und deinen Schutz.«

»Amen«, flüsterte Olivia. Sie dachte an den Reverend Albert Cochrane zu Hause in London. Wenn er doch nur das Baby taufen könnte. Sie konnten zwar im Augenblick nur ein bescheidenes Dankgebet sprechen, aber Conrads Entschlossenheit würde schon dafür sorgen, dass sie ihr Ziel erreichten, dachte Olivia zuversichtlich.

Doch die Wochen gingen ins Land, und bei näherem Besehen ihres Grundstücks wurden ihre schlimmsten Befürchtungen noch übertroffen. Das Land eignete sich nicht besonders für die Haltung von Schafen oder Rindern, das Wasserloch war zu klein, und es musste noch ein geeigneter Platz für einen Brunnen gefunden werden. Die letzte Regenzeit hatte offenbar nicht viel hergegeben, das ganze Land war trocken und heiß. Das Einzige, was hier prächtig gedieh, waren die Fliegen. Und bald sollten die ersten Schafe in Cossack eintreffen. Conrad wollte sie mit einem der Viehtreiber abholen, da er kein besonders guter Reiter war und von Vieh keine Ahnung hatte. Außerdem erwarteten sie ein Schiff aus Fremantle mit ihren letzten Sachen, die John Tyndall zusammen mit neuem Proviant zu ihnen herausbringen würde.

An einem glühend heißen Sommermorgen arbeitete Olivia im Haus. Sie war müde, James hatte fast die ganze Nacht geweint. Conrad baute einen Schuppen, und die zwei Arbeiter waren mit dem Errichten von Zäunen für eine Koppel beschäftigt. Olivia band gepökeltes Fleisch und ein Fladenbrot in ein Tuch, das Mittagessen für Conrad. Dann füllte sie eine Blechkanne mit heißem Tee. Sie sah nach dem Baby, das jetzt schlief. Es lag in einer als Wiege benutzten Holzkiste neben ihrem Bett. Olivia wollte Conrad sein Essen bringen. Normalerweise nahm sie das Baby im Tragetuch mit, wie sie es bei den Eingeborenen gelernt hatte. Es war dann nicht so quengelig. Die Körpernähe schien es zu beruhigen. Aber jetzt schlief das Kind so friedlich, nachdem sie es gut gefüttert hatte. Also beschloss Olivia, das Baby zu Hause zu lassen, und machte sich auf den Weg.

Conrad wischte sich die Stirn, als sie zu ihm kam, und blickte sich um. »Wie heiß der Wind plötzlich ist«, bemerkte er und lächelte sie an. »Komm und iss etwas mit mir.«

»Ich habe schon gegessen, und James schläft im Haus.«

»Dann komm und setz dich einen Moment zu mir.« Sie ließen sich im Schatten eines Baumes nieder und lehnten sich an den Stamm. »Ich weiß, es ist im Moment alles sehr schwer. Aber ich glaube, mit den Schafen werden wir Glück haben. Wir brauchen nur Regen, damit die Weiden saftiger werden. Ich werde mich auch nach anderen Möglichkeiten umtun. Vielleicht irgendwann einmal Rinder ...« In Conrads Stimme lag eine verzweifelte Entschlossenheit, als er seinen Traum von ihrem künftigen Anwesen schilderte. Olivia wusste, dass er grasende Schafe und Rinder vor sich sah, Pferdekoppeln, solide Ställe und Schuppen. Und sie selbst, Olivia, in einem schönen Garten zwischen ihren geliebten Blumen, dahinter ein großes, herrschaftliches Haus.

Aber die müde, betrübte Olivia sah nur Mühsal und Arbeit, sie sah die Wirklichkeit – Hitze, Fliegen und Einsamkeit. Und Rauch, und dann dieser merkwürdige Geruch ...

Olivia sprang auf. »Conrad, der Rauch ... das ist zu viel für unseren Schornstein ... schnell!«

Conrad stolperte auf die Füße und rannte hinter Olivia unter den Bäumen hindurch und über die kleine Anhöhe.

Und da sahen sie, wie Flammen und Qualmwolken aus ihrem Haus schlugen.

»Um Himmels willen – James!«, schrie Olivia. Beim Rennen stolperte sie über ihr langes Kleid. Von nackter Angst getrieben, hatte Conrad sie überholt und lief weit vor ihr. Der Küchenanbau war bereits völlig ausgebrannt, und das Dach stand in hellen Flammen. Und noch während sie rannten, sahen sie, wie es über dem hinteren Teil des Hauses, ihrer Schlafkammer, zusammenbrach. Wie ein gefräßiges Monster verschlang das Feuer ihr kleines Haus, noch angefacht vom heißen Atem des Windes. Unter verzweifelten Schreien versuchte Conrad, sich einen Weg durch die Flammen zu bahnen, aber brennende Asche und fliegende Funken versengten seine Haut, und der Rauch erstickte ihn fast. Olivia nahm ihre eigenen gellenden Schreie gar nicht mehr wahr. Sie griff nach ihrem Mann, und beide gingen zu Boden, klammerten sich wie tödlich getroffen aneinander, während vor ihren Augen ihr Sohn und ihre Zukunft zugrunde gingen.

Im Busch herrschte Grabesstille. In den verkohlten Bäumen um das Haus sang kein Vogel, keine Kreatur rührte sich. Olivia wusste nicht, wie viel Zeit vergangen war. Reglos hockte sie an dem Grab. Vor ihren Augen spielte sich immer wieder die gleiche traumatische Szene ab, spulte zurück und ereignete sich von neuem. Und sie konnte nichts dagegen tun, nichts mehr ändern an dem Geschehen, das sich grausam in ihre Seele gebrannt hatte. Sie zerkrümelte eine Hand voll roter Erde auf dem winzigen Grab. Die Erde färbte ihre verbrannten, mit Blasen überzogenen Hände. Sie hatte einen kläglichen Versuch gemacht, das wilde Ding, das ihr den Sohn geraubt hatte, zu packen. Olivia gab sich ihrem Schmerz hin, indem sie vor dem Erdhügel mit dem schlichten Holzkreuz kniete und ihre Hände in die trockene rote Erde krallte.

Als sie Schritte hinter sich hörte, rührte sie sich nicht. Sie konnte Conrads trauernden Blick nicht ertragen, so wie sie auch jeden seiner gut gemeinten Tröstungsversuche vehement zurückwies.

Nach einem leisen Räuspern sagte eine Männerstimme: »Mrs. Hennessy ... ich finde keine Worte ...«

Olivia hob langsam den Kopf. Ihre Augen begegneten dem besorgten Blick von Kapitän John Tyndall. Er nahm seinen Hut ab und ging neben ihr in die Hocke. Sie antwortete nicht, nahm seine Anwesenheit nicht einmal zur Kenntnis.

»Ich habe Ihre Vorräte mitgebracht. Ich hatte gehofft, dass Sie hier gut vorankommen, mit dieser ... Tragödie habe ich nicht gerechnet. Ich würde gerne etwas Tröstendes sagen, aber ...« Was er sah, ihren verwundeten Blick, ihren in sich zusammengesunkenen Körper an dem kleinen Grab, berührte ihn zutiefst. Er musste daran denken, wie er diese Frau allein am Strand vorgefunden hatte, voller Lebensmut und Kraft nach der Geburt ihres Kindes. Tyndall nahm Olivias Hand in die seine und streichelte sie tröstend.

Schließlich sprach Olivia flüsternd: »Er war nicht getauft. Wir wollten ihn James nennen. Er wird nicht in den Himmel kommen ... jetzt muss er für immer hier bleiben ... ganz allein ...« Tränen liefen ihr über die Wangen.

Tyndall wusste zunächst nicht, was er sagen sollte. Er drückte ihre Hand noch etwas fester. »Sagen Sie, haben die Aboriginefrauen, die Ihnen bei der Geburt geholfen haben, nicht etwas Besonderes mit ihm gemacht?«

Sie nickte und schilderte kurz und so gut sie konnte das kleine Ritual, das sie beobachtet hatte. Ein zaghaftes Leuchten trat in ihre Augen, als sie ihn eindringlich ansah. »Was hat das zu bedeuten?«, fragte sie.

»Es bedeutet, dass ihr Sohn gut aufgehoben ist. Er ist in die Heimat seiner Seele zurückgekehrt. Das war eine Geburtszeremonie. Die Aborigines glauben, dass der Geist zu seinem Geburtsort zurückkehrt, zu seinem Platz in der *Traumzeit*. Da wird er Frieden und Glück finden und in die Welt seiner Seele zurückkehren können. Ohne Zweifel, ihr Sohn wurde getauft, Mrs. Hennessy … auf Aborigineart.«

Sie starrte ihn ungläubig an. Einen Moment lang wurde ihr verhärmtes Gesicht vor Erleichterung ganz weich. Sie wollte sich wieder dem Grab zuwenden, aber Tyndall nahm ihren Arm und half ihr auf. »Lassen Sie uns gehen«, sagte er leise. »Ich bringe Sie beide zurück in die Stadt. Sie können in meinem Haus bleiben, so lange Sie wollen. Ich wohne auf meinem Boot.« In Erwartung ihres Protestes fügte er noch hinzu: »Nein, ich versichere Ihnen, dass es mir keine Umstände macht. Ich bin sowieso damit beschäftigt, einiges an Bord zu ändern. Ich bereite mich auf ein neues Geschäft vor.«

Tyndall hielt ihren Arm, und sie gingen schweigend zu dem Zelt, das Conrad neben der Ruine ihres Hauses aufgeschlagen hatte. Mit hängenden Schultern und ohne Kraft versorgte Conrad gerade Tyndalls Pferde. Er sah aus wie ein alter Mann. Olivia verschwand im Zelt, während Tyndall auf Conrad zutrat. Er langte in eine Tasche unter dem Kutschbock und zog eine Flasche hervor.

»Die Sonne steht zwar noch nicht überm Nock, Mr. Hennessy«, sagte er und schwenkte die Flasche. »Aber ich behaupte mal, es ist trotzdem die richtige Zeit für eine kleine Aufmunterung.«

Er griff sich zwei Emailbecher, die neben dem Feuer standen, kippte den Rest Tee, der darin war, in den Sand und goss zwei ordentliche Schluck Rum ein. Die Männer setzten sich in den Schatten des Wagens, lehnten sich gegen ein Rad und streckten die Beine aus.

»Auf die Zukunft, Mr. Hennessy«, sagte Tyndall leise und hob seinen Becher.

Conrad sah ihn aus glasigen Augen an. Er kämpfte mit den Tränen. Langsam erhob auch er den Becher. »Die Zukunft.« Er rang nach Worten. »Die Vergangenheit war bis jetzt ein einziges Unglück. Jedenfalls seit wir in dieses gottverlassene Land gekommen sind.« Er presste sich den Becher an die Lippen und schluckte schwer.

Tyndall trank auch, dann umfasste er seinen Becher mit beiden Händen. »Ja, dieses Land kann grausam sein. Für Sie beide war es grausamer, als irgendjemand hätte voraussagen können. Aber das Leben geht weiter. Was wollen Sie jetzt machen?«

»Erst mal weg von hier«, stieß Conrad bitter hervor. »Ich bezweifle, dass wir die Kraft oder auch nur den Willen haben, es hier zu schaffen. Vielleicht gibt es ja in der Stadt eine Möglichkeit. Ich habe noch etwas Kapital übrig.«

Tyndall schwieg dazu und nippte nur gedankenvoll an seinem Rum.

Nach einer Weile sagte er: »Nun, das sind ja interessante Aussichten. Sie haben mir doch ein wenig von sich erzählt, als wir zusammen nach Cossack gesegelt sind. Mir scheint, ich habe da ein Projekt, das genau das Richtige für Sie sein könnte.«

Conrad starrte ihn an. »Und was soll das sein?«

»Perlenfischerei, mein Freund. Perlen.«

Im Zelt war Olivia damit beschäftigt, die Hand voll roter Erde, die sie vom Grab mitgebracht hatte, vorsichtig in ein kleines Glas zu füllen. Danach schraubte sie den Deckel fest zu. Sie presste die Lippen zusammen, verstaute das Glas in dem Koffer mit ihren verbliebenen Sachen und ging nach draußen zu den Männern.

Siebtes Kapitel

Langsam suchten sich die drei Männer einen Weg durch das Watt. Sie bemühten sich, nicht auf die im öligen, roten Schlick verborgenen scharfen Spitzen der neuen Sprösslinge zu treten, und duckten sich unter dem ausladenden Dach der Mangroven. Endlich erreichten sie an einer lichten Stelle den Logger. Das alte Boot lag in feuchte Säcke gehüllt wie eine verschleierte Braut auf der Seite.

Conrad sah zu, wie Ahmed um das Boot herumging, hier und da gegen den Rumpf klopfte und versuchte, in den Schiffsbauch zu spähen.

Tyndall kletterte an Deck und begutachtete die Takelage, Beschläge und Armaturen. Gedankenvoll wandte er sich an Ahmed, der gerade aus der Luke im Vorderdeck kletterte. »Und, was meinst du, Ahmed? Sollen wir uns mit ihr aufs Meer wagen?«

»Man muss sie segeln, Tuan.«

»Das ist wohl der einzige Weg herauszufinden, ob ein Schiff seetauglich ist«, meinte Conrad. Er nahm seinen Hut ab und wischte sich die Stirn. Die schwüle Hitze unter den Mangroven machte ihm schwer zu schaffen.

»Das wird der Probelauf. Ahmed kann danach beurteilen, ob sie gut im Wasser liegt und ob er sie für ein, wie er es nennt, *setia*-Boot, das heißt für ein zuverlässiges Boot, hält«, erklärte Tyndall. »Ahmed hat ein Gespür für Schiffe wie andere Männer für Pferde. Dies ist zwar ein alter Kahn, aber er ist ordentlich gebaut. Er wurde im Binnenland aus Kajibutholz gefertigt und dann auf Rädern zur Küste gerollt. Bis jetzt hat er gute Dienste geleistet.«

Bei Flut machten sie die *Bulan* fit. Conrad bewunderte,

wie harmonisch Tyndall und Ahmed zusammenarbeiteten. Er saß lediglich an Deck und wartete auf Anweisungen. Würde er sich je auf See zu Hause fühlen? Die Segel blähten sich, und das Schiff steuerte durch den Kanal aufs offene Meer. Conrad atmete tief durch. Er war froh, endlich die stickige Luft des Watts hinter sich zu lassen. Wind und Gischt kühlten seine Stirn, und er begann zu ahnen, was Tyndall am Seemannsleben so gefiel. Nie hätte er sich träumen lassen, dass er jemals so etwas – ihm fehlten die Worte, um seine zwiespältigen Gefühle zu beschreiben –, so etwas ›Freibeuterhaftes‹, ja, genau das traf es, so etwas ›Freibeuterhaftes‹ wie die Perlenfischerei betreiben würde. Es war ein langer Weg vom *Bon Marché*, dem Kaufhaus von Olivias Vater in Southwark, bis hierher. Natürlich hegte er noch Zweifel an dem geplanten Unternehmen. Die hatte Tyndall allerdings mit der Aussicht auf die großen Gewinne im Perlengeschäft so gut wie zerstreut. Conrads Partner hatte auch die Risiken nicht verschwiegen. Er gab zu, dass die Arbeit nicht ungefährlich war und dass es keinerlei Garantien gab. Aber Tyndall hatte Zugang zu unberührten Perlengründen, er besaß gute Kontakte, Mut und Verkaufstalent. Das alles sprach für ihn.

Während Ahmed und Tyndall die *Bulan* auf Herz und Nieren untersuchten, hatte Conrad genügend Zeit, die letzten Wochen seit ihrer Ankunft in Cossack noch einmal Revue passieren zu lassen.

Tyndall hatte das noch unter dem Schock der Ereignisse stehende Paar in sein Haus gebracht und dann vorsichtig eine Partnerschaft im Perlengeschäft angeschnitten. Auf Conrads Einwand, er verstünde doch gar nichts von diesem Geschäft, hatte der Kapitän mit der Frage gekontert, was er denn von Landwirtschaft und Viehhaltung wüsste.

Zu beider Überraschung hatte Olivia sich daraufhin eingemischt: »Conrad, du solltest dir das Angebot überlegen. Du besitzt organisatorische Fähigkeiten und kannst mit

Zahlen umgehen. Ich bin sicher, Kapitän Tyndall sieht dich nicht unbedingt am Steuer des Loggers. Ich finde wirklich, wir sollten neue Wege gehen.«

Tief in ihrem Herzen hatte sie schon immer gewusst, dass Conrad nicht für das Landleben gemacht war – und schon gar nicht für ein Leben auf so unbeugsamem Grund und Boden wie dem, den sie gerade hinter sich gelassen hatten. Wäre James noch am Leben, hätte sie versucht, das Beste aus der Situation zu machen. Sie hätte an der Seite ihres Mannes weiter in der Wildnis gekämpft. Aber bei ihrer erneuten Begegnung mit Kapitän Tyndall war ihr klar geworden, dass Conrad besser in ein Geschäftsunternehmen passte. Er brauchte etwas, das absehbaren Erfolg und einen akzeptablen Lebensstil versprach. Sie war sich allerdings noch immer nicht schlüssig, was sie von diesem Tyndall halten sollte. Seine verwegene Art störte sie, selbst sein Charme machte sie unsicher. Und doch vertraute sie diesem Mann. Sein Umgang mit den Eingeborenen unterschied ihn auf angenehme Weise von den meisten Europäern in diesen Breiten. Die anderen verabscheuten die Schwarzen und behandelten sie als Menschen zweiter Klasse.

Man hatte es sich auf Tyndalls Veranda bequem gemacht. Sie saßen in Korbsesseln und genossen die kühle Abendluft. Die Männer tranken einen edlen Whisky aus Tyndalls Bar, Olivia nippte an ihrer Limonade.

»Dies ist die beste Stunde des Tages, jedenfalls auf diesem Teil der Erdkugel«, versicherte Tyndall. »Man hat die Gelegenheit, entspannt über die Welt nachzudenken und über die Möglichkeiten, die sie uns bietet. Zum Wohl.« Er hob sein Glas und prostete den Hennessys zu. »Was unsere Partnerschaft angeht, hier mein Angebot: Ich kann eine Geschäftsidee und ein paar Vermögenswerte einbringen. Allerdings besitze ich kaum Kapital. Sie wiederum haben Geld und suchen ein Projekt, das Ihnen bessere Möglichkeiten eröffnet, als Buschland zu roden und Schafe zu füttern. Außerdem brauche ich einen guten Geschäftmann, der die Dinge an Land steuert. Habe ich noch irgendetwas vergessen?«

Conrad schüttelte den Kopf. »Nein, ich glaube das war alles.«

»Gut. Den Gewinn teilen wir fifty-fifty. Wir werden den größten Teil des Kapitals für den Logger verwenden müssen. Am Anfang werden wir noch nicht in der Tiefsee fischen und können den Schoner benutzen. Die Wirbelstürme sind vorerst auch kein Problem. Und noch etwas, wir sollten nach Broome ziehen. Broome gilt derzeit als Zentrum des Perlenhandels.«

Conrad spielte mit seinem Glas.

John Tyndall hatte vor allem ihn angesprochen, denn es war Männersache, geschäftliche Entscheidungen zu treffen. Aber solch radikale Änderungen allein zu beschließen bereitete Conrad Unbehagen. Schließlich kam das Kapital aus Olivias Erbschaft, es war der Erlös aus dem Verkauf des väterlichen Geschäfts. Auch war es ihre Idee gewesen, nach Australien zu gehen. Sie hatte davon gelesen, dass man mit Glück und harter Arbeit hier zu Reichtum kommen konnte. Und sie sehnte sich nach einem neuen Anfang, nach einer Herausforderung. Mit dem frühen Ableben ihres verwitweten Vaters war ihr Kindheitstraum von Abenteuer, von einem anderen Leben als dem der Frauen, die sie kannte, plötzlich in den Bereich des Möglichen gerückt. Nichts hielt sie mehr in England. Und als sich die Chance bot, war Olivia es gewesen, die Conrad davon überzeugte, den Schritt zu wagen.

Er nippte an seinem Glas. »Für mich hört es sich ein bisschen riskant an. Das mag allerdings daran liegen, dass ich absolut nichts über die Perlenfischerei weiß. Wir müssten alles, was uns geblieben ist, in das Unternehmen stecken.« Conrad klang unsicher und schien keine verbindliche Zusage machen zu wollen.

Tyndall stand auf. »Ich werde einen kleinen Spaziergang durch den Garten machen. Sie müssen sich unter vier Augen beraten. Bitte nehmen Sie keine Rücksicht auf mich.« Er ging die Stufen zu seinem spärlichen Gärtchen hinab. Vor einem Jasminbaum im hinteren Teil machte er Halt und begann, einige Blüten zu pflücken.

Noch bevor Conrad den Mund aufmachen konnte, zischte Olivia ihm zu: »Sag ja, Conrad.« Ihre Entschlossenheit verblüffte ihn. Solch ein Verhalten kannte er gar nicht von seiner jungen Frau. »Aber wir wissen doch kaum etwas über ihn, nur dass er bis jetzt ausgesprochen freundlich zu uns war. Er hat zwar an der ganzen Küste Handel getrieben, aber die Perlenfischerei ist auch für ihn Neuland. Immerhin scheint er einiges Ansehen in dieser Gegend zu genießen.«

»Ehrlich gesagt, glaube ich kaum, dass wir eine andere Wahl haben. Mein Gefühl rät mir zu einer Partnerschaft mit ihm. Und was sein Ansehen angeht: In dieser Stadt ist doch wohl jeder angesehen, der ein paar Schuhe besitzt und einigermaßen nüchtern ist. Aus irgendeinem Grund vertraue ich ihm. Frag mich nicht, warum.«

Angesichts Olivias wohlwollender Einstellung dem Unternehmen gegenüber lösten sich Conrads Bedenken in Luft auf. Diese Entschlossenheit, ja geradezu Verwegenheit, war ein völlig neuer Zeug an ihr. Conrad versuchte, optimistisch zu klingen, als er den Arm um sie legte und sagte: »Also lautet die Antwort ja. Wir tun uns mit ihm zusammen. Ich hoffe nur, dass ich seine Erwartungen in Bezug auf meine kaufmännischen Fähigkeiten erfüllen werde.«

»Natürlich wirst du das, mein Liebling«, versicherte Olivia und ergriff seine Hand. »Es gibt da noch etwas, das du mit Tyndall noch klären solltest. Ich möchte bei dem Geschäft dabei sein.«

»Wie meinst du das?«, fragte Conrad entgeistert. »Du bist doch Teilhaberin. Es ist auch dein Geld, meine Liebe.«

»Nein, ich meine Arbeit. Ich möchte auch arbeiten. Ich könnte im Büro helfen oder so etwas.«

Ihre Stimme begann zu zittern, und eine verwundbare junge Frau zeigte sich anstelle der willensstarken Entscheidungsträgerin, die sie noch kurz zuvor gewesen war. »Ich brauche dringend eine Beschäftigung, Conrad. Es würde mir helfen ...« Sie sprach nicht weiter. »Es würde mir helfen ... zurechtzukommen«, sagte sie dann.

»Ja, Liebes. Ich werde es zur Sprache bringen.« Er drückte ihre Hand und ging in den Garten zu Tyndall. Die Männer zündeten sich beide ihre Pfeifen an und unterhielten sich an den Zaun gelehnt, der den Garten von der staubigen Straße trennte. Bald reichten sie sich die Hand und kamen zur Veranda zurück.

»Wir sind uns einig«, verkündete Tyndall fröhlich und sprang federnd die Stufen hinauf. »Willkommen an Bord. Und hier sind ein paar Blumen für Sie, Mrs. Hennessy, zur Feier des Tages.« Mit großer Geste überreichte er ihr einen kleinen Zweig Jasminblüten. »Passen Sie auf, es tropft Saft aus dem Stiel«, fügte er fürsorglich hinzu. Olivia musste lachen.

»Verbindlichsten Dank, mein Herr«, antwortete sie mit übertriebener Höflichkeit.

Nachdem Tyndall gegangen war, blieb sie noch eine Weile allein auf der Veranda sitzen, den Jasminzweig im Schoß. Conrad kleidete sich inzwischen zum Abendessen um. Als er zurückkam, sah er, dass sie still weinte.

»Mein Liebes, bereust du etwa die Entscheidung?«

»Nein, ich weine um James. Ach, Conrad«, schluchzte sie. »Unser goldiges Kind. Es ist so schrecklich. Werden wir das jemals verwinden?«

»Olivia, Liebste. Ich weiß, was du fühlst. Wir fangen jetzt ein neues Leben an.«

Er nahm sie in die Arme und hielt sie lange fest.

Auf See fühlte Conrad sich nicht wohl. Er kam sich tollpatschig vor und hoffte, dass er von nun an mehr an Land zu tun haben würde. Tyndall hatte ihm zugesichert, dass er sich um die Geschäfte in Broome kümmern würde. Aber zuerst brauchten sie eine Mannschaft und einen glücklichen Fang.

»Während wir auf See sind, könnten Sie Erkundigungen einholen«, hatte Tyndall vorgeschlagen. »Wir müssen wissen, wer bei Preisen und Verladung zuverlässig ist, Conrad. Und wir müssen wissen, wo wir den besten Perlenpolierer vor Ort finden und welche Käufer am zahlungskräftigsten sind.«

In Conrads Ohren hörte sich das alles fremd an. Aber er nickte und versicherte, er würde sein Möglichstes tun. Er tat sich immer noch schwer mit der spielerischen und scheinbar unbekümmerten Art, die Tyndall in geschäftlichen wie persönlichen Belangen an den Tag legte.

Eine steife Brise blähte die Segel, und der Logger preschte über das Wasser. Tyndall und Ahmed nickten sich zu. »Ich glaube, wir haben da ein recht ordentliches Boot, Conrad«, rief Tyndall. »Jetzt müssen wir noch einen guten Preis rausschlagen.«

»Was ist denn mit dem Kerl, dem es gehört?«, fragte Conrad. Er wollte wissen, aus welchem Grund der Mann aus dem Perlengeschäft ausgestiegen war.

»Ein Hai hat ihm das Bein abgebissen. Jetzt bleibt er lieber an Land. Er hat für die *Bulan* keine Verwendung mehr. Darum machen wir ihm ein Angebot, das er nicht ablehnen kann«, grinste Tyndall.

»Was bedeuted der Name, Ahmed?« Conrad richtete die Frage an den stillen Malaien, der sich gerade an den Tauen zu schaffen machte. Tyndalls ›Schatten‹ machte Conrad nervös. Er hielt sich zwar meistens im Hintergrund, aber seinen dunklen, unergründlichen Augen entging nichts. Er schien jede Bewegung seines Herrn vorauszuahnen. Die meiste Zeit verständigten sich die beiden lediglich durch kleine Gesten und Blicke. Ahmeds Ergebenheit Tyndall gegenüber war nicht zu übersehen. Auch Tyndall machte kein Hehl aus seiner Bewunderung für die Geschicklichkeit und die Kenntnisse des Malaien. Sie waren ein hervorragendes Team. Trotzdem gelang es Conrad nicht, in dem kleinen braunen Mann etwas anderes als einen Diener oder Leibwächter zu sehen. Ein malaiischer Dolch, ein silberner *kris*, in reich verzierter Scheide am Hüftband seines Sarongs verstärkte diesen Eindruck noch.

Der sieht wie ein Pirat aus, dachte Conrad. Dem sollte man lieber nicht in die Quere kommen.

»*Bulan* bedeutet Mond, Tuan«, erklärte Ahmed. »Bringt Unglück, wenn man Bootsnamen ändert«, fügte er mit Nachdruck hinzu, falls Conrad einen solchen Gedanken hegen sollte.

Diese Unterstellung ärgerte Conrad. Und wieder verspürte er dieses Unbehagen, wie jedes Mal beim Kontakt mit Asiaten oder Aborigines. Conrad war sich seiner Rasse und seines höheren Standes bewusst. Trotzdem fühlte er sich irgendwie bedroht und verunsichert. Merkwürdig, dachte er, Olivia geht ganz entspannt mit den Farbigen um. Es wird mit ihrem Erlebnis bei der Geburt zu tun haben, sagte er sich.

Tyndall verhandelte eine ganze Weile mit dem einbeinigen Besitzer des Loggers. Dann unterschrieb er gemeinsam mit Conrad den Kaufvertrag, und das Geld wechselte die Hände. Die beiden Männer ließen sich als neue Eigentümer registrieren. Auf der Straße schlug Tyndall seinem Partner auf die Schulter. »Wir haben sogar noch eine Zulage herausgeschlagen. Der Mann hat ein altes Büro unten am Hafen in Broome. Er meint, wir können es benutzen. Er geht sowieso nicht mehr hin. Der verbringt seine Zeit jetzt in Freudenhäusern und Kneipen.«

Conrad eilte nach Hause, um Olivia die freudige Botschaft zu überbringen. »Wir haben ein Schnäppchen gemacht«, sprudelte es aus ihm hervor. »Mein Gott, dieser Tyndall ist vielleicht ein Kerl. Bevor er zur Sache kam und den Kaufpreis aushandelte, hat er fast eine ganze Flasche Whisky mit dem Kerl geleert. Die haben über alles Mögliche geredet, von Perlen bis zum Papst.«

Olivia lachte. »Ich glaube, du hast auch deinen Teil Whisky abbekommen, oder? So, jetzt sind wir also im Perlengeschäft. Eigentlich kaum zu glauben, findest du nicht?«

Conrad umarmte sie überschwänglich. »Doch, ich glaube es. Meine Güte, endlich fange ich an, mich ein bisschen mit diesem Land anzufreunden.«

Nach ihrer Ankunft in Broome mieteten sich Olivia und Conrad einen Bungalow in der Walcott Street. Besitzer waren die Batemans, die eine kleine Hausvermietungsagentur betrieben. Gewöhnlich vermieteten sie das Haus an französische Perlenhändler, die jedes Jahr für drei Monate in die Stadt kamen. Tyndall richtete sich in einem kleinen Häuschen unten am Hafen ein. Es lag in der Hamersley Street und gehörte einem chinesischen Kaufmann.

Tyndall verlor keine Zeit und machte seine Runde durch die Hotels, Spelunken und Absteigen, in denen man das Völkergemisch der Perlenfischer antreffen konnte. Da die Saison fast vorüber war und einige Besatzungen bereits ohne Arbeit, hatte Tyndall keine Mühe, ein paar Männer mit guten Empfehlungen zu finden. Bevor er sie anheuerte, überprüfte Ahmed ihre Empfehlungsschreiben und Zeugnisse, indem er Erkundigungen bei den jeweiligen Landsleuten einholte.

Broome war ein ganz besonderer Ort. Die geschäftige, lebhafte Atmosphäre begeisterte Olivia. Die ganze Stadt schien eine Art Verwegenheit auszustrahlen. Selbst der zurückhaltende Conrad ließ sich dazu hinreißen, der Stadt einen gewissen aufregenden Kolonialcharme zuzugestehen.

Broome war Heimathafen für mehrere hundert Perlenlogger. Sie lieferten das Perlmutt, das weltweit in der Kleiderindustrie für Knöpfe gebraucht wurde. Richtige Perlen zu finden war ein Extrageschäft. Von dem Erlös bekam die Mannschaft einen kleinen Teil und der Perlenunternehmer einen großen. Während der Saison, aber auch in der Regenzeit, wenn die Perlenfischerei ruhte, brodelte Broome nur so vor Gerüchten und Geschichten über Perlenfunde. Man klatschte über den glücklichen Finder, über die Größe der Perlen, über den Käufer und über den Preis. Erfahrene und gerissene Perlenhändler kamen von überall her, aus Paris, London, New York, Singapur, Hongkong und Shanghai, um in Broome Perlen für die großen Juwelenhäuser der Welt zu kaufen. Während es im Perlmutthandel offen zuging, rankten sich wohl gehütete Geheimnisse, Intrigen und Gerüchte um die Perlen. Von Mannschaften und Tauchern gestohlene oder unterschlagene Perlen gingen an Schwarzmarkthändler sowie an jeden, der darauf aus war, sie mit Gewinn weiterzuverkaufen.

Das Städtchen glich eher einem Slum als einer richtigen Ortschaft. Die Häuser bestanden überwiegend aus Wellblech, Farbe und Anstrich galten offenbar als überflüssige Geldausgabe. Hier und da in den besseren Vierteln hatte jemand versucht, diese Kargheit mit etwas Gartengestaltung aufzulockern, aber im Großen und Ganzen war der Ort nackt und ungeschützt der brütend heißen Sonne oder, je nach Jahreszeit, den tobenden Monsunstürmen ausgesetzt. Im Geschäftsviertel dominierten die chinesischen Händler, die auch als Geldmakler und Kreditverleiher tätig waren. Die Wohnviertel der europäischen und der asiatischen Bevölkerung waren fein säuberlich getrennt. Auch wenn die Macht bei der weißen Minderheit ruhte, Broome ließ sich nicht zähmen. Die Kultur der Weißen war nur eine wacklige Fassade vor der brodelnden Mischung asiatischer Subkulturen.

Das bemerkenswerteste Gebäude der Stadt war das *Cable House*, ein elegantes Bauwerk aus Holz und Stahl mit einem prächtigen Billardzimmer. Diese Pracht war der angemessene Rahmen für das Wunder der Technik, das dieses Gebäude barg – das Telegrafenkabel, das die abgelegene Kolonie mit dem britischen Mutterland verband.

Nur ein paar Tage nach ihrer Ankunft machte Conrad dem Friedensrichter C. R. Hooten seine Aufwartung. Dieser hatte sich rasch vergewissert, dass es sich bei dem Besucher um einen Gentleman mit einer Frau aus guter Familie handelte. Er nahm sich vor, die Hennessys auf seine Einladungsliste zu setzen. Innerhalb der weißen Bevölkerung gab es strenge gesellschaftliche Regeln, und jeder Neuankömmling wurde sorgfältig überprüft.

»Ich bin sicher, meine Frau wird Ihre liebe Gattin bald einladen, damit sie die anderen Damen kennen lernen kann. Es gibt hier nur wenige Damen aus gutem Hause, dafür umso mehr von zweifelhafter Herkunft.« Zu Conrads Entsetzen zwinkerte der Mann ihm bei dieser Bemerkung deftig zu. Conrad war sich nicht ganz sicher, auf was der Friedensrichter anspielte, aber er hatte schon davon gehört, dass es vor Ort an Bordellen nicht mangelte.

Conrad gab einen kurzen Bericht über das, was sie bisher in diesem Land hatten erleiden müssen.

»Üble Sache«, bemerkte der Richter. »Übrigens, es wäre besser, wenn Ihre liebe Gattin ihre, äh, Begegnung mit den Aborigines nicht erwähnte. Wir verkehren natürlich nicht mit den Schwarzen. Obwohl ich zugeben muss, dass einige von ihnen gute Arbeiter sind. Natürlich nur die von den Missionsschulen. Die meisten sind faul, sie verlassen im unpassendsten Moment ihre Arbeit und ziehen in den Busch. *Walkabout* nennen sie das. Ich traue denen nicht über den Weg. Man weiß nie, ob einem nicht einer irgendwann nachts einen Speer in den Rücken rammt.«

»Warum sollten sie das tun?«

»Oh, die haben so eine fixe Idee, dass irgendein Weißer ihnen etwas Böses angetan hat, und darum muss jeder beliebige Weiße, der ihnen über den Weg läuft, dafür bezahlen. Es gab schreckliche Überfälle auf weiße Frauen und Kinder, während sie allein auf ihren Farmen waren. Seien Sie froh, dass Sie aus der Geschichte mit dieser Farm heraus sind.« Dann begann er, Conrad alles über seine eigene Ankunft in Broome zu erzählen. »Himmel, war das schlecht organisiert. Es war Ebbe. Und ich stand da, aufgeputzt bis an die Zähne mit Orden, Medaillen und allem Drum und Dran für die offizielle Begrüßung. Und dann musste ich erst eine halbe Meile durch diesen verdammten, stinkenden Schlamm waten. Sie können sich vorstellen, in welchem Zustand ich die Stadt begrüßen durfte!«

Der Würdenträger hatte sich jetzt warm geredet. Er genoss es, einen neuen Zuhörer zu haben, und ließ sich gründlich über die Stadt und die Lebensumstände aus. »Ein Völkergemisch macht immer Ärger. Da sind die Malaien, die Japaner, die Chinesen und natürlich die Schwarzen, und alle kämpfen sie untereinander und gegeneinander. Und wenn die Perlenfischer nicht schmuggeln, saufen oder angeblich ihre Mannschaften ermorden, lamentieren sie herum.« Hastig fügte er hinzu: »Ein seriöser Geschäftsmann wie Sie ist uns natürlich immer willkommen. Nicht alle sind Gauner, ein paar Perlenunternehmer sind ordentliche Kerle. Und einige machen auch gute Geschäfte, das posaunen sie natürlich nicht in die Welt hinaus.« Er brüllte vor Lachen. Conrad lächelte verhalten und fragte sich, zu welcher Kategorie John Tyndall wohl gehörte.

Wenige Tage später erhielt Olivia eine offizielle Einladung zum Nachmittagstee in der Residenz. Die Einladung bereitete ihr gemischte Gefühle. Einerseits freute sie sich darauf, endlich wieder einmal eine Gesellschaft zu besuchen, andererseits fürchtete sie sich davor, ihre Geschichte erzählen zu müssen. Sie trauerte noch um ihr Kind, und über das schreckliche Geschehnis zu reden war für sie sehr schmerzhaft. Außerdem hatte Olivia das Gefühl, dass hinter den besorgten Fragen, so gut sie auch gemeint schienen, oft eine sensationshungrige Neugier lauerte. Das kränkte sie.

Dennoch wählte sie ihre Kleidung mit Bedacht und widmete sich das erste Mal seit ihrer Ankunft im Nordwesten ausgiebig ihrer Toilette. Als Olivia die Veranda herunterschritt, trug sie ein schwarzes Tageskleid aus Taft, dazu Hut und Handschuhe. Das Haar hatte sie zu Locken gedreht. Zu ihrer Überraschung wartete Ahmed schon mit einem Sulky auf sie. Er half ihr in den Wagen.

»Tuan mich geschickt. Sagt, Sie müssen guten Eindruck machen in der Residenz.«

»Wie aufmerksam von Tuan Hennessy«, meinte Olivia erfreut.

»Tuan Tyndall«, berichtigte Ahmed. Er schwang sich in seinen Sitz und ergriff die Zügel. Mit einem Blick über die Schulter fuhr er fort: »Nicht so gut mit Pferden wie mit Booten, Memsahib!«

»Es ist nicht weit, ich war darauf vorbereitet zu laufen.«

»Sie bald Perlenfischerlady. Nicht laufen«, ermahnte Ahmed sie.

Olivia genoss die Fahrt. Die Residenz mit ihrer langen, eleganten, von Palmen beschatteten Veranda erstreckte sich weitläufig zwischen satten Rasenflächen, die mit Brunnenwasser bewässert wurden. Eine junges weißes Hausmädchen und ein malaiischer Boy geleiteten sie durch das helle Haus in eine kühle Säulenhalle. Hier hatten sich die Gäste versammelt. Man saß auf exotischen Korbstühlen und unterhielt sich. Die Bediensteten führten sie zur Gastgeberin Mrs. Hooten, die Olivia freundlich begrüßte.

Ein malaiischer Hausboy, in gestärktem Weiß mit kleinem Turban, reichte ihr eine Tasse Tee. Sie wurde den Damen vorgestellt, die sie bald in ihr Gespräch einbezogen.

Hauptsächlich ging es um den Alltag in Broome. Man gab ihr Ratschläge zu allen möglichen Problemen der Haushaltsführung. Der Koch sollte am besten Chinese oder Japaner sein. Für die Kinderbetreuung eignete sich angeblich ein Boy aus Kupang vorzüglich, ebenso fürs Silberpolieren. Die Aborigines wurden als Gärtner und für die Wäsche empfohlen, die Chinesinnen als Bügelfrauen.

Man fragte Olivia auch vorsichtig aus – über ihre Familie, über ihre Zukunftspläne. Als Olivia murmelte, dass die Umstände sie gezwungen hätten, ihre Pläne zu ändern, und dass die Perlenfischerei für ihren Mann eine völlig neuartige und unerwartete Unternehmung sei, beruhigte sie Mrs. Hooten: »Viele Viehfarmer sind Perlenfischer geworden. Das Land ist schwierig, nur wirklich kapitalkräftige Leute scheinen Erfolg bei der Viehzucht zu haben. Theoretisch müsste hier jeder sein Glück machen. Der Boden ist in der Regenzeit sehr ertragreich, und Land gibt es mehr als genug. Trotzdem scheitern die meisten.«

Olivia fühlte sich gekränkt von der Andeutung, sie wären gescheitert. Man muss es ihr angesehen haben, denn Mrs. Hooten fügte rasch hinzu: »Sie hatten natürlich gar nicht die Möglichkeit herauszufinden, wie Sie zurechtgekommen wären. Wie schrecklich tragisch das alles.« Mit Begeisterung fuhr sie fort: »Ich bin sicher, Ihr Schicksal hat sich zum Guten gewendet. Glauben Sie mir, Mrs. Hennessy, der Perlenhandel boomt, das behauptet jedenfalls mein Mann. Schade nur, dass die Branche so viel übles Volk anzieht, finden Sie nicht auch? Ich meine, die unteren Schichten, die Asiaten und so.«

Bevor sich Olivia noch eine passende Antwort überlegen konnte, lenkte die Frau eines der führenden Perlenunternehmer das Gespäch in andere Bahnen. »Sie wollen doch sicher einem unserer Wohlfahrtskomitees beitreten, Mrs. Hennessy. Es wäre auch reizend, wenn Sie uns in so manchen Dingen auf den neuesten Stand bringen könnten. Wir sind schon so lange aus England fort. Gott sei Dank wird das gesellschaftliche Leben hier jetzt etwas angeregter, da mehr Frauen hinzukommen. Wir veranstalten Bälle, Rennen, Konzerte und ein wunderbares Picknick, das sich allmählich zum Ereignis des Jahres entwickelt.«

»Nun, eigentlich hatte ich vor, mich in die Arbeit zu stürzen«, meinte Olivia unbekümmert, und sofort erstarb das Gespräch.

Nach einigen Momenten eisigen Schweigens unterbrach Mrs. Hooten die Stille: »Arbeit? Was für Arbeit, Mrs. Hennessy?«

»Das Perlenfischen ... vielmehr etwas, was mit dem Perlengeschäft zu tun hat ... vielleicht Büroarbeit.«

»Tatsächlich«, meinte die Gastgeberin mit hochgezogenen Brauen. Sie spielte scheinbar gleichgültig mit ihrer Lorgnette, die sie an einer langen, perlenbesetzten Kette trug. »Wie interessant.« Dann wandte sie sich mit schriller Stimme den übrigen Gästen zu, dass die Teetassen nur so klapperten: »Meine Damen, ich glaube jetzt ist es kühl genug für eine Runde Krocket. Auf den Rasen, meine Damen.«

Olivia merkte, dass sie ins Fettnäpfchen getreten war. Sie beschloss, in Zukunft ihre beruflichen Vorhaben nicht mehr so unbekümmert herauszuplappern. An ihrem Entschluss, in das Geschäft einzusteigen, würde sich jedoch nichts ändern. Andererseits wusste sie auch, dass es in so einer kleinen Stadt für das Geschäft unabdingbar war, von den einflussreichsten Familien akzeptiert zu werden. Mit diesem Gedanken im Hinterkopf gesellte Olivia sich zu den Damen auf dem Krocketrasen und bemühte sich, den leichten und munteren Ton anzuschlagen, der offenbar bei den Elitedamen Broomes als chic galt.

Als sie die Residenz verließ, wartete Ahmed geduldig vor dem Tor. Er fuhr mit ihr die *Dampier Terrace* entlang. Sie kamen an den Arbeiterunterkünften vorbei, an Sortierbaracken und Packschuppen, am Schiffsanleger, wo die

Logger vertäut lagen, an einem Schiffsbauer, einem Segelmacher und an einer Sattlerei. Sie passierten eine Schusterwerkstatt, einen Gemischtwarenladen und das Dampier Hotel, das nach Ahmeds Worten bei Japanern sehr beliebt war. Das Sulky hielt vor einem zweistöckigen weißen Holzgebäude, in dem sich mehrere Büros und die Werkstatt eines Perlenpolierers befanden.

Ahmed zeigte stolz auf ein neues Firmenschild neben der schmalen Eingangstür: STAR OF THE SEA PEARL CO. stand da.

Olivia stand rätselnd davor. Was sollte sie hier?

»Das sind wir, Mem. Tuan hat Namen gegeben.« Mit übertriebener Förmlichkeit half er ihr vom Wagen und deutete nach oben.

Olivia raffte den Saum ihres Kleides und erklomm die wackelige Treppe. Sie betrat ein Büro, das aus zwei kleinen Räumen bestand.

Conrad saß hinter einem Schreibtisch, der mit Papieren und neuen Aktenordnern übersät war. Er sprang auf, als Olivia eintrat, und schloss sie in die Arme. »Ab heute haben wir geöffnet. Nicht, dass wir schon Kundschaft gehabt hätten, nur einen Haufen Papierkram. Was sagst du dazu?«, fragte er und wies mit einer ausladenden Geste auf die spartanische Einrichtung und die leeren Wände.

»Ein bescheidener Anfang, ganz wie es sich geziemt, denke ich.« Olivia nickte anerkennend.

»Bescheiden? Dann sieh dir mal das andere Büro an«, konterte Conrad grinsend.

Sie gingen nach nebenan. Dort fanden sie Tyndall auf einem Drehstuhl, die Füße auf dem Schreibtisch, der bis auf eine Flasche Whisky leer war. Ansonsten herrschte völlige Unordnung. Überall lagen Taue, Segel, Tauchgeräte, Säcke voll Zucker und Kisten voll Tee. An der Wand hingen Seekarten, an einer Kordel baumelte ein Aborigine-Brustschild aus Perlmutt. In einer Ecke stand noch ein Schreibtisch mit

Stuhl. Dort füllte Ahmed gerade wasserdichte Kanister mit Currypulver und anderen exotischen Gewürzen, die den Raum mit wunderbaren Düften erfüllten.

Olivia war sprachlos.

Tyndall zog langsam die Füße vom Tisch und erhob sich. »Prägen Sie sich diesen Anblick gut ins Gedächtnis, Mrs. Hennessy. Dies ist der Grundstein eines Wirtschaftsimperiums. Können Sie schon den süßen Duft des Erfolgs riechen?« Er sprach mit übertriebener Feierlichkeit.

»Wenn ich ehrlich bin, rieche ich nur Curry«, sagte Olivia und lächelte. »Was ist das hier alles?«

»Partieware. Der Kerl, der uns das Boot verkauft hat, hatte für das ganze Zeug keine Verwendung mehr. Das ist Händlerschicksal. Ich habe es ihm heute Morgen für ein Butterbrot und ein Ei abgekauft«, erklärte Tyndall vergnügt.

»War dazu wieder eine Flasche Whisky erforderlich?«, fragte Olivia spitz und hätte sich am liebsten die Zunge abgebissen.

Tyndall sah sie einen langen Moment schweigend an. Dann erwiderte er verstimmt: »Wenn Sie es genau wissen wollen, ja, so war es.«

»Ich versuche nur dahinter zu kommen, wie hier Geschäfte getätigt werden«, meinte Olivia leichthin. Es lag ihr viel daran, die Situation zu entschärfen, der sie sich nicht gewachsen fühlte. »Wer hat sich den Namen für die Firma ausgedacht? Er ist hübsch, aber vielleicht hätte ich auch einen Vorschlag zu machen gehabt.«

Tyndall kochte innerlich. Er hatte gerade aufatmen wollen, weil sie das Thema gewechselt hatte, da verpasste sie ihm den nächsten Schlag. Ruhig bleiben, sagte er sich. Noch nie hatte eine Frau ihn so durcheinander gebracht. »Es war meine Idee. Conrad hat es mir überlassen ... Ich dachte nicht, dass Sie das interessiert, also habe ich nicht gefragt.«

»Olivia ...«, unterbrach Conrad, doch Olivia überging ihn einfach. Sie fuhr fort, als hätte sie ihn nicht gehört.

»Es interessiert mich sogar sehr, Kapitän Tyndall. Ich bin ebenfalls eine Partnerin in diesem Geschäft. Das war so mit meinem Mann besprochen. Er weiß, dass ich gerne beteiligt werden möchte, so unbedeutend mein Beitrag auch sein mag. Ich habe schließlich sonst kaum etwas, mit dem ich mich beschäftigen kann.«

Tyndall verstand das als Anspielung auf den Verlust ihres Kindes. Aber er merkte auch, dass in der jungen Frau mehr steckte, als er gedacht hätte. Hinter ihrer Jugend verbarg sich eine ungeahnte Stärke, die nach Entfaltung drängte.

Mit ruhiger Höflichkeit sagte er: »Verzeihen Sie mir. Es war gedankenlos.«

Olivia gab sich versöhnlich. »Es ist ein hübscher Name. Ich hoffe, er bringt uns Glück.«

»Wie war die Teegesellschaft?«, fragte Conrad, bemüht, das Thema zu wechseln. Die direkte Art seiner Frau war ihm etwas peinlich. »Waren die Damen nett?«

»Ja. Es ist ein merkwürdiges Gefühl, in diesen Breiten die Anstandsregeln beachten zu müssen. Man erwartet von mir, in den nächsten Wochen allen Damen einen Besuch abzustatten. Das wird mir Gelegenheit geben, sie besser kennen zu lernen. Auf jeden Fall scheinen sie sich alle zu freuen, mal wieder ausgiebig klatschen zu können.«

»Und Sie müssen unbedingt einem Klub beitreten, Conrad. Es täte dem Geschäft gut und wäre auch für das gesellschaftliche Leben von Nutzen«, bemerkte Tyndall.

Conrad nickte zustimmend. »Ja, der Richter schlug mir bereits die Freimaurer vor. Ich dachte mir, ich sollte vielleicht Mitglied im Kricketklub werden. Mir geht es dabei vor allem um den Sport. Ich habe lange keinen Kricketschläger mehr geschwungen.«

»Sind Sie auch in einem Klub?«, fragte Olivia Tyndall.

»Ich hatte noch keine Gelegenheit dazu. Außerdem hält man mich hier immer noch für einen Herumtreiber. Aber wenn ich einmal zur Ruhe gekommen bin, werde ich bestimmt in einen Klub eintreten.«

Er grinste. Olivia konnte sich kaum vorstellen, das es ihm ernst damit war, einem Klub der weißen Elite anzugehören. Soweit sie es beurteilen konnte, lebte Tyndall sein eigenes zurückgezogenes Leben. Er schien sich an Land nicht besonders wohl zu fühlen. Man hatte immer den Eindruck, er sei hier nur zu Besuch. Am glücklichsten war er auf See auf seinem Schoner.

»Ich werde die Küste runtersegeln zu den Aborigines, die mir die Muschelbänke gezeigt haben. Wahrscheinlich heuere ich welche zum Muschelsammeln im flachen Wasser an. Wollen Sie nicht mitkommen?«, fragte Tyndall und zog die Augenbrauen hoch.

»Ich habe hier zu tun. Wir haben uns noch nicht fertig eingerichtet. Aber vielen Dank für das Angebot«, erwiderte Olivia und überging seinen spöttischen Unterton. »Nächstes Mal komme ich sicher mit«, fügte sie keck hinzu und neigte hoheitsvoll den Kopf. Dann entdeckte sie Ahmed im Türrahmen.

»Vielen Dank, dass Sie mir Ahmed mit dem Sulky geschickt haben. Ich glaube, so stilvoll in der Residenz einzutreffen, hat bestimmt einen guten Eindruck gemacht.«

Sie lächelten sich an. Conrad dankte Tyndall ebenfalls.

»Das war wirklich sehr anständig von Ihnen. Wir müssen uns auch um ein Gefährt kümmern«, sagte er.

»Erst einmal sollten wir eine Ladung Perlmutt verkaufen. Ich hoffe doch sehr, dass die *Star of the Sea* uns auch Profit einbringen wird, und zwar bald.« Olivia legte die Betonung auf das letzte Wort.

»Na, da haben wir ja unseren Marschbefehl erhalten, Conrad«, scherzte Tyndall, nachdem Olivia aus dem Raum gerauscht war. Insgeheim fragte er sich jedoch, wie gut er wohl in Zukunft mit der Frau seines Partners zurechtkommen würde.

Während Conrad sich glücklich an seinem Schreibtisch einrichtete, stachen Ahmed und Tyndall wieder in See. Beide waren froh, das Büro hinter sich zu lassen. Mit ihrer neuen Mannschaft steuerten sie die *Bulan* in Richtung Süden zu den noch unberührten Muschelbänken, die ihnen von ihren Eingeborenenfreunden gezeigt worden waren. Es war kein Problem, Männer zu finden, die ihnen gegen Tabak, Mehl und Zucker die flachen Wasser bei Ebbe nach Muscheln absuchten. Diese Arbeit war dem Strandgutsammeln nicht unähnlich. Man brauchte gute Augen, um die flachen, grauen Schalen im sandigen Wasser zu entdecken. Wenn die Flut kam, wurden sie weggespült.

Die Arbeit ging nur langsam voran, da das Wasser die Muschelbänke viele Stunden am Tag bedeckte und die Arbeiter immer wieder lange warten mussten. Aber allmählich wuchsen die Muschelberge am Strand. Sie hatten zwei Kupanger angeheuert, die jetzt unter Ahmeds Argusaugen damit beschäftigt waren, die Muscheln zu öffnen und zu säubern. Die beiden hatten einen guten Leumund, aber Ahmed traute niemandem, wenn es um Perlen ging. Er wusste, dass es nur einer kleinen Handbewegung bedurfte, um eine Perle zu verstecken, wenn die Versuchung einmal zu groß wurde.

Als der Laderaum und ein Teil des Maschinenraums nach einigen Tagen mit Muscheln gefüllt waren, zurrten sie die Säcke mit den restlichen ungeöffneten Schalen an Deck fest und machten sich auf den Heimweg.

Sie erreichten Broome mit der Flut. Sofort wurde Ahmed losgeschickt, um Conrad zu holen. Der kam alsbald angestürzt und kletterte an Bord auf das überladene Deck, um Tyndalls Hände zu schütteln.

»Meine Güte, das sieht ja nach einem erfolgreichen Fang aus. Ist der Laderaum auch voll?«

»Bis oben hin, Conrad. Und die Muscheln sind von guter Qualität. Wir haben nicht sehr viele Perlen gefunden.

Hauptsächlich kleine Barockperlen. Allerdings haben wir noch die Muschelladung an Deck zu öffnen. Wie ist es hier gelaufen?«

»Ich habe die meisten Perlmutthändler besucht und über Konditionen verhandelt. Bis jetzt habe ich noch nichts Endgültiges vereinbart. Ich muss schon sagen, einige sind ganz schön zwielichtige Gestalten. Dann haben wir ein Telegramm aus Perth bekommen. Der Vertreter eines großen europäischen Perlenhändlers möchte die Option auf alle Perlen, die wir finden. Wie hat der nur herausgefunden, dass wir im Geschäft sind?«

»Die Buschtrommel, mein Freund. Perlen sind ein knallhartes Geschäft. Hier geht es um viel Geld. Da sind auch Informationen einen Lohn wert. Ohne Zweifel hat irgendjemand in dieser Stadt etwas dafür bekommen, dass er die Nachricht von unserem neuen Unternehmen an Kontaktleute im Süden weitergegeben hat.«

Es herrschte immer noch Flut. Tyndall und Conrad wollten möglichst viel Ladung löschen, ehe die *Bulan* trocken lag. Wenn sie erst einmal im Schlick aufsaß, war sie vom Anleger aus nicht mehr erreichbar. Mit nacktem Oberkörper begann die Mannschaft, die Muschelsäcke vom Logger zu werfen. Conrad führte Buch und überwachte den Abtransport der Ladung zu ihrem Lager am Ufer.

Am nächsten Tag machten sich Ahmed und die Kupanger daran, die restlichen Muscheln zu öffnen, die dann auch in das Lager geschafft werden sollten. Kaum hatten sie angefangen, da tauchte Olivia auf, unangemeldet und unerwartet. Die Männer ließen die Arbeit sinken und schauten ungläubig auf die Gestalt im Türrahmen, die im grellen Sonnenlicht stand. Einen Moment lang musste Olivia blinzeln, bis sich ihre Augen an die Dunkelheit im Schuppen gewöhnt hatten. Ihr bot sich ein malerisches Bild: drei Männer in einer Ecke, neben ihnen ein paar Metallbottiche und ein kleiner Haufen Muschelsäcke. Die Männer hockten auf winzigen Schemeln, zu ihren Füßen Berge von Muscheln, einige davon noch ungeöffnet. Die Männer waren fassungslos, eine weiße Frau hier an ihrem Arbeitsplatz zu sehen.

»*Apa kabar*«, begrüßte Olivia die Gruppe heiter. Sie hatte diese Worte bei Ahmed aufgeschnappt, bevor er auf Fahrt gegangen war.

»*Ah, baik, baik, saja*«, grüßte Ahmed erfreut zurück. »Bitte, kommen Sie. Schauen Sie.«

Der Gestank der verrottenden Muscheln warf Olivia fast um. Als sie jedoch näher an die Gruppe herantrat, überwog der frische Salzgeruch der noch lebenden Austern. Ahmed bot Olivia seinen Schemel an, und sie setzte sich. Sie betrachtete die Schalen zu ihren Füßen und nahm eine Auster in die Hand.

»Gute Muschel, Mem.«

»Wenn du es sagst, Ahmed.« Sie drehte die Auster in der Hand und staunte über ihre Größe. Die meisten Austern waren so groß wie eine Untertasse, manche auch wie ein kleiner Frühstücksteller. Olivia streichelte die raue Schale der ungesäuberten Auster, die noch vor kurzem unberührt am Meeresgrund gelegen hatte. Olivia konnte es immer noch nicht fassen, dass ihr neues Leben so eng mit diesen unscheinbaren Gebilden verbunden sein sollte. Was würde man in London nur denken, fragte sie sich mit einem leisen Lächeln. »Wenn man sie so betrachtet, kann man sich kaum vorstellen, dass darin vielleicht eine liebliche Perle ruht.«

Ahmed nahm die unförmige Schale und schob ein flaches, breites Messer in den Schließmuskel, der die Schalenhälften fest zusammenhielt. Er fuhr mit dem Finger in das feste Fleisch, genau zwischen das Gewebe, das man Mantel nennt, und zog eine kleine, merkwürdig geformte Perle heraus. Das sei eine minderwertige Barockperle, erklärte er, aber Olivia war dennoch begeistert. Das ungewöhnliche Ding in Ahmeds Hand faszinierte sie. Aufmerksam folgte sie seinen Erklärungen über die Muschel und sprach alle Begriffe, die er ihr auf Englisch wie auch auf Malaiisch nannte, langsam und bedächtig nach. Sie wollte sie sich fest einprägen. Die Kupanger verloren allmählich ihre Scheu gegenüber der weißen Frau und kicherten über ihre unbeholfene Aussprache der malaiischen Worte. Ahmed zeigte ihr die kräftigen Schließmuskeln der Auster und den Saum von Flimmerhärchen, die das Wasser filtern und den Organismus mit Sauerstoff und Plankton versorgen.

Unter dem Gelächter der Kupanger versuchte Olivia, eine Auster zu öffnen. Doch die Muschel ließ sich nicht bezwingen und blieb fest geschlossen. Olivia zog sich bei diesem Versuch einige Schnitte in der Hand zu, aber sie tat die Verletzung mit einem Lachen ab.

»Halb so schlimm«, sagte Olivia und wischte sich das Blut mit einem Taschentuch ab. »Das gehört alles zum Lernprozess. Ich werde diesen Teil des Geschäfts aber doch lieber euch überlassen.«

Von nun an besuchte Olivia den Muschelschuppen jeden Tag. Manchmal brachte sie einen Topf Essen mit, das ihr chinesischer Koch für die Männer bereitet hatte. Derlei Großzügigkeit kannte man hier nicht, und die Kunde davon verbreitete sich rasch. Die weiße Gesellschaft rümpfte die Nase und murmelte etwas von ›Sitten verderben‹. Die Asiaten akzeptierten die Geste zwar erstaunt, aber mit Respekt. Diese neue weiße Lady war schon etwas Besonderes.

Zu der neuen Tagesroutine gehörte auch, dass Olivia Conrad die Tagesabrechnung mitbrachte und die kleine Tagesausbeute an Perlen übergab. Meist handelte es sich um mittelmäßige Barockperlen. Die Ausbeutung der Ware an Land war etwa eine Woche nach dem Einlaufen der *Bulan* abgeschlossen. Als Olivia an jenem Tag den Schuppen verließ, wünschte sie der Mannschaft für ihre nächste Fahrt wieder so viel Glück. Ahmed brachte sie zur Tür. Dabei bemerkte er eine noch ungeöffnete Auster am Boden und hob sie zerstreut auf. Er dankte Olivia wie immer für das Essen.

»Das war doch nicht der Rede wert, Ahmed. So habe ich wenigstens eine Ausrede, ein bisschen länger bei euch zu bleiben, um dabei zu sein, wenn ihr vielleicht eine wirklich gute Perle findet.«

»Tut mir Leid, Mem. Vielleicht nächstes Mal«, tröstete er sie. Er ging in den Schuppen zurück, nahm das Messer zur Hand und brach die Muschelschale auf. Sobald sein Finger die kugelige Form ertastete, wusste er, dass das keine normale Perle war ... dies war ein echtes Juwel. Er rollte die Perle in seiner Handfläche ... sie hatte einen warmen Goldton, wog mindestens vierundzwanzig Gran und schien von innen heraus zu leuchten.

»Ah, Allah ist groß«, flüsterte Ahmed. Rasch lief er zur Tür, um Olivia zurückzurufen. Doch er zögerte, steckte die Perle in die Tasche und warf die Schalen in einen Sack. Die Kupanger wechselten einen Blick, sagten aber nichts.

Conrad war ganz beflügelt von den Zahlen in seiner Buchführung. Ebenso von der Perlensammlung, die er in einer kleinen abschließbaren Kassette aufbewahrte und jeden Abend mit nach Hause nahm.

»Uns geht es gut, zumindest auf dem Papier«, berichtete Conrad seiner Frau. Sie befanden sich gerade auf dem Weg zum Hotel Continental, wo sie oft zu Mittag aßen. »Natürlich kommen noch Ausgaben auf uns zu: Die Mannschaft muss bezahlt werden, am Boot sind Reparaturen auszuführen und so weiter. Aber alles in allem muss ich sagen, die Zukunft sieht rosig aus.«

Beim Essen brachte Conrad vorsichtig die Sprache auf Olivias Besuche im Muschelschuppen. »Das ist wirklich nicht nötig, meine Liebe. Man kann Ahmed die Abrechnung und alles andere anvertrauen.«

Bewusst langsam kostete Olivia zunächst einen Löffel Suppe, bevor sie antwortete. »Conrad, ich weiß, dass wir ihm trauen können. Aber wie ich dir schon einmal erklärt habe, gehört das Geschäft auch mir. Ich lerne viel. Die Männer fangen an, mir Geschichten über das Perlenfischen und den Perlenhandel zu erzählen. Manche sind amüsant, andere wiederum schrecklich tragisch. Es fasziniert mich, Conrad. Und ich möchte weiter dorthin gehen.«

Conrad fühlte sich unbehaglich. Ein paar seiner Freunde im Klub hatten schon Bemerkungen über ihre Besuche bei den Arbeitern fallen lassen. Ein Zeichen dafür, dass die Gerüchteküche der Stadt kochte. »Es ist nur, dass … äh … einige Leute dein Benehmen etwas merkwürdig finden, Liebste.«

»Das kann ich mir vorstellen, aber sie müssen sich eben daran gewöhnen«, entschied Olivia. Dann wechselte sie das Thema. »Dieser Ahmed imponiert mir. Ich glaube, ich würde ihm mein Leben anvertrauen.«

Conrad stimmte erleichtert in das neue Thema ein. Er war froh, weitere Spannungen zwischen ihnen beiden zu vermeiden. »Auf jeden Fall ist er John völlig ergeben. Und er ist auch sehr tüchtig. Seltsam, für sich selbst scheint er nicht viel zu verlangen. Vielleicht hat es damit zu tun, dass er Moslem ist. Er betet ständig. Das geht mir ganz schön auf die Nerven. John hat ihm das Leben gerettet, wusstest du das? Wahrscheinlich ist er ihm darum so treu ergeben.«

In der folgenden Woche brachten Tyndall und Ahmed den Logger auf Vordermann und nahmen noch ein paar Änderungen an der Takelage und im Laderaum vor. Vor dem Auslaufen luden Conrad und Tyndall Olivia zum Mittagessen in das Hotel Continental ein.

»Was für ein unerwartetes Vergnügen, Kapitän Tyndall«, bemerkte Olivia, als sie alle bestellt hatten und der Champagner in ihren Gläsern perlte.

»Für mich auch. Es gibt einen besonderen Anlass.«

»Oh, das erklärt den Champagner. Aber was ist denn der Grund für diese Feierlichkeit am hellen Mittag?«

Tyndall griff in seine Tasche und reichte Olivia einen kleinen Stoffbeutel. »Der erste Ertrag aus Ihrer Kapitalanlage«, sagte er nonchalant.

Olivia sah zu Conrad hinüber. Der lächelte. »Mach es doch auf«, drängte er.

Olivia öffnete den Beutel und ließ seinen Inhalt in ihre Hand gleiten. Es war ein goldener Ring mit einer großen Perle. Olivia stockte der Atem.

»Ahmed hat sie gefunden. Er sagte, dass sie in der letzten Muschel lag, die er öffnete«, erklärte Conrad. »Wir waren uns alle einig, dass du sie haben sollst.«

Olivia sah beide Männer dankbar an. Ihr fehlten die Worte. Sie schob den Ring auf ihren rechten Ringfinger und bewunderte ihn von allen Seiten. »Er ist wunderschön. Ich danke euch beiden. Und Ahmed natürlich.«

Achtes Kapitel

Olivia hatte es sich zur Gewohnheit gemacht, bei Sonnenuntergang einen Spaziergang am Wasser zu machen und zuzusehen, wie der rote Sonnenball im türkisblauen Meer versank. Das Farbenspiel in der Bucht faszinierte sie ebenso wie das bunte Treiben am *Streeter's Jetty*, diesem endlos langen hölzernen Anlegesteg, den einst ein englischer Perlenhändler dieses Namens mitten durch die Mangrovenhaine gezogen hatte, als die kleine Stadt noch eine bescheidene Buschsiedlung war. Hier entluden die Perlenlogger ihre kostbare Fracht, und wenn bei Ebbe die Wasserstraßen und Kanäle trockenfielen, saßen die Boote auf ihren runden Kielbalken im Schlick. Olivia erschien es dann immer so, als ob ein gewaltiger Sturm oder eine mächtige Flutwelle über das Ufer gebraust sei und die stämmigen Boote auf die Seite geworfen hätte.

In diesem Teil der Stadt herrschte immer reger Betrieb, und Olivia war sich der vielen misstrauischen und neugierigen Blicke wohl bewusst, die ihr folgten. Männer unterschiedlichster Nationalitäten gingen hier ihrer Arbeit nach, tummelten sich auf den Booten, die sie entluden oder zum Auslaufen bereitmachten, riefen und sangen, während sie die Segel flickten, die Boote reparierten oder Muscheln sortierten. Doch bald schon hatten sie sich an den Anblick dieser schönen weißen Frau gewöhnt, die, anders als die anderen weißen Damen, mitten unter ihnen einherging, ihr Tun mit Interesse verfolgte, manch schüchternes Lächeln mit ihnen tauschte und sie auf Malaiisch grüßte.

Bei einem dieser frühabendlichen Spaziergänge sah Olivia bei Flut die *Bulan* mit Tyndall am Bug hereinkommen.

Sie ging ihnen bis zum Ende des Anlegers entgegen. Tyndall schwenkte seine Kapitänsmütze zur Begrüßung und zeigte mit dem Daumen nach oben. »Woher wussten Sie, dass ich komme? Sie ahnten wohl, dass ich einen guten Fang gemacht habe, und wollten sehen, was Ihnen Ihre Investition eingebracht hat, was?«

Olivia lachte. »Reiner Zufall, obwohl Ahmed mir heute Morgen gesagt hat, dass Sie jeden Tag einlaufen würden. Er beaufsichtigt die Arbeit in den Muschelschuppen, das Sortieren, das Verpacken und so weiter. Ich glaube aber, dass er lieber mit Ihnen gefahren wäre. Wie ist es Ihnen ergangen? Haben wir Grund zum Feiern?«

Tyndall zog das Schiff an der Bootsleine näher an den Anleger heran, dann streckte er seine Hand aus und half Olivia an Bord. »Ich glaube, wir dürfen zufrieden sein. Conrad wird sich freuen, dass er wieder einen hübschen Gewinn in seine ordentlichen Bücher eintragen kann.«

Olivia wollte nichts auf ihren Mann kommen lassen. »Ordentlich sollten sie schon sein. Nur so kann man ein Unternehmen mit Erfolg führen.«

Tyndall hob die Hände wie zu seiner Verteidigung. »Entschuldigen Sie. Es war nicht als Beleidigung gemeint. Sie haben natürlich vollkommen Recht. Ich mache mir nun einmal nichts aus Buchführung. Kommen Sie, schauen Sie sich unsere Ausbeute an.«

Die zwei Kupanger hatten bereits das Segeltuch von der Luke gezogen und schoben nun auf Tyndalls Geheiß die Planken über der Öffnung beiseite. Die Luke war bis zum Rand mit prallen Muschelsäcken gefüllt. Der Gestank ließ Olivia aber erst einmal zurückweichen.

»Wir haben einen wirklich ergiebigen Perlengrund gefunden, aber ich denke, mehr wird er nicht hergeben. Eine Fahrt noch, dann ist Schluss.«

Sie gingen nach achtern in die Kabine.

»Du meine Güte«, rief Olivia überrascht aus. »Wie ordentlich es hier ist.«

»Nur so kann man ein Schiff mit Erfolg führen«, mokierte sich Tyndall.

Erst als sie sich zu ihm umdrehte, bemerkte Olivia, dass er sich nur lustig machen wollte und sie anschmunzelte. »Der Punkt geht an Sie«, meinte sie huldvoll und setzte sich auf eine der beiden Kojen. »Ich möchte das nächste Mal gerne mitkommen.«

Tyndall war völlig verblüfft. »Warum das denn? Es ist ...« Er suchte nach den richtigen Worten. »Na ja, es ist langweilig ... unbequem ... und es schickt sich nicht.«

»Es schickt sich nicht«, echote sie. »Du meine Güte, Sie klingen wie Conrad, wenn er seine konservativen Anwandlungen hat. Ich weiß, dass die Frauen von Perlenunternehmern manchmal mit auf See gehen, ich glaube auch nicht, dass mir langweilig wird, und im Übrigen kann ich ganz gut mit Unbequemlichkeiten umgehen ... wie Sie sehr wohl wissen, Kapitän Tyndall.«

Tyndall versuchte einzulenken. »Na gut, wenn Conrad einverstanden ist, können Sie mitkommen. Aber gehen wir doch an Land und lassen wir die Mannschaft mit dem Entladen anfangen. Ich will in ein paar Tagen wieder auslaufen.«

Conrad hielt Olivias Wunsch, das nächste Mal auf der *Bulan* mitzusegeln, zunächst für einen Scherz, bis er merkte, dass sie es tatsächlich ernst meinte. »Kommt nicht infrage. Es ist gefährlich, unbequem und schickt sich nicht. Schickt sich ganz und gar nicht.«

Olivia konnte nur mit Mühe ein Lächeln unterdrücken. Geduldig erklärte sie ihrem Mann, dass die Ehefrauen von Perlenunternehmern gelegentlich mitfuhren und dass es so unschicklich nicht sei. Manch eine hatte sogar die ganze Saison an Bord verbracht.

»Ja schon, aber du fährst ja nicht mit deinem Ehemann, oder?«, entgegnete Conrad triumphierend.

»Ist das so schlimm?«

»Ist das so schlimm? Ist das so schlimm?« Conrad redete sich in Rage. »Hast du den Verstand verloren, Olivia? Die Leute werden denken, du hast einen Sonnenstich!«

»Werde nicht ausfallend, Conrad.« Olivia wurde ernstlich böse.

»Entschuldige. Aber was sollen die Leute davon halten?«

»Ich bin sicher, dass man Kapitän Tyndall vertrauen kann, Conrad. Und da jedermann weiß, dass ich aktive Teilhaberin dieses Geschäfts bin, finde ich meinen Wunsch nur allzu verständlich. Für mich wird das ein großes Abenteuer. Ich werde mitfahren, basta.«

»Du wirst seekrank werden.«

»Ich wurde auf der Fahrt von Fremantle nach Cossack seekrank, weil ich schwanger war. Außerdem war es eine lange Reise unter harten Bedingungen.« Olivia zögerte einen Moment, und als sie mit trauervollem Blick weitersprach, bebte ihre Stimme vor Schmerz. »Es gibt noch einen Grund, warum ich fahren muss, Conrad.« Sie sank in einen Rohrstuhl und stützte den Kopf in die Hand. »Wir könnten auf unserer Fahrt kurz in Cossack anlegen. Schau, ich gebe mir ja alle Mühe, hier in Broome mit dem Leben fertig zu werden, aber ein Teil von mir liegt in Cossack begraben. Ich muss einfach hin, Conrad. Ich muss sein Grab besuchen, das musst du doch verstehen. Er ist unser Sohn.«

Conrad ging vor ihr auf die Knie und nahm ihre Hand. »Ich verstehe dich ja, aber man darf so eine Entscheidung nicht leichtfertig treffen«, meinte er ernst. Da kam ihm ein rettender Gedanke. »Also gut, wenn du es durchaus willst, dann geh. Aber nur, wenn John zustimmt. Schließlich ist er der Kapitän, und was er sagt, wird gemacht.«

»Natürlich«, lächelte Olivia und schlang die Arme um ihren Mann.

Tyndall saß an Deck und war damit beschäftigt, Taue zu spleißen, als die Reisetasche neben ihm landete. Er warf einen Blick auf die Tasche und dachte bei sich: »Mein Gott, sie hat es geschafft.« Als er sich umwandte, sah er Ahmed breit grinsend am Anleger stehen und Olivia einen Schritt hinter ihm.

»Nun, da bin ich«, verkündete sie in herausforderndem Ton.

Tyndall hieß sie lächelnd willkommen und reichte ihr die Hand, um ihr an Bord zu helfen.

»Ich hätte nicht geglaubt, dass aus dieser verrückten Idee etwas werden würde«, gestand er Olivia. »Aber ich freue mich«, schloss er aufrichtig.

»Vermutlich ist es verrückt, aber das schert mich nicht, selbst wenn einige Leute in der Stadt ihre Stirn runzeln werden. Eigentlich ist alles, was mir seit meiner Ankunft in diesem Land widerfahren ist, irgendwie verrückt.«

Tyndall sah, wie ein trauriger Schatten über ihre Augen fiel und wie ihr Mund schmal wurde. Rasch lenkte er ab, indem er ihre Tasche nahm und die Kabinentür aufschob. »Es sieht so aus, als ob der Wettergott mitspielt und wir eine angenehme Fahrt haben werden. Kommen Sie, wir werden die Staatskabine für Sie herrichten.« Befriedigt nahm er zur Kenntnis, dass sein Scherz immerhin ein schwaches Lächeln bei Olivia auslöste.

Am Fenster seines Büros stand Conrad und blickte der *Bulan* nach, wie sie durch den mangrovengesäumten Kanal in die Bucht hinaussegelte. Das Bild von Olivia, wie sie in ihrem von Wind gebauschten Rock am Bug stand, mit einer Hand den Strohhut festhielt und mit der anderen kurz in seine Richtung zurückwinkte, brannte sich ihm ins Gedächtnis. Einen flüchtigen Moment lang verspürte er tief in seinem Inneren einen heftigen Stich, so als ob seine Frau mit dem Schiff auch aus seinem Leben verschwinden würde, aber er verwarf diesen Gedanken sofort wieder. Nein, sagte er sich, Olivia wurde nur erwachsen ... veränderte sich ... das war zu erwarten gewesen. Trotzdem, mein Gott, sie wurde so unberechenbar, ja geradezu aufsässig. Zugegeben, sie hatten viel Kummer und Schmerz durchgemacht, das erklärte manches. Eine kleine Verrücktheit. Ganz verständlich. Das würde vorbeigehen. Mit einem Seufzer wandte Conrad sich wieder seinem Schreibtisch zu und fühlte sich durch seine vernünftigen Erklärungen beruhigt.

Die Segel bauschten sich in der steten Brise, und weiße Schaumkronen säumten ihren Weg, als der Bug der *Bulan* durch das tiefblaue Wasser schnitt. Olivia stand am Hauptmast und sog die frische Seeluft tief in ihre Lungen. Sobald sie den Kanal hinter sich gelassen und die Bucht erreicht hatten, war sie unter Deck verschwunden und in ihren ›Segelanzug‹ geschlüpft. Sie hatte sich des unpraktischen langen Rocks und der unbequemen steifen Bluse entledigt und eine lose schwarze Hose mit einem weiten weißen Hemd übergestreift, das locker über der Hose hing. Den Anzug hatte sie ihrem chinesischen Koch abgeguckt, er war luftig, bequem und praktisch. An den Füßen trug sie einfache Slipper aus Segeltuch.

Tyndall ließ sich seinen ersten Schock nicht anmerken. »Sehr vernünftige Kleidung«, bemerkte er mit hochgezogenen Augenbrauen.

Ahmed schwieg und zeigte keine Reaktion, doch Olivia vermeinte, ein leicht amüsiertes Blitzen in seinen dunklen Augen zu erkennen.

Der Logger glitt ruhig über die leichte Dünung und legte sich nach Backbord, als die Segel auf Südwestkurs getrimmt wurden. Der Wind blies genau ihren Kurs. Olivia schloss die Augen und gab sich ihren Gefühlen hin. Sie spürte den Wind, die schaukelnden Bewegungen der *Bulan*, das Schwanken der Takelage, hörte das Knarren des Tauwerks und das Singen des Winds in den Masten. Gelegentlich flatterte ein Segel, Wasser klatschte und spritzte auf, wenn der Bug durch eine hohe Welle schnitt. Die Luft roch herrlich frisch, und wenn Olivia sich die Lippen leckte, blieb ihr der salzige Geschmack des Meeres auf der Zunge haften.

Ihre Lebensgeister erwachten wieder und weckten geradezu euphorische Gefühle in ihr. Zum ersten Mal seit James' Tod fühlte sie sich richtig gelöst. Die Mannschaft spürte, dass sie allein sein wollte, und ließ sie lange Zeit ungestört.

Irgendwann erwachte Olivia aus ihren Träumereien. Sie blickte sich um und sah Ahmed am Ruder stehen, der seinen Blick abwechselnd auf den Kompass oder die Segel gerichtet hielt. Tyndall war noch immer damit beschäftigt, Taue zu spleißen, und die Kupanger flickten Jutesäcke. Es wirkte alles so geordnet und beruhigend, und so lächelte sie Tyndall zu, der sie mit einem Griff an die Mütze grüßte. Vorsichtig über das Deck wankend, ging sie zu ihm, lehnte sich wortlos mit dem Rücken an die Bordplanken und schaute ihm beim Spleißen der Taue zu.

Sie gingen für die Nacht vor Anker, und im Licht des Mondes und dem Schein einer Schiffslaterne bereitete Ahmed ihnen ein Mahl aus Reis, Fisch und Gemüse mit einer würzigen Soße. Während sie an Deck saß und von dem einfachen Blechgeschirr aß, während sie dem Klatschen der Wellen am Rumpf lauschte und die hellen Sterne über sich sah, fand Olivia, dass dies das köstlichste Mahl seit langem war. Die Seeluft hatte sie müde gemacht, und so schlüpfte sie bald in ihre Kabine, öffnete das Bullauge und fiel sofort in einen tiefen, gesunden Schlaf. Ahmed und Tyndall lagen an Deck in ihren Hängematten und plauderten leise auf Malaiisch und Englisch.

Erst nach zwei Tagen auf See sprach Olivia ihr Anliegen aus und bat Tyndall, kurz in Cossack anzulegen, damit sie das Grab ihres Babys besuchen konnte. Tyndall war sofort einverstanden.

Olivia betrat den einsamen kleinen Friedhof, wo ihr Sohn vor einer Ewigkeit, wie ihr nun schien, in aller Form begraben worden war. Das kurze Zwischenspiel in Cossack barg für sie nur traurige Erinnerungen, und sie dankte noch einmal dem Himmel, der ihr John Tyndall geschickt hatte. Broome und der Perlenhandel hatten ihr über den Verlust ihres Sohnes hinweggeholfen, aber sie brauchte diese kurze Andacht an seinem Grab, musste ihm mit dieser kleinen Geste zeigen, dass er nicht vergessen war.

Tyndall trat einen Schritt zurück, während Olivia vor dem kleinen Grabhügel auf die Knie ging und am Fuß des kleinen Grabsteins einen Wildblumenstrauß ablegte. Bei dem Gedanken an all die vielen Dinge, die sie nie mit James würde tun oder teilen können, kamen ihr die Tränen. Sie verharrte eine Weile im stillen Gebet, streichelte versonnen den kleinen Grabhügel und hauchte zum Abschied einen Kuss auf den Grabstein. Tyndall half ihr auf und nahm ihren Arm. Schweigend gingen sie zur Straße zurück, wo das gemietete Sulky auf sie wartete.

Die restliche Fahrt verbrachte Olivia meist zurückgezogen im Schatten der Segel, von wo sie mit leerem Blick auf das Meer und die vorbeiziehende Küste starrte. Ahmed brachte ihr von Zeit zu Zeit wortlos etwas zu essen und zu trinken und erntete meist nur ein kurzes Nicken oder die Andeutung eines dankbaren Lächelns. Tyndall hielt sich ebenfalls auf Distanz. Er hatte Verständnis für den Aufruhr ihrer Gefühle und wollte ihr Zeit lassen.

Eines Mittags gelangten sie zu dem kleinen Küstenstrich, wo sich eines ihrer Behelfslager befand, und gingen vor Anker. Als Ahmed sie ans Ufer ruderte, ertönten Willkommensrufe aus dem Busch, und schon waren sie von Aborigines umringt, die aufgeregt Grußworte und Neuigkeiten schnatterten.

Erfreut entdeckte Olivia unter ihnen die Frauen und Männer, die ihr in ihrer größten Not beigestanden hatten, und wechselte rasch einen Blick mit Tyndall. Darauf erklärte er ihnen in ihrer Sprache, was Olivias Baby widerfahren war. Die Frauen antworteten mit schnalzenden Lauten und einem Schwall von Worten, die Tyndall Olivia mit leiser Stimme übersetzte. »Die Frauen sagen, Ihrem Baby geht es gut, es ist an seinen Platz in der *Traumzeit* zurückgekehrt.«

Der Schmerz drohte Olivia erneut zu überwältigen. Mühsam unterdrückte sie ein Schluchzen und suchte Halt an Tyndalls Arm, bis sie sich wieder gefasst hatte. »Bitte, sagen Sie ihnen, dass ich sehr dankbar für diese Mitteilung bin.« Sie zögerte einen Moment, ehe sie fortfuhr: »Sagen Sie ihnen, ich bin sehr froh, dass sie James in die *Traumzeit* geleitet haben.«

Die Frauen nickten zufrieden, nahmen Olivia an der Hand und führten sie zu einem riesigen Regenbaum. In seinem Schatten bildeten sie einen Kreis und begannen das uralte Ritual des Wehklagens und Trauerns. Olivia saß leise schluchzend dabei, sie empfand nichts als eine entsetzliche Leere in sich. Doch als die Gesänge und das Wehklagen endeten, war ihr, als ob sie aus dem geteilten Schmerz neue Kraft gewonnen hätte, und sie empfand tiefe Dankbarkeit diesen Menschen gegenüber.

Am Strand war unterdessen damit begonnen worden, die Vorräte mit Hilfe der Aborigines an Land zu schaffen. Tyndall äußerte sich nicht zu der Zeremonie, er betrachtete sie als Frauensache und fand es klüger, sich nicht einzumischen. So beschränkte er sich auf die Mitteilung, dass die Verhandlungen über das Muschelsammeln erfolgreich waren und die Männer in zwei Tagen mit der Arbeit beginnen würden. Die Verzögerung hatte offenbar mit den Vorbereitungen zu irgendeiner Stammeszeremonie zu tun.

»So eine Zeremonie kann um nichts in der Welt verschoben werden«, knurrte Tyndall. »Entweder wir richten uns nach ihrem Zeitverständnis, oder wir können nicht arbeiten.«

»Zeit scheint hier keine Rolle zu spielen«, meinte Olivia nachdenklich.

»Ein ganzer Teil unserer Welt spielt hier keine Rolle«, bemerkte Tyndall und machte sich wieder ans Entladen des Dinghis.

Olivia setzte sich in den Sand, und während sie dem Treiben zuschaute, sann sie über Tyndalls letzte Bemerkung nach und darüber, wie selbstverständlich sie sich auf die Trauerzeremonie der Aborigines eingelassen hatte, die für sie ein bewegendes Erlebnis gewesen war. Sie hatte bei dieser Zeremonie eine Art Läuterung der Seele erfahren und fühlte sich nun von ihrer inneren Last befreit. Seit sie James in Sicherheit wusste, war der Gedanke an ihn nicht mehr so schmerzhaft für sie.

Als die Eingeborenen zur Arbeit bereit waren, warteten sie, bis die Ebbe einsetzte. Dann zogen sie über die Korallen und den schlickigen Meeresgrund und füllten in den wenigen Stunden, da der Schlamm zugänglich war, ihre Körbe mit Muscheln. Einige wanderten im seichten Wasser umher und bückten sich nach den Muscheln, die sie mit geübtem Blick erkannt oder mit den Füßen ertastet hatten. Ein paar Männer und zwei junge Frauen ruderten mit dem Dinghi ein Stück hinaus, sprangen ins Wasser und suchten den Grund nach Muscheln ab. Wieder andere tauchten direkt vom Logger aus drei oder vier Faden tief und brachten reiche Beute an die Oberfläche.

Tyndall sah den Arbeiten mit zufriedener Miene zu. »Sie sind geborene Taucher«, erklärte er Olivia. »Aber früher sind sie maßlos ausgenutzt worden. Richtiggehend missbraucht. Vor zwanzig, dreißig Jahren haben die ersten Perlenhändler, besser gesagt, die skrupellosesten unter ihnen, die Eingeborenen einfach geknidnappt und sie bis zum Umfallen zum Perlentauchen gezwungen. Auch die Frauen. Von den Frauen hieß es sogar, dass sie besser tauchten als die Männer.«

Olivia war entsetzt. »Das muss ja furchtbar gewesen sein. Warum haben die Behörden das nicht verhindert?«

»Haben sie ja. Zumindest haben sie im Parlament ein Gesetz erlassen. Der Arm des Gesetzes mag ja lang sein, nur reicht er manchmal nicht bis in diese Breiten. Zumindest haben sie die Versteigerungen für Aborigines und Insulaner verboten. Es gab hier richtige Sklavenmärkte.«

»Benutzen die Eingeborenen die modernen Taucheranzüge auf den Loggern?«

»Manche von ihnen ja, aber andere können besser damit umgehen, besonders die Japaner und die Malaien. Die Aborigines lassen doch bei der ersten Gelegenheit alles stehen und liegen und hauen ab. Geld ist für sie nicht so wichtig. Wie die Zeit«, fügte er mit einem Schmunzeln hinzu.

»Und die Malaien?«, wollte Olivia wissen.

»Sind wie alle Menschen Ostindiens, keine schlechten Arbeiter, aber ein wenig träge. Nur ab und zu werden sie gefährlich mit ihren gemeinen Dolchen. Haben im Lauf der Jahre ein paar Kapitäne aufgeschlitzt. Und mussten dafür hängen.«

»Ahmed scheint sehr an seinem Dolch ... äh, *kris,* zu hängen.«

»Machen Sie sich um den keine Sorgen«, beschwichtigte Tyndall sie. »Ahmed ist anders.«

Der Wind wehte nun aus einer anderen Richtung, und Olivia zuckte förmlich zusammen, als ein widerlicher, beißender Gestank auf sie einwehte. Ahmed und Tyndall bogen sich vor Lachen, weil sie das Gesicht verzog.

»Der Stinktopf«, erläuterte Tyndall. »Kommen Sie, das müssen Sie sehen.«

Er reichte ihr ein sauberes Taschentuch, das sie sich vor die Nase hielt, während sie den Männern folgte.

In der heißen Sonne standen zwei Holzbottiche, und als einer der Männer mit einem langen Stock darin herumrührte, stieg ein ekelhafter Faulgestank auf. Jeder Bottich war mit Salzwasser und kleinen Perlmuscheln gefüllt, die in der Hitze anfingen zu gären und sich zu zersetzen. Während das Muschelfleisch verrottete, fielen die Perlen auf den Grund des Bottichs und konnten später herausgeholt werden.

»Ziemlich stinkig, aber effektiv«, meinte Tyndall lakonisch. »Die großen Muscheln werden an Bord oder an Land geöffnet.«

Am späten Nachmittag half Olivia, die mit Muschelschalen randvoll gefüllten Körbe zum Dinghi zu schleppen, mit dem die Kupanger zum Logger ruderten. Sie war barfuß, hatte sich ihre Hosen bis zum Knie aufgekrempelt und schien die körperliche Arbeit zu genießen. Obwohl sie ihren Strohhut trug, war ihr Gesicht von Sonne und Wind gerötet.

Am Abend saßen sie alle rund um das Lagerfeuer, die Aborigines sangen und summten ihre traditionellen Lieder, begleitet vom rhythmischen Klappern und Klopfen der geschnitzten Klangstöcke und Bumerangs. Es ging eine hypnotische Wirkung von dieser Musik aus, und Olivia merkte, wie ihre Lider schwer wurden. Tyndall gab Ahmed flüsternd ein paar Anweisungen, und dieser stand leise auf und führte Olivia zu einem der Dinghis. Während sie zum Logger hinausruderten, lauschte Olivia schläfrig dem rhythmischen Ruderschlag, und als die Umrisse der *Bulan* im fahlen Mondlicht auftauchten, kam sie ihr vor wie ein Geisterschiff. Am Strand flackerte das Licht des Lagerfeuers über schattenhafte Gestalten, und die wehmütige Musik klang über das Wasser zu ihr herüber.

»Was singen sie da, Ahmed?«

»Sie singen das Lied ihres Volkes. Sie singen immer von ihrem Volk und von ihrem Land. Sind schon sehr lange hier, Mem.«

Olivia schlüpfte in ihre Koje und schlief mit einem seligen Gefühl der Geborgenheit ein.

Am Morgen verriet die Betriebsamkeit an Bord, dass man sich auf der *Bulan* bereitmachte, in See zu stechen. Olivia bemerkte enttäuscht, dass sie keine Gelegenheit mehr haben würde, sich von ihren Eingeborenenfreunden zu verabschieden. Sie wollten gerade den Anker lichten, da sah sie von der Reling aus zwei Einbäume näher paddeln. Ahmed und Tyndall gingen nach Steuerbord und winkten den beiden Kanus zu.

»Was wollen sie?«, fragte Olivia, die sich zu ihnen gesellt hatte.

»Sie wollen sich nur verabschieden, wir werden sie eine ganze Zeit lang nicht wiedersehen«, meinte Tyndall und hob die Mütze zum Gruß.

Die Männer im ersten Kanu riefen etwas und winkten. Im zweiten Kanu saßen ein älterer Mann und die zwei Frauen, die Olivia als ihre Wohltäterinnen erkannte. Sie machten Zeichen, dass sie näher herankommen wollten, und während sie mit ihren Kanus sanft an den Bug der *Bulan* stießen, warfen sie ein kleines Bündel an Deck und riefen einen Gruß hinterher.

Tyndall nahm das in Schilf gewickelte Bündel auf. »Sie sagen, es ist ein Geschenk für Sie. Ein Glücksbringer.«

»Oh, ich würde ihnen so gerne auch was schenken. Sagen Sie ihnen das und meinen herzlichen Dank.« Olivia war zutiefst gerührt.

Tyndall richtete es aus, und die Frauen riefen etwas zurück, das er Olivia übersetzte. »Die Frauen hätten gerne Ihren Strohhut. Könnten Sie sich davon trennen?«

»Aber gewiss«, strahlte Olivia.

Tyndall nahm ihr den Hut vom Kopf und warf ihn geschickt zu den Frauen hinunter, die sich regelrecht darum balgten. Olivia amüsierte sich köstlich beim Anblick der halb nackten Wilden, als die Siegerin sich triumphierend den Strohhut um ihren buschigen Haarschopf band.

Zufrieden wendeten die Frauen das Kanu und paddelten zurück. Als der Einbaum in weiter Entfernung war, lichtete die *Bulan* den Anker und setzte die Segel. Olivia blieb an Deck stehen und schaute zurück, bis die Küste nur noch ein schmaler Streifen am Horizont war.

Dann machte sie sich daran, das kleine Paket auszuwickeln. Verwundert schaute sie auf das mit einem grünbraunen Muster verzierte Armband aus geflochtenem Gras. Sie streifte es über ihr Handgelenk. Es war zu weit.

»Es ist ein Amulett, ein Symbol ihres Familienclans«, erklärte Tyndall. »Es soll Glück bringen.«

»Es ist wunderschön«, murmelte Olivia und schob es über ihren Blusenärmel. »Ich werde es in Ehren halten.«

Sie empfand eine wachsende Zuneigung zu diesen Frauen, weil sie merkte, dass sie ihr wohlgesonnen waren und ihr auf ihre Weise helfen wollten. Dieses Bewusstsein vermittelte ihr ein Gefühl des Wohlbehagens und der Geborgenheit. Ihre Freundschaft war etwas Besonderes, und Olivia würde alles daransetzen, die Frauen wiederzusehen.

Eine steife Brise hatte sich erhoben, und der schwer beladene Logger kämpfte sich mühsam voran. Da das Deck häufig überspült wurde und glatt war, verzog Olivia sich unter Deck in die Kabine. Tyndall musterte die dunkle Wolkenbank am nördlichen Horizont und klopfte gegen das Barometer. »Es fällt«, sagte er leise auf Malaiisch. »Das gefällt mir gar nicht. Wenn es noch mehr fällt, müssen wir irgendwo Schutz suchen.«

»Langer Weg bis zu einer Bucht, Tuan.«

»Gib mir die Karte.«

Olivia, die sich auf ihrer Koje ausruhte, schreckte auf, als das Schiff den Kurs änderte und heftig zu schlingern anfing. Sie stolperte die Stufen an Deck hinauf. »Was um alles in der Welt ist los?«

»Wir fahren weiter aufs Meer hinaus.« Tyndall zeigte auf die dunklen Wolken, die sich im Norden zusammenbrauten. »Das gibt ein Unwetter. Ich versuche, eine Insel anzulaufen, die ich kenne. Reine Vorsichtsmaßnahme.« Genau in diesem Moment erfasste ein gewaltiger Brecher das Schiff und brachte es erneut zum Schlingern.

Olivia schrie auf.

»Aber, aber, nur keine Panik. Wir sinken schon nicht, aber wir werden uns notgedrungen von einem Teil der Ladung trennen müssen.« Er brüllte den Männern etwas zu, worauf diese die Vertäuung durchschnitten und die Muschelsäcke über Bord warfen. »Gut so, jetzt die Segel«, rief er, sobald die Männer fertig waren. »Olivia, an Deck«, kommandierte er. »Ich werde die *Bulan* jetzt in den Wind drehen. Sie nehmen das Ruder und halten sie im Wind, während wir die Segel einholen.«

Sie kletterte aus der Luke und taumelte über das Deck nach achtern zu Tyndall, der die *Bulan* in den Wind wendete, bis die Segel wild flatterten. Mit wachsender Panik übernahm sie das Ruder und wiederholte sich, was Tyndall ihr gezeigt hatte, als sie in der Bucht vor Anker gingen. So hielt sie das Schiff die wenigen Minuten auf Kurs, die die Mannschaft zum Reffen der Segel benötigte.

Mit einem Satz war Tyndall wieder neben ihr, drehte das Ruder und sofort blähten sich die kleineren Segel. Der Logger, der sich nun wesentlich besser steuern ließ, rauschte nach Westen.

Tyndall drehte sich mit zufriedener Miene zu Olivia um. »Danke. Sie sehen bezaubernd aus, wenn Sie nass sind.«

Erst da wurde ihr bewusst, dass ihre Kleider klatschnass am Körper klebten und ihr Haar völlig zerzaust war. Sie überging seine Bemerkung und fragte nur besorgt: »Wie schlimm ist es?«

»Ich fürchte, das gibt einen Wirbelsturm. Wir kommen in die Monsunzeit, da muss man mit so was rechnen. Entweder der Sturm verzieht sich, oder die Hölle bricht los. Ich will kein Risiko eingehen. Ein paar Stunden entfernt kenne ich eine kleine Insel, da können wir Schutz finden. Sie gehen besser unter Deck.«

Obwohl er sich nichts anmerken ließ, konnte Olivia seine Spannung spüren. Sie vertraute jedoch auf sein seefahrerisches Können und stolperte gehorsam zu ihrer Kabine.

Stundenlang saß sie auf ihrer Koje und hörte auf das Tosen des Sturms und das Krachen der Wellen. Ihr wurde bang, als die Nacht hereinbrach und sie immer noch auf See waren. Aber irgendwann kam Tyndalls ersehnter Ruf: »Land ahoi!«

Die Insel lag wie ein schemenhaftes Gebilde hinter den Wellenbergen, doch die Einfahrt zu der schützenden Lagune war in der weißen Gischt der Brandung deutlich zwischen den Felsen auszumachen. Mit Wind von achtern schossen sie hinein und fanden sich alsbald inmitten einer ganzen Flotte von Loggern, die in der Bucht ankerten.

Sie gingen in sicherer Entfernung von den anderen Schiffen vor Anker, der Ankerkette ließen sie zur Sicherheit genug Spiel. Die Kupanger und Ahmed verkrochen sich im Vorderdeck, Tyndall kletterte in die Kabine und sicherte die Einstiegsluke.

In der stickig heißen Kabine brach Olivia bald der Schweiß aus. »Wenn man das Sturmgeheul hört, sollte man meinen, es müsste kalt sein, nicht heiß«, murmelte sie.

»Es wird noch schlimmer kommen. Ich fürchte, wir werden einige Zeit hier drin verbringen müssen«, sagte Tyndall. »Trinken Sie ein bisschen Wasser. Im Auge des Zyklons wird es eine Weile ruhiger werden, bis die zweite Hälfte des Sturms hereinbricht. Aber zumindest wissen wir dann, dass die erste Hälfte überstanden ist«, schloss er mit einem Grinsen.

Während sie, wie es schien, endlose Zeit dasaßen und

warteten, versuchte Olivia Tyndall über seine früheren Jahre in Irland auszufragen. Er wich ihr jedoch aus und erzählte stattdessen haarsträubende Geschichten von seinen Abenteuern als Walfänger.

Olivia hing wie gebannt an seinen Lippen und schüttelte immer wieder ungläubig den Kopf. »Das alles klingt wie aus einem Abenteuerroman. Was Sie alles schon erlebt haben, Kapitän Tyndall. Werden Sie denn je ein normales Leben führen?«

»Was ist schon normal?«, kam seine Gegenfrage, und Olivia wollte gerade zu einer Antwort ansetzen, als der Sturm plötzlich aufhörte.

Die Ruhe und Stille im Auge des Zyklons war eigentümlich beklemmend, und sie verharrten beide in bangem Schweigen. Und dann, als ob jemand eine Tür aufgerissen hätte, kehrte der Sturm zurück.

Von der stickigen Luft und dem Schlingern des Schiffs wurde Olivia allmählich übel, und sie begann, ihren Entschluss zu dieser Reise zu bereuen. Sie streckte sich auf der Koje aus und versuchte, an alles Mögliche zu denken, nur nicht an ihre missliche Lage.

Als sie schon glaubte, es keine Sekunde länger in der Kabine auszuhalten, war der Sturm vorbei. Alle stürzten an Deck, atmeten dankbar die frische Luft und überprüften, ob das Schiff irgendwelche Schäden davongetragen hatte. Ahmed und Tyndall wechselten einen zufriedenen Blick, beide waren froh, dass die *Bulan* diesen Härtetest unbeschadet überstanden hatte.

Sie verbrachten alle eine unruhige Nacht, weil die Insekten und Stechmücken aus den nahen Mangrovenhainen über sie herfielen.

Am Morgen bereitete Ahmed ihnen ein Frühstück aus süßem Reis mit Dörrobst, das sie an Deck zu sich nahmen.

»Auf den anderen Schiffen scheint alles so ruhig«, bemerkte Olivia. »Offenbar sind die Leute an Land geblieben.«

»Wir werden nachher mal nachsehen, wenn wir untersucht haben, ob an der *Bulan* alles in Ordnung ist«, meinte Tyndall.

Während die Männer an Deck beschäftigt waren, räumte Olivia die kleine Kombüse auf und fragte sich, wie Ahmed es fertig brachte, auf so beengtem Raum mit nur einem Spirituskocher ganze Mahlzeiten zu zaubern. Sie wusch sich in einem Wassereimer, zog sich frische Sachen an und band sich wegen der Hitze das Haar hoch. Dann holte sie einen kleinen Tiegel mit nach Rosenblüten duftender Gesichtscreme hervor und cremte sich damit ein. Ihre Haut tönte sich von Tag zu Tag dunkler.

Am späten Vormittag ließen Tyndall und Ahmed das Dinghi zu Wasser und ruderten mit Olivia ans Ufer. Dort folgten sie einem sandigen Pfad durch den Busch, bis sie plötzlich Stimmen, Rufe und Gelächter hörten. Tyndall und Ahmed, die vorangingen, blieben erschrocken vor einer kleinen Lichtung stehen.

Ehe Olivia etwas erkennen konnte, reichte Tyndall ihr seine verknautschte Mütze. »Setzen Sie die auf und ziehen Sie sie tief in die Stirn. Sagen Sie kein Wort und bleiben Sie in Deckung«, befahl er.

Aufgrund seines barschen Tons wagte sie keine Widerrede, versuchte aber, an den Männern vorbeizuspähen, die sich im Schutz der Bäume hielten.

Als sie sah, was sich da vor ihnen abspielte, fuhr Olivia sich entsetzt mit der Hand an den Mund.

Mitten auf der Lichtung war eine hölzerne Plattform errichtet, auf der aneinander gefesselt sechs nackte Frauen standen. Sie waren unterschiedlichen Alters, vier von ihnen waren Aborigines, eine halb Chinesin, halb Aborigine, die jüngste von ihnen war ein Mischlingsmädchen von unglaublicher exotischer Schönheit. Beim Anblick ihrer erschrockenen dunklen Augen und ihres geschmeidigen Körpers musste Olivia an ein verängstigtes Reh denken.

»Was geht da vor?«, wisperte sie.

»Das ist ein *barracoon* … ein Sklavenmarkt. Hätte nicht gedacht, dass es so was noch gibt.«

Olivia war entsetzt.

Ahmed wies mit dem Kopf in eine Richtung. »Da ist der Boss, Tuan. Der macht überall nichts als Ärger.«

Er deutete auf einen Mann inmitten einer Schar weißer Männer, die sich um die Plattform drängten und die Frauen taxierten wie Pferdehändler. Er war von gedrungener, kräftiger Statur. Ein buschiger Vollbart bedeckte das braun gebrannte Gesicht, und in einem Ohr trug er einen goldenen Ohrring. Auf seinem Kopf saß ein Strohhut aus Palmwedeln. Mit dem langen Peitschenstiel über der Schulter und dem Revolver im breiten Gürtel bot er einen bedrohlichen Anblick.

»Karl Gunther«, zischte Tyndall.

»Wie gemein er aussieht«, wisperte Olivia.

Der Mann begann, die Frauen mit dem langen Bambusgriff der Peitsche zu traktieren, sie in den Hintern zu pieken, ihnen zwischen die Beine zu fahren und gegen die Brüste zu schnippen. »So, Leute, tretet vor«, dröhnte er. »Ihr habt die Ware lang genug begutachtet. Nun wollen wir sehen, wer diese zauberhaften Damen heute Abend nach Hause begleitet!« Mit einem derben Lachen sprang er auf die Plattform. Die Männer scharten sich um ihn und begannen zu bieten.

Ahmed sagte hastig auf Malaiisch ein paar Worte zu Tyndall, worauf dieser zustimmend nickte.

»Komme ich zu spät, oder ist frisches Blut noch willkommen?« Tyndall trat auf die Lichtung, während Ahmed und Olivia sich tiefer in den Schutz der Bäume duckten.

Gunther blickte dem hoch gewachsenen Mann entgegen und bemerkte hinter ihm unter den Bäumen auch den

Malaien und die andere Gestalt in der weiß-schwarzen Kluft. »Kein Geringerer als Kapitän Tyndall. Frisches Blut, frisches Geld ist immer willkommen«, rief er.

Aus Gunthers feindseligem Blick und seinem höhnischen Tonfall schloss Olivia, dass sich die Wege der Männer schon früher gekreuzt haben mussten und dass sich die beiden nicht gerade wohlgesonnen waren.

Nun wurde mit der Versteigerung begonnen, und die kräftigste Frau wurde als Erste verkauft. Nachdem Gunther das Geld in Empfang genommen hatte, riss er der Frau die Fesseln ab und händigte sie ihrem neuen Besitzer aus.

Olivia war entsetzt. »Das ist einfach barbarisch. Warum können die Frauen sich nicht wenigstens bedecken? Eine Schande ist das!«

»Seien Sie still, Mem. Wenn die Sie hier entdecken, könnten wir in große Schwierigkeiten kommen«, warnte Ahmed.

Tyndall stand mit verschränkten Armen dabei und verfolgte das Geschehen, ohne mitzubieten. Zwei Frauen waren noch übrig, das hübsche Mischlingsmädchen und eine trotzige Aborigine, die die Männer mit geballten Fäusten böse anblitzte.

»Die macht Ärger. Ein wildes Luder«, bemerkte einer der Männer laut.

»Umso größer der Spaß, sie zurechtzustutzen«, konterte Gunther.

Das junge Mischlingsmädchen hielt den Kopf gesenkt. Das lange, glatte schwarze Haar fiel ihm ins Gesicht und bedeckte kaum die jungen runden Brüste.

»Da ist sie. Unser Sahnestückchen. Eine kleine schwarze Jungfrau, gerade reif zum Pflücken«, grölte Gunther. Er wusste, diese hier würde einen stolzen Betrag erbringen, und er hatte sogar schon überlegt, sie für sich selbst zu behalten. Allerdings besaß er keinen Logger mehr, und weder im Bett noch im Geschäft hatte er Bedarf an einer unerfahrenen Frau. Da draußen gab es noch mehr von der Sorte.

Obwohl Geschäfte dieser Art inzwischen verboten waren, betrieb er sie weiterhin als lukrativen Nebenerwerb. Wenn die Frauen als Taucherinnen oder Bettgespielinnen ausgedient hatten, konnten die Männer sie immer noch als Dienstboten verschachern oder an Bordelle verkaufen. Die wenigsten Frauen brachten dann noch die Kraft oder den Mut auf wegzulaufen, doch im Moment hatten diese erbarmungswürdigen Geschöpfe noch keine Ahnung, welch trauriges Schicksal sie erwartete.

Um die Jungfrau wurde hart gefeilscht, und Tyndall hielt sich zunächst zurück. Schließlich, als nur noch zwei Männer mitsteigerten, griff er ein und verdoppelte das zuletzt genannte Gebot, was sogar Gunther aufhorchen ließ.

»Er wird dieses Mädchen nicht kaufen!« Olivia war außer sich.

Ahmed legte ihr beschwichtigend die Hand auf den Arm. »Ich habe ihn gebeten, sie zu retten. Sie ist aus Makassar. Von meinem Volk.«

Einer der Männer machte ein halbherziges Gegengebot, wohl wissend, dass es sinnlos war. Tyndall würde sich nicht überbieten lassen. Gunther wartete ab, ob sich der Preis noch einmal verdoppelte, aber die Männer schüttelten den Kopf.

»Gut, sie gehört Ihnen, Kapitän Tyndall«, knurrte er ungehalten. »Viel Spaß mit ihr.«

Nachdem Tyndall den Preis entrichtet hatte, führte er das Mädchen auf die Seite und löste ihm die Handfesseln. Dann zog er sein Hemd aus und legte es dem Mädchen um die Schultern. Sie raffte das Hemd vor ihrer Brust zusammen und folgte ihm, ohne den Blick vom Boden zu heben. Gunther sah ihnen mit finsterem Gesichtsausdruck nach. Er traute Tyndall nicht über den Weg, womöglich würde der ihn noch auffliegen lassen, auch wenn er selbst an dem illegalen Handel teilgenommen hatte. Er würde dem zuvorkommen und sich für eine Weile in dieser Gegend nicht mehr blicken lassen.

Tyndall schickte Ahmed mit den beiden Frauen im Dinghi voraus. Olivia kletterte zuerst an Bord, gefolgt von dem Mädchen, das unsicher stehen blieb, als Olivia Tyndalls Mütze vom Kopf nahm. Schließlich überwog seine Neugier an der weißen Frau. Es musterte Olivia eingehend und wagte dann ein scheues Lächeln.

Ahmed hatte bereits wieder mit dem Dinghi abgelegt, um Tyndall zu holen. Olivia nahm das Mädchen an der Hand und wollte es unter Deck bringen, doch beim Anblick der offenen Luke, die offenbar in ein dunkles Loch führte, riss sich das Mädchen los und sprang über Bord.

Mit einem Schrei stürzte Olivia an die Reling. Über die Bordwand gebeugt, sah sie den Kopf des Mädchens in den Wellen auftauchen. Tyndall war bereits ins Wasser gesprungen und kraulte auf das Mädchen zu, das versuchte, zur anderen Seite zu entkommen. Als er nach ihm greifen wollte, schlug es mit den Fäusten auf ihn ein und trat nach ihm. Schließlich gelang es ihm, es unter Wasser zu packen. Er hielt es unter den Achseln umklammert und schwamm mit kräftigen Rückenstößen zum Dinghi zurück. Ahmed half ihm, das strampelnde Mädchen ins Boot zu hieven. Er versuchte, es zu beruhigen, und rief auf Malaiisch: »Wir wollen dir helfen! Wir sind Freunde.«

»*Kawan?*«, wiederholte das Mädchen zaghaft.

Olivia betrachtete die tropfnasse Gestalt. »Ahmed, frag sie, wie sie heißt.«

»Ihr Name ist Niah«, erklärte er nach ein paar hastig gewechselten Worten.

»Niah«, wiederholte Tyndall nachdenklich. »Na gut, Niah. Jetzt wissen wir wenigstens, dass du schwimmen kannst. Könntest eine gute Taucherin abgeben.«

»Was?«, explodierte Olivia. »Ich dachte, Sie wollen sie gehen lassen!«

»Na, hier auf keinen Fall. Gunther würde sie sofort wieder einfangen. Außerdem habe ich einen stolzen Preis für sie bezahlt.« Er lachte der wütenden Olivia ins Gesicht. Dann wandte er sich dem Mädchen zu. »Also, Niah, was sollen wir mit dir machen?«

Er sprach malaiisch, und das Mädchen erwiderte etwas mit einem Lächeln, das Olivia nicht zu deuten wusste. »Was hat sie gesagt, Ahmed?«

Der drehte sich grinsend weg. »Nichts, Mem.«

Tyndall zog die Augenbrauen hoch und übersetzte. »Sie hat mir ein Angebot gemacht, das ein Mann nicht so leicht ablehnen kann. Wären Sie wohl so freundlich und gäben ihr was zum Anziehen?«

Mit einem vernichtenden Blick stampfte Olivia an den dreien vorbei in ihre Kabine, um dem Mädchen etwas zum Anziehen zu holen.

Die Insel lag nun hinter ihnen. Olivia saß an Deck, sie hatte die Arme um die Knie geschlungen und beobachtete Niah, die sich gelassen im Schneidersitz das lange Haar flocht. Da bemerkte Olivia den verzierten Perlmuttanhänger an ihrem Hals. Sie sah genauer hin und entdeckte zu ihrer Verblüffung dasselbe Muster wie auf dem Armband, das ihr die Frauen geschenkt hatten. Ahmed und die Kupanger waren mit dem Aufbrechen der Perlmuscheln beschäftigt, und Tyndall stand fröhlich pfeifend am Ruder, während die *Bulan* Kurs auf Broome nahm.

Neuntes Kapitel

Kapitän Tyndalls Rückkehr nach Broome mit einer wunderschönen jungen Schwarzen blieb in der Stadt nicht unbemerkt. Ebenso wenig die Tatsache, dass Mrs. Hennessy ihn auf der Reise begleitet hatte.

Gefolgt von Ahmed mit dem Gepäck, gingen die beiden Frauen gemessenen Schrittes den Landesteg entlang, nachdem die *Bulan* festgemacht hatte. Niah hielt sich dicht hinter Olivia, die nun wieder ihre schlichte Tageskleidung trug. Scharfe Augen aber, die die kleine Prozession beobachteten, erkannten in Niahs weißem ›Kleid‹ einen Unterrock, der wohl von Olivia stammen musste.

Tyndall bildete die Nachhut. Er pfiff fröhlich und trug seine abgeschabte Ledertasche mit Dokumenten, Geld, Perlen und der unvermeidlichen Flasche Whisky.

Als sie das Ende des Stegs erreichten, kam Conrad zu ihrer Begrüßung auf sie zugeeilt. Er umarmte Olivia, warf über ihre Schulter einen Blick auf Niah und sah Tyndall mit hochgezogenen Brauen an. Tyndall antwortete mit einem Augenzwinkern.

»Meine Liebe! Ich habe euch ankommen sehen. Was für eine Erleichterung, dass du wohlbehalten heimgekehrt bist. Ich habe gehört, dass unten an der Küste ein schwerer Sturm ausgebrochen ist.« Conrad ließ Olivia los und legte ihr die Hände auf die Schultern. »Hat es dir gefallen?« Ihre funkelnden Augen, ihre geröteten Wangen und ihr entspanntes Lächeln beantworteten seine Frage.

»Oh, sie hat Ihnen jede Menge zu berichten«, bemerkte Tyndall.

»War das Ganze denn erfolgreich?«, fragte Conrad.

»Aber ja – trotz eines kleinen Verlusts unterwegs, als wir Ballast abwerfen mussten«, antwortete Tyndall. »Ihre Frau war den widrigen Umständen bestens gewachsen. Ich kenne nicht viele Frauen, die sich unter derartigen Verhältnissen so tapfer gehalten hätten.«

»Und sie wurde nicht seekrank oder stand Ihnen im Weg herum?«, neckte Conrad.

»Nein, Conrad. Einmal habe ich sogar das Ruder übernommen«, erwiderte Olivia beleidigt.

»Sie werden alles genauestens erfahren, aber schenken Sie sich erst einmal einen Rum ein«, rief Tyndall. »Schön, Sie an Bord gehabt zu haben, Mrs. Hennessy, durch Sie ist die Fahrt zu einem unvergesslichen Erlebnis geworden.« Wieder pfeifend schlenderte er davon, erleichtert über den glücklichen Ausgang der Reise, die in Wirklichkeit alles andere als problemlos gewesen war. Nachdem Olivia nunmehr ihren Willen durchgesetzt hatte, bezweifelte Tyndall, dass sie noch einmal mit auf See gehen würde.

Niah hatte die ganze Zeit ruhig daneben gestanden. Conrad bedachte sie mit einem neugierigen Blick.

Olivia winkte dem Mädchen, näher zu treten. »Conrad, das ist Niah. Sie kommt mit uns nach Hause.« Als sie seine Verblüffung sah, nahm sie seinen Arm. »Ich erkläre dir alles später.«

»Ich hole Sulky, Mem.« Ahmed reichte Conrad ihre Tasche und eilte davon.

Conrad senkte die Stimme. »Olivia, was geht hier vor? Ich finde das alles sehr merkwürdig. Im Klub musste ich mir so einiges einfallen lassen, um zu erklären, warum du die Fahrt mitgemacht hast. Man hatte ja Verständnis dafür, dass du James' Grab besuchen wolltest, aber ein paar Rechthaber meinten, es sei ›ein bisschen komisch‹. Wie soll ich eine Erklärung für dieses Mädchen finden?«

»Du brauchst nicht zu flüstern, Conrad. Sie versteht kein Englisch. Wir werden uns ein wenig um sie kümmern und einfach sagen, sie wäre mein Dienstmädchen und würde im Haus helfen.«

»Wohl etwas schwierig, wenn sie kein Englisch spricht und du nicht Malaiisch«, bemerkte Conrad spitz. Er warf ihre Tasche in das Sulky und half ihr beim Einsteigen.

»Dann werde ich wohl Malaiisch lernen müssen, oder? Ach, Conrad, warte doch erst mal, bis du ihre Geschichte gehört hast.«

Niah wurde in einem separaten Teil des Hauses in einem kleinen Zimmer bei den Dienstbotenräumen untergebracht, sehr zur Bestürzung des chinesischen Kochs. Er ahnte, dass es ihm zufallen würde, das Mädchen, das er als Wilde betrachtete, in die häuslichen Pflichten einzuweihen.

Olivia unterbrach den malaiischen Boy beim Staubwischen und trug ihm auf, Niah das Haus zu zeigen und sie auf ihr Zimmer zu bringen. Dann folgte sie Conrad auf die Veranda.

»Nun, Olivia, trink etwas Kühles und erzähl mir alles über dieses ... Abenteuer und wie es dazu kommt, dass wir eine neue ... äh ... Mitbewohnerin haben«, sagte Conrad.

Olivia ließ sich in den nächsten Sessel fallen und erzählte ihre Geschichte.

»Ach, Conrad, es war einfach schrecklich ... das arme Mädchen!«

Conrads Empörung über den *barracoon* – nicht auszudenken, welcher Gefahr Olivia ausgesetzt war – schlug um in Verärgerung über den neuen Zuwachs in ihrem Haushalt. Er sah darin ein weiteres Beispiel für das verwegene Draufgängertum seines schillernden Partners. Es beunruhigte ihn, dass seine Frau in die Sache verwickelt war und sogar geneigt schien, das Geschehene vor der Polizei zu verschweigen. Es gefiel ihm keineswegs, in die ganze Geschichte hineingezogen zu werden.

»Ich habe ernste Bedenken«, sagte er schließlich.

»Uns bleibt im Grunde keine andere Wahl«, erklärte Olivia entschieden. »Wir sagen aber nichts, bevor wir nicht heute Abend mit Kapitän Tyndall gesprochen haben.«

Tyndall erschien gegen Sonnenuntergang. Er und Conrad machten es sich auf der Veranda bei einer Flasche Rum und frisch gepresstem Limonensaft gemütlich.

Olivia gesellte sich zu ihnen. Sie trug ein luftiges geblümtes Musselinkleid und hatte ihr Haar im Nacken zu einem weichen Knoten geschlungen. Die Männer erhoben sich, als sie auf dem kleinen Korbstuhl Platz nahm.

»Wollen Sie mit uns zu Abend essen, Kapitän Tyndall?«, fragte sie. »Nun, da in diesem Haus wieder Frieden eingekehrt ist?«

»Das Mädchen hat einigen Tumult verursacht. Sie streitet mit dem Boy. Weiß Gott, worum es geht«, sagte Conrad mit besorgter Miene. »Hoffentlich macht sie keine Schwierigkeiten. Bleibt sie wirklich bei uns, oder haben Sie andere Pläne für sie?«

»Mit Ahmed zusammen wird mir schon etwas einfallen. In der Zwischenzeit kümmert sich Mrs. Hennessy um das Mädchen, wie sie mir versichert hat. Eine ideale Gelegenheit, Malaiisch zu lernen.«

»Genau das habe ich vor«, konterte Olivia seine Herausforderung.

»Sie und Ahmed werden in Zukunft keine Geheimnisse mehr vor mir haben«, setzte sie hinzu.

Tyndall hob sein Glas. »Darauf einen Toast! Und vielen Dank für Ihre Gesellschaft auf unserer Fahrt. Darf ich mir die Bemerkung erlauben, dass Sie heute Abend ganz bezaubernd aussehen.«

Olivia lächelte. Sie wusste, dass er bereits mehrere Glas Rum intus hatte und dass er mit dem Kompliment auf ihre spezielle Kluft auf der *Bulan* anspielte.

»Oh, vielen Dank übrigens für die Einladung zum

Abendessen, aber ich bin mit ein paar Freunden auf einen Schluck Whisky verabredet«, sagte Tyndall.

»Aha, gesellschaftliche Verpflichtungen?«, warf Conrad ein. Er fühlte sich bei der spaßhaften Unterhaltung etwas unbehaglich.

»Was das angeht, bin ich im Conti schon auf meine Kosten gekommen«, meinte Tyndall leichthin. »Meine Güte, wir sind wirklich das Gerede der ganzen Stadt.«

Conrad machte eine sorgenvolle Miene. »Ich hoffe nur, der Richter wird von Olivias kleinem Abenteuer nichts erfahren.«

»Die Leute reden immer. Ich schere mich nicht darum und lebe mein Leben«, sagte Tyndall.

»Das ist ja alles schön und gut, aber wenn man auf eine gewisse gesellschaftliche Stellung aus ist, muss man schon bedenken, was man tut. Man kann doch nicht einfach machen, was man will, egal, was die anderen denken.« Der Ausdruck auf den Gesichtern der anderen beiden verriet Conrad, dass seine Worte etwas zu pathetisch klangen.

»Willst du das denn, Conrad? Eine gesellschaftliche Stellung anstreben?«, fragte Olivia sanft. »Es tut mir Leid, wenn meine Handlungsweise dich in Verlegenheit gebracht hat.«

Tyndall warf Olivia einen fragenden Blick zu, merkte aber an dem tiefgründigen Leuchten in ihren Augen, dass ihr die Fahrt mit der *Bulan* kein bisschen Leid tat.

»Machen Sie sich darüber keine Gedanken, Conrad. Der Ruf Ihrer Frau ist unversehrt. Aber nun zum Thema. Wir sollten kurz über das Geschäft sprechen. Wir müssen endlich mit dem Tauchen nach Tiefseeperlen anfangen, und das bedeutet weitere Investitionen.«

»Was für Investitionen?«, fragte Conrad vorsichtig. Er wusste, dass die Gelder knapp wurden.

»Der Logger braucht eine neue Pumpe und neue Ausrüstung, und wir müssen mehr Raum für Mannschaftsunterkünfte schaffen. Der Schoner wird als Mutterschiff dienen. Außerdem müssen wir einen Taucher und einen Helfer finden.«

»Das fällt alles in Ihr Ressort«, sagte Conrad. Von Tyndalls Unternehmungsgeist angesteckt, fügte er hinzu: »Je mehr ich über das Perlengeschäft lerne, desto mehr gefällt es mir.«

»Es hat ihn gepackt«, erklärte Olivia und war froh, dass Conrads Bedenken und Einwände wie weggeblasen waren. Er schien geradezu berauscht von der Aussicht, wertvolle Perlen zu finden.

Wie schon so viele Männer vor ihm, war auch Conrad mittlerweile vom geheimnisvollen Zauber der Perlen erfasst. Er hatte angefangen, alles zu lesen, was er über das Perlengeschäft finden konnte, und sich mit zahlreichen Kennern über das Perlenfischen unterhalten. Die losen Kugel-, Barock- und Halbperlen in den Muscheln wurden als einfacher Zusatzverdienst betrachtet, doch in den tiefen Gewässern vor Broome fand man so viele, dass sie einen lukrativen Nebenerwerb zum Perlmutthandel darstellten. Nicht alle gesammelten Perlen wurden der Zollbehörde gemeldet, die Steuern darauf erhob und die Funde registrierte. Besonders wenn man gute Perlen fand, war die Versuchung groß, sie nicht zu deklarieren, sondern auf dem Schwarzmarkt zu verkaufen oder an Käufer in Singapur, Hongkong oder Melbourne zu schicken.

Erfreut berichtete Conrad von seinem eigenen kleinen Erfolg. »Während ihr weg wart, habe ich mich übrigens mit dem besten Perlenpolierer der Stadt angefreundet. Er heißt Tobias Metta und wird sich unsere Perlen ansehen.«

Tobias Metta war über Singapur von Ceylon nach Broome gekommen. Conrad hatte es sich zur Gewohnheit werden lassen, Toby in seinem bescheidenen Laden aufzusuchen. Die Werkzeuge auf Tobys Werkbank hatten es ihm angetan – eine Lupe, eine Goldfeile, die in einem Champagnerkorken steckte, ein Messer mit mehreren scharf geschliffenen Klingen, Feilbrett und Schraubzwinge, Schmirgelpapier, Rubinpulver, ein weiches Tuch und eine Waage.

Tobys rundes Gesicht, das so aussah, als hätte man es gerade geölt und poliert, verzog sich zur Begrüßung stets zu einem breiten Lächeln. Wahre Vermögen glitten durch seine Finger, und Hoffnungen wurden zerschlagen, während er vorsichtig Mängel ausbesserte, die die Schönheit und den Wert einer Perle minderten. Seine Kunstfertigkeit verdankte sich seinen Händen, überraschend gedrungenen Händen mit dicken Fingern, doch die Gelenkigkeit, Leichtigkeit und Flinkheit ihrer Bewegungen war dergestalt, dass man zwei tanzenden Geschöpfen zuzusehen glaubte, so behutsam drehten und wendeten seine Finger die Perle unter der Messerklinge oder der Feile. Wie ein Arzt stand auch der Perlendoktor im Ruf, heilende Hände zu haben. Doch Glück, Geschick und Urteilsfähigkeit waren genauso wichtig. Trotz der mühsamen Arbeit brachte Tobias Metta es beim Perlenschleifen noch immer fertig, die ganze Zeit über zu plaudern und zu kichern.

»Es liegt allein beim Besitzer, Mr. Hennessy, sofort mit einem kleinen Gewinn zu verkaufen oder abzuwarten, ob sich unter der Oberfläche eine Perle von vollkommener Schönheit verbirgt. Wenn diese Schönheit nicht vorhanden ist, kann ich sie auch nicht ans Licht bringen. Ich bin kein Zauberer«, lächelte Tobias. »Ich kann aber eine Perle schöner machen, deren wahre Qualitäten der Welt verborgen waren«, fügte er mit sichtlichem Stolz hinzu.

Conrad war überrascht, wie aus stumpfen Perlen manchmal in nur wenigen Minuten schimmernde, irisierende Schmuckstücke wurden. Verformte Perlen ergaben bisweilen wertvollen Schmuck, genauso oft aber konnten sie sich als wertlos herausstellen.

»Wie aufregend! Ich würde ihm liebend gern bei der Arbeit zuschauen«, rief Olivia aus. »Würde ihm das etwas ausmachen? Ich muss dich auf jeden Fall begleiten, wenn wir die Perlen abholen und mit dem Käufer verhandeln.«

»Toby nimmt es ziemlich gelassen, wenn Besucher ihm bei der Arbeit zuschauen. Er ist erstaunlich geschickt und sehr schnell. Es ist kaum zu glauben, dass er mit so wertvollen Gegenständen arbeitet, ein kleiner Ausrutscher kann alles zerstören«, sagte Conrad voller Bewunderung. »Ich werde euch morgen bekannt machen, meine Liebe.«

Tyndall stellte sein Glas ab und dankte ihnen beiden für ihre Gastfreundschaft. »Ach, übrigens, bevor ich gehe, würde ich gern mit Niah reden. Ich werde versuchen, sie zu beruhigen und ihr alles zu erklären. Kann ich sie sehen?«

»Ich wünschte nur, ich könnte mich ihr verständlich machen, ihr helfen. Sie scheint sich überhaupt nicht gut in unseren Haushalt einzugewöhnen«, seufzte Olivia.

Als die beiden Männer zum hinteren Teil des Hauses gingen, fragte Conrad: »Wie wild ist sie, John?«

»Alle Frauen können gelegentlich wild sein«, meinte Tyndall leichthin, wurde dann aber ernst. »Sie kommt aus Ostindien, Conrad. Das ist eine ganz andere Kultur als die der Schwarzen.«

Niah saß im Schneidersitz auf dem Feldbett in dem einfachen weiß getünchten Zimmer. Als sie Tyndall erblickte, warf sie ihm einen zornigen Blick zu und bestürmte ihn mit Fragen.

»*Lambat.* Langsam«, beschwichtigte Tyndall. Er wählte seine Worte mit Bedacht, und das Mädchen hörte ihm aufmerksam zu. Dann rief Tyndall nach Yusef, dem Boy, der draußen vor der Küche am Tisch der Dienstboten saß.

»Yusef, du musst ein Auge auf sie haben und ihr Freund sein. Mem Hennessy lässt Kleider für sie machen, da es vielleicht eine Weile dauern wird, bis wir sie nach Hause schicken können.«

Niah sprang auf und klammerte sich an Tyndall. Sie

weinte, und Tyndall konnte ihrem Wortschwall nur mit Mühe folgen. Er beruhigte Niah und wandte sich wieder an Yusef. »Sie will nicht nach Hause zurück? Was redet sie da von einem bösen Mann?«

Yusef übersetzte. »Tuan, sie sagt, sie wird altem Mann gegeben, schlechtem Mann, als Frau. Sie nicht will zu ihm.«

»Was ist mit ihrer Familie? Nimmt die sie nicht wieder auf? Kann sie irgendwo anders hin?«

Zur Antwort schüttelte Niah heftig den Kopf und umklammerte nervös den Muschelanhänger an ihrem Hals.

»Weißer Mann sie gestohlen und mit anderen auf Boot geschickt. Nicht zurück kann, Tuan«, sagte der Junge und sah Niah mitfühlend an.

»Hmm«, murmelte Tyndall. »Wie es scheint, können wir sie nicht zurückschicken.«

Conrad reagierte entsetzt und schüttelte nur mit dem Kopf. »Nun, wir können sie nicht einfach dabehalten oder gar auf die Straße setzen.«

Niah klammerte sich wieder an Tyndalls Hemd und bedrängte ihn mit einem erneuten Wortschwall.

Er schob ihre Hände fort. »Sie sagt, sie gehört jetzt mir, weil ich sie gerettet habe.«

»Oh«, ließ Conrad sich hören, er war restlos verwirrt angesichts der schwierigen Lage der Dinge.

Olivia hatte einen Teil der Unterhaltung aufgeschnappt, als sie näher kam, und sie fragte sich, was die ganze Aufregung sollte. »Nun, Sie können sie gewiss nicht behalten, Kapitän Tyndall. Wir werden mit jemandem von der Kirche reden müssen. Vielleicht sollte sie in eine Klosterschule gehen. Es wird doch sicher eine Mission geben, die sie aufnimmt.«

Tyndall presste die Lippen zusammen und verkniff sich eine Antwort. Er wandte sich wieder dem Mädchen zu und sprach leise und besänftigend auf es ein, bevor er Olivia bat, der Koch möge Niah etwas zu essen bringen. »Ich glaube, sie fühlt sich ein bisschen besser, nun, da sie ihrem Herzen Luft gemacht hat.«

Beim Hinausgehen wandte sich Olivia noch einmal nach dem Mädchen um. Niah wirkte immer noch aufgeregt, aber in ihrem Blick lag ein triumphierendes Glitzern.

Am nächsten Tag verkündete ein verkaterter Tyndall, dass er einen Taucher für die nächste Saison gefunden habe. »Ein Japse. Hat sich im Perlentauchen bewährt. Aber mein Gott, kann der Whisky trinken!«

Olivia zog die Augenbrauen hoch. »Kommen Sie mit zum Perlendoktor?«

Tyndall verzog das Gesicht, ließ sich in seinen Bürostuhl fallen und legte die Füße auf den Schreibtisch. »Heute Morgen ist mir nicht nach Tobias Metta zumute. Hört nie auf zu reden. Ist mir alles zu viel. Was den Perlenkäufer betrifft, so lautet mein Rat: Hart sein.«

»Machen Sie sich darüber keine Sorgen, John. Wir werden schon zurechtkommen«, sagte Conrad voller Selbstvertrauen.

Olivia war von der Atmosphäre in der Werkstatt des asiatischen Perlenpolierers begeistert. Er begrüßte sie überschwänglich, staubte eifrig einen Holzstuhl ab und rieb sich die Hände.

»Sehr gütig von Ihnen, meine bescheidene kleine Werkstatt zu besuchen, Mrs. Hennessy. Sie wird selten von der Anwesenheit einer Dame beehrt.« Er wippte auf den Fersen, lächelte und faltete die Hände vor seiner Brust. »Sie sind jederzeit höchst willkommen.«

Sein singender Akzent und seine übertriebene Höflichkeit belustigten Olivia, doch war er ihr sofort sympathisch. »Ich hoffe, wir werden einige wunderschöne Perlen zusammen machen, Mr. Metta.«

»Oh, in der Tat, Mrs. Hennessy, in der Tat. So wird es sicherlich sein. Sie haben bereits ein paar ausgezeichnete Perlen.« Er langte in eine Schublade und leerte aus einem etikettierten schwarzen Samtbeutel in blaues Seidenpapier gewickelte Perlen in seine Hand, die er dann einzeln auf dem Beutel auslegte. »Hier«, sagte er triumphierend.

Vier Perlen von intensivem goldenen und rosafarbenen Glanz strahlten wie Leuchtfeuer in einer mondlosen Nacht. Olivia verschlug es den Atem. »Oh, sie sind herrlich. Conrad, wie aufregend!«

»Es mussten nur ein paar Schichten entfernt werden«, erklärte Toby. »Eine relativ einfache Aufgabe. So als würde man eine Zwiebel schälen. Ein höchst glücklicher Anfang. Sie werden einen guten Preis erzielen, auch wenn sie nicht sehr groß sind.« Aus einem anderen Beutel leerte er zwei Dutzend kleinerer Perlen aus. »Ihr Kleingeld«, lachte er. »Vier habe ich verloren. Sie hatten Mängel bis zum Kern. Bitte vielmals um Entschuldigung.«

Sie zahlten seinen Lohn und nahmen seine Einladung zum *tiffin* am Sonntag an. Metta genoss unter den Perlenunternehmern von Broome einen solch untadeligen Ruf, dass alle Rassenvorbehalte vergessen wurden, wenn es darum ging, eine Einladung zum Mittagessen bei Toby und Mabel anzunehmen. Zum einen war das Essen gut, zum anderen passierte in Broome sehr wenig in Sachen Perlen, was Toby nicht zu Ohren kam, und gelegentlich ließ er diskret einige nützliche Informationen in die Unterhaltung einfließen.

Nachdem sie die Perlen in einem kleinen Ziegenlederbeutel sicher in Olivias Handtasche verstaut hatten, fuhren die Hennessys zum Hotel Continental weiter, um sich mit Monsieur Jules Barat, dem Perlenkäufer, zu treffen.

Nach den anfänglichen Begrüßungsfloskeln schloss Monsieur Barat sorgfältig die Tür hinter ihnen.

Der Perlenkäufer war von kleiner Statur und trotz seines vornehmen Gebarens noch recht jung. Er hatte eine große Hakennase und einen Spitzbart und trug eine goldumrandete Brille, die seine braunen Kulleraugen noch größer erscheinen ließ. Seine untadelige Kleidung stammte zweifellos aus dem Pariser Faubourg St. Germain, und seine unverwechselbare französische Art ließ ihn in Broome gänzlich fehl am Platz erscheinen.

Sie setzten sich an einen kleinen Korbtisch, und er öffnete einen flachen Holzkasten, dessen Deckel mit grünem Samt ausgekleidet war. Neben dem Kasten stellte er eine kleine Goldwaage auf, dazu legte er eine Juwelierslupe und einen kleinen Notizblock.

Er verbeugte sich leicht vor Olivia. »Würden Madame bitte entschuldigen, wenn ich meine Jacke ausziehe?« Er sprach mit einem weichen, verführerischen französischen Akzent.

»Aber bitte.« Sie machte eine zustimmende Handbewegung, und er ließ sein Jackett über die Stuhllehne gleiten. Conrad, weniger elegant gewandet, behielt die Jacke seines luftigen Leinenanzugs an.

Olivia holte die Perlen aus dem kleinen Beutel und legte sie auf den grünen Samt. Es war eine bescheidene Kollektion, und Olivia schien nach einer Rechtfertigung zu suchen. »Wie Sie wissen, war dies unsere erste Saison. Wir erwarten, unseren Ertrag mit jeder Saison zu steigern.«

»Natürlich. Im Juweliergewerbe streben wir nach Qualität, nicht nach Quantität«, erwiderte er mit einem leichten Neigen des Kopfes.

Monsieur exerzierte nun ein ganz persönliches Ritual. Er rückte die elastischen Ärmelhalter zurecht, bog und streckte die Finger, wischte seine Brille ab, legte sie zur Seite und klemmte sich die Lupe ins Auge. Erst dann hob er jede Perle einzeln hoch, um sie eingehend zu inspizieren. Nach sorgfältiger Untersuchung wog er sie und notierte sich eine Zahl auf seinem Block. Dann hielt er die Perlen etwas weiter von sich, betrachtete jede einzelne noch einmal nachdenklich, rechnete seine Zahlen durch und schrieb schließlich eine Summe auf den Block. Er riss das Blatt ab, drehte es um und schob es Conrad zu. Nachdem Conrad einen

Blick darauf geworfen hatte, reichte er es wortlos Olivia. Er machte ein zufriedenes Gesicht. Es schien ein faires Angebot zu sein und deckte sich mit der Schätzung von Toby. Olivia machte ein abwägendes Gesicht.

»Monsieur Barat, das ist doch gewiss nicht Ihr letztes Angebot?«, fragte sie ihn herausfordernd.

Conrad und der Perlenverkäufer sahen sie erstaunt an.

»Mrs. Hennessy, ich bin professioneller Käufer, kein Pferdehändler.«

»Natürlich. Ich verstehe … aber …«

»Olivia …«, begann Conrad, entsetzt darüber, dass sie das Angebot in Zweifel zog.

Der Perlenkäufer verzog keine Miene und sah Olivia unverwandt an. »Ich habe beträchtliche Ausgaben. Wenn Sie lieber selbst zur Rue Lafayette oder nach Hatton Garden reisen möchten …« Er zuckte die Achseln. »Außerdem sind Sie zum ersten Mal Kunde bei mir, wir haben keine festen Geschäftsbeziehungen, sodass ich Ihnen einen *prix special* anbieten könnte …«

»Mir scheint, dafür wäre nun die beste Gelegenheit«, sagte Olivia liebenswürdig. »Ein Sonderpreis zu diesem Zeitpunkt würde garantieren, dass wir auch in Zukunft mit Ihnen Geschäfte machen werden, denn das würde uns die Sicherheit geben, dass Sie ein fairer und vernünftiger Händler sind. Es würde uns die Umstände ersparen, mit anderen Käufern zu verhandeln.«

Conrad beschloss, sich nicht einzumischen. Olivia hatte offensichtlich einen Punkt gemacht. Er war stolz auf die erstaunliche Kühnheit seiner Frau.

Der Perlenkäufer setzte umständlich seine Brille wieder auf und griff nach dem Stück Papier. Er machte einen Strich durch die untere Zahl, schrieb eine neue Zahl hin und gab Olivia das Blatt zurück. »Könnte hierdurch eine Geschäftsbeziehung zwischen uns entstehen, Mrs. Hennessy?«, fragte er merklich gelockert.

Sie schenkte ihm ein strahlendes Lächeln. »Ganz zweifellos. Unsere Firma *Star of the Sea Pearl* freut sich darauf, Sie in der nächsten Saison wieder zu sehen, Monsieur Barat. Dem ist doch so, Conrad, oder?«

»Äh, ja, gewiss doch ...« Er starrte auf das Notizblatt, das Olivia ihm reichte.

Der Perlenkäufer erhob sich und zog sein Jackett wieder an. »Bitte erlauben Sie mir, unseren Geschäftsabschluss mit einem Aperitif in der Logger-Bar zu feiern.« Er reichte Olivia höflich den Arm, Conrad hielt ihnen die Tür auf, und sie traten alle in den Garten.

Niah hatte sich anscheinend eingewöhnt. Olivia hatte von einem indischen Schneider einfache Kleider für sie machen lassen, da Niah europäische Kleidung ablehnte und Sarongs bevorzugte. Olivia musste insgeheim zugeben, dass ein Sarong ein weitaus praktischeres Kleidungsstück war, und fragte sich, ob sie es je wagen würde, selbst einen zu tragen, zumindest zu Hause und nicht in der Öffentlichkeit. Sie spielte bereits mit dem Gedanken, noch einmal auf der *Bulan* mitzufahren, und stellte sich vor, wie geeignet eine solche Bekleidung für eine Schiffsreise wäre. Wenn Conrad doch nur mehr Begeisterung für die See zeigte, dann könnten sie einige Reisen zusammen unternehmen, überlegte sie.

Das Meer übte zwar keinen besonderen Reiz auf Conrad aus, doch die Muscheln und die Aussicht, Perlen darin zu finden, stellten eine große Verlockung für ihn dar. Er verbrachte immer mehr Zeit im Packschuppen, wenn die Helfer, die die Muscheln öffneten und säuberten, an der Arbeit waren.

»Aha, endlich haben wir Sie von Ihren Zahlen und Büchern weggelockt«, bemerkte Tyndall, der zusah, wie die Männer die fertigen Muschelkisten für die Verladung beiseite stellten.

»Ich würde gern noch mehr Perlenverkäufe tätigen«, sagte Conrad mit Begeisterung. »Ich muss sagen, es war ein großes Erlebnis, mit Monsieur Barat zu verhandeln. Perlen haben wirklich etwas ganz Besonderes, nicht wahr? Das Finden, Schälen, Verkaufen – alles ist mit einer ganz eigentümlichen Spannung verbunden. Wann fangen wir mit dem Tiefseetauchen an?«

Tyndall lachte. »Du liebe Güte, Conrad! Sie hat's aber wirklich gepackt! Sie müssen die Regenzeit schon noch abwarten. Es dauert noch ein paar Monate, bis wir auslaufen können. Es gibt aber jede Menge zu tun. Wir müssen die Mannschaften endgültig zusammenstellen und die Umbauten am Logger vornehmen.«

»Und der neue Taucheranzug, den wir in Perth bestellt haben, soll mit dem nächsten Dampfer kommen«, fügte Conrad hinzu.

»Ich dachte mir, ich könnte auch mal einen Tauchgang machen«, erklärte Tyndall beiläufig. »Kann ja wohl nicht so schwierig sein, es richtig zu machen.«

»Halten Sie das für klug, John? Verdammt riskante Sache. Man hört so schreckliche Dinge … Denken Sie nur an den Kerl, von dem wir das Boot gekauft haben. Er ist jetzt zu nichts mehr zu gebrauchen.« Conrad klang aufrichtig besorgt.

»Nein, nein, kein Problem. Ahmed wird ein Auge auf mich halten, und unser Taucher wird mir jede Menge Ratschläge geben. Da fällt mir ein, wir sollten ihn besser gleich anheuern.«

Olivia fand es aufregend, dass sie jetzt ›richtige Perlenfischer‹ waren, wie sie sagte. Sie wollte jede Einzelheit über die Veränderungen auf dem Logger und über die neue Ausrüstung wissen, die sich allmählich in Tyndalls Büro stapelte. Sie schlug sogar vor, sich ebenfalls an den Verhandlungen mit dem japanischen Taucher zu beteiligen.

»Also, das ist ein Teil des Geschäfts, mit dem Sie nichts zu tun haben«, mahnte Tyndall und drohte ihr mit dem Finger. »Wir würden niemanden an die Arbeit bekommen, wenn sich eine Frau einmischen würde.«

Olivia warf ihm einen zornigen Blick zu.

»Das hängt mit den verschiedenen Kulturen zusammen, ich möchte Sie nicht beleidigen«, erklärte er und wechselte dann schnell das Thema. »He, haben Sie die Taucherausrüstung schon gesehen? Habe gerade erst den Helm überholen lassen.« Er führte sie in eine Ecke des Raums, wo der voluminöse Taucheranzug hing. Die Bleistiefel und der Helm lagen darunter auf dem Boden.

»Die sind ja riesig«, rief Olivia aus. Sie fuhr zur Probe mit den Füßen in die Stiefel und brach in schallendes Gelächter aus. »Unglaublich! Ich kann mich nicht bewegen, so schwer sind sie.«

Tyndall holte den schweren Kupferhelm. »Wenn schon, denn schon! Jetzt noch der Hut«, alberte er und stülpte ihn Olivia vorsichtig über den Kopf, sodass er auf ihren Schultern ruhte. Dann trat er einen Schritt zurück.

Olivias ersticktes Kichern ging unvermutet in einen Hilfeschrei über, aber es war zu spät. Ihre Beine knickten ein, als sie versuchte, die Füße zu heben, und sie kippte um. Tyndall eilte ihr zu Hilfe und fing sie in seinen Armen auf, doch verlor er selbst das Gleichgewicht, und sie fielen beide unter hilflosem Gelächter zu Boden.

»Großer Gott, Olivia, was machst du denn da?«, keuchte Conrad, der gerade die Treppe heraufgekommen war. »Was geht hier vor?«, sagte er scharf, als er die beiden am Boden sah.

»Wir überprüfen nur die Ausrüstung, Conrad. Überprüfen nur die Ausrüstung.« Tyndall war bereits auf den Knien und half Olivia, den Taucherhelm abzunehmen.

Sie lag ausgestreckt auf dem Boden, die Füße immer noch in den Stiefeln, und versuchte, ein ernstes Gesicht zu machen, doch angesichts ihrer komischen Lage brach sie erneut in schallendes Gelächter aus.

»Also wirklich! Das ist ausgesprochen peinlich. Du benimmst dich wie ein kleines Kind«, tadelte Conrad sie und stapfte hinaus.

Tyndall half Olivia auf die Füße, und hinter Conrads Rücken schnitten sie ihm Grimassen.

Einige Monate später nahm die *Star of the Sea* ihre Geschäfte wieder auf. Die *Bulan* war für das Tiefseetauchen umgerüstet und mit ausreichenden Mannschaftsunterkünften versehen worden. Die neue Handpumpe war installiert, und alles, was der Helfer des Tauchers benötigte, befand sich an Ort und Stelle. Die Mannschaft war komplett, und die *Shamrock* war zum Mutterschiff umfunktioniert, das Proviant liefern und die Muscheln übernehmen sollte.

Vor dem Auslaufen der Flotte leistete Tyndall den Hennessys beim Abendessen Gesellschaft. Niah half beim Bedienen, und sie und Olivia brüsteten sich mit ihren bescheidenen Kenntnissen jeweils in Englisch und Malaiisch. Niah wusste, dass dies ein Abschiedsessen für Tyndall war, bevor er und Ahmed wieder in See stachen.

Tyndall und Conrad feierten das bevorstehende Unternehmen mit reichlich Alkohol. Als Olivia sich von Tyndall verabschiedete und ihm viel Glück wünschte, war ihr klar, dass er den Bars in Chinatown noch einen Besuch abstatten würde.

Sie drohte ihm mit dem Finger. »Benehmen Sie sich und verpassen Sie morgen früh nicht die Flut!«

»Ahmed sorgt schon dafür, dass wir auslaufen, machen Sie sich keine Sorgen. Was werden Sie bloß machen, während ich weg bin?«, lallte er. »Ohne mich wird es für Sie hier ganz schön langweilig sein. Werden mal wieder die feine Dame spielen müssen.«

»Wir kommen sehr gut ohne Sie aus«, erwiderte sie und

versuchte, sich nicht anmerken zu lassen, wie ärgerlich sie über seine Betrunkenheit war. »Bringen Sie nur viele gute Perlen und Muscheln zurück.«

»Würden Sie nicht lieber mitkommen?« Er torkelte ein wenig, als er sie forschend ansah, doch ihr Gesichtsausdruck war im Schatten der Nacht nicht zu erkennen.

»Gute Nacht, Kapitän Tyndall«, sagte sie förmlich von der Veranda aus. »Und gute Fahrt.«

Conrad schnarchte bereits leise in seinem Sessel. Olivia seufzte, als sie Tyndall nachblickte, der leicht schwankend in der Dunkelheit verschwand. Was für ein Abenteuer, mit ihm zu den Perlengründen hinauszufahren, zu den Muschelbänken, die in der Tiefe lagen. Eines Tages ... vielleicht.

Als Conrad am nächsten Morgen mit einer Leidensmiene im Haus umherging und über sein Unwohlsein klagte, kam Ahmed aufgelöst auf einem geliehenen Fahrrad gefahren. »Mem, Mem! Tuan nicht auf Schoner!«

»Ich hab's doch geahnt«, rief Olivia und schlug voller Empörung gegen den Türpfosten. »Er war gestern Abend noch in Chinatown. Conrad, du solltest Ahmed besser bei der Suche helfen.«

»Er könnte überall sein«, meinte Conrad gequält und hielt sich den Schädel.

»Ich kennen seine Plätze«, sagte Ahmed. »Mannschaft bereit. Dürfen Flut nicht verpassen.«

»Sag mir, wo ich ihn suchen soll, ich mache das Sulky bereit«, seufzte Conrad.

Nachdem die Männer weg waren, hatte Olivia plötzlich eine Eingebung. Sie eilte aus dem Haus und in die Firma am Hafen. Conrads Büro war verschlossen, doch als sie im Zimmer nebenan ein dumpfes Geräusch hörte, öffnete Olivia vorsichtig die Tür.

Da lag Tyndall fest schlafend auf einer Rattanliege, einen Fuß auf dem Boden. Er trug noch die Kleidung vom Vorabend, das Kinn zierte ein Stoppelbart. Er atmete schwer mit leicht geöffneten Lippen. Auf dem Boden stand eine leere Whiskyflasche.

»Tyndall!«, rief Olivia und ließ die Tür laut hinter sich ins Schloss fallen.

Es dauerte einige Sekunden, bis er die Augen geöffnet hatte und die Gestalt erkannte, die sich über ihn beugte.

»Sind Sie die ganze Nacht hier gewesen?«, fragte Olivia.

»Nö.« Er setzte sich auf, rieb sich die Augen und fuhr sich über Kinn und Wangen. Er starrte sie eine Weile an und fragte dann: »Wie spät ist es?«

»Zeit zum Auslaufen. Ahmed sucht Sie. Die Mannschaft ist an Bord. Sie machen sich besser auf den Weg.«

»Wir schaffen das schon. Volle Kraft voraus.« Er kam langsam auf die Füße, setzte seine Kapitänsmütze auf und salutierte frech.

»John Tyndall, Sie sind unverbesserlich.«

»Was würde ich nur ohne einen Partner machen, der mich auf dem Pfad der Tugend hält?«, grübelte Tyndall, während er an ihr vorbei auf die Treppe zustolperte.

Noch immer verärgert, kehrte Olivia zum Haus zurück, wo der aufgelöste Yusef sie empfing.

»Mem! Niah fort! Nicht hier. Weglaufen.«

»Was?« Olivia rannte zu den Dienstbotenräumen. Niahs Zimmer war leer, ihre wenigen Sachen waren fort.

Erst am Nachmittag, als die *Shamrock*, die der *Bulan* und den anderen Loggern folgte, bereits auf hoher See war, erschien der japanische Taucher aufgeregt an Deck.

»Blinder Passagier«, sagte er und deutete auf die Hauptkabine.

Tyndall trat durch die Luke und fand zu seiner Überraschung Niah auf seiner Koje hocken. Sie blickte zu ihm auf und lächelte ihn unbekümmert an.

Zehntes Kapitel

Ein Logger, der mit einem kranken Taucher zurückkehrte, überbrachte Olivia und Conrad die Nachricht, dass Niah sich an Bord der *Bulan* aufhielt. Niah, die spürte, dass Tyndall über ihre Anwesenheit alles andere als erbaut war, hielt sich anfangs im Hintergrund. In dem kleinen Verschlag vor der Hauptkabine, wo sich die Wassertanks und der Segelspind befanden, in dem Niah sich versteckt gehalten hatte, bis der Schoner auf hoher See war, wurde hinter einem Vorhang aus Segeltuch eine notdürftige Koje für sie gebaut.

Die Tage auf See und die Arbeit in den Perlengründen verliefen in der normalen Routine. Unterdessen machte sich Niah an Bord immer nützlicher, und es entstand ein höfliches, aber zurückhaltendes Arbeitsverhältnis zwischen ihr und den Besatzungen der *Shamrock* und der *Bulan*. Der Koch der *Shamrock* behandelte sie wie eine Bedienstete und schickte sie während der Mahlzeiten in die Kombüse, um Nachschub an Reis oder Becher voll süßen, schwarzen Zichorienkaffees zu holen. Sie sprach vornehmlich mit Ahmed, ihr gemeinsames Heimatland verband sie und stiftete Vertrauen zwischen ihnen. Mit dem Dinghi machten sie mehrere Fahrten zwischen den beiden Schiffen, und diese Gelegenheiten benutzte Niah dazu, ihn über den ungewöhnlichen Weißen auszufragen, der sie vor einem Schicksal als Sklavin gerettet hatte und dem nun unbedingt daran gelegen schien, ihr aus dem Weg zu gehen.

Ahmed blieb reserviert. Aus Loyalität Tyndall gegenüber vermied er es, Fragen zu beantworten, die ihm zu persönlich erschienen. Er fand es angenehm, Niah an Bord zu haben, denn sie gab keinen Anlass zu Ärger, besaß Humor und war wunderschön, eine Tatsache, die ihn erschreckend beunruhigte und ihn über die Haltung seines Herrn dem Mädchen gegenüber zum Nachdenken brachte. Die gewollte Distanz zu ihr würde er nur mit Mühe noch länger aufrechterhalten können, und dann … ach, alles liegt in den Händen des Allmächtigen, sinnierte Ahmed.

An manchen Abenden, besonders sonntags, wenn das Wetter schön war, ankerten viele Logger und Schoner, die in den Perlengründen arbeiteten, nicht weit voneinander, und die Mannschaften und Kapitäne statteten sich gegenseitig Besuche ab, aßen gemeinsam zu Abend, tranken, spielten Karten und würfelten. Tyndall war daran gelegen, mit so vielen Kapitänen wie möglich Freundschaft zu schließen, besonders mit denen, die unabhängig arbeiteten oder zu kleineren Flotten gehörten. Er dachte an die nächste Saison und sah die Gewinn bringende Möglichkeit, sein Schiff auch als Mutterschiff für andere Logger einzusetzen und das Packen und Befördern der Muscheln für sie zu übernehmen, aber auch Nahrungsmittel, Petroleum und Rum an sie zu verkaufen.

Was Niah anbelangte, so hatte Tyndall eine feste Regel aufgestellt. Wenn andere Mannschaften zur abendlichen Unterhaltung an Bord der *Shamrock* kamen, musste sie in der Kabine bleiben. Er wies sie an, erst dann an Deck zu kommen, wenn der letzte Besucher gegangen war.

Eines Abends saß sie, das Kinn auf den angezogenen Knien, an den Hauptmast gelehnt und starrte auf das mondbeschienene Wasser. Während sie dem sanften Knarren des Tauwerks und dem leise gegen den Schiffsrumpf klatschenden Wasser lauschte, konnte sie sehen, dass fast alle Boote ihre Laternen gelöscht hatten, mit Ausnahme des Schoners *Amborisa* unter ›Wild‹ Bill Levens Kommando. Eine schwankende Laterne über der Bordseite warf ein schwaches Licht auf ein winziges Ruderboot, in das ein

Mann hineinzuklettern versuchte. Sie hörte einen Ruf, ein dumpfes Krachen und einen Fluch, dann Gelächter von zwei Männern, als das kleine Boot heftig hin und her schaukelte. Nach lallenden Rufen und Abschiedsgrüßen nahm das Boot Zickzackkurs auf die *Shamrock*.

Niah blieb still sitzen, bis das Dinghi mittschiffs gegen die Strickleiter stieß. Dann sah sie, wie Tyndall sich bemühte, das Boot festzumachen, und eilte wortlos zur Reling, beugte sich hinunter, nahm die Bootsleine und hielt sie fest, während Tyndall, der mehrmals abrutschte, schwerfällig an Bord kletterte. Als hätte er sie nicht gesehen, stolperte er ohne ein Wort zur Hauptkabine.

Nachdem sie das Dinghi am Heck vertäut hatte, folgte Niah Tyndall mit leisen Schritten. Er lag quer über seine Koje gestreckt in der dunklen Kabine, ein Bein und ein Arm hingen auf den Boden.

Niah bückte sich und zog ihm die Segelschuhe und die Socken aus, und als er müde ein Auge öffnete, zerrte sie an seinem Hemd und zog es mit etwas Hilfe von Tyndall von seinem Körper. Er beobachtete sie stumm, als sie sich über ihn beugte und seinen Gürtel aufschnallte, nach und nach die Reihe von Knöpfen öffnete und seine Hose herunterstreifte. Tyndall warf seine Unterkleidung auf den Boden und lag schweigend und bewegungslos da.

Niah stand neben dem Bett, schaute kurz auf ihn herunter und lächelte zufrieden, entknotete dann ihren Sarong und ließ ihn auf den Boden fallen. Tyndalls Gesicht zeigte eine kaum merkliche Regung beim Anblick des goldbraunen Mädchenkörpers, den das einfallende Mondlicht sanft erhellte. Niah ließ sich sanft auf seinen Körper gleiten, und seine Arme schlossen sich fest um sie.

Die *Shamrock* zerrte an ihrer Ankerkette, die Holzplanken erzitterten leise und das Tauwerk knarrte, als das Schiff sich in den Armen des Meeres wiegte und Niah lustvoll in Tyndalls starken Armen seufzte.

Am Morgen kam Ahmed leise an Deck, holte einen Becher dampfenden schwarzen Kaffees aus der Kombüse und ging zur Hauptkabine, um den säumigen Kapitän zu wecken. Er blieb in der Kabinentür stehen, als er Niah an Tyndall geschmiegt schlafen sah.

Ehe er sich zurückziehen konnte, schlug Tyndall die Augen auf, gähnte und lächelte kurz. »Lass den Tee stehen, danke, Ahmed. Ich stehe gleich auf.«

Ahmed nickte mit ausdrucksloser Miene und ging wieder an Deck, wo er sich an den Säcken mit Muschelschalen zu schaffen machte.

Tyndall erschien geraume Zeit später. Er sah äußerst selbstzufrieden und erstaunlich frisch aus. Er erwähnte Niah mit keiner Silbe und verkündete lautstark, nachdem er sich beim Koch *makan* bestellt hatte: »Heute werde ich unter Wasser gehen.«

Ahmed blickte überrascht auf. »Ist das klug, Tuan, wenn Ihr so eine …« Ahmed machte eine bedeutungsvolle Pause. »… so eine Nacht verbracht habt? Alkohol im Blut ist nicht gut fürs Tauchen.«

»Schon längst weggeschlafen«, erwiderte Tyndall fröhlich. »Nein, es ist beschlossene Sache. Sag Yoshi, er kann sich eine Weile an Deck ausruhen, und ich gehe ins Wasser. Es gibt nur eine Möglichkeit herauszufinden, was da unten los ist. Es darf doch nicht sein, dass ich mich von den Tauchern für dumm verkaufen lasse und mir Schauermärchen anhören muss! Ich muss das alles mit meinen eigenen Augen gesehen haben.«

Ahmed wusste, dass alle Einwände zwecklos waren. Er nickte und ruderte zur *Bulan* hinüber, um der Mannschaft zu erklären, dass der Kapitän tauchen wollte.

Tomoko Yoshikuri, der japanische Taucher, war nicht gerade erfreut, als er vom Vorhaben des Kapitäns erfuhr. Durch dieses kleine Abenteuer würden sie mindestens einen halben Tag Arbeit verlieren, und das, wo er doch je nach Menge der gesammelten Muscheln einen Zuschlag bekam. Wenn der Kapitän nicht an Bord war, hatte in den Perlengründen der Taucher das Kommando, und wenn der Taucher unter Wasser war, steuerte sein Helfer das Boot nach den Anweisungen, die der Taucher ihm von unter Wasser gab. Yoshi konnte noch so viele Einwände gegen Tyndalls ersten Tauchgang haben, Tyndall war Schiffseigner und Perlenunternehmer in einer Person, und man achtete ihn für sein seefahrerisches Können. Bevor sie sich verpflichteten, hatten Yoshi und sein Helfer, Takahashi Ono, Erkundigungen eingezogen. Manche malaiische Crews wurden für faul gehalten, aber Ahmed hatte eine soliden Ruf, und seine unbeugsame Loyalität Tyndall gegenüber hielten die beiden Japaner für einen Vorzug. Außerdem ging das Wort um, dass der Kapitän sein Schiff und seine Mannschaft fest im Griff hatte.

Yoshi setzte sich in den Schatten und wartete. Tyndall würde dies nur einmal versuchen, dessen war er sich sicher.

Er war nachdenklicher Stimmung, als sein Helfer und Ahmed die Ausrüstung für Tyndalls Tauchgang an Deck ausbreiteten. Yoshi war ein ruhiger Mensch. Seine Ruhe rührte von der Gewissheit her, seinen Weg im Leben zu kennen. Der alte Samurai, der nach dem Sturz der Shogune eine kleine Schule in seinem Dorf eingerichtet hatte, hatte Yoshi gelehrt, dass Erfolg sich harter Arbeit und Gelehrsamkeit verdankt, aber auch Zuverlässigkeit, Vertrauen und Güte den Mitmenschen gegenüber. Als Schuljunge hatte er von der Welt jenseits seines Dorfes geträumt. Japan war in einer großen Veränderung begriffen, es wandte sich vom Feudalismus ab, um sich Lebensstil und Denkart der westlichen Welt zu Eigen zu machen, und Kaufleute ersetzten die Krieger als Männer von hohem Ansehen.

Welten trennten Yoshis Dorf in Taiji an der Küste der Präfektur Wakayama auf Honshu von der Perlenstadt Broome an der Küste von Kimberley. Fünf Jahre waren vergangen, seit Yoshi das letzte Mal durch die dunklen Wälder aus Ulmen und Eschen, Kiefern und Tannen gewandert war, deren dichte grüne Wand sich fast bis zum Rand der steilen, zerklüfteten Klippen über der meergepeitschten, felsigen Küste hinzog. Da man auf dem Land nichts anbauen konnte, mussten die Dorfbewohner sich ihren unsicheren Lebensunterhalt als Fischer und Walfänger verdienen. Yoshi erinnerte sich noch an den schrecklichen Tag, da er als Junge die kräftigeren Männer des Dorfes beobachtete, wie sie aufs Meer hinausruderten, um ein Walkalb zu fangen, und wie sie dann ihre Boote von der aufgebrachten Walmutter zertrümmert sahen, die angriff, nachdem sie die Schreie ihres Kalbs gehört hatte, die Boote zerschmetterte und alle Männer tötete.

Viele junge Männer verließen das Dorf, um andernorts Arbeit zu finden, und einige verschlug es auf ihren kleinen Booten nach Nordaustralien, wo sie auf See arbeiteten und nach Schalentieren und Perlmuscheln tauchten. Ihre natürlichen Fähigkeiten als Taucher, ihr angeborenes Verständnis für das Meer, ihre Willensstärke und ihre körperliche Kraft trugen ihnen einen guten Ruf ein und schufen die Basis für eine lang währende Verbindung zwischen der japanischen Insel und einem entlegenen Teil des großen Kontinents Australien. Alsbald warben Perlenfischer im gesamten Norden um ihre Dienste.

In seinen Jugendjahren hörte Yoshi die Geschichten der heimkehrenden Taucher und sehnte sich danach, sich ihnen anzuschließen und an dem großen Abenteuer teilzuhaben. Als dann eines Sommers Vertreter der Perlenfischer von Thursday Island kamen, um Taucher anzuheuern, verpflichtete Yoshi sich und wurde in die Lehre genommen. Er erlernte sein Gewerbe in der Perlenflotte der Torres-Staße und schloss sich dann einem Perlenfischer an, der nach Westen zu den neueren und ergiebigeren Perlengründen Westaustraliens zog. Er vermisste die von Palmen gesäumten Koralleninseln der Torres-Straße, fand sich aber gleichmütig mit Broomes rauer, karger Landschaft ab. Der Lohn für seine Arbeit war es wert. Es blieb ihm genug Geld, um etwas an seine Geschwister in der Heimat zu schicken und ein Anwesen im Dorf zu erstehen. Jedes Mal, wenn er an Land war, besuchte er den kleinen, von der eingeschworenen japanischen Gemeinschaft erbauten Tempel in Broome, zündete Weihrauch an und betete für seine Mutter, die während seines ersten Jahres im Ausland gestorben war. Ein Besuch in seinem Heimatdorf stand Yoshi noch bevor, doch unter japanischen Tauchern war es üblich, lange von zu Hause fortzubleiben. Wenn er tatsächlich zurückkehrte, würde er genügend Geld verdient haben, um sich eine Ehefrau leisten zu können, die er mit nach Broome bringen würde.

Yoshi war nun Ende zwanzig, als erfahrener Taucher hatte er noch viele Jahre guter Arbeit vor sich, wenn er Vorsicht walten ließ. Es gab nur wenige Taucher an der Küste, die sich der Gefahren derart bewusst waren wie Yoshi. Er kannte nur eine Regel … nie unnötige Risiken einzugehen. Es gab zu viele Beispiele von Tauchern aus Broome, die nicht achtsam genug gewesen waren. Diese Männer waren heute Krüppel, ihre Körper waren vom Wasserdruck zerstört und entstellt, und die gefürchtete Lähmung hatte sie ereilt, die sie auf Lebenszeit schädigte, wenn sie nicht an ihr starben.

Nach Yoshis Überzeugung ging Tyndall ein unnötiges Risiko ein. Er hatte keinen Grund zu tauchen. Von seinem neuen Boss hätte er eine solche Entscheidung nicht erwartet, und dies beunruhigte ihn. Er hält es für eine Art Spiel, überlegte Yoshi, während er an einem kleinen blauen Porzellanbecher mit heißem Tee nippte. Taki, sein Helfer, hatte ihm den Tee mit fragendem Blick und einem Wink in Tyndalls Richtung gebracht, der dabei war, sich in mehrere Schichten Flanell zu hüllen, während Ahmed sich am Taucheranzug zu schaffen machte. Niah saß achtern im Sarong auf den Bordplanken und lächelte über Tyndalls komisches Gebaren, als er mehrere Lagen Kleidungsstücke übereinander zog, um der Kälte unter Wasser zu trotzen.

»Yo, ho, ho, Yoshi«, rief Tyndall gut gelaunt. »Ich bin dabei, den Anzug des besten und mutigsten Tauchers im ganzen Nordwesten anzulegen. Wie sehe ich aus?«

Alle an Deck, einschließlich der Malaien, sahen ihn mit undurchdringlicher Miene an. Tyndall wusste, dass er lächerlich aussah – ein Schrank von einem Mann in kunterbunten Lagen aus langen Unterhosen, Flanelltüchern, verschiedenen Unterhemden und mehreren langen Socken, die nicht zueinander passten. Keiner aber lächelte, bis auf Niah, die in ein freches Kichern ausbrach, das sie mit einer Hand erstickte, was ihr ein schalkhaftes Augenzwinkern von Tyndall eintrug.

Ahmed und Taki halfen Tyndall in den klobigen Taucheranzug aus Segeltuch und Gummi, schnürten dann die schweren, mit Blei beschwerten Stiefel zu und zogen ihm die Handschuhe an. Yoshi achtete vom Kabinendach aus professionell auf jedes Detail, ohne sich aus der Hocke aufzurichten. Erst als die beiden sich daranmachten, dem Taucher den Helm aufzusetzen, rührte Yoshi sich von seinem Platz und stellte sich neben Tyndall. Er sah aufmerksam zu, als das Ungetüm aus Messing und Kupfer über Tyndalls Kopf gestülpt und an der verstärkten Halsmanschette des Taucheranzugs festgeschraubt wurde. Ein Kokosseil wurde um Tyndalls Taille gebunden, sodass er es leicht mit der Hand greifen konnte, um Taki von unten Signale zu geben und ebenso Signale von ihm zu empfangen.

Yoshi gab letzte Anweisungen. »Langsam atmen. Nie in Panik geraten. Auf die Arbeit konzentrieren. Keine Zeit für Betrachtungen. Immer aufpassen, wohin man tritt. Nicht vergessen: Einmal am Seil ziehen: mehr Luft, zweimal ziehen: mehr Seil geben, dreimal ziehen: ganz schnell Hilfe holen, dreimal ziehen von oben: ganz schnell aufsteigen.« Sie wiederholten diese Übung einige Male. Tyndall fühlte sich in dem Anzug zunehmend unbehaglich und schwitzte.

Ahmed grinste. »Heute keine Arbeit, Boss. Ihr schaut euch nur unter Wasser um.« Er wusste, dass er Yoshi mit diesen Worten ärgerte, doch der Japaner zeigte keine Reaktion.

»Nein, Ahmed, das ist kein Vergnügen. Ich muss etwas mit nach oben bringen, oder ich werde zum Gespött der ganzen Küste.« Er machte einige Schritte auf die Leiter zu und blieb stehen. »He, sollten wir nicht eine Zeremonie oder so was abhalten?«

Alle Taucher waren abergläubisch, und die meisten hatten Glücksbringer bei sich, beteten vor dem Tauchen oder führten ein kleines persönliches Ritual durch, bevor sie auf den Meeresgrund abstiegen. Bei ihren unzähligen Tauchgängen war ihnen immer bewusst, dass jeder einzelne in einem schrecklichen Unfall enden und sie das Leben kosten konnte. Yoshi trug einen kleinen roten *torii* bei sich, zwei einfache Stäbe mit zwei Querstäben am oberen Ende – das shintoistische Symbol für Kraft. Die ersten Geschichten, die er über das Perlentauchen gehört hatte, waren ungeheuerliche Berichte über Teufel, die tief unten im Meer lauerten. Glauben und Gebräuche gab es ja so viele. Man musste sich stets vor silbernen Fischen in einem Glas verbeugen. Zwei kämpfende Fische bedeuteten, dass Haie in der Nähe waren. Es war nicht gut, dass der Kapitän vor dem Tauchen Witze darüber machte.

Niah sprang auf und rannte zu Tyndall. Im Laufen nahm sie ihren geschnitzten Perlmuttanhänger ab. Sie streifte ihn Tyndall über den Kopf und schob ihn in den Anzug. Tyndall schaute kurz auf die Schnitzerei und lächelte. Es war ein gutes Omen, sagte er sich, obwohl er nicht genau wusste, warum. Die spontane Geste gefiel ihm.

Nun überprüften die Männer noch einmal den korrekten Sitz des Helms und schraubten die Glasscheiben fest, die man mit Meerwasser gespült hatte, damit sie nicht beschlugen.

Tyndall hob grüßend die Hand, machte einen Schritt rückwärts und ließ sich ins Wasser fallen. Er tastete zum Ventil an seinem Helm. Zischend entwich die Luft aus dem Taucheranzug, und er sank in eine Wasserwelt aus gebrochenem Licht und schimmernden Farben. Sanft kam er auf dem Meeresboden an und stellte rasch das Luftventil neu ein, um den Druck gerade so hoch zu halten, dass sein Körper unter Wasser keinen Schaden nahm, aber auch nicht gleich wieder an die Oberfläche schoss. Er nahm seinen Körper deutlicher wahr als die fremdartige Welt um ihn herum. Er spürte ein schmerzhaftes Kribbeln im Schädel und in den Gelenken, als sein Körper gegen diesen ungewohnten Zustand rebellierte, und hörte das unerwartet laute Zischen seines Atems, das Klickklack der Handpumpe an Deck, das durch den Schlauch nach unten übertragen wurde, und die Blasen, die nach jedem Ausatmen aufstiegen. Als er sich an all das gewöhnt hatte, gab er das vereinbarte Signal nach oben, und der Helfer begann, das Seil auszurollen, sodass er darangehen konnte, seine Unterwasserwelt zu erkunden.

Langsam begann Tyndall, sich auf dem Meeresgrund vorwärts zu bewegen. Seine Bleistiefel wirbelten Sandwolken auf. Umgeben von transparenten Wasserwänden zu allen Seiten, hatte er anfangs das Gefühl, die Orientierung zu verlieren. Er schaute auf den Meeresboden. Es war schmutzfarbener Sand, übersät mit Gestein, Algen und kleinen Korallengebilden, versteinerten Resten von Korallenkolonien. Er war froh, dass es hier nicht das ›Gras‹ gab, von dem die Taucher oft sprachen – das saftige, hellgrüne Seegras, das manchmal den Boden bedeckte und trügerische Löcher, Muscheln und gefährliche Meerestiere verbarg.

Als er sich an den Meeresgrund gewöhnt hatte, entdeckte er allmählich die graubraunen, gelegentlich mit Algen oder versteinerten Korallen bedeckten Muscheln, die meist in Gruppen zusammenwuchsen. Wenn er genauer hinschaute, konnte Tyndall die verräterische kleine Linie im Sand erkennen, wo verborgene Muscheln ›geatmet‹ hatten. Er bückte sich und fing an, Muscheln aufzusammeln, die er in Körbe an einem weiteren Seil legte.

An Deck folgte Taki mittels des Seils, das durch seine Hand lief, Tyndalls tastenden Bewegungen. Ahmed hielt die *Bulan* auf Geradeauskurs und achtete darauf, dass sie dicht am Wind blieb und sich mit dem Heck in der Strömung befand. Um den Kurs zu halten, bediente er sich des Ruders und eines kleinen Bugsegels, denn es galt zu verhindern, dass die *Bulan* zu schnell mit der Strömung abdriftete und Tyndall mitzog.

Niah trat an die Reling und schaute auf die Stelle, wo der Luftschlauch und das Rettungsseil im ruhigen Wasser verschwanden. Als sie sich zu Ahmed umdrehte, bemerkte sie, dass dieser sie eindringlich ansah. Wenn die Mannschaft nicht dabei gewesen wäre, so vermutete sie, hätte er sie bestimmt darauf angesprochen, dass sie die Nacht in Tyndalls Bett verbracht hatte. Sie sah eine Warnung in seinen dunklen Augen und erkannte jäh, dass sie es mit Ahmed zu tun bekäme, würde sie Tyndall je verletzen oder verärgern. In der beginnenden Erkenntnis ihrer Macht über Tyndall hielt sie dem drohenden Blick stand. Dann warf sie herausfordernd den Kopf zurück, riss sich plötzlich mit vollem Lachen den Sarong vom Leib, sprang, nur mit einem knappen Stück Tuch über den Hüften, über Bord und tauchte mit einer geschmeidigen Bewegung ins Meer.

Tyndall war vier bis fünf Faden tief und hielt angesichts der schattenhaften Bewegung am Rand seines Blickfelds den Atem an. War es ein Hai? Als er aber den Kopf drehte, erkannte er Niahs fast nackte Gestalt, einer Sirene oder

Meerjungfrau gleich, die mit schnellen Beinschlägen und flutendem Haar auf ihn zuschwamm. Er sah das Leuchten in ihren Augen und streckte unbeholfen eine behandschuhte Hand nach ihren nackten Brüsten aus. Sie warf ihm eine Kusshand zu, ergriff den Muschelkorb und schob ihn am Seil für die Körbe hoch, während sie mit raschen Stößen nach oben schwamm.

Zwei Mannschaftsmitglieder halfen ihr bereitwillig an Bord und hoben den halb vollen Korb an Deck, während sie Niahs nassen, glänzenden Körper anstarrten.

»Ist das alles? Schickt den Korb wieder runter«, sagte Ahmed, ohne Niah zu beachten.

Yoshi enthielt sich einer Bemerkung, er erinnerte sich an das erste Mal, da er in die Welt unter Wasser getaucht war, die er nun manchmal als seine richtige Welt ansah. Keiner wusste, dass er beim Arbeiten sang. Die angenehmen Klänge hallten in seinem Kupferhelm wider, wenn er die Volkslieder seiner Kindheit vor sich hin summte, die seine Mutter ihm beigebracht hatte. Obwohl er sich der Gefahren stets bewusst war, fühlte er sich im Meer heimisch und liebte seine Arbeit, trotz der oft unerträglichen Kälte. Die wilde Ausgelassenheit der anderen Taucher während der Landaufenthalte nach jeder Saison, die Streitereien, die Kämpfe, die Bordelle und Glücksspiele, die verschworene Gemeinschaft der anderen Japaner – all das interessierte ihn nicht. Er genoss den Ruf eines Einzelgängers, und das war einer der Gründe, warum Tyndall und Ahmed ihn angeheuert hatten.

Niah, die nun wieder angezogen war und von der Mannschaft nicht mehr beachtet wurde, hing erneut über der Bordseite und sah zu, wie Tyndalls Luftblasen in gleichmäßigen Abständen träge nach oben stiegen und an der Oberfläche zerplatzten.

Tyndall war von der Unterwasserwelt gefesselt. Er hatte das Gefühl, schon Stunden auf dem Meeresgrund verbracht zu haben. Sein Körper und sein Kopf schmerzten, und er hatte kein Zeitgefühl mehr. Hätten nicht seine Stiefel fest auf dem Meeresboden gestanden und wäre nicht von oben ein schwacher Lichtschimmer durch das silbrig glänzende Wasser zu ihm gedrungen, hätte er mühelos die Orientierung verlieren und in einen trügerischen Dämmerzustand versinken können. Er konzentrierte den Blick auf kleinste Objekte und beobachtete ein winziges Meereslebewesen, das sich zentimeterweise über einen mit Korallen bewachsenen großen Stein bewegte.

Niahs Aufmerksamkeit wurde durch eine entfernte Bewegung auf dem Wasser von den an der Oberfläche zerplatzenden Luftblasen abgelenkt. Es war nur ein flüchtiger Moment, und sie wollte gerade wegschauen, als sie die Bewegung, nur ein kurzes Aufwallen des Wassers, erneut wahrnahm. »Wal!«, schrie sie.

Alle Köpfe schossen hoch, und jeder starrte in die Richtung ihres ausgestreckten Arms. Sekunden, wohl eine Minute, verstrichen in gespannter Stille. Yoshi stand aufrecht da, beschattete seine Augen mit der Hand und suchte den Horizont ab. Taki hielt Tyndalls Seil und wartete auf den Befehl, dreimal kurz zu ziehen. Die Muschelöffner ließen die Messer sinken und spähten aufs Meer. Einzig die Männer an der Pumpe bewegten sich. Ahmed drehte sich fragend zu Niah um.

Sie wollte schon wütend darauf beharren, dass sie das Spritzen sehr wohl gesehen hatte, als ein riesiger Wal – so laut, so schnell, so überraschend, dass alle wie erstarrt waren – neben dem Logger auftauchte und mit seinen gewaltigen Flossen gegen den Schiffsrumpf schlug.

Niah schrie, und die *Bulan* erzitterte unter der Wucht eines alten Walbullen, der länger war als der Logger. Die Mannschaft brach in Geschäftigkeit aus. Taki schickte ein Notsignal zu Tyndall und gab ihm zu verstehen, dass sie ihn heraufziehen würden, während Ahmed und die Mannschaft eilig die Segel setzten.

»Schnell, Tuan zurückholen, schnell«, rief Niah und umklammerte Takis Arm, als er das Rettungsseil einholte. Ahmed brüllte sie auf Malaiisch an, aus dem Weg zu gehen. Sie trat beiseite und rang verzweifelt die Hände. Der Wal tauchte erneut auf. Seine Haut war mit Muscheln überkrustet, und seine kleinen Augen blickten tückisch.

An Bord brach beinahe Panik aus, als der Wal an der Steuerbordseite entlangstreifte und sich das Boot nach Backbord neigte. Der Helfer schlug aufs Deck und verlor augenblicklich die Kontrolle über das Rettungsseil und den Atemschlauch, die über die Backbordseite hingen.

Tyndall, der unsanft nach oben gezerrt worden war, fiel nun wieder auf den Meeresgrund zurück und fragte sich, was da oben, verdammt noch mal, los war. Bevor er sich das Geschehen erklären konnte, wurde er erneut nach oben gerissen. Er spürte, wie der Druck in seinem Kopf anwuchs, und atmete gierig Luft ein. Fieberhaft überlegte er, was passiert sein könnte. Dann hörten alle Bewegungen auf, und er hing wie eine Marionette im Wasser. Er neigte den Kopf zurück und spähte nach oben.

Es kam ihm vor, als blickte er durch das falsche Ende eines Fernrohrs, so unwirklich schien die Szene, die sich über ihm abspielte, und sein Herz krampfte sich vor Furcht zusammen. Die Silhouette der *Bulan* wurde von einer riesenhaften schwarzen Gestalt überdeckt, die genau unter dem Schiffsrumpf hing. Tyndall befand sich hinter dem Logger. Als seine Sicht besser wurde, sah er eine gewaltige Schwanzflosse vor sich aufragen. In hilflosem Schrecken starrte er nach oben. Der Wal stieg auf, dabei rammte sein Rücken gegen die *Bulan*. Tyndall erwartete voller Entsetzen, dass der Wal den Logger umschlagen würde.

An Deck verlor jeder das Gleichgewicht, als die *Bulan* hin und her schlingerte, während der Wal sich die Muscheln von seiner verkrusteten Haut abscheuerte.

Der Logger setzte sich langsam in Bewegung, als die Segel gesetzt wurden, doch man konnte nicht mit voller Kraft fahren, bevor der Kapitän nicht sicher an Bord war, und das zuwege zu bringen, war nun fast unmöglich, da der Wal sich zwischen dem Schiff und dem Taucher befand. Taki schlug das Rettungsseil und den Atemschlauch um einen Poller. Yoshi und Ahmed berieten sich hastig, und Ahmed rief Niah und der Mannschaft zu, sich mit Metallgegenständen – Töpfen, Werkzeugen oder irgendetwas – zu bewaffnen und damit so viel Lärm wie möglich zu machen, in der Hoffnung, den Wal in die Flucht zu schlagen. Niah rannte zur Hauptkabine, packte Tyndalls Gewehr, prüfte, ob es geladen war, und eilte an Deck zurück.

»*Tidak!*«, rief Ahmed erschrocken, als er sie kommen sah. Ein verwundeter, aufgebrachter Wal konnte ein Boot in Sekunden zerstören. In diesem Augenblick geriet das Schiff wieder ins Wanken, und Niah verlor das Gleichgewicht. Sie ließ das Gewehr fallen, eine Kugel ging los und sauste ins Meer. Der Knall schien gewirkt zu haben, denn der Wal verschwand so plötzlich, wie er aufgetaucht war. Einige Sekunden lang standen alle wie erstarrt da und konnten ihr Glück kaum fassen. Dann schrie Niah, dass sie sich beeilen mussten. Ahmed brüllte Anweisungen, und sie begannen, Tyndall beizuholen.

Da schob sich der Wal wie eine gewaltige Lok zwischen Tyndall und das Schiff. Er krachte gegen den Schiffsrumpf, als er vorbeischoss und wegtauchte, seine weiß gefleckten Schwanzflossen verfingen sich in Tyndalls Seilen und durchschnitten sie wie feine Haare.

Tyndalls Körper wurde wild und schmerzhaft durch das aufschäumende Kielwasser des Wals gewirbelt, als dieser das Rettungsseil und den Atemschlauch durchtrennte. Er fürchtete, dass ihm der Helm vom Kopf gezerrt würde, seine Hände flogen instinktiv hoch und packten wie durch ein Wunder das dünne Seil, mit dem die Muschelkörbe an die Oberfläche gezogen wurden. Er rang nach Atem, als die

Luft in seinem Anzug durch den zerfetzten Schlauch entwich. Er musste beide Hände nehmen, um sich am Seil festzuhalten. Hätte er losgelassen, wäre er wie ein Stein gesunken. Seine Panik wich blankem Entsetzen, als er erfolglos versuchte, sich am Seil hochzuziehen.

Kaum hatte Taki Alarm gegeben, sprang Niah auch schon über Bord, im letzten Moment gelang es ihr noch, sich den Sarong abzustreifen. Yoshi und Taki schossen an ihr vorbei. Mit kräftigen Stößen waren sie in Sekundenschnelle bei Tyndall, nahmen ihn in die Mitte und stiegen auf. Als sie auftauchten, packte Niah das, was vom Atemschlauch übrig geblieben war, und hielt es über Wasser, und unter dem lauten Jubel der Mannschaft wurden sie zur Strickleiter gezogen.

Tyndall war beinahe bewusstlos und zu schwer, um von seinen Rettern an Bord gehievt zu werden. Yoshi und Taki stützten ihn an der Leiter im Wasser ab, während sie die Brustgewichte entfernten und den Helm abschraubten. Die frische Luft belebte Tyndall wieder, und er brachte es fertig, sich ein Stück an der Strickleiter hochzuhangeln, sodass er an Bord gezogen werden konnte. An Deck brach er zusammen. Er blutete aus Nase und Ohren, und seine Haut war aschfahl. Niah kletterte über die Bordwand, lief zu ihm und barg seinen Kopf in ihrem Schoß, während die Männer ihm den Taucheranzug und die Stiefel auszogen. Niah zog ihm die Handschuhe aus und rieb seine Hände, und als Tyndall hustete und Farbe in sein Gesicht zurückkehrte, küsste sie den Perlmuttanhänger, der noch um seinen Hals hing.

Ahmed brachte die *Bulan* auf Kurs und sah, dass einige andere Logger, die den Walangriff mit angesehen hatten, ebenfalls aufbrachen.

Am nächsten Tag hatte Tyndall sich bereits erholt und bestand darauf, mit der Arbeit weiterzumachen. Yoshi stimmte zu, doch zum ersten Mal, seit er mit dem Tauchen begonnen hatte, begleitete ihn die Angst, als er sich von Bord fallen ließ. Er erinnerte sich an den Untergang der Flotte seines Vaters nach einem Angriff durch einen Wal.

Der Rest der Fahrt verlief jedoch ohne Vorkommnisse, und Tyndall fand große Freude in den Armen der ausgelassenen Niah, die kein Geheimnis aus ihrer Ergebenheit und Zuneigung für ihn machte.

Eines Abends saß sie im Schneidersitz auf der Koje, hielt seinen Kopf im Schoß und massierte seine Kopfhaut. Sie fragte ihn, ob es andere Frauen in seinem Leben gab, was, wie er dachte, wohl alle Frauen zu fragen pflegten. Sie wollte alles über Mem Hennessy wissen, und er versuchte zu erklären, dass sie nur Freunde seien, Geschäftsfreunde.

»Warum du ohne Frau?«, fragte sie und gebrauchte sogleich das neue Wort, das sie gelernt hatte.

Tyndall schloss vor Wonne die Augen, als ihre kraftvollen Finger durch sein Haar fuhren und wohltuend über seine Kopfhaut glitten. »Äh, ich hatte mal eine. Weit, weit weg. Sehr kalt. Dir würde es da nicht gefallen.« Er hatte jahrelang nicht an Belfast gedacht. Es war seine Vergangenheit, die jetzt keine Bedeutung mehr hatte.

»Wo ist Frau?«

»Wohl im Himmel. Wo die Seele ist. Sie starb. Große Krankheit.« Er wollte nicht weiter darüber reden und schob ihre Hände nach unten, damit sie ihm den Nacken massierte.

»Mem Hennessy auch Frau«, sagte Niah nach einer Weile. Tyndall sah leicht verwirrt zu ihr hoch.

»Ja, das ist richtig. Sie ist auch eine Frau.« Er wollte es dabei belassen.

Niah schwieg eine Weile und massierte seinen Kopf.

»Du mögen Mem Hennessy?«

Tyndall wurde starr, hielt ihre Hände fest und blickte sie an. »Guter Gott, Mädchen, worauf willst du hinaus? Sie mögen? Hm, sie ist eine nette junge Frau. Warum fragst du?«

»Mem Hennessy mich nicht mögen. Nicht wollen, du mich bekommen.«

»Quatsch.«

»Du schon sehen«, sagte Niah traurig. »Sie schicken Niah weg.«

»Unsinn.« Tyndall zog sie zu sich herunter. Sie lag auf ihm, leicht wie eine Brise. Ihr Haar und ihre Haut rochen nach Salz. Sie leckte sein Ohr und schmiegte ihr Gesicht an seinen Hals, sie hing an ihm wie ein schmusendes Kätzchen. Tyndall wurde klar, dass sie Olivia als Bedrohung ansah. Sie war sich bewusst, dass sie sie wegschicken konnte. Und allmählich dämmerte ihm, dass dieses romantische Zwischenspiel bald ein Ende haben würde, wenn sie nach Broome zurückkehrten und wieder den neugierigen Blicken der kleinen Gemeinde ausgesetzt wären. Plötzlich war ihm die Vorstellung unerträglich, dieses hübsche, liebevolle Mädchen aufgeben zu müssen. Als sich unter Niahs erfahrenen Händen die Leidenschaft in ihm zu regen begann, beschloss er, sich später Gedanken darüber zu machen, was er mit ihr anfangen würde.

Ähnliche Überlegungen hatte auch Ahmed schon angestellt, und eines Abends, als Tyndall und er zur *Shamrock* zurückruderten, brachte er die Sprache vorsichtig auf Niahs Zukunft.

Tyndall äußerte sich nur vage dazu. Es beunruhigte ihn, dass er sich so an sie gewöhnt hatte. Er hatte gar nicht bemerkt, wie leer sein Leben gewesen war, wie er Olivia und Conrad um ihr gemeinsames Leben, um ihre Partnerschaft beneidet hatte. »Keine Ahnung. Vielleicht könnte sie sich in Broome nützlich machen. Sie will nicht nach Hause zurück, hat ja auch gar kein Zuhause.«

»Sich nützlich machen könnte zu viel Gerede führen, Tuan«, gab Ahmed zu bedenken.

»Hmmm«, stimmte Tyndall halbherzig zu.

»Nicht gut fürs Geschäft. Nicht gut für Mem und Tuan

Hennessy. Alle Leute haben ihren Platz in Broome. Ihr brecht die Regeln«, seufzte Ahmed.

Tyndall zeigte den Anflug eines Lächelns. »Ich weiß, was du meinst. Sie ist aber doch so ein süßes kleines Ding. Gescheit, weißt du. Unkomplizierter als die meisten Frauen in Broome, will ich meinen.«

Als sie sich der *Shamrock* näherten, konnte er an Deck vor dem sternenübersäten Himmel Niahs Umrisse ausmachen. Eine prickelnde Erregung packte ihn jäh, die genauso plötzlich verschwand, als Olivia Hennessy in sein Bewusstsein drang. Ja, das würde schwierig werden, Mrs. Hennessy diese Beziehung zu erklären, gestand er sich selbst ein. Die alten Hasen in Broome würden ein Auge zudrücken, solange sie beide einigermaßen diskret vorgingen. Schließlich wusste jeder, was während der Landaufenthalte an manchen Nachmittagen und nach Dunkelheit in Sheba Lane vor sich ging, aber keiner sprach in der Öffentlichkeit darüber. Ach, zum Teufel. Doch so sehr er sich auch bemühte, die Sache leicht zu nehmen: Olivia gegenüberzutreten beunruhigte ihn. Er erkannte auf einmal, dass sie mehr als nur eine Geschäftspartnerin war. Er wollte sie nicht enttäuschen, nicht nur, weil sie geschäftlich miteinander verbunden waren, sondern auch, weil sie Olivia war. Seine Besorgnis legte sich jedoch schnell, als er Niah an Deck stehen sah. Sie lächelte im Mondlicht zu ihm herunter, das lange Haar wehte in der leichten Brise, und die Erinnerungen an ihren sinnlichen Körper erfüllten ihn mit nur einem Gedanken.

Elftes Kapitel

Die Ankunft eines Dampfers war jedes Mal ein Ereignis. Wenn das einlaufende Schiff bei Flut am Anleger festmachte, kamen ganze Familien zur Begrüßung herbeigeströmt. Es war geradezu ein gesellschaftliches Ereignis, das die weiße Gemeinde zu einem Aufmarsch im besten Sonntagsstaat nutzte. Die Damen waren mit riesigen Hüten und Spitzensonnenschirmen herausgeputzt, rafften zierlich den Rocksaum über dem rötlichen Straßenstaub und flanierten am Arm ihrer Ehemänner, die ihre schnittige Tropenuniform trugen. Kinder sprangen um sie herum und tobten über den Steg. Zu dem bunten Völkchen am Pier gehörten auch die chinesischen Kinderfrauen und malaiischen Amahs, die Kupanger Boys und die japanischen Hausmädchen, die Kleinkinder an der Hand hielten oder hochrädrige englische Kinderwagen schoben.

Der Friedensrichter war immer unter der handverlesenen Schar erlauchter Gäste, die vom Kapitän an Bord des Schiffes eingeladen wurden. Bei Ebbe, wenn das Schiff buchstäblich auf dem Trockenen saß, nutzten die Passagiere die Gelegenheit, wieder einmal festen Boden unter den Füßen zu spüren. Sie wanderten um das Schiff herum, um neugierig die Unterseite des Rumpfs zu betrachten. Oder sie unternahmen Erkundungsspaziergänge durch Broome, rümpften die Nasen angesichts der stinkenden Muschelschuppen und der fremdartigen Gerüche aus den chinesischen Esslokalen, wo Chopsuey, Nudelsuppe oder gebratener Reis serviert wurde. Vielleicht kamen sie auch an einer Kolonne von Aborigines vorbei, die in Fußketten zur Arbeit geführt wurden, oder bekamen im Schatten eines Torbogens von einer dunklen Gestalt eine Perle zum Verkauf angeboten. Am anderen Ende der Stadt trafen sie womöglich auf Mohammed und Moosha Khan mit ihrer Kamelkarawane, die sich gerade mit Waren und Proviant auf den Weg zu den großen Farmen oder zu den Goldminen von Kimberley machten.

Die Schiffsmannschaft war mit Geschäften zugange. Gestohlene Perlen wurden gekauft, Schmuggelware getauscht und Pakete übergeben. Die europäischen Perlenkäufer schwebten an Land und wurden von den Perlenunternehmern wie königliche Hoheiten empfangen, während die japanischen Perlentaucher, ebenfalls mit hoheitlichem Stolz, durch Chinatown bummelten. In dem berüchtigten Viertel brummte es, die Spielhöllen und Bordelle bereicherten sich an den Besucherströmen und ihrem Bargeld.

An die zwanzig Logger und Schoner kamen gleichzeitig mit der Flut herein, kämpften um einen Liegeplatz im Hafen oder segelten gleich weiter zu den Camps am Ufer.

Es gab laute, hektische und rührende Szenen, wenn Familien sich wiedersahen und die Mannschaften mit dem Entladen der Schiffe begannen. Sackkarren, Handwagen, Waggons, Muschelsäcke, Postsäcke, das Gepäck der Dampferpassagiere und Frachtgut aus dem Süden bildeten ein einziges Durcheinander.

Kaum ein Müßiggänger in der Stadt, der sich dieses bunte Treiben entgehen ließ. Durch die Menge schob sich auch Yoshi, der seinen Helm wie ein höheres Rangabzeichen trug.

Als Olivia und Conrad am Anlegesteg eintrafen, war der größte Teil der Fracht der *Bulan* bereits ausgeladen, und Tyndall wollte gerade mit der *Shamrock* ablegen, um noch bei Flut das Camp am Ufer zu erreichen.

»Da sind sie!« Olivia winkte aufgeregt, nahm Conrad bei der Hand und zog ihn ungeduldig voran. »Kapitän Tyndall«, rief sie.

Tyndall blickte von der Bootsleine auf, die er gerade loswerfen wollte. Er ließ sie sinken und befestigte sie rasch mit mehreren halben Schlägen. »Gut, Sie zu sehen«, rief er zurück und kam auf die Seite, um Olivia an Bord zu helfen. »Tag, Conrad. Hoffe, Ihre Arbeit war genauso ergiebig wie unsere Fahrt«, scherzte er.

Olivia kam Conrad zuvor. »Wirklich schön, Sie alle gesund wiederzusehen, aber Sie haben schneller gearbeitet und sind eher zurück als erwartet. Du lieber Himmel, Sie müssen uns für schreckliche Geschäftspartner halten.«

Tyndall grinste unverschämt. »Aber ich bitte Sie. Ich habe vollstes Verständnis, dass Sie so spät kommen. Der Schönheitsschlaf darf doch nicht für so etwas Banales wie Geschäfte in aller Herrgottsfrühe unterbrochen werden.«

Olivia gab ihm einen freundschaftlichen Klaps, während Conrad sich zu einem Lächeln zwang.

»Gute Fahrt gehabt, John?«, fragte er.

»Übertraf alle Erwartungen. Hatten einen kleinen Zusammenstoß mit einem Wal«, berichtete Tyndall andeutungsvoll. »Aber davon später, vielleicht beim Abendessen im Conti. Was das Geschäft angeht, Conrad, werden Sie mehr schwarze als rote Tinte brauchen, wenn Sie diese Ladung verbuchen.«

Conrad strahlte. »Großartig, John. Ich habe allerdings auch Neuigkeiten, es betrifft unser Geschäft ... es geht um eine Geschäftserweiterung ... »

»Wo ist Niah?«, unterbrach Olivia mit einer gewissen Schärfe.

»An Land. Ging heim, sobald wir angelegt hatten. Was hätte sie hier noch tun sollen«, meinte Tyndall beiläufig.

Olivia war entsetzt. »Sie lassen sie gehen? Einfach so, nach all der Aufregung, die sie verursacht hat? Warum, um alles in der Welt?«

Tyndall wurde bei diesem Ausbruch etwas unbehaglich. »Nun beruhigen Sie sich. Sie ist schließlich ein freier Mensch.«

»Woher sollen wir wissen, ob sie wirklich nach Hause geht«, platzte Olivia heraus. »Und warum ist sie überhaupt weggelaufen?«

Tyndall schob sich die Mütze aus der Stirn und setzte etwas unbeholfen zu einer Erklärung an. »Sie muss wohl gemeint haben, dass sie mir gehört. Hatte sich im Segelspind versteckt. Sie hat aber an Bord keine Schwierigkeiten gemacht.« Er versuchte, ernst zu bleiben, aber um seinen Mund zuckte es verdächtig, bis er nicht mehr an sich halten konnte und ein breites Grinsen aufsetzte, das Bände sprach.

»Gütiger Gott!«, japste Conrad.

Olivia war sprachlos und funkelte Tyndall wütend an. Der erwiderte ihren Blick mit einem amüsierten Gesichtsausdruck, worauf sie auf dem Absatz kehrtmachte und wieder an Land kletterte. Conrad folgte ihr auf dem Fuße. Über die Schulter rief er noch zurück: »Bis heute Abend! Bei Sonnenuntergang im Conti! Sie wissen wirklich, einen Tag interessant zu gestalten!«

Conrad ging direkt zu seinem Büro, während Olivia, erbost und verwirrt zugleich, ihren Sonnenschirm resolut aufschnappen ließ und im Sturmschritt zu Tyndalls Haus eilte. Ohne anzuklopfen, stürmte sie geradewegs hinein und rief laut nach Niah.

Beim Anblick der auf dem Rattansofa schlummernden Niah, die eine von Tyndalls Seemannsmützen über das Gesicht gezogen hatte, blieb Olivia wie versteinert im Türrahmen stehen. Dann stürzte sie sich auf das Mädchen und schüttelte es heftig. »Wach auf, Niah. Wach auf!«

Die Mütze glitt zur Seite. Das Mädchen öffnete schläfrig die Augen. »Hallo, Mem.« Sie richtete sich träge auf, während Olivia steif in einem der Sessel Platz nahm.

»Nun, Niah. Was ist passiert?«, herrschte sie das Mädchen an. »Warum bist du weggelaufen, und was soll das mit dir und Kapitän Tyndall?«

Niah ließ den Kopf hängen, aber Olivia blieb beharrlich. »Wir sind sehr böse auf dich, Niah. Du hast uns große Sorgen bereitet. Wenn du unglücklich warst, warum bist du nicht zu uns gekommen mit deinem Kummer?«

Niah hob vorsichtig den Kopf, dann gab sie sich sichtlich einen Ruck und sah Olivia direkt in die Augen. »Kapitän Tyndall und ich machen Liebe. Ich jetzt hier wohnen.«

Olivias Hände krampften sich um die Armlehnen des Rattansessels. Eine zornige Röte stieg ihr ins Gesicht.

»Tut mir Leid, Sie und Tuan sich sorgen, Mem. Ich denken, Sie mich vielleicht wegjagen.«

Einige Augenblicke des Schweigens verstrichen, während Olivia versuchte, ihre Gedanken zu ordnen. »Unmöglich, Niah. Das geht nicht ... was immer an Bord geschehen ist, jetzt ist Schluss.« Sie unterstrich ihre Worte mit einer entschiedenen Geste. »Du kannst nicht hier bleiben.«

Das Mädchen bückte sich nach der Mütze des Kapitäns und knüllte sie in ihren Händen. »John sagen, er Niah lieben.« Plötzlich lächelte sie.

Olivia schloss einen Moment lang die Augen. Sie mochte nicht glauben, was sie da hörte, und war empört, dass Tyndall das Mädchen verführt hatte. Schließlich erhob sie sich und sprach mit eisiger Stimme. »Genug. Ich werde das mit Tyndall klären. Das kann so nicht weitergehen, Niah.«

Statt Tyndall aufzusuchen, ging Olivia jedoch direkt nach Hause. Sie blieb eine Weile auf der Veranda sitzen, bis ihr Ärger verraucht war und sie wieder einen klaren Gedanken fassen konnte. Sie mochte sich noch so sehr zusammenreißen, doch sie konnte die eigenartige Verwirrung ihrer Gefühle nicht unterdrücken.

Als der Tag sich neigte und Conrad nach Hause kam, hatte Olivia sich wieder beruhigt. Sie brachte die Angelegenheit zur Sprache, während sie und Conrad sich für das Abendessen im Hotel umkleideten. »Es wird nicht leicht sein, Tyndall gegenüber heute Abend höflich zu bleiben. Er ist wirklich zu weit gegangen. Offenbar hat er das Mädchen verführt, und Niah ist schlau genug, die Situation auszunutzen.«

Conrad stimmte ihr zu. »Wahrscheinlich hast du Recht, meine Liebe. Es wird aber nicht leicht werden, wenn er wirklich scharf auf das Mädchen ist, und genau das scheint mir der Fall zu sein. Du weißt, dass so etwas hier bei uns häufiger vorkommt.«

»Du musst aber zugeben, Conrad, dass es keinen guten Eindruck macht. Geschäftlich gesehen.«

Conrad überlegte, was seine Logenbrüder wohl dazu sagen würden, ganz zu schweigen von den Hootens und der übrigen feinen Gesellschaft, wenn sie den Eindruck gewannen, dass er und Olivia diese Beziehung stillschweigend duldeten.

»Eine vertrackte Sache, das gebe ich zu. Vielleicht könnte er sie als Hausmädchen einstellen und bei den Dienstboten unterbringen.«

Olivia erwog diese Möglichkeit. »Das könnte gehen, vorausgesetzt, Kapitän Tyndall zeigt sie nicht in der ganzen Stadt herum. Du wirst mit ihm reden müssen, Conrad.«

Conrad seufzte. Er fand, dass er sich schon jetzt beim Ankleiden einen kräftigen Drink genehmigen sollte, um für den Abend gewappnet zu sein. Eigentlich fühlte er sich derlei delikaten Dingen nicht gewachsen, hatte er doch noch nie mit so etwas zu tun gehabt. Außerdem wusste er, dass Tyndall, wenn er einmal von etwas überzeugt war, nicht davon abzubringen war. Und Olivia schien sich die ganze Angelegenheit sehr zu Herzen zu nehmen.

»Wir können nur hoffen, dass wir ihm unseren Standpunkt klar machen können und dass er auf unsere Wünsche und Gefühle Rücksicht nehmen wird«, bot Conrad an. Er seufzte noch einmal und rief nach dem Boy, der ihm einen Gin Tonic bringen sollte.

Auf der Veranda des Hotels drängten sich die Perlenhändler und ihre Frauen mit Broomes bunt gemischter Gesellschaft. Toby Metta in seinem förmlichen dunklen Anzug fiel geradezu aus dem Rahmen unter den Perlenunternehmern in ihren hochgeschlossenen weißen Uniformen mit blanken Knöpfen und makellos weißen Schuhen. Hier und da wurde ihm zugewispert, dass eine Ladung Perlen auf dem Weg sei. Seine Frau Mabel, die in einen hellen, goldbesetzten Sari gewandet war, winkte Olivia zu.

Conrad geleitete Olivia zum letzten freien Tisch und bestellte beim Kellner einen Gin Tonic und eine Limonade. Nachdem er Olivias Stuhl zurechtgerückt hatte, nahm er neben ihr Platz und bediente sich von den würzigen getrockneten Früchten und Nüssen, die in einer Silberschale auf dem Tisch standen. »Also, ich muss schon sagen, Olivia, du siehst umwerfend aus. Neben dir erblasst der ganze Saal.«

»Danke, Conrad. Du siehst ebenfalls großartig aus.«

Zu Olivias Erstaunen hatte Conrad sich gleich mehrere weiße Garnituren bestellt und bewegte sich mittlerweile mit der größten Selbstverständlichkeit in der Uniform eines Perlenunternehmers. Er hatte sich in das Leben des Kricketklubs gestürzt, und während Olivia keine Vorstellung davon hatte, was sich bei den wöchentlichen Zusammenkünften der Freimaurerloge abspielte, versicherte Conrad, dass sich das alles sehr lohnte und auf jeden Fall ›nützlich‹ war.

»Du meine Güte! Hast du gesehen, was für Perlen manche Frauen tragen? Alles Angeberei, sie wollen sich alle gegenseitig ausstechen«, mokierte sich Olivia.

»Reichlich dumm, sie den Frauen zu schenken, statt sie Gewinn bringend zu verkaufen«, stellte Conrad pragmatisch fest.

Olivia drehte den Perlenring an ihrem Finger und enthielt sich jeden Kommentars.

»Das wird ein unterhaltsamer Abend. Ich habe gehört, dass ein Zauberer auftreten wird.«

»Wie aufregend! Ach, da ist ja Tyndall.« Bei seinem Anblick kochte erneut der Ärger in Olivia hoch. Hinter Blumenkörben mit hängendem Farn versteckt, konnte sie Tyndall ungestört beobachten, wie er locker über den Rasen geschlendert kam. Auch er trug die weiße Uniform, allerdings mit einer für seine unkonventionelle Art typischen, ganz persönlichen Note. Während die eitleren Männer Goldknöpfe bevorzugten – nach einer besonders ertragreichen Perlensaison sogar echte Goldsovereigns –, trugen die anderen gewöhnlich Silberknöpfe an ihrer Uniform. Tyndalls Uniform dagegen war mit Perlmuttknöpfen bestückt, und an seinem Ohr hing der goldene Ohrring mit der wunderbaren Perle. Als betonte Geste der Zwanglosigkeit trug Tyndall den Kragen offen. Während Olivia bei ihrer ersten Begegnung am Strand von Cossack noch über Tyndalls Erscheinung gestaunt hatte, fand sie seine Extravaganz heute ungemein anziehend. Er sah aus, als sei er gerade eben vom Deck eines Loggers gesprungen, sein Haar kringelte sich um die Ohren und war nicht vom Tropenhelm platt gedrückt wie bei den meisten Männern. Conrad dagegen, in seiner tadellosen Uniform, wirkte so, als sei er gerade frisch gebügelt aus dem Schrank gekommen.

Tyndall blieb an einem der Nebentische stehen, um eine Familie zu begrüßen. Die Töchter zirpten aufgeregt und bekamen rosige Wangen.

Conrad sah amüsiert zu. »Er ist ein echter Frauenheld. Ich möchte wetten, er könnte jede Frau in Broome oder sonst wo haben, wenn er wollte. Aber nein, er zieht keine von ihnen in Betracht … und entscheidet sich für eine vollkommen unpassende Person.«

»Wenn die Sache mit Niah publik wird, werden einige junge Damen hier in der Stadt ihr Näschen ganz schön hoch tragen. Vielleicht sollte er erwägen, endlich sesshaft zu werden, das würde das Problem lösen«, bemerkte Olivia.

»Warum?«, konterte Conrad. »Um bösem Gerede über unsere Firma zuvorzukommen?« Er hob die Augenbrauen. »Ich kann hier keine junge Frau entdecken, die den Liebreiz von Niah hätte und Tyndall gefallen würde«, fügte er rasch hinzu.

Olivia antwortete nicht, denn Tyndall hatte sie entdeckt und steuerte nun direkt auf ihren Tisch zu. Er gab Conrad die Hand und verbeugte sich vor Olivia. Nachdem er ihnen allen noch etwas zu trinken bestellt hatte, ließ er sich in einen Korbsessel fallen und streckte die langen Beine aus.

»So«, erklärte er.

»So?«, wiederholte Olivia und blickte ihn fragend an.

»Alles ruhig auf See, würde ich sagen.«

»Was war das für eine Geschichte mit dem Wal?«, wollte Conrad wissen, ängstlich bemüht, das Thema Niah nicht anzuschneiden.

»Na ja, das war ziemlich knapp.«

Tyndall schilderte das Geschehen und sparte nicht an drastischen Einzelheiten. Conrad nippte an seinem Drink. Er war sich nicht sicher, ob Tyndall nicht maßlos übertrieb, wusste aber, dass seine Geschichte leicht nachgeprüft werden konnte. Olivia lauschte gebannt und zeigte sich sichtlich bestürzt, als ihr klar wurde, wie leicht er hätte getötet werden können.

Conrad schüttelte den Kopf. »Na, das werden Sie bestimmt nie wieder tun.«

»Was denn? Tauchen? Na, und ob«, grinste Tyndall.

»Sie leben offensichtlich gern gefährlich«, bemerkte Olivia. Er warf ihr einen durchdringenden Blick zu und fragte sich, ob sie auf Niah anspielte.

Eine betretene Pause trat ein, die Conrad jedoch geschickt überspielte. »Und nun zu Niah. Ich denke, wir sollten darüber reden.«

»Muss das hier und jetzt sein?«, fragte Tyndall gelangweilt.

Conrad brachte vorsichtig die Punkte zur Sprache, die er und Olivia beredet hatten. »Was ich sagen will, alter Knabe, wir sind doch Partner, und was der eine tut, betrifft auch den anderen und die ganze Firma.«

»Nun, ich habe bestimmt nicht vor, Ihnen irgendwelchen Kummer oder Peinlichkeiten zu …«

»Das hätten Sie sich vorher überlegen sollen«, fuhr Olivia dazwischen.

Tyndalls Augen blitzten. »Haben Sie sich noch nie von Ihren Gefühlen leiten lassen? Hören Sie, Niah wird für die nächste Zeit bei mir bleiben. Ich habe sie in meinem Haus einquartiert.«

Die Unverblümtheit dieser Worte machte Olivia sprachlos. Tyndall war offenbar nicht geneigt, wenigstens eine fadenscheinige Ausrede vorzuschieben, um das Gesicht zu wahren.

»Schauen Sie, ich könnte natürlich vorgeben, dass sie als Dienstmädchen oder als Köchin bei mir arbeitet, aber niemand in dieser Stadt würde mir das abkaufen.« Er blickte Olivia herausfordernd an. »Ich habe nicht vor, als Heuchler dazustehen. Erwarten Sie etwa von mir, dass ich eine dicke Lüge auftische?«

Conrad mischte sich ein, noch ehe Olivia zu einem klaren Gedanken kam. »Hören Sie, John, lassen Sie uns doch in Ruhe reden. Ich verstehe Sie ja, aber Sie müssen auch einsehen, dass Olivia und ich das nicht so einfach hinnehmen können. Wenn Sie es aber so haben wollen, müssen wir uns damit abfinden.«

Olivia drehte ihr Glas in der Hand. Sie nahm einen kleinen Schluck, um Zeit zu gewinnen und ihre Verärgerung in den Griff zu bekommen. »Wenn es denn so sein soll, werde ich mich fügen. Ich muss Ihnen allerdings dazu sagen, dass ich Niah, bei aller Zuneigung, die ich für sie empfinde, nicht als Gast in meinem Haus dulden werde.«

Tyndall nickte zustimmend. »Einverstanden. Es tut mir

Leid, dass ich Ihnen mit dieser Sache Kummer bereitet habe, aber ich denke, die Zeit wird die Wunden heilen.« Er leerte sein Glas und machte mit einer unmissverständlichen Geste klar, dass das Thema nun für ihn erledigt war und er zum nächsten Punkt kommen wollte. »So, und jetzt zum geschäftlichen Teil.«

Olivia beteiligte sich nicht weiter an der Unterhaltung der Männer und blickte in den abendlichen Garten hinaus. Betrübt musste sie sich eingestehen, dass ihre Beziehung zu Tyndall einen Bruch erlitten hatte. Sie warf ihm insgeheim vor, dass er Niah verführt hatte und zudem im Begriff war, eine Freundschaft zu zerstören, die ihr, wie sie erst jetzt merkte, sehr viel bedeutete.

Nach dem Essen führte der Zauberer einem gut gelaunten Publikum seine Kunststücke vor. Er jonglierte, schluckte Feuer und vollführte ein paar Taschenspielertricks, die alle verblüfften. Als Krönung seiner Show zog er einen Packen Tarotkarten hervor und wählte sich Leute aus dem Publikum, denen er ihr Glück vorhersagte. Das Ganze war höchst amüsant, und in vielen Fällen traf die Vorhersage sogar genau zu, obwohl es manch einem ein bisschen zu weit ging. Das Publikum applaudierte, staunte und jubelte, dabei ahnten die wenigsten, dass der große Künstler sich bestens vorbereitet hatte und in diversen Pubs, Arbeitsschuppen und Geschäften seine Erkundigungen über einige der Persönlichkeiten der Stadt eingeholt hatte. Als letztes Opfer suchte er sich Tyndall aus, der sich mit gespieltem Widerwillen zu dem kleinen Tisch in der Mitte des Speisesaals führen ließ.

Der Zauberkünstler mischte die Karten, dann deckte er sie mit dem Bild nach oben auf. Er studierte sie einen Moment lang, ehe er verkündete: »Glück und ein Vermögen warten auf Sie.« Daraufhin erhob sich ein Gemurmel im Saal, und einige Frohnaturen scherzten, er habe wohl auf seiner letzten Fahrt einen Schatz gefunden. Bei der nächsten Bemerkung des Zauberers brach der ganze Saal in schallendes Gelächter aus. »Sie haben großes Glück in der Liebe. Ich sehe vier Frauen in Ihrem Leben ...« Nachdem das Gelächter sich gelegt hatte, fügte der Mann noch hinzu: »Die Liebe dieser Frauen wird einen hohen Preis kosten, aber seien Sie versichert, dass diese Liebe etwas ganz Besonderes sein wird.« Rasch schob der Zauberer die Karten zusammen und steckte sie weg. Tyndall kam es so vor, als ob der Mann ihm eigentlich noch etwas hatte sagen wollen, es sich dann aber anders überlegt hatte.

Von lautem Gelächter, Rufen und derben Bemerkungen begleitet, setzte sich Tyndall wieder zu den Hennessys an den Tisch. Olivia zog die Augenbrauen hoch. »Vier Damen in Ihrem Leben?«

»Nun, hoffentlich behält er mit dem Vermögen Recht«, warf Conrad rasch ein. Er nahm Olivias Hand und half ihr auf. »Es ist schon spät. Wir wollen gehen. Ich sehe Sie dann morgen im Camp.«

Tyndall gähnte. »Ich glaube nicht, alter Freund. Ich werde morgen freinehmen und zu Hause bleiben.« Er zwinkerte ihnen fröhlich zu und grinste anzüglich. Olivia nahm keine Notiz davon und verabschiedete sich kühl.

Nachdem Conrad am anderen Morgen das Haus verlassen hatte, machte Olivia sich auf den Weg zu Tyndall. Nach einer schlaflos verbrachten Nacht wollte sie mit ihm reden und ihrem Ärger Luft machen.

Tyndalls Haus war auf Pfählen errichtet, das spitze Schrägdach verlieh den Räumen hohe Decken. Bambusblenden schützten die umlaufende Veranda vor Blicken, üppig blühende Jasminbüsche und Poinciana-Bäume zierten den vorderen Garten. Olivia verweilte einen Moment im Schutz der Bäume vor dem Zaun, dann ließ sie das Gartentor mit einem vernehmlichen Klicken ins Schloss fallen und ging zum Haus. Sie rief laut durch die offen stehende Haustür, und endlich kam ein dicklicher Chinese, der sich die Hände an einem Tuch abwischte und sie kurzsichtig in Augenschein nahm. Sie verlangte, den Hausherrn zu sprechen. Der Chinese drehte sich wortlos um und schlurfte davon.

Olivia konnte hören, wie Tyndall aus dem Koch herauszubekommen versuchte, wer da gekommen sei. Schließlich kam er ungehalten in die Halle und fragte: »Wer ist da?«

»Ich bin es, Kapitän Tyndall. Ich möchte mit Ihnen reden.«

Tyndall stand überrascht in der Haustür. Er war mit einer einfachen Baumwollhose und nur einem Unterhemd bekleidet. Über seiner Schulter hing ein Handtuch, und seine Haare schimmerten feucht. Er entschuldigte sich bei Olivia für sein ungebührliches Aussehen, führte sie auf die Veranda zu einem bequemen Sessel und ließ sie einen Moment allein. Sie hörte ihn nach kalter Zitronenlimonade rufen, dann kehrte er, noch immer damit beschäftigt, sein Hemd zuzuknöpfen, zu ihr zurück.

»Ich kann mir denken, warum Sie gekommen sind. Also?«

»Wie ist die Lage der Dinge, Kapitän Tyndall, und zu welcher Lösung sind Sie gekommen?«

»Lösung? Ich dachte, wir hätten alles geklärt.«

»Wie stehen die Dinge zwischen Ihnen und Niah?«

»Ganz einfach. Wir sind ein Paar. Sie wird hier einziehen, und ich werde irgendeine Beschäftigung für sie finden. Sie ist ein kluges Ding und lernt schnell.«

»Das glaube ich gern«, konterte Olivia spitz. »Also wirklich, es ist eine Schande. Wie konnten Sie so etwas tun? Es ist einfach nicht fair dem Mädchen gegenüber, und auch nicht gegenüber Conrad und mir. Das Ganze hat doch keine Zukunft, und überhaupt ... ich dachte, Sie seien besser als ...«, sie kämpfte mit den Worten, »... diese Schürzenjäger, die heimliche Geliebte unter den Eingeborenen haben.«

»Ach, das stört sie? Ihre Hautfarbe? Aber die Aborigines waren Ihnen damals willkommen, als Sie Ihnen zu Hilfe kamen.«

»Es ist nicht nur die Hautfarbe. Sie ist noch so jung! Sie sieht in Ihnen doch nur ein Mittel zum Zweck. Alles, was sie will, ist hier bleiben und von Ihnen versorgt werden.« Olivia ärgerte sich zusehends über Tyndalls Fragen und seine gelassene Art.

Seine Stimme wurde eisig. »Was ist daran so schlecht? In einer anderen Kultur wäre Niah heute bereits verheiratet. Ich hatte angenommen, Sie wären etwas fortschrittlicher in Ihrem Denken. Sie klingen genau wie die Damen bei den Teekränzchen im Hause des Friedensrichters.«

Olivia zögerte einen Moment. Ihre Einstellung den Aborigines gegenüber galt gemeinhin als unkonventionell. Sie war sogar stolz darauf, dass man sie in der hiesigen Gesellschaft als eine Art Rebellin ansah. Warum also regte sie sich so darüber auf, dass Tyndall ebenfalls den Regeln der weißen Gesellschaft zuwiderhandelte?

Ehe sie jedoch zu einer Antwort ansetzen konnte, fuhr Tyndall mit wachsender Verärgerung fort. »Tun Sie doch nicht so, Olivia! Sie finden es ganz interessant, eine rebellische Einstellung zu pflegen, solange ihr kleines häusliches Glück dadurch nicht ins Wanken gerät. Sie sind eifersüchtig auf ein dunkelhäutiges Mädchen, das keine Bildung hat und aus einem anderen Kulturkreis stammt. Ich dachte wirklich, Sie wären besser als die anderen.«

»Lassen Sie mich aus dem Spiel! Es betrifft uns alle! Ganz besonders Niah! Sie ist ein einfaches Mädchen, und Sie haben sie verführt – nicht nur im körperlichen Sinne, sondern auch, weil sie ihr etwas vorgaukeln, ihr falsche Versprechungen machen. Sie versteht das nicht. Was soll denn einmal aus ihr werden?«

»Kümmert Sie das wirklich, Olivia? Oder kümmert Sie nur, was die Leute denken?«, schrie er sie an.

»Natürlich sorge ich mich um Niah. Ich sorge mich auch um Sie, John! Niah hier im Haus zu haben ist Wahnsinn!« Nun schrie auch Olivia.

»Sie sind eifersüchtig, Olivia. Schlicht und einfach eifersüchtig. Lassen Sie uns in Frieden, und die Dinge werden sich regeln. Und wenn Sie schon dabei sind, überdenken Sie mal Ihre eigenen Gefühle. Hören Sie auf, andere nach Maßstäben zu beurteilen, die nur Sie für richtig erachten.«

»Dann sollten Sie auch mal über Ihre Beweggründe nachdenken, John Tyndall«, entgegnete Olivia, sprang auf und rauschte an dem chinesischen Koch vorbei, der ratlos mit dem Tablett in der Hand dastand.

Olivia fühlte sich zutiefst gekränkt. Als sie wutschnaubend über den Fußweg aus zerstoßenen Muschelschalen hastete, rief Tyndall ihr in belustigtem Ton hinterher: »Immerhin nennen wir uns jetzt endlich beim Vornamen!«

Olivia knallte die Gartentür hinter sich zu und stampfte mit hoch erhobenem Kopf und innerlich kochend davon. Während die Sonne auf dem Heimweg unerbittlich auf ihren weißen Sonnenschirm brannte, begann sich ihr Ärger allmählich zu verflüchtigen. Dennoch ging ihr die heftige Auseinandersetzung noch lange nach, ganz besonders der Vorwurf, dass sie eifersüchtig sei. Warum bloß sollte sie eifersüchtig sein? Sie war eine verheiratete Frau. Tyndall konnte doch schlafen, mit wem er wollte. Hätte sie sich vielleicht genauso aufgeregt, wenn das Mädchen in Tyndalls Bett eine attraktive Weiße gewesen wäre? Ärgerte sie sich etwa darüber, dass Tyndall einem Mädchen den Vorzug gab, das von ihrem gesamten Freundeskreis und ihren Geschäftspartnern als minderwertig und nicht gesellschaftsfähig eingestuft wurde? Oder wäre sie am Ende auf jede Frau eifersüchtig, die sich Tyndall erkor?

An diesem Abend vertiefte Conrad sich in seine Zeitschriften und Magazine, die Monate nach ihrem Erscheinen aus England eingetroffen waren. Olivia saß im Dunkeln auf der Veranda und lauschte den nächtlichen Geräuschen im Garten. Eine warme Brise wehte herüber. In den starken Duft der Jasminblüten mischte sich der leichte Faulgestank der Mangroven. Dieser für Broome so charakteristische Geruch war Olivia inzwischen sehr vertraut geworden. Sie bedauerte den Streit mit Tyndall, war andererseits aber froh, dass sie ihrem Herzen Luft gemacht hatte. Sie würde den Dingen ihren Lauf lassen und darauf bauen, dass Tyndall sich diskret verhalten oder doch noch zur Vernunft kommen würde. Sie würde dem Geschäft zuliebe einen freundlichen Umgang mit ihm pflegen, wohl wissend, dass ihre Freundschaft durch sein Verhältnis zu Niah beeinträchtigt wurde. Sie würde weiterhin ihre Würde bewahren, denn sie brauchte sich nichts vorzuwerfen.

Und in ihrem Inneren hörte sie Tyndalls Stimme: »Ich auch nicht.«

Zur selben Zeit saß Tyndall tief in Gedanken auf seiner Veranda bei einem Schlummertrunk. Niah kam auf leisen Sohlen zu ihm, setzte sich zu seinen Füßen und lehnte den Kopf an seine Knie. Gedankenverloren strich Tyndall ihr über das Haar. Die heftige Auseinandersetzung mit Olivia hatte ihn traurig gestimmt. Jetzt, da ihre Freundschaft ins Wanken geriet, wurde ihm erst bewusst, dass sie mehr für ihn war als eine Geschäftspartnerin. Er musste sich sogar betreten eingestehen, dass er Olivias Anerkennung brauchte und suchte. Trotzdem konnte er nicht umhin, diese Frau mit dem frostigen Blick und der förmlichen Art mit jener vom Wind zerzausten Gestalt zu vergleichen, die auf der *Bulan* in ihrer verrückten Kluft aufgetaucht war und gerade das Lachen wieder entdeckt hatte. Als Niahs Hand ihm zärtlich über den Schenkel fuhr, wurde ihm bewusst, welche Leere sie in seinem Leben ausfüllte, und bald schon waren seine Gedanken an Olivia vergessen.

Im Verlauf der nächsten drei Jahre wandelte sich die Beziehung zwischen Olivia und Tyndall allmählich. Ihre Geschäftspartnerschaft festigte sich immer mehr, da sie sich gegenseitig achteten und die Fähigkeiten des anderen schätzten. Auch ihre Freundschaft bestand fort, aber die Innigkeit früherer Zeiten fehlte. Sie mochten wohl das eine oder andere Mal ein kurzes Lächeln tauschen, doch sobald ihre Blicke sich trafen, legte sich ein Schleier über Olivias Augen, und sie wandte sich ab.

Tyndall erkannte die unsichtbaren Schranken und versuchte nicht, sie zu überschreiten. Er ging seinen Geschäften nach und neckte Olivia kaum noch, wie er es früher zu tun pflegte.

Olivia wiederum hielt sich mit ihrer Kritik mehr zurück, auch wenn sie sie gerne wie in alten Zeiten unverblümt geäußert hätte. Auch fehlte ihr das neckische Geplänkel mit Tyndall. Dies war eine Kunst, die Conrad nicht beherrschte. Dennoch blieben sie dabei und nannten sich weiterhin beim Vornamen – eine erstaunliche Folge ihres Streits wegen Niah.

Conrad war froh über das stabile freundschaftliche Verhältnis und spürte nichts von der unterschwelligen Spannung zwischen Tyndall und Olivia. Die Geburt ihres zweiten Sohnes Hamish zwei Jahre zuvor hatte ihrem Leben neuen Auftrieb gegeben. Conrad war allerdings überrascht, dass Olivia sich trotz ihrer Beanspruchung durch das Baby und ihrer knappen Zeit weiterhin so stark für die *Star of the Sea Pearl Company* einsetzte. Er schrieb es ihrem Engagement für ihr Perlenunternehmen zu, und da sie Hilfe im Haushalt hatten, sah er keinen Grund, warum Olivia sich nicht in der Firma betätigen sollte.

Olivia nahm ihren kleinen Sohn Hamish an der Hand und ging mit ihm zum Hafen. Beim Anblick der zum Auslaufen bereiten Logger, die nur noch auf die Flut warteten, begann der Kleine aufgeregt zu hüpfen, ließ Olivias Hand los und wackelte auf seinen kurzen Beinchen zur *Bulan.* Als er Ahmed auf dem Schiff entdeckte, winkte er und rief: »A'med, Hamish kommt!«

Der Malaie verzog das Gesicht zu einem breiten Grinsen, packte den Kleinen und hob ihn an Deck. Er und das Kind hatten ein ganz besonderes Verhältnis zueinander entwickelt.

Olivia beobachtete die beiden mit einem gerührten Lächeln. Ahmed war ein liebevoller Lehrer, knüpfte mit Engelsgeduld Seemannsknoten für den Jungen, ließ ihn das Handrad der Pumpe drehen und brachte ihm malaiische Worte und Ausdrücke bei.

»Alles klar zum Auslaufen?«, fragte sie auf Malaiisch.

»Ja, Mem. Alles klar.« Ahmed freute sich, dass sie seine Sprache so leicht erlernt hatte.

»Was macht der neue Logger?«

»*Bagus.* Yoshi nimmt den neuen Logger, die *Arabella,* ich bleibe auf der *Bulan*, Tuan bringt das Mutterschiff *Shamrock*. Schätze, das wird ein guter Trip. Ich fühle es.«

»Das hoffe ich auch, Ahmed. Viel Glück.« Olivia verfiel wieder ins Englische. »Reich mir mal das Äffchen her, damit wir uns von Yoshi verabschieden können.«

Als Ahmed den Jungen hochnahm, schlang der ihm die Ärmchen um den Hals und drückte ihn fest, bevor der Malaie ihn an Land setzte. Wenige Schritte weiter kam Olivia zum Liegeplatz der *Arabella.* Yoshi, sein Helfer Taki und der Bootsführer standen an der Mole. Yoshi, der den kostbaren Kupferhelm im Arm hielt, tat ganz erschrocken, als Hamish an ihm hochhüpfte und unbedingt den Helm aufprobieren wollte.

»Zu groß, zu schwer, kleiner Mann«, lachte der Taucher. »Du großer Mann, dann auch Helm tragen.«

Olivia plauderte noch ein wenig mit den Männern und wünschte ihnen dann eine gute Fahrt. Es war das erste Mal, dass ein Logger ohne Ahmed oder Tyndall an Bord in See stach. Yoshi hatte sich als absolut vertrauenswürdig erwiesen, während sonst so mancher Taucher die eine oder andere Perle heimlich mitgehen ließ, um sie auf eigene Faust zu verkaufen. So hatten Tyndall und die Hennessys beschlossen, Yoshi auf dieser Fahrt das Kommando über den Logger anzuvertrauen. Er verbeugte sich respektvoll vor Olivia, die seine Höflichkeit mit einem leichten Neigen des Kopfes erwiderte und ihm alles Gute wünschte. Schließlich gingen sie weiter zur *Shamrock* und riefen nach Tyndall, der alsbald an Deck erschien.

»Ahoi!«, quietschte Hamish, als er ihn entdeckte.

»Dir auch ahoi, Hamish.« Tyndall sprang an Land und nahm ihn auf den Arm.

Der Junge berührte vorsichtig die Perle in seinem Ohr. »Hübsch.«

»Wir werden noch mehr so hübsche Perlen mitbringen, hoffe ich, was, Olivia?«

»Ahmed sagt, er hat ein gutes Gefühl. Werden Sie die ganze Zeit bei den Loggern in den Perlengründen bleiben? Das wird nicht so einfach für Niah sein.«

Niah würde in wenigen Monaten niederkommen. Tyndall hatte ihnen die frohe Nachricht ganz nebenbei verkündet, doch hatte er seine Freude und seinen Stolz nicht verhehlen können.

»Ich werde nach Süden segeln und bei Bedarf der Flotte Proviant und Wasser bringen.«

»Wenn Sie meine Aboriginefreunde sehen, sagen Sie ihnen, dass es uns gut geht.«

»Wird gemacht.«

Nach diesen Belanglosigkeiten ging ihnen der Gesprächsstoff aus, und sie verstummten. Da erschien Niah an Deck und winkte Hamish zu.

»Viel Glück, Niah. Pass auf dich auf«, sagte Olivia. Obwohl Niah auf gesellschaftlicher Ebene nicht im Haus der Hennessys verkehrte, pflegten sie und Olivia dennoch eine Art freundschaftlichen Umgang. Niah machte sich im Ufercamp nützlich, Olivia brachte ihr so manches bei, und als Gegenleistung half Niah ihr dabei, Malaiisch zu lernen.

Olivia betrachtete Niah in einem jener langen, losen Gewänder, wie sie die Frauen in der Südsee tragen. Der gewölbte Leib zeichnete sich deutlich darunter ab, doch Niah trug ihre Last mit Grazie und ohne Mühe.

»Ich hoffe nur, das Baby kommt nicht zu früh«, sorgte sich Olivia.

»Mir gehen gut, Mem.«

»Wenn doch, kriegen wir das schon hin«, warf Tyndall ein. »Sie haben es ja auch hingekriegt«, fügte er leise hinzu und bereute sogleich seine Worte. Er wollte keine alten Wunden aufreißen. Aber die Geburt von Hamish hatte Olivia über den Verlust ihres ersten Sohnes hinweggetröstet. Sie malte sich bereits aus, wie nett es wäre, mit Hamish auf der Shamrock nach Süden zu segeln. Eines Tages würde sie ihn dahin mitnehmen, wo sein Bruder geboren wurde, und ihm die ganze Geschichte erzählen.

Olivia wandte sich zum Gehen. »Conrad lässt auch grüßen und wünscht Ihnen gute Fahrt«, rief sie noch.

Tyndall sah Olivia und ihrem Sohn nachdenklich nach. Als er sich zu Niah umwandte, schenkte sie ihm ein bezauberndes Lächeln. »Ich dir auch einen Sohn geben, Tyndall. Du sehen.«

»Aber hoffentlich erst, wenn wir sicher wieder in Broome sind«, frotzelte er.

Einige Wochen später, noch immer auf hoher See, lagen Niah und Tyndall in der kühlen Nachtbrise an Deck der

Shamrock. Am Himmel hing ein satter, gelber Vollmond, der auf das Wasser schien. Und mit einem Mal sahen sie vor sich jene Erscheinung, die man gemeinhin ›Die Goldene Leiter zum Mond‹ nennt. Dieses Naturphänomen, das jährlich wiederkehrt, wird zu bestimmten Zeiten durch unsichtbare atmosphärische Schwankungen verursacht. Diese bewirken, dass der silbrig goldene Mondstrahl durchbrochen wird, sodass eine goldene Leiter von der Wasseroberfläche zum Mond zu führen scheint.

»Wir steigen hinauf«, sagte Niah und deutete auf den Mond.

»Das schaffst du nie. Zu dick«, lachte Tyndall und streichelte ihren Bauch. Glücklich schmiegte sie sich in seine Arme. Während er sie so umschlungen hielt, spürte er den Perlmuttanhänger zwischen ihren Brüsten. »Erzähl mir davon«, bat er.

»Ist Zeichen von meinem Stamm. Sehr alt. Erstes Mädchen immer kriegen.«

»Aha, die Männer wohl nicht, was? Und was bedeutet es?«

»Meine Mutter-Mutter kommen von hier. Heiraten Mann von Makassar. Mit ihm fortgehen, weit fort.«

Tyndall war verblüfft zu erfahren, dass ihre Großmutter eine Aborigine war. »Niah, weißt du denn, zu welchem Stamm das gehört?«, fragte er und deutete auf den Anhänger.

Sie schüttelte den Kopf. Ein wehmütiger Blick trat in ihre Augen, und Tyndall wurde klar, dass sie ihre Familie sehr vermisste, gerade jetzt, da die Geburt ihres Kindes bevorstand. »Es müssen Küstenbewohner gewesen sein«, meinte er nur. Und so lagen sie nebeneinander und schauten auf die goldene Leiter zum Mond, die über dem Wasser schimmerte. Tyndall fühlte sich wohl, das Mädchen machte ihn sehr glücklich, und das Kind würde sein Glück noch vervollständigen. Derlei müßige Gedanken wären ihm früher nie in den Sinn gekommen, aber er hatte erkannt, dass er sich mittlerweile nach jener Geborgenheit sehnte, die Conrad und Olivia miteinander teilten. Mit einem Kind, so schien es ihm, würde er wenigstens eine Spur auf diesem Planeten hinterlassen. Bisher war er nur für sich selbst verantwortlich gewesen. Das war wohl einer der Gründe dafür, dass er ein so leichtfertiges Leben geführt hatte. Er beugte sich zu Niah herab und küsste sie zart auf die Wange. Sie blickte zu ihm auf und lächelte ihn an.

Als die Perle in seinem Ohr im Mondschein aufblitzte, fasste sie sie vorsichtig an. »Was das bedeuten?«

»Ich habe sie bei einem Kartenspiel gewonnen und fand sie so schön, dass ich beschloss, noch mehr davon zu finden.«

»Das da *Träne des Mondes*«, flüsterte Niah und fuhr sanft über die Perle, die genau die Farbe des Mondes über ihnen widerspiegelte. »Meine Mutter sagen ... diese da, Perlen ... wenn Göttin des Mondes weint, Tränen fallen in Meer und machen Perlen.«

»Das ist wunderschön, Niah ... *Tränen des Mondes*. Das gefällt mir.«

Niah reckte sich schläfrig. »Baby und ich jetzt schlafen.«

Die *Shamrock* ankerte in einer kleinen Bucht ganz in der Nähe der Stelle, wo die unglückselige *Lady Charlotte* Schiffbruch erlitten hatte und Tyndall Olivia zum ersten Mal begegnet war. Heute waren das Wetter und die See friedlich gestimmt, und so wateten Niah und Tyndall an Land, um dort eine Weile zu rasten.

Ihr Weg führte an Dünen und niedrigem Buschwerk vorbei in den Schatten der Bäume, wo sie an einem kleinen Bach Rast machten. Nach einer kleinen Mahlzeit vertiefte Tyndall sich in sein Logbuch, und Niah brach zu einem Erkundungsgang auf.

Bald schon entdeckte sie Spuren im Sand, und ein Haufen leerer Muschelschalen verriet ihr, dass hier ein Lagerplatz war. Wie einst vor ihr Olivia, ließ Niah sich ganz in der Nähe im Schatten nieder. Ein wohliges Gefühl der Geborgenheit überkam sie, die Augen fielen ihr zu, und sie ruhte ein wenig. Sie war schon fast eingeschlafen, als sie von lauten Rufen geweckt wurde. Eine Gruppe Aboriginefrauen winkte und rief ihr etwas zu.

Niah hatte nicht erwartet, die Frauen zu verstehen, und doch waren ihr einige Ausdrücke und Wendungen vertraut. Es waren Grußworte, die sie von ihrer Aboriginegroßmutter kannte. Aufgeregt erwiderte sie die Worte. Ihre Gedanken überstürzten sich, Erinnerungen wurden wach. Die Frauen kamen herbei und umringten sie, fragten nach Tyndall, dessen Schoner sie erkannt hatten. Niah lächelte, zeigte den Pfad hinab und dann mit einem Strahlen auf ihren gewölbten Bauch: »Tyndall Baby.«

Die Frauen begrüßten die Neuigkeit mit Begeisterung und lautem Gelächter. Sie wollten sich gerade auf die Suche nach Tyndall machen, als die Älteste unter ihnen aufgeregt zu gestikulieren begann und in einen Schwall hastiger Worte ausbrach. Die anderen Frauen drängten sich um sie. Niah konnte ihren Worten nicht folgen, doch dann deutete die alte Frau auf ihren Perlmuttanhänger und fing an, ihr Fragen zu stellen.

Niah bebte vor Aufregung, als ihr langsam zu Bewusstsein kam, dass es eine Verbindung zwischen ihr und diesen Menschen gab. Da sie ihre Sprache nicht verstehen konnte und sie sich auf Englisch nicht verständigen konnten, machte sie den Frauen Zeichen, ihr zu Tyndall zu folgen.

Nach dem Begrüßungsritual erzählte Niah Tyndall aufgeregt, wie sie die Frauen getroffen hatte, dass sie ihrer Sprache ein wenig folgen konnte und welches Interesse die Frauen an ihrem Anhänger hatten. Sie setzten sich alle im Kreis unter die Bäume, und mit Tyndalls Kenntnis der Eingeborenensprache gelang es ihnen, die Geschichte der Frau aufzurollen, die einst auf die andere Seite der Monsunwinde gezogen war. Eine alte Frau nahm einen Stock und begann, Linien in den Sand zu ziehen. Sie zeichnete das Muster auf dem Perlmuttanhänger nach und erklärte dazu, die Striche bedeuteten Reisen über das Meer, der große Kreis stand für den Mond, und die kleinen Kreise bedeuteten … hier fehlte ihr das richtige Wort, bis die Alte mit einem breiten Grinsen auf Tyndalls Perle im Ohr zeigte.

Die Frauen klatschen vor Freude in die Hände. Dann führten sie Tyndall und Niah über den Pfad zurück zum Strand. Hier zeigten sie Niah die Überreste einer steinernen Feuerstelle, die einst von den Makassaren zum Kochen von Trepang erbaut worden war.

Niah saß im Sand. Versonnen fuhr sie mit der Hand über die alten Steine und versuchte, sich auszumalen, was sich hier vor Generationen zugetragen hatte. Tyndall beobachtete sie, er wusste, wie bedeutsam das alles für sie war. Ihre kindliche Neugier und Aufgeregtheit war einer neuen und tiefen Erkenntnis gewichen. Sie hatte Zugang zur Geschichte ihrer Vorfahren gefunden.

»Ich kennen Geschichte von Familie. Jetzt kennen Familie. Ich können Baby erzählen Geschichte.«

»Das ist unglaublich! Einfach erstaunlich. Aber das Leben ist eben voller Überraschungen«, freute sich Tyndall. Der glückliche und zugleich wehmütige Ausdruck in Niahs Gesicht rührte ihn zutiefst. »Jetzt hast du den Weg in die *Traumzeit* gefunden.«

Den anderen vom Stamm der Aborigines wurde Bescheid gegeben, und bei Sonnenuntergang hatten sich alle mit Niah und Tyndall am Strand um ein großes Lagerfeuer versammelt. Die Stammesältesten berieten sich ausgiebig, dann kamen sie zu dem Schluss, dass gefeiert werden sollte. Man würde am nächsten Abend ein *corroboree* veranstalten.

Es sei ein Heimkehr-*corroboree*, erklärten die Frauen

Niah und nahmen sie an der Hand. Niah liefen Freudentränen über das Gesicht. Endlich hatte sie einen Teil ihrer Familie wiedergefunden.

Als die Nacht einsetzte, loderten helle Feuer. Diejenigen, die nicht am Tanz teilnahmen, saßen mit Niah und Tyndall in der Runde, lachten, schwatzten und spielten mit den Kindern.

Unvermittelt traten Männer aus dem Dunkel und begannen, zum dumpfen Schlag der Klangstöcke und rhythmischem Gesang zu tanzen. Ihre Körper waren mit magischen Zeichen bemalt, einige Körper trugen das gleiche Muster wie Niahs Muschelanhänger. Der Tanz stellte dar, wie die Seefahrer aus Makassar in ihren *praus* über das Meer kamen. Einige Männer übernahmen die Rolle der eigenen Vorfahren und hießen die Makassaren willkommen. Dann mimten sie auf grandiose Weise das Perlentauchen und das Kochen von Trepang. Das Rühren in dem großen Topf, dem fauliger Gestank entstieg, erntete beim Publikum großes Gelächter. Dann wurde eine Frau ausgewählt, die zu den fremden Besuchern ins Boot stieg. Lautes Klagen begleitete sie, als sie von der Familie Abschied nahm. Doch dann kam sie mit einem Baby zurück, und es wurde ausgiebig gefeiert, bis erneut die Zeit zum Abschiednehmen kam. Das lange Lied der Stammesältesten beschwor die Einheit der Sippe, erzählte davon, wie die Geister des Meeres und die großen Meeresvögel ihre Botschaften von Land zu Land trugen und so den Zusammenhalt der Sippe wahrten. Obwohl er nicht alle Worte verstand, erkannte Tyndall die Botschaft: Dass räumliche Trennung nie die Bande zerstören konnte, die eine Sippe über Generationen zusammenhielten. Er sah in Niahs tränennasses Gesicht, als der Tanz endete. Auch sie hatte nun verstanden, was Gemeinschaft und Zusammengehörigkeit bedeuteten, und er war froh darüber.

Nach sechs Wochen auf See lief die *Shamrock* in Broome ein. Niah stand kurz vor der Niederkunft, also hatte Tyndall beschlossen, der Flotte vorauszufahren und zum Hafen zurückzukehren.

Zwei Tage später wurde Olivia zu früher Morgenstunde von Ahmeds Hämmern an der Tür aus dem Schlaf gerissen.

»Mem, Niah Baby kommen. Nix Hebamme finden. Tuan sagen, Sie schnell kommen.«

Olivia streifte sich rasch etwas über, bat Conrad, auf Hamish aufzupassen, und fuhr mit Ahmed im Sulky zu Tyndalls Haus. Als Ahmed sich wieder aufmachte, eine Hebamme zu suchen, riet Olivia ihm: »In Kennedy's Camp gibt es eine Aborigine, die bei Geburten hilft. Sieh zu, dass du sie findest.«

Im Schlafzimmer fand sie Tyndall, der besorgt mit einem Glas Rum in der Hand auf und ab lief, während Niah auf dem Bett stöhnte.

»John, Sie können hier nichts tun. Bitte warten Sie draußen auf der Veranda«, sagte Olivia streng.

»Wie Sie meinen.« Er war froh zu entkommen.

Niah hatte sich mühsam erhoben und versuchte, sich Erleichterung zu verschaffen, indem sie im Zimmer auf und ab ging. Olivia wollte, dass sie sich wieder hinlegte, aber sie zog es vor, sich in der Hocke hin und her zu wiegen.

Da traf die Hebamme Minnie ein. »Ahmed mich holen«, erklärte sie schlicht.

Olivia nickte. Sie war erleichtert. Die Aborigine strahlte solche Kraft und Ruhe aus.

Minnie beugte sich über Niah und sprach ein paar murmelnde Worte. Niah griff nach ihrer Hand, antwortete ihr in ihrer Sprache und brachte ein kleines Lächeln zustande.

Wenige Minuten später begann das Baby, sich seinen Weg auf die Welt zu bahnen. Niah bestand darauf, in der Hocke zu bleiben, und die Aborigine nickte zustimmend.

»Na gut, wenn sie es so haben will, darüber können wir jetzt nicht streiten«, meinte Olivia. Minnie stellte sich hinter Niah, schlang die Arme um sie und gab ihr Halt. Niah bot all ihre Kraft auf, keuchte und presste, und schon glitt das Baby in Olivias Hände.

Olivia durchtrennte die Nabelschnur und hob das Baby auf, während Minnie die Plazenta herausdrückte und Niah dann aufs Bett half. Olivia säuberte das Baby, wickelte es in ein Baumwolltuch und zeigte es Niah. Sie lächelte zufrieden, sank dann in die Kissen zurück und schloss die Augen, um sich von der Anstrengung zu erholen.

Olivia trat mit dem Baby im Arm auf die Veranda, wo Tyndall immer noch ruhelos auf und ab ging.

»John, es ist geschafft. Alles ist gut.«

Er wandte sich um und sah Olivia mit dem Baby auf dem Arm im hell erleuchteten Türrahmen stehen.

»Junge oder Mädchen?«, fragte er mit zitternder Stimme und stürzte an ihre Seite.

»Sie haben eine wunderschöne Tochter.« Olivia legte ihm das winzige Bündel in die Arme und schob das Tuch beiseite, damit er besser sehen konnte.

»Meine Güte, Olivia! Sie ist ein Juwel!«

Olivia spürte einen Kloß im Hals. »Gehen Sie zu Niah, John.«

Tyndall hatte nur noch Augen für das Kind in seinem Arm und verschwand ohne eine weiteres Wort im Haus. Olivia blickte ihm nach, dann nahm sie ihre Tasche und ihren Schal und stahl sich durch den dunklen Garten zum Tor hinaus.

Zwölftes Kapitel

»Tyndall ist ein anderer Mensch geworden«, verkündete Conrad mit einer Mischung aus Belustigung und mildem Erstaunen. »Er vergöttert das Baby. Wer hätte das gedacht?«

Olivia sah, wie Tyndall das Baby in den Armen wiegte, mit ihm sprach und alberne Geräusche machte. Zu ihrer Überraschung verspürte sie einen Stich Eifersucht. Aber es gab noch andere Gefühle in ihr, Empfindungen, die sie nicht benennen, geschweige denn sich selbst erklären konnte. Sie liebte dieses kleine Wesen, dem sie auf die Welt geholfen hatte. Die Geburt des Kindes hatte aber noch etwas bewirkt. Tyndalls unverhohlene Freude, seine kleinen Berichte über die täglichen Fortschritte der Tochter, seine Ernsthaftigkeit in Fragen der Babypflege – trotz der Fürsorge Niahs und der Amah – hatten eine Gesprächsbasis geschaffen, auf der Tyndall und Olivia sich wieder verstanden. Die Kluft zwischen ihnen war wieder geschlossen, nachdem Olivia Niah akzeptiert und ihr sogar bei der Geburt beigestanden hatte. Olivia kam nicht umhin, Conrad und Tyndall in ihrer Rolle als Väter miteinander zu vergleichen. Conrad war ein liebevoller, aber konservativer Vater, der die Meinung vertrat, dass ein Baby in die Obhut der Mutter gehörte, während der Vater erst später als Leitfigur auftreten würde. Olivia hatte ihn oftmals ungläubig den Kopf schütteln sehen, wenn er Tyndall mit dem Baby im Schoß auf dem Boden sitzen und der Kleinen derbe Seemanslieder vorsingen sah. Er hatte sich Ahmed gegenüber an die Stirn geklopft, wie um zu bedeuten, dass der Tuan ›nicht ganz richtig im Kopf‹ sei. Ahmed seinerseits war jedoch von dem Baby genauso entzückt, kicherte vergnügt über seine tollpatschigen Bewegungen und setzte sich ebenfalls auf den Boden, um mit dem Baby zu spielen. Wenn Niah das Kind am frühen Abend gestillt hatte, brachte Tyndall die Kleine oft mit zu Conrad und Olivia. Sie schlief dann zufrieden auf seinem Schoß, während die Erwachsenen sich einen Aperitif genehmigten.

Der kleine Hamisch stand oft neben Tyndall, fasziniert von dem neuen Baby. Manchmal berührte er seine Fäustchen und lachte fröhlich, wenn sich die kleinen Finger um seine Hand schlossen. Er strahlte seine Mutter an, wagte aber nicht, sich zu rühren, aus Angst, das Baby zu stören. Oft nahm Tyndall den Jungen dann einfach hoch und setzte ihn neben sich in den Sessel, damit er das kleine olivhäutige Mädchen ganz aus der Nähe betrachten konnte. Auch dies war eine Geste, die Tyndall Olivia näher brachte.

Es war Conrad nicht entgangen, dass die Freimaurer über Tyndalls häusliche Verhältnisse verhaltene Missbilligung zeigten.

Major a. D. Ralph White, ein ehemaliger Angehöriger der britischen Armee mit jahrelanger Kolonialerfahrung in Indien, der hier Großgrundbesitzer geworden war und sich nebenbei ein wenig in der Perlenfischerei versuchte, hatte einen Narren an Conrad gefressen. »Komischer Kauz, mit dem Sie sich da zusammengetan haben«, erklärte er mit seinem unbeweglichen gewachsten Schnurrbart und wiegte scheinbar besorgt das Haupt. »Scheint ja eigentlich ein anständiger Kerl zu sein. Hat Ihnen und Ihrer Frau ja wohl in schwierigen Zeiten beigestanden. Trotz alledem, mein Bester, dieses Getue mit dem Baby ist nicht ganz standesgemäß.«

»Ja, ziemlich ungewöhnlich, es so an die große Glocke zu hängen. Aber Tyndall ist nun mal ein eingefleischter Nonkonformist, fürchte ich«, seufzte Conrad.

»Er ist ja nicht der Erste, der sich eine Nebenfrau hält, ob nun schwarz oder weiß. Aber so vor aller Augen … Ist wirklich eine missliche Situation für Sie und Ihre Frau. Die Damen mögen es gar nicht, wenn sich jemand in ihren Kreisen so etwas leistet.«

Obwohl sein Ton freundlich war, hatte Conrad das sichere Gefühl, dass das Thema im Klub schon gründlich diskutiert worden war und man den Major vorgeschickt hatte, ihn darauf anzusprechen.

Conrad wurde etwas warm unter dem Hemdkragen, aber er wollte nicht ausweichen. »Tyndall ist mein Partner, und ich achte ihn wegen seiner Fähigkeiten und seiner Ehrlichkeit. Die Sache ist nun mal seine Privatangelegenheit. Außerdem lässt ihn das ganze Gerede ohnehin kalt. Er lebt nach seinen eigenen Vorstellungen. Aber ich werde ihn noch einmal darauf hinweisen, wie unpassend sein Verhalten ist.« Conrad bemühte sich, möglichst entschlossen zu klingen. Insgeheim wusste er jedoch genau, dass Tyndall nur das tun würde, was ihm passte. Er beschloss aber doch, ihn sich noch einmal vorzuknöpfen. Vielleicht konnte Olivia ihn ja bitten, etwas diskreter zu sein.

Der Major wechselte das Thema und sprach von seinem neuesten Viehgeschäft, das sich als äußerst lukrativ erwiesen hatte. »Vielleicht investiere ich auch noch in Wolle, alter Knabe. Ist allerdings kein Kinderspiel. Die Schwarzen stechen einem die Viecher ab, das Klima ist rau, die Arbeiter unzuverlässig, aber alles in allem hab ich wohl ein paar Läufe gut. Apropos«, dabei schlug er sich auf die Schenkel, »es wird Zeit, dass wir wieder einmal ein Kricketmatch arrangieren. Sie sind ein ausgezeichneter Schlagmann, eine echte Bereicherung für das Team.«

Sie bestellten die nächste Runde Drinks, um anschließend noch einmal die Höhepunkte des letzten Klubmatchs durchzugehen, in dem Conrad sich mit erheblichem Ruhm bedeckt hatte, da er den Ball mehrfach über die Spielfeldumgrenzung hinausgeschlagen und seinem Team zum Sieg verholfen hatte.

Im Nordwesten war man gewöhnt, dass das Wetter verrückt spielte, aber diesmal war die Regenzeit besonders schlimm. Die hohe Luftfeuchtigkeit erschöpfte die Menschen und ermattete den Geist, die Nerven lagen blank, die Stimmung war gereizt. Die Leute gerieten schon aus dem nichtigsten Anlass aneinander, unbedeutende Kleinigkeiten führten zu handfesten Streitereien. Durch das erzwungene Nichtstun und die lähmende Langeweile während des Landaufenthalts wurden kleinere Konflikte unter den Schiffsmannschaften rückblickend zu ungeheuerlichen Ungerechtigkeiten aufgebauscht.

Die Atmosphäre unter den Asiaten war besonders aufgeladen, wie Ahmed Tyndall berichtete. Der beschwor die Hennessys und Niah, die Gegend von Sheba Lane vorerst zu meiden.

Sheba Lane war auch als Chinatown, Japtown oder als Viertel der Farbigen bekannt. Dort, wo der geschäftstüchtige Kanematsu Shiba, damals noch in den Sanddünen, die erste Unterkunft für die Japaner errichtet hatte, war ein Labyrinth aus verwinkelten Sträßchen und Gässchen entstanden. Dürftige Behausungen, Lebensmittelläden, Bordellschuppen und Spielhöllen drängten sich dicht an dicht und bildeten inmitten der Stadt eine Welt für sich.

Von hier aus boten die engen Gassen willkommene Fluchtwege in die verschiedenen Stadtviertel oder aus der Stadt heraus. Beim Aufblitzen eines Messers konnte man schnell in einem dunklen Hof, einem obskuren Zimmer oder auf baufälligen Dachböden untertauchen.

In Sheba Lane tummelten sich die unterschiedlichsten Rassen auf engstem Raum, und alle hielten zusammen gegen ›die da oben‹, die weißen Bosse, die Polizei, das Gesetz und die kampflustigen Mitglieder der Yakuza, die Verbindungen zu den Drahtziehern dieser mächtigen Geheimgesellschaft in Japan unterhielten.

Der Monsun kam diesmal spät, daher waren die Gäste, die zu der Gartenparty des Friedensrichters geladen waren, der drückenden Hitze machtlos ausgeliefert. Wenn sich auch gelegentlich Sturmwolken zusammenballten, lösten sie sich doch jedes Mal über dem trägen Wasser der Bucht wieder auf oder wurden von der Wüste verschluckt. Die noch relativ neue australische Flagge baumelte schlaff an der Fahnenstange neben der Flagge Westaustraliens und dem Union Jack. Der Friedensrichter hatte eine Schwäche für Flaggen, sie strahlten Autorität aus und unterstrichen die Bedeutung seiner Stellung.

Olivia klappte den Fächer zusammen, entschuldigte sich bei den Damen auf der Terrasse und schritt über den Rasen auf Conrad zu, der mit dem Friedensrichter, Mrs. Hooten, Major White und Mrs. White zusammensaß.

Olivia fand Amelia White von allen Ehefrauen am angenehmsten, weil sie an niemanden zu hohe Ansprüche stellte. Sie schwebte meist auf einer Wolke von Gin und Lavendel daher und strahlte gütig mit etwas kurzsichtigen hellblauen Augen in die Runde. Sie war genau das Gegenstück zu ihrem polternden, derb-herzlichen, dominanten Ehemann. In seiner Gegenwart brauchte sie sich nicht weiter hervorzutun, und dafür war sie dankbar.

Olivia war froh, dass Conrad sich mit dem Major angefreundet hatte. Zwar irritierte sie seine selbstherrliche Art, aber Conrad schien viel auf seinen väterlichen Rat zu geben. Die freundschaftliche Beziehung zum Major bedeutete für ihn ein gewisses Prestige in der kleinen Welt, in der sie sich bewegten.

Das Gespräch drehte sich wie alle Gespräche auf dieser Party um den Kampf, der am selben Morgen zwischen einer Gruppe Japaner und einigen Kupangern ausgebrochen war. Den eigentlichen Grund kannte niemand. Angeblich waren beleidigende Äußerungen gefallen, woraufhin die Japaner die Kupanger den Strand entlanggejagt hatten.

Im Laufe des Tages hatten die Gruppen jeweils Verstärkung geholt, und es war zu weiteren Zusammenstößen gekommen, diesmal mit Verletzten. Nach dem Einschreiten von zwei Polizeibeamten war es in den vergangenen zwei Stunden ruhig geblieben.

Mrs. Hooten versammelte die Gäste um das Gartenbuffet, dort war eine prächtige Geburtstagstorte für den Richter aufgebaut. Nachdem mehrere Trinksprüche und Reden gehalten worden waren, pustete das Geburtstagskind die Kerzen aus und wollte soeben mit dem Degen seiner Galauniform die Torte anschneiden, als es am Tor seiner Residenz einen großen Aufruhr gab. Die Partygäste wandten sich alle gleichzeitig entgeistert um und erblickten eine Horde aufgebrachter Japaner, die Knüppel, Steine und Messer schwenkten.

»Was zum Teufel ist denn da los?«, fragte der Richter. Eine der Damen schrie auf und strebte ängstlich ins Haus.

»Schließt das Tor!«, rief Major White, worauf zwei Männer eilends die Auffahrt hinunterliefen.

Die Protestierenden fuhren fort, am Gitter zu rütteln und zu rufen. Irgendjemand übersetzte: »Die Kupanger haben einen Japsen umgebracht.«

»Du liebe Zeit, das kann ungemütlich werden«, meinte Conrad besorgt zu Olivia, die sich an ihn drängte und ängstlich die wütende Menge betrachtete, die da lauthals Gerechtigkeit forderte.

»Schick sie fort, Ralph«, forderte Mrs. Hooten, die immer noch einen Stapel Kuchenteller hielt. »Sie verderben uns ja die ganze Party.«

Nachdem ein Stein über den Zaun geflogen war, ging abermals ein Aufschrei durch die Menge.

»Schaffen Sie die Damen ins Haus, Hennessy!«, rief der

Richter. »Major, holen Sie die Polizei. Am besten, wir greifen gleich ein, sonst gerät die Sache außer Kontrolle.« Er wandte sich an einen Adjutanten. »Jones, lassen Sie die Männer auf der Veranda antreten.«

Kurz darauf traf ein besorgter, mit einem Gewehr bewaffneter Polizist ein. »Sir, anscheinend sind die Kupanger von den Japanern regelrecht gejagt worden. Die Japaner haben sich dann in alle Richtungen abgesetzt. Aber einer von ihnen ist aus Versehen einer Horde Kupanger direkt in die Arme gelaufen. Sie haben ihn zu Tode geprügelt. Jetzt verlangen die Japsen, dass die Kupanger zusammengetrieben werden, damit sie die Schuldigen herausrücken.«

»Danke Ihnen, Constable. Als Erstes müssen wir mal diesen Mob auflösen.«

»Die hören nicht auf uns, Sir. Sie sind sehr aufgebracht.«

»Na schön.« Mr. Hooten erteilte Anweisungen, die rasch ausgeführt wurden. Unter dem Befehl des Majors waren sämtliche Männer in wenigen Augenblicken hinter ihm angetreten. »Achtung, Männer ... und Sturm!« Der Richter erhob den Tortendegen und stürmte auf das Tor zu. In seinem Gefolge eine bunt zusammengewürfelte Brigade, bestehend aus Broomes ehrenwerten Bürgern, mit Regenschirmen, Spazierstöcken, Harken und Besen bewaffnet.

Die Japaner standen bei diesem Anblick auf der Stelle wie vom Donner gerührt. Die Partygäste begannen unverzüglich, mit Besen und Schirmen gegen das Gartengitter zu schlagen. Gelegentlich durchstieß auch eine der behelfsmäßigen Waffen den Zaun und bohrte sich in einen verblüfften Demonstranten.

Da ließen die Japaner plötzlich ab und steuerten Sheba Lane und den Japanischen Klub an.

Die siegreichen Männer kehrten im Triumph zurück und riefen nach Drinks. »Das wird eine unruhige Nacht werden«, meinte der Richter.

Im Laufe der Nacht kam es dann tatsächlich zu weiteren Kämpfen. Auf der Suche nach Kupangern stürmten japanische Horden Geschäfte, Häuser, Schuppen und Ufercamps. Sie suchten nicht länger nach den Schuldigen, inzwischen hatten sie es auf alle Kupanger abgesehen. Die versteckten sich, so gut es ging, oder flohen in den Busch in der Hoffnung, dass kein Japaner sich nachts dorthin wagen würde und dass sich die Lage bis zum nächsten Tag entspannen würde.

Da die Ausschreitungen der Polizei über den Kopf wuchsen, wurden mehrere verantwortungsbewusste Bürger zu einer Spezialeinheit vereidigt, darunter auch Conrad und Major White.

Als die Kämpfe auch am nächsten Tag noch andauerten, verlas der Friedensrichter, flankiert von Sergeant O'Leary und der neuen Spezialeinheit, vor dem Buccaneer Arms Hotel das Gesetz gegen Aufruhr und Streik und verkündete die Verhängung einer Ausgangssperre. Denjenigen, die dagegen verstießen oder sich verbotenerweise zusammenrotteten, drohte die Festnahme. Wenn sich die Japaner und Kupanger nicht beruhigten, würden die Rädelsführer – nach Rassen getrennt – in den Perlenschuppen festgesetzt.

»Werft sie doch ruhig zusammen, dann erledigt sich das Problem von selbst«, rief jemand aus der Menge.

Trotz der Ankündigung des Richters waren kein Heim und kein Gebäude mehr sicher. Veranden wurden mit Steinen beworfen, und immer wieder gab es Meldungen über Einbrüche in Schuppen, Läden und Büros.

Als die Dämmerung einsetzte und es immer wieder zu Kämpfen kam, schnallte Conrad sich seinen Revolver um. Er wollte zusammen mit einigen anderen Mitgliedern der Spezialeinheit in den Straßen patrouillieren.

Olivia war besorgt. »Bitte sei vorsichtig, Conrad.«

»Natürlich. Aber wir müssen uns zeigen, sonst denkt

dieses Pack, es kann hier machen, was es will. Diese Kerle sind doch nur darauf aus, sich gegenseitig an die Gurgel zu gehen. Mir wird nichts passieren, sei unbesorgt«, erklärte er und kehrte ein Selbstvertrauen heraus, das er gar nicht besaß. »Dass Minnie ja nicht nach draußen geht, und sag Hamish, dass ich ihm etwas vorlese, wenn er bei meiner Rückkehr noch wach ist.«

Olivia umarmte ihn fest und rief Minnie zu sich, die nunmehr als Haushälterin bei ihr arbeitete. Sobald Conrad das Haus verlassen hatte, verriegelten sie hinter ihm die Tür.

Conrad suchte zunächst Tyndall auf, der ihm erklärte, dass er im Firmenbüro nächtigen würde.

»Ich dachte mir, ich schaue auf meiner Runde auch mal bei Toby Metta vorbei«, sagte Conrad. »Ich könnte mir vorstellen, dass er in seinem Laden geblieben ist, um auf die Perlen aufzupassen.«

»Gute Idee, Conrad. Er hat unsere fünf schönsten Perlen zum Bearbeiten da. Passen Sie auf sich auf.«

»Wird gemacht. Sie auch, John.«

Im Schatten des Hauses stand Ahmed und sah Conrad nach, als er auf seine Patrouille ging.

In der Stadt schien es relativ ruhig zu sein. Aufgrund der Ausgangssperre blieben die Leute in ihren Häusern, und doch hörte Conrad, wie in einer der Gassen, die nach Chinatown führten, gerufen und an Türen gehämmert wurde. Er musste die Nase rümpfen ob der ungewohnten Gerüche dieser Gegend, die zumeist von unangenehm süß riechenden Räucherstäbchen und Gewürzen herrührten. Ein Schatten glitt durch das Gässchen und verschwand in einem Torbogen neben dem Star Hotel. Die Tür wurde gerade einen Spalt geöffnet, um den Mann durchzulassen, und Conrad konnte im Lampenlicht die bunte Seide eines Kimonos sehen, ehe die Tür eilig zugeschlagen wurde.

Widerlich, dachte er bei sich, wie diese Japanerinnen

ausgenutzt wurden. Mochte der Himmel wissen, mit welchen Versprechungen man sie hierher gelockt hatte.

Conrad wusste so gut wie gar nichts über Teehäuser und Geishas und darüber, dass die meisten dieser Frauen nach Broome kamen, um hier mit ihrem Gewerbe ein Vermögen zu machen, mit dem sie dann nach Japan zurückkehren würden. Diese Frauen waren ein wichtiger Bestandteil der japanischen Gemeinde von Broome, und so manch erfolgreiches Unternehmen wurde diskret mit dem Geld einiger Kurtisanen finanziert. Es gab jedoch auch andere arme, ungebildete Geschöpfe, Töchter von Bauern und Arbeitern, die sich in Bordellen verdingen mussten.

Conrad gelangte ohne Zwischenfälle zum Laden des Perlenpolierers. Die Tür war verriegelt, die Fensterläden waren geschlossen, aber im Inneren brannte Licht. Conrad rüttelte an der Tür. »Toby, ich bin's. Conrad. Alles in Ordnung bei Ihnen?«

Zunächst erhielt er keine Antwort, dann hörte er, wie etwas Schweres hinter der Tür wegezogen wurde.

»Conrad, alter Freund«, flüsterte Toby Metta heiser.

»Wollte nur mal nachschauen. Wir dachten uns schon, dass Sie hier sein würden.«

Die Tür ging auf. Tobys kräftige Hand zog Conrad nach drinnen und schlug sofort die Tür wieder zu. »Wirklich sehr mutig von Ihnen, so allein durch die Straßen zu gehen. Mutig und möglicherweise sehr dumm. Aber schön, Sie zu sehen. Möchten Sie eine Tasse Tee?«

Conrad sah den Revolver auf Tobys Werkbank liegen. »Sie wollen nichts dem Schicksal überlassen, wie ich sehe. Ja, ein Tässchen wäre nett.«

»Ich habe ein paar wertvolle Perlen hier, Ihre eingerechnet. Ich fühle mich dafür verantwortlich. Angeblich verkaufen die Chinesen hier Gelatinedynamit. Die lassen keine Gelegenheit aus, Geschäfte zu machen.«

»Gelatinedynamit! Wozu das denn, um Gottes Willen?«

»Nun, zum Beispiel, um da ein schönes Loch hineinzumachen.« Toby wies auf den Bleisafe in der Ecke.

Sie tranken ihren Tee im spärlichen Schein einer kleinen Ölfunzel. Der Gedanke an einen möglichen Einbruch gefiel Conrad gar nicht.

»Sind Sie schon dazu gekommen, an unseren Perlen zu arbeiten?«, fragte er und senkte unnötigerweise die Stimme.

Toby küsste sich die Fingerspitzen. »Einige von ihnen sind wunderbar geworden. Sie sind fertig. Kommen Sie, ich zeige sie Ihnen.« Conrad wollte protestieren, aber Toby war schon am Safe und entriegelte ihn. Er nahm einen kleinen Samtbeutel heraus und schlug die Safetür wieder zu. »Hier, Conrad. Kommen Sie ans Licht.« Er richtete die Öllampe auf den Tisch, ließ die Perlen in seine schwielige Hand rollen und hielt sie unter die Lampe. Die dicken, runden Perlen schimmerten, und Conrad strahlte.

»Du meine Güte, die sind wirklich schön«, rief er begeistert aus. »Olivia wird bei Monsieur Barat einen guten Preis dafür erzielen. Ich kann es gar nicht abwarten, sie ihr zu zeigen. Kann ich sie gleich mitnehmen?«

»Wäre das klug?«, erwiderte Toby und stopfte die Perlen wieder in das Säckchen.

»Ich bin bewaffnet, und außerdem käme niemand auf die Idee, dass ich Perlen bei mir habe. Es würde Olivia ein wenig aufheitern. Dieser ganze Aufruhr hat ihr sehr zugesetzt. Aber der scheint sich ja jetzt zu legen, nachdem der Richter durchgegriffen hat.«

»Na gut, wenn Sie darauf bestehen.« Toby reichte Conrad das Samtsäckchen, das dieser in seiner Hosentasche verschwinden ließ.

»Kommen Sie alleine zurecht?«, fragte er.

»Ich habe einen kräftigen Knüppel hier und meinen Revolver. Ich habe keine Angst. Die Unruhestifter sind bloß hinter den Kupangern her. Das wird sich wieder legen. Mabel fand es richtig, dass ich die Nacht hier verbringe.«

»Ich gehe geradenwegs nach Hause, Toby. Habe mich sehen lassen, das sollte reichen.«

»Sehen Sie sich vor, alter Freund. Gute Nacht.« Mit diesen Worten drängte er Conrad zur Tür hinaus, verriegelte sie und schob den schweren Eichenstuhl wieder davor.

Conrads Schritte hallten auf den Holzplanken des Fußpfads vor Tobys Haus. Rasch trat er auf die staubige Straße, die seinen Tritt dämpfte. Einen Moment lang blieb er stehen, weil er meinte, Fußtritte hinter sich gehört zu haben, aber er konnte nichts entdecken. Wenige Meter weiter überquerte er die Straße und passierte ein dunkles Gässchen. Am Himmel hatten sich schwarze Wolkenbänke gebildet und vor den Mond geschoben. In der Ferne zuckten die ersten Blitze, dumpfes Donnergrollen wurde hörbar.

Conrad wollte gerade um eine Ecke biegen, da vermeinte er, zwischen zwei Häusern einen Schatten huschen zu sehen. Er hielt an, die Hand auf dem Revolver, und lauschte in die Dunkelheit. Da er nichts entdecken konnte, ging er weiter. Nach nur wenigen Schritten wurde er von hinten gepackt und in den Hauseingang einer chinesischen Wäscherei gedrängt. Ein Arm drückte ihm die Kehle zu, und als er gerade versuchte, den eisernen Griff um seinen Hals zu lösen, verspürte er einen scharfen Schmerz in der Brust. In der kurzen Sekunde, die ihm blieb, ehe es dunkel um ihn wurde, konnte er klar und deutlich das Firmenschild auf der anderen Seite der Straße lesen: KIMBERLEY EMPORIUM, FÜR JEDEN BEDARF.

Sein Angreifer ließ den leblosen Körper zu Boden sinken und begann hastig, seine Taschen zu durchzuwühlen. Da hörte er hinter sich lautes Rufen und eiliges Getrappel. Rasch steckte der Kupanger sich Conrads Revolver in den Gürtel, stopfte den kleinen Samtbeutel in die Hosentasche und wollte sich davonmachen – da schnitt ihm der *kris* die Kehle durch. Ahmed steckte den *kris* in die Scheide zurück, fand den Beutel mit den Perlen und steckte ihn ein. Er stand noch über den Kupanger gebeugt, als ein halbes Dutzend Japaner mit lautem Geheul und Stöcke schwingend um die Ecke gerannt kam. Ahmed schnappte sich Conrads Revolver aus dem Gürtel des Kupangers, und immer noch in der Hocke, feuerte er zweimal über die Köpfe der Japaner. Sie blieben augenblicklich stehen. Ahmed sprang über die beiden leblosen Gestalten am Boden und war in einer dunklen Gasse verschwunden, als Major White mit einer bewaffneten Spezialeinheit angeprescht kam.

Die Japaner stoben davon, und Sekunden später kniete der Major neben den reglosen Körpern. Er hatte nur Augen für den Europäer und drehte ihn auf den Rücken.

»Großer Gott, es ist Conrad Hennessy«, stieß er hervor.

Trotz der Ausgangssperre verbreitete sich die Nachricht von Conrads Ermordung wie ein Lauffeuer. Tyndall war sofort zur Stelle. Nachdem ihm der Tod seines Freundes und Partners bestätigt worden war, eilte er zu Toby Metta, der ihm von Conrads Besuch berichtete. Der Perlenpolierer war untröstlich und ließ seinen Tränen freien Lauf.

»Ich habe ihn gewarnt, habe ihm gesagt, wie dumm es sei, draußen herumzulaufen, und dann noch mit Perlen in der Tasche. Aber er wollte seine Pflicht tun ... er war ein guter Mensch ... so ein guter Mensch.«

Tyndall legte ihm begütigend die Hand auf den Arm. Er war keiner Worte fähig, nickte nur voller Mitgefühl und Trauer. Dann ging er zurück an den Schauplatz der schrecklichen Tat.

Conrads Leiche wurde fortgeschafft. Der Major, der Friedensrichter und der Polizeichef wandten sich zu Tyndall um. Trotz der Ausgangssperre drängte sich im Hintergrund eine kleine Menschenmenge, die sich im Flüsterton über das Geschehen ereiferte.

Der Richter nahm Tyndall am Arm. »Kapitän Tyndall, es ist keine leichte Aufgabe, aber wir halten es für das Beste, wenn Sie Mrs. Hennessy die traurige Nachricht überbringen. Wenn Sie aber lieber nicht …«

»Nein!«, fiel Tyndall ihm ins Wort. »Ich werde es ihr sagen. Niemand anders.«

»Mrs. Hooten und die anderen Damen werden im Laufe des Vormittags ihre Kondolenzbesuche abstatten.«

Tyndall schüttelte den Kopf. »Ich werde Ihnen Bescheid geben, wenn ich den Zeitpunkt für angemessen halte. Überlassen Sie das alles mir … fürs Erste jedenfalls«, wiegelte Tyndall entschieden ab. Es lag aber noch etwas in seiner Stimme, das die anderen davon abhielt, Rat und Tat anzubieten. »Bitten Sie den Doktor, dass er ein Beruhigungsmittel schickt.«

Man bot Tyndall an, ihn in der Kutsche mitzunehmen, doch er zog es vor, zu Fuß zum Haus der Hennessys zu gehen. Auf seinem schweren Gang überlegte er fieberhaft, wie er Olivia das Unfassbare beibringen sollte.

Er gelangte vor das kleine Gartentor und öffnete es behutsam. Auf der Veranda des Hauses sah er einen Schatten sitzen, der sofort aufsprang und ihm entgegentrat.

»Olivia?«

»Nein, is Minnie, Boss. Hab gewartet.«

Tyndall versuchte, das Gesicht der Frau zu ergründen. »Ihr wisst es schon?«

»Ja. Ich hole Mem.«

Tyndall wartete im Dunkeln und starrte auf den Gewitterhimmel, der immer wieder von Blitzen durchzuckt wurde.

Olivia kam mit einem Schal um die Schultern auf die Veranda. Sie schien gefasst: »Wie schlimm ist es, John? Wo ist er?«

»Sehr schlimm, Olivia.«

»Ich will es wissen, John. Was ist mit Conrad?« Ihre Stimme zitterte.

»Er ist tot, Olivia. Er wurde auf der Straße niedergestochen. Es ging sehr schnell. Ich glaube nicht, dass er überhaupt etwas gemerkt hat … Ach, Olivia …« Er streckte seinen Arm nach ihr aus.

Mit einem hilflosen Aufschrei suchte Olivia Halt am Geländer, klammerte sich fest und verbarg das Gesicht in den Händen. Tyndall war neben ihr, als sie den Halt verlor und zu Boden sank. Auf der Verandatreppe sitzend, hielt er die von Schluchzen geschüttelte Frau in den Armen und wünschte, er könnte ihren unsagbaren Schmerz lindern.

Schließlich hob er sie auf und trug sie ins Haus in eines der Gästezimmer, wo er sie aufs Bett legte. Der besorgt im Hintergrund abwartenden Minnie trug er auf, einen Cognac zu bringen. Er setzte sich an Olivias Bett, und während sie ihren Cognac nippte, stellte er sich ihren Fragen, er beschönigte nichts. Und als Minnie mit dem Beruhigungsmittel hereinkam, nahm Olivia es wie befohlen ein.

Sie legte sich in die Kissen zurück und flüsterte: »Ich muss es Hamish irgendwie beibringen.«

»Morgen, Olivia.« Tyndall strich ihr das Haar aus der Stirn und nahm ihre Hand.

Das Mittel tat allmählich seine Wirkung, und Olivia sank in einen von Albträumen geplagten Schlaf, ohne auch nur für einen Augenblick Tyndalls Hand loszulassen. Einige Male weinte sie laut im Schlaf. Um sie zu beruhigen, legte Tyndall sich an ihre Seite und zog sie in seine Arme. Er hielt sie fest und wiegte sie, murmelte tröstende Worte, die sie in ihrem betäubten Schockzustand kaum wahrnahm.

Der gefürchtete Gewittersturm brach nun mit voller Wucht los, tobte und wütete ums Haus, und Olivias angstvolles Schluchzen ging im heftigen Trommeln des Regens unter.

Am Morgen hatte sich der Sturm gelegt. Tyndall ließ die nun friedlich schlafende Olivia allein und gab Minnie Anweisung, sich um sie zu kümmern.

In der Stadt herrschte bereits reges Treiben, aber angesichts der Vorkommnisse der vergangenen Nacht schien alles irgendwie verändert. Als Tyndall zu Hause ankam, wurde er von einer tränenüberströmten Niah mit ihrem Kind Maya auf dem Arm empfangen.

Er schloss sie in die Arme und hielt sie eine Weile fest an sich gedrückt. Dann machte er sich los und streichelte die Wange des schlafenden Babys. »Ich war bei Olivia. Sie hat einen Schock erlitten.« Er fuhr sich durchs Haar. »Hast du Ahmed gesehen?«

Niah schüttelte den Kopf. »Tuan und Mem Metta kommen und erzählen, was geschehen. Ich niemand sehen.«

Tyndall stand eine Weile da und überlegte, dann schenkte er sich einen kräftigen Whisky ein. »Lass mir bitte ein Bad ein, Niah.«

»Du sehr müde. Du schlafen.«

»Später. Ich muss erst ein paar Dinge erledigen.«

Sie tauschten ein kurzes Lächeln. Niah kümmerte sich um das Badewasser, und Tyndall ging auf die Veranda. Er setzte sich und starrte nachsinnend vor sich hin. Wie unergründlich war doch diese Welt, die sich über Nacht so dramatisch verändert hatte.

Er war gerade dabei, sich nach dem Bad wieder anzukleiden, als Niah hereinkam.

»Minnie mit einer Nachricht kommen, John.«

»Ich komme sofort. Kümmere dich um sie, Niah.«

»Nicht bleiben. Nur Nachricht lassen. Ahmed sein im Ufercamp bei Minnies Leute.«

Tyndall zog sich seine Arbeitskluft an und ging zum Camp seiner Arbeiter am Ufer. Es lag verlassen da. Nachdem er sich ein wenig umgesehen hatte, wanderte er am Mangrovensaum entlang in den Busch hinein. Von der höher gelegenen Veranda des Mannschaftsschuppens aus hatte er die Rauchwölkchen eines Lagerfeuers ausgemacht.

Er fand das Lager in nur wenigen Minuten. Es war eine schäbige Ansammlung von Hütten, die notdürftig aus rostigem Wellblech, Jutesäcken und Segeltuch errichtet waren. Die Erde war von den nächtlichen sintflutartigen Regenfällen noch feucht, durch die Dächer tropfte es auf die Eingeborenen, die in den Hütten kauerten. Tyndall grüßte in ihrer Sprache und gesellte sich zu einer Gruppe älterer Männer, die unter einem Baum auf Holzklötzen saßen. Er bot ihnen Zigaretten an, die sie mit einem dankbaren Lächeln nahmen und anzündeten.

In Begleitung eines mit einem Speer bewaffneten Aborigine betrat wenig später Ahmed das Lager. Er ließ sich bei der Gruppe unter dem Baum nieder und nahm schweigend die Zigarette, die Tyndall ihm anbot. Sein Ausdruck war angespannt und traurig.

Nach ein paar Zigarettenzügen sagte er auf Malaiisch zu Tyndall: »Tut mir Leid, Tuan. Hab ihm zu großen Vorsprung gelassen, war zu langsam. Konnte in dem schlechten Licht nicht gut sehen, was vorging.«

Tyndall legte ihm begütigend die Hand auf die Schulter. »Ich bin sicher, du hast dein Bestes getan, Ahmed. Sehr aufmerksam von dir, dass du Conrad folgen wolltest. Bin jedenfalls froh, dass du den Bastard erwischt hast. Das Problem ist jetzt nur, dass es auf Mord hinausläuft. Hat dich jemand gesehen?«

»Nein. Glaube nicht. Jedenfalls nicht aus der Nähe.«

Tyndall zog nachdenklich an seiner Zigarette. »Hast du irgendjemandem erzählt, was passiert ist?«

»Nein. Aber diese Leute hier wissen immer etwas, wissen einfach immer etwas.«

»Ja, aber sie werden nichts verraten ... jedenfalls nicht den Gesetzeshütern.« Tyndall trat seine Zigarette aus und legte Ahmed den Arm um die Schulter. »Ich gehe jetzt zum Muschelschuppen. Du kommst in ein paar Minuten nach. Verhalte dich ganz normal. Äußere dich gar nicht zu der Geschichte. Wenn man dich fragt, sagst du, dass du die Nacht hier bei den Leuten verbracht hast, verstanden?«

Ahmed nickte.

Tyndall wechselte noch ein paar Worte mit den Männern unter dem Baum, gab ihnen die Hand und ging davon.

Noch etwa eine Stunde verbrachten sie am Schuppen und bei den Booten und taten so, als wollten sie sich vergewissern, dass alles in Ordnung war. Dann gingen sie in die Stadt. Die Nachricht von dem Doppelmord hatte den Konflikt entschärft, und die verfeindeten Gruppen hatten sich wieder beruhigt. Die Geschäfte öffneten wieder, und an den Hotelbars drängten sich die Männer, um Neuigkeiten auszutauschen und Gerüchte zu hören. Tyndall wusste, dass er sich in den Bars sehen lassen musste, in denen die Perlenunternehmer verkehrten. Außerdem wollte er ihre Version des Geschehens hören.

Es wurde so gut wir gar nicht über den Kupanger gesprochen und noch weniger über seinen Mörder. Alles drehte sich nur um Conrad, und die Männer bestärkten sich gegenseitig mit immer neuen Drinks in ihrem Mitgefühl.

Am späten Nachmittag torkelte Tyndall ziemlich betrunken in sein Büro und fiel in einen tiefen Schlaf.

Sergeant O'Leary wusste, was er jetzt brauchte … einen kräftigen Schluck Brandy. Die letzten vierundzwanzig Stunden waren nicht besonders erfreulich gewesen. Drei Tote, einer davon ein Weißer, und das war schlecht. Eine Menge Verletzte, hauptsächlich Asiaten, aber das kümmerte keinen, ein paar geringfügige Sachschäden und jede Menge verängstigte Weiße. Gott sei Dank hatte jemand den Kerl kaltgemacht, der Hennessy getötet hatte. Ein Ostinder, meinten die Japsen. Vermutlich ein Malaie. Was, wenn es zutraf, auch nicht viel nützen würde, denn die Stadt war voll von dem Gesocks. Und alle hatten natürlich unanfechtbare Alibis.

O'Leary war ein irischer Abenteurer, den es nach einiger

Zeit im Dienst der indischen Kolonialpolizei nach Australien verschlagen hatte. Zunächst war er in Fremantle und Perth als Straßenpolizist im Einsatz gewesen, dann war er zur berittenen Polizei im Nordwesten des Landes versetzt worden. Neugier und eine gehörige Portion Abenteuerlust hatten ihn nach Norden getrieben, und mittlerweile war er vom Outback besessen. Er hatte schon oft mit dem Gedanken gespielt, diese Gegend wieder zu verlassen, hatte es aber niemals wahr gemacht. Wenn er in den Süden des Landes reiste, packte ihn jedes Mal wieder die Sehnsucht nach jener Stadt, die er jetzt seine Heimat nannte. Nach zehn Dienstjahren und einigen Beförderungen war er bei den Weißen als harter, aber gerechter Gesetzeshüter geschätzt. Die Asiaten und die Aborigines allerdings brachten ihm mehr Furcht als Respekt entgegen.

Papierkram war nicht seine Stärke. Sean O'Leary war streng bemüht, das Gesetz so wirkungsvoll anzuwenden, dass der Aufwand an Schreibarbeiten und Gerichtsverhandlungen möglichst gering gehalten wurde. Sein Stiefel und seine Faust halfen ihm diesbezüglich ungemein. Was ihn jetzt störte, war ebendieser Papierkram in Verbindung mit dem jüngsten Vorfall. Man konnte ihn zwar nicht ganz vermeiden, aber immerhin einschränken.

Als Tyndall aufwachte, fand er Sergeant O'Leary an seinem Schreibtisch, er hatte die Füße hochgelegt und hielt ein Glas Whisky in der Hand.

»Also, fünf Minuten hätte ich Ihnen noch gegeben, Zeit genug für noch einen Drink. Dann hätte ich Ihren Schönheitsschlaf unterbrochen. Tatsache ist, John, dass ich ein bisschen Ruhe brauchte, um über dies und das nachzudenken. War wieder mal ein harter Tag.«

Tyndall schleppte sich zu einem Stuhl. »Was dagegen?«, fragte er und griff nach der Flasche.

»Ganz und gar nicht, Kamerad. Ist schließlich Ihr Whisky.«

»So?«, meinte Tyndall trocken. Er goss sich ein halbes Glas ein und erhob es. Der Polizist hob seines ebenfalls und prostete ihm zu. Beide tranken.

»Im Dienst oder nicht im Dienst?«, fragte Tyndall beiläufig.

»Nicht im Dienst, trotz Uniform.«

Die beiden Männer waren sich sehr ähnlich, auch wenn O'Leary dem Alter nach Tyndalls Vater hätte sein können. Sie stammten beide aus demselben Land – von der Grünen Insel –, und aufgrund dieser Tatsache hatten sie schon so manchen Abend bei ein paar gemeinsamen Drinks in einer Hotelbar, im Büro, nach der Arbeit oder bei einem von ihnen auf der Veranda verbracht. O'Leary nutzte seinen Kontakt zu Tyndall, um sich über die Perlenhändlerszene auf dem Laufenden zu halten. Tyndall wusste das, aber es kümmerte ihn nicht. Er konnte diskret sein.

»Wie geht es Mrs. Hennessy?«, wollte O'Leary wissen.

»Es hat sie sehr mitgenommen, wie man sich denken kann. Sie wird einige Zeit brauchen, bis sie darüber weg ist.«

»Ach ja, nur zu wahr. Ein Mord an einem Weißen ist eine üble Sache. Aber wenigstens bleibt uns die Qual der Gerichtsverhandlung erspart. Der Mörder hat seine gerechte Strafe bekommen.«

»Darauf trinke ich.«

Sie erhoben beide die Gläser und tranken. O'Leary schenkte nach.

»Merkwürdig, dass dem Kupanger an Ort und Stelle die Kehle durchgeschnitten wurde … Sieht so aus, als wäre ihm jemand gefolgt … oder Hennessy.«

Bei diesen Worten erstarrte Tyndall, doch er versuchte, seine Reaktion mit einem ausgiebigen Schluck aus dem Glas zu überspielen. O'Leary war das jedoch nicht entgangen. »Wäre möglich. Habe noch nicht darüber nachgedacht.«

»Die Japse behaupten, es war ein Ostinder. Vielleicht ein

Malaie.« Der Polizist nippte an seinem Glas. »Ist Ahmed da?«

Tyndall war mittlerweile auf der Hut und antwortete in sachlichem Ton. »Ja. Erschien heute Morgen wie gewohnt zur Arbeit. Hat die Schuppen und die Boote überprüft. Ich habe ihn dann weggeschickt.«

»Wie Toby Metta mir berichtete, hat er Hennessy vor dem Mord ein paar Perlen mitgegeben. Er trug sie aber nicht mehr bei sich. Was sagen Sie dazu?«

»Klingt nach Raub. Verdammt harter Verlust.« Tyndall gab sich ernstlich betroffen.

»Natürlich. Und Sie wollten mir das mit den Perlen auch gerade erzählen, nicht wahr?«

»Natürlich. Noch einen Schluck?«

Es trat eine längere Pause ein.

O'Leary senkte gedankenvoll den Blick in sein Glas, dann schaute er Tyndall über den Glasrand an. »Wenn diese Perlen wieder auftauchen würden, würden sie mir einen langwierigen Papierkrieg bescheren. Ganz zu schweigen von den immensen Kosten für die Gerichtsverhandlung und all das.«

Ihre Blicke trafen sich. »Ich glaube nicht, dass diese Perlen Ihnen Probleme bereiten werden«, sagte Tyndall ruhig.

Der Sergeant leerte sein Glas in einem Zug. »Das ist gut, John. Wir könnten also eigentlich sagen, dass der Gerechtigkeit Genüge getan worden ist.«

»Ohne Papierkram.«

»Ja, Kamerad. Ohne Papierkram.«

Am Tag darauf erschien Ahmed im Büro. Dort war Tyndall gerade dabei, Conrads Papiere und Akten durchzugehen. Als Tyndall aufblickte, legte Ahmed den Samtbeutel mit den Perlen auf den Tisch. Die Männer tauschten schweigend einen Blick. Wortlos wandte Ahmed sich um und ging wieder hinaus. Tyndall verschloss die Perlen im Safe.

Conrad Hennessys Beisetzung war ein trostloses Schauspiel. Es regnete ohne Unterlass. Die roten Lehmwände des frisch ausgehobenen Grabes gaben nach, die schmierige Masse rutschte in die Grube und zermatschte die durchnässten Blumen auf dem Sarg.

Olivia hielt den verwirrten Hamish an der Hand, der immer wieder angstvolle Blicke auf Tyndall, Minnie, Ahmed und Yoshi warf und nicht verstand, warum sein Daddy nicht da war. Niah war mit Maya zu Hause geblieben und wartete auf Tyndall. Sie wusste, dass er Olivia in dieser schweren Stunde beistehen musste, und zum ersten Mal überwog Mitgefühl ihre Eifersucht.

Nachdem er Minnie angewiesen hatte, Olivia mit einem Schlafmittel zu Bett zu bringen, ging Tyndall am Abend in die Logger-Bar und trank bis zum Umfallen.

Er taumelte in die kühle Nachtluft, die augenblicklich seinen benebelten Kopf klärte. Olivias verhärmtes Gesicht ging ihm nicht aus dem Sinn. Es schien so ungerecht, dass ausgerechnet ein so anständiger Mensch wie Conrad ein solch brutales, unwürdiges Ende finden sollte. Die Firma würde es verschmerzen. Für Olivia und Hamish jedoch war der Verlust unersetzlich.

Ohne zu wissen, wohin er ging, stolperte Tyndall über die Straße und in den dunklen Park gegenüber dem Hotel Continental. Sekunden später war Ahmed an seiner Seite.

»Tuan, ich habe Sulky dabei. Sie nach Hause. Nix Sheba Lane.«

»Hab keine Ahnung, wo ich bin, Ahmed. Es ist alles so schrecklich.«

»Ja, Tuan.« Ahmed nahm ihn am Arm und führte ihn auf die Straße zurück, während Tyndall vor sich hin lallte: »Arme Olivia. Wir müssen uns um sie und den Jungen kümmern. Ach, arme, liebe Olivia …« Er brabbelte weiter und schüttelte immer wieder den Kopf. Er ließ sich von

Ahmed in das Sulky helfen, wo er in sich zusammensank und sofort einschlief.

Bei Tagesanbruch ließ die Wirkung des Schlafmittels nach, und Olivia erwachte mit schwerem Kopf, einem trockenen Mund und einer pelzigen Zunge. Sie ließ Minnie schlafen, weckte Hamish, zog ihn an und führte ihn an der Hand durch die schlafende Stadt, über der wie eine dichte Decke die Feuchtigkeit hing. Olivia ging langsam, manchmal trug sie Hamish ein Stück, wenn seine Beinchen schwer wurden, dann erreichte sie den kleinen Abhang, wo Conrad begraben lag. Sie stand eine geraume Weile vor dem frischen Grab. Von hier konnte man über das Meer blicken, das von diesem sonnenverbrannten Kontinent bis weit in sein Heimatland mit den weißen Klippen und feuchten Nebeln reichte. Was war ihr Leben doch für eine lange Reise gewesen und wie kurz ihre gemeinsam verbrachte Zeit.

Erinnerungen an London wurden in Olivia wach: Wie an einem Winternachmittag die Dämmerung in das Geschäft ihres Vaters einzog und wie Conrad über die Rechnungsbücher gebeugt saß. Ihre einfache Hochzeitszeremonie, ihr verwitweter Vater, der sie zuversichtlich und stolz in Conrads Obhut gab. Der Tod ihres Vaters so kurze Zeit später und, auf ihr Drängen hin, der kühne Entschluss, in Australien ein neues Leben zu wagen, auch um des Kindes willen, das sie unter dem Herzen trug. Conrad pflegte immer zu sagen: »Wenn eine Tür sich schließt, geht eine neue auf …«

Olivia dachte an den kleinen James, der an der Küste begraben lag, und fragte sich, ob er nicht neben seinem Vater ruhen sollte. Sie dachte an den kurzen, harten Kampf auf ihrem Stück Land und dann an die fruchtbare Partnerschaft mit Tyndall, die ihrem Leben eine glückliche Wende gegeben hatte.

»Wo ist Daddy?«, fragte Hamish plötzlich.

»Er ist im Himmel, mein Schatz. Aber an diesem Platz

hier können wir immer mit ihm reden. Er ist fortgegangen an einen wunderschönen Ort.«

Hamishs Augen füllten sich mit Tränen. »Warum ist Daddy fort?«

»Mein armer Schatz. Er wollte ja nicht von uns fortgehen …« Olivia kniete sich vor den Jungen und zog ihn in die Arme. »Manchmal bittet der liebe Gott seine Engel, einen besonderen Menschen in den Himmel zu holen. Er weiß, dass wir beide stark und tapfer sein werden. Außerdem haben wir Kapitän Tyndall und Minnie und Ahmed und all die anderen, die sich um uns kümmern, und eines Tages werden wir drei wieder zusammen sein.«

Hamish weinte immer noch. »Ich will meinen Daddy …«

Olivia drückte den Jungen noch fester an sich und flüsterte mit tränenerstickter Stimme: »Ich auch, mein Schatz …« Nach einer kleinen Weile wischte sie sich und ihrem Sohn die Tränen ab.

Als Hamish das schmerzerfüllte Gesicht seiner Mutter sah, nahm er ihre Hand, und so gingen sie traurig Seite an Seite nach Hause.

Zwei Perlenarbeiter, die zur Frühschicht gingen, hatten den kleinen Trauerzug beobachtet. »Die nimmt das nächste Schiff in die Heimat, kannste wetten«, meinte der eine. »Wird ihren Anteil an Tyndall verkaufen, bin ich sicher.«

»Die ist nicht so eine, Kumpel. Hast doch gehört, dass sie in den Schuppen mit anpackt und den Arbeitern auch mal Essen bringt. So was hat's noch nicht gegeben! Trotzdem, dieser Ort hier is nix für 'ne Witwe wie sie mit 'nem Kind.«

Während der nächsten zwei Wochen rührte Olivia sich kaum aus ihrem Schlafzimmer. Die geschlossenen Fensterläden schirmten sie von der Außenwelt ab. In der dämmrigen Stille ihres Zimmers versuchte Olivia, sich mit der Tragödie abzufinden, die ihr Leben zerstört hatte. Besucher wurden abgewiesen. Allein Minnie hatte Zutritt. Sie watschelte mit dem Essen herein, das Olivia kaum anrührte. In regelmäßigen Abständen wurde Hamish zu ihr gebracht und durfte eine Weile bei ihr sitzen. Er verstand nicht, was mit seinem Vater geschehen war und warum ihr Leben nun anders verlief.

In dieser schwierigen Zeit kam für den Jungen die schönste Stunde des Tages, wenn bei Sonnenuntergang Tyndalls vertraute Gestalt mit Maya auf dem Arm durch das Gartentor trat. Tyndall setzte sich dann auf die Veranda und ließ Olivia durch Minnie bitten, sich doch zu ihnen zu gesellen. Olivia lehnte jedes Mal ab, und so trank er seinen Whisky, wie er es früher mit Conrad zu tun pflegte, und sah Hamish zu, wie er mit dem Baby spielte.

Eines Abends schließlich knallte Tyndall sein leeres Glas auf den Tisch, ließ die Kinder in Minnies Obhut und stürmte ins Haus. Er klopfte an Olivias Tür.

»Es wird Zeit, Olivia. Zeit, dass Sie herauskommen.«

Drinnen rührte sich nichts, aber er wusste, dass sie lauschte.

Er hämmerte an die Tür. »Olivia!«

»Lassen Sie mich in Frieden, John.«

»Nein, das werde ich nicht. Es wird Zeit, dass Sie aus Ihrer Abgeschiedenheit herauskommen und Ihr Leben wieder in die Hand nehmen. Hamish zuliebe. Conrad zuliebe. Er fehlt mir auch, Olivia.«

Er hörte ein unterdrücktes Schluchzen.

»Verdammt noch mal. Ich rede nicht durch die Tür. Ich komme jetzt rein.«

»Nein! Bitte, gehen Sie!«, rief Olivia mit müder, erstickter Stimme.

Tyndall riss die Tür auf und blinzelte von der Schwelle aus in das Halbdunkel. »Du meine Güte, wie können Sie nur?« Mit einem Schritt war er bei den Fensterläden, die nur spärliches Licht durchließen.

»Bitte, lassen Sie mich in Ruhe«, flehte Olivia mit brüchiger Stimme.

»Werfen Sie doch etwas nach mir, wenn Sie wollen.« Tyndall stieß die Läden auf, und das letzte Licht des Tages brach in das Zimmer ein, begleitet vom Duft tropischer Pflanzen und dem fröhlichen Gequietsche von Hamish und Maya. Tyndall wandte sich zu Olivia um.

Sie saß in einen Lehnstuhl gekauert, eine Baumwolldecke über die Schultern gezogen. Das offene Haar hing ihr stumpf und strähnig auf den Rücken, ihr Gesicht sah blass und verhärmt aus.

Tyndall tat so, als ob er ihren Zustand nicht bemerkte. »Olivia«, begann er mit entschlossener Stimme. »Ich erwarte Sie morgen früh im Büro. Es gibt eine Unmenge Schreibarbeiten zu erledigen, und Sie werden Conrads administrative Aufgaben übernehmen. Das wächst mir allmählich über den Kopf. Sieht aus, als ob ein Wirbelsturm durchgebraust wäre. Außerdem müssen wir die kommende Saison planen. Ich habe vor, nach Norden zu segeln.«

Tyndalls Ausbruch zeigte die erhoffte Wirkung, insbesondere die radikale Ankündigung, nach Norden zu segeln. Tyndalls Logger fuhren gewöhnlich gen Süden.

»Wieso nach Norden?«, wollte Olivia wissen.

Tyndall fiel ein Stein vom Herzen. Er wusste, dass er bei Olivia etwas in Gang gesetzt hatte. Sie würde weiterhin trauern, gewiss, aber jedenfalls würde sie sich in ihrem Schmerz nicht mehr abschotten. Scheinbar ungerührt fuhr er fort: »Ich habe von neuen Perlengründen reden hören. Ich will selber nachschauen, was an den Gerüchten dran ist.« Bereits zum Gehen gewandt, meinte er beiläufig: »Vielleicht wollen Sie und Hamish ja mitkommen. Bis morgen also.«

Er schloss leise die Tür hinter sich. Draußen holte er einmal tief Atem. Olivias erschreckende Verfassung wollte ihm schier das Herz brechen.

Olivia starrte wütend auf die geschlossene Tür. »Typisch Tyndall«, fauchte sie innerlich. »Fragt nicht erst, ob ich arbeiten will, befiehlt es einfach.« Sie ging eine Weile unruhig im Zimmer umher, trat ans Fenster und betrachtete den farbenprächtigen Sonnenuntergang. Ein Bad würde ihr gut tun, beschloss sie dann.

Während sie im Badewasser lag, legte sich ihr Ärger allmählich und machte einem Gefühl dankbarer Zuneigung für Tyndall Platz. In seiner direkten Art hatte er ja so Recht, sie musste jetzt an Hamish und das Geschäft denken. Conrad war tot, ihr gemeinsames Leben zu Ende. Es hatte keinen Sinn, wenn sie sich weiter in Schmerz und Selbstmitleid erging. Sie musste der Zukunft ins Auge blicken. Allein.

Dreizehntes Kapitel

Allmählich fand Olivia sich mit ihrem Verlust ab. In dem Moment, da sie ihr Zimmer verließ und sich der Welt wieder stellte, kehrte sie ihren Kummer nach innen und trauerte nunmehr im Stillen. Das Leben ging weiter, und Olivia widmete sich ihren täglichen Pflichten. Und mit jedem Tag fiel es ihr leichter.

Sie genoss den morgendlichen Gang zum Hafen, ehe die brennende Hitze des Tages einsetzte. Es hatte etwas Beruhigendes, die Logger am Steg liegen zu sehen, wo sie überholt oder repariert wurden. Die unglaublichen Farben des Meeres faszinierten sie jedes Mal aufs Neue, und das bunte Treiben in den Schuppen stimmte sie fröhlich.

Chinesen leerten ihre Fischnetze und eilten mit ihren Körben voll frischem Fisch, die sie an Bambusstangen über den Schultern trugen, in die Stadt. Bootsmannschaften waren mit dem Entladen der Logger beschäftigt und verstauten alles, was sich tragen ließ, in den Wellblechschuppen am Ufer. Philippinische Schiffszimmerer werkelten auf Gerüsten an den Booten, während malaiische Segelmacher emsig an riesigen Segeltuchbahnen arbeiteten.

Die Arbeiter der *Star of the Sea* freuten sich am ersten Tag aufrichtig, Olivia zu sehen. Sie kamen zu ihr, ein wenig verlegen ob des kulturellen und gesellschaftlichen Unterschieds, ergriffen linkisch ihre Hand und murmelten Worte des Trosts und des Mitgefühls. Olivia war sehr gerührt über diesen Empfang und bedankte sich mit einem Lächeln und einfachen Dankesworten. Es war eine sehr bewegende Szene, und Olivia bewahrte nur mit Mühe ihre Fassung. Sie zwang sich, wenn auch mit zittrigen Knien, zu einer Überprüfung des Lagerschuppens und eines im Dock liegenden Boots. Sie brachte es sogar fertig, Tyndall zuzuwinken, der an Deck eines in der Bucht ankernden Loggers stand.

Als sie jedoch die Treppe zu Conrads Büro hinaufstieg, musste sie all ihre Kraft zusammennehmen. Sie atmete einmal tief und trat ein. Auf seinem Schreibtisch lagen zahlreiche Schriftstücke durcheinander, die oberste Schublade des Aktenschranks stand offen. Berge von Aktenordnern stapelten sich in einer Ecke und legten beredt Zeugnis ab von Tyndalls Versuch, die Betriebsführung aufrechtzuerhalten.

Olivia machte sich sofort an die Arbeit und merkte gar nicht, wie die Zeit verging. Sie blickte erst hoch, als sie Schritte vor der Tür hörte und Ahmed im Eingang stand.

»*Selamat pagi*, Mem.«

»Guten Morgen, Ahmed. Komm herein.«

Ahmed trat näher und blieb demutsvoll vor dem Schreibtisch stehen. Mit kummervollem Blick sah er Olivia stumm an.

»Mem ...«, begann er hilflos, unfähig weiterzusprechen.

Sie nickte entgegenkommend, dann wurde ihr klar, dass Ahmed tatsächlich nicht in Worte fassen konnte, was ihn bewegte.

Schließlich berührte er mit einer schlichten Geste seinen *kris* und blickte ihr dabei fest in die Augen. »Tut mir Leid, Mem. Zu spät.«

Olivia hielt sich erschrocken die Hand vor den Mund, um einen leisen Schrei zu ersticken, doch sie fasste sich dann. »Danke, Ahmed. Sag nichts mehr.«

Er deutete eine kurze Verbeugung an und ging. Olivia verbarg das Gesicht in ihren Händen und begann, still zu weinen.

Am späten Vormittag erschien Tyndall im Büro, zog sich einen Stuhl heran und legte die Füße auf den nunmehr aufgeräumten Schreibtisch. »John, bitte!«

»Ich bin froh, Sie hier zu sehen«, erklärte er schlicht.

»Danke. Die Arbeiter im Lager waren sehr nett zu mir.«

»Sie halten eine Menge von Ihnen. Conrad haben sie respektiert, aber für Sie empfinden sie etwas Besonderes. Das ist Ihnen sicher bewusst.«

»Ich habe mir keine Gedanken darüber gemacht, aber ich war sehr gerührt von der Anteilnahme, die sie mir heute Morgen entgegenbrachten.« Sie machte sich am Aktenschrank zu schaffen, um sich an irgendetwas festzuhalten. Der Morgen hatte sie mehr aufgewühlt, als sie erwartet hatte.

Während sie mit den Akten hantierte, sagte Tyndall unvermutet: »Ich habe Kaufverhandlungen für einen neuen Logger aufgenommen.«

Olivia schnellte herum. »Ein neuer Logger! Wir hatten doch noch gar keine Gelegenheit, über künftige Unternehmungen zu sprechen. Handeln Sie nicht ein wenig vorschnell?«

»Vorschnell, aber klug. Es ist ein guter Handel, das Leben und die Geschäfte müssen weitergehen, Olivia. Wir müssen einen neuen Kurs steuern. Setzen Sie sich, ich werde Sie ins Bild setzen.«

Olivia tat, wie ihr geheißen, und machte sich Notizen, während Tyndall ihr seine Pläne erläuterte. Einen neuen Kurs steuern bedeutete für ihn, volle Kraft voraus mit Wind von achtern.

»Ich habe Yoshi das Kommando übertragen und einen seiner Verwandten als Ersten Taucher für die *Annabella* angeheuert. Yoshi wird dann beides sein, Taucher und Schiffskommandant.«

»Das ist eine gute Idee. Er hat sich als tüchtiger und zuverlässiger Arbeiter erwiesen.«

»Bis jetzt. Einige der anderen Kapitäne halten mich für verrückt. Man kann den Japsen nicht trauen, meinen sie. Angeblich stehlen sie die guten Perlen und verkaufen sie weiter. Das brächte der Job so mit sich, behaupten sie.«

»Haben Sie und Ahmed Vertrauen in Yoshi?«

»Absolut.«

»Dann gebe ich Ihnen meine volle Unterstützung.« Olivia legte den Bleistift hin und lehnte sich zurück. »Was meine Zukunft angeht, will ich Ihnen Folgendes sagen. Ich habe vor, in Broome zu bleiben und mich aktiv am Geschäft zu beteiligen. Ich werde Conrads Arbeit übernehmen und möchte vor allem seine Pläne umsetzen, das Geschäft weiter auszubauen. Es ist viel Geld mit der Versorgung der Logger auf See zu machen.«

Tyndall lächelte. »Ich hatte sehr gehofft, dass Sie zu dieser Einstellung kommen würden. Sie werden es nicht leicht haben, so allein, aber ich werde Sie nach Kräften unterstützen, das wissen Sie, Olivia«, sagte er herzlich.

»Danke, John. Danke auch, dass Sie so hart mit mir ins Gericht gegangen sind. Was Sie gesagt haben, war nicht besonders nett, aber genau das Richtige, um mich anzuspornen.«

Wenige Tage später ließ Tyndall Olivia ausrichten, sie möge mit Hamish zum *Streeter's Jetty* kommen. Zu ihrer Überraschung fand Olivia die gesamte Mannschaft ihrer Logger einschließlich Ahmed, Yoshi und Taki auf dem Anleger versammelt. Sie wurde herzlich begrüßt, und Hamish lief gleich zu Ahmed, der ihn auf den Arm nahm und herzte.

»Nanu, was gibt's denn, John?«, fragte Olivia.

»Der neue Logger. Wir dachten, Hamish würde ihn gern taufen. Wir haben auch schon eine Flasche Champagner vorbereitet. Er braucht bloß noch das Tau loszulassen.«

»Eine wunderbare Idee!« Olivia schob sich durch die Gruppe am Anleger und stand vor dem Bug des frisch gestrichenen Loggers.

Auf dem weißen Rumpf prangte in schwarzen Lettern der Name des Schiffes – *CONRAD.*

Olivia bekam feuchte Augen.

»Hoffentlich sind Sie einverstanden«, sagte Tyndall leise. »Was halten Sie davon, wenn Sie und Hamish nach der Schiffstaufe mit mir eine kleine Probefahrt in der Bucht machen würden?«

Olivia rang nach Worten. »Das würde uns sehr gefallen.«

Hamish quietschte vor Vergnügen, als er mit Ahmed am Steuer des Vierzig-Fuß-Loggers stand und der Logger sich im Wind auf die Seite legte. Die Wellen brachen sich an den Bordplanken und schwappten zur Freude des Kleinen manchmal bis an Deck. Olivia hatte das Schiff genau inspiziert, von dem Luftkompressor für die Taucher über die Laderäume für die Muscheln bis hin zu den zwei Wassertanks, die beide 200 Gallonen fassten. Im Vorderschiff befand sich das Logis für die Kupangermannschaft. Die Besatzung bestand zu gleichen Teilen aus Japanern und Kupangern, und mit diesem System fuhren sie gut und sicher. Es war schon oft genug vorgekommen, dass Mannschaften einer Nationalität sich gegen den Kapitän verschworen, um zu meutern oder Perlen zu stehlen. Oder die Kapitäne waren ›bei Sturm über Bord gegangen‹. Die Conrad war ein Zweimaster, und zum Bug hin gab es an Deck eine kleine Kabine mit zwei Schlafkojen. Das ganze Schiff roch nach neuem Segeltuch, frischer Farbe und Teer.

Olivia nickte anerkennend. »Sie segelt prima und sieht gut aus. Ich glaube, Conrad wäre sehr zufrieden.« Es war das erste Mal, dass sie seinen Namen erwähnte, ohne mit den Tränen kämpfen zu müssen. Sie schenkte Tyndall ein dankbares Lächeln.

Er lächelte zurück und tätschelte Hamishs blonden Haarschopf.

Vom Ufer aus sah Niah dem neuen Logger nach. Es ärgerte sie, dass sie zurückbleiben musste. Seit Conrads Tod führte

Tyndall sozusagen ein Leben mit zwei Familien. Sie hatte ja Verständnis dafür, dass Mem Hennessy zu seiner Welt der Logger und Perlmuscheln gehörte, aber nun zeigte Tyndall auch noch ein wachsendes Interesse an dem Jungen und vernachlässigte Maya. Seine Vernarrtheit in das kleine Mädchen hatte nachgelassen, ebenso wie sein Interesse an Niah. Er war nur noch mit seiner Arbeit, dem neuen Schiff, mit Mem Hennessy und der Mannschaft beschäftigt. Nur nachts, wenn er nüchtern und zärtlich war, gehörte er ganz ihr.

Sie machte sich auf den Heimweg zu Tyndalls Haus. Ihr Blick folgte der sandigen Straße, die weit in den Busch hineinführte, zum Land ihrer Leute.

Sie schlug eine andere Richtung ein und ging zum Haus der Hennessys, wo sie Minnie in der Waschküche beim Sortieren der Bügelwäsche fand. Niah ließ sich mit Maya auf einer Treppenstufe nieder.

Minnie unterbrach ihre Arbeit und setzte sich eine Stufe tiefer zu Niah auf die Treppe. Sie lächelte das kleine Mädchen an, sagte etwas in ihrer Sprache, nahm dann Niahs Hand und tätschelte sie. Der einsamen jungen Frau sagte diese Geste mehr als tausend Worte.

Drei Jahre vergingen, und die Beziehung zwischen Olivia und Tyndall festigte sich weiter, das gemeinsam betriebene Geschäft einte sie.

Tyndall hatte großen Respekt vor Olivias Geschäftstüchtigkeit, ihrer Urteilskraft und ihrem Verhandlungsgeschick. Das ging so weit, dass er sich eines Tages zu der Bemerkung hinreißen ließ, sie sei fast so gut wie ein Mann. Olivia nahm das als Kompliment, trotzdem ärgerte sie sich. Sie gehörte zu den wenigen weißen Frauen in Broome, die unternehmerisch tätig waren, und sah keineswegs ein, warum eine Frau nicht ihren Platz in der Männerwelt behaupten sollte, wenn sie die Fähigkeiten und die Neigung dazu hatte.

Tyndall begleitete Olivia manchmal zu ihren Verkaufsverhandlungen mit Monsieur Barat. Er pflegte sich dabei im Hintergrund zu halten und ihr die heikle Kunst der Verhandlung zu überlassen, bevor man sich auf einen Preis einigte. Erst wenn das Gespräch sich gesellschaftlichen Belangen zuwandte, schaltete Tyndall sich ein. Mit dem französischen Perlenhändler verband sie mittlerweile eine aufrichtige Freundschaft, die sowohl Olivia als auch Tyndall sehr schätzten.

Seit Olivia Tyndall bei seiner Arbeit beobachten konnte, brachte sie seiner Art und seinem Wesen ein ganz neues Verständnis entgegen. Wenn er mit einem kleinlichen Zollbeamten zu tun hatte, konnte er angesichts des Hochmuts und der Engstirnigkeit, die dieser an den Tag legte, fast aus der Haut fahren, während er bei einem malaiischen Segelmacher humorvoll zur Sache ging und ihm Anerkennung für sein handwerkliches Geschick zollte.

Olivia billigte seine gelegentlichen Zechtouren gar nicht, tolerierte sie aber, weil sie wusste, dass in Broome ein Gespräch unter Männern meistens nicht ohne eine oder gar mehrere Flaschen abging.

So tüchtig sie beide zusammen als Geschäftsgespann waren, so sehr schätzte Olivia auch Tyndalls moralische Unterstützung und seine Freundschaft. Er kam immer gegen Abend vorbei, um auf der Veranda einen Whisky zu nehmen, wie es auch seine Gewohnheit war, als Conrad noch lebte. Und nun saßen er und Olivia zusammen, besprachen Geschäftliches, machten Pläne oder tauschten Neuigkeiten über die Ereignisse in der Stadt aus. Gelegentlich drangen auch Nachrichten von Übersee oder aus südlich gelegenen Städten zu ihnen. Die meiste Zeit jedoch nahmen sie die Welt jenseits des türkisblauen Wassers der Roebuck Bay kaum zur Kenntnis.

Niah und Ahmed schienen Tyndall nur noch am Rande zu interessieren, während Olivia allmählich zum Dreh- und

Angelpunkt seines Lebens wurde. Olivia verließ sich zunehmend auf Minnie, die ihr den Haushalt führte und sich zusammen mit Rosminah, der jungen malaiischen Kinderfrau, um Hamish kümmerte.

Minnie hatte eine Tochter und einen Ehemann, Alf, der halb Aborigine, halb Chinese war. Alf wusste selber nicht, welcher Anteil in ihm überwog, und so lebte er zwischen beiden Welten. Er hatte lange Jahre als Perlentaucher gearbeitet, bis eine schwere Lähmung ihn zum Krüppel gemacht hatte. Er war gezwungen, an Land zu bleiben, und arbeitete in der Bäckerei, die seine chinesischen Angehörigen betrieben. Am frühen Morgen lieferte er mit Pferd und Wagen frisches Brot aus, den Rest des Tages vertrödelte er dann mit Vetter Wally in Kennedy's Camp unten am *Dampier Creek*. Minnies Tochter Mollie wurde von ihren Verwandten versorgt, und manchmal kam sie, um ihrer Mutter bei der Arbeit zu helfen. Niah und Maya kamen oft zu Besuch, wenn Olivia im Geschäft war, und mit Rasminah und Hamish noch dazu versammelte sich so eine fröhliche kleine Gesellschaft im Garten der Hennessys.

Aber Niahs Unmut über Tyndall und sein ständiges Zusammensein mit Olivia wuchs immer mehr. Er wischte ihre Klagen beiseite und gab ›Geschäfte‹ oder ›Verpflichtungen‹ vor. Niah fühlte sich unsicher, was ihre Stellung im Haushalt betraf, und war beunruhigt, dass Tyndall ihr Maya immer mehr entfremdete. Er nahm das kleine Mädchen fast überallhin mit und redete mit ihm, als sei es erwachsen. Mit Niah verbrachte er nur noch wenig Zeit. Sie waren nicht länger eine Familie. Niahs Rolle als heimliche Herrin des Hauses wurde mehr und mehr untergraben, und sie kam sich inzwischen vor, als sei sie nicht mehr als Mayas Kindermädchen und Tyndalls Bettgespielin.

Wann immer Niah Olivia und Tyndall am Perlenschuppen, im Geschäft oder bei den Loggern zusammen sah, spürte sie, welch freundschaftliches Verhältnis die beiden verband. Instinktiv bemerkte sie aber noch etwas anderes, etwas Unterschwelliges, eine Art Chemie zwischen ihnen, deren sich die beiden jedoch nicht bewusst zu sein schienen. Sie konnten Dinge miteinander teilen, an denen sie, Niah, nie teilhaben würde. Sie hatte nur Zugang zu Tyndall, wenn er nachts neben ihr im Bett lag. Und durch Maya natürlich. Solange sie Maya hatte, hatte sie auch Tyndall.

Niah beklagte sich nicht – mit wem hätte sie auch über ihre Gefühle sprechen können –, aber Minnie bemerkte sehr wohl, was die junge Frau quälte.

Einige Wochen lang hielt sich Niah zurück. Dann schlüpfte sie eines Abends, als Tyndall mit Maya bei Olivia war, aus dem Haus. Sie hatte sich mit Minnie bei Sonnenuntergang am Ufercamp verabredet.

Die ältere Frau musterte sie mit einem mitfühlenden Blick. »Hast Kummer, was?«

»Ja, Tante. Meine Seele ist schon ganz lange Zeit krank.« Wie es in der Gemeinschaft der Aborigines üblich war, war Minnie für Niah eine Tante geworden, nachdem sie ihre gemeinsame Abstammung entdeckt hatten. Minnie kam aus demselben Clan und war nur aufgrund ihrer Heirat in die Stadt gezogen. Niah versuchte zu erklären, warum sie trotz ihres Gönners mit ihrem Leben so unzufrieden war.

Minnie hörte aufmerksam zu und nickte bedächtig, als Niah schilderte, wie besessen Tyndall von seinem Kind war. Sie begann wie von ungefähr das Muster von Niahs Muschelanhänger in den Sand zu zeichnen.

»Warum das malen, Tante?«

»Ist Frauensache, Niah. Von unserer Sippe. Bald Zeit für Zeremonie für Mädchen, du besser mit Maya hingehen. Bei Zeremonie dabei sein.«

Niah strahlte Minnie an. »Wie komme ich hin?«

»Wally unten in Kennedy's Camp. Er nimmt dich mit, wenn er geht zurück. Aber langer Weg.«

»Das ist gut. Wann geht er?«

»Weiß nich. Wenn er fertig ist. Pack ein paar Sachen.«

Als Niah in der Dämmerung nach Hause ging, war sie sehr zufrieden. Nach langer Zeit hatte sie endlich wieder einen Lebensinhalt.

Sie begrüßte Tyndall mit einem strahlenden Lächeln und nahm Maya an sich, um sie zu füttern. Sie erzählte ihr von dem bevorstehenden *walkabout* und erklärte dem neugierig fragenden Kind, warum sie sich auf diese lange Wanderung machten.

Als die Monsunzeit sich dem Ende zuneigte, griff Tyndall die Idee wieder auf, nach neuen Perlengründen zu suchen und den neuen Logger zu testen. Er schlug Olivia vor, ihn mit Hamish zu begleiten. Zunächst zögerte sie, weil der Junge noch nie auf See gewesen war. Sie würde die Sache aber mit Hamish besprechen.

»Kapitän Tyndall hat uns gefragt, ob wir ihn auf einer Fahrt an der Küste entlang begleiten wollen. Würde dir das gefallen?«

»Auf dem Schiff? Wir sind die ganze Zeit auf dem Schiff?«

»Ja. Du könntest seekrank werden oder dich langweilen.«

»Nein, das wird Spaß machen. Ach ja, lass uns mitfahren.« Seine Begeisterung war ansteckend. »Ich versprech dir auch, dass ich brav sein werde«, bot er zum Zeichen seines Gehorsams an.

»Es wird erst einmal nur eine kurze Fahrt werden, und du musst tun, was Ahmed und Tyndall dir sagen. Abgemacht?«

Tyndall versuchte, Niah die Situation zu erklären. »Es wird zu eng für Maya und dich, wenn ihr mitkommt. Und diese Fahrt soll etwas Besonderes für Hamish werden. Er vermisst seinen Vater so sehr, und er soll das Meer kennen und lieben lernen. Wir bleiben ja nicht lange fort.« Er nahm Maya hoch und wirbelte sie durch die Luft, dass sie vor Freude quietschte. Übermütig griff sie nach seinem Ohrring, der sie immer wieder faszinierte. Er drückte sie fest an sich. »Du wirst schön brav sein, solange ich weg bin.«

»Maya mitkommen.«

»Vielleicht das nächste Mal.« Tyndall küsste sie aufs Haar und strich ihr leicht über die Wange.

Als die *Conrad* ablegte, winkte Hamish Niah und Maya auf dem Anleger zu, bis sein Arm schwer wurde.

Niah hatte ziemlich wortkarg bei den Vorbereitungen zu der Reise geholfen. Olivia wollte vermeiden, dass sie sich ausgeschlossen fühlte. »Niah, ich weiß, dass du gerne mitkommen würdest, aber mit zwei Kindern an Bord würde es zu schwierig werden. Nicht nur aus Platzgründen, auch aus Gründen der Sicherheit. Es geht mir vor allem um Hamish.« Sie blickte in Niahs große dunkle Augen und war bestürzt, als sie einen Anflug von Neid und eine Art spöttischer Zurückweisung darin entdeckte. Aber dann breitete sich ein warmes und offenes Lächeln über Niahs Gesicht, das Olivia erleichtert erwiderte. Niah schien verstanden zu haben. Was Niah jedoch gesehen und verstanden hatte, war etwas, das Olivia selbst noch verborgen war.

Als die *Conrad* außer Sicht war, nahm Niah Maya an der Hand und bestieg mit ihr die Pferdebahn, die zwischen dem Anleger und Chinatown verkehrte. Sie hielt Mayas kleine Hand fest, während das alte graue Pferd den offenen Wagen durch die Straßen zog. In der Nähe der Ufercamps stiegen sie aus.

Ein staubiger Weg führte durch die Mangroven zu der kleinen Anhöhe mit dem Lager.

Ein älterer Mann sprang auf die Füße und winkte einen Willkommensgruß. »He, Mädchen. Ich Wally. Minnie mir sagen, dass du kommst.« Er lächelte Niah an und legte Maya die Hand auf den Kopf. »Wir bringen kleines Mädchen zu Familie, was?«

Wally hatte einen Kessel über dem Feuer hängen und schenkte Niah einen Becher heißen Tee ein. Dann riss er von einem frisch in der Asche gebackenen Brotfladen mehrere große Stücke ab. »Corned Beef okay?«, fragte er. Niah und Maya nickten und schauten zu, wie er von dem rötlichen Fleisch ein paar Scheiben absäbelte und ihnen das Brot dick damit belegte.

»Wie weit müssen wir gehen?«, wollte Niah wissen.

Er zuckte die Achseln. »Langer Weg. Wir gehen morgen, ja?«

»Ja«, sagte Niah, glücklich und zufrieden wie lange nicht mehr.

Später gingen sie langsam wieder nach Hause, und Niah packte eine Strohtasche mit den Sachen, die sie mitnehmen wollte.

Am folgenden Tag brach Niah in aller Frühe auf. Minnie drückte sie zum Abschied noch einmal kräftig an ihr Herz, gab Maya einen Kuss und versicherte Niah, dass sie das Richtige tat.

Niah nickte. »Mein Herz das auch sagen. *Traumzeit* wichtig für Maya.«

»Für dich auch, Niah. Du brauchst jetzt richtige Familie.«

Wally erwartete sie bereits. »Tag. Gib mir Tasche.« Er nahm ihr die Strohtasche ab, und sie marschierten los.

Eine Weile später, als die Sonne schon am Himmel stand, hielt Wally an einer bestimmten Wegstelle an und machte Niah ein Zeichen, dass sie warten sollte. Er ging zu einem hohlen Baumstamm und zog einen Jagdspeer, eine Schleuder und ein großes Jagdmesser hervor.

Die drei wanderten in den Morgenstunden, ruhten während der Mittagshitze im Schatten und wanderten nachmittags und in der kühlen Abendluft weiter. Wenn Maya nicht gerade munter vor ihnen hersprang, wurde sie von Wally getragen. Auf ihrem Marsch schlugen sie jede Nacht im Freien ihr Lager auf und versorgten sich mit Essbarem. So lernte Niah die Freigebigkeit dieses Landes kennen, das ihr so karg und öde vorgekommen war. Sie schlief friedlich unter den Sternen, gewöhnlich neben einem Lagerfeuer in einem trockenen Flussbett, und hielt ihre Tochter fest im Arm.

Die *Conrad* wankte und schlingerte, als der Logger hart auf Steuerbordkurs ging. Die Gischt sprühte Hamish ins Gesicht. Er juchzte vor Vergnügen und leckte sich das Salz von den Lippen, während er unter Ahmeds fester Hand das Ruder hielt. Olivia und Tyndall wechselten einen viel sagenden Blick, im Gegensatz zu seinem Vater war Hamish auf Anhieb von der Seefahrt begeistert. Und das Wetter meinte es gut mit ihnen. Des Nachts saßen sie bei ruhiger See an Deck und erklärten dem Jungen, wie man die Sternbilder erkennt und nach den Sternen navigiert. Tyndalls Seefahrerkenntnis und Ahmeds mystisches Wissen über das Meer, den Wind und die Sterne ergänzten sich auf wunderbare Weise, und Olivia hörte den Männern fasziniert zu.

Später dann, in seiner Hängematte in der kleinen Kabine, die Ahmed und Yoshi sich teilten, lauschte Hamish gebannt den Geschichten der Männer von den Wundern unter Wasser, von den seltsamen Kreaturen, den großen Gefahren und ihren zahlreichen Tauchabenteuern.

Nach mehreren Übernachtungen verkündete Wally eines Morgens: »Das ist unser Land.« Er grinste breit. »Kannst es fühlen. Kannst es riechen. Wenn du zuhörst, Lieder erzählen von unserem Land.« Er blieb stehen und starrte auf den Boden, als ob er ein entferntes Beben spürte. »Leute kommen uns begrüßen«, sagte er zufrieden.

Nachdem die *Conrad* in Broome wieder angelegt hatte, ließ Tyndall den Logger in Ahmeds Obhut und brachte Olivia und Hamish nach Hause.

Sie waren beide sehr zufrieden mit dem Schiff und planten, weiter die Küste hinauf nach Perlen tauchen zu lassen, da ihnen die Perlengründe, die sie dort gesehen hatten, sehr vielversprechend erschienen. Die kleine Schiffsreise hatte Hamish offensichtlich von seinem Kummer über den Verlust seines Vaters abgelenkt. Und obgleich Olivia bezweifelte, dass Hamishs Wunsch, Perlenunternehmer zu werden, lange anhalten würde, war sie doch froh, dass sie mitgefahren war. Sie hatte die Abgeschiedenheit auf dem Wasser und die Ruhe auf dem Schiff als heilsam empfunden.

Tyndall winkte ihnen noch einmal von der Gartenpforte aus zu und eilte heim zu Niah. Er war erstaunt, als er das Haus verlassen vorfand. Selbst von den Bediensteten war niemand zu sehen. Während er ein Bad nahm und sich umzog, dachte er immerfort an den kleinen Hamish. Was für eine herrliche Zeit er doch gehabt hatte und wie er das Leben an Bord genoss, nachdem er erst einmal seefest geworden war! Sie hatten ihm beigebracht, wie man fischt, und ihn mit kleinen Aufgaben betraut, zum Beispiel das Tauwerk in ordentlichen Ringen aufzurollen und das Messing zu polieren. Tyndall sehnte schon den Tag herbei, da Maya alt genug sein würde, das Gleiche zu tun.

Er hörte Geräusche aus den Dienstbotenräumen und rief nach der Kinderfrau. »Rosminah, wo ist Niah hingegangen?«

»*Walkabout,* Tuan.«

»*Walkabout?* In die Stadt? Wann kommt sie zurück?«

»Großer *walkabout.* Sagt, sie geht ihre Leute sehen. Hat Maya mitgenommen.«

Tyndall verstand nicht. »Was meinst du mit *walkabout*?«

Als ihm endlich die volle Wahrheit dämmerte, sank Tyndall betroffen in einen Sessel. Nun wurde ihm erst klar, wie sehr er Niah und sogar die kleine Maya über seinen Geschäften vernachlässigt hatte. Er nahm es Niah nicht übel, dass sie Kontakt zu ihrer Familie suchte. Aber sie fehlten ihm alle beide, und er hoffte inständig, dass sie bald zurückkommen würden, denn hier war ihr Zuhause.

Olivia fand ihn schwer verkatert und mürrisch am nächsten Morgen im Büro und machte ihm zuerst einmal einen starken Tee. »Vielleicht ist Niah nur eifersüchtig, weil wir Hamish mitgenommen haben. Sie war in letzter Zeit ziemlich verschlossen. Und nachdem sie ihre Sippe wieder gefunden hat, ist es nur verständlich, dass sie mit Maya einen Besuch bei ihren Leuten macht«, versuchte Olivia die Situation mit Vernunft zu erklären.

»Sie ist auch meine Tochter. Sie gehört nicht in den Busch.«

»Sind Sie da so sicher, John?« Die Verzweiflung in seinen Augen machte Olivia ganz unglücklich, und das Gewissen nagte an ihr, da sie begriff, dass sich die Dinge womöglich ihretwegen so entwickelt hatten. »Sie können nur abwarten.«

Tyndall schaute sie mit traurigen Augen an. »Sie haben natürlich Recht. Und ich kann verdammt noch mal gar nichts tun außer warten.«

Olivia schenkte ihm Tee ein, sie hoffte inständig, dass Niah nicht zu lange wegbleiben möge. Sie hatte schon davon gehört, dass manche Aborigines sechs Monate und länger auf ihren *walkabouts* im Busch unterwegs waren. »Zumindest wissen wir, dass sie in Sicherheit ist.«

Tyndall schwieg darauf.

In den folgenden Wochen lernte Niah ihre gesamte Sippe kennen, die Rituale, die heiligen Stätten, die Geschichten und die Bande der Blutsverwandtschaft.

Maya wurde mit offenen Armen empfangen. Die Stammesfrauen nahmen sie in einer einfachen und dennoch ergreifenden Zeremonie in ihrer Mitte auf und schenkten ihr einen Perlmuttanhänger, der dasselbe Muster aufwies wie der ihrer Mutter. Wo immer sie das Schicksal hinführen würde, Maya hatte nun Verbindung zu ihren Ahnen und wusste, wo sie hingehörte.

Die alten Frauen beteten das schöne Kind an, unterhielten es mit Gesängen und führten ihm vor, welch schöne Muster sich aus Gräsern flechten ließen. Für Mutter und Tochter war es eine wunderbare Zeit, in der sie ihre Sprache und ihre Kultur entdeckten. Es gab viel zu lernen.

Einen Tag nach ihrer Ankunft an der Küste verspürte Niah das Bedürfnis, allein zu sein und ihren Gedanken nachzugehen, die ständig um Tyndall und Broome kreisten. Während die anderen Frauen am Strand Muscheln und andere Schalentiere sammelten, kletterte Niah über die Klippen zu einer verlassenen kleinen Bucht. Dort wanderte sie eine Weile herum. Dann ließ sie sich im Sand nieder und blickte aufs Meer hinaus. Irgendwo da draußen musste die Insel liegen, auf der sie aufgewachsen war und auf der ihre übrige Familie lebte. Sie erinnerte sich, wie ihre Großmutter ihr von jenem Land erzählt hatte, das jenseits des Meeres lag. Es war eine lange Zeit her, dass ihre Mutter ihr die Geschichte ihrer Großmutter erzählt hatte, wie sie über das weite Wasser zu ihrer Familie gefahren und von diesem Besuch mit Geschenken und Geschichten von der großen Willkommensfeier zurückgekehrt war. Und indem sie, Niah, nun durch Zufall zur Heimat ihrer Großmutter zurückgefunden hatte, hatte sie den Kreis geschlossen.

Tief in Gedanken versunken, hörte Niah die Schritte in ihrem Rücken nicht. Eine kräftige Hand schloss sich um ihre Kehle, und die Arme wurden ihr auf den Rücken gedreht.

»Hab ich dich!« Karl Gunthers höhnisches Gesicht tauchte vor ihr auf. »Was für eine angenehme Überraschung, meine Schöne. Was treibst du denn hier?«

»Ich, ich mit Tyndall da«, stieß Niah in Panik hervor.

»Ach ja? Und wo ist sein Schiff? Ich ankere nämlich hier in der Bucht, und weit und breit ist kein anderes Schiff zu sehen.« Grob riss er sie hoch.

Niah versuchte zu schreien, doch er drückte ihr die Hand auf den Mund. »Aber, aber. Mach keinen Lärm, oder ich muss dir ernstlich wehtun. Du kommst mit mir.«

Er zerrte und zog Niah, die sich mit Händen und Füßen wehrte, über den Sand. Sie schlug um sich, biss und kratzte, bis er sie mit einem heftigen Schlag zu Boden streckte. Er warf sie sich wie einen Sack über die Schulter und marschierte davon.

In einer dämmrigen Schiffskabine kam Niah wieder zu sich. Die Geräusche und Bewegungen auf dem Schiff verrieten ihr, dass das Schiff gerade losmachte. Sie wollte aufspringen, aber ihre Füße waren mit einem Tau gefesselt, und ihre Hände waren auf dem Rücken zusammengebunden. Das Tuch, das man ihr über den Mund gebunden hatte, erstickte jeden Schrei. In ihrem vergeblichen Bemühen, sich freizukämpfen, stürzte sie zu Boden und blieb hilflos liegen. Eine dunkle Wolke der Angst und der Hoffnungslosigkeit sank auf sie herab.

Sobald das Schiff seine Fahrt aufgenommen hatte, tauchte Gunther in der Kabine auf. Mit hartem Griff zerrte er Niah auf die Füße. »Bist du hingefallen? Ach du meine Güte!«, höhnte er. Er stieß sie auf die Koje zurück. »Hör auf zu kämpfen, es ist sinnlos. Wenn du schön brav bist, passiert dir nichts.«

Niah lag da und schoss wütende Blicke auf Gunther ab, während er sich in der Kabine zu schaffen machte. Beim Hinausgehen maß er sie mit einem anzüglichen Grinsen.

Niah verzehrte sich nach ihrer Tochter – sie musste es schaffen, von Bord zu kommen und ihr Kind wiederzusehen.

Stunden verstrichen. Niah fühlte sich ganz elend vor Hunger und Durst. Endlich kam Gunther zurück, riss ihr das Tuch vom Mund, löste ihre Handfessel und reichte ihr Wasser. Sie trank in gierigen Schlucken, während ihre Augen ihn wütend anblitzten.

»Spar dir deinen bösen Blick. Wenn dir dein Leben lieb ist, sei nett zu mir.« Er gab ihr einen Klaps auf die Wange, und Niah musste an sich halten, ihm nicht den Finger ins Auge zu bohren. Gunther packte ihre linke Hand und band sie an der Fußfessel fest.

Der Koch brachte ihr einen Teller Reis, auf dem ein paar Streifen getrockneter Fisch lagen. Er mied ihren Blick. Niah stieß rasch ein paar Brocken auf Malaiisch hervor, aber der Koch antwortete ihr nicht. So blieb ihr nur, mit einer Hand zu essen und zu warten.

Spät in der Nacht kam Gunther zu Niah, völlig betrunken. Er zwang sie auf die dünne Kokosfasermatratze der Koje. Dann zog er ein Messer hervor, zerschnitt ihr genüsslich den Sarong und warf das Tuch beiseite. Im Schein der Lampe ließ er mit hämischem Grinsen das Messer um Niahs Brustwarzen kreisen und fuhr damit langsam über ihren Bauch bis zu ihrem Schamhaar, wo er das Messer sinken ließ und sie ansah. Niah lag stumm und reglos.

»So ist's brav. Hat keinen Sinn, sich zu wehren«, nuschelte er, griff nach ihrer Fußfessel und schnitt das Tau durch. Er riss ihre Beine auseinander, während er das Messer drohend über sie hielt. Niah rührte sich nicht. Gunther schälte sich unbeholfen aus seiner Hose, warf sich über sie und begann an ihr herumzutasten und zu grabschen, sein rumgeschwängerter Atem nahm ihr fast die Luft.

Niah zog ruckartig die Knie an und trat Gunther mit voller Wucht in den Unterleib, während sie mit der Hand das Messer zu schnappen versuchte. Ihre Bewegungen waren flink und kraftvoll, und schon rollten sie beide auf dem Boden. Gunther stöhnte vor Schmerz. Sie tasteten beide nach dem Messer, das Gunter im Fall verloren hatte. Sie fanden es gleichzeitig, aber Gunther war schneller. Er holte aus und stieß auf Niahs Nacken ein, doch sie rollte sich geschickt auf die Seite. Das Messer traf ihre Schulter und versetzte ihr eine tiefe Wunde. Niah rammte Gunther ihren Ellenbogen zwischen die Zähne, packte das Messer und richtete es auf seine Brust. Vor Schmerz brüllend, rollte er sich von ihr weg, und Niah nutzte diese Sekunde, um auf die Beine zu kommen und an Deck zu flüchten.

Unter einer Laterne am Mast saßen die Männer beim Essen und hoben verwundert die Köpfe. Keiner rührte sich oder sagte etwas, als die blutende, rasende, nackte Gestalt vor ihnen stand, mit Resten der Fesseln an Händen und Füßen. Blitzschnell erkannte Niah, dass sie von diesen Männern keine Hilfe erwarten konnte. Als sie hörte, wie Gunther sich fluchend und krachend an Deck arbeitete, wandte sie sich behände um und machte einen Hechtsprung über Bord ins Wasser.

Sie sank mit angehaltenem Atem tief in das dunkle Nass, kickte das Tau von ihren Füßen und schwamm unter Wasser weiter, bis sie zum Luftholen auftauchen musste. Angstvoll nach Luft schnappend, blickte Niah sich um. Der Mond wurde von dunklen Wolken verdeckt, und so brauchte sie eine Weile, bis sie in der Dunkelheit etwas erkennen konnte. Anhand der schwach leuchtenden Bootslaternen konnte sie Gunthers Logger in einiger Entfernung entdecken. Als sie sich umdrehte, sah sie die Küste vor sich liegen, die sie schwimmend würde erreichen können. Dennoch packte sie kalte Angst bei dem Gedanken an die Haie, die in diesen Gewässern lauerten. Da sie wusste, dass Gunther verletzt war, fürchtete Niah nicht, dass er nach ihr suchen würde, zumal es so gut wie unmöglich war, sie im Dunkeln zu erkennen.

Es kam ihr jetzt zugute, dass sie ihre Kindheit in den Gewässern rund um ihre Heimatinsel verbracht hatte. Sie schwamm mit kraftvollen Stößen, musste sich aber immer wieder ausruhen. Während sie sich auf dem Wasser treiben ließ, merkte sie, dass die Strömung sie allmählich an Land trug.

Niah hatte keine Vorstellung, wie lange sie sich schon im Wasser befand. Irgendwann hörte sie die nahe Brandung, dann wurde sie von einer heftigen Woge erfasst und spürte messerscharfe Spitzen an ihren Beinen, als sie über ein Korallenriff gespült wurde. Sie zog die Knie an und gelangte mit wenigen kraftvollen Armschlägen über das Riff in ruhiges Wasser.

Sie konnte einen hellen Sandstreifen erkennen. Dann spürte sie Grund unter den Füßen und schleppte sich an den Strand, wo sie vor Erschöpfung bewusstlos liegen blieb. Sie hatte viel Blut verloren.

Im heraufdämmernden Morgen lag das nackte Mädchen immer noch bewusstlos am Strand, blutverkrustete Schnittwunden bedeckten seine Glieder. Aus der Messerwunde an der Schulter lief immer noch Blut. Mit der aufsteigenden Tageshitze erlangte Niah das Bewusstsein wieder und richtete sich mühsam auf. Trotz ihrer Erschöpfung sagte ihr ihr Verstand, dass sie Schatten aufsuchen musste. Sie taumelte über die Dünen in das niedrige Gebüsch, wo sie eine kleine Wasserstelle fand, aus der sie gierig trank. Dann zog sie ein großes Stück Rinde von einem Baum und hielt es sich zum Schutz gegen die Sonne über den Kopf, während sie einem kleinen Pfad bachaufwärts folgte.

Als sie schon glaubte, keinen Schritt mehr gehen zu können, sah sie vor sich mehrere Hütten und dahinter einen hohen weißen Turm. In diesem Moment kamen ein schwarzes Mädchen und ein Junge den Pfad entlang. Bei Niahs Anblick kreischten sie vor Schreck und rannten davon.

Niah rief ihnen mit schwacher Stimme nach, dann sank sie zu Boden und verlor das Bewusstsein.

Als sie die Augen wieder aufschlug, fand sie sich auf einem schmalen Bett in einem zellenähnlichen Raum wieder. An einer Wand hing ein schwarzes Kreuz, und durch das Fenster mit seinen geöffneten Läden kamen heller Sonnenschein und eine luftige Brise herein. Niah wandte den Kopf und sah einen weißen Mann in einer langen schwarzen Robe neben ihrem Bett sitzen, der sie gütig anlächelte. Er nahm eine Schale zur Hand und flößte ihr kalte Brühe ein. Niah fühlte sich ein wenig gestärkt. Verwundert blickte sie an sich herunter auf das hemdartige weiße Gewand, das sie trug. Als sie den Verband um ihre rechte Schulter bemerkte, versuchte sie, den Arm zu bewegen, aber er ließ sich nicht heben. Plötzlich wurde ihr ganz heiß, und im nächsten Moment begann sie zu frösteln. Angst überkam sie, aber der Mann sprach behutsam auf sie ein. Sein Akzent war so ganz anders als der, den sie von den Weißen aus Broome kannte.

»Ich bin Bruder Frederick. Das hier ist Beagle Bay, hab keine Angst. Du bist sehr krank. Schlaf ein bisschen, später versuchst du dann, etwas zu essen, ja?«

Niah fiel auf das Kissen zurück und schloss die Augen.

Drei Tage lang kämpfte Niah gegen das Fieber und die Infektion, die das Gift der tödlichen Koralle verursacht hatte. Sie hatte eine Menge Blut verloren, und Bruder Frederick verbrachte lange Zeit im Gebet für die junge Eingeborene, die so hoffnungslos krank war. Niah fehlte die Kraft zum Sprechen. Nur einmal, als Bruder Frederick sie nach ihrem Namen fragte, brachte sie ein einziges Wort hervor – »Niah«, wisperte sie.

Mit den Tagen, die verstrichen, verlor Niah immer mehr Lebenskraft.

Schließlich hob Bruder Frederick sie aus ihrem Bett und trug sie hinüber in die weiß getünchte Kirche. Im Inneren war es dunkel und kühl. Er trat vor den Altar, legte Niah auf eine Matte, zündete Kerzen an, kniete sich neben sie und hob die Arme im Bittgebet.

»Gütiger Vater, segne dieses Heidenkind, nimm es auf in dein Reich und gieße deine Liebe und deinen Segen über ihm aus. Lass sein Leben nicht umsonst gewesen sein.«

Niah schlug die Augen auf und erblickte den Altar mit den brennenden Kerzen und den schimmernden Perlmuttschalen. Ein schwaches Lächeln erschien auf ihren trockenen Lippen, und sie hob kraftlos den Arm. Bruder Frederick folgte ihrem Blick zu dem Perlmuttanhänger um ihren Hals und begriff, dass sie in den Muschelschalen am Altar etwas wiedererkannt haben musste. Dann fiel ihr Kopf zur Seite, und sie starb friedlich in seinen Armen.

Bruder Frederick begrub Niah auf dem kleinen Friedhof nahe der Kirche.

Er schmückte das Grab mit einem schlichten Grabstein, in den der Perlmuttanhänger eingegipst war. Das merkwürdige Muster verwunderte den Mann, aber er spürte, dass es eine starke Symbolkraft und eine tiefe Bedeutung hatte.

Bruder Frederick vermerkte das Geschehnis in seinem Tagebuch und sprach nie wieder davon. Für ihn waren Leben und Tod wie die Blätter, die im Herbst vom Baum fielen.

An einem weit entfernten Teil der Küste sahen die Eingeborenenfrauen Gunthers Schiff mit dem schwarzen Rumpf und den dunkelroten Segeln davonsegeln. Im Sand entdeckten sie die Spuren eines Kampfes und fanden Niahs Stock. Es kam häufiger vor, dass Aborigines verschleppt wurden, trotzdem traf es die Frauen tief. Sie gaben überall an der Küste Bescheid, man möge nach dem fremden Schiff Ausschau halten und Niah retten.

Die Frauen nahmen Maya mit. Sie gehörte zur Sippe, und alle kümmerten sich liebevoll um sie, während sie weiter über Land zogen und den Tag herbeisehnten, da Niah zu ihnen zurückkehren würde.

Vierzehntes Kapitel

Nachdem Niah und Maya fort waren, versank Tyndall in einem schwermütigen Zustand, der dann in Zorn und schließlich in rumtriefendes Selbstmitleid überschwenkte. Tyndall ließ sich regelmäßig voll laufen, damit er die Leere seines Daseins nicht mehr zu spüren brauchte und um die Verzweiflung über seine Unfähigkeit, seine Tochter aus dem Busch zurückzuholen, zu betäuben. Er verfluchte Niah, weil sie ihn einfach im Stich gelassen hatte, gab sich aber selbst die Schuld dafür.

Olivia war geduldig und versuchte, Verständnis aufzubringen. Doch dann erinnerte sie sich, wie energisch Tyndall sie aus ihrer eigenen Krise aufgerüttelt hatte, und sie machte sich auf, um ihm gehörig den Kopf zu waschen.

Tyndall saß in sich zusammengesunken auf seinem Schreibtischstuhl, unrasiert, die unvermeidliche Flasche Whisky auf dem Schreibtisch, daneben ein Wust Papiere, seine Kapitänsmütze und ein Spielzeuglogger, mit dem Maya immer gespielt hatte. Als Olivia eintrat, funkelte er sie wütend an.

»Setzen Sie bloß nicht dieses Wohltätergesicht auf«, knurrte er bitter.

»Hören Sie mal, John, mit Ihrem Verhalten tun Sie sich nichts Gutes. Sie können Ihren Kummer nicht ertränken, damit schaden Sie sich nur selbst.«

»Wie originell. Hören Sie auf zu predigen.«

»Was Sie in Ihrem Privatleben treiben, ist mir egal, aber wenn Sie nur noch betrunken durch die Bars von Sheba Lane ziehen und sich weiter so gehen lassen, schaden Sie dem Unternehmen. Die Besatzungen werden langsam aufsässig, Yoshi und Ahmed mussten schon bei mehreren Kämpfen eingreifen. Die meisten anderen Logger sind schon ausgelaufen, und unsere Leute gammeln immer noch im Ufercamp herum.«

»Woher sind Sie denn über mein Verhalten so genau informiert?«

»Die Stadt ist klein, haben Sie das vergessen? Was Sie tun, weiß kurz darauf jedes Kind. Die Leute lachen über Sie, John. Wollen Sie wirklich den Eindruck erwecken, Sie wären am Boden zerstört, weil Ihnen Ihre Geliebte davongelaufen ist?«

Seine Augen verengten sich. »Das reden die Leute über mich?«

Olivia nickte.

»Dann sagen Sie ihnen, sie können mich mal!« Mit einer wütenden Armbewegung fegte er den Spielzeuglogger vom Tisch, langte nach der Flasche und wandte Olivia den Rücken zu.

»Sie benehmen sich wie ein Rüpel, John. Und werden auch noch ausfallend!«, beschwerte sie sich empört.

Er beachtete sie nicht und nahm einen kräftigen Zug aus der Flasche.

Olivia beugte sich über den Schreibtisch, packte ihn an den Schultern und wirbelte ihn auf seinem Drehstuhl energisch wieder herum, damit sie ihm ins Gesicht sehen konnte. Vor Ärger schoss ihr die Röte in die Wangen, und sie schrie ihn an: »John Tyndall, Sie sind … ein … ungehobelter Klotz mit schlechten Manieren!« Damit drehte sie sich um und stapfte aus dem Büro. Stumm und benommen, die Flasche noch in der Hand, sah Tyndall ihr nach und fühlte sich nicht wenig beschämt.

Olivia seufzte verärgert, ging zum Muschelschuppen und hielt Ausschau nach Ahmed. Er und Yoshi hatten auf eigene Faust begonnen, die *Conrad* und die *Shamrock zu* beladen.

»Sie haben Tuan gesagt, dass wir müssen los?«, fragte er.

»Habe ich. Ich weiß nur nicht, ob es viel Zweck hatte. Er trinkt. Und tobt herum.«

»Wir können nicht warten, bis Niah kommt zurück. Wir müssen die Küste rauf, aber schnell. Vielleicht wir sollen schanghaien Käpt'n und dann losfahren.«

Olivia lächelte schwach. Tyndall einfach kidnappen? Das war bisher der beste Vorschlag.

Ahmed sah sie einen Moment lang forschend an und fragte dann: »Sie glauben, Niah kommt zurück mit Maya?«

»Ja, Ahmed, davon bin ich überzeugt! Ich finde es völlig verständlich, dass sie fortgegangen ist. Sie wollte ihre Sippe sehen, und Kapitän Tyndall hat sie in letzter Zeit ziemlich vernachlässigt.«

Ahmed bemerkte in Olivias Augen einen Anflug von Schuldbewusstsein. »Tuan hat viel Sorgen und zu viel Arbeit. Niah will, dass sich alles dreht um sie. Langweilt sich. Kommt sicher zurück, wenn Sommer ist vorbei, dann wieder alles gut.«

»Ich hoffe, du hast Recht, Ahmed. Hast du Nachricht von Kapitän Evans?«

»Nein, Mem. Läuft alles glatt. Er ist auf See, bei der Arbeit. Braucht bald Nachschub von Tuan.«

Ohne weiter darüber zu reden, waren Olivia und Ahmed beide froh, dass ihr neuer weißer Kapitän nichts von Tyndalls momentaner Verfassung wusste.

Thomas Evans stammte aus Liverpool, wo er zur Schule ging, bis er als Schiffsjunge bei der Sinclare Line anheuerte. Auf Handelsschiffen, die nach Indien und Australien fuhren, diente er sich langsam hoch. Der Ruf des Goldes und der Traum vom schnellen Vermögen lockten ihn zu den Goldfeldern von Marble Bar. Doch das Vermögen blieb aus, Evans vermisste die See und kehrte nach Broome zurück, wo er sich als Loggerkapitän verdingte. Der ruhige, nüchterne Mann war Freimaurer in der Roebuck-Loge Nr. 56 und hatte Conrad Hennessy gekannt, dem er großen Respekt entgegenbrachte.

Daher waren Tyndall und Olivia sehr erfreut, als er ihr Angebot, die *Annabella* zu übernehmen, nicht ausschlug.

Wenn Tyndall nur wieder Vernunft annähme und sich um das Geschäft kümmern würde, dachte Olivia. Sie konnte ihm nachfühlen, dass er Maya vermisste und verbittert war, weil er keine Verbindung zu den beiden aufnehmen konnte. Sie kam zu dem Schluss, dass er eine Ablenkung gebrauchen könnte, und um die Wogen ihres letzten Streits zu glätten, schickte sie ihm eine elegante, von Hand geschriebene Einladung zum Dinner.

Am nächsten Tag sprach er sie gleich darauf an und zog die Einladung aus seiner Tasche.

»Was soll das, Olivia? Was gibt es für einen Anlass?«

»Einfach ein Abendessen, John. Bitte kommen Sie, der Anlass ist, sagen wir mal, der *Star of the Sea Pearl Company* eine erfolgreiche Saison und euch allen eine gute Fahrt zu wünschen.«

»Ich hasse steife Abendgesellschaften und kann dieses ganze blöde Geschwätz nicht ausstehen!«

»Ich möchte aber so gern, dass Sie dabei sind. Bitte.«

»Vielleicht werde ich mich blamieren. Beleidige jemandes Gattin, sag einem Stockfisch auf die Nase zu, was ich von ihm halte, trinke einen oder zwei über den Durst.«

»Wenn es nötig ist, können Sie einen teuflischen Charme und geschliffene Manieren entfalten. Seien Sie bitte pünktlich«, erwiderte sie munter, überging sein missmutiges Knurren und drückte sich insgeheim selbst die Daumen, dass er kommen würde.

Er kam auch, mit Absicht etwas zu spät, hatte sich aber

der Gastgeberin zuliebe in Schale geworfen und erstrahlte in blütenreinem Weiß. Am Tor fiel ihm auf, dass das Haus für eine Abendgesellschaft ungewöhnlich ruhig wirkte. Nirgendwo parkten Sulkys, die anderen Gästen gehörten, und er fragte sich, ob er sich in der Uhrzeit oder im Datum geirrt hatte. Er wühlte in seinen Taschen nach der Einladung, doch er hatte sie zu Hause liegen lassen. Also stieg er die Verandatreppe hoch, wo Minnie ihn mit einem breiten Lächeln begrüßte.

»Hast heute Dienst an Deck, was, Minnie?«

»Nur kleines bisschen. Helfe kochen, dann ich geh nach Hause.«

Tyndall ging ins Esszimmer und blieb vor Erstaunen wie angewurzelt stehen.

Der Tisch war nur für zwei gedeckt. Kerzen und Blumen in der Mitte, dazu feinstes Porzellangeschirr und Kristallgläser. Olivia kam mit einem verschmitzten Lächeln auf ihn zu. Sie trug ein blassrosa Kleid aus fließendem Stoff, das ihre Figur umschmeichelte, und hatte die Haare hübsch zu einem seitlichen Knoten aufgesteckt.

Einen Augenblick lang war Tyndall sprachlos. »Wo sind die anderen Gäste?«, erkundigte er sich dann.

»Sieht ganz so aus, als wären nur wir beide hier«, lächelte sie. »Setzen Sie sich doch, John. Ich wünschte mir eben die Gesellschaft meines geschätzten Geschäftspartners – und Freunds. In letzter Zeit hat er sich kaum blicken lassen.«

»Sie haben mich reingelegt. So was hab ich gar nicht gern.« Doch seine Stimme klang freundlich.

»Sonst wären Sie nicht gekommen, aber wir müssen unbedingt miteinander reden.«

»Wir reden die ganze Zeit.« Er nahm die Champagnerflasche und füllte zwei Gläser.

»Nein, tun wir nicht. In letzter Zeit haben wir uns nur gestritten, und wenn wir doch einmal ein vernünftiges Wort miteinander wechseln, dann nur über rein geschäftliche Dinge. Ich finde, es ist Zeit für einen Neuanfang auf einer freundschaftlicheren Basis. Wir sollten an unsere gute Beziehung von früher wieder anknüpfen.«

»Worauf wollen Sie eigentlich hinaus? Ich mag es nicht, wenn man um den heißen Brei herumredet.«

Sie drehte den Kristallstiel ihres Glases zwischen den Fingern und sprach leise, ohne ihn anzusehen. »Wir haben beide einen Verlust erlitten, und obwohl der Ihre nur vorübergehend ist, sollten wir uns beide ein wenig emotionalen Rückhalt geben, meine ich.« Sie blickte zu ihm hoch. »Ich fühle mich einsam, und es gibt niemand, mit dem ich offen darüber reden kann, wie es mir wirklich geht. Mir fehlt Conrads Gesellschaft. Ich weiß, dass ich in der Stadt immer Gegenstand von Spekulationen bin. Die Damen meinen es zwar gut, aber ich habe stets das Gefühl, ich muss untadeliges Benehmen an den Tag legen und darf nicht ich selbst sein.«

»Zum Beispiel in dieser chinesischen Kluft herumlaufen«, grinste er.

Sie lachten beide und prosteten einander zu. »Das war eine herrliche Fahrt«, seufzte Olivia. »Ich muss wohl auch die See im Blut haben.«

Plötzlich erinnerte sich Tyndall, dass ihre erste gemeinsame Seereise Olivia damals geholfen hatte, über den Verlust des kleinen James hinwegzukommen. Vielleicht würde eine zweite Fahrt die Trauer lindern, die sie meist so gut verbarg.

»Hätten Sie Lust, ein paar Wochen auf der *Shamrock* mitzufahren? Wir schicken den Rest der Flotte los, segeln die Küste hoch, tauchen ein bisschen nach Perlen und versorgen die anderen Schiffe mit neuem Proviant. Ihre Gesellschaft täte vielleicht auch mir gut.«

Olivia war voller Erleichterung. »Das ist eine wunderbare Idee! Ja, ich würde gern mitkommen. Rosminah könnte sich zusammen mit Minnie um Hamish kümmern.«

»Er wird ganz schön beleidigt sein, wenn wir ihn nicht mitnehmen.«

»Die Fahrt wäre zu lang für ihn. Außerdem geht er in die Schule.«

Der Boy servierte das Essen, und Olivia gab weiter, was sie in den frisch gelieferten Londoner Zeitungen gelesen hatte. Dann kreiste ihr Gespräch um die Möglichkeiten, ihr Unternehmen zu erweitern.

Als die Dessertteller abgeräumt wurden, erschien Minnie, um sich für den Abend zu verabschieden. Sie sah besorgt aus.

»Was ist denn los, Minnie?«

»Hab Zeichen gesehen. Großer Wind kommen.«

»Ein Zyklon kann es nicht sein, dafür ist die Jahreszeit schon zu spät«, winkte Tyndall ab.

»Zeichen sagen großer Sturm«, beharrte Minnie und wünschte ihnen eine gute Nacht.

Olivia zog die Augenbrauen hoch. »Normalerweise geben Sie doch etwas auf die ›Zeichen‹. Was meinen Sie?«

Tyndall stand auf und ging zu Olivias Barometer hinüber, das neben einer Schiffsuhr aus Messing an der Wand hing. Er klopfte auf das Messinstrument, sein Blick wurde nachdenklich. »Es fällt. Aber nicht so stark, dass wir in Panik ausbrechen müssten.« Er ging zur Veranda und nahm seine Kapitänsmütze. »Danke für das herrliche Essen. Und für … Ihre Freundschaft. Keine Bange, die *Star of the Sea* segelt wieder auf dem richtigen Kurs.« Keck setzte er sich die Mütze schräg übers Ohr und trat in die Nacht hinaus. Sein Blick hob sich ängstlich zum Himmel.

Am nächsten Morgen jagte der aufkommende Wind die ersten Wolken übers Land, der Seegang nahm zu, das Barometer fiel weiter. Olivia warf Minnie ein reuevolles Lächeln zu und eilte ins Büro. Auf dem Weg bemerkte sie, dass einige Geschäftsleute ihren Laden zumachten und man in Broome Vorbereitungen für eine ernstliche Katastrophe traf, die Vorräte an Wasser und Lebensmitteln aufstockte und alles festband, was sich nur befestigen ließ. Die Luft lastete drückend schwer über der Stadt.

Olivia suchte wichtige Arbeitsunterlagen und Dokumente zusammen, die sie im Safe verschließen wollte, musste aber entdecken, dass Tyndall die Schlüssel mitgenommen hatte. Während sie neben dem Safe kniete und überlegte, was sie tun sollte, heulte der Wind plötzlich auf, rüttelte an den Holzfensterläden und trieb ein leeres Stahlfass gegen die Mauer des Gebäudes. Das riss Olivia aus ihren Gedanken. Sie verschnürte die Papiere zu einem Bündel und rannte zum Ufercamp. Die ganze Bucht entlang herrschte fieberhaftes Treiben: Die Männer kletterten auf den Booten herum, zurrten Gerätschaften fest und warfen zusätzliche Anker aus. Der Ozean rollte mit schwerem Seegang herein, als wollte er Anlauf nehmen und immer mehr Kräfte schöpfen, um die Tiefen des Meeresgrunds nach oben zu wirbeln und an die Küste zu speien.

Olivia blieb einen Moment stehen und lauschte. Über dem Lärm am Küstenstreifen drang ein fernes Stöhnen an ihr Ohr, das ihr einen Schauder über den Rücken jagte.

Eine Flaute lähmte die Schiffe auf offener See, die nun keine Chance mehr hatten, den schützenden Hafen anzulaufen, und in der glühenden Hitze schmoren mussten wie in einem Backofen, aus dem alle Luft entwichen war. Es war so heiß, dass das Pech zwischen den Planken hervorsickerte, die Seeleute verbrannten sich an Metallteilen die Haut.

Auf der *Annabella* beobachtete Kapitän Evans das rasant fallende Barometer und gab den Befehl, die Segel einzuholen, die Luken dicht zu machen und alles festzubinden oder sicher zu verstauen. Die beiden Dinghis wurden an Bord gezogen und befestigt, die Sturmanker heruntergelassen.

Früh am nächsten Morgen schlug der Zyklon zu. Jäh und gewaltig brach er herein, Sturmböen heulten auf, der Regen peitschte auf die aufgewühlte See. Manche Kapitäne versuchten, mit Sturmsegeln Fahrt zu machen. Kapitän Evans und auch einige andere Kapitäne beschlossen, Anker zu werfen und im Sturm auszuharren. Er wusste, dass ihre Überlebenschancen gering waren.

Als Erster musste ein alter, schwer mit Muscheln beladener Schoner dran glauben, der Masten und Takelwerk eingebüßt hatte, riesige Wellen schleuderten ihn gegen einen Logger. Beide Schiffe verschwanden rasch unter den Wellen, einige Überlebende ihrer Besatzungen hielten sich verzweifelt strampelnd über Wasser. Evans konnte nichts tun, um ihnen zu helfen. Obwohl der Heckanker ausgeworfen war, pflügte sein Schiff mit kahlen Masten und ratterndem, quietschendem Tauwerk durch die See. Evans hatte sich ein Rettungsseil um die Hüfte geknotet, das an einem Poller befestigt war, und drehte wie wild am Ruder herum, um einigen der übers Heck hereinbrechenden Wellen zu entgehen, die ihn über Bord zu spülen drohten und bald alles von Deck geschwemmt hatten.

Zuerst gingen die Dinghis über Bord, deren Vertäuung von den Wellen weggerissen wurde. Als Nächstes verloren sie die Pumpe, dann die Klappe der Vorderdecksluke, und eine Wasserflut schwappte unter Deck, woraufhin die Kupanger panisch herausstürzten. Während sie über Deck rannten, um sich in der Hauptkabine in Sicherheit zu bringen, brach eine weitere Woge über das Heck herein und riss den Hauptmast um. Als das Wasser von Deck abgelaufen war, war von den beiden Kupangern nichts mehr zu sehen. Evans schaute hinter sich in die brodelnde See, konnte aber niemanden mehr entdecken. Er stieß die Tür zur Kajüte auf und schrie nach den Tauchern, die sofort an Deck kamen, die Lage erfassten, sich Rettungsseile umbanden und sich augenblicklich daranmachten, die Takelage und den Hauptmast in Stücke zu hauen, damit sie alles so schnell wie möglich über Bord befördern konnten. Sie wussten, dass ihr Überleben davon abhing, wie schnell sie arbeiteten, und das Glück musste heute auf ihrer Seite sein.

Der Sturm wütete zuerst auf See, erreichte aber bald die Südküste Broomes, wo er sich Schneisen durch die Mangroven fraß und die ankernden Boote weit den Strand hinaufschleuderte. Die Stadt selbst wurde nur vom wild um sich schlagenden Schwanz des Zyklons getroffen, der trotzdem schwere Verwüstungen anrichtete. Olivia war wie betäubt von der Schlagartigkeit, mit der der Sturm losbrach. Kaum hatte sie die Hütten des Ufercamps erreicht, als der Wind sie schon davonzutragen drohte. Tyndall zerrte sie in einen der Muschelschuppen, doch gleich wurde das obere Stockwerk des leichten Gebäudes abgerissen, ganze Teile des Blechdachs wirbelten durch die Luft, wickelten sich um Baumstämme oder bohrten sich in das Holz der Bäume, die in dem rasenden Sturm all ihre Blätter verloren hatten.

Olivia und Tyndall konnten kaum verstehen, was der andere sagte. Olivia klammerte sich an Tyndall und schrie ihm ins Ohr: »Was ist mit Hamish?«

»Keine Bange, Minnie weiß schon, was zu tun ist. Sie wird sich um ihn kümmern.« Als plötzlich die Türen und das Dach des Schuppens davonflogen, schlang er seinen Arm fester um Olivia.

»Wir müssen hier raus, der Schuppen stürzt gleich ein. Das Blech könnte uns in Stücke schneiden«, brüllte Tyndall. Mit Olivia im Schlepptau kämpfte er sich schwankend in Richtung Strand. Der Logger eines anderen Perlenfischers war hoch an den Strand geworfen worden und lag umgekippt da, die Masten hatten sich in den Sand gerammt, der Kiel lag dem Wind zugewandt. Sie rannten auf ihn zu und kletterten in eine Luke.

Hier waren sie vor dem Wind und dem peitschenden Regen in Sicherheit. Gelegentlich brach sich eine starke Welle am Rumpf, doch das Boot war von der Wucht der ersten Woge so tief in den Schlick gepresst worden, dass es sich nicht vom Fleck rührte.

Die beiden kauerten sich aneinander, und Tyndall schloss seine Arme um Olivia. Sie war mit ihren Gedanken bei ihrem Sohn und betete, dass er in Sicherheit war und nicht zu viel Angst litt. Immer wieder redete Tyndall beruhigend auf sie ein und versicherte ihr, dass Hamish bei Minnie gut aufgehoben war.

Draußen war es finster wie in der Nacht, und der Sturm tobte mit solchem Lärm, dass Olivia das Gefühl hatte, die ganze Welt berste entzwei.

Dann herrschte plötzlich Stille im Auge des Sturms, und sie sahen einander an.

»Es wäre zu gefährlich, wenn wir versuchen wollten, die Stadt zu erreichen«, meinte Tyndall. »Wir müssen das Ende des Sturms hier abwarten.«

Viel zu schnell war das Auge des Zyklons vorübergezogen, und der Schrecken begann von neuem. Olivia verlor jedes Zeitgefühl, empfand nichts mehr, dachte an nichts mehr und spürte nichts weiter als die Wärme und Kraft von Tyndalls Körper. Tyndall dachte an die kleinen Logger auf See. Nur wenige würden die Katastrophe überstehen. Dank seiner Pflichtvergessenheit waren Ahmed, Yoshi und Taki nicht ausgelaufen, und er betete, dass der Sturm sie verschonte. Nur mit viel Gottvertrauen konnte er darauf hoffen, dass die Besatzung der *Annabella* Glück haben würde.

Als der Abend kam, ließ der Wind allmählich nach und zog dann vollends ab. Die Geräusche der Stadt, die sich wieder aufrappelte und aus dem Albtraum erwachte, hallten durch die Verwüstung. Olivia und Tyndall hielten sich im Dunkeln an den Händen, als sie sich durch Schutt und Schlamm ihren Weg zu Olivias Haus bahnten, ohne darauf zu achten, was rings um sie vor sich ging. Erst in Olivias Straße hörten sie Stimmen und das Knarzen von Holz und Scheppern von Blech, das von den Anwohnern weggeräumt wurde, die sich langsam eine Vorstellung vom Ausmaß der Schäden zu machen begannen. Der Abendhimmel war noch immer bewölkt. Im Dämmerlicht sah Olivia, dass ihr Gartenzaun fehlte, der Baum im Vorgarten entwurzelt war. Zu ihrem größten Entsetzen war jedoch auch ein Teil des Hauses von seinem Pfahlfundament gerutscht, und das halbe Dach war abgetragen. Sie erkannte sofort, welcher Teil des Hauses eingestürzt war.

»Das sind die Schlafzimmer. O mein Gott, nein …« Stolpernd und strauchelnd hastete sie ins Haus und schrie unablässig: »Hamish, Hamish, hier bin ich …«

Tyndall kletterte an ihr vorbei und rief im dunklen Haus nach Minnie. Rasch wandte er sich in alle Richtungen und schrie Olivia an, sie solle sich ruhig verhalten und die Ohren aufsperren.

Dann hörten sie es – ein schwaches »Mammi«, anschließend Minnies kräftige Stimme: »In große Schlafzimmer.«

Während sich Tyndall und Olivia in das Zimmer tasteten, das nun unter freiem Himmel lag, schien plötzlich ein Licht auf. Es flackerte unten auf dem Fußboden, und dort, unter dem großen, soliden Pfostenbett, guckten zwei Gesichter hervor, die von der Kerze in Minnies Hand erleuchtet wurden. Tyndall nahm die Kerze und half Minnie heraus, während Olivia Hamish an sich zog.

»Großes Bett nicht kann bewegen. Guter Platz, was?« Minnie grinste breit. Als sie sah, was während der Nacht alles im Haus zusammengestürzt war, murmelte sie: »Mann! Kein Wunder, so viel Krach.« Sie griff in ihre

Schürzentasche und reichte Tyndall eine zweite Kerze und Streichhölzer. »Alles, was Minnie mitnehmen konnte«, erklärte sie.

Minnie stöberte Kuchen auf, machte eine Kanne Tee, und dann ließen sie sich alle im unbeschädigten Teil des Hauses nieder, um bis zum Morgengrauen zu schlafen.

In der ersten Morgendämmerung kroch Tyndall hinaus. Er fragte sich, wie es wohl Minnies Mann in ihrer kleinen Hütte bei Kennedy's Knoll ergangen war.

Tyndall war erschüttert über die Zerstörungswut des Zyklons, dabei hatte die Stadt nicht einmal seine volle Gewalt zu spüren bekommen. Tyndall machte sich als Erstes auf zur Bucht und sah, dass ein Dutzend Perlenlogger, die in der Roebuck Bay Zuflucht suchen wollten, nur bis zur Landspitze am Eingang der Bucht gekommen waren, wo sie dann an den Felsen zerschellt oder vom Sturm ins Mangrovendickicht gefegt worden waren.

Die zurückfließenden Fluten hatten das Wasser in der Bucht braun verfärbt, an der Küste zog sich, so weit das Auge reichte, ein Saum von Treibgut entlang. Aus den Tiefen des Meeres emporgewirbelter Unrat, abgerissene Mangroven, Wrackteile von kleinen Beibooten und größeren Schiffen lagen in wirrem Durcheinander zwischen verstreuten Vorräten und toten Vögeln. Darunter immer wieder Leichen und die persönliche Habe von Seeleuten, Spuren der Zerstörung und des Todes.

Nach und nach kamen viele Erzählungen von heldenhaften Taten, von Überlebenden und tragischen Schicksalen auf: vom alten weißen Kapitän, dem seine malaiische Besatzung heroisch Beistand leistete, bis das Glück sie an Land spülte, von Schiffbrüchigen, denen die Kleider vom Leib gerissen wurden und die schreckliche Schmerzen litten, ja fast erblindeten, als der Sturm den Sand gegen ihre nackten Körper peitschte, von einem Muschelöffner, der von einem herumfliegenden Blech enthauptet wurde, von so vielen, die in den Fluten ertrunken waren.

Als Tyndall mit schwerem Schritt durch die Stadt ging, hatte er den Eindruck, in den Straßen hätte ein Krieg stattgefunden. Der Sturm hatte ganze Hütten abgerissen und die Teile meilenweit ins Hinterland geweht, von der Existenz dieser Behausungen zeugten nur noch die Fundamente. Manche Geschäftshäuser in der Stadt waren dem Erdboden gleichgemacht, die meisten beschädigt. Auch die Sheba Lane hatte einiges abbekommen, viele Häuser hatten ihre Dächer und ihre wackligen Balkone eingebüßt, doch die meisten standen noch, weil sie sich gegenseitig stützten.

Von den Hütten der Aborigines war wenig zu retten, doch alle Bewohner hatten im Schutz des Dickichts in den Sanddünen überlebt. Als Alf Tyndall erblickte, tauchte er mit seiner kleinen Tochter Mollie an der Hand auf. Tyndall konnte ihm berichten, dass seiner Frau Minnie nichts passiert war.

»Sagen Sie ihr, sie nich soll gleich nach Hause. Ich immer noch pflücken ihr Zeug von Bäumen runter«, sagte Alf achselzuckend.

Schließlich konnte Tyndall das Unvermeidliche nicht länger aufschieben und ging am Ufer entlang zum Bürogebäude der *Star of the Sea*. Das Gebäude war leicht mitgenommen, im Wesentlichen aber unversehrt. Ahmed schlief im Büro auf dem Fußboden, den Kopf auf einem zusammengerollten Segel.

Tyndall weckte ihn auf, dann machten sie sich zusammen auf den Weg, um die Lage im Ufercamp zu erkunden. Den Schuppen konnten sie abschreiben, aber die Wände aus einfachem Wellblech und der Mannschaftsraum im Obergeschoss wären schnell wieder aufgebaut. Die *Bulan* lag weit oberhalb der Hochwassergrenze fest auf Grund, doch der Schiffskörper war ganz geblieben.

»Wir werden eine Menge Ochsen brauchen, um sie ins

Wasser zurückzuziehen«, bemerkte Tyndall. »Dafür und für die Reparaturen an der Takelage werden mindestens zwei Wochen draufgehen.«

Sie ruderten zur *Conrad* hinaus, einem der wenigen Schiffe, die im Wüten des Sturms fest verankert geblieben waren. Sie lag tief im Wasser, der Hauptladeraum war überflutet. »Da müssen wir nur ein bisschen pumpen und die Segel flicken. Sind wohl mit 'nem blauen Auge davongekommen, Ahmed.«

»Guter Name, Käpt'n. Hat dem Schiff Glück gebracht«, stellte Ahmed lächelnd fest.

»Vielleicht hast du Recht, Ahmed. Ein Glücksschiff.« Dann ruderten sie zur *Shamrock* hinüber. Sie war trotz der Anker ein Stück weiter geschleift worden, hing leicht zur Seite und lag jetzt, zwischen Ebbe und Flut, auf Grund, doch die beiden Männer konnten sie bald in tieferes Wasser schleppen und neu verankern. In allen Frachträumen stand Wasser, doch der Schaden war gering.

»Noch ein Glücksschiff, Ahmed. Schließlich heißt sie ›*Irischer Klee*‹. Auch die Iren sind vom Glück begünstigt«, grinste er, weil er wusste, wie abergläubisch sein Freund war.

Alles in allem hatten dreißig Logger auf See Schiffbruch erlitten, doch die *Annabella* dümpelte, nachdem sie beide Masten eingebüßt hatte, mit einem Notsegel nach Broome zurück.

Evans erhielt großes Lob für sein Geschick, tat es aber bescheiden ab. Das meiste davon sei Glück gewesen. »Wie die Taucher sagen: Wenn dein Tag gekommen ist, musst du gehen.«

Durch die Reparaturarbeiten gingen etliche Wochen verloren, doch nach und nach liefen die Schiffe wieder aus, die von der Flotte übrig geblieben waren. Yoshi übernahm die *Conrad*, und nachdem die Masten und die Pumpe ersetzt worden waren, stach auch Evans wieder mit der *Annabella* in See. Nur die *Bulan* war noch nicht fertig. Tyndall versprach, er würde in zwei Wochen mit der *Shamrock* neuen Proviant bringen und die Muscheln abholen.

Tyndall hatte Niah und Maya bislang mit kaum einem Wort erwähnt, doch jetzt wollte er nicht länger schweigen und gestand Olivia, wie sehr es ihn verlangte zu wissen, was mit den beiden geschehen war.

Sie saßen im Schatten der Dämmerung auf Olivias Veranda. Und als Olivia das Beben in seiner Stimme hörte und die Tiefe seiner Gefühle erkannte, ergriff sie seine Hand.

»Vielleicht sollten wir die Sache etwas mehr herumerzählen«, schlug sie vor. »Können die Polizei oder die schwarzen Fährtenleser nicht helfen?«

Tyndall zuckte die Achseln. »Mit meinem Kumpel, dem Sergeant, habe ich schon unter vier Augen darüber gesprochen. Nicht sein Gebiet, meint er. Sache der Schwarzen. Hätte eben Pech gehabt!«

Später beschloss Olivia, mit Minnie zu reden.

»Niah und Maya lassen Kapitän Tyndall keine Ruhe. Er würde so gern herausfinden, wo sie stecken. Was meinst du – was könnte man da unternehmen?«

»Warum? Wenn Niah bereit, sie kommt zurück. Aber ich kann noch mal schicken Nachricht. Wally kriegt alles raus.«

»Wally? Wer ist Wally? Und was meinst du mit noch mal?«, fragte Olivia. Als sie prüfend in Minnies unbewegtes, verschlossenes Gesicht sah, liefen ihr kalte Schauer über den Rücken. Minnie, ihre fröhliche, ehrliche, offene Minnie verschwieg ihr etwas.

»Wally ist von meiner Familie. Selbe wie ich. Wie ein Cousin.«

»Was weiß er über Niah?«

Minnie wollte zuerst nicht antworten, doch Olivia bohrte beharrlich weiter. »Minnie, du musst es mir erzählen. Es ist wichtig. Wenn du etwas über Niah und Maya weißt, musst du es mir sagen.«

»Niah nimmt Maya mit, damit sie kennen lernt ihre *Traumzeit* und ihre Familie. Beiden geht's gut.«

»Minnie! Du weißt, wo sie sind und warum sie fortgegangen sind?«

»Ich und Alf jetzt Stadtleute. Wir nicht oft sehen unsere Leute. Ich nicht weiß, was passiert. Niah unglücklich. Sie fragt mich, was sie soll machen. Ich sag ihr, nimm Maya und geh deine Leute suchen. Niah von selbe Sippe. Wir alle von selbe Sippe. Selbe Familie. Wally nimmt sie mit. Wenn Wally zurückkommt, vielleicht weiß was.«

Aus den bruchstückhaften Antworten konnte sich Olivia die Geschichte zusammenreimen, doch sie kam über den Schock, den ihr diese Enthüllungen versetzten, nicht so schnell hinweg. »Bitte, Minnie. Wir müssen etwas in Erfahrung bringen. Es ist nicht fair gegenüber Kapitän Tyndall. Er liebt die kleine Maya, sie ist seine Tochter. Und auf seine Art liebt er Niah sicher auch.«

Minnie warf ihr einen verschmitzten Blick zu. »Ich seh mal, was ich kann rauskriegen.«

Olivia wollte schon gehen, da drehte sie sich aber noch einmal zu Minnie um. »Wie meinst du das, ihr seid alle von derselben Sippe? Von wem redest du eigentlich?«

Minnie hob in einer unbestimmten Geste die Hand. »Meine Sippe ist von selbes Land wie Freunde, die Sie treffen am Strand, wenn Sie bekommen erstes Baby. Wally auch von selbe Sippe. Er manchmal lebt in Stadt. Manchmal geht in Busch.«

Olivia starrte Minnie an. »Du meinst, die Frauen, denen ich an der Küste bei Cossack begegnet bin, sind von deiner Sippe?«

»Ja. Aber Polizei holt mich weg und schickt mich in Missionsschule.« Herausfordernd hob sie den Kopf. »Ich lerne, wie weiße Leute leben, ich arbeite für weiße Leute. Alf auch Halbblut. Ich finde meine Leute wieder. Unser Leben jetzt anders. Aber Verbindung bleibt. Meine Leute immer meine Familie.«

»Ich weiß nicht, was ich dazu sagen soll. Wer weiß davon?«

»Ahmed weiß. Er holt mich, wenn Niahs Baby kommt, weil er weiß, wir sind selbe Familie. Er weiß, meine Sippe hat Ihnen geholfen. Sippe passt auf uns auf.«

Olivia setzte sich und versuchte, diese Lawine neuer Erkenntnisse aufzunehmen. Ob sie jemals die Denkweise der Aborigines verstehen würde, ihre ganz andere Haltung dem Leben gegenüber, ihre anderen Werte?

Schließlich sagte sie langsam: »Minnie, wenn Wally wieder auftaucht, könntest du ihm dann bitte eine Nachricht mitgeben, damit wir herausfinden, wo Niah und Maya sind? Ob es ihnen gut geht und wann oder ob sie wieder zurückkommen? Glaubst du, er kann das herausbekommen?«

»Vielleicht. Wir versuchen. Keine Sorge, Mem.«

Olivia beschloss, Tyndall erst etwas zu sagen, wenn sie eine Antwort erhalten hätte.

Es dauerte zwei Wochen. Auf welchem Weg auch immer die Nachrichten über die weiten Entfernungen im Busch übermittelt wurden, jedenfalls sickerte die Meldung durch, dass Niah von Gunther gekidnappt und möglicherweise umgebracht worden war. Bedrückt gab Minnie ihr Wissen an Olivia weiter.

»Aber was ist mit Maya? Wo ist sie, sie ist doch noch so klein, was ist mit ihr passiert?« Olivia graute schon vor dem Moment, da sie Tyndall diese Nachricht beibringen musste.

»Oh, Maya in Sicherheit. Bei ihre Familie, alle Tanten und Onkel für sie sorgen. Maya lernt kennen Leben von ihre Sippe und wartet auf ihre Mammi.«

Olivia war enttäuscht und verärgert. »Und wenn Niah nicht zurückkommt? Das ist doch ziemlich unwahrscheinlich. Maya sollte hier sein, bei ihrem Vater.«

»Maya bei ihre Familie«, wiederholte Minnie halsstarrig.

»Weißt du, wo sie sich aufhält?«

Minnie schüttelte den Kopf. »Auf *walkabout*. Irgendwann zurück. Besser, Maya bleibt bei ihre Leute. Tyndall kann für kleines Mädchen nicht richtig sorgen. Kann ihr nicht beibringen wichtige Sachen.«

»Aber es wäre für sie von Vorteil, wenn sie hier auf eine Schule gehen und auch unser Leben kennen lernen könnte. Sie ist zur Hälfte eine Weiße, Minnie.«

Minnie zuckte mit den Achseln. »Maya irgendwann kommt zurück nach Broome.«

Olivia merkte, dass es keinen Zweck hatte, mit Minnie zu streiten. Sie wusste schon, was Tyndall denken würde: Wenn Maya nicht zurückkäme, würde sie das Leben hier und ihren Vater vergessen.

Tyndall sagte wenig, nachdem Olivia ihm im Büro leise alle Einzelheiten mitgeteilt hatte. Sie bemerkte, dass Mayas Spielzeuglogger wieder auf dem Schreibtisch stand. Tyndall erhob sich und schaute zum Anlegesteg hinüber, wo man nach dem Zyklon mit dem Wiederaufbau und den Reparaturen der Schäden beschäftigt war. Olivia hatte erwartet, dass Tyndall wüten und toben würde. Sein stummer Schmerz war sogar noch schwerer zu ertragen. »Lassen Sie mich bitte allein, Olivia. Und danke … dass Sie herausgefunden haben … was passiert ist.«

Sie sprachen nie wieder darüber. Ein paar Tage lang erschien er nicht wie üblich zum abendlichen Drink, und Olivia vermutete, dass er sich wohl mit einer Flasche Whisky tröstete. Als er doch einmal auftauchte, ging es nur ums Geschäft.

Zehn Tage später überraschte er sie mit der Frage: »Wir wollten doch die Küste raufsegeln. Sind Sie noch dabei?«

Sie nickte. »Etwas Ruhe und Frieden täten mir gut. Die Stadt ist immer noch ein wüstes Durcheinander.«

»Ich hätte auch gern etwas Ruhe. Habe ziemlich viel nachgegrübelt. Ich glaube, ich habe mich damit abgefunden. Kann im Moment sowieso nicht viel unternehmen.«

»Wir haben beide einen Verlust zu verschmerzen. Vielleicht ist es eine gute Idee, auf Fahrt zu gehen«, sagte Olivia leise.

Sie trafen ihre Vorbereitungen, und Tyndall stellte klar, dass es sich nicht um eine Vergnügungsreise handelte, sondern um eine ernsthafte Erkundungsfahrt. Er wollte in den neuen Muschelgründen tauchen, die sie das letzte Mal ausfindig gemacht hatten. Seines Wissens hatte noch keiner der Logger aus Broome dieses Gebiet befahren. Die *Shamrock* war mit Pumpen bestückt und zum Tauchschiff umgerüstet worden. Ahmed würde die Aufgaben des Helfers übernehmen. Sollten sie beim Tauchen fündig werden, würden sie ihre anderen Logger ebenfalls zu den neuen Perlengründen beordern.

Tyndall grinste breit, als Olivia zum ersten Mal an Deck in der Kluft aufkreuzte, die er als ihre Segelpyjamas bezeichnete.

»Kein Wort«, ermahnte ihn Olivia verschmitzt und drohte ihm mit dem Finger.

Er nahm beide Hände vom Ruder und hielt sie wie zur Ergebung hoch. »Dazu bin ich viel zu sehr Gentleman, das wissen Sie doch. Ich bin überrascht, dass Sie überhaupt auf den Gedanken kommen, ich könnte mich zu einer rüpelhaften Bemerkung hinreißen lassen. Sie sehen absolut göttlich aus.«

»Pah!« Doch sie konnte sich ein Grinsen nicht verkneifen.

Meist herrschte eine solch ausgelassene Stimmung an

Bord. Die beiden hatten sich bei der Arbeit bald aufeinander eingespielt, denn die braun gebrannte, gestählte Olivia schlüpfte begeistert in die Matrosenrolle, hantierte mit den Segeln, übernahm das Ruder und sogar kurz die Arbeit an der Pumpe.

Das Wetter war friedlich, die See ruhig und klar. Doch die Funde beim Tauchen enttäuschten. Immer wieder kam Tyndall von Luftblasen umblubbert nach oben und hielt schon auf der Strickleiter die Daumen nach unten, wenn er den Helm noch gar nicht abgeschraubt hatte. Zwar gab es Muscheln, doch sie waren klein, die Perlmuttschicht dünn, ihr Glanz stumpf.

»Diese Blindgänger geben keine Perlen her«, schnaubte er verächtlich.

Olivia merkte, dass er die Lust an der Unternehmung verlor, und schlug eines Morgens vor, ans Ufer zu rudern und das Hinterland zu erforschen. Sie nahmen einen Wasserbehälter mit, zogen ihr Dinghi die Böschung hoch und gingen auf Erkundungstour.

Sie folgten einem Wasserlauf durch die Sanddünen und entdeckten voller Aufregung, dass er sich zu einem tiefen Bach weitete. Sie wateten durch das warme, knietiefe Wasser, da das Dickicht an beiden Ufern kaum zu durchdringen war. Etwa eineinhalb Kilometer vom Strand entfernt wurde der Bach immer breiter, plötzlich tauchten über dem Buschwerk Klippen auf. Tyndall und Olivia kletterten um eine Biegung und blieben atemlos stehen. Der Bach dehnte sich an dieser Stelle zu einem großen Süßwasserteich aus. Gespeist wurde er von einem Wasserfall, der von den hohen roten Klippen stürzte, die den Teich umgaben.

»Wie schön!«

Tyndall watete zu einem schmalen Streifen körnigen roten Sands, ließ Schuhe, Hut und Wasserbehälter fallen und zog sein Hemd über den Kopf.

»Drehen Sie sich um, ich gehe schwimmen.« Er zog seine Hose aus und sprang ins Wasser. »Kommen Sie doch, Olivia, es ist herrlich.« Er schaute in die andere Richtung, während sie sich bis auf die Unterwäsche entkleidete und ins Wasser glitt.

Erfrischt und entspannt saßen sie im Schatten und betrachteten den glitzernden Teich.

»Ein Stück Paradies, finden Sie nicht?«, sagte Tyndall und lächelte Olivia an, deren Haare noch ganz feucht waren. »Sind Sie froh, dass Sie mitgekommen sind?«

»Sehr.«

Sie sahen einander noch einen Augenblick länger in die Augen, dann beugte sich Tyndall vor und küsste sie sanft. »Du siehst süß aus«, sagte er leise.

Olivia hatte das Gefühl, in eine andere Welt einzutauchen. Alles, was bisher in ihrem Leben geschehen war, löste sich in nichts auf, sie und Tyndall schwebten in einem zeitlosen Raum, einer Traumlandschaft, und nur diese Momente zählten. Menschen, Orte und Ereignisse, die einmal wichtig gewesen sein mochten, verblassten nun alle. Für sie gab es nichts weiter als diesen zauberhaften Ort, diese heitere Stille und diesen ganz besonderen Mann neben ihr. Sie streckte ihre Arme nach ihm aus und er die seinen nach ihr.

Als Tyndall Olivias glatte Haut liebkoste, durchfuhr ihn kurz der Gedanke, dass sie sich mit dem, was sie hier taten, in tiefe, turbulente Gewässer begaben. Doch er schob die Zukunft von sich wie auch die Vergangenheit und lebte ganz in diesem entrückten Augenblick, da er sich in Olivias Armen und ihrem Körper verlor.

Ihre Leiber verschmolzen, als wären sie immer eins gewesen. Ihr Atem, ihre wachsende Leidenschaft, die körperliche Lust, die sie einander schenkten, strömten zusammen. Olivia spürte kein Gewicht auf ihrem Körper, als Tyndall sich an sie und in sie drängte. Sie bewegten sich miteinander in einem Tanz der Liebe, der sie wie in einem Rausch in schwindelnde Höhen riss, dann glitten sie wieder ins Tal sanfter Zärtlichkeit, in dem sie einander erkundeten, erspürten, verzehrten. In heftiger Bewegung oder in sanfter Umarmung lächelten sie einander an und neckten sich verspielt. Tyndalls Lippen streiften die ihren, während sie mit ihren Fingern in seinen dichten Locken wühlte, und sie sprachen flüsternd von den wunderbaren Empfindungen, die sie erfüllten. Diese Offenheit und diese Nähe, dieses Einswerden von Herz, Seele und Leib hatte keiner von beiden je erlebt.

Nachdem sie sich geliebt hatten, staunten sie atemlos über das Wunder einer solchen Erfülltheit. Dann schwammen sie wieder im Teich, diesmal in unbeschwerter Nacktheit, tollten wie Kinder herum und bespritzten sich gegenseitig. Schließlich zogen sie sich an und machten sich auf den Rückweg zum Schoner. Während Tyndall das Dinghi ruderte, ruhte sein Blick auf Olivias leuchtenden Augen und ihrem glücklichen Lächeln. »Dein Gesicht verrät alles«, schalt er.

»Entzückend, wie zerzaust du aussiehst!«

Sie lachten, tauschten einen innigen Blick und gelobten beide im Stillen, vor der Mannschaft besonnene Zurückhaltung zu üben.

Ahmed ließ sich keine Sekunde täuschen. Er brauchte die beiden nur anzusehen, und schon bemerkte er, wie die aufgekratzte Olivia mit geröteten Wangen ständig Tyndalls Nähe suchte, dessen innige, glutvolle Blicke seinen zur Schau getragenen Gleichmut Lügen straften.

Nachdem sich Olivia am Abend in ihre Koje zurückgezogen hatte, saß Tyndall in der Hauptkabine und studierte beim Licht einer Laterne die Seekarte. Ahmed streckte seinen Kopf zur Tür herein. »Segeln wir woandershin?«, fragte er, als er die Karte sah. Es drängte ihn danach, mit der Perlenfischerei wieder Ernst zu machen.

»Ja. Vor einiger Zeit habe ich in einer Bar einen merkwürdigen alten Kauz mit einem Holzbein getroffen. Der hat mir erzählt, das Schönste, was er in seinem Leben gesehen hätte, wäre das Buccaneer-Archipel gewesen.« Tyndall schob auf der Karte einen Winkelmesser in Position.

»Hat er sein Bein verloren da droben?«, erkundigte sich Ahmed.

Tyndall überging die Frage und bemerkte: »Die Fahrt dorthin bereitet keine Schwierigkeiten. Was sind schon ein paar Tage! Könnte interessant sein. Ja, ich glaube, wir sollten fahren.« Er sah Ahmed mit einem leicht verlegenen Lächeln an, das sich unaufhaltsam über sein Gesicht ausbreitete. »Vielleicht werden wir nie wieder Gelegenheit dazu haben. Gut für Mem Hennessy, nach dem Sturm ... und allem. Und für mich auch.« Zum ersten Mal an diesem Tag wanderten seine Gedanken zu Maya und Niah, und ein Schatten zog über sein Gesicht.

Ahmed nickte mit ausdruckslosem Gesicht. »Gut. Ich sage Mannschaft, wir fahren ... wohin fahren wir, Tuan?«

»Nimm Kurs auf die Camden-Halbinsel, Nordnordost«, wies Tyndall ihn an und faltete die Karte zusammen.

Der Schoner rollte bei Kap Leveque durch die aufgewühlte See, und das aufziehende schlechte Wetter zwang sie, in einen der einmündenden Wasserläufe einzubiegen. Die dicken Mangrovenbäume, die den Bachlauf säumten und sich mehrere Kilometer weit ins Meer ausbreiteten, boten ihnen Schutz. Die Wurzeln wuchsen ungestört nach oben und schlangen sich fünf Meter über dem Boden zu einem undurchdringlichen Dach ineinander. Tyndall und Olivia beschlossen, auf eine Erkundungstour zu gehen, und suchten sich einen Weg durch das Gewirr der breiteren Bodenwurzeln, die sie wie Trittsteine benutzten. Ab und zu scheuchten sie einen Kletterfisch auf, der sich auf einem Ast sonnte, und das lange, wie ein Wels aussehende Geschöpf ließ sich ins sumpfige Wasser fallen oder flitzte über den Wasserspiegel.

Als sie schließlich zum Schiff zurückkehrten, hatten Ahmed und die Mannschaft mehrere fette Schlammkrebse und Mangroventauben erbeutet.

Von nun an segelten sie unter idealen Wetterbedingungen die Küste hinauf. Zwei Tage lang machten sie flotte Fahrt, durchquerten das Buccaneer-Archipel und den Yampi-Sund. Sie umrundeten ein großes Inselriff und segelten schließlich an der Camden-Halbinsel vorbei zur Augustus-Insel.

»Ich komme mir vor, als wären wir die ersten Menschen, die jemals hier gewesen sind«, sagte Olivia und beschirmte ihre Augen mit der Hand, um die üppige, scheinbar menschenleere Insel in Augenschein zu nehmen.

Sie gingen in einer geschützten Bucht vor Anker, wo rosenfarbene Sandsteinklippen über hundert Meter in die Höhe wuchsen. Oben auf dem Plateau zeichneten sich vor dem Himmel mehrere große Affenbrotbäume ab, die Wache zu stehen schienen. Üppiges tropisches Grün säumte den Fuß der Klippen. Sie konnten Vogelkreischen und das ferne Rauschen eines Wasserfalls hören, der sich glitzernd über die rosa Klippen ergoss. Vor ihnen lag wie ein Halbmond ein weißer Sandstrand mit hohen Bäumen, die ihre Schatten über das kristallgrüne Wasser warfen. Am einen Ende der Insel zeigte das dunklere Grün des Wassers an, dass der Meeresboden dort in große Tiefen abfiel.

Tyndall stieß Olivia leicht an. »Die ideale Stelle zum Tauchen.«

»Es ist so schön hier«, seufzte Olivia. »Aber die Insel hat eine seltsame Ausstrahlung, findest du nicht? Sie wirkt ausgesprochen einladend, aber sie hat auch etwas Mysteriöses. Oder bilde ich mir das nur ein?«

»Rudern wir doch ans Ufer, dann können wir es herausfinden«, schlug Tyndall unternehmungslustig vor.

Sie verteilten sich auf zwei Dinghis: Auf Ahmed, den Helfer und den zweiten Maat, der ein Gewehr mitnahm, folgten Tyndall und Olivia. Sie zogen die Boote auf den Strand und machten sich in verschiedenen Richtungen auf, um die Insel zu erkunden.

»Ein Schuss, wir schießen was zu essen, zwei Schuss, wir brauchen ganz schnell Hilfe«, sagte Ahmed.

»Und was ist mit uns? Was ist, wenn wir Hilfe brauchen?«, fragte Olivia.

»Dann rufen wir ganz laut. Keine Angst, ich habe meine Pistole dabei«, grinste Tyndall.

Olivia holte aus ihrer Tasche ein Messer hervor und zog es aus seiner ledernen Scheide. »Ich kann mich schon selbst verteidigen«, erwiderte sie und sprang drohend in Abwehrstellung, was die Mannschaft zum Kichern brachte.

Sie drangen ins dichte Unterholz vor und entdeckten seltsame Pflanzen und exotische Blüten. Es war grün und kühl hier, ganz anders als im heißen, kahlen Broome. Tyndall sah eine Baumschlange, die wie eine Liane in Schlingen von einem Ast hing, beschloss aber dann, Olivia lieber nicht auf das Tier aufmerksam zu machen.

Sie stießen auf einen holprigen Pfad, der sich zum Plateau hinaufwand. Beim Hochklettern blieben sie häufig stehen, um den Ausblick auf das glasklare Wasser, den spielzeuggroßen Schoner und die Inseln dahinter zu bewundern. Unter einem Überhang entdeckten sie Höhlen, und kurz vor dem Plateau stießen sie auf ein Felssims, auf dem ein schmaler Pfad zu mehreren Höhlen führte.

»Fühlst du dich mutig genug, um nachschauen zu gehen?«, fragte Tyndall.

Das Sims, das sich die Klippe entlangzog, war breit genug, dass man darauf gehen konnte, fiel aber senkrecht zu dem grünen Dschungel ab, der sich tief unter ihnen ausbreitete.

Olivia nickte und folgte Tyndall mit klopfendem Herzen. Sie schluckte heftig und achtete auf nichts weiter als auf den Boden, auf den sie ihre Füße setzte.

Sie betraten die größte Höhle, die in der Mitte lag, und fanden sich in einer Art Vorkammer, von der schmalere Gänge abzweigten. Tyndall nahm Olivia an der Hand, und sie gingen gebückt einen kurzen Gang entlang, der in eine im Inneren gelegene Höhle mündete. Es war ziemlich dunkel, doch kaum hatten sich ihre Augen an das Dämmerlicht gewöhnt, als Olivia einen Schrei ausstieß und einen Satz nach hinten machte. Vor ihnen lagen ganze Skelette und in einer bestimmten Ordnung aufgereihte menschliche Knochen. Schädel starrten ihnen aus augenlosen Höhlen entgegen, gefletschte Zähne schienen sie anzuknurren.

»Iii! Wie gruselig. Was ist das hier?«, flüsterte sie.

»Eine Grabhöhle der Aborigines. He, schau dir das mal an.« Er schlich weiter.

»Rühr nichts an. Das könnte Pech bringen.«

»Keine Angst. Ich möchte nur einen Blick aus der Nähe darauf werfen.« Er deutete auf ein paar Knochen. »Dieser Bursche hat seine Lieblingssachen mitgenommen.«

Olivia sah zwischen den Knochen einen großen Brustschild aus Perlmutt. »Glaubst du, dass der aus dieser Gegend kommt?«

»Kann gut sein.«

»Gehen wir. Dieser Ort macht mir Angst.«

Sie kehrten um und stiegen das letzte Stück zum Plateau hinauf. Weit unten sahen sie einen kleinen, sich bewegenden Fleck: eins der beiden Dinghis, das zum Schoner zurückgerudert wurde.

»Vielleicht segeln sie davon und lassen uns hier zurück«, meinte Olivia zum Spaß.

»Also wenn wir hier ausgesetzt würden, dann würden wir eben das Beste daraus machen.« Er grinste, nahm sie in die Arme und küsste sie. Sie liebten sich auf dem Gras, unter einem Affenbrotbaum auf dem Dach einer magischen Insel, und fühlten sich, als könnten sie die Wolken mit Händen greifen. Olivia lag nackt im hellen Tageslicht und gab sich ganz dem Streicheln des Windes, der Wärme der Sonne und dem Flüstern von Tyndalls Lippen hin.

Am nächsten Tag tauchte Tyndall an der Spitze der Insel zum ersten Mal auf den Meeresgrund. Als er nach einer Stunde wieder an die Oberfläche kam, schüttete er aus seinem Korb prächtige Perlmuscheln an Deck. Er sprudelte über vor Begeisterung. »Einfach großartig da unten. Olivia, das musst du sehen! Du hast doch gesagt, du würdest auch gerne mal tauchen. Diese Stelle ist ideal dafür! Nur zwölf Faden tief und so schön! Du wirst begeistert sein.«

Mit seinem Überschwang wischte er ihren Anflug von Ängstlichkeit einfach weg. Olivia hatte die Welt unter Wasser schon immer kennen lernen wollen. Tyndall und Ahmed unterwiesen sie in allen Details, sie hatte den Tauchern ja schon oft genug zugesehen, um mit dem Vorgang vertraut zu sein. Außerdem konnte Tyndall sie begleiten, weil er die *Shamrock* mit zwei Handpumpen ausgerüstet hatte.

Das Gewicht des Taucheranzugs machte ihr Angst, und als sie durchs Wasser nach unten sank, hatte sie das Gefühl, sie könnte nie wieder nach oben steigen. Dann wurde ihr leicht schwindlig, als triebe sie davon, und sie merkte schnell, dass sie den Druck nachregulieren musste.

Als sie sich wohl zu fühlen begann, stand Tyndall vor ihr und machte ihr mit der Hand ein Zeichen, sie solle sich umschauen. Nichts hatte Olivia auf die Wunder dieser geheimnisvoll stillen blauen und grünen Welt vorbereitet. Winzige bunte Fische flitzten zur Glasscheibe ihres Helms, guckten zu ihr herein und stoben in einer farbigen Wolke wieder davon. Der Unterwassergarten wiegte sich hin und her zur Musik des Meeres, die Olivia nur erahnen konnte. Korallen, die wie ein buntes Feuerwerk zu explodieren schienen, beherbergten mikroskopisch kleine Lebewesen und Fische. Tyndall deutete unter einen Korallenvorsprung, doch einen

Augenblick lang konnte sie nichts erkennen. Dann machte sie zwei Augen aus und danach die fleischigen Lippen eines riesigen schwarzen Zackenbarschs, dessen Maul groß genug schien, um einen Taucherstiefel zu verschlingen. Wohin sie sich auch drehte, begegneten ihr unglaubliche Schönheit und faszinierende Erscheinungen. Erst war Olivia sich noch bewusst, dass Tyndall sie aufmerksam überwachte, doch als sie langsam durch die fesselnde Unterwasserwelt schritt, vergaß sie ihn und verlor jedes Gefühl für die Zeit.

Schließlich forderte Tyndall sie auf, ihm zu folgen, und führte sie zu einem Sandstreifen zwischen zwei Korallenbänken. Er deutete auf einen Grat, und als sie verständnislos den Kopf schüttelte, hob er eine große Perlmuschel auf. Plötzlich entdeckte Olivia auch die anderen, deren einfache Tarnung sie nun durchschaut hatte. Sie sammelten ein halbes Dutzend vom Boden auf, dann deutete Olivia in die Korallen hinein und machte eine fragende Geste. Tyndall spähte an die Stelle, auf die sie zeigte, griff dann mit seiner behandschuhten Hand hinein und tastete nach jenem Ding, das eine in den Korallen festsitzende Perlmuschel sein konnte. Sie lag gut verborgen und ließ sich schwer lösen, er mühte sich ab und wollte schon aufgeben, als auch Olivia mit der Hand zwischen die Korallen fuhr. Gemeinsam zerrten sie die Muschel heraus. Tyndall drehte und wendete sie in seinen Händen: Sie war sehr groß, schwer und von dicken Krusten überzogen. Er steckte sie in den Korb und deutete nach oben. Sie ruckten an ihren Seilen und gaben das Signal zum Hochziehen.

Erst nachdem sie gegessen hatten und weit aus der Bucht hinausgesegelt waren, um für die Nacht zu ankern, öffneten Tyndall und Ahmed die Muscheln. Eine enthielt eine vollkommen runde, aber winzige Perle. Trotzdem brach Olivia in Jubelschreie aus. Dann öffnete Tyndall die große

Muschel, die er der Mannschaft als ›Olivias Muschel‹ präsentierte.

Sie leistete großen Widerstand, die kräftigen Muskeln hielten die Schalen fest zusammen. Tyndall bohrte mit dem Messer, bis es endlich hineinfuhr und die Schalen auseinander klappten. Sogar ohne das Fleisch zu entfernen, konnten sie den Schimmer einer dicken runden Perle sehen.

Olivia kauerte neben Tyndall auf dem Boden und beugte sich vor. »Da ist mehr als eine drin«, hauchte sie, und die Männer versammelten sich um sie und hielten die Laterne näher.

Vorsichtig schabte Tyndall das Fleisch weg.

Den Anwesenden entfuhr ein gemeinsamer Seufzer, als sie auf einer der Schalen sieben dicke runde Perlen erblickten. Jede Perle für sich allein würde einen guten Preis erzielen, der Anlass für das ehrfürchtige Murmeln der Mannschaft war jedoch ihre Anordnung. Die sieben Perlen vereinten sich zu einem Stern.

Olivia und Tyndall staunten fassungslos.

»Mein Gott, das ist ja fantastisch!« Tyndalls Hand zitterte leicht, als er die Muschelschale betrachtete und in alle Richtungen drehte, damit sie das Laternenlicht aus verschiedenen Winkeln einfangen konnte.

»Die ist ein Vermögen wert«, flüsterte Olivia andächtig, und hinter ihr erhob sich unter der Mannschaft ein wildes Geplapper auf Japanisch und Malaiisch. Ahmed dankte Allah in einem stummen Gebet.

»Die größten Perlenkäufer der Welt werden sich diesen Schatz aus den Händen reißen«, stieß Tyndall mit rauer Stimme hervor.

»Natürlich müssen wir diese Muschel ›Star of the Sea‹ nennen. Ist es nicht komisch, dass die Form der Perlen so gut zum Namen unseres Unternehmens passt?«, fragte Olivia. In ihrer Stimme schwang immer noch die Ehrfurcht mit, die alle vor diesem einzigartigen Perlenfund empfunden hatten. »Irgendwie gespenstisch.«

»Wenn man genauer darüber nachdenkt, war alles, was zu diesem Fund geführt hat, reichlich seltsam«, erwiderte Tyndall. Zum ersten Mal, seit Tyndall die Muschel geöffnet hatte, begegneten sich ihre Augen. »Das wird unser Leben verändern, Olivia.«

Sie nickte in stummem Einverständnis, dann starrten beide wieder auf die Muschel, überwältigt von ihrer Schönheit.

Fünfzehntes Kapitel

Maya vermisste ihre Mutter immer noch. Die Frauen hatten ihr gesagt, dass Niah zu ihren Ahnen gegangen wäre und oben bei den Sternen mit ihnen lebte. Sie würde auf Maya aufpassen und immer bei ihr sein, auch wenn Maya sie nicht sehen konnte.

»Manchmal, wenn Wind kommt und durch deine Haare bläst und dein Gesicht streift, ist das, wie wenn deine Mammi dich streichelt. Wenn du gut zu essen hast und sauberes Wasser findest zum Trinken, ist das, wie wenn deine Mammi dir zu essen und zu trinken gibt.«

Maya bemühte sich, diese abstrakten Gedanken zu begreifen, sie vermisste die singende Stimme, die Umarmungen und den süßen Duft ihrer Mutter.

Auch ihren Vater vermisste sie. Sein Lachen, seine Scherze und die vielen Stunden, die sie gemeinsam ›draußen in der Welt‹ verbracht hatten. Ihre Mutter hatte hier in den Busch gehört, ihr Vater gehörte in eine andere Welt. Sie erinnerte sich an die Geräusche und den Geruch in den Muschelschuppen, sah sich wieder an Deck eines am Strand liegenden Loggers sitzen, während die Männer arbeiteten, sah sich in Tyndalls Büro mit ihrem eigenen Spielzeuglogger spielen. Sie sah die Straßen Broomes von den Schultern ihres Vaters aus, hielt sich mit einer Hand an seinen Locken fest, die andere legte sie über sein Ohr mit dem Perlenohrring.

Anfangs waren diese Erinnerungen sehr lebendig, bald aber versanken sie in den unteren Regionen ihres Bewusstseins, und Maya wandte sich den Ereignissen ihres neuen Alltags zu. Sie genoss es, zu einer großen Familie zu gehören, immer Freunde zum Spielen zu haben und so viele Tanten und Onkel und Großmütter. Gehorsam lief sie neben dem Mädchen her, das ihr zur großen Schwester bestimmt worden war, spielte mit den anderen Kindern, wenn sie bei einer Wasserstelle Halt machten, und kletterte am Abend schläfrig in den nächsten breiten Schoß, wenn sich die Frauen nach dem Essen ums Lagerfeuer versammelten.

In den nächsten Wochen hörte die Angst, Maya verloren zu haben, nicht auf, an Tyndall zu nagen. Noch einmal versuchte er, über seine Freunde unter den Aborigines eine Nachricht zu übermitteln und herauszufinden, wo sie sich aufhielt. So erfuhr er, dass die Aborigines, mit denen er und Olivia sich an der Küste angefreundet hatten, weitergezogen waren.

Monsieur Barat wurde erst in mehreren Wochen erwartet, und Olivia und Tyndall wahrten eisernes Stillschweigen über ihren Perlenfund, wenn auch einige Gerüchte kursierten. Olivia wusste genau, dass alle Sammler und ernsthaften Käufer keine Perle erwerben würden, die man schon ›herumgezeigt‹ hatte oder die gar in aller Munde war.

»Wir müssen uns einfach ruhig verhalten. Wenigstens geht der Klatsch nicht um uns.« Er grinste sie verschmitzt an.

»Glaubst du, das steht uns bevor? Dass sie über uns reden? Das kann doch nicht sein! Niemand weiß etwas.«

Tyndall lachte sie aus, weil sie so bekümmert aussah. »Schämst du dich wegen mir oder was?«

»Aber nein. Doch ich bin offiziell immer noch in Trauer, und auch du bist nicht ungebunden.« Olivia sprach endlich aus, was sie an ihrer Beziehung am meisten bedrückte. »Was machst du, wenn Niah zurückkommt?«

»Ich bin nicht sicher, ob sie jemals wiederkommen wird.« Er sah gequält aus. »Ich will nicht Niah wiederhaben, sondern Maya. Niah ist reizend, aber sie kann mir nicht geben, was du mir gibst, Olivia. Mit dir kann ich reden, wir haben einen gemeinsamen Hintergrund, und das bedeutet sehr viel. Du schenkst mir das Gefühl, ein ganzer Mensch zu sein. Das ist sehr wertvoll für mich.« Seine Worte kamen zögernd, fast schüchtern.

»Wo führt das alles hin, John?«, fragte sie leise.

»Wir brauchen Zeit, Olivia. Wir müssen uns auf diesem Weg, den wir eingeschlagen haben, langsam weiter vortasten und aufdringlichem Geschwätz und allen Leuten, die ihre Nase in unsere Angelegenheiten stecken wollen, aus dem Weg gehen. Ich fürchte, uns bleibt nichts anderes übrig, als alles geheim zu halten.«

»Ich verstehe. Ich bin auch nicht bereit, mich Hals über Kopf in etwas hineinzustürzen, John. Und ich muss auch Rücksicht auf Hamishs Gefühle nehmen.«

So blieb die neue Wendung, die ihre Beziehung genommen hatte, ihr Geheimnis. Sie behielten die vertraute Nähe bei, die ihnen in diesen harten Monaten im Leben und bei der Arbeit so viel Halt gegeben hatte. Niemand in der Stadt bemerkte eine Veränderung.

Trotzdem stahlen sie sich Momente des Zusammenseins, und in einem Augenblick der Erleuchtung schlug Tyndall eine gemeinsame Reise nach Perth vor. »Ich habe an Monsieur Barat telegraphiert und ihn gefragt, ob wir ihn dort treffen können. Es ist doch das Naheliegendste, dort mit ihm die Verkaufsverhandlungen zu führen. Wir haben ja versucht, die Sache nicht an die große Glocke zu hängen, trotzdem wissen genügend Leute Bescheid, dass verständlich wird, warum wir eine Geschäftsreise in den Süden machen müssen.« Plötzlich ließ Tyndall seinen Gefühlen freien Lauf und fuhr mit den Armen durch die Luft. »Stell dir vor, Olivia, wir können in Perth in einem schönen großen Hotel wohnen, in guten Restaurants essen gehen, vieles gemeinsam unternehmen und dabei anonym bleiben.« Eine Weile gebärdete er sich wie ein aufgeregter Schuljunge.

Auch Olivia fand den Gedanken an ein romantisches Zwischenspiel mit Tyndall unwiderstehlich. »O ja, das machen wir!«, stimmte sie gleichermaßen aufgeregt zu.

Sie beschlossen, mit ihrer Reise bis zum Ende der Saison zu warten, und organisierten inzwischen alles – Minnie würde sich um Hamish kümmern, Kapitän Evans die Überholung der Logger überwachen, Ahmed das Sortieren und Verpacken der Muschelschalen.

Nachdem sie den Dampfer nach Fremantle bestiegen hatten, ließen sie ihr kostbares Perlenpaket gleich in den Safe des Kapitäns einschließen und genossen das Leben an Bord, auch wenn sie getrennte Kabinen hatten.

Nach der Ankunft in Fremantle fuhren sie mit einem Boot den Swan River nach Perth hinauf und buchten als Mr. und Mrs. Johnston ein Zimmer in einem verschwiegenen Hotel. Ihre Tage und Nächte waren genauso wunderbar, wie sie es sich erhofft und erträumt hatten.

Monsieur Barat kam in ihr Hotel und begrüßte sie herzlich.

Sein sechster Sinn verriet ihm gleich, dass zwischen den beiden der Funken übergesprungen war, doch seine Diskretion verbot ihm jede Bemerkung. Stattdessen kam er gleich aufs Geschäft zu sprechen. »Wenn Sie zu mir gekommen sind und nicht warten wollten, bis ich zu Ihnen komme, haben Sie mir sicher etwas ganz Besonderes zu zeigen?«

Vorsichtig wickelte Olivia das Samttuch auf und enthüllte die Schale mit den sieben Perlen. Monsieur Barat war sprachlos, unwillkürlich rang er um Atem.

»Ist das nicht etwas Besonderes?«, fragte Tyndall gelassen mit einem leisen Lächeln.

Monsieur Barat konnte den Blick nicht von den Perlen wenden. Er nickte zustimmend. »Das ist ein Wunder! Wo haben Sie das gefunden?«

»An einem wirklich ganz besonderen Ort«, antwortete Olivia leise. »Aber auch wenn wir dorthin zurückkehrten, würde ich bezweifeln, dass wir noch einmal etwas Vergleichbares finden könnten.«

Der Franzose fasste die Muschel mit beiden Händen und hob sie ehrfürchtig hoch, wie einen heiligen Gegenstand. »Auch wenn man mehrmals lebte, würde man so etwas vielleicht nie zu sehen bekommen. Ich fühle mich geehrt, dass Sie mir diese Kostbarkeit gezeigt haben.«

»Sie sind unser Freund, und wir vertrauen Ihnen«, erwiderte Olivia. Monsieur Barat dankte ihr mit einer leichten Verbeugung.

Dann prüfte er die Perlen in der Schale genauer. »Ich bin froh, dass Sie nicht versucht haben, die Perlen abzulösen. Möglicherweise wären sie dabei zersprungen, in ihrem ursprünglichen Zustand sind sie sicher mehr wert. Der Käufer kann entscheiden, was später mit ihnen geschehen soll.«

Tyndall und Olivia wechselten einen erleichterten Blick. »Tobias Metta hat uns geraten, die Muschel intakt zu lassen. Er hat strenges Stillschweigen gelobt«, sagte Olivia.

»Ein kluger Mann. Sammler sind merkwürdige Leute, manche bevorzugen Perlen, die noch nicht öffentlich angeboten wurden. Der Verkauf muss sehr diskret abgewickelt werden.«

»Sehr richtig«, sagte Olivia und wartete darauf, dass er fortfuhr.

»Ich würde nach London fahren und das Stück privat in Hatton Garden anbieten. Dort sind Agenten für finanzkräftige Käufer tätig, die keinen Preis für eine solche Kostbarkeit scheuen. Aber natürlich liegt die Entscheidung bei Ihnen.« Er legte die Muschel auf den Samt zurück.

Wie immer feilschten Olivia und der französische Perlenkäufer noch kurz über den Auftrag und die Einzelheiten der Abwicklung, während Tyndall sich zurücklehnte und amüsiert zuhörte. Ihre Verhandlungen glichen einem graziösen Tanz, einem Spiel, das sie beide genossen, auf einen Zug folgte ein Gegenzug, dann eine Pause, in der die Kontrahenten überlegten und Vorschläge machten, ganz wie beim Schachspiel.

Später gesellte sich Monsieur Barat zum Abendessen zu ihnen, und als sie sich von ihm verabschiedeten, warnte er, es könne ein Weilchen dauern, bis sich der richtige Käufer mit den entsprechenden Mitteln fände.

Die nächste Saison machte die Verluste, die der Zyklon verursacht hatte, mehr als wett.

»Das Geschäft boomt«, verkündete Tyndall, als Rekordmengen von Perlmuttschalen verkauft wurden.

Die Zahl der Perlenlogger in der Flotte von Broome stieg in die Hunderte, aus vielen Ländern strömten Abenteurer und Unternehmer herbei, um in den Perlmuschelgründen ihr Glück zu versuchen. Manche steckten ihre gesamten Ersparnisse in einen Logger, andere konnten Geldgeber gewinnen, doch die meisten scheiterten – aus Unerfahrenheit, aus Habgier oder einfach weil sie Pech hatten.

Das Unternehmen *Star of the Sea Pearl Company* verfügte nun über zwölf Logger.

»Wir können nicht weiter expandieren, weil wir nicht mehr Boote überwachen können«, erklärte Olivia. »Es wird immer schwieriger, ehrliche Leute zu finden, die für uns arbeiten. Wir brauchen auf jedem Boot weiße Muschelöffner, die jede geöffnete Muschel kontrollieren. Dennoch glaube ich, dass wir Perlen verlieren, trotz der Perlenkästen.«

Dies war eine geniale Erfindung, die Perlen fielen durch einen Trichter in einen Kasten, der mit einem Vorhängeschloss gesichert war, sodass nur der Besitzer des Schlüssels die Perlen herausholen konnte. Sobald Olivia die Kästen gesehen hatte, stattete sie sämtliche Logger damit aus.

»Du bist eine hartgesottene Geschäftsfrau, Olivia«, neckte Tyndall, beugte sich herab und küsste sie aufs Ohrläppchen.

Errötend flüsterte sie: »Vorsicht, es könnte jemand ins Büro kommen.«

Tyndall hob einen ihrer Perlenkästen auf und rüttelte ihn. »Von welchem Logger kommt denn der? Klingt vielversprechend.«

»Kapitän Evans hat ihn von der *Annabella* gebracht. Doch seiner Meinung nach ist die Ausbeute nicht so gut wie die aus den Perlengründen, in denen sie letztes Jahr gearbeitet haben.«

»Hmm. Vielleicht wäre es an der Zeit, dass wir zu den alten Gründen zurückkehren«, meinte Tyndall nachdenklich. »Was dort übrig geblieben ist, müsste langsam reif sein.«

»Aber behalten wir's für uns. Es wäre nicht in unserem Sinn, wenn die halbe Flotte unsere Gewässer abgrasen würde«, grinste Olivia.

»Wenn es bloß eine Möglichkeit gäbe, die Muschelbestände selbst wieder aufzustocken«, seufzte Tyndall. »Wir könnten ein Vermögen machen, wenn wir den Muschellaich unter kontrollierten Bedingungen züchten könnten, um dann die Muscheln zu ernten. Wenn dazu noch garantiert wäre, dass sie anständige Perlen produzieren«, fügte er hinzu.

»Ist das denn möglich?«

»Ich habe Gerüchte von solchen Experimenten gehört. Außerdem glaube ich immer gern, dass alles möglich ist.«

»Unverbesserlicher Optimist! Na schön, überleg dir schon mal, wohin wir die Boote in der nächsten Saison schicken werden.«

»Diese Saison ist noch nicht zu Ende. Vielleicht sollten wir zwei der Logger für eine Erkundungsfahrt abziehen.«

Tyndall und Olivia nahmen die *Shamrock*, Ahmed die *Bulan*. Je weniger Leute wussten, wohin sie fuhren, desto besser.

Sie segelten nach Norden zum King-Sund. In den Gewässern vor dem Sund gab es so starke Strömungen, dass es Olivia nicht überraschte, als Tyndall ihr berichtete, nur wenige Boote würden sich in dieses Gebiet wagen.

Sie hatten Yoshi als Taucher für die *Bulan* mitgenommen, Ahmed als seinen Helfer. Taki würde für Tyndall auf der *Shamrock* die Pumpe bedienen.

Tyndalls erster Abstieg zum Meeresboden brachte kein Ergebnis, und er gab dem Boot das Zeichen zur Weiterfahrt.

Eine Stunde später tauchte er in tieferem Gewässer auf dreißig Faden hinab, allerdings immer noch ohne Erfolg. Schließlich signalisierte er ihnen, sie sollten ihn hochziehen. Dies war ein langwieriger Vorgang, da Tyndall während des Aufstiegs mehrere Pausen einlegen musste, um zu vermeiden, dass Stickstoff ins Körpergewebe eindrang. Voller Ungeduld hing er an seinem Rettungsseil, während er die Wartezeiten einhielt, die ihn vor den qualvollen Schmerzen der gefürchteten Taucherkrankheit bewahren sollten.

Nachdem sie ihn aus dem Wasser gehievt hatten, brach er an Deck zusammen. Von Helm und Stiefeln befreit, knurrte er: »Verdammte Zeitverschwendung. Keine Muschel weit und breit.«

»Was hat die Muscheln denn plötzlich ausgetilgt?«

»Nicht was, Olivia, sondern wer. Wilderer anscheinend.«

»Glaubst du, Ahmed und Yoshi hatten mehr Glück?«

»Fragen wir mal.«

Sie segelten dicht an die *Bulan* heran und riefen zu Ahmed hinüber, der nur den Kopf schüttelte und mit dem Daumen nach unten zeigte.

Am nächsten Morgen nahmen die Boote Kurs auf die Adele-Insel, um ihr Glück in neuen Gewässern zu versuchen.

Spät am folgenden Tag machte sie der Matrose im Ausguck auf einen Fleck am Horizont aufmerksam. Sie schwenkten nach Backbord und segelten auf die kleine Insel zu. Von weitem sah sie felsig und kahl aus, doch auf der Seite, die der offenen See zugewandt war, fanden sie zwischen den Felsen einen schmalen Einlass in eine Bucht mit einem Streifen Strand.

»Schaut euch die Palmen an, eine tropische Insel, und etwas weiter im Inland steigt Rauch auf«, sagte Olivia und reichte Tyndall das Fernglas.

Er suchte ebenfalls die Insel ab, seine Neugier war geweckt. »Der Karte nach ist die Insel ›unbewohnt‹.«

Da es auf den Abend zuging, glitten die Schoner in die Bucht und machten ein Stück vom Strand entfernt fest. Ahmed und Yoshi ruderten heran, und Tyndall stieg zu ihnen ins Dinghi.

Sie zogen das Boot den Strand hinauf und folgten einem ausgetretenen Pfad, der durch die Bäume hindurchführte. Ahmed stieß Tyndall an und tippte sich an die Nase. Auch Tyndall konnte Kochgerüche ausmachen, und bald sahen sie ein Feuer leuchten und hörten die Geräusche einer kleinen Siedlung.

Lange, strohgedeckte Holzhütten standen neben Gebäuden aus Stein und Holz. Neben mehreren Feuerstellen war unter dem Schutz eines auf Pfählen ruhenden Dachs ein gemeinsamer Essplatz eingerichtet. Mehrere Aboriginefrauen bereiteten an den Feuerstellen das Essen zu. Eine der Holzhütten hatte eine Holztür, deren Metallriegel mit einem Vorhängeschloss gesichert war. Einige der Eingeborenen schärften Werkzeuge und säuberten mehrere große Schildkrötenpanzer.

Als die kleine Gruppe in die Lichtung trat, richtete sich ein älterer Aborigine auf und starrte ihnen entgegen. Auf Tyndalls Gruß antwortete er mit »Tag, Boss«.

Die Frauen zogen sich in den Hintergrund zurück, als sich die Männer neugierig und freundlich um Tyndall versammelten.

Tyndall und Ahmed versuchten herauszubekommen, welcher Natur diese unerwartete Siedlung war, da wich die Menge auseinander, und ein kräftiger Mann mittleren Alters kam in zerlumpten, abgerissenen Hosen und einem Baumwollunterhemd auf sie zu. Obwohl er barfuß ging und so nachlässig gekleidet war, stellte er eine Autoritätsperson dar. Strahlend verkündete er mit dröhnender Stimme und starkem holländischem Akzent: »Pater Anders. Willkommen auf unserer Missionsstation.«

»Missionsstation? Das ist eine Missionsstation?« Tyndall versuchte, seine Ungläubigkeit zu verbergen. »So weit draußen?«

»Eine Leprastation. Die Leute, die Sie hier sehen, sind Verwandte und, äh, Helfer, die den Kranken beistehen«, erklärte Anders. »Die sind woanders, in einem abgegrenzten Bereich«, fügte er hinzu, als Ahmed und Tyndall sich umblickten.

»Aha. Bekommen Sie Hilfe? Und wie ist es mit Vorräten? Die Versorgungsschiffe mit Holz und Wasser kommen hier nicht vorbei, kann ich mir vorstellen.« Tyndall meinte die Schiffe, die die Perlenloggerflotte versorgten.

»Wir versorgen uns selbst«, antwortete der Holländer ausweichend. »Wir haben unsere eigenen Schiffe, hinter der Landspitze gibt es einen geschützten Hafen. Sie sind wohl über den Strand gekommen.«

Tyndall nickte. »Wir liegen hier über Nacht vor Anker und wären dankbar, wenn Sie uns mit frischem Wasser und vielleicht ein, zwei Kokosnüssen aushelfen könnten …«

Pater Anders lächelte und machte mit beiden Händen eine ausladende Bewegung. »Der Herr wünscht, dass wir teilen, was immer wir haben.«

»Dann kommen wir morgen früh wieder.« Tyndall schüttelte dem Holländer die Hand, und sie kehrten zum Strand zurück.

»Was hältst du davon, Ahmed? Ich glaube, unser holländischer Freund ist weder ein Priester noch sonst ganz sauber. Hab ihm keine Sekunde über den Weg getraut.«

»Warum die sperren die Hütten zu? Was haben die da drinnen?«

»Ich glaube, wir sollten uns ihren kleinen Hafen mal näher ansehen.«

Die drei bahnten sich einen Weg durch den Saum tropischen Grüns und kletterten über eine kleine Landzunge. Im Licht des aufgehenden Monds konnten sie die Einfahrt zu einer ruhigen Bucht sehen. Mehrere Logger und ein Zweimaster lagen dort vor Anker. Beiboote und Kanus waren am Strand hochgezogen, alle Schiffe sahen verlassen aus.

»Ich gehe nachschauen, ja, Tuan?«, erbot sich Ahmed.

Tyndall zögerte, er und Yoshi würden Verdacht erregen, ein Malaie vielleicht nicht. Er nickte.

Ahmed schob ein kleines Boot ins Wasser und ruderte lautlos zu den Schiffen, die er genau betrachtete. Dann vertäute er zu ihrer Überraschung ein Seil an dem Schoner und kletterte an Bord. Sie sahen ihn an Deck kauern und eine Ladeluke öffnen.

So lautlos, wie er losgerudert war, kam er auch schon wieder ans Ufer zurück. Im Schutz der Bäume unterhielten sie sich.

»Der Frachtraum ist voll mit Muscheln, Schildpatt und Perlmutt«, berichtete Ahmed.

»Ich kann mir schon vorstellen, wo die die Muscheln herhaben«, knurrte Tyndall.

»Das ist Unterschlupf für Wilderer, keine Mission. Was machen wir, Tuan?«

»Wir machen uns klammheimlich davon und melden sie später den Behörden. Die Schiffe stammen eindeutig aus Niederländisch-Indien. In holländischem Besitz, würde ich sagen. Und die Eingeborenen sind wahrscheinlich hierher verschleppt worden und arbeiten als Sklaven für diese Typen.«

Doch als sie durch die Bäume schlichen, stieß Yoshi, der die Nachhut bildete, einen leisen Ruf aus. Rasch drehten sich die anderen um und bemerkten einen Malaien, den sie schon bei der Missionsstation gesehen hatten und der Yoshi jetzt am Ärmel zog.

Der Mann sprudelte seine Bitte hervor: »Bitte mir helfen weg von hier. Ich will zurück zu Frau und Kinder. Sie mich hierher bringen, und ich nicht kann fliehen.«

Ahmed stellte rasche Fragen und der Mann berichtete, er hätte auf einem der holländischen Schiffe angeheuert, sei aber mit anderen Kupangern und Aborigines gegen ihren Willen hierher verschleppt worden und dürfe die Insel nicht verlassen. Dann erzählte er noch, der holländische Priester sei eigentlich ein Schiffskapitän, der diesen Stützpunkt für Wilderer errichtet hatte. Es war bekannt, dass viele der malaiischen Inseln als Piratenbasis für Waffenschmuggel, Menschenhandel und Beutezüge der Wilderer dienten.

Tyndall und Ahmed berieten sich kurz und einigten sich, den Mann mitzunehmen. Doch die Zeit drängte, und sie eilten zu ihrer Bucht zurück, die inzwischen im Dunkeln lag.

Als sie den Strand erreichten, wartete schon ein Empfangskomitee auf sie. Als Tyndall erkannte, wer die kleine Gruppe anführte, stieß er einen Wutschrei aus: Es war Karl Gunther.

Tyndall stürzte sich auf den vierschrötigen, mit mächtigen Muskeln bepackten Mann, der sich vor Überraschung nicht wehrte, und würgte ihn. Die Umstehenden packten die beiden Männer und rissen sie auseinander. Beide Gruppen, die nun Messer und Pistolen gezogen hatten, hielten ihre Anführer im Zaum.

»Wo ist sie?«, brüllte Tyndall. »Was hast du mit ihr gemacht?«

Gunther war so benommen, dass Tyndalls Frage gar nicht zu ihm durchdrang.

»Wie habt ihr uns hier gefunden? Wer hat euch gesteckt, dass wir hier sind?«

»Niemand! Das ist ein glücklicher Zufall, Gunther! Also raus mit der Sprache: Wo ist Niah?«

Langsam dämmerte dem grobschlächtigen Deutschen mit dem Adlergesicht, was Tyndall von ihm wollte. »Die gibt's nicht mehr. Ich hab nichts gemacht. Sie ist von meinem Schiff gesprungen. Kaputt. Die Haie haben sie erwischt.«

Tyndall sackte in sich zusammen, er musste annehmen, dass Gunther die Wahrheit sagte. »Und warum ist sie wohl über Bord gesprungen? Um deinen dreckigen Klauen zu entkommen!« Seine Wut entbrannte aufs Neue, er wollte sich noch einmal auf Gunther werfen, doch Yoshi und Ahmed hielten ihn auf beiden Seiten zurück. Ahmed hatte mit einer Hand Tyndalls Arm gepackt, in der anderen schwang er seinen *kris*.

Gunther trat einen Schritt vor. »Ihr kommt von hier nicht weg. Wir werden jetzt Anders einen kleinen Besuch abstatten.«

»Du hast wohl den Verstand verloren, Gunther. Egal, was ihr mit uns anstellt, unsere Mannschaft segelt schnurstracks zurück und meldet alles den Behörden. Lieber lässt du uns freiwillig gehen.«

»Warum sollte ich …« Bevor Gunther den Satz vollenden konnte, krachte ein Schuss, der den Sand neben seinen Füßen aufspritzen ließ, sodass er einen Satz nach hinten machte. Dann fielen rasch hintereinander zwei weitere Schüsse, zwischen den beiden Männern stoben richtige Sandwolken auf. Gunther und seine drei Leute drehten sich um und flüchteten ins Unterholz, den Malaien zerrten sie mit.

Taki und Olivia kamen zwischen den Bäumen hervor und rannten über den Sand. Olivia hielt die Pistole.

»John, bist du verletzt?«, rief sie mit panischer Stimme.

Sie fielen sich in die Arme. »Nein, mir ist nichts passiert, aber einen Moment lang sah es ziemlich schwarz aus für uns. Herrgott noch mal, du hättest uns erschießen können!«, rief er.

»Ich hab tief gezielt«, wiegelte sie grinsend ab. »Und jetzt sag schön danke.«

Tyndall lachte, zog sie fest an sich und führte alle zu den Dinghis zurück.

»Wieso bist du überhaupt ans Ufer gekommen, und auch noch mit einer Pistole bewaffnet?«, fragte er, als sie zu den Schiffen zurückruderten.

»Du warst so lange weg, es wurde schon dunkel, und dann hatte ich eben so eine Eingebung.« Sie zuckte mit den Achseln. »Was ich mir genau dachte, kann ich dir auch nicht sagen. Jedenfalls hatten wir kaum die Bäume erreicht, als Gunther mit seiner Bande auftauchte, also haben wir uns versteckt und euch beobachtet.«

Sie schafften es, gerade noch in der letzten Brise des nachlassenden Winds aufs offene Meer hinauszusegeln, wo sie in Sicherheit waren. In der Ferne sahen sie brennende Fackeln am Strand und hörten einen Schuss widerhallen, den wohl jemand in blinder Wut abgefeuert hatte.

Als sie in die Nacht hinaustrieben, erzählte Tyndall Olivia von der Begegnung mit Gunther und von Niahs Schicksal.

Seine Stimme erstickte, und Olivia nahm seine Hand. »Es tut mir so Leid für dich, John. So etwas Furchtbares. Kann die Polizei denn nichts machen? Wir müssen es melden.«

»Nein, das hat keinen Zweck, wir haben keine triftigen Beweise, und in ein paar Tagen wird hier von ihrem Lager keine Spur mehr zu sehen sein, darauf kannst du dich verlassen.«

Minnie verstummte, als Olivia ihr von Niahs Tod im Meer berichtete, und sagte nur wenig dazu.

»Ich mache mir Sorgen um die kleine Maya da draußen. Sie ist an ein solches Leben nicht gewöhnt. Ob es ihr wohl gut geht?«, fragte Olivia.

»Sie schnell lernen. Die anderen sich um sie kümmern.«

»Werden sie sie zurückbringen, Minnie? Schließlich ist Tyndall doch ihr Vater.«

»Wenn größer, wird sie ganze Geschichte hören. Maya dann entscheidet.«

»Ich finde das einfach nicht fair gegenüber Tyndall. Aber wenigstens ist sie bei ihrer Familie. Ich kann mir vorstellen, dass sie ihre Mutter sehr vermisst.«

»Niah auch gehört zu meine Familie.«

Als Olivia Minnies trauriges Gesicht sah, sagte sie leise: »Du darfst dir selbst keine Schuld geben, Minnie. Du hast schließlich das Beste für die beiden gewollt.« Dann wurde ihr klar, dass Maya auch mit Minnie entfernt verwandt sein musste. Die komplexen Familienbande der Aborigines waren verwirrend, aber vielleicht durften sie deshalb hoffen, dass Maya wirklich eines Tages zu Tyndall zurückkehren würde.

Schließlich brachte ein Dampfer mit der Post auch einen Brief von Monsieur Barat. Darin legte der Perlenhändler ausführlich dar, was ein undurchschaubares Telegramm einige Monate zuvor schon angedeutet hatte: Es war ein befriedigender Verkauf zustande gekommen.

Das Perlenphänomen ›Star of the Sea‹ war für einen Rekordpreis von einem indischen Prinzen erworben worden. Der extravagante Prinz, ein Salonlöwe der Londoner Gesellschaft, hatte nichts gegen Publicity, deshalb wurde in den Londoner Zeitungen ausführlich über den Kauf berichtet. Fotos zeigten den prunkvoll gekleideten Prinzen mit einer Revuetänzerin im linken und einer Schauspielerin im rechten Arm, die immer noch in ihrer Schale sitzenden Perlen, die der Prinz bei Tiffany als Brosche fassen lassen wollte, und schließlich Kapitän John Tyndall, »den schneidigen Perlenbaron aus Broome, Australien«, der den märchenhaften Fund gemacht hatte – letzteres Foto war von Monsieur Barat beigesteuert worden.

Tyndall und Olivia überlegten, was sie mit ihrem plötzlichen Reichtum anfangen sollten, und beschlossen, den größten Teil des Geldes in das Unternehmen zu investieren. Olivia wollte mit einem Teil des Gewinns ein Haus in Fremantle kaufen, als Geldanlage. Tyndall kündigte an, dass er auf einem Hügel ein neues Haus mit Ausblick aufs Meer bauen wolle, nicht weit vom Ufercamp mit den Muschelschuppen.

Einige Wochen später entrollte er auf Olivias Veranda den Entwurf. Olivia war sprachlos vor Staunen.

»Das ist ja ein Palast, John! Ich meine, es ist so groß, und der Garten zieht sich über den ganzen Hügel, aber die Terrassen, die gefallen mir. Von der vorderen Veranda wird man eine prächtige Aussicht auf die Bucht haben.«

»Du wirst zuschauen können, wie die Flotte zurückkehrt«, sagte er schüchtern.

»Von deinem Haus aus?« Sie sah ihn verwirrt an.

»Hmm, ja, Olivia. Ich hatte mir gedacht, dass es auch dein Haus sein soll.«

Ihr Herz schlug einen Purzelbaum, und sie hielt den Atem an, dann breitete sich auf ihrem Gesicht ein schalkhaftes Lächeln aus. »Heißt das, du fragst mich, ob wir unsere Beziehung legalisieren sollen?«

»Unsere Beziehung legalisieren?«, wiederholte er erstaunt, da ihm der Humor in ihrer Stimme entgangen war. »Ich frage dich, ob du mich heiraten willst.« Wie er das vorbrachte, klang es mehr nach einer Erklärung als nach einer Frage. »Ich habe dich immer geliebt, Olivia. Vom ersten Augenblick an, als ich dich damals am Strand gesehen habe. Ich dachte nie, dass ich dich gewinnen könnte, und gab mich damit zufrieden, in deiner Nähe zu sein. Ich habe so gerne Seite an Seite mit dir gearbeitet und dich immer als eine außergewöhnliche Frau empfunden. Aber in diesen letzten Monaten, seit wir uns gefunden haben ... Ich kann es nicht mehr ertragen, meine Gefühle zu verbergen und nicht ständig mit dir zusammen sein zu dürfen. Und ich habe erkannt ...«

Olivia begann zu zittern. Sie hatte sich nie eingestanden, dass sie sich beide seit ihrer ersten Begegnung schicksalhaft zueinander hingezogen fühlten. Sie hatte gegen ihre Gefühle angekämpft, gegen die starke physische Anziehungskraft dieses Mannes, und hatte den Entschluss gefasst, sich nie von ihm erobern zu lassen. Denn sie wusste, wenn sie einmal ihren Gefühlen nachgeben und ihm in die Arme sinken würde, wäre sie für immer an ihn verloren. Eine solche Leidenschaft, ein so tiefes Gefühl des Zusammengehörens hatte sie noch nie in ihrem Leben empfunden.

Seit dem Beginn ihrer Liebesbeziehung hatte sie noch nicht über die wenigen Momente, die sie miteinander teilten, hinauszudenken gewagt.

»Olivia ... sag was!« Er fasste nach ihrer Hand und spürte, wie sie zitterte.

Sie legte ihm die Finger auf die Lippen. »Es ist gut, John. Es ist alles gut. Ich liebe dich auch. Ja, John Tyndall, ich werde dich heiraten.«

Er riss sie in seine Arme und küsste sie leidenschaftlich, seine Lippen wollten sich von ihrem Mund nicht mehr lösen.

Später gingen sie Hand in Hand zu Minnie und teilten ihr die Neuigkeit mit.

Minnie strahlte und nickte weise. »Hab ich mir gedacht.«

Olivia erzählte es Hamish, als sie nach dem Abendessen allein waren. Er zeigte sich auf Anhieb begeistert und erleichtert. Seit dem Tod seines Vaters fehlte ihm das Gefühl sicherer Geborgenheit, und er machte sich Sorgen um die

Zukunft. Jetzt konnte er die Last der Verantwortung für seine Mutter von seinen jungen Schultern abwerfen.

Tyndall war gegen eine förmliche Verlobung, und wenn sie ihre Freunde und Bekannten sahen, berichteten sie ihnen einfach von ihren Plänen. Doch die Nachricht breitete sich mit Windeseile in der kleinen Stadt aus. Niemand war überrascht. Die meisten hielten die Heirat für ein vernünftiges, praktisches Arrangement. Wenige erkannten, welche tiefen Gefühle und welche Leidenschaft die beiden verbanden. Beiden war das Vorausgegangene lieb und teuer, beide wollten die Vergangenheit nicht geringschätzig abtun. Doch ihre Liebe, ihre körperliche und seelische Verbundenheit, wurde zu ihrem Lebensinhalt. Jeder gab dem Leben des anderen neuen Sinn, neue Erfülltheit. Fast scheuten sie sich, der Welt zu zeigen, wie glücklich sie waren.

Die Pläne für das Haus erhielten ihren letzten Schliff, und es wurde mit dem Bau begonnen. Jeden Tag begannen und beschlossen Olivia und Tyndall damit, Hand in Hand zum Bauplatz zu schlendern, sich vorzustellen, wie einmal die Räume aussehen würden, und sie mit Leben zu erfüllen.

Die Hochzeit wurde auf einen Tag mehrere Monate später festgesetzt. Es sollte eine schlichte Feier in der kleinen Holzkirche geben, danach einen Empfang im Garten des Hotel Continental. Olivia und Tyndall wollten keine große Angelegenheit daraus machen, doch die ganze Stadt nahm Anteil an diesem Ereignis, alle wollten einbezogen werden, helfen oder einfach dabei sein.

»Das wird wahrscheinlich die am buntesten gemischte Gesellschaft, die Broome seit längerem gesehen hat – es lebe das Prinzip der Gleichheit!«, lachte Tyndall. »Der Friedensrichter und seine Gattin auf Tuchfühlung mit unseren Mannschaften und allen, mit denen wir geschäftlich zu tun haben!«

Und wirklich reagierten manche Angehörige der weißen Oberschicht Broomes etwas pikiert, als Tyndall und Olivia bekannt gaben, sie würden ihre Freunde aller Rassen und Schichten einladen. Ahmed sollte Trauzeuge des Bräutigams sein, Hamish würde vor seiner Mutter den Mittelgang entlangschreiten und Mabel Metta wäre Brautjungfer. Minnie bekam ihre eigene Einladung und kaufte speziell für den Anlass neue bunte Hüte für sich und ihre Tochter Mollie.

Am Tag vor der Hochzeit kam mit der Nachmittagsflut der Dampfer aus Fremantle an. Auf ihm wollten Tyndall und Olivia nach dem Empfang eine Hochzeitsreise nach Perth machen.

Als der Dampfer anlegte, setzte das übliche aufgeregte Treiben und Willkommenheißen ein. Doch eine Person unter den Ankömmlingen erregte mehr Interesse als alle anderen: eine attraktive Frau, deren Umgangsformen und Kleidung allerdings von einigen Damen als ›etwas aufdringlich‹ hätten empfunden werden können. Ein weißes Leinenkostüm betonte ihre üppigen Kurven und die schlanken Knöchel, ihre Haare erschienen bei näherer Betrachtung unnatürlich blond, ihre Lippen künstlich rot. Mit Hut und Sonnenschirm in der Hand stand sie am Kai und spähte mit blauen Augen nach Kandidaten aus, von denen Hilfe zu erwarten wäre. Dann ließ sie sich vom Kabinenpagen einen Gepäckträger holen. Ein unternehmungslustiger junger Inder, ein Verwandter der Mettas, war der Erste bei ihrem Gepäck.

»Es kommen noch mehr Koffer, ich hoffe, es stehen Wagen bereit.«

»Natürlich, Mem, viele Sulkys und Kutschen, die Sie können fahren zu Hotel. Kein Problem.«

»Ich fahre nicht zu einem Hotel. Ich fahre zum Haus meines Gatten.«

»Ganz wie belieben, Mem.« Er keuchte voraus, lud die ersten Taschen in ein Sulky und half ihr beim Einsteigen.

Sie öffnete ihren Sonnenschirm. »Mir ist sehr heiß. Könnten Sie den Rest meines Gepäcks später holen?«

Der junge Mann zögerte, der Kutscher zuckte mit den Achseln. »Ganz wie belieben, Mem. Wo Sie wohnen?«

»Bei Kapitän John Tyndall. Dem Perlenbaron. Ich bin seine Frau – Mrs. Amy Tyndall.«

Der Gepäckträger und der Kutscher starrten sie an.

»Kapitän Tyndall? Er weiß, dass Sie kommen?«, fragte der Kutscher, ebenfalls ein Inder.

Sie lächelte geziert. »Nein. Das ist eine Überraschung. Ich komme direkt aus London und bin um die halbe Welt gefahren.«

Als das Sulky anfuhr, schlüpfte der Gepäckträger durch die Menge. Statt die Koffer mit der Aufschrift »Mrs. Amy Tyndall« zu holen, rannte er die *Dampier Terrace* entlang, schnurstracks zum Büro der *Star of the Sea* und polterte die Treppe hoch.

Sechzehntes Kapitel

Tyndall hatte Schwierigkeiten zu begreifen, was der schwitzende Gepäckträger ihm da erzählte. Er konnte es kaum glauben, es war einfach zu ungeheuerlich.

Die atemlosen Worte des Trägers überschlugen sich: »Weiße Lady, gelbe Haare, schöne Kleider, sagt, sie ist Frau von Kapitän Tyndall, lässt sich fahren von meinem Bruder zu Ihrem Haus. Der sagt mir, ich soll Kapitän Tyndall Bescheid geben, aber hopp. Ich hab ihren Koffer in Kutsche geladen.« Der Junge rang die Hände, man merkte ihm deutlich an, wie unangenehm es ihm war, dass er eine so unwillkommene Nachricht überbringen musste.

Tyndall warf ihm eine Münze zu und dankte ihm. Dann lehnte er sich in seinem Stuhl zurück und schloss die Augen.

Er sah sich wieder als zaudernden jungen Mann, den Amys kokette blaue Augen, ihr lachender Mund und ihr wollüstiger Körper in ihren Bann gezogen hatten. Sein Vater hatte ihn gewarnt, er solle sich von einem ›solchen Mädchen‹ fern halten, doch sie wusste es geschickt einzufädeln, dass sie ihm überall über den Weg lief. Es dauerte nicht lange, bis sie ihn verführt hatte, und er spielte nur allzu willig mit. Wie naiv er damals gewesen war! Als sie merkte, dass sie schwanger war, brach sie in Tränen, Geheul und Gejammer aus. Also nahm er, nachdem er den Schock überwunden hatte, die Verantwortung auf sich und heiratete das hübscheste Mädchen aus dem Dorf.

Er erinnerte sich an das wackelige, schmale Bett, das rauchige, verdreckte Häuschen, das Gehuste ihres angetrunkenen Vaters. Bald hatte er erkannt, dass seine Angetraute faul und verwöhnt war. Ihr ewiges Genörgel, ihr Gejammer und ihr aufbrausendes irisches Temperament trieben ihn bald auf Arbeitssuche nach Belfast und dann nach London. Er wollte ja eine gute Ehe führen und hoffte, die Lage würde sich verbessern, wenn sie allein unter sich wären. Er erinnerte sich an die Freiheit, die er auf See empfand, und an die Schuldgefühle, wenn er seine junge Frau verließ. Er hatte nie die Absicht, sich vor den Pflichten zu drücken, die er Amy gegenüber hatte. Aber auf See ließ sich einfach mehr verdienen. Die Nachricht vom Tod des Kindes und Amys Verschwinden, das wahrscheinlich auch ihren Tod bedeutete, machte ihn traurig, erleichterte ihn aber auch und befreite ihn von seinen Schuldgefühlen.

Dass Amy nun wieder in sein Leben hereinplatzte, rührte heftige Gefühle in ihm auf, in seinem Kopf begann sich alles zu drehen. Tyndall empfand heißen Zorn. Warum kam sie ausgerechnet jetzt zurück, wo er kurz vor der Vereinigung mit Olivia stand, der Frau, die er sich immer ersehnt hatte?

Er setzte sich kerzengerade auf. Mein Gott! Er musste der Erste sein, von dem Olivia die Nachricht erfuhr. Was für ein Albtraum! Ihm wurde klar, dass er dem Gesetz nach immer noch mit Amy verheiratet war, es sei denn, sie hätte nach seinem Verschwinden vor so vielen Jahren die Ehe für ungültig erklären lassen. Doch ihm sank das Herz bei der Erkenntnis, dass sie hier war und den Anspruch erhob, seine Frau zu sein. Gut, dem musste er einen Riegel vorschieben, die ganze Sache schleunigst aus der Welt schaffen. Er sprang auf, packte seinen Hut und stürzte aus dem Büro.

Rosminah und der chinesische Koch eilten ihm schon entgegen, als er den Weg hinaufkam, und gleich bemerkte er den Schrankkoffer auf der Veranda.

»Dame gekommen, Tuan, will nicht wieder weggehen. Kommt rein, setzt sich, verlangt Tee und Limonade. Sie Mem Tyndall, sagt sie, und nicht will hören, wenn ich sage weg, weg«, rief Ah Sing, der Koch, bestürzt.

»Keine Sorge, Ah Sing, ich werde das gleich klären. Wo ist sie?«

Der Koch, dessen rundes Gesicht unter einem Schweißfilm glänzte, antwortete: »In Wohnzimmer.«

Rosminah trottete Tyndall nach, als er den Flur entlangging. »Mem mir sagt, ich soll auspacken ihre Sachen und waschen. Was soll ich machen, Tuan?«

»Gar nichts, Rosminah. Ich werde mit ihr reden.« Tyndall holte tief Luft und ging in den Salon in der Mitte des Hauses, den er selten benutzte. Er blieb stehen und starrte Amy an, die in einem Korbstuhl saß, keiner von ihnen sagte ein Wort, während sich die Jahre in nichts auflösten und sie beide einander scharf anblickten. Sie hatte sich ihre Figur bewahrt, obwohl ihre üppigen Formen wahrscheinlich durch ein Schnürkorsett gestützt wurden.

Sie hielt eine Teetasse in der Hand, die sie behutsam abstellte. Dann streckte sie ihm eine weiche Hand entgegen und säuselte triumphierend: »Hallo, Johnny Tyndall!« Sie machte keinen Hehl daraus, dass sie sich über die Situation köstlich amüsierte, und musterte mit wahrer Begeisterung den eindrucksvollen, attraktiven Mann, der vor ihr stand. »Prachtvoll siehst du aus. Ich habe dich wegen deines Aussehens genommen, und du hast mich nicht enttäuscht.«

Tyndall rührte sich nicht von der Stelle. »Warum bist du hier, Amy? Was für eine verrückte Idee! Ich kann nicht glauben, dass du einfach so in mein Leben hereinplatzt, als wäre nichts geschehen. Du hättest mir schreiben und deinen Besuch ankündigen können, statt mir nichts, dir nichts auf meiner Türschwelle aufzutauchen.«

»Keine besonders nette Begrüßung! Ich musste eine verdammt weite Reise machen, bis ich dich gefunden habe.«

»Die Rückreise wird genauso weit sein. Du kannst hier nicht bleiben.«

»Das ist doch wohl nicht dein Ernst! Ich bin deine Frau. Du stehst nur unter Schock«, versuchte sie ihn zu besänftigen. »Ich weiß, wie du dich fühlst, Johnny. Auch für mich war es ein Schock, als ich im Londoner *Telegraph* den Bericht über dich gelesen habe. Nach all den Jahren, in denen ich so viel gelitten habe, weil ich nicht wusste, was aus dir geworden ist, nachdem du mich verlassen hattest. Deine kleine Frau. Was habe ich getan, um das zu verdienen, Johnny?« Tränen quollen in ihre blauen Augen, ihre Stimme triefte vor Selbstmitleid.

»Mein Gott, ich habe geglaubt, du wärst tot«, rief Tyndall. »Du konntest ja nicht warten, wie eine Frau es ihrem Mann schuldig gewesen wäre. Nein, du musstest ja unbedingt ins glanzvolle London, und dann bist du einfach abgehauen und hast deinen Vater und mich im Glauben gelassen, du wärst gestorben. Was zum Teufel hast du denn getrieben?«

»Ich glaube nicht, dass du das Recht hast, mich anzuschreien«, fuhr sie ihn mit stahlharter Stimme an. »Es war nicht leicht für mich, weißt du. Ich habe das Baby während der Grippeepidemie verloren, bin nach Schottland gegangen und habe gewartet, dass du zu mir zurückkehrst. Aber du bist niemals wiedergekommen!«

»Das hätte ja auch keinen Sinn gehabt! Der Priester hat mir geschrieben, dein Vater sei gestorben und sie hätten gehört, du seist ebenfalls in London gestorben. Was sollte ich da tun? Und wie bist du überhaupt nach Schottland gekommen?«

Sie senkte ihren Blick. »Ich hatte einen gütigen Wohltäter. Ohne Lord Campbell … und seine Familie«, schob sie hastig nach, »wäre ich verloren gewesen.«

»Aha«, antwortete Tyndall bloß, dem nur zu klar wurde, wie Amy überlebt hatte. »Und warum bist du jetzt hier? Wenn du Geld willst, hättest du mir auch schreiben können.«

»Hättest du auf einen solchen Brief geantwortet?«, fragte sie und starrte ihn herausfordernd an.

»Es gibt noch ein paar ehrliche Männer auf der Welt, auch wenn es dich überrascht, Amy.«

»Ich will kein Geld. Nein, da irrst du dich.«

»Was dann?«

»Dich, meinen lieben Mann. Ich spüre, dass uns Gott und das Schicksal nach einem schrecklichen Missverständnis endlich wieder zusammengeführt haben. Ich bin hier, um meinen rechtmäßigen Platz an deiner Seite einzunehmen.« Sie kräuselte ihre Lippen zu einem zuckrigen Lächeln.

»Und das willst du jetzt allen weismachen, was?« Er konnte sich vorstellen, dass sie ihren Text sorgfältig geprobt hatte.

»Das ist doch die Wahrheit, oder?«

»Nein, Amy, bei Gott nicht! Ich hatte in all den Jahren viel Zeit, um über die Dinge nachzudenken, und weißt du was? Ich bin zu dem Schluss gekommen, dass du mich reingelegt hast. Und noch etwas, Amy. Du kommst zu spät. Bald werde ich die Frau heiraten, die ich wirklich liebe.«

»Wie das?«, fragte sie mit aufgesetzter Liebenswürdigkeit und breitete fragend die Arme aus. »Du bist doch mit mir verheiratet.«

»Nicht mehr lange. Ich lasse mich von dir scheiden. Du hast keinen Platz mehr in meinem Leben. Du hast Geld gerochen! Du bist nur wegen der Perlen hier!«

Amys Gesicht verhärtete sich, sie kniff ihren Mund zu einem Strich zusammen. »Ich werde nie in eine Scheidung einwilligen, ich werde um meine Rechte kämpfen! Ich habe alle Dokumente mitgebracht, die Heiratsurkunde, Briefe. Ich kann belegen, dass du mich verlassen hast, und … eine Wiederherstellung der ehelichen Gemeinschaft erzwingen.« Wieder fiel sie in eine Pose gekünstelter Liebenswürdigkeit. »Ist das eine so schlimme Aussicht, Johnny? Mich zur Frau zu haben? Viele Männer würden dich beneiden. Mich hält nichts mehr in England, ich habe die Absicht, hier zu bleiben. Bei dir.«

»Aber ich will dich nicht haben!«, schrie Tyndall erbittert. Durch seine Wut hindurch ging ihm langsam auf, dass diese Frau gefährlich war, hinterhältig und unangenehm.

»Denk drüber nach. Das Ganze kommt etwas plötzlich. Du wirst dich an die Idee gewöhnen. Übrigens solltest du jetzt lieber deine Freundin über deine wahre Situation informieren«, fügte sie reichlich süffisant hinzu.

»Du kannst hier nicht bleiben«, wiederholte Tyndall störrisch, der langsam spürte, wie er in die Enge getrieben wurde.

»Was hast du denn vor? Willst du mich etwa in ein Hotel schicken? Deiner Frau die Tür weisen? Das würde mir großen Kummer bereiten. Und was würden die Leute denken!«

Tyndall musste sich seine momentane Niederlage eingestehen. Das hübsche Mädchen von einst, das ihn um den Finger gewickelt und vor den Altar geschleppt hatte, entpuppte sich nun als raffinierte, berechnende Frau, die nur zu gut gelernt hatte, ihren Willen durchzusetzen.

Tyndall stürzte aus dem Haus und knallte die Tür hinter sich zu. Mein Gott, wie sollte er diese Geschichte Olivia beibringen? Das würde schwierig genug werden, aber er zweifelte nicht an Olivias tiefem Verständnis und ihrer Liebe für ihn. Gemeinsam würden sie dieser misslichen Lage entkommen. Er würde sich von Amy befreien, koste es, was es wolle.

Olivia brauchte eine Weile, bis sie die ganze Bedeutung des Vorfalls erfasste, von dem Tyndall ihr da berichtete. Langsam bat sie ihn, die wichtigsten Einzelheiten zu wiederholen.

Er rang sich noch einmal eine kurze Erklärung ab und kam ins Stocken, als Olivia auf ihrem Bürostuhl nach hinten sank und ihn über den Schreibtisch hinweg anstarrte.

Sie war wie üblich ins Büro gekommen, um vor der Hochzeit und den Flitterwochen noch alles Unerledigte abzuschließen.

Tränen der Wut rannen ihr die Wangen herab. »Wie konntest du mir verschweigen, dass du verheiratet bist? Oder warst, wie auch immer ...«

»Ich habe immer geglaubt, sie sei tot. Ich habe schon jahrelang nicht mehr an sie gedacht. Ich war damals ein junger Kerl, und sie ist einfach verschwunden ...«

»Und du hast nicht versucht herauszufinden, was mit ihr passiert ist? Du warst doch ihr Mann ...«

»Ich war kaum zwanzig und befand mich auf der anderen Seite des Erdballs. Der Priester hat mir geschrieben und mir berichtet ... um Himmels willen, Olivia, versuch doch zu verstehen ...«

»Das versuche ich ja gerade! Zu verstehen, wie der Mann, den ich liebe, der Mann, den ich für den Gefährten meiner Seele gehalten habe, der Mann, mit dem ich in Freuden den Rest meines Daseins teilen wollte – wie dieser Mann mich so belügen und täuschen konnte.«

»Das habe ich nie, Olivia! Jedenfalls nicht bewusst ...«

»Was verheimlichst du mir denn sonst noch alles, John? Wie kann ich dir jemals wieder vertrauen?«

»Olivia, wir werden das schon regeln. Ich gebe zu, die Sache ist bedauerlich, Amy kam wirklich zum verkehrtesten Zeitpunkt ...«

»Bedauerlich! Ich würde sagen, Amy kam genau richtig! Wenn wir nun schon geheiratet hätten? Dann kämst du wegen Bigamie ins Gefängnis ...«

»Wir werden auf jeden Fall heiraten, Olivia. Vielleicht verzögert sich die Hochzeit, aber ich werde alles klären. Das verdammte Weibsstück ist doch nur hinter dem Geld her ...«

»Der Meinung bin ich nicht, John ...«

»Welcher Meinung? Dass sie auf mein Geld aus ist?«

»Dass wir heiraten sollten.«

»Olivia ... das kann doch nicht dein Ernst sein! Wir können doch unser Glück nicht wegwerfen, bloß wegen dieses unseligen ... Zwischenfalls!«

Olivia wandte sich ab, damit sie sein gequältes Gesicht nicht länger vor Augen hatte. »Es geht nicht nur darum, dass sie jetzt hier ist ... ich komme nicht darüber hinweg, dass du mir nichts erzählt hast ...«

»Aber ich wusste es doch nicht!«

»Du hättest mir von ihr erzählen sollen, wir haben doch über deine Vergangenheit geredet. Das trifft mich im Innersten. Natürlich kann ich nicht mehr in dieser Stadt bleiben.« Olivia stand auf, sie wirkte plötzlich entschlossen. »Ich muss den Umzug planen. Fremantle ist gut. Hamish kann in Perth zur Schule gehen, und ich werde etwas finden, womit ich mich beschäftigen kann.«

»Bist du verrückt, Olivia? Du kannst die Dinge doch nicht so überstürzen! Und was ist mit der *Star of the Sea*? Das Unternehmen gehört zur Hälfte dir. Du kannst nicht einfach alles hinwerfen.«

»Dann werde ich eben stille Teilhaberin sein. Aber wenn du mir meinen Anteil lieber auszahlen willst ...«

»Olivia, bitte hör auf!«

»John, ich glaube, es ist das Beste, du lässt mich jetzt in Ruhe. Meine Entscheidung wirst du nicht ändern. Du hast mich tief verletzt, damit muss ich jetzt irgendwie zurechtkommen. Das ist alles sehr ... schwierig für mich. Und wie willst du das vor den Leuten erklären? Was ist mit meinem Ruf? Alle werden sich das Maul zerreißen.«

»Olivia, wenn es das ist, was dich belastet, dann werde ich dafür sorgen, dass jeder die Situation versteht.«

»Das wird die Situation aber nicht ändern, oder?«

»Ich werde die Scheidung erlangen, dann können wir weitermachen, wo wir aufgehört haben.«

»Nein, das wird nie mehr möglich sein. Hat sie überhaupt in eine Scheidung eingewilligt? Warum ist sie um die halbe Welt gefahren, wenn nicht, um bei dir zu sein?«

Darauf hatte Tyndall keine Antwort. Er brummte niedergeschlagen: »Sie ist gerade erst angekommen. Ich wollte sichergehen, dass du es von mir als Erstem erfährst.«

»Ach, hat das Gerede über uns schon angefangen? John, bitte geh jetzt.«

Tyndall kam auf sie zu und wollte sie umarmen, doch Olivia fuhr zurück. »Nein!« Sie drehte sich um, mit starrem Gesicht und abweisender Haltung.

Verletzt und benommen ging Tyndall langsam aus dem Büro. Olivia hörte ihn gehen, es zerriss ihr das Herz. Über sie brach mit voller Wucht die Erkenntnis herein, dass sie den geliebten Mann vielleicht nie mehr in die Arme schließen würde.

Das grelle Sonnenlicht schmerzte Tyndall in den Augen. Er zog seinen Hut herunter, sodass er ihm ins Gesicht ragte, heiße Tränen verzerrten ihm die Sicht. Ihm erschien Olivias Reaktion einfach unsinnig. Warum hätte er etwas erwähnen sollen, was für ihn nur ein kurzes, so gut wie bedeutungsloses Zwischenspiel in seiner Vergangenheit gewesen war? Heute hatte er keinen anderen Wunsch, als den Rest seines Lebens an Olivias Seite zu verbringen.

Seine brodelnde Wut trieb ihn zu seinem Haus zurück. Wie konnte Amy es wagen, sich einfach unter seinem Dach einzunisten? Sie war doch eine wildfremde Person für ihn! Es hatte mit ihr keine glücklichen Momente gegeben, die er in Erinnerung bewahrt hätte. Ein Mädchen, das weit erfahrener war als er, hatte ihn in die Falle gelockt. Damals fiel ihm nicht auf, dass alles nur Verführung war. Er war ihrer ungezügelten Sinnlichkeit verfallen und gab sich einfach dem Erlebnis der Leidenschaft hin. Nach ihrer überstürzten Heirat, einer reinen Formalität, gab es viele heftige Streitereien und tränenreiche Wutanfälle, was in ihm den festen Entschluss reifen ließ, mehr zu verdienen, damit sie besser leben könnten. Was für eine Last auf seinen unvorbereiteten zwanzigjährigen Schultern!

Er polterte zurück in sein Haus und brüllte nach Rosminah. »Wo ist Mem?«

»Mem Amy ausruhen, Tuan. Ich muss für sie auspacken, nicht kann nein sagen«, berichtete sie bedrückt.

»Dann fang wieder an einzupacken. Hier bleibt sie nicht.«

Er hämmerte an die Tür des Gästezimmers und stieß sie auf, als Amy kühl »Herein« sagte, so als wohnte sie schon seit Monaten hier.

Sie saß mit einem Satinumhang um den weißen Schultern am Frisiertisch und bürstete sich die langen blonden Haare. Kokett blickte sie zu ihm auf. »Du solltest nicht einfach so ins Boudoir einer Dame stürmen, Johnny. Aber schließlich bist du ja mein Mann.«

»Ich habe Rosminah Anweisung gegeben, deine Sachen wieder zu packen. Hier wirst du nicht bleiben.«

»Ich bin deine Frau. Das muss doch inzwischen schon die ganze Stadt wissen.«

»Das mag auf irgendeinem Wisch aus Irland stehen, aber das wird sich bald ändern. Ich will die Scheidung, so schnell wie möglich.«

»Mit welcher Begründung? Ich will keine Scheidung, und wenn du mich weiter so behandelst, wirst du bald als Narr dastehen oder, schlimmer noch, als Schuft.« Sie wandte sich wieder ab und betrachtete ihr Spiegelbild. »Und was hatte deine Exverlobte zu sagen?«

Tyndall funkelte sie nur hasserfüllt an. »Amy, ich will, dass du aus meinem Haus verschwindest. Ich übernehme alle Kosten.«

»Das weiß ich, Johnny. Aber ich bleibe trotzdem hier. Das ist auch mein Zuhause.« Sie lächelte schmal, doch in ihren Augen blitzte eine bösartige Kriegserklärung auf, die Tyndall einen Schauer über den Rücken jagte.

»Schön, dann ziehe ich eben ins Continental.«

»Das scheint mir eine bedauerliche Geldverschwendung, Johnny. Ich werde sehr lange hier bleiben. Warum willst du unnötig für Klatsch sorgen?«

Einen Moment lang schwieg er. Sie hatte nicht Unrecht, doch wenn er sie hier duldete, erkannte er damit stillschweigend ihre Rechte als seine Ehefrau an. Er musste seine Taktik überdenken. Er drehte sich um und stürmte wieder aus dem Haus, hinunter zum Ufercamp.

Amy trödelte beim Ankleiden nicht lange herum. Aus der aufgeregten Rosminah hatte sie bereits alles herausgequetscht, was von ihr zu erfahren war. Auch auf dem Dampfer hatte sie schon Erkundigungen eingezogen, sodass sie nun über eine ungefähre Vorstellung von Tyndalls Perlenunternehmen verfügte. Als sie fertig war, suchte sie einen passenden Sonnenschirm aus und schickte Rosminah los, um ihr ein Sulky zu besorgen.

Olivias Gedanken flogen von einem Plan zum nächsten, als sie die vor ihr liegenden Aufgaben innerlich durchging. Sie konzentrierte sich ganz auf das, was es jetzt, da sie ihr Leben von Grund auf verändern musste, als Nächstes zu tun galt; nur so konnte sie die quälenden Gedanken an eine Zukunft ohne Tyndall von sich wegschieben.

Das Klopfen an der Tür ließ ihr Herz stillstehen. Sie wollte mit niemandem reden. Doch schließlich warf sie die letzten Mappen und Ordner in eine Kiste und seufzte: »Herein.«

Sie fuhr herum und erstarrte vor Schreck.

Beide Frauen musterten einander stumm und unverhohlen.

Für Olivia sah Amy völlig unpassend aus, viel zu pompös gekleidet mit ihrer hochgeschlossenen weißen Rüschenbluse, an der eine Brosche steckte, der geschnürten Taille und dem cremefarbenen, seitlich gerafften Seidenrock. Ihre spitzenbesetzten Handschuhe passten zum Sonnenschirm, als Tüpfelchen auf dem i trug sie ein kesses Hütchen, an dem hinten eine Feder und eine glitzernde Hutnadel hochspitzten.

Amy fand Olivias Erscheinung langweilig, ohne jede Eleganz. Olivias einfaches fliederfarbenes Kleid mit der Schärpe um die Taille, die durch kein Korsett eingeschnürt wurde, ihre Haare, die im Nacken mit einer schwarzen Samtschleife zusammengebunden waren, das Fehlen jeglicher Accessoires ließen auf eine Frau schließen, der ihr Äußeres entweder egal war oder die keine Ahnung von der neuesten Mode hatte. Doch mit widerwilliger Bewunderung gestand Amy sich ein, dass Olivia natürliche Schönheit besaß. Amy musste die Gaben, die die Natur ihr geschenkt hatte, mit Geschick und Raffinesse hervorheben, was Olivia nicht nötig hatte.

»Hallo, ich bin Mrs. John Tyndall. Sie müssen Olivia Hennessy sein.«

Olivia wurde ganz starr, als sie das betonte ›Mrs.‹ hörte. »Ja, ich bin Olivia Hennessy. Was kann ich für Sie tun?« Sie dachte nicht daran, Amys Namen zu wiederholen.

Amy lehnte ihren Sonnenschirm an die Wand und begann einen ihrer Handschuhe abzustreifen. Sie wirkte völlig entspannt. »Ich dachte, ich sollte das Unternehmen meines Mannes kennen lernen. Könnten Sie mir die Grundzüge des Geschäfts erklären? Es gehört ja nun auch mir.« Sie setzte ein strahlendes Lächeln auf.

»Wie bitte?«

»Ich bin Kapitän Tyndalls Gattin. Was immer er besitzt, besitze auch ich. Ich würde gerne ein paar Perlen sehen.«

Olivia wurde rot und rang um Beherrschung. »Bei uns liegen die Perlen nicht einfach so herum. Sie werden auch nicht händeweise vom Meeresboden hochgeschaufelt«, gab sie schroff zurück.

»Tatsächlich? Aber das ist doch ein Perlenunternehmen, oder?«

»Wir handeln mit Perlmutt. Entschuldigen Sie, aber ich habe keine Zeit, mich darüber zu unterhalten. Es gibt jede Menge andere Leute, die Ihnen die Sache in einfachen Worten erklären können. Übrigens gehört das Unternehmen zur Hälfte mir. Als aktiver Teilhaberin, möchte ich betonen.«

»Damit sind wohl auch wir beide Partnerinnen.« Das Lächeln war aus Amys Gesicht nicht verschwunden.

Olivia ließ nun jeden Anschein von Höflichkeit fallen. »Solange ich daran beteiligt bin, werden Sie in diesem Unternehmen nicht mitmischen.«

»Das bleibt abzuwarten. Ich hoffe trotzdem, wir werden miteinander auskommen. Denn ich habe vor, hier zu bleiben. Bei meinem Mann.« Sie nahm ihren Sonnenschirm. »Guten Tag, Mrs. Hennessy.«

Olivia sah zu, wie sie aus dem Raum rauschte. Dann lief sie schnell zur Tür und warf sie mit einem lauten Knall hinter Amy ins Schloss. Ihre Wut verflog, sie ließ sich wieder auf den Stuhl sinken und fühlte sich vernichtend geschlagen. Jetzt hatte sie also einen Eindruck von Amy gewonnen, das hatte dieser Besuch zweifellos bezwecken sollen. Sie begriff, dass diese Frau Tyndall und ihren Platz an seiner Seite um keinen Preis aufgeben würde. Amy war habgierig und von dem Reichtum, den sie gewittert hatte, genauso angezogen wie von Tyndall als Mann. Ihre Beziehung mochte ja flüchtig gewesen und, wie Tyndall geschildert hatte, nur auf Amys Zutun zustande gekommen sein, doch es lag deutlich auf der Hand, dass Amy hier eine angenehme neue Position in den Schoß gefallen war, von der sie nicht kampflos abrücken würde. Und Olivia erkannte, dass sie Amy, wenn es auf einen Kampf hinausliefe, nicht gewachsen wäre. Tyndall übrigens auch nicht.

Olivia schickte nach Ahmed, dem sie hastig erklärte, was sie vorhatte.

Ahmed hatte von Tyndall und Tobys Cousin, dem Gepäckträger, bereits von Amy erfahren. Verzweifelt schüttelte er den Kopf. »O Mem, sehr schlimme Sache. Mem Amy keine gute Frau. Tuan sagt, er schickt sie weg. Bald alles wieder in Ordnung. Sie bleiben, Mem. Wir brauchen Sie.« Er lächelte Olivia warm an. »Wir mögen Sie, Mem. Sie und Tuan heiraten später.«

»Ahmed, leider ist dabei ein kleines blondes Hindernis im Weg. Und wenn das Vertrauen, das ich zu einem Menschen hatte, einmal gebrochen wurde, bleibt es für immer erschüttert. Ich kann nicht einfach hier bleiben, während hier solche Dinge vor sich gehen. Auch ich habe meinen Stolz, weißt du. Und eins sag ich dir, Ahmed, an dieser Frau werdet ihr euch noch die Zähne ausbeißen. Und wie!«

Er nickte zustimmend. »Mir gefällt nicht, wenn Sie weggehen. Aber vielleicht ist es das Beste, für kurze Zeit. Wie kann Ahmed helfen?«

»Ich brauche zwei Boys, die mir packen helfen und meine Sachen zum Schiff bringen. Ich werde das Haus leer stehen lassen. Minnie wird darauf aufpassen. Ich werde versuchen, Yusef anderswo als Boy unterzubringen.«

»Er und Rosminah wollen heiraten. Vielleicht kann er in Tuan Tyndalls Haus arbeiten.«

»Ja, er wird sicher alle Hände voll zu tun haben, jetzt, wo Madame dort residiert. Ich kann immer noch nicht glauben, dass sie einfach bei ihm eingezogen ist. Oder doch, nachdem ich sie gesehen habe.«

Im Ufercamp gab Ahmed die Nachricht weiter, dass Amy Olivia bereits aufgesucht hatte und dass Olivias Entschluss, in zwei Tagen mit dem Dampfer abzureisen, unverrückbar feststand.

Tyndall trat gegen den nächstbesten Stuhl. »Dieses verdammte Weib! Wie kann sie es wagen, Olivia zu belästigen! Hast du versucht, ihr die Abreise auszureden, Ahmed? Hast du ihr gesagt, dass wir sie hier brauchen? Ich brauche sie auch, aber im Moment stoße ich bei ihr nur auf taube Ohren, fürchte ich.«

»Mem sagt, diese Lady wird uns machen Probleme. Aber Sie auch haben Mem Sorgen bereitet, Tuan.« Als Tyndall nichts erwiderte, schüttelte Ahmed traurig den Kopf. »Traurige Sache, Tuan. Sehr traurig.«

»Ahmed, ich schwöre dir, ich kriege das wieder hin. Gott weiß, wie. Vielleicht wird es eine Weile dauern, aber ich werde mit Olivia vor den Traualtar treten, und wenn die Hölle oder die Sintflut über uns hereinbricht!«

Als Tyndall bei Sonnenuntergang vom Ufercamp aufbrach, wo er auf den Loggern gearbeitet hatte, war ihm immer noch keine Erleuchtung gekommen, wie er Amy loswerden oder Olivia die verrückte Idee einer Übersiedelung nach Fremantle ausreden könnte.

Beklommen stapfte er in das stille Haus und fragte sich, wo Amy wohl steckte, dann rief er dem Boy, er solle ihm einen Drink bringen. Er wäre gern in die Logger-Bar gegangen, wollte sich aber nicht den Fragen aussetzen, mit denen man ihn sicher bombardieren würde. Inzwischen lechzte die ganze Stadt danach, Genaueres zu erfahren. Amy hatte auf ihrer morgendlichen Tour durch die Stadt etliche Geschäfte aufgesucht, um sich bei deren Besitzern vorzustellen.

Im Haus herrschte eine Unheil verkündende Stille, und Tyndall rief nach Rosminah, doch statt ihrer erschien der chinesische Koch.

»Nicht hier, Tuan. Mit Mem gegangen. Sachen tragen helfen.«

»Mem ist weg?« Tyndalls Herz machte einen Satz. »Wo ist sie denn hingegangen?«

»Zu neues Haus, Tuan. Mem fragt, warum so wenig Sachen hier in Haus von reichem Mann. Rosminah erzählt, dass Sie nach Hochzeit umziehen in neues Haus.«

»Was? Sie ist zu unserem neuen Haus gegangen?«

Der Koch nickte und wich angesichts des Zorns, der in Tyndalls Gesicht stand, ein paar Schritte zurück.

Tyndall raste aus dem Haus. Das schlug dem Fass den Boden aus. Sie drang in das Haus ein, das er mit Olivia für ihre gemeinsame Zukunft entworfen und gebaut hatte.

Ohne auch nur einmal anzuhalten, rannte er auf den Hügel und blieb keuchend vor dem Haus stehen. Olivias Koffer waren auf die Veranda geschafft worden, die Fenster standen offen, Amys großer Schrankkoffer wartete neben der Tür, aufgeklappt und halb ausgeräumt.

Tyndall erstickte fast vor Wut und Erschöpfung, stürzte ins Haus und schrie nach Rosminah. Das Mädchen rannte zur Tür heraus, in den Händen hielt es krampfhaft einen von Amys Hüten und ein Paar ihrer Schuhe.

»Rosminah, lass das sofort fallen«, befahl er, noch ganz außer Atem. »Geh sofort nach Hause.«

»Tuan, sie sagt, ich ihr muss helfen.« Rosminah begannen die Tränen herunterzulaufen.

Tyndall entriss ihr Amys Sachen und sagte ruhig: »Rosminah, du hast mit der Mem nichts zu tun. Du tust nur, was ich, Tuan, sage. Verstehst du? Und jetzt gehst du nach Hause und bleibst dort.«

»Aber wirklich, Johnny, was soll denn die ganze Aufregung! Du jagst dem Mädchen ja eine fürchterliche Angst ein! Es ist doch nichts Schlimmes, wenn sie mir hilft. Wie soll ich mich denn sonst hier einrichten?« Amy tauchte in der Tür auf, ruhig und ganz die sanfte Vernunft.

Tyndall schleuderte ihr den Hut und die Schuhe vor die Füße und schrie: »Du ziehst nicht hier ein!«

»Aber ich bin doch schon eingezogen, mein Lieber. Ich dachte, du wolltest mich in dem anderen Haus nicht haben. Das scheint mir eine sehr befriedigende Lösung.«

»Ein Scheißdreck ist das! Ich will, dass du den Dampfer besteigst und aus Broome verschwindest. Geh nach Fremantle, von dort aus kannst du mit mir verhandeln.«

Sie brach in ein begütigendes Lachen aus, wie eine geduldige Mutter, die ihrem bockigen Kind gut zuredet. »Aber es gibt nichts zu verhandeln. Da ich deine Frau bin, ist mein Platz hier, und ich gehe nicht davon aus, dass du mich auf den Straßen von Broome verhungern sehen möchtest. Was würden denn da die Leute sagen?« Sie ließ sich auf einem Verandastuhl nieder. »Johnny, jetzt mach doch kein solches Theater. Ich habe mich heute mit Mrs. Hennessy unterhalten. Ich muss schon sagen, sie war ziemlich rüde, aber sie informierte mich über ihren Wegzug nach Fremantle, damit ist die Sache doch wohl geklärt, oder?«

Tyndall war sprachlos.

»Übrigens hat sie mir erzählt, sie sei Teilhaberin deines Perlenunternehmens. Da sich nun doch einiges geändert hat, kann ich mir vorstellen, dass du mich als Ersatz für sie brauchen wirst.«

Tyndall starrte Amy an und erkannte zum ersten Mal die stählerne Härte in ihr. Er war entsetzt, wie schnell alles ging. Und wie schnell sich alles seiner Kontrolle entzog. Seine Gedanken rasten und suchten verzweifelt nach einer Möglichkeit, diese Situation in den Griff zu bekommen.

»Na schön, Amy«, sagte er schließlich, »bleib hier, aber nur fürs Erste. Ich bleibe im alten Haus. Sobald die Scheidung und die Abfindung geklärt sind, packst du deine Sachen.«

»Mein lieber Johnny. Wann geht es endlich in deinen hübschen Kopf hinein, dass ich niemals in eine Scheidung einwilligen werde? Gar nichts werde ich packen. Du wirst dich schon noch an den Gedanken gewöhnen.« Sie grinste kess. »Mit der Zeit wirst du schon merken, dass ich gar nicht so ohne bin. Man kann sich mit mir prächtig amüsieren. Oder hast du das schon ganz vergessen?«

»Ja, ich hatte in der Tat vergessen, was du für eine bist. Und ich verspüre nicht den geringsten Wunsch, dieses Wissen wieder aufzuwärmen. Mit uns ist es vorbei, Amy, endgültig.«

»Das werden wir schon sehen«, antwortete sie huldvoll und ging zur Tür zurück. Dann drehte sie sich gelassen zu ihm um, ihre aufgesetzte Freundlichkeit war mit einem Schlag wie weggewischt. »Vergiss nicht, was ich gesagt habe: Ich besitze Dokumente. Und Kopien davon sind in Perth deponiert. Du wirst merken, dass eine Veränderung des Status quo fürchterlich schwierig sein wird. Übrigens, wenn du so selbstsüchtig bist und deine Dienstboten nur für dich arbeiten lassen willst, dann muss ich weitere Bedienstete einstellen. Natürlich kommst du für alle meine Kosten auf.« Sie rauschte hinein, während Rosminah hinausschlich und Tyndall einen mitleidvollen Blick zuwarf.

Für Olivia vergingen die nächsten beiden Tage wie im Nebel. Die Nächte waren schwarze Löcher, durch die sie in unsinnigen Albträumen hindurchschwamm, bis sie am nächsten Morgen wieder mit derselben scheußlichen Realität konfrontiert wurde. Mühsam versuchte sie, Hamish die dramatischen Veränderungen in ihrem Leben zu erklären.

Der Junge sah sie verwirrt und verängstigt an. »Warum ist diese Frau hergekommen? Warum hat Onkel John sie nicht weggeschickt? Er wollte dich doch heiraten, und dann wollten wir alle zusammenwohnen.«

»Manchmal kommt es eben vor ... dass es nicht so klappt, wie wir es uns vorgestellt haben. Und manchmal stirbt bei den Erwachsenen die Liebe und dann ... dann wird eben alles anders.«

»Ich glaube, ich will nicht erwachsen werden.«

»Mein Schatz, ich verspreche dir, alles wird gut. Du wirst eine wunderbare Schule in Perth besuchen, die dir viel Spaß machen wird, und ich bin in unserem Haus in Fremantle ganz in deiner Nähe. An den Wochenenden können wir viele schöne Dinge unternehmen.«

»Was ist mit Onkel John und Ahmed und Yoshi und allen?«

Olivia schluckte. »Du kannst wieder herkommen ... in den Schulferien ... wir behalten ja unser Haus hier.« Sie konnte den Gedanken an eine Rückkehr nicht ertragen, nicht, solange sie kurz vor der Flucht stand. Aber sie durfte bei Hamish nicht den Eindruck erwecken, dass er alles, was er kannte und liebte, aufgeben müsste. »Dein Vater und ich, wir hatten schon immer vor, dich in dieses Internat zu schicken. Und in Fremantle bin ich wenigstens ganz nah bei dir.« Olivia sah seinen Schmerz und zog ihn an sich. »Ach, Hamish! Glaub mir einfach und mach dir keine Sorgen. Du musst mir vertrauen, mein Schatz.«

Toby und Mabel Metta waren für Olivia eine zuverlässige Stütze. Sie hatten verabredet, dass sie Olivia und Hamish im letzten Moment zum Dampfer hinunterfahren würden, damit sie nicht zu vielen Leuten begegnen müssten.

»Olivia, ich flehe dich an, überleg es dir gut. Bist du sicher, dass du nicht einfach davonläufst? Gib John Zeit, die Dinge zu klären«, bat Tobias inständig.

»Er hat nicht aufgehört, dich zu lieben, und du liebst ihn doch auch noch«, sagte Mabel zu seiner Unterstützung.

Olivia blickte von ihrem Gepäck auf. »Ja, ich habe es mir überlegt. Ja, ich laufe davon. Ich kann es nicht ertragen, hier zu bleiben und ständig dieser schrecklichen Situation ausgesetzt zu sein. Und der Tatsache, dass ich die ganze Zeit über so getäuscht wurde.«

»Nicht in böser Absicht. Wir Männer neigen wenig zum Rückblick in die Vergangenheit. Was vorbei ist, ist für uns vorbei. Es gibt viele Leute in dieser Stadt, die nie über ihre Vergangenheit reden. Du hast ja selbst auf traurige Weise erleben müssen, dass das Leben immer weitergeht.«

»Er hätte es mir erzählen sollen, dann wäre ich besser darauf vorbereitet gewesen«, murmelte Olivia halsstarrig.

»Wir haben schon oft genug darüber gesprochen. Wenn wir deine Meinung nicht ändern können, liebe Olivia, dann lass uns dir wenigstens helfen, so gut wir können.«

»Vielen Dank, Mabel. Hier sind Briefe an Leute wie die Hootens, um ihnen kurz zu erklären, warum ich meine Pläne geändert habe. Wenn du so gut wärst, sie für mich abzuschicken.«

»Ich bin sicher, dass du keine Erklärungen abzugeben brauchst, Olivia.«

»Aber darum geht es mir ja gerade: Ich möchte das alles gern erklären. Dazu habe ich mich jedenfalls entschlossen. Ich möchte, so gut es geht, mein Gesicht wahren.«

»Was ist mit der geschäftlichen Seite? Du darfst nicht zu lange wegbleiben, Olivia.« Der Perlenpolierer hielt ihren überstürzten Umzug nach Fremantle immer noch für eine übertriebene Kurzschlusshandlung.

»Wenn ich zur Ruhe gekommen bin, werde ich alles noch einmal gründlich überdenken.« Sie lächelte kläglich.

»Ich wusste schon immer, dass du eine starke Frau bist, Olivia. Du musst tun, was du für das Beste hältst.« Mabel umarmte sie. »Wir werden die Dinge hier im Auge behalten, und du brauchst uns nur Bescheid zu geben, wenn wir etwas für dich tun können.«

»Danke. Ich danke euch beiden.« Olivia umarmte sie.

Das war ihr tränenreicher persönlicher Abschied von Broome.

Bei Sonnenuntergang fuhren die Mettas mit Olivia und Hamish zum Kai hinunter und brachten sie auf den Dampfer. Das meiste Gepäck war schon vorausgeschickt worden, und Olivia wollte nicht herumstehen, bis sie bei

Flut ablegen konnten. Nach einem weiteren kurzen Abschied und liebevollen Umarmungen traten die Mettas den Rückweg an. Mabel tupfte sich mit einem Taschentuch über die Augen.

Hamish machte sich sofort mit Feuereifer daran, alle Winkel der Kabine zu inspizieren, so bemerkte er nicht den schmerzvollen Ausdruck im Gesicht seiner Mutter und ihren zusammengepressten Mund, als sie von der Kabinentür das Schild mit der Aufschrift ›Kapitän Tyndall und Gattin‹ entfernte. Hier hätten sie ihre Flitterwochen verleben sollen, hier wartete eine Flasche Champagner mit einer Grußkarte des Schiffskapitäns auf sie. Olivia warf die Karte weg und ließ sich aufs Bett sinken.

Hamish stand vor seiner Koje, guckte aufgeregt aus dem Bullauge und sah die Tränen nicht, die seiner Mutter die Wangen herabliefen.

In den Uferschuppen arbeiteten die Mannschaften wie sonst auch und räumten am Ende des Tages auf, doch in Gedanken waren alle bei dem Dampfer, der gleich ablegen würde.

Ahmed hatte alles vom Bürofenster aus beobachtet und gesehen, dass Tyndall sich mit einer Whiskyflasche im Ufercamp herumtrieb. Wie seltsam die Wege Allahs doch waren, dachte er. Zwar litt er mit dem Kapitän, doch glaubte er, für diesen plötzlichen, bestürzenden Bruch in ihrem Leben müsse es einen höheren Grund geben.

Tobias Metta trat in den Schuppen und lockerte sich Krawatte und Kragen.

Tyndall blickte auf, brachte aber keinen Gruß hervor.

»Sie ist an Bord. Sie macht ihre traurigen Pläne wirklich wahr. Mabel und ich haben alles versucht, um es ihr auszureden. Aber sie ist eine willensstarke Frau, John. Und sie leidet sehr. Das alles hat sie schrecklich getroffen.«

»Ich begreife die Frauen nicht«, brummte Tyndall mit Verzweiflung in der Stimme. »Ich bin auch verletzt.«

»Mabel hat mir zu erklären versucht, dass Männer und Frauen die Dinge oft anders empfinden.«

»Das kann man wohl sagen! Warum konnte sie nicht bei mir bleiben, Toby?«

»Ihre Gefühle sind verletzt, und auch ihr Stolz. Jetzt müssen wir einfach abwarten, bis sich der Sturm gelegt hat. Dann sehen wir vielleicht klarer, wie es weitergehen wird.«

Tyndall füllte wieder sein Glas und schob dem Perlenpolierer die Flasche hin. Tobias goss sich ein ordentliches Glas ein. Er war kein Trinker, aber jetzt hatte er wirklich einen Whisky nötig, damit ihn der Mut nicht verließ. Er trank einen Schluck. »Mabel wundert sich, dass Sie nicht da unten sind. Beim Dampfer.«

»Was zum Teufel soll ich denn da? Mich noch mehr zum Idioten machen? Dann hätten alle nur noch mehr Anlass, sich das Maul zu zerreißen. Übrigens hat Olivia uns ausdrücklich mitgeteilt, wir sollten uns ja nicht am Kai blicken lassen. Ich will sie nicht noch mehr aufregen.«

»Mabel meint, Sie sollten hingehen und sie von diesem verdammten Dampfer herunterzerren. Sie sagt, ihr liebt euch doch beide und benehmt euch wie zwei alberne Dickschädel.« Solche Worte zu äußern fiel ihm schwer, und er trank schnell einen weiteren Schluck, um seine Verlegenheit zu überspielen.

Tyndall sah seinen Freund an, dann knallte er plötzlich das Glas auf den Tisch, packte seine Kapitänsmütze und stürmte davon.

Tyndall erreichte den Kai, als die Dämmerung ins dunkle Lavendelblau des Abends überging. Nur wenige Leute standen noch dort und winkten gelegentlich, während der abfahrende Dampfer die Bucht durchquerte. Seine Lichter spiegelten sich funkelnd im ruhigen Wasser.

Vom Bullauge aus konnte Olivia den dunklen Streifen der Lorbeerbäume und Mangroven ausmachen, in deren Schutz sich die Uferschuppen hinzogen. Ihre Augen füllten sich mit Tränen. Als die Leinen losgeworfen wurden, hatte sie einen wahnsinnigen Augenblick lang gewünscht, er wäre zu ihr geeilt, aber er hatte es nicht getan.

Auch John Tyndall kamen im Schatten der Kaimauern die Tränen.

Siebzehntes Kapitel

Zwei Jahre vergingen, ohne dass sich die Lage verbessert hätte. Amy gab keinen Fingerbreit nach und wich nicht vom Fleck. Tyndall kam mit seinem Kampf um die Scheidung nicht vorwärts.

Olivia blieb ihrem Entschluss eisern treu und unterhielt keinen Kontakt zu Tyndall, ausgenommen auf rein geschäftlicher Ebene. Sie prüfte die jetzt von einem Verwandten Tobias Mettas geführten Bücher und verhandelte in Perth mit Monsieur Barat. Die Perlen und Hauptbücher wurden ihr als Einschreibsendungen zugeschickt, und am Ende der letzten Saison war Ahmed nach Fremantle gekommen, um ihr die Perlen persönlich auszuhändigen.

Diese Regelung war zwar nicht ideal, und Olivia vermisste das aufregende Schauspiel, die Perlen unter Tobys geschickten Händen zu schimmerndem Leben erwachen zu sehen, doch zumindest funktionierte der Austausch. Olivia freute sich über Ahmeds Besuch, der ihr das Neueste von ihren Freunden und dem Leben in Broome berichtete. Sie fragte nicht nach Amy, doch aus den Andeutungen, die Ahmed fallen ließ, konnte sie schließen, dass Tyndalls Situation unverändert geblieben war. Auf die ganz persönlichen Fragen, die sie gern gestellt hätte, hätte Ahmed ohnehin keine Antwort gehabt.

Olivia wusste nicht, ob sie den knappen Bemerkungen Glauben schenken durfte, die Tyndall in die Geschäftskorrespondenz einfließen ließ. So las sie den Satz: »Mein Problem ist nach wie vor schwierig und ungelöst, aber ich werde nicht aufgeben.«

Anfangs hatte Amy die Stadt gespalten. Die Hootens gaben für sie eines Nachmittags eine kleine Teegesellschaft, auf der sich Amy ausführlich darüber ausließ, wie sie und ihr Mann einander ›verloren‹ hatten und welche Freude es war, durch den Aufsehen erregenden Fund der ›Star of the Sea‹-Perlen wieder vereint zu sein. Die meisten nahmen ihr ihre überschwängliche Liebe zu ihrem Gatten nicht ganz ab, enthielten sich aber jeden Kommentars. Es kursierten bereits Gerüchte, die Beziehung zwischen Tyndall und Amy enthielte einiges an Sprengstoff.

Trotzdem gelang es Amy, mit ihren Reizen und ihrer Koketterie nicht wenige Gäste für sich einzunehmen.

»Prächtiges kleines Weibchen, was?«, bemerkte der Friedensrichter. »Wenn sie mir gehörte, würde ich sie nicht ›verlieren‹.«

»Seltsame Geschichte, dass sie ausgerechnet am Abend vor der Hochzeit aufgetaucht ist. Ich habe die arme Olivia sehr bedauert«, sagte Major White.

»Das war wohl nur als Zweckheirat gedacht, aus geschäftlichen Gründen. In Perth wird Mrs. Hennessy zweifellos schnell einen neuen Verehrer finden.«

Auch den Damen tat Olivia Leid. Diese Peinlichkeit!

»Ich würde auch nicht hier bleiben und als Ausschussware im Regal verstauben wollen«, lautete die allgemeine Meinung.

»Tyndall ist schon ein guter Fang. Attraktiver Bursche. Aber ich wette, seine Frau heizt ihm ganz schön ein.«

»Stimmt es, dass sie in getrennten Häusern leben?«

»Die haben sicher Besuchszeiten«, kicherte eine der Damen. »Ich hoffe, er behält sie im Auge. Diesem Weibsstück würde ich nicht über den Weg trauen, wenn mein Mann in ihre Nähe käme.«

»Sie meinen sicher, Sie würden Ihrem eigenen Mann nicht über den Weg trauen ...«, kam sofort die Retourkutsche.

Niemand wusste von der großen Liebe, die so heftig zwischen Tyndall und Olivia entbrannt war, und von ihrem Leiden in den letzten beiden Jahren.

Olivia hatte monatelang gebraucht, um sich in Fremantle einzugewöhnen und sich damit abzufinden, dass sie Tyndall verloren hatte, seinen Verrat betrachtete sie als den Tod ihrer Beziehung. Hamish hatte sich rasch eingelebt und fühlte sich auf dem King's College wohl, wo er gute Freunde gefunden hatte.

Die Arbeit für das Perlenunternehmen, die ihre Tage ausgefüllt hatte, fehlte Olivia schrecklich, und sie musste sich nach einer neuen Aufgabe umsehen, der sie ihre Zeit und ihre Energie widmen konnte.

Über Freunde von Monsieur Barat war man mit der Frage an sie herangetreten, ob sie nicht ehrenamtlich in einer Klinik arbeiten wolle. Dort lernte sie einen gewissen Dr. Gilbert Shaw kennen, der sich gerade mit Plänen trug, ein Heim für Mädchen zu gründen, die in besondere Schwierigkeiten geraten waren. Die Schirmherrschaft hatte die Stadt übernommen, die für diesen Zweck eine Stiftung eingerichtet hatte; eine reiche Witwe hatte ein kleines Haus im Hafenbezirk von Fremantle zur Verfügung gestellt. Olivia bot ihre Mitarbeit im Spendenkomitee an, doch bald wuchs ihr Interesse an dem Projekt. Dr. Shaw bemerkte dies und fragte sie eines Tages, ob sie nicht beim Aufbau dieser Einrichtung für obdachlose Mädchen und junge Frauen in Schwierigkeiten mit ihm zusammenarbeiten wolle – »Sie wissen schon, wir kümmern uns um unverheiratete Mädchen, die schwanger sind.«

Dr. Shaw war fünfzehn Jahre älter als Olivia, ein gut aussehender Mann, schlank, mit silbergrauen Schläfen, einer leisen Stimme, einem warmherzigen Naturell und gütigen grauen Augen. Seine Praxis war bei den Frauen sehr beliebt, denn er gehörte zu den wenigen Ärzten, mit denen sie ungezwungen über ihre persönlichen Probleme reden konnten. Vor drei Jahren war nach langer Krankheit seine Frau gestorben. Die Ehe war kinderlos geblieben. Nach dem Tod seiner Frau war Dr. Shaw zu einem unermüdlichen Kämpfer für die Bedürftigen und Mittellosen geworden.

Nach einem Rundgang durch die zwielichtigeren Gegenden rund um den Hafen von Fremantle erkannte Olivia, wie dringend solche Mädchen einen Zufluchtsort nötig hatten. Junge Mischlingsmädchen – Aborigines und Asiatinnen – landeten auf der Straße, wenn sie ihren brutalen Arbeitgebern oder ihren gewissenlosen Männern davonliefen, die sie missbrauchten, misshandelten und ausnutzten. Solchen an Sklaverei grenzenden Lebensbedingungen zogen viele Mädchen das Herumstreunen und die Prostitution immer noch vor.

Olivia übernahm es, Seite an Seite mit Dr. Shaw in der Cantonment Street dieses Mädchenheim einzurichten, das von wenigen Mitarbeitern geführt werden sollte, darunter einer jungen Krankenschwester. Olivia bemühte sich darum, diese Zufluchtsstätte zu einem freundlichen zeitweiligen Zuhause zu gestalten, in dem man sich nicht wie in einer öffentlichen Anstalt fühlen musste. Sie hatte andere wohltätige Einrichtungen besucht – ein Waisenhaus, ein Heim für schwer erziehbare Mädchen – und fand die Atmosphäre dort kalt und einschüchternd.

Olivia und Gilbert Shaw schlenderten durch das frisch gestrichene Haus, das Olivia zwar einfach, aber im Gegensatz zu den anderen tristen Institutionen in freundlichen Farben ausgestattet hatte.

Sie ließen sich in dem fröhlichen Esszimmer nieder, und Olivia kochte Tee für sie beide; sie wusste inzwischen genau, wie sie ihn nach Gilberts Geschmack zubereiten musste. Er lächelte sie über den Tisch hinweg an und dachte bei sich, was für eine angenehme Gesellschaft Olivia doch war.

»In diesem Heim fühlt man sich wirklich wohl. Sie haben hervorragende Arbeit geleistet, Olivia.«

»Ich hatte viel Hilfe. Es kommt mir vor, als wären die anderen Heime absichtlich abschreckend. Eine verängstigte oder kranke junge Frau ginge dort sicher nicht freiwillig hin, da müsste sie schon sehr verzweifelt sein.«

»Dieses Heim ist nicht dazu gedacht, dass die Mädchen hier gemütlich in den Tag hinein leben können«, wandte Dr. Shaw behutsam ein. »Wir können ihnen nicht unbegrenzte Zeit ein Dach über dem Kopf, Nahrung, Kleidung und Fürsorge geben. Es ist kein offenes Haus.«

»Die finanziellen Zwänge sind mir klar«, erwiderte Olivia, »und ich teile Ihre Meinung, dass dieses Heim nicht als kostenlose Pension betrachtet werden darf. Doch wir müssen den Mädchen eine neue Zukunft geben und sie mit Rat und Hilfe auf ihrem Weg zurück ins Leben unterstützen.«

»Das ist nun Ihre Aufgabe, Olivia – dem Personal bei der Verwirklichung dieser Ziele zu helfen. Falls Sie bereit sind, diese Herausforderung anzunehmen.«

»Das möchte ich sehr gerne.«

Gilbert ergriff ihre Hand und drückte sie. »Das freut mich. Auch mich haben Sie wieder aufgemuntert, Sie sind eine prachtvolle Frau, Olivia. Ich bin sicher, gemeinsam werden wir vieles schaffen.«

Es gab keinen Hinweis darauf, dass diese Bemerkung persönlich gemeint war. Olivia bewunderte Gilberts feine Manieren und seine einnehmende Warmherzigkeit und hatte bemerkt, dass er alle Frauen mit Höflichkeit und Respekt behandelte.

Gilbert Shaw gab keine tieferen Gefühle zu erkennen und achtete darauf, dass er mit Olivia nicht anders umging als mit anderen Frauen, doch war ihm durchaus bewusst, dass sie etwas in ihm zum Klingen brachte, was er längst verstummt geglaubt hatte. Er ertappte sich dabei, dass er sich mehr als gebührlich auf die Treffen mit ihr freute, und fand immer neue Ausreden, damit er Zeit bei ihr im Heim verbringen konnte.

Olivia fühlte sich ausgefüllt und nützlich, die anregende Arbeit lenkte sie von Tyndall und Broome ab. Honoriert wurde sie dafür nur gering, doch sie stand finanziell gesichert da. Sie wohnte in Fremantles besserer Wohngegend in einem Haus in der Phillimore Street, das sie von ihrem Anteil aus dem Verkauf der ›Star of the Sea‹-Perlen gekauft hatte; auch Hamishs Schulgeld wurde davon bezahlt. Sie mochte sich lieber nicht ausmalen, wie ihr Leben jetzt aussähe, wenn sie diesen sagenhaften Perlenfund nicht gemacht hätten. Sie ließ sich ihre Hälfte des Erlöses ausbezahlen und bot Tyndall an, ihren Anteil am Unternehmen zu verringern, da sie nun weniger mitarbeitete, doch Tyndall wollte davon nichts wissen und beharrte auf ihrer Teilhaberschaft von fünfzig Prozent.

Für Tyndall schleppten sich die Tage in einem gefühlsleeren Dunkel dahin, das sich zu einer Unendlichkeit vor ihm auszudehnen schien. Er träumte davon, dass er eines Tages wieder in helles Licht hinaustreten würde, dass Amy abgereist wäre und eine lächelnde Olivia ihre Stelle eingenommen hätte. Er hatte keine Ahnung, wie er diesen Traum verwirklichen könnte, denn der Kampfgeist hatte ihn verlassen. Also ertrug er die sich hinziehenden Stunden und klammerte sich an die verzweifelte Hoffnung, das Schicksal würde zu seinen Gunsten eingreifen.

Das Mädchenheim wurde mit einer schlichten Feier eröffnet, um die Olivia allerdings ein großes Geheimnis gemacht hatte. Sie hatte mehrere wichtige Persönlichkeiten der Stadt zu einem Tee im kleinen Kreis eingeladen. Im Rahmen dieser Feierlichkeiten sollte die einfache Plakette neben der Eingangstür enthüllt werden.

Olivia zog Gilbert nervös an ihre Seite und hielt ihre Ansprache. »Dr. Shaw ... Gilbert ... da Sie ohnehin die meisten Entscheidungen mir überlassen haben, habe ich mir die Freiheit erlaubt, eine Entscheidung ganz ohne Ihren Rat zu treffen.« Verwirrt hob er die Augenbrauen, als sie fortfuhr: »Wir mussten unserem Mädchenheim ja einen Namen geben, und in der Zeit, in der ich hier gearbeitet und mich mit allen möglichen Personen in Fremantle unterhalten habe, war ich sehr beeindruckt vom Respekt und der Achtung, die Ihnen alle entgegenbringen. Sie sind ein großartiger Mensch, Gilbert, deshalb haben wir beschlossen, dieses Heim *Shaw House* zu nennen ... wenn Sie damit einverstanden sind?« Sie lächelte ihn an, mit leichter Besorgnis, er würde sich möglicherweise dagegen verwahren.

»Einverstanden? Olivia, ich bin überwältigt. Und sehr gerührt. Ich habe diese Einrichtung nicht geplant, um mir damit ein Denkmal zu setzen, aber ich freue mich sehr darüber, wenn andere meine Arbeit schätzen. Das ist wirklich eine wunderbare Geste.« Er beugte sich vor und küsste sie auf die Wange. »Noch nie hat mir jemand eine so liebenswerte Aufmerksamkeit zuteil werden lassen. Ich danke Ihnen«, fügte er leise hinzu.

Als er ihr diesmal in die Augen blickte, entdeckte sie darin eine Wärme und Gefühlstiefe, die sie noch nie an ihm wahrgenommen hatte, und sie wusste plötzlich, dass dieses Leuchten allein für sie bestimmt war.

Amy fühlte sich frustriert und leicht gelangweilt. Tyndall hatte sich keinen Deut erweichen lassen und war so entschlossen wie eh und je, ihre Ehe zu beenden. Es fuchste sie, dass ihr ganzes Aufgebot an weiblichem Charme an ihm abprallte. Sie hatte versucht, ihn zu bezirzen, mit ihm zu flirten, ihn zu verführen – alles umsonst. Schlimmer als seine Abweisung war, dass er sie der Lächerlichkeit preisgab. Es war ihm auch gelungen, ihre Ausgaben zu drosseln, weil er sich einfach geweigert hatte, für ihre Rechnungen in der Stadt aufzukommen, sie konnte nicht länger auf seinen Namen einkaufen. Bei *Streeter & Male's*, dem großen Warenhaus, wies man solche Bitten höflich ab und verlangte, den Kapitän persönlich zu sehen, damit er die Bestellung bestätigte. Amys Charme nutzte sich ab, Tyndall hatte bei den Ladenbesitzern zähe Überzeugungsarbeit geleistet, damit sie Amys Kaufrausch nicht weiter unterstützten.

Amy hatte bereits drei Garnituren von Dienstboten verschlissen. Rosminah, die nun mit Olivias Boy Yusef verheiratet war, blieb in Tyndalls Haus. Minnie und Alf wohnten in Olivias altem Haus, um das sie sich kümmerten, außerdem arbeitete Minnie einen Teil ihrer Zeit für die Frau eines reichen chinesischen Kaufmanns. Einmal hatte Minnie eine Reise in den Süden nach Fremantle gemacht – ihre erste Dampferfahrt und ihr erster Besuch in einer größeren Stadt –, um ihre Tochter Mollie zu Olivia zu bringen, bei der sie in Dienst trat.

Die Kunde von Amys Ansprüchen, ihren Wutausbrüchen und unsinnigen Forderungen verbreitete sich über das Informationsnetz der Dienstboten bald in der ganzen Stadt. Die Einladungen versiegten, auch wenn die weiße Oberschicht und die Gattinnen der Perlenunternehmer stets höflich zu ihr blieben. Obwohl Amys explosives Temperament zu beklagen war, blieb sie doch eine von ihnen.

Amys Langeweile verflog eines Tages, als sie allein im *Weißen Lotus* essen ging, einem blitzsauberen, kleinen Restaurant, das von einem fröhlichen chinesischen Ehepaar namens Junie und Henry Wang betrieben wurde. Die Perlenunternehmer und ihre Frauen waren oft dort anzutreffen, wie auch die Taucherelite. Das belebte, gemütliche Lokal hatte einen guten Ruf, allerdings war spätabends aus dem Hinterzimmer und den Räumen im Obergeschoss der Lärm der Spielhöllen zu hören, in denen erkleckliche Summen, Goldmünzen und manchmal sogar Perlen gewonnen und verspielt wurden.

Auch wenn es ungewöhnlich war, dass eine weiße Dame alleine speiste, wurde Amy von niemandem belästigt. Während sie auf das Essen wartete, blätterte sie in einem Katalog, der mit dem letzten Dampfer gekommen war und die neueste Londoner Mode zeigte, wenn auch die vom letzten Jahr. Sie beschloss, sich ein neues Kleid schneidern zu lassen, mochte es in Broome auch wenig Gelegenheiten geben, sich fein herauszuputzen. Doch ein neues Kleid würde ihre Laune heben.

Sie schnitt die kleinen Teigtäschchen auf ihrem Teller durch und kostete die Füllung aus Schweinefleisch und dicker süßer Soße. Nach einem erfolglosen Kampf mit den Stäbchen wechselte sie zu Löffel und Gabel.

Der Kellner stellte ein weiteres geflochtenes Körbchen vor sie hin, in dem zwei knusprige Teigdreiecke mit würziger Gemüsefüllung im Dampf gegart waren. Sie beendete ihr Mahl mit kleinen Würfeln süßen Bohnenquarks, goss sich aus einer Kanne den letzten Rest chinesischen Tee ein und blickte sich satt und zufrieden um. Es war noch nicht Essenszeit, der Speiseraum war leer bis auf ein japanisches Paar, einen älteren Chinesen, der Suppe aus einem Schälchen schlürfte, und einen Weißen, der in eine Zeitung vertieft war.

Amys Blick blieb an dem Mann hängen, der plötzlich seine Zeitung weglegte und sie mit amüsiertem Blick ganz unverhohlen betrachtete. Er faltete seine Zeitung zusammen und nickte ihr zu. Die höfliche Geste wirkte bei diesem ungewöhnlichen Mann sonderbar unpassend. Er hatte einen dunklen Teint, seine ungebändigten schwarzen Haare glänzten ölig, ebenso sein Schnurrbart. Die dunklen, buschigen Augenbrauen waren in der Mitte beinahe zusammengewachsen, seine dunklen, eindringlichen Augen verliehen ihm das Aussehen eines wilden Piraten. Er trug einen Gehrock von europäischem Schnitt und einen Seidenschal, der um den Hals zu einem Knoten geschlungen und in den

Kragen eines weißen Hemds eingesteckt war. Als er die Hand hob, sah Amy daran einen großen, diamantbesetzten Goldring aufblitzen.

Sie lächelte kurz und vertiefte sich dann gleich wieder in ihren Katalog.

Als er das Lokal verließ, ging er dicht an ihrem Tisch vorbei, eine Spur kräftigen Zigarrengeruchs wehte ihm nach.

Amy dachte nicht weiter an den Mann, als sie eine Stunde später in einem kleinen Laden vor einigen Stoffballen stand, deren Bahnen sich wie bunte Seidenflüsse vor ihr ergossen. Sie hob mehrere Stoffe auf und hielt sie an sich hoch.

Die Japanerin hinter der Theke gab dazu beifällige Geräusche von sich, die wie Vogelgezwitscher klangen. »Sehl hübsch, sehl gute Kimonoseide, das. Macht hübsches Kleid.«

»In der Tat«, dröhnte eine Stimme hinter ihr.

Amy wirbelte herum.

»Nochmals guten Tag, Madam!« Der Mann aus dem Restaurant lüftete mit einer übertriebenen Geste den Hut.

Er war kleiner, als Amy gedacht hatte, aber muskulös gebaut, in einem Kampf würde er zweifellos seinen Mann stehen. Sie bemerkte die dünne weiße Narbe, die sich über eine seiner Wangen zog. Seine amüsierte Großspurigkeit und sein Äußeres wirkten auf sie eher anziehend als abstoßend.

Die Verkäuferin verbeugte sich nickend und plapperte etwas auf Japanisch, dann winkte sie ihn zu den hinteren Räumen.

Der Mann wandte sich ab, sagte aber noch über die Schulter: »Ich würde den roten nehmen, wenn ich Sie wäre.« Damit verschwand er hinter einem Perlenvorhang.

»Wer war denn das?«, fragte Amy leise.

»Sehl leiches Mann, ich glaube. Viel Geschäfte ... Sie wissen schon ...« Sie rieb Daumen und Zeigefinger aneinander und legte dann einen Finger auf ihre Lippen.

»Und sein Name?«

Das Mädchen zögerte und dachte angestrengt nach. »Fleund von Chef, heißt Mister Karl. Mister Karl Gunther.«

Amy kaufte die rote Seide und verließ den Laden.

Karl Gunther lief Amy in den nächsten beiden Wochen noch mehrere Male über den Weg. Sie begann sich zu fragen, ob das wirklich reiner Zufall war. Schließlich schlossen die beiden im Hotel Continental endgültig Bekanntschaft miteinander, als Amy dort mit Mabel Metta zum Essen verabredet war. Amy hatte Mabel unter dem Vorwand eingeladen, sie suche den Rat einer ›Freundin der Familie‹. Ihr war klar, dass die Mettas mit Olivia ebenso befreundet waren wie mit Tyndall, doch sie benötigte einige Informationen und hoffte, Mabel würde sich auf ein Treffen einlassen, wenn Amy Sorge um Tyndall vorschützte.

Mabel kam pünktlich zum verabredeten Zeitpunkt ins Hotel. Sie ordnete die Falten ihres Saris um ihren molligen Körper und fragte höflich: »Wie kann ich Ihnen helfen, Amy?«

»Es geht um Johnny, er ist sehr ... schwierig geworden. Er trinkt mehr, als ihm gut tut ...«

»Er hat schon immer zur Flasche gegriffen, wenn's ihm schlecht ging.«

»Nun ja, er hat irgendetwas vor sich hin gebrummt, es stünde schlecht ums Geschäft. Sie hätten keine Perlen gefunden ...«

»Das stimmt nicht!« Sofort biss sich Mabel auf die Zunge und ließ Amy weiterreden.

Amy senkte den Kopf und wurde ganz leise. »Manchmal fürchte ich um meine Sicherheit. Ich weiß, dass er mir meine Anwesenheit übel nimmt ... aber er ist doch mein Mann, was soll ich denn tun? Ich will ihn nicht verlassen. Ich möchte ihn doch nur glücklich machen! Und er verschmäht mich so ...«

»Aber, meine Liebe ...« Mabel blickte in die blauen Augen, die jetzt in Tränen schwammen und sie verzweifelt ansahen. Hatte sie Amy vielleicht falsch eingeschätzt? »Ich weiß wirklich nicht, was ich Ihnen da raten soll. Es ist natürlich schwierig, gewisse Dinge hinzunehmen, aber Sie wissen ja, die Zeit heilt alle Wunden.«

»Ich bin durchaus bereit zu warten. Doch mir kam der Gedanke, dass er vielleicht noch andere Probleme haben könnte, die er mir verschweigt ... vielleicht geschäftliche Sorgen. Aber Ihr Mann meint, die Geschäfte gingen gut?«

»O ja, darüber brauchen Sie sich keine Gedanken zu machen.«

»Da bin ich aber erleichtert. Ich frage mich nur – er muss doch Mrs. Hennessy einen so großen Anteil des Gewinns auszahlen ... na, das ist nun einmal so, ich muss eben versuchen, ihn aufzuheitern, so gut ich kann.«

Mabels Sympathie verflog mit einem Schlag. »Mrs. Hennessy ist Teilhaberin des Unternehmens und hat stets einen großen Teil des Ertrags wieder ins Geschäft investiert, soweit mir bekannt ist«, erwiderte sie kurz angebunden. »Nicht, dass ich Klatsch über die Privatangelegenheiten guter Freunde verbreiten möchte.« Sie stand auf. »Tut mir Leid, dass ich nicht zum Essen bleiben kann. Ich muss nach den Kindern sehen.«

Damit verschwand Mabel, wütend darüber, dass sie sich von Amy so hatte einwickeln lassen. Sie hoffte, sie hatte nicht zu viel ausgeplaudert; Tobias hatte ihr erzählt, die *Star of the Sea* hätte in dieser Saison einige erstklassige Perlen geerntet. Sie wusste auch, dass Tyndall solche Informationen lieber für sich behielt.

Nachdem Mabel sozusagen abgehakt war, bestellte Amy frohgemut ihr Essen. Zwar hatte sie Mabel verärgert, war aber dennoch zufrieden, weil sie die gewünschten Informationen aus ihr hatte herauskitzeln können.

In diesem Moment schlenderte ganz zufällig Karl Gunther vorbei und blieb an ihrem Tisch auf der Veranda stehen.

»Sie speisen allein, Mrs. Tyndall?«

Sie sah ihn an, sah das herausfordernde Lächeln, das in seinen Mundwinkeln lauerte, und warf den Kopf zurück. »Ich fragte mich gerade, ob Sie mir nicht Gesellschaft leisten würden – Mr. Gunther?«

»Wenn ich bedenke, dass wir uns wohl schon gut zu kennen scheinen ... Es wäre mir ein Vergnügen.« Geschmeidig schob er sich auf den gegenüberstehenden Stuhl und saß da wie ein alter Kater vor dem Sahnetopf.

Sie waren so verschieden, wie es zwei Menschen nur sein können, die üppig-weiche Blonde mit den großen porzellanblauen Augen und der dunkeläugige Rohdiamant. Dennoch glomm zwischen ihnen ein geheimes Einverständnis auf, denn sie erkannten beide im anderen die eigenen Wesenszüge wieder: eine kräftige Portion Eigennutz und einen ausgeprägten Selbsterhaltungstrieb. Beide waren rücksichtslos, beide waren ehrgeizig, und beide brachten, falls nötig, eine furchtlose Bereitschaft zum Risiko auf. Eine hübsche Frau stachelte immer Gunthers Eroberungsdrang an. Amy hatte mit Schönlingen noch nie etwas anfangen können. Forsche Liebhaber vom rauen Schlag befriedigten sie weit mehr als reiche, alte Dandys wie Lord Campbell.

Amy liebte die Gefahr. Im weiteren Verlauf des Essens begann ihr bewusst zu werden, dass sie in Gunther womöglich einen verwandten Geist gefunden hatte. Hinter dem Geplänkel, den übertriebenen, geschminkten Halbwahrheiten, die sie beide über ihr Leben zum Besten gaben, überlegte jeder, wie er den anderen benutzen könnte. Bei aller sexuellen Anziehung zwischen ihnen begannen sie schon darüber nachzudenken, ob der andere nicht irgendwie als Mittel zum Zweck zu gebrauchen wäre.

Tobias Metta trat in der Erwartung, seine Frau wie geplant beim Essen mit Amy zu finden, auf die Veranda hinaus, doch als er Amy in einer angeregten Unterhaltung mit Karl Gunther entdeckte, zog er sich hastig und bestürzt wieder zurück.

Als Tyndall davon erfuhr, fiel es ihm zuerst schwer zu glauben, dass der Mann, der Niah zum Verhängnis geworden war, noch einmal zuschlagen sollte. Einen Augenblick lang freute er sich fast, dass die beiden Verbindung miteinander aufgenommen hatten, es kam ihm ganz logisch vor, dass Amy an diesem Schurken etwas Anziehendes finden musste. Und Gunther wiederum hatte vielleicht in Amy seinesgleichen wiedererkannt. Jeder für sich genommen stellte eine potenzielle Bedrohung dar, beide gemeinsam könnten ein tödliches Team sein.

Tyndall stürmte zum Haus hinüber und brüllte Amy an, wie sie es wagen könne, ihn in der Öffentlichkeit so herabzuwürdigen, bloßzustellen und zu beschämen.

»Aber Johnny, du bist doch nicht etwa eifersüchtig«, grinste sie nur.

Ihm fielen wieder Olivias Worte ein. »Jetzt hör mir mal zu, Amy: Solange du hier in Broome bist, schlägt sich alles, was du tust, auf mich und das Unternehmen nieder. Außerdem ist dieser Mann nicht das, wofür du ihn hältst, er hat einige üble Gemeinheiten auf dem Gewissen.«

»Wirklich? Was, zum Beispiel?« Sie hob die Augenbrauen und täuschte amüsiertes Interesse vor.

Tyndall ignorierte ihre Frage. »Ich verbiete dir, dich wieder mit ihm zu treffen, um deinetwillen, Amy.« Er wandte sich ab.

»Gibt es vielleicht einen geeigneteren Gentleman, den du mir für ein diskretes Techtelmechtel empfehlen könntest?« Das Lächeln zuckte noch immer um ihren Mund, und er wusste nicht, ob sie diese Frage ernst gemeint hatte oder nicht.

»Warum gehst du nicht einfach, Amy? Es gibt keine Zukunft für uns beide. Du verschwendest deine Zeit. Such dir einen passenden Ehemann.«

»Ich habe schon einen. Obwohl er mich nicht wie seine Frau behandelt. Dir stehen auch eheliche Rechte zu, weißt du das überhaupt?« Sie senkte ihren Blick, und Tyndall starrte sie sprachlos an. Wie schaffte sie es nur, so sittsam zu tun und gleichzeitig so provozierend zu wirken?

Eines Nachts, als er betrunken und einsam war und sich nach Olivias Armen sehnte, hatte ihn der Trieb überwältigt, und er war zum Haus gegangen. Dort hatte er zu dem vergitterten Taubenschlag im Giebel des Hauses hochgestarrt, der gebaut war für schwüle Nächte wie diese. Er wusste, dass Amy dort oben schlief, und geriet tatsächlich in Versuchung hinaufzugehen, doch dann schlug das Begehren um in bitteren Zorn, und er suchte Zuflucht in Sheba Lane. Dort fiel die lodernde Flamme der Leidenschaft in sich zusammen, als seine Gedanken zu Olivia irrten. Trauer und Hoffnungslosigkeit überkamen ihn, und er trottete entmutigt zu seinem eigenen leeren Bett zurück.

Wenn er Amy nun so ansah, war ihm, als wüsste sie von dem Vorfall und wäre sicher, dass er eines Tages ihren Verlockungen erliegen würde. Doch sie antwortete nur: »Es gibt keinen Ort, wo ich hingehen könnte, Johnny. Ich werde warten.«

Tyndall zog geschlagen davon. Es gab nichts mehr zu sagen.

Doch Amy war von Triumphgefühlen weit entfernt. Die Fassade der Unverfrorenheit, mit der sie ihm entgegentrat, bröckelte schnell ab, als sie sich in ihr Schlafzimmer zurückzog. Sie ließ sich in die Kissen fallen und schaute zur Bucht hinaus. Grüne Mangroven und graue Skelette abgestorbener Mangrovenbäume erhoben sich aus dem Schlick. Plötzlich hatte sie das Gefühl, als trennte sie ein Wassergraben vom Rest der Welt. Sie fühlte sich eingesperrt, angeödet und einsam. Warum blieb sie überhaupt? Sie hatte es nicht geschafft, Tyndall zu verführen, er besaß immer noch die volle Kontrolle über die Finanzen. Wenn sie nur an das Geld herankäme, wie es ihre ursprüngliche Absicht gewesen war, dann könnte sie fliehen. Ihr Traum, sich mit ihrem attraktiven Mann wieder zusammenzutun und in Australien ein aufregendes Luxusleben zu führen, hatte sich in Luft aufgelöst. Sie hatte Tyndall immer als Fahrkarte in ein besseres Leben betrachtet, in ihren Augen hatte er sie einfach im Stich gelassen. Früher hatte sie, geleitet von Genusssucht und Gier, viele Chancen am Schopf gepackt, doch das hatte ihr nie dauerhafte Befriedigung gebracht.

Als sie sich ruhelos im Bett herumwarf, wurde ihr klar, dass ihre Möglichkeiten, in Broome ihr Glück zu machen, in der Tat äußerst beschränkt waren.

Tyndall hatte alles gründlich satt. Sein Zorn, seine Verzweiflung und die ständige Sorge, was Amy als Nächstes wieder anstellen würde – alles, was sie unternahm, schlug hohe Wellen –, laugten ihn aus bis zur Erschöpfung. Wie immer löste er seine Probleme dadurch, dass er mit dem Schiff aufs Meer fuhr.

Er ließ Ahmed zurück und steuerte die *Shamrock* mit einem Minimum an Besatzung zu den Loggern, denen er frischen Proviant bringen wollte. Außerdem wollte er noch einmal die Muschelgründe weiter im Norden absuchen. Ahmed sollte vier Wochen später zu ihm stoßen.

Die Fahrt brachte Tyndall auch wirklich die ersehnte Erleichterung. Die Gesellschaft seiner Matrosen, der Arbeitsalltag auf See, der Friede, der ihn immer erfüllte, wenn er über das blaue Wasser und den Himmel mit seinen Wolkentupfen blickte, das beständige rhythmische Schaukeln des Schiffs, das Rattern der Takelage und das laute Flattern der vom Wind geblähten Segel – all dies beruhigte seinen gequälten Geist.

Nach zwei Wochen beschloss Tyndall, die Flotte zu verlassen und eine kleine Erkundungstour in der Gegend der Lapacede-Inseln zu unternehmen.

Die ersten zwei Tage war das Segeln die reinste Freude, dann zog schlechtes Wetter auf. Von Regen und heftigen Böen gepeitscht, pflügte die *Shamrock* wacker durch die Wellenberge, während Tyndall die Karten studierte und dem ersten Maat Anweisungen gab.

Spät am Abend überprüfte Tyndall noch einmal den Kurs, redete mit der Mannschaft und ging unter Deck, um ein paar Stunden zu schlafen. »Weckt mich, wenn der Wind und der Seegang stärker werden, wir könnten in eine wilde Schaukelei reingeraten.«

»Aye, aye, Käpt'n. Keine Bange.« Der dünne dunkelhäutige Kupanger grinste zuversichtlich.

Er sollte nie dazu kommen, Tyndall zu wecken. Die *Shamrock* wurde im Sturm von einer gewaltigen Woge erfasst, die über ihr zusammenschlug und sie querschiffs mit einem grausigen Knirschen gegen ein Riff schleuderte. Durch die Wucht des Auflaufens verloren die beiden Männer an Deck das Gleichgewicht, die nächste Welle spülte sie über Bord. Jetzt brachen die Wellen schonungslos über den auf der Seite liegenden Schoner herein, die scharfen Kanten des Riffs bohrten sich durch das Holz. Ein stämmiger Matrose aus Manila kletterte aus der Luke. Im selben Augenblick riss sich eins der Dinghis los und stürzte auf ihn, der Bewusstlose wurde gleich von Bord geschwemmt. Dann krachte das Dinghi auch schon auseinander und wurde ebenfalls fortgespült. Alle Männer waren innerhalb von Sekunden verschwunden, sodass Tyndall allein auf dem angeschlagenen Schoner zurückblieb. Er kroch über das schief liegende Deck und tastete nach dem Tau, mit dem das zweite Dinghi noch sicher festgebunden war. Graue Wellen und stechender Regen peitschten auf ihn ein, während er im Dunkeln an den Knoten zerrte. Endlich bekam er das Boot frei. Er warf sich hinein, als sich die *Shamrock* auch schon auf die andere Seite zu wälzen begann. Sie barst auseinander und wurde von einer Wasserwand verschlungen. Im Strudel des sinkenden Schiffs schwappte ein großer Schwall Wasser in das Dinghi.

Tyndall lag in dem halb untergetauchten kleinen Boot und sah zu, wie der schwarze Schiffskörper seines geliebten Schoners in Stücke zerschmettert wurde und vor seinen Augen verschwand. Er weinte und schrie seine Wut in die See und den Sturm hinein.

Amy wusste, dass sie insgeheim nach ihm Ausschau hielt. Jeden Tag machte sie ihren Streifzug durch die Stadt, besuchte die Schneiderin, aß mittags im *Weißen Lotus*, stöberte bei *Streeter & Male's* herum, bummelte die Uferpromenade entlang und nahm im Continental ihren Nachmittagstee.

Sie war schon zu dem Schluss gekommen, dass er sich wohl davongemacht hatte, und wollte vor dem Heimweg noch einmal den *Streeter's Jetty*, den langen Anlegekai, entlangschlendern. Da sah sie ihn an Deck eines schwarzen Zweimasters mit roten Segeln, er machte gerade einen Malaien zur Schnecke, der sich ängstlich vor ihm duckte. Aufgerollte Hemdsärmel zeigten seine muskulösen Arme, aus dem Kragen quollen dichte schwarze Brusthaare hervor. Er sah Amy, gab dies aber lediglich dadurch zu erkennen, dass er dem Malaien eine Ohrfeige überzog und ihn davonflitzen ließ. Amy legte ihren Sonnenschirm auf die andere Schulter, machte kehrt und ging langsam wieder zurück. Gunther schwang sich auf den Kai und schlenderte ihr nach, bis sie die Straße erreichten. Hier trat er neben sie.

»Guten Tag, Mrs. Tyndall«, begrüßte er sie.

»Guten Tag, Mr. Gunther.«

»Haben Sie ein bestimmtes Ziel an diesem schönen Nachmittag?«

»Nein, ich bummle nur so herum. Ich hatte viel zu tun heute.«

»Wenn die Katze weg ist, was?«

Sie bedachte ihn mit einem maliziösen Blick. »Was meinen Sie denn damit, um alles in der Welt?«

Er lachte kurz auf. »Sie sind doch allein, haben Sie nicht Lust, heute Abend mit mir zu essen?«

Das klang wie eine beiläufige Einladung, doch als sie einander kurz anblickten, wusste Amy, dass sie an einem entscheidenen Punkt angelangt waren. Nun lag es an ihr zu beschließen, welchen Weg sie weiter einschlagen wollte.

»Das wäre im Moment nicht sehr schicklich, wo mein Mann weg ist«, erwiderte sie.

»Kommt darauf an, ob jemand etwas davon erfährt. Es könnte sich ja um eine geschäftliche Besprechung handeln. Ich mache meine Geschäftchen immer im privaten Rahmen. Im *Cable Palace*.«

»Was und wo ist denn das?«

»Ein sehr großes privates Klubhaus drüben am Cable Beach. Sie würden die Besitzer sicher sehr interessant finden.«

»Ich hätte nicht gedacht, dass es in Broome interessante Leute gibt. Klingt spannend.«

»Ich schicke Ihnen einen meiner Männer vorbei, um Sie abzuholen. Sagen wir, um sieben?«

»Wird mir auch bestimmt nichts passieren?« Sie warf kokett den Kopf zurück.

»Ich halte Sie für eine Frau, die auf sich Acht geben kann. Das gefällt mir. Sie können ja einen Ihrer Dienstboten mitnehmen, wenn Ihnen das lieber ist.« Er nickte kurz, drehte sich um und ging in die entgegengesetzte Richtung davon.

Amy sah ihm nach und spürte eine leichte Schwäche in den Knien, ob vor Nervosität oder Erwartung, wusste sie nicht zu sagen. Er war wirklich ein hässlicher Mann, von der Statur eines Fasses, vierschrötig und muskelbepackt, mit fettiger Haut, fettigen Haaren und dichter, schwarzer Körperbehaarung. Seine schwarzen Augen blickten ohne Wärme, seine Stimme mit dem kehligen Akzent klang hart, doch er übte eine animalische Anziehungskraft auf sie aus, der sie sich ebenso wenig entziehen konnte wie ein Insekt, das sich in einem Spinnennetz verfangen hatte. Amy kicherte bei der Vorstellung, Karl Gunther hocke als haarige schwarze Spinne mitten in einem Netz und bilde sich ein, unheimlich mächtig zu sein. »Ha, Mr. Gunther – noch nie was von schwarzen Witwen gehört? Die Spinnenweibchen fressen die Männchen auf!«, sagte sie zu sich selbst.

Nachdem sie sich ihrer Unbesiegbarkeit wieder sicher war, machte sich Amy auf den Heimweg und überlegte, welches besonders aufreizende Kleid sie zu ihrem geheimen Rendezvous anziehen würde.

Die Aboriginefrauen erreichten die Küste vor den Männern. Maya liebte diese Jahreszeit, wenn sie bei den riesigen Haufen von Muschelschalen ihr Lager aufschlugen, wo schon Generationen vor ihnen die köstlichen Meeresfrüchte genossen hatten. Die hier abgehaltenen Zeremonien unterschieden sich von den Zeremonien in der Wüste. Für Maya war dies ein besonderer Ort. Gleich nach ihrer Ankunft ging sie immer zum Strand hinunter und stellte sich mit den Füßen ins Wasser. Dann spürte sie die Verbindung, die der Ozean zwischen diesem Ufer und jenem Land in weiter Ferne schuf, dem Land ihrer Vorfahren auf der anderen Seite des Meers. Unbewusst nahm sie Fühlung mit ihrer Mutter auf, sie war dann immer besonders glücklich.

Die Erinnerungen an ihre Mutter waren in den letzten beiden Jahren verblasst, doch die mit Niah verbundenen Eindrücke und Gefühle hatten sich tief in Mayas Wesen eingeprägt … in ihre Haut, ihr Herz und einen besonderen Teil ihrer Seele.

Sie kam wieder aus dem Wasser, setzte sich in den Sand und sah den kleinen Kindern zu, die in der Nähe spielten, während die Frauen begannen, das Lager aufzuschlagen und nach Essen zu suchen. Maya betrachtete ihre Füße, die jetzt durch eine dicke Hornhaut geschützt waren. So viel war sie gelaufen! Der Stamm richtete sich nach den Jahreszeiten und den traditionellen Zyklen der Nahrungssuche, die seit Jahrhunderten unverändert geblieben waren, und legte dabei weite Entfernungen zurück. Solange reichlich Nahrung und Wasser vorhanden waren, blieben sie an einer Stelle und zogen dann weiter zur nächsten, wo die Natur die Nahrungsvorräte erneuert hatte, so setzte sich der Kreislauf ewig fort.

Maya hatte allmählich ein Gespür für das Laufen entwickelt. Anfangs war sie verspielt neben den Frauen hergetrabt. Wenn sie müde war, setzte sie sich auf den Boden, bis jemand sie aufhob und trug. Jetzt war sie älter, und das Laufen war für sie zur Lebenserfahrung geworden. Die Älteren zeigten ihr vieles, die Frauen wiesen sie auf Tierfährten und essbare Pflanzen hin. Manchmal stellte sich Maya vor, sie wäre ein Vogel oder ein Emu oder sogar ein großer Fisch, und ahmte beim Laufen tänzelnd und schlenkernd die Bewegungen der Tiere nach. Manchmal stiegen seltsame Bilder und Erinnerungen in ihr hoch, die sie ohne Neugier oder Angst einfach vorbeiziehen ließ, bis sie wieder verschwanden.

Die Frauen beobachteten sie voller Stolz. Maya hatte sich zu einem prächtigen Mädchen entwickelt, schlank, kräftig und gesund, ihre Haut, die heller war als die der anderen, hatte unter der Sonne einen goldbraunen Ton angenommen. Ihre langen dunklen Haare, in denen ein paar rotgoldene Strähnen schimmerten, fielen ihr gerade den Rücken hinab.

Maya liebte und genoss dieses familiäre Stammesleben, doch manchmal spürte sie deutlich, dass sie anders war als die anderen. Sie ließ eine Hand voll Sand durch ihre Finger rieseln. Dann öffnete sie ihre Hand und untersuchte die paar Sandkörner, die noch an ihren Fingerspitzen hafteten. Jedes war verschieden, jedes besaß eine andere Form, alle waren von unterschiedlicher Größe. Behutsam blies Maya in ihre Hand, und alle Sandkörner fielen wieder zu Boden, wo sie sich mit dem Sand vermischten und nicht mehr zu unterscheiden waren. Maya legte den Kopf auf die Seite. Das hatte etwas zu bedeuten, dachte sie, auch wenn sie nicht wusste, was. Sie sprang auf und rannte los, um mit den Kleinen zu spielen, die mit großen Muschelschalen ein Loch in den Sand gruben.

Nicht lange nachdem das Lager an einem Bach hinter den Dünen errichtet worden war, machte sich Maya mit einer Gruppe von Frauen und Kindern auf, um ›Essen vom weißen Mann‹ zu holen. Mit den Jahren war es Brauch geworden, die Mission in der Nähe zu besuchen, wo ihnen der freundliche Bruder Zucker und Mehl schenkte. Diese Besuche liefen immer nach demselben Ritual ab. Sie mussten sich setzen und dem Bruder zuhören, der dann über ›Gott‹ redete, bevor er die Lebensmittel ausgab. In den Augen der Aborigines war Bruder Frederick ein außergewöhnlicher, liebenswerter Mann, ganz anders als die meisten Perlenfischer, Viehzüchter und Polizisten, die ihnen sonst begegneten. Bruder Frederick hatte ihre Sprache in Grundzügen erlernt, genügend, damit sie seine Geschichten über ›Gott‹ verstehen konnten. Er half ihnen, Krankheiten zu heilen, und erläuterte den Älteren, wenn sie ihn darum baten, die Gesetze des weißen Mannes, die sie als grausam und verwirrend empfanden.

Die Frauen und Kinder zogen in die Missionsstation, die sich immer weiter ausdehnte, und riefen den dort wohnenden Aborigines Grüße zu. Manche waren Verwandte, die die Sprache des weißen Mannes gelernt hatten, in dieser Sprache sogar Lieder sangen und die heilige Stätte besuchten, das große weiße Gebäude, in dem der Bruder zu ›Gott‹ redete.

Unter viel Gelächter und Geplauder ließen sich die Besucher und die Bewohner der Mission im Schatten eines ausladenden Mangobaums nieder, um Neuigkeiten auszutauschen. Bald trat Bruder Frederick in die Tür der weißen Kirche. Er winkte ihnen mit beiden Armen überschwänglich zu, ging über den Rasen und hieß sie mit Rufen in ihrer Sprache willkommen, gleichzeitig ergriff er die ausgestreckten Hände einer ganzen Horde von Kindern, die auf ihn zurannten und sich kichernd um ihn drängelten.

Bruder Frederick setzte sich zu ihnen in den Schatten und begrüßte nacheinander jede einzelne Frau aus der Gruppe. Manchmal brauchte er ein bisschen Hilfe, um sich an die Namen und Verwandtschaftsbeziehungen zu erinnern. Als er zu Maya kam, hielt er inne und dachte kurz nach. »Wen haben wir denn da?«, fragte er dann. Nachdem sie ihm Maya vorgestellt hatten, fragte er nach ihrer Mutter und blickte in die Runde. Sie erklärten, dass Maya von ihren ›Tanten‹ versorgt würde, da ihre Mutter übers Meer gebracht worden wäre. Das interpretierte Bruder Frederick so, dass ihre Mutter gestorben war. Er ließ seinen Blick auf dem lächelnden Mädchen ruhen und sah, dass ihr Vater ein Weißer gewesen sein musste, ging der Frage aber nicht weiter nach, weil er aller Wahrscheinlichkeit nach keine befriedigende Antwort darauf zu erwarten hatte.

Als die Höflichkeiten ausgetauscht waren, begann er eine Geschichte aus der Bibel zu erzählen, die teilweise von den in der Missionsstation lebenden Verwandten ausgeschmückt und erläutert wurde. Dann sang er ein Lied über seinen Gott, in das die bekehrten Christen begeistert einstimmten. Die Aborigines aus dem Busch verstanden kein Wort der Hymne, fielen aber mit rhythmischem Klatschen ein und brachen am Schluss in einen Chor von Beifallsrufen und Gelächter aus. Sie wussten, dass sie mit diesen Zeichen der Begeisterung dem weißen Mann viel Freude machten.

Die Essensrationen wurden ausgeteilt und die Unterhaltung unter den Bäumen wieder aufgenommen, währenddessen rannten die Kinder davon, um sich umzusehen und zu spielen.

Vom ersten Augenblick an, als Maya die Missionsstation betreten hatte, war sie von dem großen weißen Gebäude mit dem kleinen Turm und der Glocke fasziniert. Es weckte Erinnerungen an eine andere Zeit, einen anderen Ort, verschwommene Bilder zwar, die aber mit Sicherheit zu ihrer Vergangenheit gehörten. Maya stahl sich von den anderen weg, schlich zu der offenen Tür und schaute hinein. Drinnen war es kühl und dämmrig. Vorsichtig trat sie ins Innere der Kirche, und als sich ihre Augen an das Dunkel gewöhnt hatten, sah sie, dass die Wände reich mit Perlmuttmuscheln verziert waren. Beim Anblick dieser Pracht stockte ihr vor Staunen und Aufregung der Atem.

»So hübsch«, sagte sie laut auf Englisch.

»Ja, sehr hübsch«, kam das leise Echo einer Stimme im Schatten links von ihr.

Maya zuckte überrascht zusammen und wollte sich schon umdrehen, um wegzulaufen.

»Bitte hab keine Angst. Bleib. Schau dich nur um«, ermutigte sie Bruder Frederick herzlich und streckte ihr seine Hand entgegen.

Maya kam näher und nahm dann zögernd die ausgestreckte Hand.

Zusammen gingen sie langsam in der Kirche herum. Maya strich manchmal mit den Fingern über die Muscheln, der Priester stellte manchmal eine Frage oder wies das Mädchen auf Einzelheiten der religiösen Darstellungen hin. Er verbarg seine Überraschung darüber, dass sie Englisch sprechen konnte, auch wenn sie manchmal angestrengt nachdenken musste, bis ihr die richtigen Worte einfielen.

Bruder Frederick zweifelte nicht daran, dass Gott ihm dieses Kind gesandt hatte, damit er es retten sollte.

Einige Tage später kam eine kleine Abordnung von Aborigines aus der Mission zum Buschlager. Die Frauen, die mit der Abordnung gekommen waren, suchten die Frauen von Mayas Familie auf und führten lange Gespräche ohne die Männer. Es ging um ›Frauensachen‹ – um Maya. Am nächsten Tag kehrten die Buschfrauen wiederum zur Mission zurück, zu erneuten Gesprächen und einer Begegnung mit dem Priester.

Wochen vergingen, idyllische Tage für Maya, die mit den anderen Kindern im Sand und im Meer herumtollte, fischte und Muscheln und Krebse sammelte. Nachts schlief sie am Lagerfeuer ein, während noch gesungen und getanzt wurde.

Für die Sippe nahte die Zeit zum Aufbruch. Eines Morgens musste Maya einige ihrer Tanten zur Mission begleiten. Sie war enttäuscht, dass keine anderen Kinder mitkamen, nahm sich aber vor, dem Mann in dem langen Gewand ein paar der harten, süßen Lutscher abzuschmeicheln, die sie ihren Freunden bringen wollte.

Als sie sich in der Missionsstation mit Verwandten und Freunden unter Bäumen niedergelassen hatten, erklärten die Frauen Maya, dass sie nicht ins Lager zurückkehren würde. Sie würde einige Zeit an diesem Ort bleiben. Der weiße Mann würde sich um sie kümmern, ihr gutes Essen und Kleider geben und ihr wichtige Dinge beibringen.

Maya war wie betäubt. Ihre Lippen zitterten, dann begann sie leise zu weinen.

Die Frauen schulterten die Säcke mit Mehl und Zucker und winkten Maya zu, die jetzt verloren vor der Kirche stand, an der Hand von Bruder Frederick. Maya erwiderte den Abschiedsgruß mit ihrer freien Hand, die sie halb erhob, während sie mit den Tränen kämpfte und ihre Familie den Pfad hinunter verschwand.

Der Mann drückte ihre Hand, und sie blickte zu ihm hoch. Er lächelte, griff in seine Kutte und zog eine bunt eingewickelte Süßigkeit hervor. »Maya, hier hast du einen Lutscher. Ich weiß doch, dass du den magst«, fügte er munter hinzu.

Sie nahm das steinharte Geschenk und wickelte es langsam aus. Dann steckte sie die bunte Kugel in den Mund, genoss eine Weile den süßen Geschmack und schob den Lutscher dann auf die Seite, sodass sich ihre Wange hervorwölbte.

Bruder Frederick lächelte wieder und nahm sie bei der Hand. »Komm mit, jetzt gehen wir ein paar anständige Kleider für dich aus dem Lager holen.«

Achtzehntes Kapitel

Tyndall regte sich und hob den Kopf, als die Tropfen eines leichten Regens über seine rote, wunde Haut rannen. Sein verklebter Mund öffnete sich, das Wasser, das über seine ausgetrockneten, rissigen Lippen auf seine geschwollene Zunge lief, verschaffte ihm Erleichterung. Er hatte jedes Zeitgefühl verloren, erinnerte sich aber noch dunkel daran, wie in der Nacht die Wellen gegen das ramponierte Dinghi geschlagen hatten. Als ihm das Regenwasser das Gesicht herunterlief, bemerkte er nach und nach, dass er auf dem Rücken lag und seine Beine über dem durchgebrochenen Sitz des Boots hingen. Zwischen den lecken Wänden schwappte brusttiefes Wasser. Er versuchte, sich aus seiner Kuhle aufzurichten, hatte aber nicht die Kraft dazu, sondern sank in sein wässriges Lager zurück und schloss wieder die Augen.

Ein Rumpeln und Knirschen holte ihn wieder in die Wirklichkeit zurück. Das Boot schabte über ein Riff, die nächste Woge rammte es gegen einen Felsen, an dem der Rumpf endgültig zerbarst. Tyndall wurde aus dem Boot gespült und trieb über das Riff in tiefes Wasser. Der Schreck brachte ihn wieder zu vollem Bewusstsein, und er begann zu schwimmen. Obwohl er nur undeutlich sehen konnte, machte er in der Ferne die Umrisse zweier flacher Inseln aus. Er erkannte, dass er sich in der Meerenge zwischen den beiden Inseln befand. Unter normalen Umständen wäre es ein Leichtes für ihn gewesen, ans Ufer zu schwimmen, doch seine Kleidung zog ihn schwer nach unten, seine Glieder fühlten sich an wie Bleigewichte. Das tagelange Dahintreiben im Boot hatte seine Kräfte erschöpft, und gerade als er glaubte, den Arm nicht mehr heben und die Beine nicht mehr bewegen zu können, schubste ihn etwas Großes, das neben ihm durchs Wasser glitt, in die Seite. Tyndall warf sich sofort darauf. Er schlang die Arme um den muschelverkrusteten Panzer einer alten grünen Schildkröte und klammerte sich daran fest. Sie schwamm knapp unter der Oberfläche, sodass Tyndall seinen Kopf gerade über Wasser halten konnte, während das Tier auf die größere der beiden Inseln zupaddelte.

Das Ufer bestand aus Riffen und Felsen, doch die Schildkröte schwamm durch eine schmale Rinne zwischen ihnen hindurch, und Tyndall spürte, wie sie mit dem Bauch am Boden entlangscheuerte, als sie sich den Strand hinaufmühte. Er rollte herunter und lag einen Moment da, bevor er sich mühsam aufrappelte. Dutzende von Schildkröten krabbelten auf einen dünnen Streifen Sand zu, wo sie bei Sonnenuntergang mit dem Buddeln der Löcher beginnen würden, in die sie ihre zahlreichen Eier ablegten. Tyndall konnte sich nicht länger aufrecht halten und brach am Strand zusammen.

In der abendlichen Kühle wachte er wieder auf und kroch auf eines der sandbedeckten Gelege zu. Er grub mit den Händen den Sand weg, zog ein Ei heraus und biss hinein. Das weckte wenigstens einen Teil seiner Lebensgeister. Langsam und mühevoll schleppte er sich zu einem Unterschlupf, wo er sich zusammenrollte und einschlief, nachdem er sich vorgenommen hatte, gleich wenn es hell würde, nach mehr Nahrung und Wasser zu suchen.

Amy entschied sich für das Kleid aus der roten Kimonoseide, die Gunthers Billigung gefunden hatte. Das schulterfreie Oberteil war mit schwarzer Spitze eingefasst, das tiefe Dekolleté entblößte die prallen Wölbungen ihres weißen Busens. Die Seide umfloss schmeichelnd ihre Figur und endete in einem geschwungenen Saum oberhalb ihrer Knöchel.

Amy schlüpfte mit ihren puderrosa bestrumpften Füßen in schwarze Schuhe mit Strassschnallen, streifte schwarze Handschuhe über und ergänzte ihre Aufmachung mit einem Fächer und einem hauchzarten schwarzen Chiffontuch, das ihre nackte Haut auf der Fahrt zum *Cable Palace* vor Insektenstichen schützen sollte.

Nach den Maßstäben, die in Broome galten, mochte das Haus vielleicht ein Palast sein. Das große Gebäude war auf hohen Pfählen errichtet, eine breite Freitreppe führte zu einer Veranda mit Säulengang hinauf, auf deren ganze Breite sich von oben bis unten verglaste Flügeltüren öffneten. Doch bei näherem Hinsehen erwies sich der Bau als dürftige Konstruktion von fast behelfsmäßigem Charakter, auch blätterte schon die Farbe ab. Weiches Licht schimmerte durch teure Vorhänge, eine Seltenheit in einer Stadt, in der es zum Schutz der Privatsphäre lediglich Fensterläden und Lattengitter gab. Das Haus lag abgeschottet von der Außenwelt hinter einer hohen Sträucherhecke, Palmen, Roter Jasmin, Bananenbäume und wuchernde Bougainvilleen schirmten es zusätzlich vor neugierigen Blicken ab. Amy fand es seltsam, dass ein Haus, das sich den Anstrich imposanter Pracht geben wollte, in einer so einsamen Gegend erbaut war.

Gunther wartete auf der Veranda und kam herunter, um ihr aus dem Sulky zu helfen.

Amys anfängliche Bedenken zerstreuten sich rasch, als ihr klar wurde, dass alle der Anwesenden eine schillernde Vergangenheit besaßen und ihre momentane Tätigkeit nur höchst vage umschrieben. Undurchsichtige Erklärungen über den Grund ihres Aufenthalts in Broome, die ihnen glatt über die Lippen kamen, erhöhten den Reiz des Geheimnisvollen. Ein Perlenkäufer aus Wien ließ einfließen, er kaufe auch Gold und wertvolle Steine für ›Privatkunden‹, einem japanischen Geschäftsmann wich eine blutjunge, sehr hübsche Japanerin im Kimono, die kein Englisch sprach, aber dafür unablässig kicherte, nicht von der Seite. Unter den Gästen befanden sich noch mehrere andere Geschäftsleute und ein feingliedriger Malaie, der auffallend viel Schmuck trug. Die wenigen Europäerinnen waren im Vergleich zu Amy, die wie eine Varietékönigin bei einem Bühnenauftritt erstrahlte, eher schlicht gekleidet. Obwohl diese Damen selbst keineswegs exklusiv oder vornehm wirkten, beäugten sie Amy mit verächtlichem Widerwillen. Von den Männern jedoch erntete sie Blicke unverhohlener Bewunderung.

»Wem gehört dieses Haus?«, fragte Amy leise, nachdem sie schon etliche Gläser geleert hatte.

»Antoine Dollinger, bekannt als Kapitän Dolly. Sich selbst bezeichnet er als Händler. Er kauft und verkauft ... so gut wie alles. Sehr nützlich, diesen Mann zu kennen.« Gunther zwinkerte ihr zu.

»Sie kennen ihn gut?«

»Gut genug. Ich habe schon mehrere Geschäfte mit ihm gemacht. Ich hoffe, in Kürze eine Sache unter Dach und Fach zu bringen, die mir ein hübsches Sümmchen einbringen wird.« Das Lächeln war nicht von Gunthers Gesicht gewichen.

»Ich vermute, Sie werden mir keine Hinweise geben, welcher Natur diese ... große Sache ist?«

»Seien Sie nicht so neugierig. Warum interessieren Sie sich dafür? Ladys sollen nur hübsch aussehen und keine Fragen über die Geschäfte der Männer stellen.«

»Manche von uns sind hübsch und gleichzeitig klug«, gab sie kokett zurück.

Er musterte sie einen Moment. »Ja, aber das sind seltene Ausnahmen.«

»Vielleicht bin ich ja auch auf der Suche nach Gelegenheiten, Geschäfte zu machen. Jedenfalls freue ich mich schon auf einen Plausch mit Kapitän Dolly.«

»Wenn Sie eine clevere Idee haben, dann sprechen Sie als

Erstes mit mir. Ich werde mich Ihrer Interessen gern annehmen.«

»Tatsächlich? Gilt das für geschäftliche oder persönliche Interessen?«

»Das liegt ganz bei Ihnen, meine Liebe. Ich bin immer für eine Überraschung gut. Mit mir gemeinsame Sache zu machen ist nicht das Schlechteste. Die Welt ist kalt und hart, nur die Starken – und die Schlauen – überleben.«

»Ich weiß, das können Sie mir glauben. Aber ich habe mich ganz gut durchgeschlagen. Bis jetzt jedenfalls. Wie gesagt, ich halte ebenfalls nach Geschäftsmöglichkeiten Ausschau. Ich habe nicht vor, ewig in Broome zu versauern.«

»Und Kapitän Tyndall? Was für eine Rolle spielt der in Ihren Plänen?«

»Der sorgt schon für sich selbst.«

»Das ist vielleicht das Problem, wie? Sie brauchen etwas, was Sie ausfüllt.«

»Ausfüllen ist nicht genug – es muss schon etwas dabei herausspringen.« Sie entfernte seine Hand von ihrer Taille. Amy hatte sich immer noch kein endgültiges Urteil gebildet, ob Gunther wirklich so clever war, wie er sich gab. Sie kannte solche Typen zur Genüge, immer kurz davor, den großen Coup zu landen, immer groß im Redenschwingen, aber auch immer in der unbestimmten Erwartung, dass die Fortüne endlich des Weges käme. Doch aus irgendwelchen Gründen empfing Amys Antenne positive Signale und meldete ihr, dass dieser Mann gleich auf die Goldader seines Lebens stoßen würde. Amy wunderte sich immer noch, warum er sie so faszinierte. Trotz seiner Hässlichkeit strahlte er eine Aura der Macht aus, die sie sexuell ungemein anziehend fand.

Gunther erläuterte seine Geschäftsphilosophie etwas genauer. »Willst du Geld machen, musst du etwas riskieren. Dich einen Dreck um die Regeln kümmern. Gefährlich leben. Vielleicht passt das nicht ganz zu Ihrer Lebensart.«

»Das würde ich nicht sagen.« Sie wechselten einen freimütigen Blick, der unendlich beredter war als ihr leichtes Geplänkel.

»Vielleicht kommt das, was Sie suchen, früher des Wegs, als Sie glauben. Aber wenn es so weit ist, müssen Sie die Anker lichten und segeln, wohin der Wind Sie führt.«

»Genauso habe ich mein Leben immer gelebt«, sagte Amy leise.

In diesem Augenblick erkannte Gunther, wes Geistes Kind Amy war – hier war er auf eine Frau seines eigenen Kalibers gestoßen, eine Kämpferin, die sich nahm, was sie wollte, und sich nicht um die Folgen scherte.

Der Abend verflog nach Amys Geschmack viel zu schnell. Sie war berauscht vom Alkohol, dem Portwein und dem, was sie an Gesprächen zwischen Gunther und den anderen Männern aufgeschnappt hatte. Nach und nach durchschaute sie, dass alle hier Anwesenden zu einem losen Ring von ›Unternehmern‹ gehörten, die sich illegalen, aber dafür umso gewinnträchtigeren Geschäften verschrieben hatten. Sie beschloss, dass sie ebenfalls dazugehören wollte, denn ihr behagte der Lebensstil dieser Leute, die es an exotische Orte verschlug, die ihren Reichtum mit vollen Händen für ein Luxusleben ausgaben, das mit einer Prise Gefahr und Aufregung gewürzt war.

Auf dem Heimweg gingen Gunther und Amy noch einmal die ganze Gesellschaft durch. Amy fragte ihn aus, was er von den anderen Gästen und von ihrem Gastgeber Kapitän Dolly wusste. Äußerlich schienen sie ein unbefangenes Gespräch zu führen, nachdem sie einen faszinierenden Abend miteinander verbracht hatten, doch unter der Oberfläche knisterte zwischen den beiden eine undefinierbare Spannung. Amy fand das erregend, sie liebte das Spiel der Jagd zwischen den Geschlechtern.

Sie blieben stehen, und Gunther begleitete Amy zur Verandatreppe.

»Das war ein ganz besonderer Abend. Vielen Dank, Karl.«

»Ich hoffe, ich werde noch öfter in den Genuss Ihrer Gesellschaft kommen. Ich habe da einige Pläne, die Sie möglicherweise interessieren könnten. Ich kenne Ihre Absichten ja nun etwas besser, Ihre Ziele sozusagen. Sie sind eine unabhängige Frau. Das gefällt mir. Wir sollten uns einmal näher über diese Dinge unterhalten.«

»Das heißt, keine privaten Abendgesellschaften mehr?«

»Das natürlich auch noch. Hängt ganz von Ihnen ab, von Ihrer … persönlichen Situation.«

»Also wenn Sie die Sache mir überlassen …« Amy beugte sich vor und küsste Gunther auf den Mund.

Er erwiderte ihren Kuss, zog sie heftig an sich und ließ seine Hände über ihr pralles Hinterteil gleiten. Dann wich er kurz zurück. »Es gibt eine Regel: Halte Arbeit und Vergnügen immer fein säuberlich getrennt«, murmelte er.

»Wie schade«, flüsterte Amy. »Und wozu gehöre ich? Zur Arbeit oder zum Vergnügen?«

»Ich sollte hinzufügen, dass ich diese Regel schon längst gebrochen habe.« Noch einmal küsste er ihren breit lächelnden Mund, und sie presste ihre Brüste gegen ihn, wie um ihn einzuladen, die Nacht mit ihr zu verbringen.

Doch Gunther machte sich von ihr los und drückte freundschaftlich ihren Arm.

»Wir sehen uns wieder, ich werde Ihnen eine Nachricht schicken«, kündigte er an.

»Ich freue mich schon darauf.« Was eindeutig stimmte. Plötzlich war das Leben wieder spannend geworden. Mit keckem Hüftschwung stieg Amy die Stufen zur Veranda hoch und verschwand im Haus.

Als Gunther davonfuhr, trat eine Gestalt aus dem Schatten und schlüpfte ins Haus.

Ahmed steuerte mit der *Bulan* den vereinbarten Treffpunkt an und brachte in Erfahrung, dass Tyndall nach Norden gesegelt war und seither niemand die *Shamrock zu* Gesicht bekommen hatte, allerdings war die gesamte Flotte stets bei den Muschelbänken geblieben. Möglicherweise hatte Tyndall ergiebige neue Muschelgründe entdeckt, dennoch war es gar nicht seine Art, dass er eine Verabredung einfach platzen ließ. Ahmed wartete noch einen Tag und hinterließ dann auf dem nächsten Logger eine Nachricht, dass er nach Norden gesegelt sei, um Tyndall zu suchen. Er beriet sich mit dem Ersten Maat, dann schlugen sie den Kurs ein, den ihr Kapitän immer genommen hatte.

Ahmed machte sich Sorgen, so etwas sah Tyndall gar nicht ähnlich. Auch wenn er nicht mehr ganz der Alte war, weil ihn die Geschichte mit Amy und Olivia aus der Bahn geworfen hatte, stand er auf See doch immer über den Dingen. Ahmed hatte ein nagendes Gefühl im Bauch, er ahnte, dass Tyndall etwas zugestoßen war.

Wenn Tyndall bis zum Buccaneer-Archipel hochgesegelt war, könnten sie sich zwischen den vielen Inseln, die hier verstreut im Meer lagen, leicht verfehlen. Doch Ahmed blieb auf Kurs und wartete geduldig auf ein Zeichen.

Als das erwartete Zeichen schließlich kam, wurde ihm Angst und Bange. Die Mannschaft zog eine zersplitterte Planke mit einem durchweichten Rettungsring an Bord, dessen Leine sich um das Holz gewickelt hatte. Auf dem Ring stand in roter Schrift der Name *Shamrock*.

Langsam fuhren sie auf derselben Route wieder zurück und suchten die Gewässer systematisch ab. Immer war jemand im Ausguck und hielt aufmerksam Wache, denn die Gegend war nur lückenhaft in den Karten verzeichnet.

Sie stießen auf weitere Wrackteile, fanden aber kein Lebenszeichen. Beharrlich setzten sie ihre Suche fort, bis sie für die Nacht Anker werfen mussten.

Tyndall hingen die Schildkröteneier zum Hals heraus; er hatte es geschafft, einen Vogel zu fangen und ihn, so gut es ging, roh hinunterzuwürgen. In einigen Felslöchern hatte er auch etwas Regenwasser gefunden. Doch wollte er hier nicht einfach ausharren, in der Hoffnung auf eine unwahrscheinliche Rettung. Er schätzte die Entfernung zur Küste auf etwa dreißig Kilometer, in seinem Zustand zum Schwimmen zu weit, aber nicht zum Paddeln, falls der Wind und die Strömungen mitspielten. Sein Messer hing immer noch an seinem Gürtel, also konnte er einige biegsame junge Zweige abschneiden, mit denen er ein paar größere Äste zu einem notdürftigen Floß zusammenband. Er schlang seine Arme darum und schwamm so zu dem Riff zurück, das nun bei Ebbe aus dem Meer ragte.

Sein gestrandetes Dinghi war ein Wrack, eigentlich nicht mehr als ein Gerippe, aber immer noch besser als sein Floß. Mit einer herausgebrochenen Planke hebelte er es frei, und mit der nächsten größeren Woge, die über das Riff spülte, stieß er sich ab. Im Bootswrack kauernd, machte er sich zu dem Landstreifen in der Ferne auf, die Planke benutzte er als Paddel.

Ahmeds Suche erwies sich als ergebnislos. Im grellen Licht des vierten Tags starrte er auf die Karte mit den stecknadelkopfgroßen Atollen und Inseln und fragte sich, ob Tyndall dort irgendwo festsaß, sollte er überhaupt noch am Leben sein.

Der Kupanger, der oben am Mast im Ausguck hockte, entdeckte als Erster, dass etwas vor ihnen im Wasser trieb, und schrie herunter, dass sie den Kurs ändern sollten. Noch mehr Wrackteile, dachten sie, bis sie beim Näherkommen den Mann entdeckten, der zusammengesunken in dem schwer angeschlagenen Boot lag. Er hatte sich mit dem Hemd an dem zerbrochenen Sitz festgebunden, die ungeschützte Haut auf seinem Rücken bestand zum Teil aus Blasen, zum Teil hatte sie sich gelöst, sodass das rohe Fleisch bloßlag. Ob der Mann tot war oder noch lebte, ließ sich nicht erkennen.

Ahmed stand verzweifelt betend daneben, während sie Tyndall an Bord hievten.

Sie drehten ihn um und sahen, dass er noch atmete. Sie träufelten ihm Wasser in den Mund und wuschen ihm das angetrocknete Salz vom Gesicht. Er hustete und spuckte, seine Augen verdrehten sich und wanderten dann langsam wieder in die richtige Lage. Durch seine verbrannten Lippen hindurch versuchte er, etwas zu sagen, aber aus seinem verschwollenen Mund kam nur ein unverständliches Krächzen. Sie verarzteten ihn, so gut sie konnten, und Ahmed nahm sofort Kurs auf Broome.

Amy traf Karl Gunther noch zwei weitere Male. Wer die beiden zusammen sah, mochte sich über das ungleiche Paar wundern – der raubeinige Abenteurer mit dem zwielichtigen Ruf und die modische, wenn nicht gar aufgetakelte Schöne, die an die Aufmerksamkeiten um sie herumscharwenzelnder vermögender Männer gewöhnt war. Dennoch, Gunther und Amy hatten beide erkannt, dass sie vieles gemein hatten.

Sie betrachteten sich als Spielernaturen, bereit zum Risiko, vorausgesetzt, dass der Gewinn hoch genug ausfiel. Sie benutzten rücksichtslos andere Menschen für ihre Zwecke, das war ein Teil ihrer Philosophie, jede Gelegenheit am Schopf zu packen, ohne Reue oder Schuldgefühle, wenn andere darunter zu leiden hatten. Jeder von beiden bekannte sich dazu, dass er sich selbst an die erste Stelle setzte, und betrachtete diese Haltung als Tugend.

Gunther war noch nie einer solchen Frau begegnet. Frauen waren für ihn bewegliche Habe, nützlich zur Befriedigung all seiner Bedürfnisse, überall und jederzeit verfügbar, wann immer er sie haben wollte. Doch er erkannte bald, dass Amy genau wie er daran gewöhnt war, das Kommando zu führen. Sie besaß einen starken Willen und war trotz ihrer niedlichen Hülle bereit, mit Zähnen und Klauen für ihre Ziele zu kämpfen, daran hatte Gunther keinen Zweifel. Sie war ungeduldig und wollte das schnelle, leichte Geld machen. Gunther konnte sich nicht vorstellen, dass sie noch viel länger in Broome herumsitzen würde. Doch einen Plan auszuhecken, um Tyndalls Reichtum an sich zu raffen, war offensichtlich schwieriger, als sie erwartet hatte. Um zu kriegen, was sie wollte, würde Amy ihren Körper genauso bereitwillig einsetzen wie ihren Kopf. Sie war in ihrer Vergangenheit sicher nicht zimperlich gewesen, aber in Tyndall hatte sie ihren Meister gefunden.

»Diese Hennessy hat ganz schön viel Macht über ihn«, erzählte sie Gunther eines Tages im *Weißen Lotus*, wo sie ihren Nachmittagstee einnahmen.

»Was willst du dagegen unternehmen?«

»Ich dachte, ich hätte die Trumpfkarte in der Hand, weil ich seine rechtmäßige Frau bin, aber das nutzt mir nicht viel, wenn seine sämtlichen Vermögenswerte im Geschäft stecken.«

»Was ist mit den Perlen? Ich habe gehört, die Ausbeute wäre in dieser Saison mehr als reichlich gewesen.«

Amy lächelte ihm ironisch zu. »Genau auf solche Vermögenswerte hoffte ich, zugreifen zu können.«

»Aha, du siehst dich also schon in dieser kleinen Stadt – oder sonst wo – herumstolzieren, über und über behängt mit märchenhaften Perlenketten.«

»Ganz und gar nicht. Ich betrachtete sie als Mittel zum Zweck.«

»Hast du eine bestimmte Idee oder einen Plan?« Er hob die Augenbrauen.

»Noch nicht. Aber ich bin für alle Vorschläge offen.«

»Wenn du dir diese Vermögenswerte beschaffen könntest, würdest du es in Erwägung ziehen, wenn ich dir einen Deal vorschlage?«

»Einen Deal mit dir?«

»Spielt das eine Rolle?« Er grinste breit.

»Aber sicher, ich glaube, das könnte entschiedene Vorteile haben.« Nach diesem Geplänkel wurde sie ernst. »Aber ich muss das Kapital erst, äh – erwerben, sagen wir mal.«

»Das ist dein Problem.«

»Vielleicht könntest du mir ein paar nützliche Tipps geben? Wann werden die Perlen verkauft? Wo werden sie aufbewahrt?«

»*Star of the Sea* lässt die Perlen bei Metta polieren. Wenn er damit fertig ist, wandern sie wahrscheinlich in den Bürosafe, bis sie zum Verkauf per Schiff in den Süden transportiert werden.«

»Kleine Herausforderung für mich, was?« Sie lächelte ihn an.

Amy erledigte ihre Hausaufgaben: Auf ihrer Runde durch die Stadt stattete sie Tyndalls Büro einen Besuch ab. Ein Kupanger döste unten neben der Treppe vor sich hin, sprang aber bei Amys Ankunft auf die Füße. »Niemand da, Mem. Alle draußen … auf See.«

»Alle?«

»Nein, ein paar arbeiten unten im Ufercamp. Kann ich helfen, Mem?«

»Gib mir den Schlüssel. Ich weiß, was ich will.«

Der Junge schüttelte ängstlich den Kopf. »Ahmed sagt, ich darf niemand Schlüssel geben.«

»Ganz recht. Aber damit bin doch nicht ich gemeint, Mem Tyndall. Ich habe etwas zu erledigen. Jetzt gib mir den Schlüssel, ich brauche ihn nur eine Minute.« Sie streckte die Hand aus und funkelte ihn drohend an.

»Sie geben zurück in eine Minute?«

»Selbstverständlich. Warte hier.« Amy eilte die Treppe hoch.

Sie schloss die Tür zu Tyndalls Büro auf und ließ den Blick über die verstreuten Ausrüstungsteile schweifen, die Taue, die Whiskyflaschen, die über das alte Sofa geworfene

Decke. Sie blätterte kurz die Papierstapel auf seinem Schreibtisch durch, fand aber nichts Interessantes und wandte ihre Aufmerksamkeit deshalb dem Safe zu. Das würde schwierig werden, doch eine geschickte Person mit den richtigen Kenntnissen könnte das Schloss möglicherweise knacken. Sie zog die linken und rechten Schreibtischschubladen auf, wühlte ihren Inhalt durch und nahm eine Mappe heraus, in der die Perlenverkäufe in allen Einzelheiten festgehalten waren. Dann öffnete sie die mittlere Schublade. Darin lagen eine halbe Flasche Rum und ein Schlüsselbund.

»Mem? Sie noch da, Mem?«

»Ja, ich komme schon.« Hastig warf Amy die Tür zu und schloss sie mit einem der Schlüssel ab, die sie aus dem Schreibtisch genommen hatte. Lächelnd schob sie den Schlüsselbund in ihre Tasche und ging hinunter.

»Ich habe das Büro schon zugeschlossen. Du brauchst nicht mehr hinaufzugehen.«

»*Terimah kasi,* Mem.« Er steckte den Schlüssel ein und setzte sich wieder auf seinen Stuhl.

Die nächste Nachricht, die sie von Karl Gunther erhielt, war eine Einladung zum Abendessen. Es war schon dunkel, als sie in dem Sulky aufbrach, das er ihr geschickt hatte. Am Kai half ihr der Fahrer beim Aussteigen. Wortlos folgte sie ihm den Anlegesteg entlang, an mehreren dunklen Schiffen vorbei bis zu der Stelle, wo Gunthers rot-schwarzer Schoner vertäut lag. Eine Laterne brannte oben am Mast. Gunther erschien an Deck und half ihr an Bord.

»Warte unten in der Kabine, wir fahren in die Bucht hinaus. Es ist bald Ebbe, und ich will nicht im Schlamm stecken bleiben. Ich finde es immer gut, wenn ich mich schnell aus dem Staub machen kann.«

»Ich auch. Was soll ich in diesem Fall tun? Etwa schwimmen?«

»Du bist jetzt wohl oder übel meiner Gnade ausgeliefert.«

Sie gingen vor Anker, und das einzige Besatzungsmitglied verdrückte sich unauffällig.

Gunther goss sich ein Glas Rum ein. »Ich hab nichts anderes.« Er goss einen Schuss in ein zweites Glas und schob ihr eine Flasche Limonade hin. »Damit kannst du ihn verdünnen.«

»Ich kann nicht behaupten, dass das mein Lieblingsgetränk wäre«, sagte Amy. »Aber der französische Champagner kommt wohl erst, wenn ich auf die Goldader gestoßen bin, was? Also erzähl mir, worum es geht.«

»Piraten, meine Liebe, Piraten.«

Amy wurde blass. »Also auf so was lass ich mich nicht ein, Karl«, fuhr sie entrüstet auf. »Mann, so wie du aussiehst, könntest du leicht selbst als Pirat durchgehen, aber mit mir brauchst du bei deinen tollkühnen Wahnvorstellungen nicht zu rechnen.« Sie machte eine Pause, dachte einen Augenblick nach, legte dann den Kopf auf die Seite und fragte vorsichtig: »Oder spricht vielleicht der Rum aus dir?«

Gunther warf den Kopf zurück und brach in ein brüllendes Gelächter aus. »Amy, du machst mir Spaß! Nein, wir werden nicht selber Piraten spielen, sondern einfach mit ihnen Geschäfte machen.« Er streckte den Arm mit der Rumflasche aus und füllte ihr Glas nach.

»Ich wusste nicht, dass Piraterie immer noch als Geschäft betrieben wird«, erwiderte Amy, halb verblüfft, halb amüsiert über den Vorschlag. »Du meinst, so richtig mit Totenschädel und Knochen auf der Flagge und so?«

»In gewisser Weise ja. In der Sulu-See nördlich von hier ist die Freibeuterei für einige der Eingeborenen sozusagen eine Lebensform, mein Täubchen. Die fahren nur auf kleinen Schiffen, trotzdem verdienen sie nicht schlecht dabei. Das Problem ist nur, dass die Kolonialregierungen eine wachsende Zahl von Patrouillenschiffen mit Gewehrschützen einsetzen, die den Piraten eins vor den Latz knallen. Und an diesem Punkt steigen wir ein. Gewehre, Amy.«

»Klingt gefährlich«, sagte sie reserviert.

»Ist es aber eigentlich gar nicht«, erwiderte er mit einer wegwerfenden Handbewegung und lehnte sich mit seinem Drink an die Schiffswand zurück. »Der Trick besteht darin, bessere Gewehre zu haben als die, mit denen du handelst.«

»Und damit ist viel Geld zu holen?«

»Geld nicht ... aber Gold. Viel einfacher wieder loszuwerden, du brauchst dich nicht mit Banken rumzuschlagen, die vielleicht unangenehme Fragen stellen. Außerdem, die in der Sulu-See haben das Gold gehortet, du brauchst also auf die Bezahlung nicht lange zu warten. Die sind bereit, große Summen für die neuesten Waffen hinzulegen, vor allem für einige der neuen amerikanischen Fabrikate.«

»Und wo kriegen wir eine Ladung amerikanischer Gewehre her? Von *Streeter & Male's* vielleicht?«

Gunther brüllte wieder vor Lachen, klatschte sich auf die Schenkel und erstickte fast an seinem Rum. »Du bist echt 'ne Marke, Amy. *Streeter & Male's* ...« Wieder lachte er los.

»Ich warte«, sagte Amy grinsend und freute sich, dass ihr kleiner Scherz so gut angekommen war.

»Nee. *Streeter & Male's* können wir uns schenken. Wir holen die Dinger in Darwin ab. Ein Freund von mir erwartet eine Ladung aus Sydney. Was die Kerle dort ›Bergungsgut‹ nennen. Das Zeug ist eines Nachts vor ein paar Monaten aus irgendeinem Lagerhaus verschwunden. Natürlich wird es nicht über die üblichen Kanäle verschifft. Wir kriegen es an einen Ort geliefert, der von Zollbeamten und ähnlichem Pack nicht so überlaufen ist. Dann segeln wir zu einem netten Inselhäuptling, den ich kenne, und lassen verlauten, dass wir bereit sind, Geschäfte zu machen. Und dann streichen wir einen Gewinn von dreihundert Prozent ein.«

Amy wurde schwindlig. Waffenhandel war nicht gerade das, was sie sich vorgestellt hatte. Doch dreihundert Prozent Profit, das hatte in ihren Ohren einen gar zu betörenden Klang.

»Wie ist das mit der Sicherheit, von der du gesprochen hast, und mit den besseren Gewehren?« Sie schob ihr Glas zu ihm hin.

Er schenkte ihnen beiden Rum ein, ließ in ihr Glas Limonade gluckern und grinste. »Das haben die Jungs in Sydney schon im Griff. Die haben auch eine Maschinenpistole angeschafft, wie sie in der Armee verwendet wird. Die ist so viel wert wie zwanzig Schützen an Bord. Ein teures Stück, fürchte ich, aber eine unverzichtbare Investition.« Er ließ ihr Zeit, um diese Informationen zu verdauen, dann fragte er: »Und? Bist du dabei?«

Ihre Blicke trafen sich und tauschten hart, ohne mit der Wimper zu zucken, eine unmissverständliche Botschaft aus. Diese Botschaft lautete: Wir beide wissen, wer wir sind, was wir wollen und was wir einander geben können, wir beide wissen, dass die Antwort ja lautet.

Amy beschloss, ihre Karten auf den Tisch zu legen. »Ich selbst besitze nichts Bares, doch als Tyndalls Frau habe ich Anspruch auf einen Teil des Unternehmens. Die Perlen im Safe werden dieser Anteil sein. Das ist nur gerecht. Tyndall bekommt dafür seine Freiheit.«

»Eine Scheidung?«

»Wenn er sich die Mühe machen will. Mir persönlich ist das völlig schnuppe.« Sie winkte ab. »Und was wird nach dieser kleinen Unternehmung?«, fragte sie.

»Dann hast du Geld und kannst tun und lassen, was du willst.«

»Ich würde nach weiteren Möglichkeiten suchen, mein

Geld Gewinn bringend zu investieren«, sagte Amy. »Ich muss schließlich an meine Zukunft denken.«

Er sah sie prüfend an. »Wenn wir gut miteinander auskommen, könnten wir ja an ein, zwei weitere Projekte denken.«

»Rein geschäftliche?« Amy beugte sich vor und fuhr sich mit der Zunge über die Lippen. Sie sah ihn herausfordernd an und flüsterte verführerisch: »Vielleicht sollten wir überprüfen, wie gut wir miteinander auskommen.«

Gunther blickte zu ihren Brüsten hinunter und griff nach ihrer Hand. Er zog sie auf die Füße. »Die Koje ist da drinnen. Dann wollen wir mal sehen, wie gut wir uns vertragen«, sagte er und gab ihr einen leichten Schubs.

Amy ließ sich durch einen Vorhang kichernd aufs Bett fallen und sah ihm zu, wie er seine Kleider abstreifte. Vom starken Rum fühlte sie sich leicht beschwipst. Sie hatte gewusst, dass es in der Beziehung mit Gunther irgendwann dazu kommen musste, außerdem machte ihr Sex einfach Spaß. Dass Tyndall sie abwies, kränkte sie und gab ihr das Gefühl, nicht begehrenswert zu sein. Sie gierte verzweifelt nach den Aufmerksamkeiten eines Mannes.

Gunther verschwendete keine Zeit an zartes Vorgeplänkel. Amy hatte sich auf raues Kopulieren eingestellt, auf einen Mann, der sich von ihr wegwälzen würde, sobald sein Drang befriedigt war. Was für ein Schock – aber ein ungemein erotischer, anregender Schock – war die unbeschreibliche Lust, die er in ihr weckte! Er lachte wollüstig, als sie vor Ekstase schrie.

Als sie später erschöpft und wund, aber unglaublich befriedigt neben ihm lag, enthüllte er sein Geheimnis. Er nahm ihre Hand und rieb sie am Schaft seines Penis entlang, bis sie auf der Unterseite einen seltsamen harten Knoten spürte.

»Was ist denn das? Hat mir das so gut getan?«, fragte sie.

»Ah, eine Frau, die nicht zu verklemmt ist zuzugeben,

dass sie Spaß am Sex hat«, grinste Gunther. »Das ist eine Perle. Bestes Barock, sitzt genau an der richtigen Stelle, damit die Ladys was davon haben. Hab ich von einem japanischen Taucher gelernt. Die stechen ein Loch in die Haut und schieben die Penisperle rein. Die Haut wächst darüber zu, und du treibst die Frauen zum Wahnsinn.«

Dem musste Amy zustimmen, entzückt erkannte sie, dass eine Partnerschaft mit Gunther in mehr als einer Hinsicht Gewinn versprach.

Am nächsten Morgen kutschierte das Sulky Amy in aller Frühe, noch bevor es dämmerte, durch die ruhigen Straßen zum Haus auf den Klippen zurück. Sie ließ sich die Ereignisse der Nacht noch einmal durch den Kopf gehen. Wie es anscheinend für ihr Leben typisch war, tauchte eine Gelegenheit genau dann auf, wenn sie an Langeweile litt und auf der Stelle zu treten schien. Amy hatte nie darüber nachgedacht, ob sie die ersehnte Ablenkung selbst schuf oder ob der Zufall sie herbeiführte. In solchen Zeiten war Amy nur von einem Gedanken beflügelt: voranzukommen und ihre Lage zu verbessern.

Sie konnte Gunther nicht hundertprozentig vertrauen, doch er konnte ihr Eintritt in eine Welt verschaffen, in der es mehr für sie zu holen gab als in Broome. Eine Welt voller Schatten, möglicherweise auch voller Gefahren, und wenn Gunther vor der Wahl stünde, würde er zuerst sich selbst retten, bevor er an Amy dachte. Aber würde sie nicht dasselbe tun? Sobald sich eine bessere Gelegenheit böte, würde Amy sie bedenkenlos ergreifen. Sie benutzten einander, solange es ihnen beiden passte. Amy verweilte einen Moment bei dem Gedanken, wie erstaunlich ihr eigenwilliges Bündnis war und ebenso die Faszination, die dieser Ganove auf sie ausübte. Dann hakte sie das Thema Gunther ab und begann über die Einzelheiten seines Plans nachzudenken. Er klang gut. Und äußerst gewinnträchtig.

Amy schickte Gunther eine Aufforderung, sie im *Weißen Lotus* zu treffen. Beim Jasmintee gab sie sich ganz geschäftsmäßig.

»Falls wir zu einer Einigung kommen sollten, wie schnell könnten wir von hier weg?«

»Ich bin flexibel. Du bist anscheinend scharf darauf, dich möglichst schnell von hier abzusetzen. Vielleicht müssen wir in Darwin auf das Eintreffen der Ladung warten.«

»Das wäre weniger gefährlich, als hier rumzusitzen. Sobald ich mein Kapital, äh, sichergestellt habe, halte ich es für das Beste, von hier zu verschwinden. Ich möchte weg, bevor Tyndall zurückkehrt und den Verlust entdeckt.«

»Hast du dir schon überlegt, wie du an die Perlen rankommst?«

Sie lächelte ihn kokett an. »Ich habe die Schlüssel zum Büro, aber nicht zum Safe. Um den zu öffnen, brauche ich einen Profi.«

»Und da fragst du mich? Wieso glaubst du, ich könnte einen Safe knacken?« Seine Augen funkelten amüsiert.

»Wenn du es nicht selber kannst, dann kennst du sicher jemanden, denke ich mir.«

»Das wird dich etwas kosten.« Er lächelte immer noch.

Amy wusste, dass Gunther sowohl das Fingergeschick als auch das Werkzeug besaß, die zum Knacken eines Schlosses nötig waren. Auf ihre Bitte hatte er allzu selbstsicher und gelassen reagiert. »Über die Kosten können wir sicher verhandeln, nicht wahr?«

»Ganz richtig.« Er wurde ernst. »Ich brauche ein, zwei Tage. Wie wär's mit Mittwochabend?«

Kurz vor Mitternacht ging Amy, die in ein dunkles Kleid geschlüpft war, zum Hafenviertel hinunter, öffnete leise die Tür zum Bürogebäude der *Star of the Sea* und schlich auf Zehenspitzen die Treppe hoch, obwohl das Haus leer war.

Sie schloss die Tür zu Tyndalls Büro auf, setzte sich hinter seinen Schreibtisch und wartete.

Nach einer Weile ging sie zum Fenster und schaute hinaus auf die mondbeschienene Bucht. Es war ein traumhaft schöner Abend, die Flut war gerade auf dem höchsten Stand, umspülte die Mangroven und plätscherte gegen den alten Anleger. Der Anblick verzauberte Amy, versetzte sie beinahe in Trance. Alles war so friedlich, so schön. Doch plötzlich stieg Unbehagen in ihr hoch, weil die von der Schönheit da draußen geweckten Gefühle in einem so krassen Gegensatz zum Zweck ihres mitternächtlichen Besuchs in diesem Büro standen. Wie seltsam, dachte sie, jetzt bin ich ans andere Ende der Welt gefahren und nach so kurzer Zeit drauf und dran, einen Safe auszurauben und Geschäfte mit Piraten zu machen. Die Aussicht, kriminelle Taten zu verüben, setzte ihr weniger zu als die Frage, wie es so weit hatte kommen können, dass sie solche Handlungen ohne weiteres billigte. Wie war das passiert? Welche Kräfte waren im Spiel, hatten sie von einem irischen Dorf hierher geführt, genau zu diesem Zeitpunkt? Die clevere, gewiefte Amy erlebte einen seltenen Augenblick innerer Einkehr. Sonst war sie immer der Meinung, das Nachgrübeln über die Rätsel des Lebens sei ohnehin für die Katz. Sie kam nicht auf die Idee, dass man bei manchen Entscheidungen tatsächlich die Wahl zwischen Gut und Böse hat. Amy machte sich nicht die Mühe, über Lebensentscheidungen nachzudenken. Amy war nur mit Amy beschäftigt.

Plötzlich packte eine Hand sie an den Haaren und bog ihren Kopf nach hinten, sodass ihr entsetzt der Atem stockte. Gunther beugte sich über sie und biss sie ins Ohr. »Du hast mich nicht gehört, was?«

»Nein.« Plötzlich hatte sie rasendes Herzklopfen. Als sie ihn so ansah, fragte sie sich, ob er vielleicht den Safe knacken, die Perlen ausräumen und für immer aus ihrem Leben verschwinden würde. Doch diese flüchtigen Zweifel gingen in der Woge der Erregung unter, die ihren Körper durchflutete, als er sie an sich zog und wild küsste. Dann machte er sich am Safe zu schaffen.

Erst untersuchte er ihn eine Weile und beleuchtete das Schloss mit einer Kerze, deren Licht er mit der Hand abschirmte.

»Kleinigkeit«, verkündete er schließlich flüsternd. »Die haben viel Geld in das Stahlgehäuse gesteckt, aber nicht genug in das Schloss.« Er kicherte und wickelte eine Segeltuchrolle auseinander, die eine Sammlung schlanker Metallwerkzeuge enthielt.

Amy sah ihm zu, wie er das Schloss mit mehreren Stücken Draht und dann mit dünnen, besonders geformten Stahlspitzen bearbeitete. Er fluchte häufig und unterbrach irgendwann die Arbeit, um das Büro nach etwas Trinkbarem zu durchwühlen. Schließlich fand er die halb volle Flasche in Tyndalls Schreibtisch. Er stellte sie neben sich und fuhr wieder fort, schwitzend und fluchend vor Anstrengung und vor Verärgerung, weil es nicht schneller klappen wollte. Amy saß mucksmäuschenstill und wagte vor Anspannung kaum zu atmen.

Nach zwei Stunden, in denen Gunther die Flasche geleert und Amy mehrmals erschreckt hatte, als er gegen den Safe trat, seufzte er schließlich laut auf, rollte sich auf den Rücken und streckte sich voll unendlicher Erleichterung aus. »Ich hab's«, flüsterte er mit unterdrücktem Jubel. »Ich hab's.«

Amy sprang von ihrem Stuhl auf und kauerte sich neben ihn, sie konnte ihre Aufregung nicht mehr zügeln. »Mach ihn auf! Mach ihn auf!«

Er setzte sich auf, langte selbstsicher nach dem Türgriff, hielt ihn eine Sekunde, drehte dann den Griff und zog. Die Tür flog auf. Amy klatschte vor Begeisterung in die Hände und tastete dann im Safe nach den weichen Säckchen voller Perlen.

Im Mondlicht hatten die Perlen einen märchenhaften Lüster und wirkten unglaublich groß.

»Ist das genug Kapital für dich? Bin ich dabei?«, fragte Amy lächelnd. Anstelle einer Antwort stürzte er sich auf sie, stieß sie zu Boden, nagelte sie mit seinem Gewicht fest und legte ihr, als sie entsetzt nach Luft schnappte, die Hand über den Mund. Dann merkte sie, dass seine andere Hand unter ihrem Rock herumtastete, und sie sah sein zahnlückiges Lächeln aufglimmen. Kichernd zog sie an seinem Ledergürtel und der groben Baumwollhose.

Sie wälzten sich in einer entfesselten Leidenschaft, die dem Wahnsinn nahe kam, auf dem Boden, Amy hielt mit der einen Hand die Perlensäckchen umklammert, mit der anderen krallte sie sich in Gunthers wirres, öliges Haar. Alles außer ihren Körpern war aus ihrem Bewusstsein verschwunden, so konnten sie die Stimmen und das Treiben unten am Kai nicht hören, bis ein Ruf und das Getrappel von Füßen sie hochschrecken ließen. Nackt spähten Gunther und Amy durchs Fenster, Gunther fluchte.

»Das ist Ahmed, warum ist der denn zurückgekommen?«, rief Amy.

»Sie tragen jemand, es muss etwas passiert sein. Zieh dich an. Wir können nur hoffen, dass sie nicht hier raufkommen. Hat Ahmed einen Schlüssel?«

»Keine Ahnung.«

Schweigend fuhren sie in ihre Kleider. Als unten eine Kutsche vorfuhr, ertönten Rufe, denen sie entnehmen konnten, dass es sich bei dem Patienten um Kapitän Tyndall handelte.

»Mein Gott, wo bringen sie ihn hin? Was machen wir jetzt mit den Perlen?«

»Schieb die Safetür zu und schließ sie wieder ab. Sie werden den Safe wohl nicht öffnen, während Tyndall krank ist. Lass mich lieber die Perlen nehmen.«

»Nein, die nehme ich.«

Gunthers Augen wurden hart. »Wir sind doch Partner. Vertraust du mir etwa nicht?«

»Nein.« Sie stand ihm an Härte keinen Deut nach. »Das ist meine Fahrkarte in die Freiheit. Ich gebe sie dir, wenn du mich heil von hier weggebracht hast.«

Er grinste. Sie verstanden einander, denn sie waren vom gleichen Schlag.

»Hauen wir ab, solange da draußen noch Durcheinander herrscht. Vielleicht können wir sogar Vorteil aus der Sache schlagen. Vielleicht kratzt Tyndall ab, dann wären all deine Sorgen vorbei. Dann würde das Ganze dir gehören.«

»Warten wir erst mal ab. Bis jetzt ist noch alles beim Alten.«

Ahmed kam früh am nächsten Morgen, um einer verschlafenen Amy zu berichten, dass Tyndall Schiffbruch erlitten hätte und in einem sehr bedenklichen Zustand sei. »Er ist in seinem Haus. Arzt sagt, es geht ihm sehr schlecht – das Meer, die Sonne, Schnitte von den Korallen. Muss lange im Bett liegen.«

»Ich muss zu ihm, ihn pflegen. Mein Gott!« Sie rang die Hände und setzte einen schmerzvollen Blick auf, doch Ahmed blieb ungerührt.

»Mem, Arzt schickt Krankenschwester, und Rosminah sorgt gut für ihn.«

Amys aufgesetzter Kummer blätterte ganz schnell wieder ab, und sie herrschte Ahmed an: »Unsinn! Ich bin seine Frau. Ich werde ihn pflegen. Bitte warte, bis ich mich angezogen habe, und bring mich sofort zu ihm.«

»Ja, Mem«, erwiderte Ahmed und setzte sich auf einen Verandastuhl.

Sobald Amy außer Sichtweite war, erschien Yusef an der Verandatreppe und machte Ahmed ein dringendes Zeichen. Die beiden stahlen sich um die Ecke, und Yusef erzählte Ahmed von Amys heimlichen Treffen mit Gunther.

Amy richtete sich im Gästezimmer von Tyndalls Haus ein und verkündete, sie ziehe hier ein, um ihren lieben Mann zu pflegen. Sie schickte Rosminah ins Haus zurück, um ihre Kleider und ihre persönlichen Dinge zu holen, denn sie würde nicht von Tyndalls Seite weichen, »bis mein geliebter Mann wieder gesund ist«.

Tyndall dämmerte in einem halb bewusstlosen Zustand dahin und nahm nur verschwommen wahr, was um ihn herum vorging. Visionen von Haien und über ihn hereinbrechenden Wellenbergen verfolgten ihn, seine Haut brannte wie Feuer. Die starke Infektion an einem seiner Beine verursachte solche Schmerzen, dass der Arzt ihm Morphium verschrieb.

Amy schickte die Schwester sofort wieder weg, zog eine weiße Schürze und eine züchtige Bluse an und setzte sich zu Tyndall ans Bett. Der Arzt sah, dass sie nicht gewillt war, diesen Platz zu verlassen, und gab ihr daher sorgfältige Anweisungen zu den Medikamenten, die er Tyndall verschrieben hatte. Er sagte, er würde regelmäßig nach dem Patienten sehen, sie solle ihn jedoch holen, wann immer sein Zustand sie beunruhigte.

»Ich wache Tag und Nacht bei ihm, machen Sie sich seinetwegen keine Sorgen. Ich werde ihm meine ganze Aufmerksamkeit widmen.«

In ihren Worten klang eine solche Besorgnis, Fürsorglichkeit und innere Anteilnahme mit, dass sich der Arzt leise wunderte. Das war nicht das schillernde Geschöpf, das er durchs Continental hatte rauschen sehen. Er erinnerte sich, wie seine Frau sich mit ihren Freundinnen über Amy unterhalten hatte, und sann kurz über die Unergründlichkeit der weiblichen Psyche und das eifersüchtige Verhältnis von Frauen zu anderen Frauen nach. Amy schien ganz die ergebene Gattin und keineswegs die Frau von zweifelhaftem Ruf, als die seine eigene Frau und deren Freundinnen sie beschrieben hatten.

Inzwischen bat Ahmed Toby Metta, er solle Olivia einen Brief schreiben und von Tyndalls Unfall berichten.

Toby schrieb alle Einzelheiten in seiner Sonntagsschrift auf und legte dann die Feder beiseite. Dann blickte er zu Ahmed auf, der sehr gequält wirkte, und fragte: »Gibt's noch was, was ich schreiben soll, Ahmed?«

»Sag ihr, Ahmed macht sich große Sorgen um Tuan. Während er weg war, Mem Amy hat getroffen Karl Gunther. Mehrere Male. Auch nachts. Ahmed gefällt das gar nicht.«

Toby nahm die Feder wieder auf. »Mir gefällt das auch nicht, Ahmed. Aber vielleicht ist es besser, wir erwähnen Mrs. Tyndall in dem Brief überhaupt nicht.«

Amy machte es sich neben dem schlafenden Tyndall bequem und ordnete die Falten ihres Rocks über den weichen Samtsäckchen mit den Perlen, die sie sich um die Taille gebunden hatte. Sie lächelte auf ihren schlafenden Mann herab. »Armer Johnny. Das Schicksal nimmt manchmal seltsame Wege, nicht wahr, mein Lieber.«

Neunzehntes Kapitel

Mit dem Herannahen der Regenzeit kehrte der Clan aus der Wüste an die Küste zurück und schlug dort sein Lager auf. Hier würden sie wieder üppige Nahrung finden, Fische und Schalentiere in Hülle und Fülle.

Eines schönen Morgens machte sich die kleine Gruppe von Frauen wieder zur Missionsstation auf; sie liefen im ausdauernden Schritt erfahrener Wanderer. Bei einem jungen Aborigine, der den kümmerlichen Gemüsegarten bearbeitete, blieben sie stehen und fragten nach der Begrüßung, wo Maya wäre. Er schüttelte den Kopf und berichtete ihnen in ihrer Sprache, sie sei weggeschickt worden. Weit weg. Um bei weißen Leuten zu wohnen.

Die Frauen setzten sich, um die Sache erst einmal unter sich zu bereden. Es war bekannt, dass Kinder aus ihren Familien gerissen, auf Missionsstationen ausgebildet und dann zu Weißen geschickt wurden, um für sie zu arbeiten. Doch die Frauen hatten nicht erwartet, dass das mit ihrer Maya passieren könnte. Die Nachricht war schmerzvoll für sie.

Bruder Frederick kam und setzte sich zu ihnen. Er versuchte zu erklären, warum er zugelassen hatte, dass der Priester, der zu Besuch gekommen war, Maya zu einer weißen Familie mitnahm. Wie viel mehr Möglichkeiten sich für Maya dort bieten würden, die nun sicher ein besseres Leben hätte. Schließlich war sie allem Anschein nach auch vorher schon unter Weißen aufgewachsen. Und sie könnte fast als Weiße gelten, erklärte er. Das bedeutete ihrer Familie herzlich wenig. Sie war, was sie war: eine von ihnen. Maya hatte alle Zeremonien durchlaufen und ihr Muscheltotem in Form einer Halskette bekommen. Sie war in die

Traumzeit eingeführt worden, das würde man ihr nie wieder nehmen können.

Die Frauen wollten wissen, wann Maya zurückkommen würde, wann diese Arbeit bei den Weißen beendet wäre, doch darauf konnte ihnen der Pater keine Antwort geben. »Maya hat ein neues Heim gefunden, ein neues Leben. Das ist für sie das Beste.«

Da brachen die Frauen in lautes Klagen aus, als wäre Maya tot. Bruder Frederick ging zum Beten in die Kirche. Er war sicher, richtig gehandelt zu haben, Maya würde in einem christlichen Haushalt aufwachsen und die Moral und den Glauben ihrer neuen weißen, katholischen Familie annehmen. Irgendwann würde sie das harte Nomadenleben vergessen, und die Rituale und Mythen, die sie im Busch erlernt hatte, kämen ihr dann wie Märchen aus der Kindheit vor. Er versuchte, sich gegen das Wehgeschrei taub zu stellen, während er für Maya und diese verlorenen Seelen betete, die sich ihre Familie nannten.

In ihrem kleinen weißen Zimmer kniete Maya, die sich in dem ungewohnten langen Baumwollnachthemd und den Unterhosen sehr unwohl fühlte, pflichtschuldig neben ihrem Bett und wiederholte laut das Vaterunser, wie ihr befohlen war. Als sie sich dann zwischen die Bettlaken gelegt und ihre neue ›Mutter‹ das Licht gelöscht hatte, sang sie sich leise die Lieder vor, die sie am Lagerfeuer gelernt hatte. Darin fand Maya einen kleinen Trost und die Hoffnung, dass sich auch dieser Abschnitt ihres Lebens bald wieder ändern würde. In ihrem kurzen Leben hatte sie gelernt, dass Freude und Geborgenheit nicht von Dauer waren, doch sie gab die Hoffnung nie auf, dass sie irgendwo den richtigen Platz im Leben finden würde. Und sie klammerte sich an die Erinnerung an die liebevollen Arme und die sanfte, leise Stimme ihrer Mutter und an einen lachenden Mann, der laut sang, während er sie kitzelte und mit ihr schäkerte.

Gilbert Shaw und Olivia beschlossen, sich weitere wohltätige Einrichtungen anzusehen, und brachen zum Kloster von New Norcia auf.

Es war eine lange Reise, doch Olivia genoss sie. Die Zugfahrt von Perth aus verlief angenehm, Olivia hatte Gelegenheit, sich ungestört und ausgiebig mit Gilbert zu unterhalten. Olivia schäumte über vor Begeisterung für ihr bescheidenes Mädchenheim, und Gilbert betrachtete sie lächelnd.

»Warum sehen Sie die ganze Zeit so belustigt aus?«, fragte Olivia. »Wenn ich es nicht besser wüsste, würde ich glauben, Sie sehen in mir ein verwöhntes Kind.«

»Ich freue mich so über Ihre Lebensenergie, Olivia. Sie nehmen alles so schwungvoll in Angriff, stürzen sich kopfüber in Ihre Aufgabe, scheuen vor nichts zurück. Ihre Gesellschaft ist sehr anregend, ein richtiges Lebenselixier.« Er drückte ihr die Hand. »Sie schenken mir das Gefühl, dass ich immer noch etwas zu geben habe.«

»Das stimmt ja auch, Gilbert! Ich bin so stolz auf die Arbeit, die Sie leisten. Und weil Sie mir die Freiheit lassen, so zu empfinden und zu handeln, wie es mir entspricht, fühle ich mich wohl.« Sie schwieg einen Moment. »Ich spüre Geborgenheit und dass ich großes Glück habe, bei Ihnen zu sein.«

»Der Glückliche bin ich. Sie versetzen mich stets in Erstaunen, wenn ich über Ihr Leben nachdenke. Ein solcher Mut, ein solcher Durchhaltewille, wenn Widrigkeiten auftauchen, vor denen andere kapituliert hätten. Sie sind stark und fürsorglich, Olivia, und eine Quelle des Lebensmuts für andere.«

»Von Ihnen habe ich gelernt, dass anderen zu helfen Balsam für die eigenen Wunden ist. Mein lieber Gilbert, Sie sind ein so guter Mensch.« Sie lächelte ihn zärtlich an, und einen Moment lang hätte Gilbert sie am liebsten in seine Arme gerissen und ihr Gesicht mit leidenschaftlichen Küssen überhäuft. Doch er erwiderte nur ihr Lächeln und strich ihr über die Hand.

Als sie aus dem Zug stiegen, trat ein junger Mönch zu ihnen und fragte, ob sie auf dem Weg zum Kloster von New Norcia wären. »Ich habe eine Kutsche für Sie und bin sicher, dass Ihnen die Fahrt gefallen wird.«

Die staubige Straße wand sich durch eine spärlich mit Bäumen bestandene, offene Landschaft. Der junge Mönch plauderte über die Schulter nach hinten und erzählte ihnen von den vielen verschiedenen Seiten eines Lebens im Kloster.

»Was für ein Mensch ist Pater Torres?«, erkundigte sich Olivia.

»Sehr klug, er hat an der Universität von Barcelona Kunst und Naturwissenschaften studiert und unterrichtet Mathematik und Physik.«

»Ich habe gehört, er besitzt auch Kenntnisse in Medizin«, sagte Gilbert.

»Das stimmt, das war für uns schon sehr nützlich. Auch in Philosophie und Musik ist er bewandert.«

Die ersten Anzeichen für die Bewohntheit der Gegend waren wohl gepflegte Weinfelder.

»Wir Benediktiner sind berühmt dafür, dass wir überall, wohin wir auch ausschwärmen, erst einmal Rebstöcke pflanzen«, grinste ihr Kutscher.

Sie fuhren an Obstgärten, gepflügten Feldern und mehreren Scheunen und Bauernhöfen vorbei, und bald kam eine wie eine kleine Stadt anmutende Ansiedlung in Sicht. Gilbert und Olivia machten aus ihrer Bewunderung keinen Hehl, als sie vor dem Kloster hielten, einem imposanten, honigfarbenen Steingebäude.

Der Mönch führte sie durch einen stillen Gang zum Empfangsraum, wo ihre Begegnung mit Pater Fulgentius Torres stattfinden sollte. Der gut aussehende spanische

Priester begrüßte sie herzlich und bot ihnen vor dem Mittagessen ein Glas von dem Klosterwein an.

»Ich habe von der guten Arbeit gehört, die Ihr Orden hier bei den Aborigines leistet, Pater. Dieses Kloster übersteigt alle Erwartungen, die ich von einer Buschmission hatte«, sagte Gilbert.

»Bischof Salvado hat Großartiges vollbracht. Jetzt habe ich sein Amt geerbt und trage mich mit Plänen, der Mission eine neue Richtung zu geben und sie zu einem Ausbildungszentrum für Aborigines zu machen. Unter meiner Aufsicht wird auch ein Internat für Mädchen gebaut, das St. Gertrude's College.«

»Wer wird es leiten?«, fragte Olivia.

»Der neue Schwesternorden von St. Joseph vom Heiligen Herzen. Aber nun erzählen Sie mir doch von Ihren Plänen, in Fremantle ein Mädchenheim zu eröffnen.«

»Viele der Findelkinder und verlassenen Mädchen, die wir vorübergehend betreut haben, werden zu den Barmherzigen Schwestern nach Subiaco geschickt. Die Jungen werden im Waisenhaus in Clontarf gut versorgt. Unser Heim ist nur klein, eine Art Zwischenstation für junge Frauen in Notlagen«, erklärte Olivia.

Pater Torres gab ihnen wertvolle Tipps, Ratschläge für das Sammeln von Spenden und Warnungen vor den Fallstricken, mit denen wohltätige Aktivitäten zu kämpfen haben, wenn ihnen nicht von einer großen Institution der Rücken gestärkt wird. »Wir haben aus unseren Erfahrungen viel gelernt.«

»Lernen Ihre Schüler auch etwas über die Kultur der Aborigines?«, erkundigte sich Olivia.

»Ich bin hier erst 1901 angekommen und weiß kaum etwas von den Sitten der Eingeborenen«, gab er zu. »Außerdem zielt unsere Ausbildung darauf ab, dass die Kinder nicht nur den Weg zu Gott finden, sondern sich auch möglichst gut in die Gesellschaft einfügen lernen. Bischof Salvado schwebte es vor, die Benediktinerregel auch in der Arbeit mit den Aborigines anzuwenden – Beständigkeit, harte Arbeit und Glaubenstreue. Wir planen auch ein Internat für Jungen, das St. Ildephonsus College. Marienbrüder aus Frankreich werden seine Leitung übernehmen.«

»Verglichen mit Ihren Plänen denken wir nur in einem sehr kleinen Maßstab«, sagte Gilbert.

»Dr. Shaw, jeder Trost und jede Unterstützung, die Sie diesen jungen Menschen in ihrer Not anbieten können, ist von großem Wert. Ich wünsche Ihnen beiden für Ihre Bemühungen alles Gute.«

Nach einem einfachen, herzhaften Mahl mit Gemüse aus den Klostergärten führte ein Mönch sie durch das Kloster und seine weitläufigen Anlagen.

Nachdem Gilbert und Olivia in den Zug gestiegen waren, der sie zurück nach Perth brachte, tauschten sie die Eindrücke aus, die New Norcia und die Ratschläge von Pater Torres bei ihnen hinterlassen hatten.

»Dann halten wir also an unserem Plan, ein Mädchenheim zu führen, weiter fest?«

»Natürlich, Gilbert. Das heißt, wenn Sie immer noch dazu bereit sind. Auch wenn das Ganze recht bescheiden ist, ist es für uns doch ein großes Unternehmen, und dann haben Sie ja auch noch Ihre Arztpraxis.«

»Deshalb bin ich auf Sie angewiesen, Olivia, ich muss mich darauf verlassen, dass Sie die praktischen Dinge in die Hand nehmen. Anscheinend denken und empfinden wir dasselbe, was dieses Projekt angeht; vielleicht hat Gott uns deshalb zusammengeführt.«

»Ich möchte sehr gern helfen. Nicht nur, damit ich eine Beschäftigung habe. Vielmehr treibt mich ein starkes Bedürfnis dazu, etwas für diese Mädchen zu tun. Am liebsten wäre mir ein Ort, an dem die Mädchen vor allem liebevolle Zuwendung erfahren könnten, ohne dass Religion und Ausbildung dabei zu stark betont werden. Kinder brauchen ein Zuhause, wo sie sich geliebt und geborgen fühlen können.«

»Olivia, es sieht ganz danach aus, als hätten Sie schon eine neue Laufbahn eingeschlagen.«

»Ich werde natürlich meine Teilhaberschaft an der *Star of the Sea Pearl Company* behalten. Das kostet mich nicht viel Zeit, und ich will die Verbindung nicht verlieren«, sagte sie leise.

»Bevor Sie ein neues Leben anfangen können, müssen Sie das alte loslassen.«

Er sagte das ganz behutsam, und Olivia lächelte den gütigen Mann neben ihr voller Zuneigung an. Obwohl er älter war als Conrad, erinnerte er sie auf manche Weise an ihn, er war ein bisschen konservativ, respektvoll und sanftmütig. Auch sie hatte tiefen Respekt vor diesem herzensguten Menschen, der sein Leben der Fürsorge für andere widmete.

Nach ihrer Ankunft in Perth fuhren Olivia und Gilbert Shaw nach Fremantle weiter und sahen sich das Haus in der Cantonment Street noch einmal an. Das Steingebäude mit seiner großen Eingangshalle und den beiden Gebäudeflügeln links und rechts vom Haupteingang war zum Teil durch hohe Bäume von der Straße abgeschirmt.

»Meinen Sie, wir sollten eine Mauer, einen Zaun errichten?«

Olivia schüttelte den Kopf. »Das würde die Mädchen zu sehr einschüchtern. Ich möchte, dass sie das Gefühl haben, sie könnten einfach hereinkommen und zu unserer Familie gehören.«

»Hmm. Vielleicht brauchen wir ein paar Laternen draußen und im Garten, damit das Gebäude einladender wirkt.«

Sie gingen in das Haus, das ihre Wohltäterin, ein reiches altes Fräulein, gestiftet hatte, und besahen sich die Umbauten, die so gut wie abgeschlossen waren. Mehrere Räume waren zu einem Schlafsaal zusammengelegt worden, im Esszimmer gab es jetzt mehrere kleine Tische, die Empfangsräume waren zu behaglichen Aufenthaltsräumen umgestaltet. Im oberen Stockwerk war für Dr. Shaw ein Arztzimmer eingerichtet, für Olivia ein Büro. Tagsüber waren eine Krankenschwester, eine Köchin und eine Reinigungskraft im Dienst. Eine Haushälterin und ihr Mann wohnten im Haus.

»Das Wichtigste ist jetzt, dass wir unser Haus in den richtigen Kreisen bekannt machen«, sagte Olivia.

»Sie wollen wohl durch die Straßen laufen, alle schäbigen Hotels und Spelunken aufsuchen und den Leuten von uns erzählen«, sagte Gilbert mit einem ungläubigen Lächeln.

»Jetzt kommen Sie schon, Gilbert. Sie müssen öfter aus Ihrer muffigen Praxis ausbrechen.«

»Wir sind hier nicht in Broome, Olivia.«

»Dann begleiten Sie mich einfach. Nicht als Beschützer, sondern damit Sie eine Ahnung bekommen, was in den Straßen passiert.« Das war für Gilbert eine Herausforderung. Wenn er sie nicht annähme, würde er als Mann in Olivias Achtung ein wenig sinken, das wusste er genau. Dieser Gedanke hatte ihm schon oft zu schaffen gemacht. Er war Olivias ergebener Bewunderer und liebte sie auf seine zurückhaltende Weise. Aber da er die Wunde kannte, die Tyndall ihrem Herzen, ihrer Selbstachtung und ihrer Persönlichkeit zugefügt hatte, scheute er sich, ihr seine Gefühle in ihrer ganzen Tiefe zu zeigen. Er spürte, dass Olivia ihm deshalb wenig männlichen Schneid und emotionalen Tiefgang zutraute.

»Ich bin dabei. Wir sollten im Hafenviertel anfangen. Dort streunen anscheinend viele Mädchen herum.«

»Gut für Sie, Gilbert.«

Es dauerte Wochen, doch durch die Kirchen, die Krankenhäuser, die Polizei, die Gespräche an den Hintertüren billiger Speiselokale, wo die Obdachlosen oft etwas zu essen bekamen, und durch die Hafenarbeiter, die wussten, wo Mädchen im Freien nächtigten, verbreitete sich schließlich die Nachricht, dass es *Shaw House* gab. Junge Mädchen tauchten auf, erhielten ärztliche Behandlung, Essen, Kleidung und Beratung. Manche wollten nur ein Bett für die Nacht und eine Mahlzeit, andere wurden zu den Barmherzigen Schwestern geschickt. In manchen Fällen versuchte Olivia, eine Stelle zu vermitteln, wenn die Mädchen einige Schulbildung hatten und gern arbeiten wollten.

Es war eine anstrengende, zuweilen enttäuschende und deprimierende, aber letzten Endes lohnende Arbeit, die Olivia von der Vergangenheit ablenkte. Sie nahm sich nur frei, wenn Hamish in den Ferien nach Hause kam. Er liebte seine Schule, spielte begeistert in allen Sportmannschaften wie auch in der Theatergruppe mit und freute sich schon auf die Weihnachtsferien, in denen er zu den Eltern eines Freundes auf deren Rinderfarm eingeladen war. Olivia war erleichtert, denn dann würde er nicht auf den Gedanken kommen, nach Broome fahren zu wollen. Seit Minnies Tochter Mollie bei Olivia ihren Dienst angetreten hatte, war sie einmal nach Broome zurückgekehrt und hatte berichtet, alles in Olivias Haus sei in bester Ordnung. Dort wohnten noch immer Minnie und Alf als Hausmeister in den Dienstbotenräumen.

Während *Shaw House* sich von einer düsteren, heruntergekommenen Pension zu einem fröhlichen Zufluchtsort mauserte, wo »Mädchen in Schwierigkeiten«, wie Gilbert es ausdrückte, mit offenen Armen empfangen wurden, verbrachten Olivia und Gilbert mehr Zeit miteinander denn je. Pläne, Renovierungsarbeiten, die Einrichtung und andere praktische Fragen wurden erörtert, die Arbeit geteilt. Wenn Hamish nach Hause kam, machte er tatkräftig mit, erledigte alle möglichen Arbeiten und nahm großen Anteil an dem Projekt. Die drei aßen gemeinsam, und der kinderlose, verwitwete Gilbert genoss es, sich als Teil einer Familie fühlen zu können.

Auch Olivia freute sich, dass Gilbert und Hamish einander mochten. Der Junge brauchte eine Vaterfigur, und Gilbert Shaw gab vernünftige Ratschläge, interessierte sich für seine sportlichen Aktivitäten und diskutierte mit ihm über die Weltpolitik. Olivia bemerkte, wie sehr Hamish inzwischen seinem Vater ähnelte. Er besaß etwas von Conrads höflicher Zurückhaltung und seinen geschliffenen Manieren, doch daneben blitzte immer wieder ein spöttischer Humor auf, in dem sie Tyndall wiedererkannte. In diesen Momenten machte ihr Herz einen kleinen Sprung, und sie merkte, wie sehr sie Tyndalls Humor vermisste, auch wenn er sie damit manchmal zum Wahnsinn treiben konnte. Tyndalls praktische Art hatte Hamish gut getan, ebenso ihr ausgesprochen gemischter Freundeskreis mit Leuten wie Ahmed und den Mettas, denn dadurch hatte der Junge eine ausgewogene Einstellung zu den Menschen und der Welt erworben. In einem seiner Briefe ließ Tyndall seine Hoffnung durchklingen, Hamish möge sich durch sein vornehmes Internat nicht in einen Snob verwandeln.

»Diese Gefahr besteht ganz und gar nicht – da hast du dich wieder mal geirrt, Tyndall«, dachte Olivia. Sie schrieb Tyndall nie über ihr Privatleben, wusste aber, dass Hamish Briefkontakt mit ihm hielt. Sie beschränkte ihre Korrespondenz strikt aufs Geschäftliche. Auch ihre Erinnerungen an Tyndall versuchte sie in Schach zu halten. Wenn sie sich Träumereien erlaubte und an die glücklichen Zeiten dachte, die sie miteinander erlebt hatten, an die erfüllte Zukunft, die sie sich an seiner Seite ausgemalt hatte, und sich dann an seinen Verrat und an Amy erinnerte, überwältigten sie Kummer und Schmerz. Wenn sie sich dagegen auf Trab hielt, sich ablenken ließ und auf Distanz ging, konnte sie sich vorstellen, irgendwann einmal über diese Tragödie ihres Lebens hinwegzukommen.

Immer wieder dankte sie ihrem Glücksstern, dem Schicksal oder der Vorsehung, die sie Gilbert Shaw hatten begegnen lassen. Er war verständnisvoll, behutsam und mitfühlend. In seinen Augen sah sie die Liebe wachsen, die ihr Wärme und Geborgenheit schenkte. Dank seiner Gegenwart litt sie nicht mehr unter dem Gefühl, sich allein durchs Leben schlagen zu müssen. Sie besaß immer noch die Kraft, die ihr durch die dunklen Tage geholfen hatte, doch sie fühlte sich jetzt weicher, nachgiebiger. Sie brauchte nicht mehr so zu kämpfen, sie war nicht verlassen. Sie genoss es, jemand um sich zu haben, mit dem sie ihre Erfahrungen teilen und etwas unternehmen konnte. Berufliches mischte sich mit Privatem, und ihrer beider Leben begannen, auch wenn es nie ausgesprochen wurde, zu verschmelzen.

Gilbert war ein attraktiver Mann, schlank und körperlich in Form, auch wenn seine Haare nun ergrauten, seine Gesichtszüge verrieten einen Menschen von freundlichem Naturell, der für andere Menschen offen war. Er war umgänglich, ruhig und selbstsicher. Hätte Olivia davon gewusst, sie wäre überrascht gewesen, dass Gilbert in seinen Gefühlen für sie immer unsicherer wurde. Er hatte Angst, dass er im Vergleich zu dem Abenteurer Tyndall als Langweiler abschneiden könnte, dass er wie ihr Vater oder ihr Onkel aussähe, dass er keine sexuelle Leidenschaft in ihr wecken könnte. Verdeckt von seinen feinen Umgangsformen, seinem ruhigen Wesen und seinem freundlichen Lächeln, brodelte in ihm der Drang, sich stürmisch wie ein unbesonnener junger Mann zu gebärden. Olivias Energie, ihre Begeisterung und ihre Lebenskraft hatten Gefühle in ihm erregt, die er längst der Vergangenheit zugerechnet hatte. Er sehnte sich danach, ihr seine wahren Empfindungen zu zeigen und ihr zu beweisen, dass in seinem korrekten maßgeschneiderten Anzug ein männlicher junger Hitzkopf steckte, der genauso verwegen und ausgelassen war, wie er sich jenen Kapitän John Tyndall vorstellte.

Im Gegensatz zu dem Bild, das Gilbert sich von sich selbst machte, fand Olivia ihn attraktiv und anziehend. In seiner Ruhe sah sie Stärke und Rückhalt, in seiner Schüchternheit kultivierte Manieren und Behutsamkeit im Umgang mit anderen. In seinen Berührungen spürte sie Respekt und Bewunderung, was ihr Selbstgefühl stärkte. Sie harmonierten miteinander, bei ihm fühlte sie sich wohl und geborgen. Zwischen ihnen würde nie jene wilde Leidenschaft hochlodern, jene unerwarteten, überkochenden Gefühle, wie sie von der Hochspannung zwischen Tyndall und ihr erzeugt wurden. Doch Gilbert Shaw war zu einem Zeitpunkt in ihr Leben getreten, der für sie beide der richtige war.

Nach kürzester Zeit wachte Amy über Tyndall wie eine eifersüchtige Löwin. Sie verbannte die Dienstboten aus seinem Zimmer und blieb rund um die Uhr bei ihm. Nachts schlief sie auf der Chaiselongue am Fenster. Der Arzt hatte ein kleines Fläschchen Laudanum dagelassen, gegen die Schmerzen, die von Tyndalls Beingeschwüren ausgingen. Sie müsse sich streng an die Dosierung halten, schärfte der Arzt Amy ein. Auch jetzt noch fiel Tyndall immer wieder in Fieberzustände und wälzte sich in unruhigem Schlaf, wenn er nicht zusammenhanglos vor sich hin murmelte.

In den Stunden, in denen Amy in Tyndalls Zimmer saß, dachte sie ausgiebig über ihre Zukunft und ihre Möglichkeiten nach.

Ahmed kam täglich zu Besuch, und jedes Mal verweigerte ihm Amy den Zutritt. Besorgt wandte er sich an Rosminah und bat sie herauszufinden, wie es um Tyndall wirklich stand. Sie erzählte ihm, dass Tyndalls Zimmer immer verschlossen war, und wenn Amy es verließ, um zur Toilette zu gehen oder sich zu waschen, sperrte sie hinter sich zu und nahm den Schlüssel mit. »Ich kann nicht zu Tuan. Er nicht sehr gut essen. Du holen Arzt, und er nach Tuan sehen«, flehte Rosminah.

Ahmed wurde immer besorgter. »Der Arzt ist nach Beagle Bay gegangen. Er sagt, er hat Medizin bei Mem gelassen. Sie gibt ihm Medizin?«

Rosminah zuckte mit den Schultern.

Ahmed seufzte und trug ihr auf, sie solle nach einer Möglichkeit suchen, wie sie sich selbst von Tuan Tyndalls Zustand überzeugen könnten.

Mehrere von Tyndalls Freunden sprachen vor, doch Amy wies sie alle höflich mit dem Hinweis ab, ihr Mann brauche absolute Ruhe. Sergeant O'Leary kam zu Besuch, sobald er von Tyndalls Zustand erfahren hatte. Ihm hatte Amy einen kurzen Blick auf den schlafenden Tyndall gestattet und ihn dann wieder hinauskomplimentiert, mit dem Versprechen, ihm sofort Bescheid zu geben, wenn es Tyndall ihrer Meinung nach gut genug ginge, um ihn zu empfangen. Der Besuch des Polizisten hatte ihr einen Schrecken eingejagt, doch er hatte sich freundlich mit ihr unterhalten und ihr alles Gute gewünscht. Er sagte, er würde sich vorerst mit Ahmeds Aussage begnügen, um den Behörden die Havarie der *Shamrock* und den vermutlichen Tod der übrigen Besatzungsmitglieder zu melden. Tyndalls Aussage könne warten, fügte er mitfühlend hinzu.

Ursprünglich war Amy an Tyndalls Seite geflohen, weil sie Angst hatte, er wäre nicht ernstlich krank und würde den Diebstahl der Perlen aus seinem Safe schnell entdecken. Als sie merkte, wie bedenklich sein Zustand war, empfand sie ungeheure Erleichterung und auch ein bisschen Mitleid.

Doch sie wurde immer unruhiger, als die Tage verstrichen und bei Tyndall leise Anzeichen der Besserung eintraten. Allmählich aß er mehr und schlief besser. Er versuchte, sich mit Amy zu unterhalten, ermüdete aber rasch, weil sie wenig zu ihrem Gespräch beisteuerte und ihn immer nur drängte, sich auszuruhen und wieder zu schlafen. Im Schlaf rief er mehrmals nach Olivia, was Amy maßlos erzürnte.

Bald musste Amy feststellen, dass die anhaltende Verwirrung ihrer Gedanken sie ihrer Kraft beraubte. Gunther hatte ihr erzählt, sein Schiff wäre in wenigen Tagen mit den nötigen Vorräten ausgerüstet und startbereit, doch er bräuchte noch Zeit, um irgendwelche nicht näher erläuterten Geschäfte unter Dach und Fach zu bringen, und müsse außerdem das Telegramm aus Sydney abwarten.

Jetzt hatte Amy die Lage in der Hand und viel Zeit zur Verfügung, Zeit zum Nachdenken und Zeit, um sich verwundert zu fragen, was sie getan hatte und wie es weitergehen sollte. Und sie wusste auch, dass Tyndalls Leben in ihren Händen lag. Diese Macht, die Macht über Leben und Tod, löste in ihr gleichzeitig Erregung und Entsetzen aus und hielt sie stundenlang wach, wenn sie verzweifelt zu schlafen versuchte. Und im einsamen Dunkel einer schlaflosen Nacht malte sie sich heimlich aus, welche Vorteile ihr durch Tyndalls Tod erwachsen würden. Vielleicht hätte sie einen Anspruch auf seinen gesamten Besitz. Dann hätte sie es nicht mehr nötig, mit Gunther in See zu stechen. Aber der Raub fesselte sie an Gunther, so war es doch, oder? Er ließ sich nicht mehr rückgängig machen.

Sie spürte die Perlen an ihrem Körper, doch ihre Gedanken schweiften ab, Bilder des Todes zogen vor ihr auf. Aber er stirbt nicht ... außer ... Sie ertappte sich bei dem Gedanken an eine Überdosis der Medizin. Das könnte ihn töten ... Laudanum ... eine Überdosis ... aber das wäre ja Mord. Sie stieß den Gedanken beiseite, doch lästig kehrte er zurück, immer wieder, und quälte sie, bis sie vor lauter Erschöpfung einschlief.

In der Kühle, die dem Morgengrauen vorausging, wachte sie auf, vor Kälte schlotternd, und zog sich ein Laken über die Schultern. Sie schaute zu Tyndall hinüber, der sich ruhelos hin und her warf. Ihr Blick wanderte zum Nachttisch hinüber, wo ihn das Fläschchen mit der Medizin in den Bann zog, und diese schrecklichen Gedanken belagerten sie wieder. Stumm rannen ihr die Tränen herab, und sie betete, dass das Licht des Tages käme und die schwarzen Gedanken vertriebe, die sie die Nacht über angewandelt hatten.

Frühmorgens überbrachte ihr ein Matrose von Gunthers Schiff eine Nachricht.

Meine liebe Partnerin,

in zwei Tagen ist alles bereit. Am Abend hat die Flut genau den richtigen Stand, außerdem findet bei den Japanern ein kleines Fest statt, mit dem alle beschäftigt sein werden. Pack deine Sachen.

Karl

Amy ließ sich in einen Sessel fallen und brach zusammen. Nicht wegen der Erkenntnis, dass es jetzt kein Zurück mehr gab, sondern wegen des Hinweises auf das Fest. Dies war ein Fest, das den Toten gewidmet war. Ein ununterdrückbares Schluchzen schüttelte sie, während sie auf den ruhelosen Tyndall und seine Medizin neben dem Bett blickte.

Zwei Tage später begann am Stadtrand das *O-Bon-Matsuri*-Fest. Diese Zeremonie, mit der die Japaner ihre Ahnen ehrten, war in der Stadt ein bedeutendes Ereignis und begann, sobald der Abend dämmerte, im japanischen Teil des Friedhofs, der vom Teil der Weißen abgetrennt war. In einer feierlichen Prozession versammelte sich die japanische Gemeinde mit ihren Opfergaben, Speisen und Sake, bei den Gräbern. Weihrauchstäbchen brannten, die Gräber waren mit Origamiblüten oder frischen Blumen geschmückt. Der Name auf jedem Grabstein wurde von einer kleinen blauen

Laterne beleuchtet. Nach einigen Gebeten führten die Japanerinnen einen zeremoniellen Tanz vor, *O-Bon Odori*. Bei den Frauen handelte es sich um die nächtlichen Geschöpfe aus Sheba Lane, die sich selten in der Öffentlichkeit zeigten. Doch an diesem Abend wiegten sie sich sanft, gekleidet in traditionelle Seidenkimonos und mit gelackten Haaren, und drehten sich auf ihren hohen Holzsandalen, den *zoris*. In einem uralten Tanz flatterten ihre Hände von den langen Falten der goldenen und farbenprächtigen Gewänder auf wie weiße Tauben. Die Menge der Zuschauer sah stumm zu, das eindringliche Klagen der hohen Frauenstimmen und die Saitenklänge der *samisens* stiegen in die Nachtluft auf.

Die Aborigines im Hintergrund nickten, sie kannten die Bedeutung einer zeremoniellen Verbindung mit den Ahnen, wie sie hier auf dem roten Staub unter dem Sternenhimmel dargestellt wurde.

Sehr viel später, nach einem Fest in einem der Stadtparks, folgte die Menge der japanischen Gemeinde zur Bucht hinunter. Dort wurden eigens angefertigte kleine Boote aus Mangrovenholz, beladen mit Speisen und Blumen und beleuchtet von einer winzigen Laterne oder Kerze, ins Wasser geschoben. Diese Boote würden die Geister zurück zu ihren Ahnen geleiten.

Während die japanische Trauergemeinde am Ufer kniete und zum langsamen Schlag einer Trommel Gebete sang, glitten Hunderte kleiner Lichter mit der Flut in die Bucht hinaus.

Weiter unten in der Bucht legte der rot-schwarze Schoner lautlos ab und glitt aufs offene Meer hinaus.

Amy stand an Deck, starrte auf die zurückweichenden Lichter von Broome und die Flotte winziger Lampions, die über die Bucht schaukelten, und wurde von einem flüchtigen Moment des Zweifelns ergriffen.

Karl Gunther gesellte sich zu ihr. »Reuegedanken?«

»Bisschen spät dafür, was?«

»Ja, zu spät. Aber wenn du nicht spielst, gewinnst du auch nicht«, meinte Gunther achselzuckend.

»Wenn möglich, ziehe ich Sicherheit vor«, antwortete Amy.

»Ich dachte, das hättest du inzwischen kapiert, Amy: Es gibt nichts Sicheres im Leben. Alles ist nur ein großes Spiel … du musst nur auf der Seite der Gewinner sein.«

»Werden wir zu den Gewinnern gehören, Karl?«

»Wir haben die Perlen, wir haben einen Plan, wir haben die Chance, einen Haufen Kohle zu machen. Wie ich schon sagte, es gibt nichts Sicheres im Leben. Aber ich würde sagen, in diesem Spiel haben wir die Nase vorn.«

Amy antwortete nicht sofort, sondern überdachte noch einmal ihre Lage. Mit Karl Gunther hatte sie mehr zu gewinnen, als wenn sie in Broome geblieben wäre. Außerdem hatte sie sämtliche Brücken hinter sich abgebrochen und war bereit, sich allem zu stellen, was vor ihr lag.

Als die kräftiger werdende Brise die Segel aufblähte, legte sich das Schiff leicht nach Backbord. Amy griff nach einem Seil und schaute aufs Meer hinaus, zum aufgehenden Mond. Plötzlich fühlte sie sich voller Schwung, erregt und ungeheuer lebendig. Sie drehte sich zu Gunther um, der am Ruder stand, und sagte munter: »Du hast Recht, Karl. Wir haben die Nase vorn.«

Als Rosminah spätabends vom *O-Bon-Matsuri*-Fest zurückkehrte, fand sie die Tür zu Tyndalls Schlafzimmer angelehnt. Sie wagte sich hinein. Drinnen war es stockfinster, kein Licht brannte, die Rollläden waren geschlossen. Langsam gewöhnten sich ihre Augen an das Dunkel, und sie sah, dass Tyndall quer über dem Bett lag, ein Arm baumelte herab, sein Atem ging rasselnd und flach. Das kleine Fläschchen mit der braunen Flüssigkeit war leer und lag umgekippt auf dem Nachttisch wie auch das Glas. Neben dem Bett auf dem Boden breitete sich eine kleine Wasserlache aus. Rosminah rannte los und holte den Arzt.

Als die Sonne aufging, hatte Tyndall die kritische Phase überstanden. Der Arzt rieb sich die Augen und lächelte Ahmed zu, der auf der anderen Seite des Betts saß. »Er kommt durch. Zum Glück hat er nicht das ganze Laudanum genommen. Er muss es verschüttet haben, als er nach dem Wasserglas tastete. Noch mehr, und sein Atem wäre zum Stillstand gekommen.«

»Sie glauben, sie hat ihm zu viel gegeben?«

»Diese Frage müssen Sie Mrs. Tyndall selbst stellen. Vielleicht hat sie meine Anweisungen nicht ganz verstanden. Ich werde eine erfahrene Krankenschwester kommen lassen, die ihn pflegen soll.«

Sobald der Arzt gegangen und Tyndall zur Ruhe gekommen war, begann Ahmed mit der Suche nach Amy.

Im Laufe des Vormittags erfuhr er, dass sie mit Karl Gunther davongesegelt war. Sie hatte das Haus auf den Klippen verlassen und ihre persönliche Habe mitgenommen. Unten im Hafen wollte man aufgeschnappt haben, Gunther hätte eine ›ausgedehnte Reise‹ nach Fernost vor.

Ahmed nickte vor sich hin und murmelte ein kurzes Dankgebet an Allah. Diese Nachricht würde Tyndalls Heilung zweifellos vorantreiben.

Sergeant O'Leary polterte mit seinen schweren Stiefeln auf die Veranda und rief nach Tyndall.

Daraufhin erschien nickend und lächelnd der chinesische Koch. »Master hinten in Garten. Tasse Tee?«

»Bisschen was Stärkeres, bitte, Ah Sing. Hol den Whisky raus. Und zwei Gläser.«

Er ging durch das Haus in den Garten und fand Tyndall unter schattigen Bäumen in einer Hängematte.

»Tag, Sean«, rief er munter und wies auf einen Korbsessel. »Mach's dir bequem. Hast du bei Ah Sing einen Drink geordert?«

»Hab ich, klar, obwohl es noch etwas früh am Tag ist. Die Sonne steht noch nicht überm Nock, wie ihr in eurer Branche sagen würdet.«

»Zum Teufel mit dem Nock.«

Ah Sing kam mit der Flasche, den Gläsern und einem Krug kaltem Wasser zu ihnen geschlurft. Während O'Leary einschenkte, hievte sich Tyndall langsam aus der Hängematte und setzte sich zu dem Polizisten. »Du kommst wohl wegen der Aussage.«

»Nur eine kleine Formalität, John. Coroner wird entscheiden, ob noch weitere Schritte unternommen werden müssen. Wirklich Pech, dass du die *Shamrock* verloren hast. Alles in allem hast du zurzeit keine besonders guten Karten, was? Prost, trotz allem.« Er hob sein Glas.

Tyndall trank und seufzte vor Behagen auf. »Verdammt gute Medizin.«

»Und nicht so gefährlich«, witzelte O'Leary. »Immer noch keine Ahnung, was eigentlich abgelaufen ist?«

Tyndall verzog das Gesicht. »Nein, ist mir alles völlig schleierhaft. Ich erinnere mich vage, dass Amy mir Medizin gegeben hat, aber das hat sie regelmäßig getan. Und ich kann mich noch entsinnen, dass ich in der Nacht etwas trinken wollte und nach dem Glas gelangt habe. Aber kurz bevor sie getürmt ist, ging es mir sowieso ziemlich dreckig. Fieber, Halluzinationen und so weiter. Ahmed ist überzeugt, dass sie mir eine Überdosis verpasst hat. Ich weiß nicht ... das ist für mich doch schwer zu glauben. Ich kann mir nicht vorstellen, dass sie mich dermaßen gehasst hat.«

O'Leary holte aus der Brusttasche seines Hemds sein Notizbuch hervor, schlug es auf, zog einen Füller mit wasserfester Tinte aus der Schlaufe und untersuchte sorgfältig seine Spitze, bevor er das Datum niederschrieb. »Aber da ist noch die Sache mit den Perlen.« Wie er das sagte, klang es mehr nach einer Frage als nach einer Feststellung.

»Also, das riecht wirklich nach Amy und Gunther«, bemerkte Tyndall. Zwei Tage nach Amys Flucht hatte er Ahmed die Safeschlüssel gegeben, damit er Toby Mettas letzte Lieferung sicher deponieren könnte. Dabei war der Perlenraub entdeckt worden.

»Das ist jetzt natürlich nebensächlich, aber wird sonst noch jemand verdächtigt?«, fragte Tyndall.

»Gute Frage. Ahmed?«

»Unsinn.«

»Da stimme ich dir sofort zu. Entweder hat Amy deine Schlüssel gefunden, oder Gunther besitzt Fertigkeiten, von denen wir keine Ahnung hatten. Ich halte die Einzelheiten fest, aber im Grunde kann ich nichts weiter tun.«

»Weiß ich schon, mein Lieber. Aber eigentlich rege ich mich gar nicht so sehr darüber auf. Dank Yusef habe ich jetzt einen Scheidungsgrund. Ehebruch.«

O'Leary lehnte sich in seinem Sessel zurück und grinste. »Du gibst nicht auf, John, was?«

»Nein. In dieser Sache nicht. Olivia bedeutet alles für mich, Sean. Jetzt habe ich die Chance, meine Freiheit zu erlangen und sie zurückzugewinnen.«

»Bisschen schwierig, eine Scheidung durchzuziehen, wenn die Ehefrau nicht auffindbar ist«, bemerkte O'Leary mitfühlend.

»Es muss eine Möglichkeit geben«, erwiderte Tyndall, der ziemlich in Wallung geraten war. »Irgendwie muss es einfach möglich sein.«

»Na, dann trinken wir darauf«, sagte O'Leary und schenkte ihnen beiden großzügig ein.

Die Nachricht erreichte Tyndall durch Toby Metta. Er kam eigens zu den Schuppen im Ufercamp gelaufen, wo Tyndall gerade alle Vorbereitungen traf, um mit seiner Flotte wieder in See zu stechen.

Tyndall sah ihn vom Vorbau des Muschelschuppens aus, wie er den Pfad herunterhastete und die Treppe hochstürmte, sein rundes, schweißnasses Gesicht glühte vor Hitze und Aufregung. Er wedelte mit der *West Australian Newspaper* und plumpste auf einen Stuhl.

»Lies das da unten auf der Seite hier«, forderte er Tyndall auf.

»Toby, was bringt dich denn so aus der Fassung?«

»Lies doch. Ich hab's angestrichen.«

Tyndall fand den bezeichneten Artikel und las ihn rasch durch.

Singapur, Freitag

Die britischen Kolonialbehörden müssen noch die Identität der beiden Weißen bestätigen, die in der Malakka-Straße auf dem Schoner Sylph *ermordet aufgefunden worden sind. Man nimmt jedoch an, dass sie aus Australien stammen. Auf den Mann und die Frau sind mehrere Schüsse abgegeben worden. Das geplünderte Schiff wurde gestern in den internationalen Gewässern westlich des Hafens von Malakka gefunden und von einem Patrouillenschiff der Königlichen Marine ins Schlepptau genommen. Die Gegend ist berüchtigt für Piraten, die ihre Stützpunkte auf den Inseln in der Nähe von Sumatra haben. Den Schiffspapieren wurde entnommen, dass die* Sylph *länger im westaustralischen Broome gelegen hatte und dann einige kleinere Häfen in der Sulu-See anlief. An Bord wurde auch die Leiche eines japanischen Matrosen gefunden. Das Schicksal der weiteren Besatzungsmitglieder ist unbekannt.*

»Klingt unverkennbar nach Gunther. Hört sich nach schmutzigen Geschäften an. Tut mir Leid, dass du die Sache auf diesem Weg erfährst, John.«

Tyndall war von den nüchtern berichteten Fakten wie betäubt. »Ich wollte, dass sie aus meinem Leben verschwindet. Aber nicht auf diese Weise. Schreckliche Sache.«

»Was wirst du jetzt machen? Ein Telegramm nach Singapur schicken?«

Tyndall sah nachdenklich vor sich hin und antwortete langsam. »Ja, das wird wohl das Beste sein. Damit ich mehr Einzelheiten erfahren kann. Und dann ...« Er blickte entschlossen auf. »Dann fahre ich selbst rauf, um die ganze Geschichte zu überprüfen. Ich bin ihr Mann, das ist meine Pflicht.«

»Bis du dort bist, ist sie längst begraben und der Fall erledigt. Wird wohl nicht viel Sinn haben, John.«

»Ich habe schon einmal geglaubt, sie wäre tot. Diesmal will ich sichergehen.« Er sah, dass Toby leicht schockiert war. »Ich muss sichergehen, Toby. Ich kann Olivia nicht um ihre Hand bitten, bis ich den Beweis habe, dass ich ein freier Mann bin.«

Toby stand auf und faltete die Zeitung wieder zusammen. »Das kann ich verstehen. Du hast schwere Zeiten durchgemacht. Vielleicht hat das Schicksal beschlossen, dir wieder zuzulächeln. Ich wünsch dir alles Gute, John.«

Tyndall unternahm die Reise nach Singapur schließlich doch nicht. Sergeant O'Leary kam mit einer Nachricht der Behörden aus Singapur zu ihm, die die Identität von Gunther und Amy bestätigte. Weitere Dokumente einschließlich der Sterbeurkunden würden nachgeschickt.

Tyndall bekam ein Telegramm mit der Bitte um Anweisungen, und er bat darum, dass seine Frau an Ort und Stelle beigesetzt und ihre Habe an wohltätige Einrichtungen weitergeleitet würde. Es gab keinerlei Hinweise auf den Verbleib der Perlen. Tyndall hatte keine Ahnung, wo Gunthers nächste Angehörige lebten. Was die *Sylph* betraf, ordnete Tyndall an, sie solle verbrannt werden.

Tyndall buchte die Dampferfahrt nach Fremantle, ließ

sich einen neuen Anzug schneidern und packte alle Perlen ein, die sie am Ende der Saison noch gefunden hatten. Er hatte vor, sie Monsieur Barat in Perth persönlich zu übergeben.

Bevor er an Bord des Dampfers ging, schüttelte ihm der breit grinsende Ahmed so fest die Hand, als wollte er ihm den Arm ausreißen. »Sie bringen Mem zurück. Wir vermissen Mem.«

»Ich auch, Ahmed. Ich muss jetzt wohl doch an das Schicksal glauben. Du hast immer gesagt, dass alles in Ordnung kommen würde, und das ist jetzt wahr geworden. Leider auf tragische Weise. Aber das Leben geht weiter.«

»Viel Glück, Tuan.«

»Danke, Ahmed. Ich werde immer noch viel Überredungskunst brauchen.« Doch auch Tyndall konnte sich ein Lächeln nicht verkneifen. Er war überzeugt, dass Olivia einlenken würde, nachdem sich das Problem jetzt gelöst hatte, ohne dass sie ihr Gesicht oder ihre Würde verlieren musste. Er stellte sich darauf ein, dass sie ihn vielleicht um eine schickliche Wartezeit bitten würde, aber heiraten würde sie ihn ganz bestimmt.

Er war nervös, strich sich seine störrischen Haare glatt, fuhr sich mit dem Finger unter dem hohen Kragen seines weißen Anzugs um den Hals herum, dann klopfte er an die Tür des Hauses in der Phillimore Street.

Die Haustür wurde von einer jungen Aborigine geöffnet, in der er Mollie erkannte, die Tochter von Minnie und Alf. Er stellte sich vor, während sie lächelnd und nickend in der Tür stand, richtete Grüße von ihren Eltern aus und bat, Mem Hennessy zu sehen.

Mollie schüttelte den Kopf. »Nicht hier, Boss. Sie arbeitet in Klinik. Geht jetzt alle Tage in Büro.«

»Wo ist denn das, Mollie?«

»Wo auch Master arbeitet. *Shaw House*, in der Cantonment Street.«

»Der Master?«

»Dr. Shaw. Mem jetzt Mrs. Shaw. Aber kommt heute Abend zurück.«

Tyndall hatte Schwierigkeiten, die Bedeutung der beiläufig hingeworfenen Worte zu erfassen.

»Mem ist mit Gilbert Shaw verheiratet? Mit dem Kerl, mit dem sie dieses Mädchenheim, oder was immer das ist, gegründet hat?«

Mollie nickte lächelnd. »Und ob, Boss. Vielleicht zwei Monate jetzt. Ich war da. Schöne Hochzeit! Großer Kuchen und alles.«

Tyndall murmelte einen Abschiedsgruß und stolperte auf die Straße hinaus, für ihn brach eine Welt zusammen. Der Schmerz, der in seiner Brust brannte, machte ihm das Atmen schwer. Wie im Nebel ging er in Richtung Hafen, kehrte dann ins Fremantle Hotel in der High Street ein und bestellte sich einen Whisky. Er trank ihn in langsamen Schlucken aus und war schon versucht, einen zweiten zu ordern, beschloss dann aber, die qualvolle Begegnung mit Olivia nicht länger hinauszuschieben. Auf dem Weg zur Cantonment Street betete er nur, dass Shaw nicht zugegen wäre.

Er wurde nach oben zu dem kleinen Zimmer geführt, das Olivia zu ihrem Büro gemacht hatte. Sie stand vor ihrem Schreibtisch, hob die Hände vor die Brust und biss sich auf die Lippen. Während das Mädchen leise die Tür schloss, starrten sie einander quer durch den Raum an.

In diesen kurzen Sekunden spielte sich unendlich viel zwischen ihnen ab, Erinnerungen an die gemeinsame Vergangenheit, an Freude und Schmerz lebten auf. Mochten sie sich auch noch so sehr bemühen, mochte inzwischen auch noch so viel Zeit vergangen sein, sie konnten nicht so tun, als gäbe es das alles nicht, was sie verband. Die Funken zwischen ihnen sprühten unvermindert, und Olivia war insgeheim entsetzt, dass sie sich genauso zu Tyndall hingezogen fühlte wie eh und je. Sie unternahm eine gewaltige Anstrengung, um sich zu sammeln und ein unbefangenes Gesicht aufzusetzen.

»Das ist aber eine Überraschung, John! Eine angenehme. Warum hast du mir nicht gesagt, dass du kommst? Was macht das Leben in Broome?« Sie lächelte zögernd.

Ihre Höflichkeit brachte Tyndall durcheinander. Er war mehr auf Zorn und wütende Fragen eingestellt. Doch auch er bemühte sich um einen höflichen, leicht förmlichen Ton. »Einige Dinge haben, äh, eine neue Richtung genommen. Das wollte ich dir gern persönlich mitteilen.«

Sofort sah Olivia betroffen aus. »Ist irgendetwas passiert? Ist jemandem etwas zugestoßen? Ist etwas mit dem Unternehmen?«

»Nein, das ist es nicht«, unterbrach er sie, schwieg kurz und setzte dann ungeschickt an. »Es geht um Amy …«

Olivia erstarrte und kniff die Lippen zusammen.

Tyndall sprang ins kalte Wasser. »Sie ist tot.«

Olivia starrte ihn entsetzt an, ihre Lippen öffneten sich, doch sie brachte keinen Ton heraus.

»Das wollte ich dir gern selbst sagen.«

»Was ist denn geschehen?«, flüsterte Olivia.

»Sie wurde ermordet. In der Malakka-Straße, es waren Piraten.«

»Wie schrecklich, John. Was hat sie denn da gemacht?«

»Sie war mit Karl Gunther zusammen. Ist mit ihm abgehauen. Er wurde auch umgebracht. Ich war krank. Hatte Schiffbruch erlitten, die *Shamrock* verloren, Ahmed hat mich gefunden. Amy hat meine Pflege übernommen. Ich wäre dabei beinahe draufgegangen, ein unglücklicher Zufall … glaube ich.«

»Ich kann das alles kaum fassen. Warum hat mich niemand verständigt …?«

»Ich bin noch nicht fertig. Sie hat den Safe aufgebrochen und den größten Teil der Perlen dieser Saison gestohlen.

Wir haben noch ein paar gefunden, aber sie hat die besten mitgenommen. War eine gute Ausbeute dieses Jahr. Tut mir Leid, Olivia.«

»Mir auch, John. Alles tut mir Leid. Was für ein Schock.«

»Ein Gutes hat die Sache: Ich bin ein freier Mann. Deshalb war es mein erster Gedanke, zu dir zu kommen. Ich habe nie aufgehört, dich zu lieben, Olivia, und ich bin dir immer treu gewesen. Ich weiß, dass du verletzt warst ... die ganze Geschichte mit Amy war schmerzvoll und peinlich. Ich will jetzt nicht alles noch einmal aufrühren. Aber ich hoffte, wir könnten von vorne anfangen. Und jetzt stehe ich da und muss erfahren ... dass du ...« Er konnte nicht weitersprechen.

Olivia wandte sich von ihm ab, Tränen schossen ihr in die Augen, ihre Gedanken wirbelten durcheinander, ein wahnsinniger Drang zu schreien sprengte ihre Brust. Sie atmete zweimal tief durch und drehte sich wieder zu Tyndall um. Als sie in seine verletzten, anklagenden blauen Augen sah, zuckte sie zusammen. »Ja, ich war tief verletzt. Und gedemütigt. Gilbert ist ein guter, freundlicher Mann. Wir haben eng zusammengearbeitet, er war mir ein großer Trost. Ich war einsam ...«

»Ich auch, verdammt noch mal, Olivia! Ich habe Amy nie auch nur mit dem kleinen Finger angerührt. Ich habe dir geschworen, ich würde die Sache klären. Warum hast du nicht auf mich gewartet, Olivia?«

»Bitte hör auf zu schreien, John. Vergiss nicht, wie schwierig die Umstände waren, wie hoffnungslos alles aussah. Du hattest mich belogen. Amy machte nicht den Eindruck, als würde sie dich jemals aus ihren Klauen entlassen. Was sollte ich denn machen?« Auch sie wurde lauter. »Ich habe beschlossen, mein Leben weiterzuleben. Ich habe einen Sohn, an den ich denken muss.«

Tyndall durchbohrte sie mit wütenden Blicken. Obwohl er sich zu bezwingen versuchte, zitterte seine Stimme vor

Zorn, Verwirrung und Schmerz. »Warum hast du mir nicht wenigstens gesagt, dass du an eine Heirat denkst? Und mir eine Chance gegeben?«

»Was hätte das für einen Sinn gehabt? Du hättest nichts daran ändern können.«

»Ich hätte es sehr wohl geschafft, deine Meinung zu ändern!«

»Darauf konnte ich es nicht ankommen lassen«, sagte Olivia mit müder, resignierter Stimme. »Es ging alles ziemlich schnell … im Moment schien es das einzig Richtige und Sinnvolle. Gilbert hat mir einen Antrag gemacht, ich habe ihn angenommen, und wir haben im kleinen Rahmen geheiratet, ein paar Tage Urlaub gemacht und dann weitergearbeitet. Ich finde die Arbeit im *Shaw House* sehr lohnend.« Sie verstummte, dann schauten sie einander wieder in die Augen.

»Du liebst mich doch noch, Olivia?«, fragte er leise.

Einen Moment lang schwieg sie und schloss gequält die Augen. »John, ich habe ein neues Leben. Ich schulde Gilbert viel. Er hat mir unglaublich geholfen, und ich bin ihm sehr verpflichtet.«

»Und was ist mit deiner Verpflichtung mir gegenüber? Wir wollten doch den Rest unseres Lebens miteinander verbringen. Du bestrafst mich für etwas, was ich nicht zu verschulden habe.«

»Bitte, John, lassen wir das, was wir nicht mehr ändern können. Jetzt ist alles zu spät.« Sie holte tief Luft. »Mit dir wird mich immer eine tiefe Freundschaft verbinden. Wir haben eine gemeinsame Verantwortung für die *Star of the Sea*, aber mehr kann es zwischen uns nicht geben. Nicht mehr.« Sie wandte sich ab, dabei wusste sie, dass sie sich mit ihren letzten Worten verraten hatte.

Er ging langsam zu ihr hinüber, setzte sich auf einen zierlichen Bugholzstuhl neben ihrem Schreibtisch und griff nach ihrer Hand. Als sie seine Finger spürte, entzog sie sich brüsk seiner Berührung.

»Olivia, man hat im Leben nur einmal die Chance, das wahre Glück zu finden.«

»John … ich bitte dich. Ich kann nichts mehr ändern. Du kennst mich, ich muss tun, was ich für richtig halte. Und es ist richtig, dass ich an Gilberts Seite bleibe und mit ihm die Arbeit fortsetze, die wir begonnen haben. Es ist mir eine große Befriedigung, diesen Mädchen zu helfen …«

»Und was ist mit mir?«

Sie blickte ihn an, und ihr Herz krampfte sich zusammen, als sie die Liebe in seinen Augen, die Hoffnungslosigkeit in seinem Gesicht sah. »Ich weiß nicht, was ich sagen soll …«

»Ich kann deinen Entschluss nicht ändern?«

Sie hörte an seiner Stimme, dass er sich geschlagen gab. Tyndalls Feuer und Ungestüm waren erloschen. Sie schüttelte nur den Kopf, weil sie ihrer Stimme nicht traute.

Er stand auf und wandte sich von ihr ab. »Ich wünsche dir nur das Beste, Olivia.«

»Was wirst du jetzt tun?«, flüsterte sie.

An der Tür drehte er sich noch einmal um. »Ich werde warten.« Dann schloss sich die Tür hinter ihm.

Olivia legte ihr Gesicht in die Hände und weinte leise. Warum hatte sie nicht gewartet? Ihr Stolz und ihr Zorn hatten jede Aussicht auf Glück zunichte gemacht. Obwohl das Schicksal eingeschritten war und Tyndalls Ehedilemma gelöst hatte, hatte sie ihm nie eine Chance gegeben, sich aus seiner Zwangslage zu befreien und ihr seine Liebe zu beweisen.

Doch sie hatte ihre Wahl getroffen. Nie würde sie Gilbert Shaw so verletzen, wie sie verletzt worden war. Ihr Herz schrie nach Tyndall. Sie wünschte, er hätte sie angebrüllt, wäre betrunken hereingekommen und hätte ihr etwas an den Kopf geworfen. Nie würde sie vergessen, wie viel Trauer und Verlorenheit sie in seinem Gesicht gesehen hatte, nie würde sie sich verzeihen, dass sie die Ursache dafür war.

Zwanzigstes Kapitel

Tyndall sah auf seine weißen Wildlederschuhe hinunter, die jetzt mit rotem Staub bedeckt waren. Auch die Beine seiner weißen Segeltuchhose waren mit einer feinen roten Puderschicht überzogen. Er zuckte mit den Achseln und trat aus dem spärlichen Schatten des dickbäuchigen Affenbrotbaums heraus – Staub war allgegenwärtig auf der Pferderennbahn von Broome. Die Bahn war immer noch eine ziemlich raue Holperstrecke mit begrenztem Platz für die Zuschauer, doch wenigstens war das Buschwerk in der Mitte gerodet worden, sodass man von der Tribüne aus einen ungehinderten Blick auf die gesamte Rennstrecke hatte.

Das jährliche Treffen war eins der bedeutendsten gesellschaftlichen Ereignisse Broomes, das den Damen die seltene Gelegenheit bot, ihre neuesten Kleidungsstücke zur Schau zu tragen. Beliebt waren Kleider aus Tussahseide und Voile, dazu große Hüte mit Federn und Spitzenschleiern oder knappe, randlose Kappen. Die Frauen hatten sehr unter dem Staub und der herunterbrennenden Sonne zu leiden und welkten zusehends dahin, je weiter der Nachmittag voranschritt. Doch abends beim Ball blühten sie in neuen Abendroben wieder auf.

Tyndall hatte beim Broome-Cup eine hübsche Summe gewettet und trat an die Absperrung, als der Startschuss fiel.

Der Favorit, der von einem bekannten Farmer geritten wurde, setzte sich gleich mühelos an die Spitze, und die Wetter freuten sich schon auf ihren Gewinn. Doch in der Zielgeraden löste sich ein Pferd aus dem Pulk, stürmte am Favoriten vorbei und gewann um eine Länge. Der Jockey riss triumphierend den Arm hoch, und zur Überraschung der Zuschauer quollen unter seiner Kappe lange Haare hervor.

Die Menge brüllte, als man die Tochter einer der ersten Familien der Stadt erkannte, ein kaum erwachsenes junges Mädchen. Der Rennleiter fasste sich an die Stirn, und die Veranstalter liefen hastig zusammen, um über den Fall zu beratschlagen.

Während jemand nach den Wettbewerbsregeln suchte, rief Tyndall: »Sie hat klar und fair gesiegt, das muss gelten.«

Die Zuschauer, von denen einige auf den Zaun an der Zielgeraden geklettert waren, aber auch alle, die sich mit einem Wettverlust abzufinden hatten, stellten sich gut gelaunt auf Tyndalls Seite. Der Rennleiter erklärte den Sieg für gültig. Ein großer Jubel brach aus, und alle stürmten zur Bar, man war einhellig der Meinung, dass die Tradition des Broome-Cups, stets für Klatsch und gute Unterhaltung zu sorgen, heute einmal wieder würdig fortgesetzt worden sei.

Tyndall strich seelenruhig seinen Gewinn ein und kehrte in die Stadt zurück, wo er noch ein paar Drinks kippte, bevor er sich für den Rennball umzog.

In letzter Zeit hatte er sich in Broome ins Gesellschaftsleben gestürzt und sich hemmungslos gehen lassen, denn die Stadt war im Aufschwung, und es herrschte eine Atmosphäre wilder Lebenslust und leichtfertiger Ausgelassenheit. Dass in Europa vom möglichen Ausbruch eines Krieges die Rede war, hatte wenig Auswirkung auf diesen fernen Außenposten des Britischen Empire, ungeachtet aller Schlagzeilen in London.

In jener Ballnacht tanzte Tyndall mit Müttern und Töchtern und ließ so manches Herz höher schlagen. Seit sowohl Amy als auch Olivia fort waren, galt er als einer von Broomes begehrtesten Junggesellen, selbst noch als Vierziger. Der raubeinige junge Abenteurer war zu einem erfolgreichen Perlenbaron geworden, der voller Tatkraft war und seine Geschäfte immer mehr erweiterte. Seine Erscheinung war immer eindrucksvoller geworden, und sein männlicher Charme hatte im Lauf der Jahre noch zugenommen, ebenso der magische Reiz, der von seinem schillernden Leben ausging.

Doch für Tyndall war sein Leben von seinen Wünschen weit entfernt. Er dachte jeden Tag an Olivia, manchmal bedrängten ihn auch Gedanken an seine verlorene Tochter Maya, was immer wieder Traurigkeit und schmerzhafte Verlustgefühle in ihm auslöste. Irgendwie nahm die Vorstellung von ihm Besitz, auf den Frauen in seinem Leben laste ein Fluch, und unbewusst hielt er alle Frauen auf Distanz.

Während der Regenzeit arbeitete Tyndall mit Yoshis Hilfe an einem Zuchtperlenprojekt. Erst hatte er den Gedanken an künstliche Perlen von sich gewiesen, obwohl gezüchtete Perlen schon gegen Ende der 90er-Jahre auf dem japanischen Markt aufgetaucht waren. Doch Yoshis Interesse war durch Briefe japanischer Freunde und gelegentliche Zeitungsartikel entfacht worden. Er konnte schließlich auch Tyndall für die Idee begeistern, und dieser beschloss, sich näher damit zu befassen. Zwar war er überzeugt, dass natürliche Perlen durch nichts zu ersetzen wären, doch möglicherweise wären die Muschelgründe irgendwann erschöpft. Die Perlenfischer hatten in all den Jahren nichts weiter gelernt, als überfischte Gründe ruhen zu lassen, bis sich der Bestand von selbst erneuerte. Tyndall erkannte jetzt die Möglichkeit eines lukrativen Nebengeschäfts, eines Alternativangebots für alle, die sich keine echten Perlen leisten konnten. Mikimotos Zuchtperlen aus Japan wurden schließlich als richtige Perlen anerkannt, und der clevere ›Perlenkönig‹ hatte zwei riesige Perlenfarmen errichtet, dazu eine Fabrik in Tokio, in der junge Japanerinnen die Herstellung von Schmuck erlernten. Außerdem hatte er seine eigenen Perlengeschäfte eröffnet.

Auf der Rückkehr von ihrer letzten Fahrt der Saison reifte in Tyndall die Entscheidung, sich die Erfolge Mikimotos näher anzusehen. Die *Bulan* glitt zügig dahin, mit Wind fast genau von achtern, und Tyndall und Yoshi standen entspannt am Ruder und rauchten.

Sie schwiegen nun schon eine ganze Weile, genossen aber stumm die schöne Fahrt und den Frieden eines herrlichen Tags auf See.

»Wie wär's mit einer Reise nach Hause, Yoshi?«, fragte Tyndall plötzlich.

»Nach Hause, Käpt'n?«, fragte Yoshi ohne erkennbare Gefühlsregung zurück.

»Ja. Nach Japan. Deine Familie, deine Freunde besuchen.«

Yoshi war erst ein einziges Mal nach Hause gefahren, als er noch auf Thursday Island arbeitete, vor seiner Zeit in Broome. Doch den größten Teil seines Verdiensts schickte er nach Japan. Er zog an seiner Zigarette. Tyndall wartete geduldig.

»Vertrag. Keine Zeit für Reise, Käpt'n.« Yoshi sagte nie ein Wort zu viel, durch seinen Vertrag war er noch mehrere Jahre gebunden.

»Aber das wäre doch ein netter Gedanke, oder?«, fügte Tyndall hinzu, und Yoshi lächelte. Jetzt begriff er, dass sich der weiße Boss mit ihm nur einen Spaß erlauben wollte. Westlicher Humor blieb ihm immer ein Rätsel. Tyndall wandte sich zu ihm um und sah, wie er grinste.

»Weißt du«, fuhr Tyndall fort, »ich überlege mir gerade, ob ich nicht in der Regenzeit nach Japan fahren soll, ich würde dich gern mitnehmen. Auf Kosten der Firma. Aber wir werden dort arbeiten müssen. Was meinst du?«

Er hörte, wie Yoshi tief Luft holte, nur selten gab er seine Gefühle so deutlich zu erkennen. »Aha«, sagte er dann leise, »wir arbeiten in Japan. Was für eine Arbeit?«

»Es geht um Perlen, Yoshi. Mikimotos Perlen. Ich glaube, wir sollten uns beide endlich mal ansehen, was der Kerl so treibt.« Tyndall wartete, dass Yoshi etwas darauf erwiderte, dann lachte er und fügte hinzu: »Vielleicht ist das eine Gelegenheit für dich, eine Frau zu finden, Yoshi. Du heiratest ein nettes Mädchen und nimmst sie mit nach Broome.«

Yoshi lächelte kurz, dann streckte er Tyndall die Faust mit dem nach oben gereckten Daumen hin, was Tyndall im selben Stil beantwortete. Das genügte, damit die Abmachung für beide bindend war.

Kapitän Evans bekam den Auftrag, die Flotte während der Ruhezeit neu auszurüsten, Toby Metta würde die Perlen bearbeiten und sie Olivia übergeben, die Perlmutternte wurde rasch verkauft, mit einem kleinen Preisnachlass, damit die Japanreise und die während der Regenzeit anfallenden Arbeiten finanziert werden konnten. Tyndall legte die Leitung der Geschäfte in Ahmeds Hände und bestieg mit Yoshi den Dampfer, zuerst ging es nach Darwin, dann nach Singapur und schließlich nach Yokohama.

Es war nicht leicht gewesen, mit Kokichi Mikimoto in Verbindung zu treten, trotz der sorgfältig abgefassten Briefe, die Tyndall auf Japanisch schreiben ließ. Doch schließlich machte sich seine Beharrlichkeit bezahlt, er bekam eine Einladung und rief Yoshi aus dessen Dorf zu sich. Die beiden fuhren zur Insel Tatoku in der Bucht von Ago, wo Mikimoto seine so erfolgreichen Perlenzuchtversuche durchgeführt hatte.

Das kleine Fährboot nahm Kurs auf das Ufer, und als es auf den Anlegeplatz zutuckerte, wurde Tyndalls und Yoshis Neugier durch Holzkübel geweckt, die von Seilen gesichert auf dem Wasser hüpften. Yoshi unterhielt sich kurz mit dem Steuermann, der sie grinsend näher heranfuhr und den Motor drosselte. Plötzlich tauchten mehrere Frauen auf und warfen Austern in die Kübel. Sie tauchten ohne jegliche Ausrüstung. Yoshi fragte den Steuermann und übersetzte.

»Frauen bessere Taucher als Männer. Können bis drei Meter tief tauchen, kein Problem.«

Die Taucherinnen trugen die traditionellen weißen Lendenschurze und einfache weiße Hemden, ihr Haar war im Nacken zu einem festen Knoten gebunden. Sie tauchten unter und kamen wieder nach oben wie ein Schwarm fröhlicher Delphine. Zwischen ihnen ruderten Männer, die die gefüllten Kübel einsammelten.

Tyndall erinnerte sich an die Aboriginefrauen, die in den Anfangstagen der australischen Perlenfischerei nach Perlmuscheln getaucht waren. »Das ist leichter als mit dem schweren Anzug, was, Yoshi?«, sagte Tyndall.

»Vielleicht eine davon gute Frau für mich«, grinste er zurück.

Tyndall stellte sich etwas linkisch an, als er sich mit seinen langen Beinen Mikimoto gegenüber auf das Polster am Boden setzte. Mikimoto war ein Mann mit markanten Gesichtszügen, der, obwohl in den Fünfzigern, immer noch jung aussah und einen einfachen schwarzen Baumwollkimono trug. Auf dem niedrigen Kirschholztisch zwischen ihnen standen kleine Schälchen mit dampfendem Tee.

Mikimoto wandte sich auf Englisch an Tyndall. »Sie wollen also Perlen ziehen wie die Rüben, Kapitän Tyndall?«

»Genau wie Sie, Mikimoto San!«

Der imposante Mann warf den Kopf zurück und lachte herzlich. »Das ist wahr. Ich hatte einen Traum und habe ihn niemals aufgegeben. Das hat mich manchmal viel gekostet ... mein Geld, mein Familienleben, zu gewissen Zeiten sogar meinen guten Ruf! Meine geliebte Ume, meine verstorbene Frau, stand mir immer zur Seite und hat es mir ermöglicht, mit meinen Versuchen fortzufahren. Leider konnte sie den Tag nicht mehr erleben, als ich die erste vollkommene runde Perle erzeugt hatte. Aber ziehen Sie daraus eine Lehre: Sie dürfen nie aufgeben, was Ihr Herz aufrichtig ersehnt.«

Tyndall dachte unvermittelt an Olivia, doch er kehrte mit seinen Fragen zurück zu den Einzelheiten der Perlenzucht. Mikimoto war zwar mit seinen Informationen großzügig, gab aber, wie Tyndall vermutet hatte, nicht alle seine Geheimnisse preis.

Später wurden Tyndall und Yoshi durch das Familienunternehmen geführt, ein kleines Königreich für sich. Ihr Besuch überzeugte sie davon, dass auch sie in den geschützten Buchten des Nordwestens Zuchtversuche anstellen sollten. Yoshi kehrte in sein Dorf zurück, um letzte Vorbereitungen zu treffen, damit die Braut, die er gewählt hatte, nach Australien übersiedeln konnte, dann traf er sich mit Tyndall in Yokohama zur Heimreise.

Doch kaum waren sie nach Broome mit seinem überschäumenden Gesellschaftsleben zurückgekehrt, als in Europa der Krieg erklärt wurde. Tyndalls Pläne, seinem Unternehmen mit der Perlenzucht neue Horizonte zu eröffnen, wurden erst einmal auf Eis gelegt, und als sich der Krieg immer länger hinzog, brach der Perlmuttmarkt zusammen.

Olivias Blick ruhte auf ihrem hoch gewachsenen jungen Sohn, der in seiner Uniform der Königlich Australischen Marine stolz vor ihr stand. Wie gut er aussah! Trotzdem brach es ihr schier das Herz.

Hamish las den Schmerz in den Augen seiner Mutter. »Keine Bange, Mammi. Es dauert noch ein paar Monate, bis ich in See steche.«

»Bist du auch ganz sicher, dass du das Richtige tust, Liebling? Ich bin stolz darauf, dass du dich so schnell als Freiwilliger gemeldet hast, aber du bist erst zwanzig …«

»Mammi, es ist unsere Pflicht! Du und Papa, ihr seid aus England hergekommen. Wir gehören zum Britischen Empire und sind unserem Mutterland unsere Hilfe schuldig.«

Olivia bewunderte seinen Patriotismus, sorgte sich aber wegen der Gefahren, die auf ihn zukamen. Hamish betrachtete den Eintritt in die Marine nicht nur als ein Abenteuer oder als Dienst an seinem Vaterland, sondern auch als Möglichkeit, Karriere zu machen. Es zog ihn unwiderstehlich zur See, seit Tyndall ihn zum ersten Mal auf dem nach seinem Vater benannten Logger mitgenommen hatte.

Hamish war schon als Kadett zu den Reservisten der Königlich Australischen Marine gestoßen, als er noch zur Schule ging, und hatte mit den Jahren seine Ausbildung fortgesetzt, jede Woche an einem Übungsabend und außerdem an jährlichen Trainingslagern und gelegentlichen Kursen teilgenommen. Olivia freute sich, dass er schon in jungen Jahren seine Interessen und seine Leidenschaft entdeckt hatte.

Bei Ausbruch des Kriegs meldete er sich also als ausgebildetes Mitglied der Reserve und wurde zu einer Marineeinheit nach Albany geschickt, um Ankerplätze für Kriegsschiffe einzurichten und eine militärische Beobachtungsstation aufzubauen.

In dieser Zeit schrieb Hamish an Tyndall:

Lieber Onkel John,

ich amüsiere mich hier so prächtig wie noch nie! Trotzdem vergesse ich nicht die Pflicht, die uns alle hierher gerufen hat, und den Ernst der Aufgabe, die vor uns liegt – aber was sind das hier für tolle Kerle! Du wärst stolz auf meine seemännischen Kenntnisse … Ich merke jetzt, wie viel du mir beigebracht hast, und bin dir sehr dankbar dafür. Du würdest wahrscheinlich ein paar grobe Bemerkungen darüber fallen lassen, wie verweichlicht wir Jungs sind, wenn wir in unseren makellosen Uniformen an Deck zu unseren Übungen antreten!

Ich kann mir nicht vorstellen, dass es bei der Marine zugeht wie an Bord eines Loggers! Doch ich freue mich schon auf den Tag, wenn ich als Seemann gut genug bin, um bei der Star of the Sea *anzuheuern. Lasst inzwischen die Kaminfeuer nicht ausgehen – oder besser, stellt das Bier kalt und haltet die Segel in Schuss. Ich weiß, dass du ein Auge auf meine Mutter haben wirst, ohne Rücksicht auf ihre Lebensumstände. Gilbert ist ein feiner Mann, und er gibt ihr, was sie momentan braucht. Doch du hast uns beiden sehr viel bedeutet, und ich denke oft an dich. Bitte grüße Ahmed, Yoshi, Taki und alle anderen von mir.*

Hamish

Ein paar Monate später schrieb Hamish an seine Mutter:

Albany, im Oktober 1914

Ich habe meine Zeit hier sehr genossen – ich bin einem sehr netten Mädchen begegnet und hoffe, du wirst sie eines Tages kennen lernen ... nach dem Krieg. Aber wie gern würde ich zu dem großen Verband von Militärschiffen gehören, die hier zusammengekommen sind! Ein eindrucksvoller Anblick, so viele Truppenschiffe und Geleitschiffe draußen im Sund. Wenn man sich vorstellt, dass sie aus allen Teilen Australiens und Neuseelands stammen! Bald werden sie zum großen Abenteuer auf der anderen Seite der Welt aufbrechen.

Es dauerte nicht lange, bis Hamish davon erfuhr, dass die Königlich Australische Marine einen Tross zur Unterstützung der kämpfenden Truppen zusammenstellte. Er erreichte tatsächlich eine Versetzung und wurde nach Melbourne zu einer Einheit abkommandiert, die in Kürze mit dem Transportschiff *Port Macquarie* auslaufen sollte.

In seinem letzten Urlaub im Juni 1915 fuhr Hamish mit dem Küstendampfer nach Fremantle, um von seiner Mutter Abschied zu nehmen.

Sie saßen bei Tee und seinem Lieblingskuchen, während er ihr die Aufgaben seiner besonderen Einheit erklärte.

»Die Marinekommission hat sich erboten, einen Tross mit Personal, Ausrüstung, Fahrzeugen, Pferden und so weiter nach Europa zu schicken.«

»Aber was machst du dort genau, mein Lieber?«

»Brücken, Hafendämme, Piere und Pontonbrücken für Anlegeplätze und Landungen an Invasionsstränden bauen. Wir gehören zur Marine, werden aber vielleicht manchmal der Armee unterstellt.«

»Und hast du auch etwas mit direkten Kämpfen zu tun?«, fragte Olivia ängstlich.

»Offiziell nicht. Aber wenn sich eine Gelegenheit ergibt, werden wir sicher eingreifen«, antwortete Hamish begeistert.

»Sei vorsichtig, Hamish«, sagte Olivia und nahm seine Hand. Lächelnd fügte sie hinzu: »So etwas Albernes kann wahrscheinlich nur eine Mutter sagen.«

Er tätschelte ihr die Hand. »Mammi, bitte mach dir keine Sorgen um mich. Ich könnte es nicht ertragen, wenn ich mir vorstellen müsste, dass du jeden Tag um mich bangst. Versprich mir, dass du das nicht tun wirst! Denk an die großartigen Dinge, die ich leisten werde, an die Länder und Städte, die ich sehen werde. Freu dich darüber, dass ich gern dazugehören möchte.« Sein Lächeln wurde wehmütig. »Und nur für den Fall, dass mir etwas passieren sollte, musst du mir versprechen, nicht traurig zu sein …«

»Hamish! So etwas darfst du nicht sagen! Nicht einmal denken!«

»Mammi, es besteht immer die Möglichkeit. Ich habe mir auch darüber Gedanken gemacht. Und weißt du … ich habe keine Angst vor dem Sterben. Daran musst du immer denken. Und ich möchte sicher sein, dass du dein Leben weiterleben und glücklich sein wirst. Schenk mir die Freiheit, leichten Herzens zu gehen, weil ich weiß, dass es du es verkraften wirst. Ich habe immer deine Stärke bewundert, du darfst sie jetzt nicht verlieren, Mammi. Wir müssen alle unsere Pflicht tun.«

Sie nickte, küsste ihn auf die Wange und drückte seinen Kopf kurz an ihre Brust. Dann setzte er sich wieder auf, nahm noch ein Stück Kuchen und erzählte ihr von seinen Eindrücken aus Melbourne.

Als es Zeit für den Abschied wurde, nahm Olivia ihre ganze innere Kraft zusammen, damit sie nicht die Fassung verlor. »Bist du sicher, dass du mich in Melbourne nicht dabeihaben willst, damit ich dir beim Auslaufen zuwinken kann?«

»Das ist kein großartiger Aufbruch ... nicht wie bei dem Konvoi, der Albany verlassen hat. Die *Port*, wie wir sie nennen, wird ohne Fanfarenstöße in Port Phillip Bay einfach aus dem Hafen tuckern. Ich würde dich lieber hier im Gedächtnis behalten, in diesem behaglichen Zimmer, wo es nach Kuchen und Tee duftet. Nicht, wie du irgendwo im Wind auf einem verregneten Kai herumstehst.«

»Die armen Pferde ... ich hoffe, sie werden die Überfahrt überleben«, sagte Olivia abwesend.

Sie hielten einander innig umarmt. »Jetzt schaue ich noch bei Gilbert und Mollie vorbei, und dann mache ich mich auf den Weg. Bleib hier. Ich hab dich lieb, Mammi.«

Schweigend verließ er das Zimmer, drehte sich noch einmal um und warf ihr eine Kusshand zu, dann schloss er leise die Tür hinter sich.

Tyndall schrieb an Olivia, dass er in Broome bleiben wolle, obwohl viele der Perlenlogger ihre Arbeit eingestellt hatten. Von den Aru-Inseln weiter im Norden kamen etliche Glücksritter nach Broome, die sich um zurückgegebene Lizenzen bewarben, um ihre eigenen Flotten aufzubauen. Diese Männer hatten bisher mit billigen Arbeitskräften vor den Inseln gefischt, die gerade außerhalb der Dreimeilenzone lagen, und waren in Broome nicht gern gesehen. Tyndall wollte nicht ohne weiteres aufgeben, was er sich aufgebaut hatte, doch räumte er in seinem Brief an Olivia ein, dass es schlecht um die Geschäfte stand und es wegen des Kriegs schwierig wäre, die Flotte in Schuss zu halten.

Der Perlmuttmarkt siechte seinem Untergang entgegen, die Käufer aus Wien und Paris kündigten ihre Verträge auf. Broome war zur Geisterstadt geworden. Manche Perlenfischer hatten Bankrott gemacht, manche waren zu neuen Abenteuern nach Übersee oder in den Süden aufgebrochen und boten ihrer plötzlichen Armut tapfer die Stirn. Andere, die knapp vor dem Ruin standen, verkauften ihre Schiffe, bezahlten, so gut es ging, die Mannschaften aus und saßen schließlich untätig auf der Veranda.

Wie auch die meisten anderen Perlenunternehmer verfolgte Tyndall beunruhigt, wie die japanischen Mannschaften die Perlenfischerei immer stärker unter ihre Kontrolle brachten. Ein mächtiger Clan japanischer Schiffseigner und Kaufleute übernahm die Rolle von Bankiers für die japanischen Taucher und Mannschaften, die ihr Geld beim Spiel, durch den Verkauf gestohlener Perlen oder andere Betrügereien verdienten. Offiziell durften Japaner keine Perlenlogger besitzen, deshalb suchten sie sich für die von ihnen beherrschten Unternehmen weiße Strohmänner. Dieser Betrug blühte an allen Ecken, und obwohl jeder davon wusste, wurde nichts dagegen unternommen.

Man war der Meinung, es wäre ›zu schwierig‹, den wachsenden Einfluss der Japaner auf die Perlenfischerei zu unterbinden. Die Japaner bauten ihre Machtstellung noch weiter aus, indem sie sich weigerten, Taucher anderer Rassen auszubilden.

Tyndall versuchte, die weißen Perlenunternehmer zu einer Kooperative zusammenzuschließen, doch sein Plan fand keinen Anklang. Die Perlenfischerei hatte immer Männer mit starkem Unabhängigkeitsdrang angezogen, die zwar gesellige Naturen waren, sich aber nicht gern in die Karten gucken lassen wollten, wenn's ums Geschäft ging.

Die einzige Gemeinsamkeit zwischen den Perlenbaronen war im Moment das Entsetzen über die vielen lähmungsbedingten Todesfälle, zu denen es gekommen war, seit motorbetriebene Kompressoren die Handpumpen mehr und mehr verdrängten. Zwar konnten die Taucher damit in größere Tiefen vorstoßen, doch damit erhöhte sich auch ihr Risiko. Die Taucher hassten die Wartezeiten, die sie beim schrittweisen Aufstieg einhalten mussten. So manches Leben wurde durch die stählerne Dekompressionskammer gerettet, die dem Krankenhaus von Broome von Heinke und Co. gestiftet worden war, der neben dem Londoner Unternehmen Seibe Gorman bedeutendsten Herstellerfirma für Taucheranzüge.

Tyndall beschloss, einen anderen Weg einzuschlagen. Er hockte in seinem Büro und brütete über einem Block, knüllte immer wieder eine Seite zusammen und schleuderte die Papierkugel treffsicher durch das Zimmer in den Papierkorb. Er wünschte, Olivia wäre da, um ihm zu helfen, doch schließlich war er mit seinem Werk zufrieden. In einem offenen Brief unterbreitete er allen Perlenunternehmern von Broome den Vorschlag, die Perlenzucht als weiteren Geschäftszweig einzuführen. Er berichtete von seinem Besuch bei Mikimoto und seiner Hoffnung, dass Zuchtperlen den dahinschwindenden Handel mit Perlmutt ersetzen könnten. Er erklärte, Zuchtperlen würden Naturperlen nicht entwerten, sondern ihren Wert sogar steigern. Er schilderte, welche hohen Maßstäbe Mikimoto bei seinen Zuchtperlen anlegte, alle, die diesem Qualitätsstandard nicht entsprachen, wurden vernichtet. Er wies darauf hin, dass die Auster nach dem Einsetzen eines ›Kerns‹ die Zuchtperle auf dieselbe Weise produziere wie eine natürliche Perle. Perlmutt würde in Zukunft von der neuen Plastikindustrie bedroht werden. Wenn sie also einen mittleren Markt für weniger teure Perlen schüfen, könnten sie ihr Überleben als Perlenunternehmer sichern.

Es war, als hätte ich eine Kanonenkugel abgeschossen, schrieb Tyndall an Olivia. *Beim Verband der Perlenunternehmer, aber auch bei den Japanern hat sie voll eingeschlagen – Hilfe! Alle sind total dagegen und beschuldigen mich, die ganze Branche zu ruinieren. Es macht mir nichts aus, wenn mich der eine oder andere in der Logger-Bar attackiert, manche konnte ich schon fast überzeugen. Doch es gibt ein paar Leute, die behandeln mich wie Luft. Ich bin sicher, du weißt, wer! Toby und Mabel sind die Einzigen, die mich unterstützen. Ahmed verhält sich loyal, hat aber seine Zweifel, obwohl ich weiß, dass er immer zu mir halten wird, egal, was ich beschließe. Yoshi ist nach allem, was er von dem japanischen Unternehmen gesehen hat, begeistert. Mich wundert nur der Mangel an Interesse bei den Japanern. Yoshi erzählt mir, dass jede Diskussion darüber bei ihnen geradezu panische Angst auslöst. Und wo stehst du, meine liebe Partnerin?*

Herzlich, Tyndall

Lieber John,

ich halte mich nicht für kompetent, dir, was die Zuchtperlen betrifft, Ratschläge zu erteilen. Zuchtperlen, das klingt interessant, aber ich würde vorher gern ein paar Perlen sehen. Wäre der Aufbau einer solchen Perlenzucht teuer? Es ist alles noch etwas unausgereift, vielleicht steckt die Sache einfach noch in den Kinderschuhen. Setze den ›Kern‹ ein wie bei einer Zuchtperle und lass die Leute eine Weile nachdenken. Mit anderen Worten, warte den natürlichen Lauf der Dinge ab. Du neigst manchmal zu Ungestüm und zu überstürztem Handeln.

Es tut mir Leid, dass ich dir keine positivere Antwort geben kann, aber ich habe dabei auch die finanzielle Lage unseres Unternehmens im Hinterkopf und werde sehr von dem Mädchenheim hier in Atem gehalten. Die Arbeit ist sehr lohnend. Anscheinend gibt es zurzeit mehr Mädchen in Not, weil so viele junge Männer in den Krieg ziehen und gebrochene Herzen zurücklassen!

Ich hoffe, es geht dir gut. Viele Grüße an Ahmed und die Jungs.

Olivia

Tyndall faltete ihren Brief zusammen und legte ihn sorgfältig in die Schublade zu den anderen, die Olivia ihm geschrieben hatte. Zum Teufel aber auch, Olivia, dachte er. Ein höfliches, förmliches Schreiben wie immer, darunter ihre gestochen klare Unterschrift, ohne jeden Ausdruck von Gefühl. Es verletzte ihn auch, dass sie sich nicht so recht für seine Idee erwärmen mochte. Als Leiterin eines Heims für gefallene Mädchen konnte er sich Olivia einfach nicht vorstellen.

Die Debatte über Tyndalls Pläne erhitzte die Gemüter in der Stadt immer heftiger. Der Verband der Perlenunternehmer berief ein Treffen ›für alle Betroffenen‹ ein.

Der Speisesaal war brechend voll, alle Perlenunternehmer waren mit ihren Gattinnen erschienen, dazu die führenden Geschäftsleute der Stadt, in einer der hinteren Reihen saßen einflussreiche Mitglieder der japanischen Perlenbranche und japanische Geschäftsleute.

Im Vorstand murrte man wegen der Anwesenheit der Japaner, doch nach einigen Unterredungen mit Mr. Takahashi, der mehrere Geschäfte in der Stadt besaß, einigte man sich auf Folgendes: Man würde die Japaner warnen, dass ihnen gegenüber ein paar abschätzige Bemerkungen fallen könnten, und gestattete ihnen nur zu bleiben, falls sie keinen Anstoß daran nähmen.

Mr. Takahashi verbeugte sich und sagte, er habe verstanden.

Als sich alle gesetzt hatten, erhob sich der Vorsitzende des Verbands, Mr. Bernard, hinter dem kleinen Tisch, den man vorne im Raum aufgestellt hatte, umriss noch einmal Tyndalls Vorschlag und stellte das Thema zur Diskussion. Gleich sprangen mehrere Männer auf, und einer nach dem anderen verdammte den Plan in Grund und Boden.

In Tyndall, der neben dem Vorsitzenden saß, staute sich langsam der Zorn, bis er sich nicht mehr beherrschen konnte und ebenfalls aufsprang. »Blödsinn! Zuchtperlen sind echte Perlen. Sie stellen keine Bedrohung der Naturperlen dar!«

Ein weiterer Perlenunternehmer stand auf. »Ich habe auf Thursday Island Zuchtversuche gesehen, eine verdammt heikle Sache, und was dabei rauskam, war völlig wertlos. Ich habe auch schon japanische Perlen gesehen, ihr Lüster war ziemlich armselig. Meine Sorge ist die: Wenn wir unsere Austern, die eine wesentlich höhere Qualität haben, zur Zucht benutzen, könnten wir vielleicht Perlen mit einem besseren Lüster erzielen, die den Wert unserer Naturperlen untergraben würden.«

Wieder sprang Tyndall auf. »Das ist genau der Punkt!«, rief er. »Wir können gute Perlen machen, Perlen mit anständigem Lüster, die bei denjenigen auf Nachfrage stoßen werden, die sich keine Naturperlen leisten können!«

Die Argumente tobten hin und her, und Tyndall sank mit versteinertem Gesicht auf seinen Stuhl, enttäuscht, dass er so wenig Unterstützung bekam, und fassungslos, dass es seinen Kollegen so sehr an visionärem Denken und Verständnis mangelte. Mabel Metta lächelte ihm ermutigend zu, was er mit einem Achselzucken beantwortete.

Die Debatte ging zu der Frage über, wie man die Zuchtperlenindustrie, falls überhaupt eine solche entstehen sollte, kontrollieren könne. Es dauerte nicht lange, bis jemand aussprach, was fast alle dachten.

»Früher oder später, wahrscheinlich gleich nach dem Startschuss, werden sich die Japaner das Geschäft unter den Nagel reißen«, rief ein Perlenunternehmer, und von fast allen anwesenden Weißen kam zustimmendes Gemurmel. Der Sprecher fuhr fort: »Wir haben schon genug Probleme mit den Tarnmanövern der Japaner. Ihr könnt Gift darauf nehmen, dass sie und nicht wir das Geschäft mit den Zuchtperlen machen werden. Was kommt also für uns dabei raus? Gar nichts.«

Ein Beifallssturm brach los.

Aus dem hinteren Teil des Saals drang ein höflicher Ruf nach vorn. »Herr Vorsitzender!« Mr. Takahashi hatte sich gemeldet. Alle Köpfe drehten sich um, als der Vorsitzende die Wortmeldung entgegennahm. Mr. Takahashi verbeugte sich leicht. »Wir haben unsere eigenen Diskussionen über diese Idee von Kapitän Tyndall geführt und sind gegen sein Vorhaben. Wir meinen, es wäre schlecht für die Wirtschaft von Broome. Nicht gut für unsere Taucher, nicht gut für die Geschäftsleute, erzeugt Spannungen zwischen Japanern und anderen Leuten aus Broome. Wir sagen nein zur Perlenzucht. Wir lassen keinen Japaner ein solches Unternehmen beginnen.« Unter lautem Applaus setzte er sich.

Nun wandten sich alle Köpfe zu Tyndall. Langsam stand er auf und ergriff ruhig das Wort. »Ich verstehe, was ihr alle sagt. Ich glaube, ihr irrt euch. Ihr seid als Geschäftsleute zu kurzsichtig. Kokichi Mikimoto ist ein Mann mit einer Vision, einem Traum, einer Leidenschaft. Er sieht in die Zukunft. Eines Tages wird man in Broome mit künstlichen Mitteln große, perfekte Perlen von einem solchen Glanz und solcher Qualität hervorbringen, dass nicht einmal Leute wie mein guter Freund Tobias Metta sie von einer Perle werden unterscheiden können, wie sie ein Taucher vom Meeresboden heraufholt.«

Tyndall wollte nach dem offiziellen Abschluss des Treffens nicht länger bleiben, er zog sich in sein Büro zurück und setzte sich an den Schreibtisch, um sich in einem Brief an Olivia seine ganze Wut von der Seele zu schreiben, doch nach einer halben Seite knüllte er den Bogen zusammen, warf ihn über die Schulter und griff zur Whiskyflasche.

Einige Wochen später erhielt Tyndall einen Brief von Olivia, der ihm auch keinen Trost brachte.

Lieber John,

ich habe in der Zeitung einen Bericht über die Zuchtperlendebatte gelesen. Wie bedauerlich für dich! Die Mettas haben mir geschrieben, du hättest dich temperamentvoll verteidigt. Vielleicht bist du deiner Zeit voraus, John. Die Zeiten sind schlecht, der Krieg spitzt sich zu, die Zahl der Toten steigt. Hab Geduld, ich spüre, dass deine Zeit kommen wird.

Er legte ihren Brief zu den anderen auf den Stoß und hielt den Wänden des leeren Büros eine erbitterte Ansprache. »Die einzige Zeit, die für mich zählt, Olivia, ist die Zeit mit dir. Und was dich angeht, sind die Aussichten für mich herzlich schlecht.«

Olivia sehnte sich nach Briefen von Hamish, die nur selten und in großen Abständen kamen. Als ein dicker, in Port Said aufgegebener Umschlag eintraf, kochte sie sich Tee und setzte sich allein ins Wohnzimmer, um die Lektüre zu genießen.

Hamish erklärte, der Brief sei ›illegal‹, weil er ihn nämlich, um der Zensur zu entgehen, einem Freund mitgegeben habe, der ihn weiterbefördern sollte. Er erzählte von den vielen Freundschaften, die er geschlossen, von den denkwürdigen Orten und Menschen, die er gesehen habe, und schrieb ihr, wie er sie alle zu Hause vermisse …

… vor allem dich, liebste Mammi. Die Überfahrt war hart, besonders für die Pferde … wir haben zwischen Australien

und Bombay neunundsiebzig Tiere durch Krankheit und Erschöpfung verloren. Wir wurden nach Colombo zurückgerufen und kehrten dann nach Bombay zurück, um den Rest der Pferde an Land zu bringen, damit sie nicht auch noch verendeten, denn wir brauchen sie für Transportarbeiten. Dann wurden wir zu den Dardanellen abkommandiert, wo wir die Landung des 9. Armeekorps in der Suvla-Bucht vorbereiten sollten. Aber wir hatten keine Schlepper oder Leichter zum Entladen, deshalb baute unsere Einheit Flöße aus Bauholz, um Männer, Vorräte, Gepäck und Ausrüstung an Land zu schaffen. Wir hatten schon alles aufgeladen und waren fahrbereit, als die Meldung kam, jemand hätte für uns einen winzigen Dampfer aufgetrieben, die Itria, *was bedeutete: wieder abladen, die Flöße auseinander nehmen und das Ganze auf den Dampfer verfrachten. Am Ufer erhielten wir dann im Schnellverfahren unsere einzige Ausbildung im Bau von Pontonbrücken und Pieren und so weiter – fünf Tage harter Drill, das kannst du mir glauben! Jetzt haben wir die Pontons und alles auf die* Itria *geschafft und können endlich zur ›eigentlichen‹ Landung übergehen. So ein Zirkus! Aber wie unser befehlshabender Offizier sagte, wir weigern uns, als Versager abgestempelt zu werden!*

Am 7. August ankerte die *Itria* vor dem für einen Angriff in Betracht gezogenen Strand mit dem Befehl, eine Stelle ausfindig zu machen, die für einen Pier geeignet wäre. In der Dämmerung sollte Hamish mit einem ersten Kommando an Land gehen und aus Fässern und Bauholz einen Landesteg errichten. Sie arbeiteten 48 Stunden ohne Unterbrechung, unter ständigem Artilleriebeschuss und im Schrapnellfeuer, und wurden sogar einmal von einem Taube-Flugzeug bombardiert. Der Ankerplatz wurde für zu gefährlich erklärt und verlagert.

Dann kam Hamish zu einer Einheit, die mithalf, die Truppen und ihre Vorräte an Land zu bringen. Man hatte nicht an die Wasserversorgung gedacht, Tausende Soldaten litten Durst.

»Genauso schlimm, wie wenn man sich in der Wüste verirrt«, brummte einer der Männer zu Hamish.

Am 12. August bekamen die ›Leute vom Tross‹ zu ihren anderen Aufgaben auch noch den Auftrag, Wasser für die Truppen zu beschaffen. Hamish versuchte, das sporadische Feuer, das vom Hügelkamm auf sie abgegeben wurde, zu ignorieren, während sie in fieberhafter Hast nicht benötigte Pontons im Sand vergruben, die als Wassertanks benutzt wurden und von den Leichtern aus mit Pumpen und Schläuchen, die von den Schiffen geliehen waren, aufgefüllt wurden. Von den Soldaten, die nicht im Kampf fielen oder schwer verwundet wurden, starben viele an Krankheiten wie Paratyphus, Gelbsucht, Lungenentzündung und Blutvergiftung, die von Fliegen und Schmutz selbst auf kleineren Wunden hervorgerufen wurden.

Während Hamish am Fuß der Hügelkette arbeitete und einen Pfosten eingrub, an dem ein Seil befestigt werden sollte, wurde ein Soldat, der den Abhang ein Stück hinaufgeklettert war, erschossen. Seine Leiche rollte herunter und blieb in Hamishs Nähe liegen. Voller Wut und Verbitterung und ohne eine Sekunde zu überlegen, packte Hamish das Gewehr des Soldaten und kroch den Abhang hoch. Er lag einige Minuten hinter einem Felsbrocken auf der Lauer, bis er eine Bewegung wahrnahm. Er gab einen Schuss ab, dann noch einen, erkannte, dass er den Heckenschützen erwischt hatte, und robbte mit ungeheuren Triumphgefühlen zu seinen Pflichten zurück.

»Ihr Marineleute seid nicht zum Kämpfen abgestellt«, bellte ihn ein Armeeoffizier an, der geduckt an ihm vorbeilief und noch hinzusetzte: »War übrigens ein verdammt guter Schuss.«

Hamish war sehr zufrieden mit sich, grinste seinen Kumpel an, der ihm den hochgereckten Daumen entgegenstreckte, und watete auf ihren Leichter zu, der weitere Ausrüstung für sie gebracht hatte. Er wollte schon an Bord klettern, als ihn ein schneidender Schmerz durchfuhr, ein sengend heißes Brennen im Rücken. Er schrie auf, als die Welt schwarz um ihn wurde und er ins blutige Wasser kippte.

Im *Shaw House* standen nach der Nachricht von Hamishs Tod alle unter Schock. Gilbert saß neben Olivia, die sämtliche Beruhigungsmittel ablehnte und redete und redete. Er hatte keine Antwort auf ihre qualvollen Fragen, wie Gott nur so grausam sein konnte. Was hatte sie getan, um eine solche Strafe zu verdienen? Wie würde sie weiterleben können?

Gilbert nahm ihre Hand. »Du musst und du wirst es auch. Hamish war so stolz auf das, was du hier leistest. Du hilfst anderen, hast du nicht gesagt, das wären seine letzten Worte an dich gewesen? Dass du dich gut um die Mädchen kümmern sollst?«

Olivia nickte, presste aber leise die Frage hervor: »Und wer kümmert sich um mich?«

»Ich, meine Liebe. Wir alle. Aber du musst auch mithelfen. Wir haben Krieg, es gibt so viel Leid. Du hast einen grausamen Schlag erlitten. Wie du damit umgehst, wird darüber entscheiden, welche Richtung dein Leben weiter nehmen wird.«

»Mir ist egal, was weiter passiert.«

»Olivia … das stimmt doch gar nicht. Hör mir mal zu. Gerade ist eine junge Frau angekommen. Sie ist schwanger, und ihr Mann oder Geliebter, Genaues weiß ich nicht, doch offensichtlich hat sie ihn angebetet, ist im Krieg gefallen. Hilf ihr. Wenn du das tust, wirst du dir selbst helfen, glaub mir.«

»O Gilbert, wie könnte ich ihr helfen? Am liebsten würde ich ihr sagen, sie solle ihr Baby nicht bekommen. Die Freude wiegt den Schmerz nicht auf, den du leidest, wenn du dein Kind eines Tages verlierst.«

Olivia brach in seinen Armen zusammen und schluchzte. Gilbert hielt sie ganz fest und murmelte tröstende Worte.

Als Tyndall von Hamishs Tod erfuhr, gab er die Nachricht leise an Ahmed weiter, dann an Yoshi und Taki, die es allen Männern erzählten, die den temperamentvollen Jungen gekannt hatten. Tyndall brach beim Gedanken an Olivia das Herz, am liebsten wäre er sofort zu ihr geeilt, um sie zu trösten, doch er wusste, dass dort nicht sein Platz war. Er machte sich daran, einen Brief an Olivia zu schreiben. Mühsam rang er um Worte, die sie aufrichten könnten, nachdem sie wieder einen so schweren Verlust erlitten hatte, an dessen Grausamkeit sie verzweifeln musste.

Meine liebste Olivia,

ich habe ihn auch geliebt. Nach dem Verlust meiner Maya und deines Conrads ist Hamish wie ein Sohn für mich geworden. Ich stelle mir gern vor, dass seine Liebe zur See auf unsere glücklichen Tage in Broome zurückging. Wie sehr wünschte ich, ich könnte den Schmerz, den du jetzt leiden musst, lindern, nein, auf mich nehmen! Ein so vielversprechender junger Mensch! Es wird Gott nicht leicht fallen, diesen Verlust zu rechtfertigen. Aber so viele hervorragende junge Männer sind in diesen schrecklichen Wirren gefallen. Sei stolz auf ihn, er hat seine Pflicht nicht gescheut, und hab Vertrauen, dass all das einen tieferen Sinn hat. Es schmerzt mich, dass ich kein größerer Trost für dich sein kann. Doch ich bin bei dir, denke an dich und erinnere mich an so glückliche Zeiten … richte dich an ihnen auf, Olivia.

Du weißt, dass ich sofort komme, wenn du mich brauchst.

Für immer dein
Tyndall

Olivia hatte den Brief hastig gelesen und stopfte ihn in ihre Rocktasche. Mehrmals an diesem Tag zog sie ihn wieder heraus und las ihn aufs Neue. Die Leidenschaft und die tiefe Anteilnahme, die aus Tyndalls Brief sprachen, berührten sie tief im Innersten. Ihr wurde bewusst, dass auch andere Hamish geliebt hatten, dass er auch im Leben anderer etwas bedeutet hatte. Erinnerungen kamen auf ... wie er als Junge auf Ahmeds Schultern ritt, wie er Yoshis Kupferhelm anprobierte, wie er mit Tyndall am Ruder stand. Diese gemeinsamen Erinnerungen an Hamish würden ihn nicht nur in ihrem Herzen lebendig erhalten. Dieser Gedanke war sehr tröstlich für sie.

Gilberts verständnisvolle Geduld und seine weisen Ratschläge drangen durch den Schleier der Trauer, der Olivia umhüllte. Sie nahm sich zusammen, um ihren Schmerz zu verbergen und sich wieder ihrer Arbeit zuzuwenden, in der Hoffnung, es würde sie von ihrem Leid ablenken, wenn sie sich dem Leben stellte und anderen half. Sie bat Gilbert, alle Mitarbeiter aufzufordern, sie sollten ihr gegenüber ja kein Mitgefühl oder gar Mitleid zeigen. So kehrte sie zu ihren Pflichten zurück und betrachtete gefasst jede Minute des Tages als Hürde, die sie zu nehmen hätte.

Das Personal hielt sich an Gilberts Bitte und vermied jede Anspielung auf den Tod von Olivias Sohn. Wie Gilbert allen in Erinnerung rief, herrschte Krieg. Jeder kannte jemand, der einen Verlust erlitten hatte. Damit ließ sich am besten fertig werden, wenn man mit dem Gestern abschloss und dem Morgen entgegenblickte.

Am ersten Vormittag, an dem Olivia wieder arbeitete, begegnete sie auf ihrer Runde durch das Haus dem neuen Mädchen, das ein Zimmer mit drei anderen teilte.

Sie lächelten einander an, und Olivia warf einen Blick auf den ärztlichen Untersuchungsbericht. »Es freut mich,

Maria, dass Sie anscheinend sehr gesund sind. Ich bin sicher, es wird sich alles zum Guten wenden.«

Olivia saß neben dem Bett, auf dem Maria sich zusammengekauert hatte, immer noch in dem einfachen Hemd, das alle ›Neuen‹ zur Untersuchung bekamen. Sie sah aus wie ein Häufchen Elend, Tränen liefen ihr übers Gesicht.

Olivia griff nach ihrer Hand. »Mein liebes Kind. Ich kann Ihnen gut nachfühlen, wie es Ihnen geht ... wirklich.« Und als die junge Frau ihr zorniges, tränenverschmiertes Gesicht hob, brachte Olivia mühsam die Worte hervor: »Ich habe in diesem Krieg mein einziges Kind, meinen Sohn, verloren.«

Über Marias Gesicht flog sofort ein Ausdruck der Reue, doch sie sprach mit trauriger Bitterkeit weiter. »Ich begreife nicht, warum er gegangen ist. Niemand hat ihn dazu gezwungen.«

»Möchten Sie gern über ihn reden?«

Die junge Frau schüttelte den Kopf.

»Dann schlage ich vor, wir treffen eine Abmachung. Wir können unseren Schmerz teilen, aber wir brauchen nicht darüber zu reden und ihn dauernd wieder ans Licht zu zerren. Sie und ich, wir beide müssen unseren Kummer einfach tragen, Stunde für Stunde, Tag für Tag. So geht es, glaube ich, am besten. Sie müssen jetzt an Ihr Kind denken.«

»Ich weiß nicht, was ich tun soll. Ich kann nicht zu meiner Familie zurück ... so eine Schande! Wir waren noch nicht verheiratet ... wir wollten bald heiraten, doch dann wurde er einberufen, alles ging so schnell ...«

»Warten wir ab. Wenn das Baby da ist, werden Sie – und Ihre Eltern – vielleicht alles ganz anders sehen. Schließlich ist es ihr Enkelkind.«

Die junge Frau sah nicht gerade überzeugt aus, schien aber durch Olivias Worte etwas getröstet.

Maria wurde bald mit dem Alltag im *Shaw House* vertraut. Sie staunte über das Mitgefühl und die großzügige Hilfe, die die Mädchen hier erfuhren, wenn sie ein Zuhause auf Zeit suchten. Drei von ihnen waren schwanger, eine war zusammengeschlagen worden, weil sie aus einem Bordell geflohen war, die beiden anderen waren obdachlose Aborigines, die als kleine Mädchen ihren Familien entrissen, als Dienstboten ausgenutzt und misshandelt worden waren. Sie waren ihren Arbeitgebern davongelaufen und hatten einige Zeit auf der Straße gelebt.

Maria machte sich nützlich, und Olivia rief immer öfter nach ihr, damit sie ihr half. Schließlich fragte sie Maria, ob sie ihr nach der Geburt nicht bei ihrer Arbeit im *Shaw House* zur Seite stehen wolle. Olivia mochte die ruhige, angenehme junge Frau, die ihr langsam richtig ans Herz wuchs. Olivia erklärte sich das durch ihren gemeinsamen Verlust, doch sie erkannte auch Marias Fähigkeiten.

Gilbert unterstützte diese Freundschaft, weil er hoffte, Olivia würde dadurch von ihrem Kummer abgelenkt. Sie redeten nie von Hamish, Olivia hielt ihren Schmerz streng unter Verschluss. Sie hatte Hamishs Fotos von der Wand genommen und in einer Kommode neben ihrem Bett verborgen. Doch einmal hatte Gilbert Olivia überrascht, wie sie im Dunkeln saß und ein Foto an ihre Brust gepresst hielt. Ohne zu wissen, dass sie im Schlafzimmer war, hatte er das Licht angeschaltet und schockiert den Schmerz in ihrem blassen, reglosen Gesicht gesehen. Er hatte sich neben sie gesetzt und sie stumm umarmt, dabei hatte er aus ganzem Herzen gewünscht, dass sie wenigstens weinen oder die Last mit ihm teilen könnte.

Marias Baby kündigte sich mitten in der Nacht an, und als Dr. Shaw geholt wurde, bestand Olivia darauf, ihn zu begleiten.

Seltsame Gefühle und Gedanken bedrängten Olivia, als

sie neben der heftig atmenden jungen Frau saß. Erinnerungen an die Geburt von James kehrten mit großer Eindringlichkeit zurück, und einen Moment lang drohte die Trauer über den Verlust ihrer beiden Söhne, ihrer einzigen Kinder, Olivia zu überwältigen. Sie hielt Marias Hand fest umfasst, als ihr Baby auf die Welt kam. Olivia hoffte inbrünstig, dass Maria als Mutter nie so leiden müsste wie sie selbst.

Gilbert hob das schreiende Baby hoch. »Ein Mädchen«, verkündete er.

Es war ein wunderschönes Kind, mit dunklen Haaren und Augen wie die Mutter. Olivia wog die Kleine, wickelte sie in eine Decke und legte sie Maria in die Arme. Maria lehnte sich zurück und schloss die Augen, während sie ihr Baby hielt, Tränen quollen unter ihren Wimpern hervor. »Mein Gott, sie ist wie eine kleine Puppe!«

Olivia strich ihr zärtlich über den Kopf und verließ leise das Zimmer. Sie war voller Mitgefühl, weil sie wusste, dass Maria an den Vater ihres Babys dachte und daran, dass er diese Freude nie würde mit ihr teilen können.

Einundzwanzigstes Kapitel

Im Lauf der nächsten beiden Jahre machte sich Maria im *Shaw House* immer mehr unentbehrlich. Olivia hatte ihr die Grundzüge der Buchhaltung und einige Sekretariatskenntnisse beigebracht. Obwohl Maria eine wertvolle Mitarbeiterin war, wussten Olivia und Gilbert, dass sie irgendwann eine andere Arbeit finden und sich auf ihre eigenen Füße stellen müsste, um für ihre Tochter zu sorgen. Die quirlige, übermütige Zweijährige herrschte unangefochten im *Shaw House*, galt als Teil der Familie und bereitete Gilbert und Olivia viel Freude.

Für Maria waren die Shaws nicht nur Freunde, sondern ihre Ersatzfamilie geworden. Sie hatte ihre eigene Familie nicht mehr besucht, sondern nur eine Nachricht gesandt, dass sie eine Tochter zur Welt gebracht und sich entschieden hatte, sie allein großzuziehen. In einem kurzen, verbitterten Brief hatte ihre Mutter erklärt, wenn sie das Kind weggegeben hätte, hätte eine Chance bestanden, dass sie zu ihnen hätte zurückkehren können.

Als Maria erwähnte, dass der zweite Geburtstag ihrer Tochter bevorstand, fragte Olivia, ob sie nicht gern ein kleines Geburtstagsfest veranstalten würde. Das wäre für das Personal im *Shaw House* und für die anderen Kinder und deren Mütter eine fröhliche Abwechslung.

»Ach, Olivia, das wäre herrlich!«, antwortete Maria erfreut. »Sie ist alt genug, dass ihr eine Geburtstagsparty Spaß machen würde, aber ich bin gar nicht auf die Idee gekommen. Oje, wir haben nicht mehr viel Zeit für die Vorbereitungen.«

»Immer noch Zeit genug. Morgen ist Sonntag, da holen

wir dich nach der Kirche ab und fahren alle zu uns nach Hause zum Essen, dann können wir die Sache besprechen. Der Geburtstag ist nächsten Samstag, das passt sehr gut in den Wochenplan.«

Maria lief auf Olivia zu und umarmte sie. »Du bist so lieb, Olivia. Danke! Wir können die ganze Woche lang Dekorationen basteln, dann haben alle etwas zu tun, und die Kinder freuen sich.«

Nach dem Gottesdienst machten Gilbert und Olivia einen Umweg zur katholischen Kirche und warteten, bis Maria mit ihrer Kleinen herauskam. Sie fuhren nach Hause, und während sich Gilbert auf der Veranda ins *Bulletin* vertiefte, setzten sich die Frauen mit Tee und Keksen im Schatten eines Baums in den Garten.

Bald war die Liste der Sachen, die sie für die Party kaufen müssten, komplett, und sie planten das Festmenü: Kuchen, belegte Brote, Kekse, Pudding, Lutscher und Limonade. Beide lachten viel, weil sie sich an lustige Vorfälle bei Festen in ihrer eigenen Kindheit erinnerten.

Als sie zusammenräumten, weil sie wieder ins Haus gehen wollten, bemerkte Olivia mitfühlend und ohne weiter darüber nachzudenken: »Es muss natürlich traurig für dich sein, dass du den Geburtstag deiner Tochter nicht mit deiner Familie feiern kannst.«

Als Maria nichts darauf erwiderte, blickte Olivia auf und sah, dass sie sich alle Mühe gab, nicht zu weinen. »Es tut mir Leid«, sagte Olivia leise.

»Ist schon gut. Wirklich. Es ist nur, dass ich gar nicht so recht weiß, welche Menschen ich als meine Familie betrachten soll.«

»Was meinst du damit, um Himmels willen?«, fragte Olivia bestürzt, setzte sich wieder hin und lud Maria mit einer Handbewegung ein, neben ihr Platz zu nehmen.

Maria holte tief Luft. »Weißt du, ich bin nämlich gar keine Weiße. Ich bin zum Teil eine Aborigine.« Olivia stockte der Atem. Maria fuhr fort: »Sicher, ich wurde von einer weißen Familie adoptiert, die in Albany lebt, aber ich weiß, dass ich irgendwo noch eine andere Familie habe. Ich habe noch ein paar Erinnerungen …« Sie verstummte, als sie wie schon all die vergangenen Jahre versuchte, die Bildsplitter aus jenem fernen Leben zu einem sinnvollen Ganzen zu ordnen.

Olivia beugte sich über den Tisch und nahm Marias Hände. Sie wollte versuchen, ihr in diesem Moment, den sie als entscheidend im Leben der jungen Frau erkannte, emotionale Unterstützung zu geben. »Hast du noch niemandem von deiner Herkunft erzählt?«

»Nein. Meine Eltern haben die Sache nie erwähnt. Kein einziges Mal. Die Nonnen in der Schule haben auch nie darüber geredet. Es war, als gäbe es meine schwarze Seite überhaupt nicht. Zum Glück habe ich mich irgendwann in die Umstände gefügt. Ich sah ja zur Genüge, wie Aboriginekinder behandelt wurden, und bekam Angst davor, von meiner Herkunft zu erzählen. Ich weiß nicht. Das ist alles so verwirrend. Ich habe versucht, diese Dinge zu verdrängen, aber meine Erinnerungen lassen sich nicht abschütteln.«

Olivia sah sie forschend an und entdeckte mögliche Spuren ihrer schwarzen Herkunft in ihren schmelzenden braunen Augen und dem Olivton ihrer Haut. »Was für Erinnerungen?«

»Singen. Ich höre, wie gesungen wird, aber nicht auf Englisch. Singen und Lagerfeuer.« Sie hielt inne, schien wie entrückt.

»Weiter«, flüsterte Olivia. »Was ist sonst noch da?«

»Ich kann mich an einen besonderen Abend erinnern, als ich ganz im Mittelpunkt stand. Mit meiner Mutter. Aber ich kann mich nicht mehr richtig an ihr Aussehen entsinnen.« Marias Lippen zitterten.

Olivia wartete und drückte sanft Marias Hände.

Maria erzählte weiter. »Die Sterne funkelten über uns. Es war kein Fest ... eine Zeremonie, ja, es war eine Zeremonie. Und ich habe etwas Besonderes bekommen, eine Art Geschenk, glaube ich.« Maria löste ihre Hände aus Olivias Umklammerung und tastete nach einer fein geflochtenen Schnur um ihren Hals. »Ich trage es nur, wenn ich in die Kirche gehe«, erklärte sie. »Irgendwie besteht da ein Zusammenhang zwischen der Kirche und den Erinnerungen. Ich lege mir die Kette nur zur Messe um.« Sie zog den Anhänger unter der Bluse hervor und hielt ihn Olivia hin.

Olivia hatte das Gefühl, sie würde gleich ohnmächtig. Das Blut wich aus ihrem Gesicht, sie schwankte leicht und atmete tief.

»Was ist denn?«, rief Maria. »Olivia, was ist denn?«

»Der Anhänger ...«, presste Olivia flüsternd hervor. »Ich kann es nicht glauben ... Ich habe ihn schon gesehen, schon oft. Das heißt, diese Form.« Sie musterte Maria eingehender als je zuvor, suchte nach einem Hinweis, der bestätigen könnte, was ihr als fast unmöglicher Gedanke durch den Kopf schoss. »Das ist der gleiche Anhänger wie der von Niah.«

Ihre Blicke begegneten sich. »Niah«, wiederholte Maria leise. »Niah. Dieser Name ist mir vertraut. Eine meiner Erinnerungen. Wer war das?«

Olivia schöpfte tief Atem, sie war den Tränen nahe. »Deine Mutter, glaube ich. Ja, deine Mutter, eine Aborigine.«

Maria ließ den Anhänger fallen, und die beiden Frauen streckten einander die Hände entgegen, um sich gegenseitig zu stützen. »Meine Mutter.« Maria brachte dieses Wort kaum über die Lippen. »Wie können wir sicher sein? Ich kann es nicht fassen! Wo war das alles? Wann?«

»Auch ich habe Mühe, es zu glauben. Die Geschichte liegt viele Jahre zurück, damals warst du ein Baby in Broome. Falls wir meinen Verdacht beweisen können. Aber alles passt zusammen, deine Erinnerungen, dein Alter, deine Schönheit, vor allem aber dein Anhänger. Niah hat uns erzählt, dass seine Form eine besondere Bedeutung hätte, er sei ein Familientotem.«

»Uns?«, hakte Maria ein.

Wieder seufzte Olivia tief auf, doch diesmal musste sie ihr Taschentuch hervorholen und sich die Augen abtupfen. »Wir, damit meine ich mich und deinen Vater, wenn du wirklich Maya bist«, sagte sie schließlich. »Deinen Vater, John Tyndall. Er war ein Freund von uns, als wir noch in Broome wohnten. Als ich dort mit meinem ersten Mann lebte.«

»Wer war John Tyndall?«

»Er lebt noch. Er hat ein Perlenunternehmen in Broome. Ich bin sogar seine Teilhaberin. Mein Mann war sein Partner, die beiden haben das Geschäft vor vielen Jahren zusammen aufgebaut.«

»Ist er ein Weißer?«

»Ja. Er und Niah ...« Olivia konnte nicht weitersprechen, es tat zu weh. »Maria, wir müssen uns erst vergewissern, bevor wir voreilige Schlüsse ziehen.«

Maria schloss die Augen. Zu viel Neues stürmte auf sie ein, das sie nicht alles verarbeiten konnte. Sie musste sich wenigstens ein paar Sekunden vor der Welt da draußen abschotten, bis die tausend Gedanken, die ihr durch den Kopf wirbelten, zur Ruhe kämen und sie wieder vernünftig denken könnte.

»Wie können wir die Wahrheit herausfinden?«, fragte sie, die Augen immer noch geschlossen.

»Wir müssen nach Albany zu deinen weißen Eltern fahren. Im Augenblick sehe ich keine andere Möglichkeit. Und wenn wir Recht haben, bist du nicht Maria, sondern Maya. So hieß Niahs Tochter. Maya.«

»Und Niah?« Die spärlichen Worte verrieten wenig, doch der Ausdruck in Marias Augen sagte alles.

»Sie ist tot, Maria. Du musst noch sehr klein gewesen sein, als sie gestorben ist. Es tut mir so Leid für dich.«

»Was habt ihr Frauen denn alles zu beschwatzen?«, rief es von der Veranda. Beide schauten auf und sahen Gilbert am Geländer stehen, mit dem *Bulletin* schirmte er seine Augen vor der Sonne ab. »Ihr quasselt da unten ja, als ob ihr noch nie jemanden zum Reden gehabt hättet.«

Olivia lächelte und rief zurück: »In gewissem Sinn hast du sogar Recht, Gilbert. Warte, bis du von unseren Entdeckungen hörst.«

Kurz nach dem Geburtstagsfest fuhren Maria und Olivia mit dem Zug nach Albany. Sie hatten beide Marias Adoptiveltern geschrieben und ihr Kommen angekündigt. Olivia hatte telefonisch ein Hotel für sie gebucht, weil allein schon die Reise ab Perth den größten Teil des Tages in Anspruch nahm. Ein Taxi brachte sie zu dem bescheidenen Häuschen, in dem die Barstows wohnten, sie kamen gerade rechtzeitig zum Nachmittagstee.

Mr. Barstow, ein Lehrer, hatte den Unterricht heute früher beendet, damit er bei ihrer Ankunft zu Hause sein könnte, er öffnete ihnen die Tür. Er war ein streng aussehender Mann mit pedantisch gestutztem silbergrauem Schnurrbart und schütteren Haaren, sein Hemdkragen war steif bis oben hin zugeknöpft. Einen Moment lang herrschte Schweigen, dann begrüßte er Maria mit einem förmlichen Nicken. »Guten Tag, Maria«, sagte er frostig. »Und guten Tag, Mrs. Shaw. Bitte kommen Sie herein. Meine Frau ist im Wohnzimmer.«

»Schön, dich wiederzusehen, Papa.« Maria hob das kleine Mädchen in die Höhe, doch ihr Vater sagte kein Wort. Ausgiebig ließ er den Blick über die hübsche Kleine wandern, die ihm die Händchen entgegenstreckte, ihm aber keine Reaktion entlocken konnte.

Am Ende der Diele führte eine Flügeltür in ein Wohnzimmer, das mit Möbeln voll gestopft war. Wenig passte zueinander, doch der Raum sah wohnlich und behaglich aus. Auf einem alten Servierwagen mit einer gehäkelten Spitzendecke standen eine Platte mit belegten Broten, eine Biskuitroulade, ein Schälchen mit Keksen und ein leicht angelaufenes versilbertes Teeservice.

Maria versuchte, das Eis zu brechen, als sie hereinkamen. »Hallo, Mama. Hier ist deine Enkelin. Und das ist Mrs. Shaw.«

Die Kleine entdeckte den Kuchen und sprang darauf zu, sodass Maria aus dem Gleichgewicht kam. Spontan streckte Mrs. Barstow dem Kind die Hände entgegen und hielt plötzlich ihre Enkelin im Arm, ein wenig linkisch und verlegen. Die Kleine sah sie einen Moment lang an, lächelte dann breit und gab ihr einen Schmatz auf die Wange. Das löste viel Gelächter aus, wenn es auch etwas gezwungen klang, doch die Atmosphäre entspannte sich leicht.

Olivia musterte Mrs. Barstow, als sie den Tee eingoss. Sie war eine knochige Frau, die ihre braunen, schon von grauen Strähnen durchzogenen Haare in einer strengen Kurzhaarfrisur trug. Sie hatte ein grünes Kleid mit einem Häkelkragen angezogen, das offensichtlich zum Sonntagsstaat gehörte.

Olivia trank einen Schluck Tee und begann auszuführen, welchem familiären Hintergrund Maria ihrer Meinung nach angehörte. Die Barstows hörten schweigend zu.

»Ich muss es einfach wissen, Mama, Papa«, sagte Maria, als Olivia alle Fakten ausgebreitet hatte, die sie zu diesem Zeitpunkt für notwendig hielt.

»Warum, Mädchen?«, fuhr ihr Vater sie an. »Du bist nicht eine von denen, von den Schwarzen. Du gehörst zu uns. Dem Kind würde es später nur schaden, glaub mir. Es hat keinen Wert, die Vergangenheit wieder auszugraben. Schlimm genug, dass du dich mit diesem jungen Burschen eingelassen hast. Dass du uns so enttäuscht hast, kann ich dir nicht verzeihen. Das war ein furchtbarer Schlag. Nach allem, was wir für dich getan haben.«

»Bitte, Mr. Barstow«, schaltete sich Olivia ein. »Es ist alles für Maria schon schmerzhaft genug, auch wenn Sie nicht so hart zu ihr sind. Sie hat es nicht leicht gehabt, wissen Sie.«

»Wir auch nicht«, entfuhr es Mrs. Barstow, aus der heftige Gefühle hervorbrachen. »Diese Schande! Das Getuschel überall. Es war schwer, noch den Kopf hochzuhalten, das können Sie mir glauben!« Sie strich sich die Haare glatt und rückte die Brosche an ihrem Kragen zurecht.

»Es tut mir Leid, Mama, dass ich dir so wehgetan habe. Aber als ich wusste, dass ich schwanger war, konnte ich wirklich nicht anders handeln. Ich hätte mich von meinem Baby nicht trennen können, um keinen Preis der Welt.«

Olivia bemühte sich, die Wogen der Gefühle zu glätten. »Versuchen wir doch, die Situation ganz sachlich zu betrachten. Maria ist entschlossen, die Wahrheit über ihre Vergangenheit herauszufinden. Wenn Sie ihr nichts erzählen wollen, müssen wir es auf andere Weise versuchen. Aber Sie werden ihr doch sicher nicht ihr Recht auf Aufklärung vorenthalten wollen, egal, was sich daraus ergibt. Maria hat sich nun einmal so entschieden.«

Die Barstows wechselten einen Blick, doch Mr. Barstow wurde sofort von dem kleinen Mädchen abgelenkt, das mit einem angebissenen Keks in der Hand sein Knie hochzuklettern versuchte. »Zutrauliches kleines Ding«, sagte er mit einer Spur von Zärtlichkeit in der Stimme, nahm ihr behutsam den Keks ab und wischte ihre Hand mit einer Serviette sauber. Mrs. Barstow lächelte flüchtig, ging zum Schreibtisch in der Ecke hinüber und suchte in den Schubladen herum, bis sie einen gelben Umschlag gefunden hatte.

»Da steht alles drin«, sagte sie rasch. »Eine Mitteilung der Adoptionsbehörde. Nicht viel über ihre Herkunft, abgesehen davon, dass sie aus einer Aborigine-Mission nördlich von Broome kommt. Der Vater ist ein Weißer. In der Missionsstation liegen sicher Dokumente mit weiteren Einzelheiten.« Sie schwieg, während Olivia und Maria gemeinsam den Brief lasen. Dann fuhr sie fort: »Wirklich, Maria, ich glaube, du machst einen großen Fehler.«

»Mama, mein ganzes Leben lang haben mich diese Erinnerungen verfolgt. Mein Leben lang hatte ich zu viel Angst davor, auch nur ein Wort darüber fallen zu lassen, sogar dir gegenüber. Aber jetzt ist alles ans Licht gekommen, und ich kann gar nicht sagen, wie erleichtert ich bin. Ich weiß nicht, ob das ein Fehler ist oder nicht. Ich weiß, dass ich als Weiße gelte und dass die meisten Leute die Aborigines für primitiv, für Menschen zweiter Klasse halten, aber ich kann nicht mehr leugnen, was ich bin. Es ist, als würde ich von etwas getrieben, von irgendeinem Geist ...« Maria ließ sich in ihrem Sessel zurückfallen, legte die Hand an ihre Stirn und schloss die Augen. »Ich weiß nicht, es ist alles so verwirrend. Ich kann schlecht erwarten, dass du mich verstehst. Ich verstehe das Ganze ja selbst kaum.«

Olivia drückte kurz Marias Hand, dann wandte sie sich an die Barstows. »Ich glaube, unser nächster Schritt wird es sein, nach Broome zu fahren. Ich danke Ihnen herzlich, dass Sie uns diesen Brief gezeigt haben. Er scheint alles zu bestätigen, das ist ein großer Schritt nach vorn.«

Jetzt forderte die Kleine wieder mehr Aufmerksamkeit und versuchte, auf Mrs. Barstows Schoß zu klettern. Die Frau konnte dem Verlangen, das Mädchen hochzunehmen, nicht widerstehen. »Ein hübsches Kind, nicht wahr?«

»Ein einziges Energiebündel. Sie stellt dauernd etwas an, es ist unglaublich mit ihr«, sprudelte Maria rasch hervor, um die mildere Stimmung ihrer Mutter zu nutzen. »Bleibt keine Minute still sitzen und ist abenteuerlustiger als jeder Junge.«

»Ein bisschen wie ihre Mutter, meinst du nicht auch,

Fred?«, sagte Mrs. Barstow und warf ihrem Mann einen kurzen Blick zu. »Du warst auch nicht ohne, als du zu uns kamst, Maria, das kannst du mir glauben.«

Olivia ließ sich vom allgemeinen Schwelgen in Erinnerungen anstecken. »Maya oder Maria war in diesem Alter wie ein richtiger Junge. Sie hat viel mit meinem Sohn gespielt und mit ihm dauernd irgendwelchen Unfug ausgeheckt.«

Das Gespräch spann sich noch eine Weile fort, doch die Barstows blieben hinter ihrer Mauer der Zurückhaltung verschanzt, und Olivia wurde klar, dass sie keinen Schritt weiter auf sie zugehen würden. Da gab sie das Zeichen zum Aufbruch ins Hotel, weil es für die Kleine Zeit zum Schlafen war.

»Bevor du gehst, solltest du noch deine Sachen mitnehmen, die du zurückgelassen hast, Maria«, sagte Mrs. Barstow und eilte aus dem Zimmer, Maria folgte ihr. Im Schrank ihres Zimmers stand ein abgewetzter Schulranzen, der mit billigem Schmuck, alten Briefen, ihrer alten Lieblingspuppe und einigen Fotos voll gepackt war.

Der Abschied verlief sehr förmlich, Mr. Barstow reichte beiden Frauen die Hand, nickte und konnte sich kaum mehr als gute Wünsche für die Heimreise nach Perth abringen. Mrs. Barstow gab Maria und dem schläfrigen Kind einen flüchtigen Kuss auf die Wange. »Vielleicht schreibst du uns, was bei deiner Suche herauskommt«, rief sie ihnen noch von der Veranda aus nach, als die kleine Gruppe das Gartentor erreichte.

Der Zug am nächsten Tag war nicht voll, und sie konnten ein Erster-Klasse-Abteil für sich allein belegen. So hatte Olivia viel Zeit und Gelegenheit, Maya von Broome, Tyndall und der *Star of the Sea Pearl Company* zu erzählen. Sie berichtete, wie sie den Aborigines von Niahs Stamm zum ersten Mal begegnet war, wie sie ihren ersten Sohn geboren hatte und von vielen weiteren Ereignissen, die Maya einen besseren Einblick in ihre frühere Welt schenkten.

Maya wurde immer aufgeregter, als sie von ihrer Kindheit in Broome erfuhr. »Ich kann es kaum erwarten, dorthin zu fahren. Werden wir das wirklich machen, Olivia? Eine so große Reise! Und ich habe kein Geld, das weißt du ja.«

»Ich bin sicher, Gilbert ist damit einverstanden. Und wegen des Geldes mach dir keine Sorgen. Ich bin schon so auf Tyndalls Gesicht gespannt, wenn er dich sieht. Das wird einfach wunderbar für ihn sein. Er hat dich so sehr geliebt. So sehr.«

Sie tranken ihren Frühstückstee und dösten beide ein bisschen vor sich hin, eingelullt vom Rütteln des Zugs, vom gleichmäßigen Rattern der Räder auf den Schienen und der friedlichen Landschaft, die draußen vorbeizog. Sie waren noch etwa zwei Stunden von Perth entfernt, als Maria ihren alten Schulranzen von der Messingablage über ihren Köpfen herunterholte und ihn auf dem Sitz Olivia gegenüber aufmachte.

»Wie habe ich diese Stoffpuppe geliebt! Und als ich zu groß wurde, um mit ihr zu spielen, brachte ich es nicht übers Herz, sie wegzuwerfen.« Sie streichelte die Puppe liebevoll und drückte sie an ihre Wange. »Riecht noch genauso wie immer.« Dann probierte sie ein paar ihrer billigen Klunker an, worüber sie beide lachen mussten. Sie gab einige Schmuckstücke und die Puppe ihrer Kleinen, damit sie beschäftigt war.

Dann begann Maya, die Fotos durchzusehen. »Ach, schau dir das mal an. Das bin ich beim High-School-Abschluss. Mama und Papa waren so stolz auf mich, dass sie auf einem Erinnerungsfoto bestanden.« Sie reichte das Foto Olivia, die lächelnd das schlaksige Mädchen in der Schuluniform betrachtete, das versuchte, möglichst gelehrt auszusehen, in der Hand das aufgerollte, mit einem Band umwickelte Zeugnis.

Als Olivia wieder aufsah und das Bild zurückgeben wollte, bemerkte sie, wie Maya gebannt auf ein anderes Foto starrte. Zu Olivias Überraschung standen Maya die Tränen in den Augen. Eine Weile sagte Olivia nichts dazu, doch als eine große Träne Mayas Wange herablief, fragte sie leise: »Was ist denn, Maya?«

Maya zögerte. »Wir haben uns doch versprochen, nie über unseren Kummer zu reden.«

Olivia nickte verständnisvoll und lächelte ihr tröstend zu.

»Aber ich würde dir das Foto trotzdem gerne zeigen. Es ist der Mann, den ich geliebt habe. Immer noch liebe. Ihr Vater.« Sie sah ihre kleine Tochter an, die ganz ins Spiel vertieft war. »Jetzt ist doch alles anders, oder?«

»Ja, zeig mir das Foto nur. Ich würde ihn gerne sehen.«

Maya streckte ihr das Foto mit dem verstärkten Papprücken hin. Sie hatte kaum noch Zeit, den Ausdruck fassungslosen Staunens in Olivias Gesicht wahrzunehmen, als Olivia auch schon zusammenbrach und zwischen ihren Sitzen auf den Boden hinunterrutschte. Mayas Schrei alarmierte den Herrn im Nebenabteil, der gleich hereinstürzte, als er Olivia sah. Zu zweit hoben sie sie auf einen Sitz.

»Was ist denn passiert, um Gottes willen?«, fragte er.

»Ich weiß auch nicht. Wir haben uns unterhalten und Fotos angesehen, dabei ist sie plötzlich in Ohnmacht gefallen.«

»Seltsam. Sie kommt wieder zu sich.«

Bald kehrte in Olivias Gesicht die Farbe zurück, sie schlug die Augen auf und bat um einen Schluck Wasser. Dann setzte sie sich auf, dankte dem Mann und versicherte ihm, dass alles in Ordnung wäre. Als er sich zurückgezogen hatte, sah sie Maya an und bat um das Foto. Maya reichte es ihr und sah, wie ihr die Tränen in die Augen schossen. »Das ist Hamish. Mein Hamish«, flüsterte Olivia.

»Wie meinst du das?«, rief Maya aus. »Das ist tatsächlich Hamish, aber wieso dein Hamish?«

»Er ist mein Sohn.«

Die Erkenntnis der vollen Bedeutung dieser Worte traf Maya wie ein Keulenschlag. »Dein Sohn«, flüsterte sie. »Dein Sohn. O mein Gott.« Sie stürzte quer durchs Abteil in Olivias ausgestreckte Arme, sie umklammerten sich und brachen in hemmungsloses Schluchzen aus.

Gilbert hörte staunend zu, als Olivia und Maya ihn, gleich als sie in Perth aus dem Zug stiegen, mit ihrer Geschichte bestürmten. Die beiden vergaßen alles um sich herum – das Gedränge der Passagiere und der anderen Menschen auf dem Bahnsteig, die rumpelnden Karren der Gepäckträger – und berichteten in allen Einzelheiten von dem, was sie ihr ›kleines Wunder‹ nannten.

Später, als sie wieder zu Hause waren, goss Gilbert ihnen allen ein Glas Champagner ein. »Ich glaube, ein kleines Wunder ist es wert, stilvoll gefeiert zu werden, findet ihr nicht? Auf die Zukunft!« Sie stießen alle miteinander an. »Es ist wirklich wunderbar, dass wir dich in unserer Familie willkommen heißen können, Maria … Maya. Ich glaube, an den neuen Namen muss ich mich erst noch gewöhnen«, lachte er. »Besonders freue ich mich natürlich über unser jüngstes Mitglied. Mein Gott, es ist schon komisch, wenn man urplötzlich Großvater wird. Ich kann mich nicht erinnern, dass ich Olivia jemals so glücklich gesehen hätte.«

»Du bist nicht der Einzige, dem es seltsam vorkommt, unvermutet ein Enkelkind zu bekommen. Aber ist es nicht einfach herrlich?« Sie und Maya schlangen einander die Arme um die Taille und ließen noch einmal die Gläser klingen.

Dann setzten sie sich sofort hin und besprachen, wie sie Tyndall die Sache beibringen sollten. Sie einigten sich darauf, mit dem nächsten Schiff nach Broome zu fahren. Vielleicht war er noch auf See, ein Telegramm jedenfalls schien nicht der richtige Weg, um ihm die Neuigkeit mitzuteilen.

Als Olivia an diesem Abend Gilbert im Schlafzimmer den Gutenachtkuss gab, flüsterte sie ihm einen Dank ins Ohr, weil er Maya so großzügig aufgenommen und ohne Zögern die Reise nach Broome unterstützt hatte. »Dort wartet noch viel Unerledigtes, Gilbert. Auch ich muss zurück nach Broome.«

»Natürlich, das verstehe ich voll und ganz.«

Doch trotz ihrer Freude über Maya, ihre neue Tochter, lag Olivia in der Nacht wach neben dem schlafenden Gilbert und wurde von der Trauer über Hamishs Verlust übermannt. In ihr Kissen weinte sie die einsamen Tränen einer Mutter, die ihr Kind verloren hat. Doch langsam versiegten ihre Tränen, und sie empfand einen leisen Trost darin, dass sie wenigstens eine Verbindung zu ihm besaß: ihre Enkelin Georgiana.

Die drei standen an der Reling, als der Dampfer in Broome einlief und bei Flut seinen wuchtigen Rumpf an den Kai heranschob. Maya nahm Olivias Hand und drückte sie, mit der anderen hielt sie das Händchen ihrer aufgeregt umherhüpfenden kleinen Tochter. All die vertrauten Gerüche und Geräusche, die warme Luft und die kristallklaren Farben eines strahlenden Broomer Morgens strömten auf Olivia ein und erweckten gespannte Aufregung, aber auch Wehmut und Trauer in ihr.

Auch Maya war bewegt, sie beugte sich vor und murmelte Olivia zu: »Ich erinnere mich. Ich erinnere mich.«

Olivia hatte niemanden von ihrer Ankunft benachrichtigt. Sie ganz allein wollte Maya und Tyndall zusammenbringen. Doch als sie suchend am Ufer entlangblickte, sah sie, dass viele der Perlenlogger noch auf See waren. Andere waren wegen des Kriegs aus dem Verkehr gezogen und lagen in einer Hülle aus Sackleinwand wie Strandgut vernachlässigt in den Mangrovenbuchten. Auf dem Weg zum Hotel Continental sah Olivia in den vertrauten Straßen einige neue Gebäude, aber auch andere, leer stehende, die verbarrikadiert waren. Der Krieg hatte seinen Tribut gefordert. Die Unternehmen, aber auch die Familien hatten sich von der Rezession noch nicht erholt. Olivia wusste, dass die Perlmuttbestände, die die Perlenunternehmer während des Kriegs wegen des Markteinbruchs gelagert hatten, gerade in London und New York für einen Bruchteil ihres Werts verkauft worden waren. Sie hatte an Tyndall geschrieben und ihm vorgeschlagen, sie sollten sich vielleicht in einer anderen Branche umsehen, doch er hatte in einem leidenschaftlichen Brief geantwortet, das Perlengeschäft sei nun einmal sein Leben und nach dem Krieg würde es sicher wieder aufblühen.

Trotz der überall spürbaren schwierigen Wirtschaftslage schlug Olivias Herz höher, als sie den Garten des Hotels durchquerten und die Treppe zur Veranda hochstiegen, wo sie frühstücken wollten. Einige bekannte Gesichter nickten ihr zu und grüßten sie überrascht, doch sie lächelte nur, murmelte ein paar Freundlichkeiten und hielt sich bei niemandem länger auf. Sie hatte einen Boten zu Toby und Mabel geschickt und hoffte, sie wären zu Hause und würden zu ihr stoßen, sobald sie abkömmlich wären. Mabel hatte ihr von Amys Verrat und ihrem tragischen Tod geschrieben, Toby hatte für sie eine Schätzung des Verlusts vorgenommen, der durch die gestohlenen Perlen entstanden war.

Olivia schenkte sich gerade Tee ein, als die Mettas die Veranda entlangeilten. Mabel kam mit ausgestreckten Armen auf sie zu und rief begeistert: »Olivia! Warum hast du uns nichts erzählt! Was für eine wunderbare Überraschung!«

Sie umarmten einander überschwänglich.

»Bist du allein? Wo ist dein lieber Mann?«, fragte Mabel.

»Er konnte nicht kommen. Aber allein bin ich nicht.« Sie drehte sich zu der schönen jungen Frau und dem Mädchen um, die mit ihr am Tisch saßen. »Wisst ihr, wer das ist?«, fragte sie.

Mabel ließ ihren Blick nachdenklich auf der Fremden ruhen, die sie schüchtern anlächelte und unsicher schien, ob sie die mollige, dunkelhäutige Frau kennen sollte. »Sie erinnert mich an …«

Während sie noch in ihrem Gedächtnis kramte, sagte Toby ruhig: »Niah. Sie sieht aus wie Niah.«

Die Mettas starrten Maya entgeistert an, und Olivia hielt triumphierend die Hand der jungen Frau in die Höhe. »Genau. Das ist Maya, die Tochter von Tyndall und Niah. Und das ist ihre Tochter – Georgiana oder Georgie, wie wir den kleinen Frechdachs nennen.«

Die Mettas zogen Stühle heran, und alle sprudelten gleichzeitig los. Während Olivia die Geschichte zu erzählen begann, ging Maya mit Georgiana, die inzwischen unruhig geworden war, zum Hafen hinunter, um dort alles zu erkunden.

»Ich habe gesehen, dass ein Teil der Flotte noch draußen ist. John und Ahmed … wann erwartet ihr sie zurück?«, erkundigte sich Olivia.

»Jeden Tag«, antwortete Tobias.

Olivia zögerte und fragte dann: »Wie geht es John? Er hat lange nichts von sich hören lassen. Ich hätte ihm damals sagen sollen, dass ich vorhatte zu heiraten … aber ich wusste einfach nicht, wie. Alles ist so schnell gegangen. Und der Krieg hat dafür gesorgt, dass wir uns mit ganz anderen Dingen befassen mussten«, endete sie lahm. Sie brauchte den Mettas das alles nicht umständlich zu erklären. Sie konnten verstehen, warum Olivia wegen Amy so verletzt und wütend gewesen war, und wussten, was für einen Schlag sie durch Hamishs Tod erlitten hatte.

»Er hat sich schon ein bisschen verändert. Das ist wohl verständlich. Schwere Zeiten für uns alle, in so vieler Hinsicht«, sagte Toby leise. »Aber er ist und bleibt ein unverbesserlicher Optimist.«

»Er hat sich ganz ins Geschäft gestürzt«, fügte Mabel offen hinzu. »Das hat ihn aufrecht gehalten. Er wird sich wahnsinnig freuen!«

Toby wechselte das Thema. »Und du? Bist du glücklich? Gefällt dir das Leben da unten?«, fragte er mit warmer Anteilnahme. »Es ist so anders als alles, was du hier gehabt hast. Ich habe immer das Gefühl ...«

»Also wirklich, Tobias, das reicht«, schnitt ihm Mabel rasch das Wort ab. Die Nachricht von Olivias Heirat hatte die beiden lieben Menschen zunächst vor den Kopf gestoßen, aber dann hatten sie sich zu der Meinung durchgerungen, es sei wahrscheinlich das Beste so. Wer hätte voraussehen können, dass Amy so unberechenbar wäre und plötzlich verschwinden würde? Es brach den Mettas schier das Herz, als sie Tyndall so enttäuscht und verzweifelt über Olivias Abweisung zurückkehren sahen.

»Glücklich?«, antwortete Olivia nachdenklich. »Ich finde mich langsam mit Hamishs Verlust ab. So viele andere haben auch einen Sohn verloren. Ich wünschte nur ... ach, reden wir nicht von Dingen, die wir bereuen, und davon, was wäre, wenn. Wir können nichts mehr ändern, wir müssen weitermachen und Tag für Tag versuchen, unserem Leben einen Sinn zu geben.«

»Das scheint mir auch Johns Philosophie zu sein«, erwiderte Mabel. »Du weißt, dass ihn die Nachricht von Hamishs Tod tief getroffen hat. Er hoffte, dass Dr. Shaw dir eine Stütze war. Aber wie du hat er sich schließlich mit seinem Leben abgefunden. Wenn du mich fragst, lebt er wie in ständiger Erwartung. Äußerlich geht er zwar seiner Arbeit nach, aber es kommt mir vor, als würde er auf irgendetwas warten, vielleicht darauf, dass endlich sein wirkliches Leben anfängt.«

»Dass er nun seine Tochter wiederbekommt und eine Enkelin dazu, wird ihn wieder ins wahre Leben zurückholen«, sagte Toby begeistert. »Wo werden sie wohnen? Wo ist Mayas Mann?«

Olivia seufzte tief auf. »Die Geschichte ist noch nicht zu Ende. Ich habe nicht nur Maya gefunden, sondern auch gerade erst entdeckt, dass Hamish der Vater ihres Kindes ist. Sie hatten geplant, nach dem Krieg zu heiraten. Als Hamish aufbrach, wusste Maya noch nicht, dass sie schwanger war. Sie hat sich ans *Shaw House* gewandt und mich nur als Mrs. Shaw kennen gelernt. Hamish hatte natürlich den Namen Hennessy behalten.«

Die Mettas starrten sie an, sprachlos vor Verwunderung. Olivia fuhr fort: »Sie sind sich in Albany begegnet, als Hamish dort ein Jahr lang bei der Marine diente. Dort leben Mayas Adoptiveltern.«

»Dann ist die Kleine also auch deine Enkelin ...«

»Gilbert und ich wünschen uns natürlich, dass sie bei uns wohnen werden. Doch John muss alles erfahren, und die letzte Entscheidung liegt natürlich bei Maya.«

»Wie traurig für sie, den Vater ihrer Tochter verloren zu haben, doch Gottes Wege sind wirklich wunderbar. Er hat euch alle zusammengeführt.«

Mabel tätschelte Olivias Hand. Eine Weile saßen die drei schweigend da, in Gedanken waren sie alle bei Hamish.

Toby ergriff als Erster das Wort. »Die Flotte wird in ein oder zwei Tagen zurück sein. Was hast du für Pläne, Olivia? Warum bist du im Conti und nicht zu Hause? Weiß Minnie, dass du wieder da bist?«

»Nein. Ich werde gleich zu ihr gehen. Ich habe meinen Besuch niemandem angekündigt. Sonst hätte ich allen das Wieso und Warum erklären müssen. Ich bin lieber gleich selbst gekommen und habe Maya einfach mitgebracht. Vielleicht findet ihr das ein bisschen seltsam.« Sie zuckte leicht mit den Achseln. »Außerdem habe ich überlegt, ob ich das Haus hier nicht verkaufen sollte. Es gibt keinen Grund, es zu behalten, und weil das Unternehmen solche Verluste macht und mein Umzug nach Fremantle einiges gekostet hat, könnte ich das Geld gut gebrauchen. Ich muss meine Verbindungen zur Vergangenheit abbrechen, meine Zukunft liegt jetzt unten im Süden.«

»Die Zeiten für einen Verkauf sind ungünstig, Olivia«, warnte Toby. »Die Leute verlassen Broome, keiner zieht hierher. Auch wir haben schon daran gedacht wegzuziehen. Woanders könnte ich Arbeit finden, doch hier ist nun einmal unser Zuhause. Wir bleiben. Tyndall beharrt auf seiner Überzeugung, dass bald der Aufschwung kommen wird. Er sagt voraus, dass die Zwanziger goldene Jahre sein werden.«

»Das hoffe ich sehr«, erwiderte Olivia nachdenklich.

Die Sonne stand schon tief am Himmel, als Olivia mit Maya und Georgie zu ihrem Haus ging. Maya war sehr still gewesen und sagte, sie fühle sich von Eindrücken einfach überwältigt. So viele Erinnerungen regten sich in ihr. Sie sah Georgie in den Muschelschuppen rennen und zwischen den Säcken mit Muschelschalen herumklettern, die im Halbdunkel der Hütte aufgestapelt waren. Durch die quadratischen Öffnungen unter dem Blechdach, die als Fenster dienten, fiel schräg das Licht herein. Und es war, als sähe Maya in ihrer Tochter ein Bild von sich selbst. In dem stillen, leeren Schuppen sah sie ihre Tochter herumlaufen, hörte wieder das Gewirr unzähliger Stimmen, roch den kräftigen Geruch der Austern und erinnerte sich an das Lachen eines hoch gewachsenen Mannes.

Olivia sah Maya an, als sie vor dem Tor stehen blieben. Sie deutete auf den Garten und die lange Veranda mit ihren

Schatten spendenden Weinreben. »Erinnerst du dich an diesen Ort? Dein Vater hat dich fast jeden Abend hierher gebracht.«

Maya schüttelte den Kopf. »Nein. Aber es kommt mir alles vertraut vor. Ich habe das Gefühl, als wäre ich schon einmal hier gewesen.«

In diesem Moment kam Alf ums Haus und blieb wie angewurzelt stehen, dann eilte er mit einem breiten Lächeln auf sie zu. »Mem! Ich werd verrückt! Minnie mir nix erzählt, dass Sie kommen.«

»Sie weiß es auch nicht. Das ist eine Überraschung.«

Da ertönte laut eine Stimme. »Ich Sie sehe und kann nicht glauben meinen alten Augen. Sind nicht mehr so gut. Ich denke, vielleicht nur Einbildung. Aber nein! Das ist wirklich Mem, redet mit Alf wie in alten Tagen!« Minnie kletterte steif die Veranda herunter und kam hastig zum Tor gehumpelt, als Olivia in den Garten trat. Bei ihrer Arthritis waren schnelle Bewegungen schmerzhaft, doch Minnie wollte nicht riskieren, dass diese Erscheinung wieder verschwand. Sie wollte sich davon überzeugen, dass es wirklich ihre geliebte Olivia war, die da lächelnd vor ihr stand.

Eine Woge der Zuneigung durchströmte die alte Frau, sie begann zu zittern und brachte aufgeregt hervor: »Warum Sie und Mollie mir nix erzählen? Egal, Sie sind hier, und das ist gut.« Sie drückte Olivia heftig an sich, und Olivia schossen die Tränen in die Augen. Minnie hatte in ihrem Leben in Broome immer einen wichtigen Platz eingenommen.

»Ich habe dir jemanden mitgebracht, Minnie.« Georgie rannte an Minnie vorbei auf die Veranda. »Das ist Georgie«, sagte Olivia lachend. Dann drehte sie sich zu Maya um und setzte zu sprechen an: »Und das ist ...« Doch sie unterbrach sich, als sie sah, wie sich der Ausdruck von Minnies Gesicht veränderte.

»Ich weiß, wer das ist. Nicht nötig, sie mir vorzustellen, gehört zu meiner Familie. Das ist Maya, ist jetzt erwachsen.« Die Alte streckte der schüchternen jungen Frau ihre Hand hin. »Hast du immer noch dein Totem, das deine Mama dir gegeben hat?«

Maya schaute einen Augenblick lang verwirrt, dann fasste sie sich an die Brust und zog den Anhänger hervor, der um ihren Hals hing. Minnie besah ihn sich und nickte mit einem leisen, zufriedenen Murmeln. »Ich koche jetzt Tee, gibt viel zu reden. Haus alles abgeschlossen, aber kein Problem, ich mach schnell Ordnung.« Sie marschierte voraus, packte Georgie und zog sie in ihre Arme. »Nur nicht zu schnell, Mädchen. Ich seh schon, jetzt du musst aufpassen auf alte Minnie.«

Maya und Olivia lächelten einander zu und gingen ins Haus.

Am nächsten Abend hatten sie sich mit Rosminahs und Yusefs Hilfe gemütlich in Olivias Haus eingerichtet. Olivia fand es seltsam, dass sie sich gleich wieder so heimisch fühlte. Das Haus barg nur gute Erinnerungen, manche davon waren von Trauer überschattet, doch insgesamt wurden glückliche Zeiten wieder wach: ihr geregeltes Leben mit Conrad und Hamish, der aufregende Aufbau des Perlenunternehmens, Hamish, der mit Maya spielte, als sie noch ein Baby war, die Abenddämmerung mit Tyndall auf der Veranda, gute Freunde wie die Mettas. Und immer drehte sich das Gespräch um Perlen, Tauchen, Logger und Abenteuer. Wie gesetzt ihr Leben dagegen in Fremantle verlief … An diesem Punkt zwang sich Olivia, ihre Gedanken von der Vergangenheit abzuwenden, und malte sich zum hundertsten Mal aus, wie es sein würde, wenn Tyndall seine Tochter wieder in die Arme schlösse.

Maya stellte keine Fragen über ihn, deshalb drängte ihr auch niemand Auskünfte oder Anekdoten auf. Stattdessen hielt die unbezähmbare, eigensinnige Georgie alle auf Trab.

»Die wird noch viel Ärger machen«, sagte Minnie später, als sie mit Alf allein war. »Wie Stein im Schuh. Weiß nicht, wo die ausgeschlüpft ist. Ich glaube, Georgie gehört zu einem anderen Stamm. Ist eine Wilde.«

»Wird sich auswachsen, Minnie. Georgie ist noch klein«, erwiderte Alf.

Yusef wurde beauftragt, Ausschau nach der zurückkehrenden Flotte zu halten. Und so sah er eines Morgens, als sich der Dunst über dem gläsern-goldenen Wasser verzog, das stumm die Mangroven verschluckte, die flimmernden Umrisse von drei Loggern. Ihre fetten Schiffsbäuche aus rotbraunem Eukalyptusholz lagen tief im Wasser, als sie auf das Ufercamp zusteuerten, wo ihre Muschelladung gelöscht würde.

Yusef trabte durch die Stadt, um Olivia zu berichten, dass Tyndall, Ahmed, Yoshi und Kapitän Evans im Anzug wären.

Jetzt, da der große Moment gekommen war, überfiel Olivia ein Gefühl der Nervosität. Sie sah Maya an und merkte, dass es ihr genauso ging. Sie beschlossen, Georgie in Minnies Obhut zu lassen, und brachen auf.

Wie oft hatte Tyndall zum Ufer geblickt und sich daran erinnert, wie Olivia dort gestanden hatte, die Haare vom Wind zerzaust, die Augen mit der Hand abschirmend, während sie sie beim Einlaufen beobachtete. Sie konnte es immer kaum erwarten, ihn in die Arme zu schließen, und war gespannt auf die Ausbeute, die sie gemacht hatten. Und da stand sie nun tatsächlich, genau wie er es sich Hunderte Male vorgestellt hatte! Er schüttelte den Kopf. Es war einer jener heißen Vormittage, an denen so manche Trugbilder übers Wasser gaukelten.

Wieder sah er zum Kai. Die niedrigen Schuppen zogen sich als höckriger, verschwommener Strich am Ufer entlang, hier und da hoben sich ein paar Palmen wie Wachtposten gegen den Morgenhimmel ab.

Sie stand immer noch da. Und neben ihr die schlanke Gestalt einer weiteren Frau. Hüftlange Haare umwehten ihre Schultern, und eine Sekunde lang tauchte ein längst vergangenes Bild vor ihm auf, er sah Niah vor sich, wie sie sich über die Reling der *Shamrock* lehnte, mit ihren langen Haaren, die ihr Gesicht umrahmten und ihre Brüste bedeckten.

Doch diese beiden Frauen waren Wirklichkeit, denn jetzt kam Ahmed nach achtern und stellte sich neben ihn, während sie in die Bucht segelten. Er sprach wie zu sich selbst. »Mem kommt zurück. Wen bringt sie da, Tuan?«

Tyndall zuckte mit den Achseln und gab keine Antwort. Er war wie gelähmt vom Anblick Olivias, die ihnen zusah, wie sie einliefen. Sein Herz machte einen aufgeregten kleinen Satz, der sich in einem Kribbeln auf seiner Haut fortsetzte.

Er vertiefte sich in das Ankermanöver und sah erst wieder auf, als sie bereit waren, mit dem Dinghi an Land zu rudern.

Mit hochgekrempelten Hosenbeinen stieg Tyndall über die Bootswand und watete durch den Schlamm zum Ufer, wo Olivia inzwischen allein wartete.

Tyndall kam es vor, als müsse er tausend Meilen zurücklegen. Sein Blick versenkte sich in ihre Augen, wie in Trance wurde er zu ihr hingezogen, Sie hatte Zeit gehabt, um sich auf diesen Moment vorzubereiten, lächelte sanft und wirkte gelassen. Sie ließ sich nicht anmerken, mit welcher Gewalt es sie körperlich zu diesem Mann hintrieb. Er fasste sie an den Händen, umarmte sie aber nicht, weil er Angst hatte, er würde sie an seine Brust pressen und nie mehr loslassen. »Olivia ... diesmal bist du diejenige, die für eine Überraschung sorgt. Was machst du hier?«

Die Jahre fielen von ihnen ab, sie nahmen die kleinen Veränderungen aneinander gar nicht wahr.

»Wie geht es dir, John?«

»Gut ... gut, alles in allem.«

»Wie war die Fahrt?«

»Besser diesmal, aber ich fürchte, wir werden noch ein Jahr brauchen und außerdem anständige Preise, um unsere Verluste wieder wettzumachen.«

Sie gingen zu den Schuppen und den Quartieren der Mannschaften hinüber.

»Ahmed wird auch gleich kommen. Er wird sich freuen, dich zu sehen. Wir freuen uns alle.« Er blickte sie an. »Also, warum bist du gekommen? Wer war denn da gerade bei dir?«

»Sie ist der Grund für meinen Besuch.« Jetzt, im entscheidenden Moment, war Olivia um Worte verlegen. Wie sollte sie ihn vorbereiten? Oder sollte sie mit der Nachricht einfach herausplatzen? Man konnte nie wissen, wie Tyndall reagieren würde. »John ... du wirst es vielleicht als Schock empfinden ... oder zumindest als Überraschung ...«

Beunruhigt von ihrem ernsthaften Ton unterbrach er sie: »Olivia, ich habe deine Überraschungen fürchten gelernt ...« Er verstummte, als sie um den Schuppen bogen und er Maya ein Stück weiter auf einem umgedrehten Boot sitzen sah. Er runzelte leicht die Stirn und kniff die Augen zusammen, um in der Sonne besser sehen zu können.

Olivia nahm seinen Arm. »John ...«

Maya stand auf und kam auf sie zu. Olivia sagte nichts, während der Abstand zwischen den beiden immer kleiner wurde. Jeder musterte den anderen, und als Maya vor ihm stand, erstarrte Tyndall, blieb einen Moment stehen und sah dann Mayas geschnitzten Anhänger, den sie über ihrer dunkelroten Bluse trug. Ihre Haare, ihre Augen, ihre geschmeidige Gestalt, ihr leises Lächeln ...

»Niah ... Maya ...«, flüsterte er.

Für Maya war dieser große, braun gebrannte Mann mit der Perle im Ohr plötzlich schmerzhaft vertraut.

Olivia nahm Mayas Hand und legte sie in die seine. »Ja, John, das ist Maya. Es war eine lange Zeit ... eine lange Reise ... für euch beide.«

»Wie ...«, begann er, dann zog ein Lächeln sein erstarrtes Gesicht unaufhaltsam in die Breite, und plötzlich lachten und weinten die beiden gleichzeitig, Maya schlang ihre Arme um seine Schultern und vergrub ihr Gesicht an seiner Brust. Als Olivia den weichen Ausdruck sehnsüchtiger Zärtlichkeit sah, mit dem er Maya über die Haare strich, musste sie sich abwenden. Ihre Augen füllten sich mit Tränen, und die Freude, die sie für die beiden empfand, wurde von Neid getrübt – das war eine Empfindung, die sie lieber nicht näher ergründen wollte.

Später beim Tee, den sie auf dem klapprigen Balkon im Obergeschoss des Schuppens einnahmen, setzten sie Stück für Stück Mayas Geschichte zusammen. Olivia fügte die Neuigkeit der Verbindung zwischen Maya und Hamish hinzu, und Tyndall blickte sie mit besitzergreifender Liebe an. »Das ergibt doch einen tieferen Sinn, oder? So sollte es sein. Olivia, du und ich, wir sind miteinander verbunden – durch unsere Kinder.«

Maya sah sie befremdet an, ihr wurde bewusst, dass zwischen den beiden ein verborgenes Einverständnis herrschte.

»Wir haben noch etwas gemeinsam, John: unsere Enkelin.« Ein Lächeln spielte um Olivias Mundwinkel.

»Nein! Das ist zu viel!« Lachend hielt sich Tyndall den Kopf.

Olivia erhob sich. »Da wir schon von der kleinen Göre sprechen: Ich gehe nach Hause und sehe nach, was sie so treibt. Dann könnt ihr beide in Ruhe eine Weile zusammen sein. Kommst du heute zum Abendessen, John?«

Er stand auf und umarmte sie rasch. »Natürlich. Mit

Champagner. Das wird das beste Essen aller Zeiten. Wie kann ich dir jemals danken, Olivia? Als ich dich verloren hatte, dachte ich, meine Welt ginge unter … Maya hat wieder Licht in mein Leben gebracht.«

Sie machten sich voneinander los, beide empfanden die tiefe Vertrautheit ihrer Berührung. Olivia brach das Schweigen. »Maya, genieß die Zeit mit ihm, bevor Georgie ihn unter ihre Fuchtel nimmt.«

Er nahm die Hand seiner Tochter. »Würdest du gerne mitkommen und zuschauen, wie die Logger entladen werden? Erinnerst du dich an Ahmed …«

»Ich habe so viele Fragen über meine Mutter …«, sagte Maya. »Ich erinnere mich an Kleinigkeiten … aber ich möchte mehr wissen. Auch über ihre Familie …«

»Da kann dir Minnie weiterhelfen. Sie gehört zu Niahs Familie, und sie kennt auch die Traumzeitgeschichte von Niahs Familie in Makassar.«

Olivia stahl sich mit einem kurzen Winken davon. Doch sie ging nicht nach Hause. Sie wies den Kutscher an, er solle sie zum Haus auf der Landspitze fahren, zu dem Haus, das Tyndall für sie beide gebaut hatte. Sie schritt ringsherum, die Bäume, die sie gepflanzt hatten, waren gewachsen, doch es gab keinen Garten. Olivia liebte Gärten. Sie fasste den Entschluss, eines Tages den Garten ihrer Träume anzulegen, in dem die kräftigen einheimischen Sträucher, Bäume, Reben und Blumen mit ihren grellen Farben neben den zarten, duftenden Blumen ihrer englischen Kindheit wachsen sollten. Dieser Garten könnte nur im Süden gedeihen, nicht in diesem rauen Klima. Sie würde mit Gilbert darüber reden. Erschrocken bemerkte Olivia, dass sie gerade zum ersten Mal seit vielen Tagen an Gilbert gedacht hatte. Kühn stieg sie auf die Veranda, setzte sich in den schweren Holzstuhl und schaute über die Bucht, wo sich das Wasser aus den Mangroven zurückzog und das nasse, graue Gewirr der ineinander verschlungenen Wurzeln bloßlegte.

Sie schloss die Augen. Und dachte an Tyndall. Für sie bestand kein Zweifel daran, dass Maya hier in Broome bleiben würde. Tyndall hatte jetzt eine Familie.

Plötzlich traf sie Hamishs Verlust wieder mit voller Wucht. Er würde nicht hier sein, könnte Georgie nicht aufwachsen sehen und ihr von seinem Leben und seinen Plänen erzählen. Sie sehnte sich schmerzlich nach seiner sanften Stimme, seinem warmen Lächeln. Wieder beneidete sie Tyndall, doch sie hatte ja Gilbert, sagte sie sich. Tränen des Selbstmitleids rannen ihre Wangen herab, und Olivia musste sich eingestehen, dass ihr das Leben dort unten im Süden nicht genügte. In trüben Gedanken verloren saß sie da, dann seufzte sie tief auf, wischte sich die Wangen trocken und blickte wieder auf das türkisblaue Wasser hinaus. Es war so schön hier – der sanft geschwungene Bogen der Bucht, der tiefblaue Himmel mit seinem zarten Wolkenschleier, die leise Brise, die die Wellen tanzen ließ. Olivia strich sich eine Haarsträhne aus dem Gesicht und spürte, wie ihre seelische Kraft zurückkehrte. Langsam wurde ihr leichter ums Herz, und sie beschloss, das Leben einfach geschehen zu lassen und sich keine Sorgen mehr über die Zukunft zu machen. Lächelnd sagte sie zu sich selbst, dass das eben die Wirkung wäre, die Broome auf die Menschen ausübte. Die Zeit trat hier einen Schritt zurück, morgen wäre früh genug, um sich wegen morgen den Kopf zu zerbrechen.

Zweiundzwanzigstes Kapitel

Den Rest des Tages heftete sich Georgie an die Fersen der alten Minnie, die die Kleine mit Aufgaben beschäftigte, die angeblich dazu gedacht waren, zur Zubereitung des Abendessens beizutragen, aber nur zu einer unglaublichen Unordnung auf dem Küchenboden führten. Olivia und Minnie staksten gut gelaunt durch das Durcheinander, während sie kochten, die Gläser und das Tafelsilber polierten und die leinene Tischwäsche aus einer Kampferholztruhe hervorzogen.

Maya kam spät am Nachmittag nach Hause. All das, was dieser Tag ihr gebracht hatte, hatte sie aufgeregt und erschöpft. »Wenn ich mich nicht baden und ausruhen kann, sterbe ich«, stöhnte sie glücklich, während sie in der Küche gekühlte Limonade trank. »Der Tag war einfach fantastisch! Mein Vater ist so wunderbar, findest du nicht auch?« Olivia lächelte, und Maya setzte noch hinzu: »Das ist schöner als der schönste Traum, Olivia.«

Kurz nach Sonnenuntergang kam Tyndall in seiner feinen weißen Uniform, ein in buntes Papier eingewickeltes Päckchen in der Hand. Die beiden Frauen, die es sich auf der Veranda gemütlich gemacht hatten, erhoben sich, als sie ihn schwungvoll das Tor öffnen sahen. Maya lief hinein, um Georgiana zu suchen, und Olivia begrüßte ihn oben auf den Stufen.

»Willkommen auf der Veranda, wie damals, John«, sagte sie herzlich. »Es ist viel Zeit vergangen.«

Er ergriff die Hand, die sie ihm entgegenstreckte, dann beugte er sich vor und drückte ihr unwillkürlich ein Küsschen auf die Wange. »Danke, Olivia. Ich muss mich für so vieles bei dir bedanken. Du hast keine Ahnung, was für einen Tag ich heute erlebt habe. Oder vielleicht doch.« Bevor sie antworten konnte, trat Maya durch die Tür, mit Georgiana auf dem Arm, und blieb ein paar Schritte vor ihnen stehen. Keiner sagte ein Wort. Das kleine Mädchen starrte mit großen Augen den weiß gekleideten Fremden an, und der Fremde starrte zurück, mit einem Lächeln in den Augen.

»Georgiana, das ist dein Großvater«, sagte Maya leise.

Georgie sagte nichts, doch in ihrem Gesicht blitzte ein Lächeln auf, während ihn die großen Augen weiter musterten.

»Hallo!«, sagte Tyndall schließlich. »Schön, dass ich dich kennen lerne. Ich hoffe, du magst das Geschenk, das ich dir mitgebracht habe. Soll ich dir beim Auspacken helfen?« Er streckte ihr seine Arme entgegen, und mit einem breiten Lächeln beugte sich Georgie von ihrer Mutter zu ihrem Großvater hinüber. Er nahm sie auf den Arm und zwinkerte Maya über Georgianas Schulter hinweg zu. Gemeinsam wickelten sie das Geschenk aus, und Mayas Hand flog vor ihren Mund, als sie den Spielzeuglogger erkannte, mit dem sie als kleines Mädchen gespielt hatte.

Das Essen war ein voller Erfolg. Olivia half beim Servieren, überließ bewusst das Gespräch Maya und Tyndall und steuerte nur gelegentlich eine Geschichte aus dem *Shaw House* oder Erinnerungen an die frühen Tage der Perlenfischerei bei, denn von diesem Thema konnte Maya nicht genug bekommen.

Olivia freute sich, als Tyndall anbot, mit ihr, Maya und Georgie auf einem der Logger hinauszufahren, doch ihre Begeisterung wurde mit einem Schlag von Schuldgefühlen erstickt, die sich plötzlich ihrer bemächtigten. Ihre Erinnerungen an jene fernen Tage mit Tyndall auf See und die Erkenntnis, dass Gilbert in Fremantle auf sie wartete, prallten mit der Gewalt eines tropischen Zyklons aufeinander. Sie musste sich alle Mühe geben, um ihre heftigen Emotionen unter Verschluss zu halten, und sobald der Tee serviert war, nahm sie ihre Tasse und erhob sich vom Tisch. »Ich glaube, ihr drei solltet euch noch eine Weile ungestört unterhalten, bis Georgie einschläft, was sicher nicht mehr lange dauern wird. Ich muss Gilbert schreiben und ihm von diesem Tag berichten, ich möchte den Brief noch gern vor der Abfahrt des Dampfers zur Post bringen. Wir sehen uns noch, bevor du gehst, John.« Sie hielt ihre Fassade erzwungener Ruhe aufrecht, bis sie die Tür ihres Schlafzimmers hinter sich geschlossen hatte, dann lehnte sie sich gegen die Zimmerwand, schloss die Augen und begann stumm zu weinen.

Maya sah ihr nach, dann wanderte ihr Blick zu Tyndall zurück. »Wirst du mir erzählen, was zwischen dir und Olivia los ist? Ich spüre, dass es da vieles gibt, was ich nicht weiß.«

Georgie war auf Tyndalls Schoß schon beinahe eingeschlafen. Er schob seinen Stuhl zurück und hob die Kleine auf seine Schulter, wo sie ihren Kopf behaglich an seinen Hals schmiegte und mit seinem Perlenohrring spielte. »Ja, ich werde es dir erzählen. Ich finde es richtig, dass du alles erfährst. Und ich glaube, ich werde mich dann auch wohler fühlen. Es ist schwierig, wenn man manche Dinge ständig verheimlichen muss, weil man sie mit niemandem teilen kann. Aber jetzt führ mich erst mal zur Schlafkoje dieses kleinen Wurms hier.«

Die Nachricht, Tyndall sei wieder mit seiner Tochter vereint und habe obendrein noch eine Enkelin dazubekommen, bot der Stadt einen erfreulichen neuen Gesprächsstoff, nachdem der Verfall der Perlmuttpreise und die trüben Geschäftsaussichten lange das alles beherrschende Thema waren. Taki beschloss, nach dem Ablauf seines Vertrags nach Japan zurückzukehren, und auf seinem Abschiedsfest im Japanischen Klub kündigten mehrere andere Taucher und Pumper an, sie würden ebenfalls in ihre Dörfer zurückgehen. Yoshi war inzwischen ein weiteres Mal nach Japan gereist, zur Beerdigung seines Schwiegervaters. Jetzt hoffte er, sich bald zur Ruhe setzen zu können und ein kleines Geschäft zu eröffnen, vielleicht ein Nudelrestaurant, zusammen mit seiner Frau Sachiko und seinem Sohn.

Es war unvermeidlich, dass in der weißen Oberschicht über Olivias Rückkehr und ihre Beziehung zu Tyndall getratscht wurde. Wie immer ignorierten die beiden jeden Klatsch und mieden die Gesellschaft. Sie erschienen nicht gemeinsam in der Öffentlichkeit, doch er nahm seine alte Gewohnheit wieder auf und kam jeden Abend vorbei, um mit Olivia einen Drink zu nehmen und mit Georgie zu spielen.

Maya verbrachte fast jeden Tag mit ihm, und Tyndalls Freude war groß, als er sah, wie sie sich mit Ahmed und Yoshi anfreundete und sie bat, ihr alles über das Tauchen und die Arbeit auf den Loggern beizubringen.

»Sie hat wirklich einen Sinn für Zahlen und Buchführung. Sie hat bei den Nonnen eine gute Ausbildung bekommen, obwohl sie sagt, sie hätte die Schule damals gehasst«, bemerkte Olivia.

»Arme Kleine, von einem gutbürgerlichen Haushalt in den Busch verpflanzt, um dann, völlig entwurzelt, bei den Nonnen gedrillt zu werden. Die Barstows hätten ruhig stolzer auf sie sein dürfen, so prächtig hat sie sich entwickelt. Aber ich selbst komme mir vor, als hätte ich schrecklich versagt.«

»John, es gab nichts, was du hättest tun können. Ich habe ihr erzählt, wie du versucht hast, sie aufzuspüren, nachdem Niah in den Busch gegangen war. Aber komme, was wolle, Maya wird einfach mit allem fertig. Sie hat so viel gelitten und kann trotzdem lächelnd durch den Tag gehen. An ihr habe ich mir oft ein beflügelndes Beispiel genommen«, sagte Olivia leise. »Ich wünschte nur, Hamish wäre hier und könnte alles miterleben …«

»Manchmal habe ich das Gefühl, er ist tatsächlich hier«, sagte Tyndall einfühlsam. »Doch Maya wird bei Georgies Erziehung die Hand eines Mannes brauchen, so viel ist klar.«

»Gilbert und ich haben Maya ein Zuhause angeboten, aber ich kann mir denken, dass du andere Pläne hast«, sagte Olivia.

»Ja. Ich überlege mir gerade, ob ich sie fragen soll, ob sie nicht hier bleiben möchte. Hättest du etwas dagegen, wenn sie im Unternehmen mitarbeitet?«

»Ganz und gar nicht, das wäre nur vernünftig. Sie wird bald genug meine Rolle übernehmen können.«

»Nein, Olivia! Ich möchte nicht, dass du aus der *Star of the Sea Pearl Company* ausscheidest! Wir brauchen dich.« Tyndall sah geradezu erschüttert aus. Das Geschäft war seine einzige Verbindung zu Olivia.

Olivia war erleichtert. Tief im Innersten hatte sie erkannt, dass sie die Bande zwischen ihnen nicht durchtrennen wollte. Doch in ihrem Kopf flüsterte eine andere Stimme, dass sie vielleicht doch alle Taue kappen sollte. Tyndall hatte nun ein neues Leben, genau wie sie. Doch bei diesem Gedanken wurde es Olivia unbehaglich, und sie schob ihn weit von sich fort.

Die Tage verflogen nur so. Maya und Georgie zogen bei Tyndall ein. Rosminah und Yusef hatten gerade ein weiteres Baby bekommen, ein Mädchen, mit dem Georgie stundenlang spielte. Olivia half Maya beim Umzug, und gemeinsam richteten sie die Zimmer für sie und Georgie ein. Sie verbrachten einen Teil jedes Vormittags im Büro, und Tyndall ließ sich weiterhin jeden Abend zu einem Drink auf Olivias Veranda nieder. Seine Geschichten über den Besuch bei Mikimoto weckten ihre Neugier, und sie diskutierten ausgiebig über die Realisierbarkeit einer Perlenfarm in oder in der Nähe von Broome.

»Warum segeln wir nicht ein Stück die Küste hinauf und suchen nach einem geeigneten Platz in einer ruhigen Bucht oder einer Flussmündung? Du warst schon lange nicht mehr auf einem Schiff unterwegs, und ich kenne doch deine Liebe zur See.«

»Wir müssten auch Maya und Georgie mitnehmen«, beeilte sich Olivia hinzuzufügen. »Ja, das würde uns allen gefallen.«

An dem Vormittag, an dem sie lossegeln wollten, kam Yusef zum Anleger gerannt, wo Tyndall gerade damit beschäftigt war, Olivia nebst der ganzen Ausrüstung auf dem Schiff unterzubringen. Yusef sollte Maya und Georgie nach dem Frühstück zum Logger bringen, kam aber mit schlechten Nachrichten.

»Georgie hat bisschen Bauchweh und heißen Kopf. Kann nicht fahren. Maya sagt, besser bei Georgie bleiben. Tuan fahren. Ich soll sagen, Georgie nicht schlimm krank.«

Olivia wollte nach Hause zurückkehren und auf die Fahrt verzichten, doch nachdem sie mit Maya gesprochen hatten, die ihnen versicherte, Georgie fehle nichts Schlimmes, bestand Tyndall auf der gemeinsamen Unternehmung.

»Die ganzen Vorbereitungen! Und du hast dich so darauf gefreut, Olivia. Wir haben doch auch ein Ziel im Auge. Wenn wir die richtige Stelle finden, könnten wir überlegen, ob wir nicht Land pachten sollten.«

Sie willigte nur widerstrebend ein, weil sie sich vor dem Zusammensein mit Tyndall fürchtete und seit ihrer Ankunft in Broome unter der Verwirrung ihrer Gefühle litt.

Doch als sie die Bucht einmal hinter sich gelassen hatten und auf dem Schoner *Mist*, der die havarierte *Shamrock* ersetzt hatte, die Küste hinaufsegelten, fielen alle Bedenken von ihr ab. Es war ein überwältigendes Gefühl für sie, wieder auf See zu sein. Ihr war, als würde sie all ihren Sorgen entgleiten.

»Wo ist deine Segelkluft?«, fragte Tyndall mit einem verschmitzten Lächeln.

»Die habe ich schon vor Jahren über Bord geworfen«, lachte sie. »Hast du an meiner Kleidung vielleicht etwas auszusetzen?« Sie deutete auf ihren neuen Baumwollrock in modisch kurzer Länge, das lange, weite Oberteil mit Matrosenkragen und die Turnschuhe. Unter dem Hut kam ein langer Zopf hervor, der auf eine Schulter herabfiel. Tyndall fand, dass sie noch genauso jung aussah wie damals, als er sie zum ersten Mal gesehen hatte.

»Na ja, das kann man wohl durchgehen lassen«, meinte er betont lässig.

Zwei Tage später stießen sie auf einen Meeresarm, der sich zu einer kleinen Bucht mit tiefem Wasser, felsigen Ufern und einem flachen, mit Buschwerk bewachsenen Stück Land hin erweiterte, auf dem sich gut ein Stützpunkt für die Arbeit errichten ließe.

Tyndall und Olivia ruderten in der Bucht herum, wanderten durch den Busch und entdeckten einen kleinen Bach, der sich die Hügel hinabschlängelte.

»Sehr abgelegen, sehr geschützt. Könnte eine Schmugglerbucht sein«, meinte Olivia.

»Wenn wir hier eine Versuchsfarm für die Perlenzucht einrichten, würde wahrscheinlich niemand etwas davon mitbekommen«, sagte Tyndall. »Es wäre einen Versuch sicher wert. Unsere Goldlippenmuscheln sind viel größer als die japanischen Akoya-Perlmuscheln. Außerdem sind unsere Gewässer wärmer, und wenn es uns gelingt, unseren Muscheln Kerne einzupflanzen, schätze ich mal, dass unsere Perlen dann schneller wachsen und auch größer und dicker würden«, erklärte Tyndall voller Überschwang.

»Und das sind dann trotzdem echte Perlen?«

»Natürlich. Wir überlisten die Muschel, für uns eine Perle zu produzieren. Sie will dabei einfach einen störenden Gegenstand loswerden, genau wie im offenen Meer.«

»Das klingt ja, als wäre es ein Kinderspiel.«

»Ich weiß, dass es so einfach nicht ist. Mikimoto und andere bemühen sich seit Jahren, trotzdem gelingt die Zucht immer noch nicht hundertprozentig. Womit ich nicht etwa sagen will, dass wir es lieber bleiben lassen sollten.« Er grinste sie an, und sie schüttelte den Kopf, amüsiert über seine jungenhafte Begeisterung.

Die Sonne brannte heiß, die Bucht sah einladend aus. Vom Heck des Schoners waren schon mehrere Männer ins klare, warme Wasser gesprungen.

»Möchtest du schwimmen gehen?«, fragte Tyndall.

»Was wird die Besatzung denken? Aber ich habe meinen Badeanzug dabei.« Olivia schwenkte ihren Beutel.

»Du denkst aber auch an alles. Ich besitze keins von diesen neumodischen Dingern.«

Olivia verschwand zwischen den Sträuchern, um sich umzuziehen, und Tyndall entkleidete sich bis auf die Unterwäsche und hechtete ins Wasser.

Sie bespritzten sich mit Wasser und versuchten, bis zum Grund hinabzutauchen, doch Olivia war keine besonders gute Schwimmerin. Dann paddelten sie an der Wasseroberfläche, ließen sich treiben und unterhielten sich darüber, ob sie versuchen sollten, in Japan jemanden zu finden, der Erfahrung mit der Perlenzucht besäße und für sie arbeiten würde.

»Diese Art zu arbeiten gefällt mir«, kicherte Tyndall. »Ich glaube mich zu erinnern, dass wir so was früher ziemlich oft gemacht haben. Aber ohne Badeanzug.«

»Heute ist alles anders«, sagte Olivia. Ihre Begeisterung war verflogen.

»Wirklich? Ist das so?«

Sie schwieg einen Moment, dann sagte sie leise, ohne ihn anzusehen: »Bitte, John … lass das.«

»Was soll ich lassen? Soll ich nicht aussprechen, was wir beide genau wissen?«

»Das ist nicht fair. Nicht hier, bitte … hör auf.«

»Weil du hier nicht vor mir davonlaufen kannst. Olivia, hier ist niemand als du und ich. Sag mir, dass du nie aufgehört hast, mich zu lieben. Ich weiß es sowieso.«

Olivia tauchte ab, um sich seinen Worten zu entziehen. Ein paar Sekunden später kam sie wieder hoch und begann aufs Ufer zuzuschwimmen. Tyndall holte sie mit ein paar mühelosen Zügen ein.

Hartnäckig fuhr er fort: »Dann sag mir, dass du mich nicht liebst, Olivia. Schau mich an und sag es mir, dann plage ich dich nicht länger.«

Sie streifte mit den Zehen über felsigen Untergrund, wirbelte herum und funkelte ihn böse an. »Ich … ich …« Wütend und verwirrt wich sie seinem Blick aus, stolperte aus dem Wasser und stürzte auf die Knie. Tyndall fing sie in seinen Armen auf und fiel mit ihr auf den Strand.

»Aua«, sagte er, als er mit dem Kopf auf dem groben Sand aufschlug, doch er lockerte seinen Griff nicht im Geringsten. Sie lag auf ihm, und er hielt sie an sich gepresst, ihre Gesichter berührten einander beinahe, und er grinste sie schamlos an. »Du kannst es mir nicht ins Gesicht sagen, was, Olivia?«

»Ich bin hingefallen«, klagte sie schwach.

»Jetzt kannst du nicht mehr davonlaufen, mein Liebling.« Sanft zog er ihr Gesicht zu sich herab. Sie nahmen das Wasser nicht mehr wahr, das über sie schwappte, die Felsbrocken, die unter ihnen im Sand lagen. Ihre Lippen, ihre Herzen und ihre Körper wurden eins, als wären sie nie zwei Menschen gewesen, die durch so viele Hindernisse so lange getrennt waren.

Am folgenden Tag beschlossen sie im Überschwang ihrer Liebe und vor lauter Begeisterung und ausgelassener Lebensfreude, dass sie gemeinsam tauchen wollten. Der Schoner war mit zwei neuen Motorpumpen und Taucheranzügen ausgestattet.

»Also gut, warum nicht!«, nahm Olivia die Herausforderung an.

Bevor sie ihre Helme zuschraubten, gab Tyndall ihr rasch noch einen Kuss. »Nicht nervös werden. Ich bin direkt neben dir.«

Trotzdem hatte sie Herzklopfen, und der starke Luftstrom zeigte ihr an, dass sie aus nervöser Anspannung zu heftig atmete. Doch als sie einmal auf dem Boden stand, den Luftdruck reguliert hatte und Tyndalls Vertrauen erweckende Gestalt neben sich sah, entspannte sie sich. Er streckte ihr seine behandschuhte Hand entgegen, und sie spazierten im Gleichschritt los.

Der Zauber der fremdartigen Unterwasserwelt schlug Olivia ein zweites Mal in seinen Bann. Die geheimnisvolle Schönheit der Pflanzen, die kühne Korallenarchitektur, die bunten Fische, die auf Beutesuche dahinflitzten, die langsamen Bewegungen der Krustentiere und Korallen erweckten in ihr den Eindruck, als betrachte sie vom Weltraum aus einen winzigen Planeten. Immer wieder machten sie sich gegenseitig auf Merkwürdigkeiten aufmerksam und wechselten durch die Glasscheiben ihrer Helme ein entzücktes Lächeln. Olivia hatte das seltsame Gefühl, dass sie sich am Anbeginn der Zeiten befand, dass für sie und Tyndall die Liebe geboren wurde, dass sie zwar durch die Nabelschnur ihres Luftschlauchs mit der realen Welt über ihnen verbunden waren, dass aber auch sie beide durch einen unsichtbaren, wassergleichen Kleber aneinander gekittet waren. Unter dem Wasser lag ein eigenes Reich, eine Fluchtmöglichkeit in eine andersartige Welt, in der man den menschlichen Alltag hinter sich lassen konnte. Tyndall hatte schon immer die Anziehungskraft gekannt, die diese Unterwasserwelt auf Menschen eines bestimmten Schlags ausübte. Auf Männer, denen es nichts ausmachte, ganz allein auf sich und ihre ureigenen Kräfte angewiesen zu sein, die die Einsamkeit der Arbeit unter Wasser verkrafteten. Viele konnten es nicht ertragen, stundenlang allein auf dem Meeresgrund zu arbeiten, und wurden von Panikanfällen und Platzangst heimgesucht.

Ein großer, grellbunter Fisch mit Augen, die in allen Regenbogenfarben schillerten, stupste gegen Olivias Helm, spähte sie neugierig an und brachte sie zum Lächeln. Dann nahm Tyndall ihre Hand, legte seine Finger an ihren Helm und bedeutete ihr, ganz still zu halten. Ein Schatten verdunkelte das Wasser, und Tyndall deutete langsam nach oben. Über ihnen glitten zwei Teufelsrochen vorüber, von denen jeder fast eine Tonne wog und an die sieben Meter Spannweite hatte. Träge schwammen sie dahin und schwangen ihre fledermausartigen schwarzen Flossen auf und ab wie in einem Ballett. Weiße Bäuche blitzten auf, der Blick fiel kurz auf verhornte Unterkieferknochen und den wie eine Peitsche herabhängenden, rasiermesserscharfen Schwanz. Und weg waren sie. Tyndall wusste, wie furchtbar Angriffe von Teufelsrochen sein konnten. Er kannte Geschichten von Tauchern, die von den mächtigen Rochenflügeln hochgerissen wurden, Atemschläuche wurden von den Schwänzen oder den riesigen knirschenden Kiefern in Stücke zerfetzt. Auf der Jagd nach Fischen konnten sie dicht bei einem Logger in die Höhe schnellen, laut wie ein Donnerschlag platschten sie dann auf dem Wasser auf, wenn sie wieder abtauchten. Zu mehreren waren sie ein mächtiger Feind. Doch Olivia fand ihren Anblick faszinierend, sie gehörten zu den wunderbaren Eindrücken, über denen sie ihr Zeitgefühl verlor. Olivia und Tyndall beobachteten, wie sich eine Krake an eine Garnele heranpirschte und sie verschlang. Als Tyndall ihr mit seinem Stiefel einen Tritt gab, spritzte sie eine Tintenwolke hervor und wallte davon. Sie stapften durch dichte Gräser, die alle in Richtung der Strömung wehten, und durch Plantagen seltsamer Meerespflanzen.

Als Tyndall das Zeichen zum Aufstieg gab, fügte sich Olivia nur widerstrebend, doch dann schwebten sie langsam und gleichzeitig empor, jeder auf einer Seite des Schiffs. Olivia tauchte auf, und man half ihr die Leiter hoch. Als ihr Helm aufgeschraubt wurde und sie ihren ersten Zug frischer Luft einatmete, empfand sie eine seltsame Niedergeschlagenheit. Welches war die wirkliche Welt? Dort unten waren Tyndall und sie sicher und unbeobachtet in ihrer Zweisamkeit. Jetzt wurde sie wieder mit der Wirklichkeit konfrontiert und saß stumm an Deck bei einer Tasse Tee, während Tyndall sich umzog und dann die Besatzung mit Geschichten über Teufelsrochen ergötzte.

Als sie zwei Tage später nach Broome zurückkehrten, kam Olivia die Zeit unter Wasser, ihre Zeit mit Tyndall, vor wie ein Traum. Sie nahm sich vor, so zu tun, als wäre nichts passiert, als wäre das Wiederaufflammen ihrer Leidenschaft nur ein Rückfall, den der Zauber des Moments ausgelöst hatte. Doch im Schutz von Olivias Haus trafen sie sich wieder abends zum Drink und fielen einander in die Arme. Vor dieser überwältigenden Liebe und Leidenschaft musste Olivia kapitulieren. Sie schob ihre innige, aber schwunglose Beziehung mit Gilbert ganz an den Rand ihres Bewusstseins. Tyndall beherrschte sie, verschlang sie mit Haut und Haaren, riss sie einfach mit sich.

Sie redeten vom geplanten Probelauf ihrer Zuchtperlenfarm, von Mayas Arbeit für das Unternehmen, von Georgie, die bald die Schule besuchen würde, von Reisen nach Europa, wo sie neue Märkte für Perlmutt aufspüren wollten.

»Weißt du, dass man im Krieg begonnen hat, Perlmutt als Deckblatt für Kompasse einzusetzen? Es muss nicht immer nur zu Knöpfen verarbeitet werden«, sagte Tyndall.

»Glaubst du wirklich, dass Plastik Perlmutt ganz verdrängen könnte?«

»Wir machen gerade eine Durststrecke durch. Die Lage wird sich bessern, du wirst schon sehen. Broome ist noch nicht am Ende.« Tyndall beugte sich vor, gab ihr einen Stups auf die Nase und küsste sie rasch.

Wie verschieden Tyndall und Gilbert doch waren, dachte Olivia. Gilbert war immer sehr ausgeglichen, sachlich, bedächtig abwägend und auf seine Art liebevoll. Olivia hatte sich zwar ganz ihrer gemeinsamen Arbeit verschrieben, erkannte jetzt aber, wie sehr sie die Aufregungen der Perlenfischerei vermisste. Die Gefahren, die Unberechenbarkeit, die eigenwilligen Charaktere, das unbändige, fast berauschende Leben an der Nordwestküste. Kein Wunder, dass diese Gegend solche Menschen anzog. Menschen wie Tyndall.

Einstellung und Lebensstil von Tyndall und Gilbert waren so verschieden wie Tag und Nacht. Dennoch hatten beide gute und weniger gute Eigenschaften. Unbewusst teilte Olivia den beiden Plus- und Minuspunkte aus. Tyndall hatte wirklich seine Fehler, Gilberts Schwächen waren etwas weniger schwer zu ertragen, doch wenn Olivia ehrlich war, gab es für sie zwischen den beiden Männern keine ernsthafte Wahl. Tyndall übte emotional wie körperlich eine magnetische Anziehung auf sie aus. Er war die Liebe ihres Lebens, und paradoxerweise verfluchte sie ihn dafür.

Sie gingen am Ufer entlang, nachdem die Männer ihre Arbeit in den Schuppen beendet hatten. Tyndall nahm Olivias Hand und sagte schlicht und ergreifend: »Also. Was machen wir jetzt?«

»Ich weiß es nicht«, antwortete sie kläglich.

»Aber ich. Wir bleiben zusammen … das hat das Schicksal so für uns bestimmt. Du musst es ihm sagen. Du kannst nicht mit einer Lüge leben.«

»Gilbert war so gut zu mir …«

»Meine liebste Olivia … wenn er so anständig ist, wie du sagst, dann will er nur dein Glück.«

Darauf gab sie keine Antwort, aber sie wusste, dass es stimmte.

Tyndall nahm sie in die Arme und sagte ruhig: »Olivia, fahr hin und rede mit ihm, dann packst du deine Sachen und kommst zurück. Komm nach Hause, mein Liebling.«

In Tyndalls starken Armen schien alles so einfach.

Tyndall schob ihr Gesicht zurück und sah ihr in die Augen. »Olivia, ich habe es dir schon einmal gesagt: Wir bekommen im Leben nur eine Chance, glücklich zu werden, und du weißt, dass ich Recht habe. Es nutzt dir nichts, deine Gefühle zu verbergen, sie stehen dir ins Gesicht geschrieben. Ich vermute, Gilbert hat immer gewusst, dass du mich liebst und dass du vielleicht eines Tages zu mir zurückkehren würdest. Höre auf die Stimme deines Herzens.«

Da schmolz Olivias Widerstand dahin.

Im weichen Licht der Abenddämmerung hielt Maya Olivia fest umarmt, als sie sich auf dem Deck des alten Dampfers verabschiedeten. »Liebe Olivia, komm bald wieder. Ich weiß, dass es schwer sein wird, aber eine so große Liebe findest du nur einmal im Leben …«

Olivia lächelte leise in die Haare der jungen Frau hinein. »Und das nur, wenn du Glück hast. Dir ist sie einmal begegnet, ich bete für dich, dass du sie noch ein zweites Mal erleben wirst, mein liebes Kind.«

Maya hob ihr verweintes Gesicht. »Olivia, für mich zählt nur, dass ich meine Familie gefunden habe, und das verdanke ich dir. Du bist mir immer besonders nahe gewesen und wirst bald meine zweite Mutter sein. Du und Tyndall, ihr beide gehört zusammen …«

Das laute Tuten des Dampfers unterbrach sie, und plötzlich erschien Tyndall, der sich mit dem Kapitän unterhalten und ihm ans Herz gelegt hatte, alles zu tun, um Olivia die Reise angenehm zu machen. Olivia sah ihn an, wie er in der feinen weißen Uniform des Perlenunternehmers vor ihr stand. Den engen, hohen Kragen hatte er verwegen aufgeknöpft, die alte Kapitänsmütze unter den Arm geklemmt. Er strahlte sie an, das Gesicht voller Liebe.

Dann presste er Olivia an sich. »Sei stark, mein Liebes. Wenn du möchtest, dass ich komme, schick mir ein Telegramm. Ich kann nicht schlafen, essen, ausruhen, solange ich dich nicht wiederhabe. Ich habe auf dich gewartet, Olivia. Seit ich dich zum ersten Mal gesehen habe, wusste ich, dass wir füreinander bestimmt sind.«

Olivia schluckte und wischte sich die Tränen weg. Als sie ihn ansah, dachte sie, das Herz würde ihr zerspringen. Sie nickte und biss sich auf die Lippe, dann nahm Maya Tyndalls Hand. »Wir werden an dich denken.«

»Jede Sekunde, mein Herz.« Tyndall küsste sie, dann ging er mit Maya den Landungssteg hinunter.

Olivia wandte den Blick nicht von den beiden, die am Ende des Anlegers standen, bis der Dampfer schon weit in die Bucht hinausgefahren war und der dunkle Vorhang einer milden Nacht sie verschluckte. Die anderen Passagiere begaben sich in die hell erleuchteten Salons und Kabinen, doch Olivia atmete tief, blieb an der Reling stehen und sah zu, wie die Lichter von Broome immer schwächer wurden. Sie fühlte sich so geliebt, so glücklich, so voller Hoffnung. Auch ein Anflug von Trauer legte sich über sie, doch im Innersten wusste sie, dass Tyndall Recht hatte, Gilbert wollte nur ihr Glück. Irgendwie würde sich nun alles klären.

Schließlich wandte sie sich ab, ging in ihre Kabine und dachte darüber nach, wie sich ihre Abreise doch vom letzten Mal unterschied, als sie Broome verlassen hatte. Sie hoffte, dass Hamish über sie wachte. So sehr der Junge Gilbert auch mochte und respektierte, verehrt hatte er immer Tyndall. Sie erinnerte sich, wie Hamish einmal zu ihr gesagt hatte: »Er ist der Held, von dem jeder Junge träumt.«

»Auch mein Held, liebster Hamish«, dachte sie.

Sofort, als Olivia über die Schwelle ihres Hauses trat, spürte sie, dass etwas nicht stimmte, obwohl sie ihr Vorgefühl nicht genau einordnen konnte. Vielleicht hätte sie als Erstes im *Shaw House* vorbeischauen sollen. Mollie, die jüngere, mollige Ausgabe Minnies, rannte die Treppe herunter, um sie zu begrüßen. Ihr Gesicht war ein einziger Ausdruck des Kummers, sie rang ihre Hände und sprudelte einen unverständlichen Wortschwall hervor.

Olivia ließ ihre Tasche in der Diele fallen. »Mollie, was ist denn los? Was ist passiert?«

»Mem, o Mem, wir versucht, Sie zu erreichen. Doc Shaw in Krankenhaus. Ist passiert schreckliche Sache. Schlimm, schlimm ...«

»Aber was ist denn geschehen, Mollie, bitte? Erzähl es mir bitte ganz langsam. Was ist denn passiert?«

Die junge Frau schwankte hin und her, während sie händeringend fortfuhr. »Mem, Doc Shaw geht nicht gut. Ganz krank. In Krankenhaus.«

Einen Moment lang wurde Olivia ganz schwach in den Knien, dann holte sie tief Luft und packte Mollie an den Schultern. »Sag mir, was ihm fehlt. Hat er einen Unfall gehabt?«

»Weiß nicht, Mem. Ist hingefallen, kann nicht mehr bewegen. Jetzt in Krankenhaus.«

Olivia eilte ins Krankenhaus von Fremantle. Eine mitfühlende Oberschwester führte sie zu Gilberts Bett und erklärte ihr, dass er einen schweren Schlaganfall erlitten hätte. »Das war vor zwei Tagen, er ist immer noch bewusstlos.

Im Moment können wir die Folgen überhaupt noch nicht abschätzen. Vielleicht erholt er sich wieder ganz gut … oder …«

»Oder vielleicht erwacht er auch nie wieder aus dem Koma«, beendete Olivia den Satz.

Es war für sie ein Schock, Gilbert mit fahler, graustichiger Haut in diesem Krankenhausbett liegen zu sehen. Plötzlich sah er so gebrechlich, so dünn und sehr alt aus. Als sie neben ihm saß und seine Hand hielt, trat der Dienst habende Oberarzt, den sie beide gut kannten, ins Zimmer. »Meine liebe Mrs. Shaw … so eine schreckliche Sache. Sieht leider nicht gut aus. Ich bin so froh, dass Sie jetzt hier sind, das wird ihm sicher helfen.«

»Dr. Harrington, bitte erzählen Sie mir, was vorgefallen ist und wie die Aussichten sind.«

»Im Moment ziemlich schlecht. Aber bei solchen Fällen kann man nie wissen. Ich habe schon Leute gesehen, die die Augen aufschlugen und wieder völlig gesund waren. Anscheinend ist er in der Nacht aufgestanden und gestürzt. Ihr Mädchen hat ihn am nächsten Morgen auf dem Boden gefunden. Nachdem er hierher gebracht wurde, kam er zu sich, aber nur ganz kurz. Er hat nach Ihnen gerufen und ist dann wieder ins Koma gefallen.«

Olivia drückte Gilberts Hand und blickte ihren Mann an, der aussah, als schliefe er. Doch wenn man ihn genauer betrachtete, hatte man mehr den Eindruck, er triebe in einem traumlosen Zustand dahin. Sie beugte sich dicht an sein Ohr. »Gilbert, kannst du mich hören? Ich bin's, Olivia. Ich bin hier, mein Liebster.«

»Ich empfehle Ihnen, dass Sie so viel wie möglich bei ihm bleiben, mit ihm reden, ihn berühren. Für den Fall, dass er Sie hören oder Ihre Anwesenheit spüren kann. Das hilft. Einer meiner Patienten hat mir, als er wieder zu sich kam, berichtet, dass er die ganze Zeit, die er scheinbar bewusstlos dagelegen hatte, alles genau wahrnahm, was um ihn vorging. Er konnte nur nicht sehen, sich bewegen oder sprechen. Zum Aus-der-Haut-Fahren!«

Olivias Blick wanderte vom Gesicht des Arztes zurück zu Gilbert. Verzweiflung, Schmerz und Mitleid schlugen über ihr zusammen. »Natürlich werde ich so viel Zeit wie möglich mit ihm verbringen.«

Der Arzt klopfte ihr auf die Schulter. »Vernachlässigen Sie aber nicht Ihre sonstigen Pflichten oder sich selbst, meine Liebe. Wir tun alles, was wir können … doch ich fürchte, in solchen Situationen müssen wir der Natur ihren Lauf lassen.«

Die Stunden schlichen unendlich langsam dahin, und Olivia überkam ein Gefühl, als wäre sie in eine Zeitfalle geraten. Ihre Gefühle waren in Aufruhr, sie versuchte, nicht an Tyndall zu denken, doch wenn ihre Gedanken trotzdem zu ihm abirrten, versetzte ihr Gilberts Anblick gleich einen Stich ins Herz und löste schreckliche Schuldgefühle in ihr aus.

Sie las Gilbert vor, redete mit ihm und rieb ihm sanft die Arme, Beine und Füße. Zwei Tage nach ihrer Rückkehr aus Broome, das ihr jetzt einer anderen Welt anzugehören schien, fürchtete sie, Gilbert würde ihr entgleiten, doch als sie von dem Buch aufblickte, das sie ihm vorlas, hatte er die Augen geöffnet und sah sie mit eindringlichem Blick an.

Olivia fuhr zusammen. »Gilbert!«, stieß sie hervor. »Kannst du sprechen, kannst du mich hören? Wie geht es dir?«

Er regte sich nicht. Sie ergriff seine Hand und beugte sich dicht zu ihm heran, doch seine schlaffen Muskeln, der reglose Ausdruck seines Gesichts und sein unverwandtes Starren dämpften ihre anfängliche Freude. Sie lief hinaus, um eine Schwester zu holen.

Sie gaben ihm zu essen, badeten ihn und führten einige Tests mit ihm durch, doch niemand konnte ihm eine körperliche oder emotionale Reaktion entlocken. Olivia ließ seine Finger in ihrer Hand liegen und hoffte auf irgendein Zucken als Antwort auf ihre Fragen. Doch obwohl er nicht auch nur zu der leisesten Bewegung fähig war, war Olivia tief im Herzen davon überzeugt, dass Gilbert hinter seinen eindringlich starrenden Augen alles aufnahm, was rings um ihn geschah.

Sie bearbeiteten seine verkümmerten Muskeln und setzten ihn in einem Rollstuhl nach draußen in die Sonne. Er konnte schlucken, also bekam er etwas nahrhafteres Essen. Olivia sah sich nun in der Lage, ihre Wache am Bett des Kranken zu unterbrechen und zum *Shaw House* zu gehen, wo sie Verwaltungsangelegenheiten und persönliche Dinge zu regeln hatte.

Die schwerste Aufgabe war es, Tyndall einen Brief zu schreiben.

Mein liebster John,

noch nie ist mir ein Brief so schwer gefallen wie dieser … wir haben alle einen grausamen Schlag erlitten. Ich begreife nicht, wie es zugeht, dass mir das Glück immer, wenn ich es schon fast mit Händen greifen kann, wieder entrissen wird. Ich frage mich, ob ich auf diese Weise gestraft werden soll …

Gilbert hatte einen Schlaganfall und ist völlig gelähmt. Er braucht mich, und obwohl er nur dahinzuvegetieren scheint, weiß ich, dass er innerlich alles wahrnimmt. Ich kann mich jetzt nicht von ihm abwenden. Selbst wenn ich wüsste, dass er nicht bei Bewusstsein ist, könnte ich ihn nicht verlassen. Auch wenn ich das fertig brächte, glaube ich, dass unsere Schuldgefühle unsere Liebe zerstören würden. Du hast jetzt Maya und unsere süße gemeinsame Enkelin, es tröstet mich, dass du nicht allein bist. Ich sehne mich nach deinen Armen, deinen Lippen, deinem Lachen, und du weißt, dass du die Liebe und das Licht meines Lebens bist. Aber ich habe Gilbert gegenüber eine moralische

Verpflichtung, und du würdest sicher nicht von mir verlangen, mich dieser Verpflichtung zu entziehen. Vielleicht werden wir eines Tages noch zusammenfinden. Aber nicht jetzt oder in absehbarer Zukunft.

Für immer
Deine Olivia

Wochen vergingen. Gilberts Zustand stabilisierte sich so weit, dass Olivia zu überlegen begann, ob sie ihn nicht nach Hause holen könnte. Tyndall schickte einen kurzen, todtraurigen Brief: … *Ich wollte die Sterne vom Himmel herunterreißen, ich habe geweint über diese große Ungerechtigkeit, aber wenn auch mein Herz darüber zerbricht und ich auch unendliche Sehnsucht nach dir habe, erkenne ich deine Zwangslage und respektiere deine Entscheidung. Das ist vermutlich einer der Gründe, warum ich dich so liebe – du bist gut, ehrlich und treu, mein Liebling. Meine Liebe wird nie wanken, und ich werde immer für dich da sein. Wenn du mich brauchst, mein Liebes, komme ich sofort zu dir, das weißt du seit eh und je …*

Maya bot an, zurückzukommen und ihr bei Gilberts Pflege zu helfen, doch Olivia antwortete, sie fände es besser, wenn Maya Tyndall im Perlenunternehmen zur Hand ginge. Toby und Mabel schickten ebenfalls einen freundlichen Brief.

Nach Gesprächen mit den Ärzten gelangte Olivia schließlich zu einer Entscheidung. Sie würde Gilbert selbst pflegen und die Hoffnung nicht aufgeben, dass er irgendwann wieder zu sich käme.

Ihre Lebensumstellung war ein langwieriges Unterfangen, doch Olivia bewältigte langsam einen notwendigen Schritt nach dem anderen. Sie konnte das *Shaw House* nicht alleine weiterführen, denn Gilbert war die treibende Kraft gewesen, auch wenn seine Kollegen sich mit ihm im medizinischen Dienst ablösten. Olivia wandte sich an den

Krankenhausvorstand und brachte überzeugend ihr Anliegen vor, das *Shaw House* solle doch vom Krankenhaus in Schirmherrschaft als zweites Haus übernommen werden. Die Kirche und etliche Politiker stellten sich hinter das Vorhaben. Die ehrenamtlichen Mitarbeiter würden weiter zur Verfügung stehen, das *Shaw House* war dank kluger Investitionen des ursprünglichen Stiftungsvermögens finanziell abgesichert. Nachdem die Zeitungen über die tragische Erkrankung Dr. Shaws und die Entschlossenheit seiner Frau, sein Werk zu retten, berichtet hatten, flossen sogar weitere Spenden und sicherten die Zukunft des Hauses.

Olivia verkaufte ihr Haus in Fremantle und auch Gilberts Haus. Mit den Einnahmen erwarb sie ein großes, eingeschossiges Haus auf einem Hügel außerhalb von Perth, das von einem mehrere Morgen großen, ungepflegten Garten, einer riesigen offenen Landfläche und einigen Bäumen umgeben war. Es hatte eine wunderschöne Aussicht auf die Stadt und den Fluss, die, wie Olivia dachte, Gilbert sicher gefallen würde. Sie blieb davon überzeugt, dass er, leblos, wie er auch wirken mochte, sehen, empfinden und denken konnte.

Nach Wochen der Aktivität begrüßte sie die friedliche Stille, die sich nach dem Umzug in das neue Haus einstellte. Täglich kam eine Pflegerin, und Olivia gelang es mit Mollies Hilfe, Gilbert aus dem Bett in seinen Rollstuhl zu heben. Sie stellte Mollies Freund Stan ein, einen schüchternen, breitschultrigen Aborigine, der im Garten helfen sollte.

Olivia entwarf eine kleine Gartenlaube, die Stan in der Mitte des Gartens baute, ein schattiges Plätzchen nicht weit vom Haus, wo Gilbert den Garten und die Aussicht genießen konnte. Stan legte auch Wege an, auf denen Olivia den Rollstuhl gut schieben konnte.

Sie versuchte, die gelegentlichen Anfälle von Traurigkeit

oder Selbstmitleid abzuwehren. Doch konnte sie die Tatsache nicht leugnen, dass sie immer noch eine recht junge Frau mit Sehnsüchten und Bedürfnissen war und dass es weit weg einen Mann gab, der ihre Wünsche erfüllen und sie glücklich machen könnte. Stattdessen hatte sie täglich diesen Mann vor Augen, den sie geheiratet hatte und dem sie Treue schuldete.

Daher stürzte sich Olivia voll und ganz in eine Tätigkeit, die zunächst nur eine Ablenkung hatte sein sollen: Sie widmete sich dem Garten und entdeckte die Faszination der Wildpflanzen des Westens.

»Gilbert, schau dir doch diese außergewöhnliche Buschorchidee an. So ein schönes Blau. Und dann die hier, wie ein Leopardenfell. Stan hat ein paar Kängurupfotenpflanzen gesammelt und viele andere, die ich erst noch kennen lernen muss. Manche sind wie kleine Gänseblümchen, im Frühling überziehen sie den Boden wie ein Teppich. Müssen sie ja, wenn sie unter so unwirtlichen Bedingungen überleben wollen. Sie gedeihen anscheinend auch noch auf den schlechtesten Böden. Mollie glaubt nicht, dass ich diese Buschpflanzen im Garten halten kann, aber bisher klappt es ganz gut, was meinst du, mein Lieber?« Sie stand neben seinem Rollstuhl, und beide blickten über die zwanglos angeordneten Beete und Terrassen, die Olivia entworfen hatte. Manche Pflanzen wuchsen im Schutz von Lauben, einige Blumen umringten den Stamm Schatten spendender Bäume. Es gab auch Beete mit englischen Blumen, die Farbtupfer setzten, denn Olivia liebte die Erinnerung an die englischen Gärten im Frühling. Und wenn sie die Blumen schnitt und in Vasen arrangierte, sah das Haus gleich noch freundlicher aus.

Minnie kam von der Wäscherei zurück und sah Georgie im Garten sitzen. Sie spielte mit den hölzernen Wäscheklammern, die sie in schnurgeraden Reihen hintereinander in die

Erde steckte, dann hielt sie stirnrunzelnd und mit drohendem Zeigefinger eine Rede an ihre Truppen.

»Sie gibt zurück, was sie selber einstecken muss«, dachte Minnie.

Sie fand Maya in der Küche, legte den Stapel sauberer Wäsche ab und verkündete: »Maya, Zeit, dass du gehst zu deine Leute. Musst auch Kleine mitnehmen. Ja, Zeit, dass du siehst deine Familie. Die wissen, dass du bist wieder gefunden, machen sich viele Sorgen, warum du nicht kommst, sie besuchen.«

»Meine Familie? Du meinst, die Familie meiner Mutter?«

»Unsere Leute. Wir gehören alle zu selbe Familie.«

Maya zog einen Stuhl herbei, setzte sich an den Küchentisch und sah Minnie nachdenklich an. Minnie setzte den Teekessel auf, weil sie merkte, dass ein Gespräch fällig war. »Du nie denkst an deine Leute? Deine echte Familie, he?«

Maya antwortete nicht sofort. Sie musste gegen die jahrelange Missionserziehung ankämpfen, gegen die weiße Kultur und Lebensart, die ihr das Nachgrübeln über ihre Herkunft verboten hatten. Sie war dazu erzogen worden, alles zu vergessen – ihre Sprache, ihre Kultur, ihren Glauben, sogar ihr Volk, ihre Familie. Schicht für Schicht war ihr wie eine Tapete ein anderes Leben aufgeklebt worden, das verdeckte, wer sie wirklich war. Als sie dann sprach, brachte sie nur ein Flüstern zustande: »Es wurde nie geduldet, dass ich darüber rede. Und ich habe mich selbst zum Schweigen erzogen, weil es mir das Leben leichter machte. Seit ich hier bin, ist viel auf mich eingestürmt – mein Vater, Olivia und Hamish, ihr alle, dazu musste ich Georgie alles begreiflich machen und ihr helfen, sich in der neuen Umgebung zurechtzufinden. Die ganze Zeit schon fühle ich mich orientierungslos. Ich bin zwar glücklich, dass ich hierher zurückgefunden habe, doch irgendetwas nagt an mir.« Sie holte tief Luft und fand ihre Stimme wieder. »Wahrscheinlich ist es die Tatsache, dass ich mich damit abfinden muss, die zu sein, die ich wirklich bin. Die Barstows haben mir immer verschwiegen, dass ich ein Mischling bin, und ich habe nur vage Erinnerungen an meine Mutter und meine frühe Kindheit hier in Broome.«

Minnie knallte die Teekanne auf den Tisch, beugte sich vor und blickte Maya scharf in die Augen. »Du schämst dich, weil du eine Schwarze bist, ha?«, wollte sie wissen.

Maya zuckte bei diesem Ausbruch leicht zurück, wich aber der Auseinandersetzung nicht aus. »Ehrlich gesagt, Minnie: Ich weiß es nicht. Ich glaube nicht. Aber es ist schwierig, wenn du so erzogen worden bist …«

»… dass Schwarze weniger wert sind«, rief Minnie dazwischen.

»Ja, so haben jedenfalls viele Leute gedacht, und ich wusste nicht, was ich denken sollte. Manchmal kam ich mir anders vor als die anderen Leute, mit denen die Barstows Umgang hatten, anders als die Mädchen in der Schule. Doch ich hatte nie Kontakt mit Aborigines und habe nie ernsthaft über das Thema nachgedacht. Wenn Erinnerungen aufkamen – sie waren wie Träume –, schob ich sie weg. Jetzt, wo ich hier bin und meine Geschichte kenne, habe ich das Gefühl, dass ich nie wusste, wer ich war. Das schmerzt mich, und ich empfinde große Bitterkeit gegenüber den Menschen, die mir meine Identität genommen haben. Aber um auf deine Frage zu antworten, Minnie: Ich schäme mich nicht, dass ich zu ›deinen Leuten‹ gehöre, wie du sagst.«

»Aber du musst lernen, stolz darauf sein. Das ist ein Unterschied, Mädchen. Du weißt nicht, wer du wirklich bist, wenn du nicht alle Fäden von deine Familie aufsammelst. Dann webst du sie zusammen und fertig.« Minnie schenkte Tee nach. »Vielleicht die haben dir dies und das beigebracht, vielleicht du hast in Stadt gewohnt und schöne Kleider angehabt und richtige Schuhe und gelebt wie weißes

Mädchen. Aber sie können dir nicht wegnehmen, was ist in dein Kopf und dein Herz. Das ist die echte Maya. Und bis du nicht findest und weißt, wer du bist, kannst du nicht glücklich sein.«

Maya trank einen Schluck Tee und lächelte zaghaft. »Klingt gut. Ich glaube, es ist wirklich Zeit, wieder meine Familie zu besuchen.«

Minnie nickte befriedigt. »Kleine soll auch mitkommen, auch wenn noch zu jung für Zeremonie, versteht nicht, was bedeutet.« Dann deutete sie auf den Anhänger um Mayas Hals. »Dein Vater versteht. Sag ihm, Minnie hat gesagt, Zeit, dass du gehst in Süden.«

Tyndall stimmte sofort zu, als Maya ihm von ihrem Gespräch mit Minnie erzählte. »Das alte Mädchen hat schon Recht. Diese Frauen haben in deinem Leben eine wichtige Rolle gespielt ... sie sind mit deiner Urgroßmutter, mit deiner Mutter und mit dir verbunden. Auch für Olivia waren sie sehr wichtig. Das ist eine Reise, die du unbedingt machen musst, mit Georgie.«

»Ich bin ein bisschen nervös, aber ich freue mich wirklich darauf.«

»Hör ihnen zu, was sie zu sagen haben, Maya. Das tut nicht jeder. Knüpfe die Verbindung zu deiner Familie wieder an. Ich habe die Fäden losgelassen, und als ich den Kontakt wieder suchte, war es zu spät. Du und Georgie, ihr seid alles, was ich an Familie habe.« Er legte ihr den Arm um die Schultern und zog sie an sich. »Weißt du was? Ich bring euch mit dem Schiff hin. Wir nehmen Minnie mit, dann wird eine Art Familienausflug daraus.«

Als sie auf der *Mist* nach Süden segelten, saßen Tyndall und Minnie mit Georgie und Maya an Deck, während Ahmed das Ruder übernahm. Tyndall erzählte Geschichten über den Clan, wie die Frauen Olivia bei der Geburt des kleinen

James geholfen hatten, er erzählte, was er von Niah über ihr Leben erfahren hatte, über ihre Großmutter aus Makassar und über ihre Familie im Land Marege, das sich befindet, wo die Monsunwinde ihren Ursprung haben.

Als sie bei Cossack die Küste ansteuerten, verbrachte Maya die Zeit damit, schweigend an Deck zu sitzen und aufs Ufer zu starren. Sie nahm die Schönheit der Halbwüste in sich auf und hatte zum ersten Mal im Leben ein Gefühl der Zugehörigkeit. Minnie saß nicht weit von ihr und war ebenfalls zufrieden, ihren eigenen Gedanken nachhängen zu können. Erst dachte Maya, dieses Zugehörigkeitsgefühl hätte etwas mit dem Meer zu tun, denn das schaukelnde Vorwärtsgleiten des Schoners, der sich dem Wind und den Kräften der Natur überließ, besaß etwas Tröstliches. Sie musste an ihre Vorfahren denken, die vor langer Zeit in diesen Winden, diesen Gewässern gesegelt waren. Wie Maya selbst waren sie auf der Reise gewesen, einer Reise ins Unbekannte. Doch nun drängte sich das Land in den Vordergrund ihrer Gedanken. Es hatte etwas Hartes, Abweisendes, dennoch spürte sie immer deutlicher, wie es sie auf eigentümliche Weise berührte. Langsam wuchsen ihre Erregung und ihre Ungeduld, an Land zu gehen, Boden unter den Füßen zu spüren. Das ließ sich schwer verstehen und noch schwerer erklären, deshalb sprach Maya nicht davon.

Minnie brach das Schweigen. »Kommen näher zu unsere Land. Das da schon unsere Leute, glaube ich«, sagte sie und deutete auf eine dünne Rauchspirale, die plötzlich von einer Landspitze aufstieg.

Maya spürte eine Hand auf ihrer Schulter. Sie blickte hoch und lächelte ihren Vater an, der ihr Lächeln erwiderte. »Wir werden bald Anker werfen.«

Kaum hatte der Schoner geankert, als eine Gruppe Aborigines aus dem Busch hervorkam und winkend und rufend zum Strand lief.

»Woher wussten sie, dass wir hier sind?«, fragte Maya, verblüfft über das unerwartete Auftauchen des Begrüßungstrupps.

»Buschtelegramm«, lautete Tyndalls rätselhafte Antwort. »Frag mich nicht, wie das geht. Aber es funktioniert.«

Das Dinghi wurde gleich umringt, nachdem es von einigen Männern auf den Strand gezogen worden war. Die Frauen gerieten in große Aufregung, als sie den Anhänger auf Mayas Bluse sahen. Maya stand neben dem Boot und lächelte in die Runde, während Tyndall das Begrüßungsritual absolvierte und an die Ältesten einige Worte in ihrer Sprache richtete. Minnie wurde von den Frauen und Kindern überschwänglich begrüßt. Dann drehte sich Tyndall um und nahm Maya an der Hand. »Ihr erinnert euch an Niah«, verkündete er etwas lauter, um die Stimmen zu übertönen. »Das ist ihre Tochter Maya.«

Aufschreie des Erstaunens ertönten unter den Aborigines, und mehrere alte Frauen weinten, als sie zu Maya gingen, um sie zu berühren.

Die kleine Georgie, die immer noch mit weit aufgerissenen Augen im Dinghi saß, erschrak über das laute Geplapper in der fremden Sprache und bekam plötzlich Angst, als eine Woge schwarzer Kinder ins Boot schwappte. »Mama«, schrie sie, doch statt ihrer Mutter eilte Minnie zu ihrer Rettung herbei und nahm sie auf den Arm. Dann rief Minnie den anderen zu, dass das kleine Mädchen Mayas Tochter wäre, worauf ein erneuter Ausbruch erstaunter Rufe und weitere Tränen folgten. Als die alten Frauen Minnie umringten, um Georgies helle Haut zu berühren und ihr in die Augen zu sehen, begann Georgiana zu brüllen. Maya schob sich durch das Gewimmel, nahm sie Minnie ab und konnte sie mit Tyndalls Hilfe rasch beruhigen.

Dann zogen sie alle den Strand hinauf, gingen einen verschlungenen Pfad entlang und einen kurzen Steilhang hinauf, bis sie zum Lager gelangten, das neben einem Bach aufgeschlagen war. Maya und Minnie gingen Hand in Hand mit ein paar von den Frauen, Minnie übersetzte eifrig, denn die neugierigen Fragen rissen nicht ab. Georgiana saß auf Tyndalls Schultern und umklammerte ängstlich die Hände, die sie festhielten.

Sie setzten sich alle unter schattige Bäume, ein Kessel wurde übers Feuer gehängt. Tyndall unterhielt sich mit einer Gruppe von Männern, während Minnie die Frauen in allen Einzelheiten über Mayas Leben ins Bild setzte. Das Ganze schmückte sie zu einer Geschichte von epischer Breite aus, denn Minnie liebte nichts mehr, als eine gute Geschichte zu erzählen, ihr Publikum liebte nichts mehr, als eine solche zu hören.

Mehrere Frauen kamen mit Muscheln zu ihnen, in die Muster eingeritzt waren, die dem Muster auf Mayas Anhänger ähnelten. »Deine Tanten«, sagte Minnie und verschob die Erklärung der verwickelten Verwandtschaftsbeziehungen unter den Aborigines auf einen späteren Zeitpunkt.

Die ganze Zeit über klammerte sich Georgiana an den Arm ihrer Mutter, doch Maya nahm das Kind kaum wahr. Eine Flut verwirrender Gefühle schlug über ihr zusammen. Sie war sehr erleichtert, als sie Minnie verkünden hörte, es sei ›Zeit für ein Tässchen‹.

Unter Rufen und Gelächter wurden mehrere Fladenbrote aus der Asche gezogen und dazu eine Dose Sirup geöffnet, die Tyndall in seinem Geschenkepaket mit an Land gebracht hatte; den Tee goss man mit Schöpfkellen in angeschlagene Emailbecher. Maya glaubte, noch nie etwas so Köstliches gegessen und getrunken zu haben. Über den Rand ihrer Tasse hinweg fing sie den bewundernden Blick ihres Vaters auf, beide zwinkerten einander lächelnd zu. Nur dem Lächeln ihres Vaters war es zu verdanken, dass sie nicht in Tränen ausbrach, ihre Augen waren schon ganz feucht.

Nach dieser kleinen Stärkung nahmen die Frauen Maya zu einem Spaziergang mit, die Männer und Kinder ließen sie zurück. »Gehen zu besondere Ort« – mehr war Minnie nicht zu entlocken. Tyndall wusste, dass es keinen Zweck hatte, genauer nachzufragen. Maya winkte ihm noch kurz über die Schulter zu, und Tyndall winkte zurück, während Georgiana sich an sein Bein klammerte und leise zu weinen begann.

Tyndall kauerte sich neben sie. »Weißt du was, Georgie? Jetzt gehen wir mit den anderen Kindern baden und plantschen herum.«

Ein Stück weiter bachaufwärts befand sich ein von Felsen umgebener Teich mit einem kleinen Wasserfall. Ein umgestürzter Baum gab ein hervorragendes Sprungbrett ab, und an dem Seil, das von einem anderen Baum herabhing, konnte man sich herrlich über den Teich schwingen. Alle außer Georgie hatten einen Mordsspaß. Doch Georgie war befangen wegen ihrer weißen Haut und fand es schrecklich, dass alle nackt herumliefen; es beschämte sie, dass sie von der Sprache der anderen Kinder kein Wort verstand. »Ich will zurück zum Boot, Opa«, forderte sie wiederholt.

Als die Sonne unterging, bat Maya ihren Vater, ihr Reisebündel an Land zu schicken, weil sie im Lager übernachten wollte. Sie hatte nichts dagegen, dass Georgiana zum Schiff zurückkehren wollte. »Es wird ihr alles zu viel«, sagte Maya, als sie ihre Tochter liebevoll an sich drückte. »Du wartest mit Opa auf dem Schiff auf mich. Morgen früh sehen wir uns wieder. Vielleicht könnt ihr einen großen Fisch fürs Mittagessen fangen.« Diese Aussicht heiterte Georgie wieder auf, und sie gab ihrer Mutter einen Kuss.

Als Tyndall seine kleine Enkelin in die Schlafkoje verfrachtet und ihr seine eigene erstaunliche Version des Märchens von Rotkäppchen erzählt hatte, setzte er sich an Deck und rauchte seine Pfeife. Über den Baumwipfeln konnte er die Lagerfeuer glimmen sehen. Er hörte die Gesänge, die eindringlichen Töne der Didgeridoos und das rhythmische Schlagen der Klangstöcke. Er dachte an Niah und sprach erneut ein Dankgebet, weil Maya ihm wiedergeschenkt worden war.

Dreiundzwanzigstes Kapitel

Innerhalb der nächsten beiden Jahre machte Olivia ihren Garten zu einem Juwel. Eines sonnigen Morgens, an dem sich schon herbstliche Frische ankündigte, saß Olivia neben Gilbert und hielt den Kopf über einen Kissenbezug gebeugt, den sie mit einem Rosenstraußmotiv bestickte. Sie unterbrach ihre Arbeit, ließ ihre Blicke über den Garten schweifen und sagte zu ihrem Mann: »Vielleicht sollte ich einige Rosenrabatten anlegen. Als Verbeugung vor dem guten alten England sozusagen. Weiße und rosa Rosen wären doch hübsch, findest du nicht?«

Sie hatte sich an solche einseitigen Unterhaltungen mit Gilbert gewöhnt, fragte sich aber, was sie wohl für eine Gesprächspartnerin abgeben würde, wenn sie sich dieser Tage wieder in Gesellschaft begäbe. Olivia ging selten aus, und außer bei den Einkäufen im nahe gelegenen Ort und den sehr seltenen Ausflügen in die Stadt redete sie nur mit Mollie und Stan, die inzwischen verheiratet waren.

Mollie und Stan hatten eine Reise nach Broome gemacht, als Minnie ganz unerwartet, aber friedlich verstorben war.

Mabel Metta hatte an Olivia geschrieben: ... *sie hängte gerade die Wäsche auf, fiel hin und war tot, einfach so. Sie hatte eine schwere Grippe hinter sich, an der besonders unter den Schwarzen viele gestorben sind. Alf ist in den Norden zur Mission gegangen, wo er Verwandte hat, die für ihn sorgen ...*

Olivia stopfte die Decke unter Gilberts spindeldürre Beine, zog sie ihm über die Brust und sagte: »Ich gehe ein bisschen im Garten herum und schaue, ob ich eine günstige

Stelle für die Rosen finden kann. Es wird windig, ich möchte nicht, dass du frierst …« Sie wollte sich schon abwenden, doch bevor sie ihre Hand von der Decke genommen hatte, schloss sich ein zitternder Klammergriff um sie. Fassungslos starrte sie auf Gilberts Finger, die an ihrem Handgelenk kratzten. Der Schock verschlug ihr die Sprache. Als sie ihm ins Gesicht blickte, ruckte sein Kopf zur Seite, und seine Lippen zuckten.

»Gilbert! Du kannst dich bewegen! Kannst du sprechen? Ach, mein Lieber! Du kehrst zu uns zurück!« Sie nahm seine Hand und spürte das schwache Zittern, mit dem er sie festhielt. Sein Mund versuchte, ein Wort zu formen, doch er brachte keinen Ton hervor, jede weitere Bewegung schien unmöglich. Trotzdem war dies ein großer Durchbruch. Bebend vor Schreck und Erleichterung, klopfte sie ihm auf den Handrücken. »Warte, ich hole Stan. Wir müssen den Arzt rufen. Das ist einfach wunderbar!«

Sie rannte ins Haus und rief nach Mollie und Stan. Atemlos wies sie Stan an, mit dem Rad zu Dr. MacDonald zu fahren und ihm zu sagen, dass er sofort kommen solle.

»Mollie, mach bitte Tee und bring ihn in die Laube – schnell!« Olivia lief aufgeregt zu Gilbert zurück. Ihre Fürsorge, ihre Geduld, ihre Gebete hatten sich gelohnt. Vielleicht würde er sich nicht vollständig erholen, aber vielleicht hätte sie wenigstens wieder einen Gefährten. Sie hoffte, Gilbert würde wieder sprechen können, denn sie hatte so viele Fragen an ihn. Aber auch wenn er sich lediglich wieder bewegen könnte, dann würden sie imstande sein, sich wieder auszutauschen. Für ›nein‹ könnte er einmal, für ›ja‹ zweimal mit dem Finger klopfen. Im Hochgefühl solcher Hoffnungen gelangte sie bei der Laube an und sah von hinten, dass er sich in seinem Rollstuhl sogar noch weiterbewegt hatte. »Gilbert, nur nicht zu viel auf einmal …« Doch als sie ihn von vorne sah, erstarben ihr die Worte auf den Lippen. Gilbert hing leicht zur Seite, den

Arm noch immer unter der Decke hervorgestreckt, doch seine Augen waren geschlossen, sein Mund stand in einem Ausdruck des Staunens leicht offen.

»Gilbert?« Olivia nahm seine Hand, rückte mit der anderen seinen Kopf wieder gerade und wusste, dass er tot war.

Mollie lächelte erfreut, als sie Olivia neben ihrem Herrn sitzen und seine Hand halten sah, während beide in den Garten schauten. Olivia nahm ihr das Tablett mit dem Tee ab und stellte es auf die kleine Bank, und erst jetzt sah Mollie ihre nassen Wangen. Ihr Blick wanderte zu Gilbert hinüber, und ihre Hand flog an ihren Mund. In panischem Schrecken und voller Entsetzen darüber, dass die Geister des Todes so plötzlich auftauchen und einen Menschen an einem so frischen, sonnigen Morgen mit sich nehmen konnten, floh sie zum Haus zurück.

Dr. MacDonald erklärte, Gilberts hoher Blutdruck, den sie weder kontrollieren noch behandeln konnten, hätte möglicherweise zwei weitere Schlaganfälle ausgelöst. »Das wäre eine denkbare Ursache für die plötzliche Bewegung – ein kleinerer Schlaganfall, der vor dem tödlichen Anfall noch Muskelreaktionen hervorrief.«

Olivia schüttelte den Kopf. »Nein, Gilbert wollte sich von mir verabschieden. Dass er seine Hand nach mir ausstreckte, geschah durch reine Willenskraft oder mit Gottes Hilfe«, erwiderte sie bestimmt.

Der freundliche Arzt, der Gilbert seit der Studentenzeit kannte, wollte nicht widersprechen. »Sie waren ihm eine anregende Gesellschaft und haben ihn hingebungsvoll gepflegt, Olivia. Ich bin sicher, Sie haben Recht.«

In Perth wurde für Dr. Gilbert Shaw ein großer Gedenkgottesdienst abgehalten. Das fahle Licht eines bedeckten Morgenhimmels sickerte durch die hohen Bleiglasfenster, und in der vordersten Reihe starrte Olivia auf den Lichtfleck vor ihren Füßen, der sich wie verschüttete Milch auf dem Steinboden ausbreitete. Sie verlor sich in diesem Lichtfleck, ihre Gedanken schweiften zum Licht anderer Tage zurück. Zu einem kalten Abend, an dem sie mit Conrad durch London ging und behagliches Licht aus den Läden und Pubs schimmern sah. Zum Licht des Morgengrauens, als sie, an die Reling der *Lady Charlotte* gelehnt, zum ersten Mal Australien erblickte. Zum Morgenlicht in Broome, dem blauen, wie frisch gewaschenen Himmel, der klaren, türkisgrünen See und dem goldenen Licht, das über die Mangroven, über das Watt und über die Blattspitzen streifte und die Blechdächer mit einem leuchtenden Schimmer verzauberte. Olivia war von den verschwommenen Lichtmustern auf dem Boden wie hypnotisiert und nahm fast während des ganzen Gottesdienstes kaum wahr, was um sie vorging. So zuckte sie überrascht zusammen, als Dr. Mac Donald sie am Ellbogen fasste und sich erhob. Die Messe war vorbei. Gilbert war die letzte Ehre erwiesen, er war zur Ruhe gebettet.

In den folgenden Wochen sahen Mollie und Stan stumm zu, wie Olivia schwermütig durch den Garten streifte. Eines Tages, als sie vor einem Blumenbeet kniete und ganz ins Unkrautjäten vertieft war, fiel ein Schatten über sie, und eine starke Hand half ihr aufzustehen.

Die Welt machte nicht mehr vor ihr Halt. Jetzt drang sie in ihren Garten ein. Tyndall stand vor ihr. Olivia zeigte keine Überraschung, rührte sich nicht, stand einfach da und blickte in dieses Gesicht, das in ihre Seele eingebrannt war.

Auch er sah ihr in die Augen. »Komm nach Hause, Olivia. Es ist Zeit.«

In aller Stille kehrten sie nach Broome zurück. An einem linden Abend bei Sonnenuntergang lief der Dampfer mit der Flut ein. Ein erfrischendes Nachmittagsgewitter hatte die Wolken weggefegt und einen samtig blauen Himmel zurückgelassen, von dem der aufsteigende Mond auf sein Spiegelbild im Meer herabschien. Der rosa- und lavendelfarbene Sonnenuntergang verblasste, während die Lichter von Broome funkelnd zum Leben erwachten und Tyndall und Olivia ganz ohne Begrüßungsempfang an Land gingen. Sie hatten ihre Ankunft niemandem angekündigt, weil sie jeden Auflauf vermeiden wollten. Maya war nach dem Begräbnis in Fremantle geblieben, um Georgie die Stadt zu zeigen, und wollte dann noch die Barstows in Albany besuchen.

In Tyndalls Haus war alles ruhig. Der Duft des Currys, das Rosminah für Yusef kochte, drang aus den Dienstbotenräumen herüber, sonst war das Haus leer. Tyndall grinste, ließ seine Tasche fallen, legte seine Arme um Olivia und hob sie schwungvoll in die Höhe. »Das ist vielleicht etwas verfrüht, aber es bedeutet mir sehr viel.« Er trug sie die Stufen hoch, über die Veranda, stieß die Tür mit der Schulter auf und nahm Kurs auf das Schlafzimmer. Dort küsste er sie und ließ sie aufs Bett fallen. »Yusef soll das restliche Gepäck holen.«

Lachend setzte sie sich auf. »Stil hast du schon, John Tyndall, das muss ich dir lassen.«

Spät am Abend saßen sie in nachdenklicher Zweisamkeit schweigend auf der dunklen Veranda und betrachteten den Mond, der über die Bucht schien. Er küsste ihre Fingerspitzen. »Jetzt können wir unsere Hochzeit planen.«

»Es gibt nichts, was ich lieber täte. Ich glaube, wir haben lange genug darauf gewartet. Sicher gibt es niemanden in der Stadt, der sich nicht darüber freut, dass wir endlich zusammen sind«, sagte Olivia mit einem leisen Lächeln.

Als sie in der Nacht eng umschlungen einschliefen, blickte Olivia noch einmal in Tyndalls Gesicht, das neben ihr auf dem Kissen lag, und ein großer innerer Frieden breitete sich in ihr aus, die sichere Gewissheit, dass sie den Rest ihrer Tage miteinander verbringen würden.

Die nächsten Tage waren ganz vom Wiedersehen mit alten Freunden ausgefüllt. Die Mettas luden sie zu einem großen Mittagessen ins Conti ein, und für Olivia lebten die guten alten Zeiten wieder auf mit ihrer freudigen Hochstimmung, den Gesprächen über die Perlenfischerei, die Verkäufe unter der Hand und die Aussichten auf dem Perlmuttmarkt. Die weiße Oberschicht nahm mit Zustimmung zur Kenntnis, dass aus der geschäftlichen Partnerschaft zwischen Tyndall und Olivia eine persönliche Verbindung wurde.

Als Tyndall seinem alten Kameraden Ahmed erzählte, dass er und Olivia nun endlich heiraten würden, hörte Ahmed nicht auf zu strahlen, packte Tyndalls Hand und schwenkte sie begeistert auf und nieder.

Und als sich Olivia bei den Schuppen im Ufercamp blicken ließ, wurde sie von den Muschelöffnern, Pumpern, Tauchern und den anderen Arbeitern überschwänglich empfangen. Mit ihrer Rückkehr schloss sich ein Kreis, und das galt als gutes Omen nach all der Zeit, die Olivia mit der *Star of the Sea* verbunden war.

Die Logger fuhren wieder aus, und Olivia begann mit der Gestaltung der Räume und der Einrichtung ihres Hauses, während sie gleichzeitig die Hochzeit plante. »Nur eine einfache Feier, ich meine, in meinem Alter und nach so langer Zeit …«, begann sie, konnte aber ihre überströmende Freude vor Mabel nicht verbergen.

»So ein Unsinn! Du bist doch in den besten Jahren. Die Stadt erwartet ein großes Ereignis, Olivia. John ist bei den Menschen aller Rassen beliebt, und auch dich haben alle Leute gern.«

»Mal sehen. Wenn John zurückkommt, werde ich mich mit ihm darüber unterhalten.«

Olivia ging den Pfad am Rand der Bucht entlang. Während die Logger ein letztes Mal zu den Muschelgründen aufgebrochen waren, döste die Stadt in der salzigen Luft, in deren drückender Schwüle sich schon der erste Regenguss der Regenzeit ankündigte.

Olivia blieb stehen, um einem alten malaiischen Fischer zuzusehen, der silbrige Barramundas auslud, sie auf eines der Ruder spießte, das Ruder auf die Schulter wuchtete, dazu noch einen Eimer mit Herzmuscheln aufhob und sich auf den Weg in die Stadt machte. Sein ausgeblichener Batik-Sarong war fest um seine sehnige Gestalt geknotet, die schwarze Kappe saß keck auf seinem Kopf, mit seinen Sandalen wirbelte er den orangefarbenen Staub auf. Olivia erinnerte sich an Fischmahlzeiten, die Minnie zubereitet hatte, wenn Alf vom Fischen zurückkam. Manchmal brachte er Mangrovenkrebse mit, die, wie Minnie verlautete, »noch besser schmeckten als Dugongfleisch«.

Ein Hauch der letzten Passatwinde von Südost wehte über die Bucht und blies Olivias Locken in die Luft. In der Brise schnupperte Olivia den Geruch des Meeres, der Mangroven, des Schlicks, des Teers, mit dem man ein Boot abgedichtet hatte, und aus dem Vorgarten eines kleinen Hauses mit hölzernen Fensterläden strömte ihr der aromatische Blütenduft eines Bäumchens entgegen, das einem Orangenbaum ähnelte, aber keiner war. Und sie wurde von der Erkenntnis überwältigt, dass dies wahrhaftig ihr Zuhause war. Broome war ihr in Fleisch und Blut übergegangen.

Jeder Morgen hier enthielt ein Versprechen … versprach Aufregung, Abenteuer, Heldentaten, das Gefühl, dass an diesem abgelegenen Fleck an der Nordwestküste des Kontinents so gut wie alles möglich war, dass es nirgendwo auf der Welt mehr einen Ort wie diesen gab. Man gehörte hier zu einer rauen, lärmenden, aus vielen Rassen zusammengesetzten Gemeinschaft, die einerseits aus normalen Leuten bestand, die an Land ihrer täglichen Arbeit nachgingen, andererseits aber aus Draufgängern, verwegenen und seltsamen Außenseitern und jener großen, sehr gemischten Schar von Männern, die ihr Leben der See und ihren Schätzen verschrieben hatten, jenen Schätzen, die bei den Reichen und Schönen in den großen Städten der ganzen Welt so begehrt waren. Dass diese Kostbarkeiten an einem Ort wie Broome gefunden wurden, würde allerdings die Vorstellungskraft dieser Perlenliebhaber sprengen.

Die Erkenntnis, dass diese merkwürdige kleine Stadt und die riesigen freien Landflächen, die sie umgaben, so tief in ihrer Seele verwurzelt waren, versetzte Olivia in große Aufregung. Sie erkannte, wie künstlich ihr Leben in der Stadt gewesen war, wie oberflächlich die scheinbare Befriedigung, die ihr die Arbeit im Mädchenheim und die Beziehung mit Gilbert bis zu seinem Schlaganfall verschafft hatten. Hier und nirgendwo sonst gehörte sie hin, ins australische Hinterland, wo das Leben noch einfach war, das Land ungezähmt, das Meer großartig und herausfordernd. Hier hatte sie zum ersten Mal den Ballast abgeworfen, den sie aus England mitgeschleppt hatte, und ungeahnte neue Gefühle, neue Ziele, neue Fähigkeiten in sich entdeckt. In Broome war sie neu geboren worden, Broome war ihre Heimat.

Sie vertraute Tyndall diese Empfindungen an, der sie voll und ganz verstand. Er teilte ihre Liebe zu diesem Ort, musste sich aber eingestehen, dass er mit Broome vor allem deshalb so verbunden war, weil er hier die Liebe seines Lebens gefunden hatte. Dies wog für ihn schwerer als alle äußeren Umstände seines Lebens an diesem Ort. »Es ist, als gehörten wir hierher, weil wir zusammengehören«, flüsterte er ihr eines Abends ins Ohr. »Ich hatte immer das Gefühl, dass ich dich nie zurückgewinnen würde, wenn ich Broome verlassen würde. Kannst du das begreifen, oder rede ich Blödsinn?«

Sie lachte. »Blödsinn? Natürlich nicht, Liebling. Was du

sagst, ist wunderbar vernünftig. Obwohl ich ziemlich sicher bin, dass uns viele Leute für verrückt halten, weil wir hier bleiben und so viel von dem verpassen, was die Welt zu bieten hat.« Sie schmiegte sich an ihn. »Aber der Rest der Welt ist mir völlig egal, solange du bei mir bist.« Jeder gemeinsame Moment war für sie eine Kostbarkeit, denn sie wussten beide nur zu gut, wie schnell ihnen die Freude wieder geraubt werden konnte.

Olivia hatte Yusef gebeten, ihr einen kleinen Poinciana-Baum zu suchen, und als sie den richtigen Platz im Garten gefunden hatte, grub er das Loch, und Olivia schüttete Erde über seine Wurzeln und klopfte sie fest. Sie trat zurück, schloss die Augen und sah den Baum vor sich, wie er in vielen Jahre aussehen würde, wie er vor dem türkisfarbenen Wasser der Bucht in die Höhe strebte, die herabhängenden weichen Zweige übersät mit Blüten in strahlendem Gold und Orange.

Später kehrte Olivia allein zu dem frisch gepflanzten Bäumchen zurück. Sie kniete sich hin und wickelte ein kleines Schraubglas aus, das mit pulvriger roter Erde gefüllt war. Sie schraubte den Deckel ab und streute die Erde von James' erstem Grab um den Baum herum. Dann grub sie ein kleines Loch, griff in ihre Tasche, zog Hamishs Kriegsmedaille heraus und vergrub sie darin.

»Jetzt sind meine Söhne endlich zu Hause«, flüsterte sie. »Ruht in Frieden, meine Kinder. Werde groß und stark, kleiner Baum.« Sie streifte mit den Fingern leicht über die fiedrigen Blätter und wandte sich mit Tränen in den Augen ab.

Olivia zog sich langsam aus dem Büro der *Star of the Sea* zurück, weil Maya sich in immer mehr Aufgaben einarbeitete. Olivia sah es gern, dass Maya sich so für das Unternehmen engagierte und dass ihr Vater solche Freude an ihrer Mitarbeit hatte. Als sie eines Tages die Briefe und Pakete für die Post in den Süden zusammenstellten, sprach Olivia Maya darauf an, wie sehr ihr ihre Tätigkeit im Geschäft und das Leben in Broome allgemein zu gefallen schienen.

»Ich fürchtete schon, du würdest es hier nach dem Leben im Süden mit seinen vielen Möglichkeiten und Abwechslungen ein bisschen langweilig finden.«

»Aber damals war ich auch noch eine Weiße«, antwortete Maya fast beiläufig und zog den Knoten einer Paketschnur fest.

Olivia war völlig perplex. »Was meinst du denn damit, um Gottes willen?«

Maya sah auf, verblüfft über Olivias Reaktion. »Also, das Leben im Süden ist bei weitem nicht so wunderbar, wenn du eine Aborigine bist.«

»Aber du bist doch ...« Olivia unterbrach sich und suchte nach dem richtigen Wort.

»Anders?«, warf Maya mit hochgezogenen Augenbrauen ein.

Olivia lief leicht nervös im Büro auf und ab. »Nein, das meine ich nicht. Es ist nur ... also, ich habe mir darüber eigentlich gar keine Gedanken gemacht, seit wir hier sind. Du passt einfach gut hierher. Alles kommt mir so ... so normal vor.«

»Schon, aber nur, weil wir in Broome sind, und Broome selbst ist ja keine ›normale‹ Stadt, oder? Wenn du von Aborigines abstammst, hast du hier keine Probleme, niemand kümmert sich darum. Man sieht sie hier doch täglich auf den Straßen, hier leben Aborigines, die sich mit weiß Gott wie vielen anderen Rassen vermischt haben.« Sie streifte ein Gummiband über einen Stapel Briefe und fuhr fort: »Ich habe das fast mein ganzes Leben lang verdrängt. Aber jetzt darf ich sein, was ich bin, und das heißt, auch eine Aborigine. Hier ist das nicht weiter schwer, aber in Perth oder Fremantle könnte ich es nicht. Da unten will keiner etwas mit

Aborigines zu tun haben, auch wenn sie noch so weiß aussehen.« Sie lachte, und damit verflog die Spannung, die sich zwischen ihnen aufgebaut hatte. »Ich könnte nie dorthin zurück, jedenfalls nicht, um dort zu leben.«

Olivia nahm Mayas Hand. »Maya, es tut mir Leid, dass ich nicht früher mit dir darüber gesprochen habe. Ich habe zu vieles für selbstverständlich gehalten und einfach nicht überlegt, wie du wohl mit deiner Herkunft zurechtkommst.«

»Du brauchst dir überhaupt keine Vorwürfe zu machen, Olivia. Nur Georgie tut mir wirklich Leid. Wie sie auf Minnies Stamm reagiert hat – sie will einfach nichts mit unseren Leuten zu tun haben. Das macht mich sehr traurig, ich glaube, sie wehrt sich dagegen. Auf dich hört sie mehr als auf mich. Aber deswegen kann ich mich nicht ändern, Olivia. Was ich gefunden habe, ist so wertvoll, dass ich es nicht mehr aufgeben kann.«

»Ich weiß, was du meinst, meine liebe Maya, ich weiß«, sagte Olivia leise, und sie umarmten einander.

Maya schwang sich auf den Schreibtisch und deutete mit einer einladenden Geste auf den Bürosessel. »Setz dich doch, dann erzähle ich dir etwas, worüber ich noch mit niemandem außer meinem Vater gesprochen habe.« Sie verstummte, sah nachdenklich auf den Boden und seufzte leise auf. »Du erinnerst dich, dass ich dir nach deiner Abreise geschrieben habe, ich hätte meine Familie an der Küste besucht.« Olivia nickte, und Maya nahm den Faden wieder auf. »Mein Familie«, wiederholte sie gedankenverloren. »Klingt komisch, was, wenn man weiß, wer das ist – zum größten Teil Schwarze, die immer noch im Busch leben. Aber es hat viel Spaß gemacht und war aufregend, sie sind solche warmherzigen, wunderbaren Menschen. Ich habe dir vieles gar nicht geschrieben, weil ich nicht die richtigen Worte finden konnte, und außerdem schien es mir eine viel zu persönliche Angelegenheit. Ich hatte ein sehr spirituelles

Erlebnis, das mich für immer verändert hat. Wenn ich es dir erzähle, wirst du besser verstehen, wie ich mich jetzt fühle.«

Maya lehnte sich zurück und stützte sich in ihrem Rücken mit den Händen auf der Schreibtischlatte ab. »Es war eine magische Erfahrung, Olivia. Wirklich magisch.« Dann erzählte sie kurz von dem Empfang am Strand, dem kleinen Mahl mit Fladenbrot und Sirup, dem Aufbruch in den Busch mit den Frauen. »Du musst dir das mal vorstellen, Olivia. Ich mit meinem großen Strohhut, fast fein genug gekleidet für einen Einkaufsbummel in Perth, wie ich mit einer Horde schwarzer Frauen losziehe, die nicht viel mehr anhatten als ihre alten Röcke. Ich hatte keine Ahnung, wohin wir gingen, und der riesige Unterschied zwischen uns war mir überhaupt nicht bewusst. Wir waren eine Familie, aber ich glaube, sie empfanden das zu jenem Zeitpunkt stärker als ich. Kurz – sie entführten mich in eine andere Wirklichkeit, ohne diese Welt zu verlassen. Wie Alice im Wunderland.«

Dann erzählte Maya, wie sie mit Hilfe von Minnies Übersetzungen erfuhr, dass sie eine besondere Beziehung zu bestimmten Felsen und Bäumen auf dem Weg besaß. Sie lernte, dass bestimmte Landschaftselemente eine Bedeutung für alle Frauen hatten, dass sie heilige Stätten waren. Und dann kamen sie zu einem Felsüberhang, einer Art Höhle, deren Wände mit ockerfarbenen Zeichnungen bedeckt waren, es waren seltsame Figuren. »Das war ein ganz besonderer Ort, Olivia. Das konnte ich spüren, bis in mein Herz, meine Seele hinein. Schon bevor Minnie es mir erklärte, wusste ich, dass es ein besonderer Ort war, für sie und für mich. Ich kann dir nicht alles erzählen, was geschehen ist, weil es geheim bleiben muss.« Maya beobachtete gespannt, wie Olivia reagieren würde.

»Das verstehe ich voll und ganz, Maya. Ich weiß, warum du das Geheimnis wahren musst. In all den Jahren hat mir Minnie viel über ihre Kultur beigebracht. Vergiss nicht, dass auch ich eine besondere Beziehung zu diesem Clan hatte.«

»Meine Güte, das muss für dich eine unglaubliche Erfahrung gewesen sein. Ich meine, du kamst frisch aus England ans ›Ende der Welt‹ sozusagen. Ich kann mir nur schwer vorstellen, wie du schwanger und mutterseelenallein im Busch gehockt hast und meinen Vater mit einer Knarre bedroht hast.«

Beide lachten, dann fuhr Maya fort und machte einige Andeutungen über die Zeremonien, die an der heiligen Stätte der Frauen stattgefunden hatten, dabei wählte sie die Worte sehr sorgsam und sparte Details aus. »Das war alles für mich, Olivia, sie machten mich ganz zu einer der ihren, zu einem Mitglied ihrer Familie, und Stunde um Stunde kehrten die Erinnerungen an meine Kindheit bei ihnen zurück. Die Träume, die ich als Kind in Albany hatte, waren keine Träume, sondern Wirklichkeit. Ich erinnerte mich an Orte, Worte, Namen, erkannte Verwandte und sogar einige der Kinder, mit denen ich gespielt hatte. Auch sie erinnerten sich. Das war so seltsam und gleichzeitig so aufregend. Und als wir am Abend ins Lager zurückkehrten, tanzten wir im Schein des Lagerfeuers.«

Olivia konnte ihr Staunen nicht verbergen. »Du hast getanzt!«

»Ja. Ich konnte nicht anders. Irgendetwas in mir überwältigte mich, und ich musste tanzen. Ich war eine von ihnen. Es gehörte in diesem Moment einfach dazu, dass ich tanzte.«

Olivia erinnerte sich, wie sie Aboriginefrauen in Missionsstationen und bei besonderen Anlässen wie dem Besuch von Regierungsbeamten beim Tanz zugesehen hatte, doch sie konnte sich Maya nur schwer dabei vorstellen. »Du hast … barfuß getanzt … und alles …?«

»Ja.«

Olivia holte tief Atem. »Maya, das ist ja unglaublich! War dir das denn nicht peinlich?«

»Nein. Begreifst du nicht, Olivia? Ich gehörte einfach dazu. Ich bin eine von ihnen. Es kam mir völlig richtig und natürlich vor, dass sie mir die Brüste, die Schultern und das Gesicht bemalten, dass ich aufstand und mit ihnen tanzte. Sie verstehen, dass ich in einer völlig anderen Welt als der ihren lebe, aber sie wissen genauso gut wie ich auch, dass wir eine spirituelle Welt miteinander teilen. Das ist etwas ganz, ganz Wichtiges. Diese spirituelle Welt kann ich nicht verleugnen, Olivia, niemals.«

Olivia stand auf, und sie umarmten sich. »Ich weiß, was du damit sagen willst, meine liebe Maya. Ich weiß. Und ich danke dir von ganzem Herzen, dass du es mir erzählt hast. Ich bin so stolz auf dich.«

Am nächsten Tag kam das Postschiff, und mit derselben Flut kehrten viele Logger in den Hafen zurück, sie wurden alle hintereinander von einem kleinen Schlepper gezogen. Maya und Olivia gingen zum Hafen hinunter, um die Heimkehrer zu begrüßen. Tyndall sprang kühn vom Deck auf den Kai, bevor die erste Leine geworfen wurde, und umfing alle beide in einer stürmischen Umarmung. »Meine lieben Mädels! Ich kann euch gar nicht sagen, wie riesig ich mich freue, euch beide zu sehen.«

»Wie war die Fahrt? Habt ihr Perlen gefunden?«

»Alles zu seiner Zeit.« Tyndall zwinkerte Olivia zu. »Und was gibt's Neues bei dir, meine Schöne? Wie geht's unserer kleinen unbezähmbaren Enkeltochter?«

»Die macht einen ganz schönen Wirbel in der Schule. Die Schwestern meinen, sie hätten noch nie ein so wildes Kind gehabt.«

Maya zuckte ratlos mit den Schultern. »Ich komme einfach nicht gegen sie an. Sie hat nichts als Unsinn im Kopf.«

»Wir müssen sie mit der Drohung erpressen, dass sie bei

der Hochzeit kein Blumenmädchen sein darf«, setzte Olivia mit einem zärtlichen Lächeln hinzu.

»Unsere Hochzeit? Die Hochzeit? Endlich?« Tyndall fasste sich an die Stirn. »Ich kann einfach nicht länger warten!«

»Du musst warten. Und jetzt erzähl uns doch, John: Wie war die Fahrt?«

Tyndall trat zwischen die beiden und hakte sie unter. Zu dritt gingen sie beinahe tanzend am Kai entlang. »Bestens! Wir sind auf prachtvolle alte Muschelgründe gestoßen. Und soweit ich es beurteilen kann, wird Toby einiges zu tun bekommen, und Monsieur Barat wird sehr erfreut sein.«

Die Nachkriegsjahre erfüllten in jeder Hinsicht alle Erwartungen, sie waren eine Zeit des Wohlstands, des Fortschritts und der ausgelassenen Lebensfreude. Das Leben war von prickelnder Intensität, und alle ließen sich anstecken. Nach den Krisenjahren des Kriegs erlebte die Wirtschaft wieder einen Aufschwung, mit dem technischen Fortschritt hielten auf den Schiffen die Motoren und in den Städten die Autos Einzug, die Post für das Hinterland wurde jetzt sogar mit dem Laster zugestellt, wenn man auch von allen guten Geistern verlassen sein musste, um über Land nach Norden oder Süden zu fahren. Schneller kam man mit den Bristols voran, den Pionierflugzeugen des Luftverkehrs, deren Flugplan allerdings unberechenbar war. In dieser lebenssprühenden Zeit fühlte sich Olivia wieder wie ein junges Mädchen, vor allem in ihrer Freude über Tyndalls Rückkehr nach der letzten Fahrt der Saison. Unterstützt von der begeisterten Maya, stürzte sie sich voller Eifer in die Hochzeitsvorbereitungen.

Eines Morgens, als sie gerade auf der Veranda über den Einladungen brütete, meldete Stan, ein ›Kerl von Alf‹ sei an der Hintertür erschienen. Der ›Kerl‹ war ein junger Schwarzer aus der Mission von Beagle Bay, der mit einem der Missionsbrüder zum Einkaufen von Vorräten in die Stadt gekommen war. »Ich Tommy, Mem. Alf mir gesagt, ich Ihnen soll bringen Nachricht.«

»Danke, Tommy«, erwiderte Olivia.

»Alf sagt, er Grab gefunden von Niah. Sagt, Sie wissen schon.«

Olivia war sprachlos. Sie presste sich die Hand auf die Lippen, um sich wieder zu fassen. »Tommy, kannst du mir mehr darüber erzählen? Woher weiß Alf, dass es Niahs Grab ist?«

»Ich und Alf mähen Gras in alte Friedhof. Er sieht Muschel auf Grabstein und fragt Bruder. Der schaut nach in Buch.« Der junge Mann verlieh seinen Worten mit einem kräftigen Nicken Nachdruck. »Alf sicher. Sagt, Sie sollen allen erzählen.«

»Natürlich werde ich das. Ich habe verstanden. Bitte richte Alf aus, dass ich ihm herzlich danke. Braucht er irgendetwas da oben, Tommy?«

»Nein. Ihm geht gut, Mem. Ist alte Mann.«

Als Tyndall und Maya nach einem in den Muschelschuppen verbrachten Tag lachend und blendender Laune nach Hause kamen, teilte ihnen Olivia die Neuigkeit gleich mit.

Tyndall fasste nach Mayas Hand. »Ich wollte immer wissen … was passiert ist …«

»Ich muss zu ihr«, flüsterte Maya und sah ihren Vater an.

»Natürlich. Wir müssen beide zu ihr. Wir fahren zusammen. Das Wetter ist gut, wir segeln rauf zur Beagle Bay. Olivia …«

»Selbstverständlich müsst ihr beide so schnell wie möglich hin. Nur ihr beide«, drängte Olivia.

Obwohl sie es nicht aussprachen, hatten sowohl Tyndall als auch Olivia das Gefühl, dass sich der Kreis nun schloss, dass die losen Enden verknüpft werden konnten, bevor sie sich für immer aneinander banden.

Tyndall und Maya ruderten zu dem felsigen Ufer und gingen auf einem Sandpfad durch den Busch zur Missionsstation. Alf saß auf einem alten Stuhl auf der Veranda einer kleinen Hütte. Er begrüßte sie mit einem fröhlichen Winken und stand steif auf.

»Hab schon gedacht, Sie kommen jeden Tag. Schön, Sie zu sehen, Boss. Hallo, Miss Maya.«

Maya umarmte ihn. »Wie geht's dir hier oben, Alf?«

»Gut. Wirklich gut. Viel zu tun, und in der Speisehütte da drüben ich kriege gutes Essen. Viele Freunde.«

»Ich soll dich herzlich von Mem grüßen. Wir heiraten in ein paar Wochen. Willst du am großen Tag dabei sein? Komm mit uns, wir bringen dich dann wieder zurück.«

Alf fuhr sich durch seine schütter werdenden, aber immer noch glänzenden schwarzen Haare. »Na, ich weiß nicht. Aber ich freue mich sehr. Minnie wäre sicher sofort dabei.«

»Sie wird im Geiste dabei sein, daran haben wir keinen Zweifel.« Tyndall nahm den alten Mann am Arm. »Jetzt würde ich gern den Bruder sehen, damit er uns von Niah erzählt. Dein junger Freund hat gesagt, du hättest das Grab gefunden?«

»Ja.« Alf deutete auf Mayas Anhänger. »Hab das da erkannt. Das Muster. Ist dasselbe. Ich erinnere mich, Niah hatte denselben Anhänger wie Maya. Steht alles in Buch von Bruder.«

Sie folgten Alf zur weiß getünchten Kirche. »Ist es noch derselbe Bruder, der damals schon hier war?«, fragte Maya. »Ich erinnere mich an einen Bruder mit einem kahlen Kopf. Ich hatte vorher noch nie einen Mann ohne Haare gesehen.«

»Nein. Ist in anderes Land zurückgegangen. Spanien, glaub ich. Jetzt neuer Bruder. Netter Mann.«

Bruder Jean erschien, gefolgt von einer Gruppe von Kindern, und stellte sich vor. Er führte sie in einen langen

Raum, wo Reihen einfacher Holztische und Bänke standen. Eine junge Aborigine brachte Tee und lächelte sie alle schüchtern an, betrachtete jedoch Maya mit besonderem Interesse.

Bruder Jean entfernte sich einen Moment und kehrte mit einem dunkelbraunen Tagebuch zurück, das er bei dem Eintrag aufschlug, der kurz von der Ankunft der verwundeten jungen Frau berichtete, von Bruder Fredericks Versuchen, sie gesund zu pflegen, von der großen Faszination, die das Innere der Kirche mit ihren Muscheln auf die Kranke ausübte, und von ihrem traurigen Ende. Bruder Frederick glaubte, die Frau hieße ›Neea‹. Da er über ihre Identität und ihre Herkunft nichts wusste, gipste er den Anhänger, den sie trug, in den Grabstein ein. Bruder Jean reichte seinen Besuchern das Tagebuch. »Gleich nach dem Tee führe ich Sie und Ihre Tochter zum Grab.«

Bruder Jean ließ sie bei dem schlichten Stein auf Niahs Ruhestätte allein. Tyndall stand da, starrte auf die eingelassene Muschel mit dem eingeritzten Muster und dachte daran, dass dieser Anhänger ein Teil von Niah gewesen war. Maya stand neben ihm, hielt mit einer Hand die seine umfasst und presste die andere auf ihren eigenen Anhänger über ihrem Herzen. Wogen der Trauer, der Freude, der Erleichterung und ein Gefühl der Kraft durchströmten sie, sie spürte ganz deutlich, dass sie an ihrem Ziel angekommen war. Alle Gefühle, die sie so viele Jahre lang unter Verschluss gehalten hatte, brachen hervor, sie fiel schluchzend auf die Knie, schlang ihre Arme um den Grabstein und drückte ihre Stirn auf die kalte, raue Fläche.

Tyndall kauerte sich neben ihr nieder und schloss sie in seine Arme. »Maya«, flüsterte er im Bemühen, sie zu trösten.

»Es ist alles gut, Vater, wirklich.« Sie hob ihr tränennasses Gesicht zu ihm auf und lächelte ihn an. »Ich bin so erleichtert, dass ich sie gefunden habe. Dass ich weiß … so viel von ihr kommt jetzt zurück. Ich kann ihre Stimme hören, ihren Gesang, ich erinnere mich an ihr Lachen und daran, wie sie mich auf dem Arm gehalten hat …«

Wieder weinte sie, und auch Tyndall kamen vor Trauer und Freude die Tränen. »Lass diese Erinnerungen frei strömen, mein Liebstes, hör Niahs Stimme zu. Dann wirst du sie nie mehr verlieren.«

Als sie nach Broome zurückkehrten, fiel Maya Olivia um den Hals. »Ich fühle mich wieder als ganzer Mensch. Ich weiß, wer ich bin. Alle Lücken in meiner Geschichte haben sich geschlossen, ich kann sie nun an Georgie weitergeben. Endlich sind wir eine Familie. Ich hoffe, dass uns auch Hamish zusehen kann.«

Olivia strich ihr über die Haare. »Ich spüre, dass er bei uns ist. Ich weiß, dass seine Seele hierher zurückgekehrt ist. Hier seid ihr beide euch als kleine Kinder zum ersten Mal begegnet. Gott, das Schicksal, unsere Lebensreise – hinter alldem steht ein Plan, das spüre ich.«

Als Olivia am Morgen ihrer Hochzeit die Augen aufschlug, fiel ihr Blick als Erstes auf Tyndall. Sie faltete die Hände und flüsterte: »Herr, ich danke dir für diesen Tag und für das Leben, das wir miteinander teilen werden. Bitte gib, dass nach allem, was geschehen ist, nun für mich die Zeit der Freude anbricht. Ich verspreche, meinen Mann inniglich zu lieben und immer für ihn da zu sein.«

Rosminah brachte eine Tasse Tee herein und klappte die Fensterläden auf. »Schauen Sie, Mem, Sonne. Wird ein herrlicher Tag.«

Maya gesellte sich bald zu Olivia und setzte sich neben sie aufs Bett. »Heute beginnt dein neues Leben.«

»Neu? Vielleicht …«, sinnierte Olivia. »Es kommt mir so unausweichlich vor. John war hartnäckig davon überzeugt, dass man nur einmal im Leben der großen Liebe begegnet. Conrad und Gilbert waren mir sehr nahe, aber die große Leidenschaft, die große, überwältigende Liebe ... das ist selten.«

»Ich weiß«, erwiderte Maya leise. »Ich werde nie einen zweiten Hamish finden. Und weißt du was, Olivia, ich möchte an einen anderen nicht einmal denken.«

»Liebste Maya, du bist eine junge Frau ... vielleicht wird es nie genauso sein, aber du solltest dich nicht mit einem Leben ohne Gefährten abfinden ...«

Maya nahm Olivias Hand. »Manches weiß man einfach. Und ich weiß, dass es für mich niemanden gibt außer Hamish. Du brauchst mich deshalb nicht zu bedauern. Ich habe solches Glück gehabt, dass ich ihn lieben durfte, dass ich Georgie bekommen habe und dich.«

Olivia verfolgte das Thema nicht weiter. Sie war so erfüllt von ihrer eigenen Liebe zu Tyndall, dass sie sich wünschte, jede Frau könnte dieses überwältigende, mächtige Gefühl des Liebens und Geliebtwerdens erleben. »Das war alles Warten wert«, sagte sie, und Maya, die Olivia dies sehr gut nachfühlen konnte, nickte lächelnd.

Die Hochzeit fand bei Sonnenuntergang in der weißen Wellblechkirche der Church of England statt, unweit der Dünen der Roebuck Bay.

Der Bräutigam und seine Begleiter bahnten sich einen Weg durch die riesige Menge von Freunden und Schaulustigen, die sich auf dem kümmerlichen Rasen drängten. Japaner, Chinesen, Malaien, Kupanger, Aborigines in allen Schattierungen und Mischungen brachen in Hochrufe aus und riefen Tyndall derb-herzliche Bemerkungen zu, als er in seiner prächtigen weißen Uniform zur Kirche schritt, im Sprung die drei Holzstufen vor dem Portikus nahm, sich umdrehte, salutierend die Kapitänsmütze hob und sich verbeugte.

In der Kirche zügelte er seinen Übermut, er setzte sich

neben Ahmed in die vorderste Bank und fingerte nervös an seinem hohen, zugeknöpften Kragen herum. Als er Mollie und Stan mit ihrer kleinen Tochter erblickte, zwinkerte er ihnen fröhlich zu. Mabel und Maya hatten das schlichte Innere der Kirche mit Kerzen, einer Unmenge von Blumen und blühenden Zweigen geschmückt. Die Seitenfenster, die vom Boden bis zur Decke reichten und deren Fensterläden normalerweise geschlossen waren, standen weit offen und ließen das goldene Licht und die tanzenden Schatten, die die nahen Palmen warfen, herein. Über das leise Murmeln der Hochzeitsgäste lagerte sich das Quaken von Fröschen und der Ruf eines Brachvogels.

Olivia kam in Tobys funkelnagelneuem Ford, mit dem Toby schwungvoll vor der Kirche vorfuhr. Er öffnete den Verschlag und half Olivia aus dem Wagen.

Maya tanzte aufgeregt um Olivia herum. »Olivia, du siehst einfach traumhaft aus!«

Olivia trug knöchellange elfenbeinfarbene Spitze über einem perlmuttfarbenen Seidenkleid. Farblich abgestimmte Seidenrosen waren seitlich in ihr Haar gesteckt, im Arm hielt sie ein Bouquet einheimischer Orchideen. Doch was der Menge am meisten ins Auge stach, war die auf dem Spitzengewand schimmernde Perlenkette. Das war Tyndalls ›Sammlung‹, die Toby zu einer Kette aufgereiht hatte. Toby konnte nur staunen, dass es Tyndall gelungen war, diese Perlen so viele Jahre lang zur Seite zu legen.

»Ich habe die Sammlung für Niah begonnen und dann für Olivia fortgesetzt, weil ich immer hoffte, ich könnte ihr die Perlen eines Tages zur Hochzeit schenken«, erzählte er Toby.

In ihrem türkisfarbenen Kleid, das zum leuchtend klaren Wasser der Bucht passte, folgte Maya der Braut, als sie die letzten Schritte nahm, die sie noch von dem Mann trennten, den sie immer geliebt hatte.

Die romantische Atmosphäre in der Kirche schlug im Hotel Continental schnell in überschäumende Hochstimmung um. Im Garten fand ein Champagnerempfang statt, zu dem, wie es aussah, ganz Broome erschienen war. Dann wurden die Gäste zum offiziellen Hochzeitsmahl in den Speisesaal gebeten. Toby, der einen feinen dunklen Anzug trug, brachte die Trinksprüche aus, seine dunkle Haut glänzte in der Hitze, sein breites Lächeln wollte sein Gesicht nicht mehr verlassen. Mabel, die in einem rot-goldenen Sari erstrahlte, beugte sich zu Olivia. »Ich habe das Gefühl, mein sonst so zurückhaltender und vernünftiger Mann wird heute Abend ganz schön über die Stränge schlagen.«

»Die meisten Perlenunternehmer sind schon reichlich angetrunken«, seufzte Olivia.

»Morgen wird es eine Menge Brummschädel geben. Aber schließlich haben wir etwas zu feiern, nicht wahr?« Mabel hob ihr Limonadeglas und stieß mit Olivia und Maya an. »Auf dich und John. Ich bin so glücklich, dass sich mein innigster Wunsch erfüllt hat.«

»Ich danke dir, Mabel – du bist eine so liebe, aufrichtige Freundin.«

»Auf einen neuen Anfang«, fügte Maya hinzu. »Für uns alle.«

Wie Olivia und Mabel vorausgesehen hatten, entgleiste der Abend in eine wüste Sauferei, bei der die haarsträubendsten Geschichten erzählt wurden, sobald man Tyndall einmal in die Logger-Bar geschleift hatte. Dort begann man sich gegenseitig mit Wetten aufzustacheln, und schließlich wurde gewettet, wer es wohl schaffen würde, auf dem Tresen stehend nach dem Ventilator zu treten. Der hoch gewachsene Tyndall gewann dank seiner langen Beine, wenn auch auf Kosten eines Sturzes in mehrere Stühle hinein, die dabei zu Kleinholz zersplitterten.

Die Frauen hatten sich von den Festivitäten zurückgezogen, sobald der Vorschlag gefallen war, einen ›Schlaftrunk in der Logger-Bar‹ zu nehmen. Maya hatte die Aufmerksamkeit mehrerer Perlenunternehmer erregt, der Fischereiinspektor hatte sie zweimal zum Tanz aufgefordert.

»So solltest du deine Hochzeitsnacht eigentlich nicht verbringen, Olivia«, sagte Mabel auf dem Heimweg. »Ich dachte, ihr hättet die beste Suite im Conti reserviert.«

»Haben wir auch, und ich hoffe, dass jemand John dort abladen wird. Wenn sie erst mal anfangen zu singen und von einem Drink im *Star* und im *Roebuck* zu schwärmen …«

»Und im *Governor Broome* …«

»Und so weiter … da dachte ich mir, ich schlafe doch lieber in meinem eigenen Bett. John und ich haben noch den Rest unseres Lebens vor uns.«

»Bist du ihm nicht böse?«, fragte Maya.

»Wie könnte ich ihm böse sein! Er ist so glücklich, und manchmal benimmt er sich einfach wie ein dummer kleiner Junge. Lassen wir sie doch! Er wird mich sicher dafür entschädigen.«

Mabel verabschiedete sich, und Maya und Olivia zogen sich für die Nacht um.

Maya lief noch einmal leise den Gang entlang und klopfte an Olivias Tür. »Gute Nacht, und träum was Schönes, Olivia.«

»Maya, komm doch noch kurz herein.« Olivia war im Nachthemd und bürstete sich die langen Haare, um den Hals trug sie noch immer die Perlenkette. Sie legte die Bürste beiseite und zog sich die Kette über den Kopf. »Maya, eines Tages werden diese Perlen dir gehören. Und ich baue darauf, dass du sie an Georgiana weitergeben wirst.«

»Ach, Olivia … ich weiß gar nicht, was ich sagen soll. Sie sind so schön!«

Beide ließen ihre Finger über die vollkommenen Kugeln gleiten, die in der Farbe des Mondlichts schimmerten.

»Du und ich, wir wissen vielleicht besser als andere Frauen, welchen Preis die Männer dafür bezahlen. Er lässt sich nicht in Geld ermessen.«

»Es ist, als besäßen sie einen Zauber«, sagte Maya leise.

»Männer haben immer nach wertvollen Dingen gesucht, nach einem Schatz, aber insgeheim glaube ich, dass es das Abenteuer der Suche ist, das sie eigentlich lockt. Ich glaube oft, dass in den Perlen die Seele der Männer eingefangen ist. Schau, wie sie auf der Haut zum Leben erwachen. Schließ sie nicht in einer Schachtel weg, sondern trag sie.«

»Das werde ich tun.«

Sie umarmten sich, und Maya ging in ihr Zimmer.

Und während Tyndall und seine Kumpel im Garten des Conti mit Champagnerflaschen und Tennisbällen zu kegeln begannen, schliefen seine Tochter und seine Frau friedlich ein.

Die nächsten Jahre behielt Olivia immer als Jahre des Glücks in Erinnerung. Sie und Tyndall waren überglücklich und genossen jeden gemeinsam verbrachten Augenblick, ob sie nun geschäftliche Fragen klärten oder einfach von ihrer Veranda aus den Sonnenuntergang betrachteten. Tyndall brachte Olivia zum Lachen, die Gesellschaft des anderen verlor nichts von ihrer anregenden Frische, sie liebten sich weiter so leidenschaftlich wie je. Gelegentlich trug Tyndall eine willige Olivia aus ihrem Bett nach draußen, und sie liebten sich unter den Sternen oder auf einem Boot, das sie zu einem entlegenen Winkel der Bucht steuerten. Etwas weiter die Küste hinunter, südlich von Broome, bauten sie sich eine winzige, nur aus einem Raum bestehende Hütte, in der sie manchmal tagelang blieben. ›Haus Schiffbruch‹ tauften sie sie. Sie kochten auf offenem Feuer, schwammen nackt in von Felsen umgebenen Teichen und schliefen in Hängematten unter Palmen.

Olivia beschrieb diese Tage schlichten, unbeschwerten

Vergnügens ausführlich in ihrem Tagebuch ... ihren Besuch in dem großen Zirkus, der mit dem Küstendampfer heraufkam und sein Zelt im Garten des Conti aufschlug ... einen Abend in den *Sun Pictures*, dem Freiluftkino, wo sie in bequemen Liegestühlen Platz nahmen und wo ein Lattengitter die Weißen von den ›Farbigen‹ trennte, die auf der anderen Seite auf Bänken saßen ... ein eiskaltes Zitronensorbet an einem heißen Nachmittag ... Ausflüge zum Eda-See, wo sie wilde Truthähne und Enten jagten und mangels Jagdhunden Stans junge Verwandte einspannten, die die erlegten Tiere aufspürten und zu ihnen brachten ... die Paarungstänze Hunderter von Brolgas, die sie bei Sonnenuntergang in den Randgebieten der Roebuck-Ebene beobachteten. Auf diesen Ausflügen sammelte Olivia Blumen und Gräser, die sie presste und in ihr Herbarium klebte.

Die Wirtschaftskrise führte ein zweites Mal zum Zusammenbruch des Perlmuttgeschäfts. Mitte der dreißiger Jahre zwangen die Preisstürze viele Perlenunternehmer zur Aufgabe, andere mussten zumindest einige ihrer Logger abstoßen. Die Flotte der *Star of the Sea* bestand nur noch aus dem Schoner *Mist* und vier Loggern, nachdem sechs Logger zu einem sehr schlechten Preis verkauft worden waren. Die Lage verschlimmerte sich noch dadurch, dass ausländische Schiffe in australische Gewässer eindrangen oder die Muschelgründe in der Tiefsee abfischten. Durch die kleinen Motoren, die man für die Logger entwickelt hatte, waren die Flotten wesentlich mobiler geworden, und die australischen Perlenunternehmer wurden mit einer regelrechten Invasion ausländischer Schiffe überwiegend japanischer Herkunft konfrontiert, vor allem in den nördlichen Gewässern.

Die Perlenunternehmer einschließlich Tyndall waren wütend, doch es schien keine Möglichkeit zu geben, sich dagegen zu wehren.

Olivia versuchte, die Veränderungen gelassen hinzunehmen. ›John, du bist jetzt über sechzig, und wir haben ganz ordentlich verdient. Im Perlengeschäft ist immer noch etwas zu holen, und uns geht es finanziell gut.«

»Aber es ist einfach nicht richtig … Klar, es wird viel in internationalen Gewässern gefischt, aber die Ausländer dringen auch in unsere Territorialgewässer ein. Die Polizei berichtet, dass Eingeborene gegen Alkohol, Tabak und Mehl an japanische und malaiische Schiffe verkauft werden. Erwischt wurde allerdings noch niemand. Und die Zollbeamten haben überhaupt keine Chance. Die haben nicht mal anständige Schiffe.«

Tyndall war ausgesprochen schlechter Laune und stapfte ins Haus, holte aus dem Eisschrank eine Flasche Bier, schenkte sich einen Zinnbecher voll ein und kehrte zu Olivia auf die Veranda zurück. »Und noch was. Ich werde mich nicht als Perlenunternehmer a. D. auf dieser verdammten Veranda zur Ruhe setzen, deshalb brauchst du mein Alter gar nicht mehr zu erwähnen.«

Olivia blickte von ihrem Tagebuch auf und lächelte, als sie die Feder in das Tintenfässchen tauchte. Sie fand es göttlich, mit welcher Entrüstung ihr Mann sich jeden Hinweis auf sein Alter verbat. »Aber nein, mein Liebling, natürlich wirst du dich nicht zur Ruhe setzen. Das würde überhaupt nicht zu dir passen.«

Der einzige Schatten über ihrem Leben war die rebellische Georgiana. Schon vor Jahren hatten sie nach vielen langen und oft tränenreichen Auseinandersetzungen kapituliert und sie auf eine höhere Schule in Perth gehen lassen, wo sie bei alten Freunden Olivias wohnte. Georgiana hatte sich für das Leben in Broome und die Leute hier nie erwärmen können. Es machte Maya sehr traurig, dass ihre Tochter derart entschlossen schien, ihrem Aborigine-Erbe den Rücken zu kehren.

»Du kannst es ihr nicht aufzwingen, meine liebe Maya«,

sagte Olivia mitfühlend. »Vielleicht interessiert sie sich einmal von selbst dafür, doch das muss allein ihre Entscheidung bleiben. Sie muss ihre Situation als sehr schwierig empfinden.«

Und Georgiana hatte sich nach dem Schulabschluss nicht an Maya, sondern an Olivia um Hilfe gewandt. Olivia fuhr eigens nach Perth, um Georgiana in einer Sekretärinnenschule unterzubringen, jetzt arbeitete sie im Büro einer der Küstenschifffahrtsgesellschaften. Georgiana kehrte in ihrem Urlaub nicht mehr nach Broome zurück, und auch ihre Briefe wurden immer seltener.

Es war ein Schock für sie alle, als Georgiana ihnen in einem Brief ankündigte, man hätte ihr einen Job in der Hauptgeschäftsstelle der Gesellschaft in Sydney angeboten und sie würde in zwei Wochen ein Schiff nach Osten nehmen.

Maya lief sofort zur Post und schickte ein Telegramm an ihre Tochter. *Viel Glück. Gott segne dich. In Liebe deine Mutter.*

Langsam und traurig ging sie nach Hause zurück, sie wusste, dass der Sinn dieser Übersiedelung in den Osten darin bestand, eine noch größere Entfernung zwischen ihrer Tochter und jenem Erbe zu schaffen, mit dem sie nicht leben konnte.

Vierundzwanzigstes Kapitel

Maya blickte hoch zu dem Postflugzeug, einer Mac Robertson Miller de Havilland, die vor ihrer Landung über Broome kreiste. Sie musste eine Vorahnung gehabt haben, denn am nächsten Morgen überreichte ihr Olivia einen Brief. Er kam von Georgie aus Sydney.

Liebe Mutter,

ich fühle mich hier in Sydney sehr wohl, ich hatte das Gefühl, dass es in Perth für mich einfach nicht genug Möglichkeiten gab, und wie Recht ich hatte! Ich habe einen wunderbaren Job in einem Kaufhaus in der Elizabeth Street. Ich bin die Sekretärin des Modeeinkäufers – alle diese langweiligen Übungsstunden auf der alten Remington machen sich jetzt bezahlt –, und ich genieße meine Arbeit. Über befreundete Kollegen habe ich eine winzige Wohnung in Kings Cross gefunden, einem richtigen Künstlerviertel, wo viele Maler, Schriftsteller, Musiker und ›Individualisten‹ wohnen – in meiner Straße! Ich stehe hier mitten im Leben, und meine Karriere verläuft ziemlich geradlinig. Die Jahre als Bürogehilfin, dann als Sekretärin bei der Schifffahrtsgesellschaft in Perth haben sich als wertvoll erwiesen, auch wenn mich die Arbeit manchmal tödlich langweilte. Als ich dort bei Olivias und Gilberts Freunden wohnte, hielt ich mich für eine unabhängige, moderne Frau, die sich in der Welt behauptet und ihren eigenen Lebensunterhalt verdient. Ich glaube, die Guten wären schockiert, wenn sie die Karrierefrauen hier in Sydney sehen könnten. Alle ziehen sich aufregend an, und das gesellschaftliche Leben ist bemerkenswert. Ich bin froh, dass ich auf modische Kleidung

Rabatt kriege! Ich habe jetzt vor zu sparen, was ich kann, damit ich in einem Jahr oder so ins Ausland reisen kann. Ich habe hier viele interessante Ausländer kennen gelernt und kann es kaum erwarten, London zu sehen. Herzliche Grüße an Olivia und Tyndall.

In Liebe, Georgie

Maya faltete den Brief zusammen. Er war in Georgies großer, fließender Handschrift geschrieben, genauso atemlos, wie sie auch redete. Hat den Brief wahrscheinlich auf die Schnelle hingekritzelt, in der Straßenbahn auf dem Weg zur Arbeit, dachte Maya. Sie freute sich über die Fähigkeit ihrer Tochter, für sich selbst zu sorgen und in der Welt voranzukommen. Georgie war eine Abenteurerin, die sich nie unterkriegen lassen würde, jedenfalls blickte sie nicht bedauernd nach Broome zurück. Georgie hatte ihre Unabhängigkeit schon von klein auf bewiesen, doch Maya machte es traurig, dass sie sich dabei von ihrer Familie abgewandt hatte. Georgie hatte sich der Familie nie wirklich verbunden gefühlt, und Maya begriff nicht, warum. Vielleicht hätte sie die Versuche, ihr mehr Wissen über ihre Herkunft zu vermitteln, nicht so schnell aufgeben sollen, dann hätte sie vielleicht ein Gefühl der Zugehörigkeit entwickeln können. Minnie hatte immer gesagt, Georgie hätte alles lernen und die Zeremonien mitmachen müssen, doch das Mädchen hatte sich wild gegen alles gesträubt, was mit ›Minnies Clan‹ zu tun hatte. Zwischen Maya und ihr bestand nicht die emotionale Nähe, die sich Maya gewünscht hätte, und manchmal beschlich sie das Gefühl, ihre Tochter hätte zu Olivia eine engere Beziehung als zu ihr.

Sie teilte Olivia diese Gedanken mit, nachdem sie ihr Georgies Brief zu lesen gegeben hatte.

»Sie ist sicher ein Freigeist, deine Georgie, das steht fest. Aber ich glaube, dass sie so zur Welt kam. Du darfst dir keine Vorwürfe machen, dass du bei ihrer Erziehung versagt hättest. Hoffen wir einfach, dass Georgie eines Tages genug davon hat, in der Welt herumzugondeln, und ihr wirkliches Selbst finden wird. Wie wichtig die Familie ist, wird sie vielleicht merken, wenn sie heiratet«, sagte Olivia, um Maya zu trösten.

Maya nickte, erwiderte aber nichts darauf. Tief im Innersten hatte sie ihre Zweifel daran, dass Georgiana einmal als hingebungsvoll liebende Tochter in den Schoß der Familie zurückkehren würde, und sie empfand diese Erkenntnis als Zurückweisung ihrer selbst. Manche Menschen brauchten jene Nähe nicht und stellten sich nie dem, was sie wirklich waren und was in ihrem Leben wichtig war. Minnie hatte früher immer gesagt, solche Menschen würden als ›verlorene Seelen‹ sterben, und Maya hoffte inständig, dass Georgie nicht zu ihnen gehörte.

Tyndall schlenderte über die fast menschenleere Veranda des Continental. In früheren Tagen wäre sie um diese Zeit, kurz vor dem Mittagessen, laut und überfüllt gewesen. Er entdeckte die rundliche Gestalt Toby Mettas, der sich mit dem schlanken Mann im förmlichen grauen Anzug neben Olivia unterhielt, und nahm Kurs auf die Gruppe. Der Mann erhob sich, als Tyndall zu ihnen stieß.

Toby machte die beiden miteinander bekannt: »John, darf ich dir Claude Barat vorstellen ... Claude, das ist Kapitän John Tyndall.«

»Ich freue mich, Sie kennen zu lernen, Sir. Ich habe schon viel von Ihnen gehört.«

Tyndall lächelte, als er dem gut aussehenden jungen Europäer, der zum ersten Mal zum Perlenkauf nach Australien gekommen war, die Hand schüttelte. »Wie geht es Ihrem Vater? Wir werden ihn vermissen, er war für uns nicht nur ein Geschäftspartner, sondern ist mit den Jahren auch ein wirklich guter Freund geworden. Männer seines Formats finden selten den Weg nach Broome.«

»Vielen Dank für Ihre freundlichen Worte. Mein Vater erinnert sich mit großer Sympathie an Sie. Schade, dass ihm das Reisen nun zu beschwerlich wird, aber er ist immer noch im Geschäft aktiv. Ich freue mich schon auf meine regelmäßigen Besuche in Broome. Natürlich erst, wenn sich die Lage beruhigt.«

»Trinkst du etwas mit uns, John?«, fragte Toby.

»Wenn ich schon mal da bin, ja, danke. Dann haben also Sie und Olivia die Geschäfte bereits abgewickelt?« Er lächelte seiner Frau zu. »Sie haben wahrscheinlich schon herausgefunden, dass Olivia mit harten Bandagen kämpft.«

»Mein Vater hat mir erzählt, dass Mrs. Tyndall immer fair und ... bezaubernd ist.« Monsieur Barats Sohn erhob sein Glas auf Olivia und nickte ihr galant zu.

Auch Tyndall trank einen Schluck. »Der Perlmuttmarkt siecht dahin, aber wir finden immer noch die eine oder andere anständige Perle. Doch was meinen Sie mit ›wenn sich die Lage beruhigt‹? Spielen Sie auf den Markt an?«

»Ich dachte eher an die politischen Ereignisse in Europa, vor allem in Deutschland. Die Juden werden auf schreckliche Weise verfolgt. Hitler rüstet für einen Krieg, daran zweifelt heute niemand mehr. Das wird auch für Broome nicht ohne Folgen bleiben, das können Sie mir glauben.«

Olivia hielt überrascht die Luft an und wandte sich an Tyndall, der keine Miene verzog. »Also, wenn es überhaupt einen Ort gibt, wo die Wahrscheinlichkeit, in einen internationalen Konflikt verwickelt zu werden, verschwindend gering ist, dann ist das Broome. Obwohl wir im Lauf der Jahre unsere eigenen kleinen Kriege ausgefochten haben. Stimmt's, Toby?«, sagte Tyndall mit dem Anflug eines Grinsens.

»Das kann man wohl sagen. Aber in Europa rumort es doch bedenklich«, sagte Toby und zündete sich eine Zigarette an.

»So bedenklich, dass mein Vater die Familie und das Geschäft aus Europa nach New York verlagert«, ergänzte Claude Barat.

Tyndall zog die Brauen hoch. »Das ist ein gewichtiger Schritt. Vor allem in so düsteren Zeiten wie diesen. Wir haben uns von der Wirtschaftskrise nur sehr langsam erholt. Ein Krieg in Europa könnte sich verheerend auswirken ... die Perlmuttbranche endgültig lahm legen. Und das können wir uns nicht leisten. Plastik ist mit Perlmutt überhaupt nicht zu vergleichen.«

»Nun, die Zeiten ändern sich, Kapitän Tyndall ...«

»Da haben Sie Recht«, stimmte Tyndall zu. »Ich kann mir aber Broome nur schwer ohne die Perlenfischerei vorstellen. Sie ist das Herz dieser Stadt.«

»Sollten Sie nicht vielleicht einen Rückzug aus den Geschäften ins Auge fassen, Kapitän Tyndall? Dies wäre der richtige Zeitpunkt, um sich zu verabschieden«, schlug Claude Barat behutsam vor.

»Nein, verdammt noch mal, nie im Leben!«, protestierte Tyndall entschieden.

An diesem Abend führte er ein ernstes Gespräch mit Olivia. Diesmal plauderten sie nicht beim Abenddrink auf der Veranda, sondern lagen im Bett und hielten sich im warmen Dunkel fest umschlungen.

»Die Bemerkung des jungen Barat hat voll ins Schwarze getroffen, muss ich zugeben«, begann Tyndall. »Dabei fühle ich mich noch gar nicht anders ... du vielleicht?«

»Älter, meinst du? Nein. Manchmal bin ich überrascht, wenn ich in den Spiegel schaue und mir diese ›Frau in einem gewissen Alter‹ entgegenblickt. Dann frage ich mich, wo die junge Olivia geblieben ist.«

»Sie ist nirgendwohin verschwunden. Sie ist hier, an Ort und Stelle.« Tyndall umarmte sie noch fester. »Ich sehe dich immer noch in dieser verrückten Segelkluft, eine vom Wind zerzauste junge Frau mit frischem Gesicht.«

Olivia lächelte in der Dunkelheit und schmiegte sich eng an ihn. »Aber die Tatsache lässt sich nicht leugnen, mein Liebling: Wir sind nicht mehr so jung, wie wir einmal waren, und die Seefahrt und die ganze körperliche Anstrengung, die mit der Perlenfischerei verbunden ist, verlangen ihren Preis.«

»Olivia ... ich bin immer noch fit und immer noch ein Perlenunternehmer. Ich habe nicht vor, auf der Veranda im Schaukelstuhl zu versauern.«

»Das weiß ich, John. Aber Claude hat auf die schlechte Wirtschaftslage aufmerksam gemacht. Und diese Kriegsgerüchte sind sehr beunruhigend. Das wird das Perlmuttgeschäft Kopf und Kragen kosten.«

»Aber die Meinung des jungen Barat, der Krieg könnte auch uns erreichen, scheint mir doch etwas weit hergeholt. Ich glaube nicht, dass Hitler ein Auge auf den Nordwesten Australiens geworfen hat, aber wahrscheinlich sind die Barats gut beraten, wenn sie ihren Geschäftssitz nach New York verlegen. Mach dir keine Sorgen, wir setzen die Perlenfischerei so lange fort, wie wir dazu in der Lage sind.«

Tyndalls Einschätzung der Ereignisse wurde innerhalb weniger Monate widerlegt, in dieser Zeit verfolgten alle mit wachsender Anspannung, wie sich die Lage in Europa zuspitzte.

Maya war es, die eines Morgens ihren Tee stehen ließ und zu Tyndall und Olivia rannte. Sie klopfte heftig an ihre Schlafzimmertür. »Wir haben Krieg! Die Nachricht kam gerade im Radio. Weil Großbritannien im Krieg gegen Deutschland ist ... hat etwas mit Polen zu tun. Lieber Gott ...« Maya ging hinein und setzte sich auf die Bettkante, sie hatte Tränen in den Augen.

Olivia nahm ihre Hand. »Das kommt mir einfach unglaublich vor ... zwei Kriege in einem Menschenleben. Wann werden sie endlich begreifen? Wenn ich an Hamish denke und die vielen tapferen jungen Männer, die gefallen sind …« Die beiden Frauen saßen eine Weile stumm da, dann brach Tyndall das Schweigen.

»Ich gehe mich mal lieber erkundigen, ob dem Friedensrichter genauere Einzelheiten bekannt sind.«

Später an diesem Vormittag versammelten sich die Bewohner von Broome überall in der Stadt in kleinen Grüppchen, um über die Nachricht zu diskutieren. Der Friedensrichter schickte seinen Gehilfen mit dem Fahrrad zu den Häusern und Büros der einflussreichsten Bürger der Stadt, um sie zu einem Treffen in seinem Amtssitz zusammenzurufen.

Tyndall, der oberste Zollbeamte, der Fischereiinspektor, der neue Polizeichef, der Bischof, der Arzt, der Postdirektor, zwei weitere Perlenunternehmer und mehrere weitere führende Persönlichkeiten versammelten sich im Vorgarten des Amtssitzes, wo ein malaiischer Boy kühle Getränke reichte. Die Männer unterhielten sich leise miteinander, sie mussten die neuesten Nachrichten, die sie über einen Kurzwellensender aus London empfangen hatten, erst verdauen. Die Gruppe verstummte, als der Friedensrichter erschien und sich mit einem Räuspern neben die Fahne stellte.

»Meine Herren. Es ist meine traurige Pflicht, Ihnen mitzuteilen, dass ich von der Regierung die offizielle Mitteilung erhalten habe, Australien befinde sich ab sofort im Kriegszustand. Als Bürger des Britischen Empire ist es unsere Pflicht, unserem Mutterland beizustehen. Ich weiß, dass ich mit Ihrer vollen Unterstützung bei allen Maßnahmen rechnen kann, die in den dunklen Tagen, die vor uns liegen, zur Verteidigung des Empire notwendig sein werden. Ich bin sicher, ich kann unserem Premierminister Mr. Menzies telegrafieren, dass wir alle hinter der Regierung und dem König stehen.«

Die kurze Ansprache wurde mit einem lebhaften »Sehr richtig!« und einem dreifachen »Hoch!« aufgenommen, dann folgten alle dem Beispiel des Bischofs und sangen. Zum Schluss brach allerseits voller Begeisterung der Ruf aus: »Gott schütze den König!«

Einige malaiische und japanische Seeleute, die gerade vorbeigingen, warfen verstohlene Blicke auf die kleine Versammlung rund um die Fahnenstange, doch als die Nationalhymne gesungen wurde, blieben sie stramm stehen, wie sie es gelernt hatten.

Als die Hymne verklungen war, gingen sie weiter und schüttelten den Kopf angesichts der Aussicht auf einen Krieg. Wegen der Nachwehen der Wirtschaftskrise waren ohnehin nur noch wenige Logger in Betrieb. Ein Krieg würde den Perlmuttmarkt endgültig zugrunde richten.

Maya zog sich in letzter Zeit auffallend zurück und war oft in Gedanken verloren, es kam Olivia vor, als beunruhige sie außer den Kriegsnachrichten noch etwas anderes. Sie sah so blass aus und wurde von einem hartnäckigen Husten geplagt. Als Olivia mit Tyndall auf der Veranda saß, wollte sie ihn gerade darauf ansprechen, als Maya leise herauskam und fragte, ob sie sich zu ihnen setzen könne.

»Was ist denn los, mein Schatz?«, fragte Tyndall. »Ich hab dich schon seit Wochen nicht mehr lächeln sehen.«

»Es gibt im Moment nicht viel Grund zu lächeln, oder?«, erwiderte sie seufzend.

»Kommt darauf an«, sagte Tyndall. »Du könntest lächeln, weil du in einem abgelegenen kleinen Nest wohnst, wo du in Sicherheit bist, weil du da drüben einen herrlichen Sonnenuntergang bewundern kannst und weil du eine Familie hast, die dich liebt.«

»Du hast ja Recht, Papa, aber der Krieg macht mir Sorgen. Was wird aus uns allen werden? Die Geschäfte gehen nicht gut.« Sie seufzte tief und lehnte sich in ihrem Liegestuhl zurück, als wäre sie sehr müde. »Da ist noch etwas anderes. Aus irgendeinem Grund zieht es mich zu meiner

Sippe, ich möchte gern die Küste hinunterfahren und sie besuchen. Vielleicht könnte mich das wieder aufheitern. Es ist eine Ewigkeit her, dass ich zum letzten Mal im Busch war.«

Tyndall sah sie forschend an, doch Olivia ergriff schnell das Wort: »Das ist eine gute Idee, Maya, die Regenzeit ist fast zu Ende. Die Wetterlage ist ruhig, eine Seereise würde dir sicher gut tun.«

»Wir könnten doch eigentlich alle fahren«, meinte Tyndall. Fast hätte er hinzugesetzt, er habe das Gefühl, die Gelegenheit dazu käme vielleicht nicht so schnell wieder, ließ diese Bemerkung dann aber lieber bleiben.

Es wurde eine richtige Familienexpedition. Olivia, Maya, Tyndall und Ahmed lachten viel und tauschten Erinnerungen aus, als sie bei Sonnenschein auf der ruhigen See nach Süden segelten. In Mayas Wangen kehrte wieder etwas Farbe zurück, und Olivia genoss es, wieder einmal auf einem Schiff zu sein. Tyndall erklärte, sie alle sähen noch genauso jung aus wie damals, als sie zum ersten Mal nach Cossack segelten, und wenn Olivia ihn so ansah, wie ihm der Wind durch die Haare fuhr und er mit geradem Rücken und festen Beinen an Deck stand, und wenn sie beobachtete, mit welcher Umsicht seine langen braunen Finger das Ruder führten, dann musste sie ihm Recht geben. Und wenn Tyndall seine geliebte Olivia ansah, entdeckte er an ihr immer noch jenes trotzige Kinn, die strahlenden Augen und die weichen Rundungen ihres Körpers, die er so liebte, ihre inzwischen grau melierten Haare fielen ihr in einem dicken, lockeren Zopf auf den Rücken. Olivia bewegte sich auf dem Schiff etwas vorsichtiger als früher, aber auch sie besaß immer noch eine straffe Haltung von ungebrochener Grazie.

»Was seid ihr doch für ein prächtiges Paar«, sagte Maya.

»Da stimme ich dir zu«, erwiderte Tyndall. »Der einzige alte Knacker in der Mannschaft ist Ahmed da drüben.«

Ahmed, der nun leicht gebückt ging und ein ganz verschrumpeltes Gesicht hatte, in dem die schwarzen Augen aber immer noch fröhlich blitzten, zog den Mund zu einem zahnlückigen, nikotinfleckigen Grinsen auseinander und winkte mit seiner Zigarette. »Da haben Sie Recht, Tuan. Ahmed ist jetzt alter Knacker.« Doch seine sicheren Bewegungen auf dem Schiff und sein flinkes Hantieren in der kleinen Kombüse straften Tyndalls Neckereien Lügen.

Sie gingen vor Anker, und wie erwartet hatten sich zu ihrer Begrüßung bereits etliche Mitglieder des schwarzen Stamms eingefunden. Sie waren nun nicht mehr so zahlreich und zogen weniger herum wie in alten Tagen, manche hatten sich in der Küstenmission angesiedelt. Daher wurde die Ankunft des Schoners voller Aufregung begrüßt, sie bedeutete eine willkommene Abwechslung und ein erfreuliches Wiedersehen.

Alle redeten durcheinander, während am Strand die Begrüßungen ausgetauscht wurden. Dann gingen sie auf dem ausgetretenen Pfad über die Dünen zum Lager.

Olivia verstummte und nahm das allgemeine Geplauder nur noch als Hintergrundgeräusch wahr. Sie fühlte sich wieder in die Zeit zurückversetzt, als sie verängstigt, erschöpft und schwanger zum ersten Mal hier gelandet war. Dieser Ort mit seinen Bewohnern hätte damals genauso gut ein fremder Planet sein können. Jetzt kannte sie fast jeden der Aborigines, und die Frauen erzählten sich immer noch die Geschichte von ihrer Ankunft und der Geburt des kleinen James. Diese Ereignisse waren in ihre Erzähltradition eingegangen. Was hätte ihr nicht alles zustoßen können, wenn sich diese Menschen nicht so freundlich um sie gekümmert hätten? Das verdankte sie Tyndall. Später hatte sie herausgefunden, dass diese Leute mit Minnie und Niah verwandt waren. Inzwischen besaß sie ein tieferes Verständnis für solche verschlungenen Verwandtschaftsbeziehungen. Maya hatte ihre Identität verloren und sie hier wieder entdeckt. Olivia hatte geholfen, Maya zur Welt zu bringen, und immer schon eine große Nähe zu ihr gespürt, als sie noch gar nicht wusste, dass sie die Mutter ihrer Enkelin werden würde. Kurz flog sie ein Gefühl des Bedauerns an, weil Hamish im Krieg hatte sterben müssen und seine Tochter Georgie nichts von diesen besonderen Menschen wissen wollte, doch Olivia schob diese Gefühle von sich und widmete ihre Aufmerksamkeit wieder den Gesprächen ringsum.

Als sie später am Lagerfeuer saßen und das Fladenbrot und den Sirup herumreichten, blickte Tyndall zu Olivia hinüber. Liebe und Stolz überfluteten ihn, als er sah, wie ungezwungen sie mit diesen Leuten umging, mit denen sie eine aufrichtige Zuneigung verband. Sie war so entspannt und anmutig, als säße sie beim Gespräch in einem vornehmen Salon. Wie wunderbar war es doch gewesen, diese letzten vierzehn Jahre mit ihr zu teilen. Leise lächelnd erinnerte er sich an den Moment, als er sie zum ersten Mal sah: allein, aber herausfordernd einen Revolver schwenkend, so stark und doch so verletzlich. Was für eine unglaubliche Reise ihr Lebensweg gewesen war! Trotz aller Tragödien gab es weder in ihrem Gesicht noch in ihrem Herzen eine Spur von Bitterkeit oder Härte. Er hatte sie vom ersten Augenblick an geliebt, die Stärke seiner Gefühle hatte nie nachgelassen. Niah war ein besonderes, kurzes Licht in seinem Leben gewesen, das, wenn er ehrlich war, den für Olivia reservierten Platz einmal ausgefüllt hatte. Er hoffte inständig, dass er Olivia in diesen vierzehn Jahren genauso glücklich gemacht hatte wie sie ihn.

Als ob sie seine Gedanken spürte, blickte sie zu ihm herüber, und sie tauschten ein liebevolles Lächeln aus.

Ahmed fing den kurzen Blick zwischen ihnen auf, und ihm wurde warm ums Herz. Tyndall war seine Familie, und er hatte stumm mit angesehen, wie traurig Tyndall und Olivia ihren Weg entlangstolperten, als sie noch getrennt waren. Er hatte gewusst, dass die Kraft, die sie zueinander hinzog, so stark war wie die Kraft, mit der der Mond die Gezeiten lenkte, und hatte gebetet, dass das Schicksal sie zusammenführen würde.

Auch Maya spürte bewegt die Gefühle der Liebe und Freundschaft, die sie alle verbanden. Wie sehr wünschte sie sich, Georgiana wäre hier, um dieses Erlebnis mit ihnen zu teilen. Doch Maya hatte inzwischen akzeptiert, dass ihre Tochter nicht zu ihnen gehörte, dass sie sich für einen anderen Lebensweg entschieden hatte – ihr Unabhängigkeitssinn würde dafür sorgen, dass sie nicht unterging und alles erreichte, was sie sich vornahm. Maya empfand im Kreis ihrer Sippe einen tiefen inneren Frieden, umso mehr, als sie dies alles gemeinsam mit Olivia und Tyndall erlebte. Sie war sich ihrer Identität nun sicher und der Zusammenhänge bewusst, in denen sie aufgehoben war. Auch wenn sie sich nicht mehr an alles erinnerte, hatten sich die Jahre der Kindheit in ihre Seele eingeprägt und stärkten ihr spirituelles Zugehörigkeitsgefühl. Die Weisheit, die diese Frauen an sie weitergaben, so wie sie sie über Generationen untereinander weitergegeben hatten, verlieh Maya Kraft und Zuversicht.

An diesem Abend versammelten sich wieder alle rund um das große Feuer, aßen, sangen und erzählten Geschichten. Es war ein kostbarer Augenblick, der in der Erinnerung aller weiterleuchten würde wie ein Juwel.

Die Selbstzufriedenheit, die während der ersten Kriegszeiten in Australien geherrscht hatte, wurde durch die Bombardierung von Pearl Harbor erschüttert. Die Druckwellen breiteten sich bis zu den Ufern der Stadt aus, die in der nordwestlichsten Ecke von Australiens Küsten in der Sonne döste.

»Das ist unfassbar. Ich muss immer an Yoshi und Taki

und ihre Familien denken und an die wunderbaren Zeiten, die wir miteinander erlebt haben«, sagte Olivia mit Tränen in den Augen.

»Verdammt heikle Lage für unsere Japaner hier. Ich schau mal ins Conti runter, was los ist.«

Olivia sah Tyndall liebevoll an. »Im Conti wird's turbulenter zugehen als im Kriegskabinett.«

Der Friedensrichter wusste, wo die wichtigsten Leute der Stadt zu finden waren, und trat mit düsterer Miene ins Conti. Im selben Moment wie Tyndall gesellte er sich zu der Gruppe auf der Veranda. »Üble Sache. Habe gerade Nachricht erhalten, wir müssen alle Japaner zusammentrommeln.«

»Unsere Japaner? Die Hälfte von ihnen ist immer noch draußen auf See, auf den Loggern.«

»Könnten aber auch schon auf halbem Weg nach Japan sein«, witzelte einer der Männer, der aber schnell verstummte, als er seinen Ausrutscher bemerkte.

»Was sollen Sie denn mit denen machen? Sie zurückschicken? Ich glaube nicht, dass sie von hier wegwollen«, sagte Tyndall.

»Ich muss sie inhaftieren.« Der Friedensrichter seufzte. »Kommt mir verdammt albern vor. Ich bezweifle, dass die Burschen eine Bedrohung für das Land darstellen. Außerdem haben wir im Gefängnis nicht genug Platz.«

»Wer wird es ihnen sagen?«, fragte Tyndall leise.

Der Friedensrichter heftete seinen Blick fest auf Tyndall, den ältesten und angesehensten der Perlenunternehmer. »Ich hatte gehofft, Sie würden das übernehmen.«

Tyndall kleidete sich mit großer Sorgfalt in seine weiße Uniform, knöpfte den Kragen zu, band die Schnürsenkel seiner frisch geweißten Schuhe zu, setzte sich seine Kapitänsmütze auf und begab sich schweren Herzens zum Kai, wo der

Polizeisergeant schon auf ihn wartete. Der Friedensrichter hatte verfügt, dass sich alle Bürger japanischer Nationalität dort einzufinden hätten.

Am Ufer standen an die hundertfünfzig Männer.

»Guten Tag, Sergeant MacIntyre. Wie ist das weitere Vorgehen hier geplant?«

»Mir wurde gesagt, der Friedensrichter hätte Sie mit der Sache beauftragt. Wenn Sie nun die Ankündigung machen wollen?«

Tyndall nickte und ging langsam auf die Gruppe zu. Der Sohn Takahashis, der zum Sprecher gewählt worden war, löste sich aus der Menge und kam ihm entgegen.

Tyndall nahm seine Mütze ab und klemmte sie unter den Arm. »Guten Tag, Takahashi San. Sie haben die Nachrichten gehört, nicht wahr?«

»Ja, Kapitän. Gefällt uns nicht. Nicht gut für niemand.«

Tyndall blickte in die Runde, in ernste, betroffene Gesichter, die ihn nicht aus den Augen ließen.

»Was machen wir jetzt, Kapitän?«

Tyndall holte tief Luft und erklärte langsam, wie sich die Situation der australischen Regierung darstellte: dass die Japaner nun als feindliche Ausländer gälten, zu verhaften seien und im Gefängnis und in Internierungslagern auf das Ende des Krieges zu warten hätten.

Es entstand ein leises Gemurmel, doch niemand regte sich. Tyndall sah in die Gesichter der Männer, die er seit so vielen Jahren kannte. Auch sie waren denselben Träumen nachgejagt, hatten gegen dieselben Gefahren des Meeres gekämpft, über und unter Wasser, hatten ihr Glück gefeiert und ihre traditionellen Feste. Sie gehörten genauso wie alle anderen zur verschworenen Gemeinschaft der Bewohner von Broome.

Takahashi verbeugte sich vor Tyndall. »Wir verstehen, Kapitän. Sagen Sie dem Friedensrichter und dem Sergeant, dass wir hingehen, wo er uns hinschickt.« Dann richtete er sich auf und lächelte schmerzlich. »Leider. Im Moment gute Muscheln draußen.«

Das Gefängnis und das benachbarte Grundstück quollen über vor japanischen Tauchern, Matrosen, Arbeitern und Geschäftsleuten – manche waren mit ihren Familien gekommen, mit ihren Kindern, die alle in Australien geboren waren. In der schwülen, brütenden Sommerhitze herrschten in dem kleinen Gefängnis fürchterliche Bedingungen. Wer nicht mehr hineinpasste, wurde in dürftigen Behelfsbaracken neben dem improvisierten Lager untergebracht, das die Japaner selbst errichten halfen.

Die anderen Stadtbewohner taten sich zusammen, und die Frauen arbeiteten Dienstpläne aus, nach denen sie zu Hause gekochte Mahlzeiten und kleine Gebrauchsgegenstände ins Gefängnis brachten, um den Japanern den Aufenthalt dort etwas angenehmer zu machen.

Im vollen Amtsornat inklusive Federhut hielt der Friedensrichter eine Ansprache an die versammelten ›Gefangenen‹ und nahm zerknirscht ihre Geduld und Toleranz zur Kenntnis. Er gestattete regelmäßige Einkaufsgänge in die Stadt und versicherte ihnen, man würde so gut wie möglich für sie sorgen, bis sie in die Internierungslager verlegt würden.

Als die Logger zurückkehrten, wurden einige Gruppen von Männern aus dem Gefängnis beurlaubt, um die Schiffe auf den Strand zu ziehen und für die Regenzeit vertäuen zu helfen.

Ahmed schüttelte bestürzt den Kopf, als er mit Tyndall auf dem kleinen Steg bei den Muschelschuppen saß. »Tuan, ich glaube, Broome geht schlafen, bis Krieg vorbei.«

Zu den Kriegssorgen kam für Tyndall und Olivia noch die Sorge um Maya, die an einer Grippe erkrankt war. Olivia pflegte sie, der Arzt machte täglich einen Hausbesuch. Tyndall saß neben ihrem Bett; Mayas Atemschwierigkeiten, ihr hartnäckiger Husten und ihr offensichtliches Unbehagen machten ihm sehr zu schaffen.

»Gibt es nicht noch etwas, was man für sie tun könnte?«, fragte er Dr. Haynes.

»Sie spricht nicht gut auf die Medikamente an. Ich glaube, wir sollten sie für einige Untersuchungen ins Krankenhaus bringen«, schlug der Arzt vor.

Maya lag im Krankenhausbett und starrte hinaus auf das üppige grüne Laub. Sie hatte das Gefühl, ein großer Felsbrocken würde ihr die Brust zerquetschen, jedes Atemholen schmerzte, und ihre Kräfte schienen jeden Moment weiter zu schwinden. Dr. Haynes kam herein, und sie wandte ihr Gesicht zur Tür. Ein Blick in sein Gesicht genügte – sie schloss kurz die Augen und wusste, dass es um sie nicht schlimmer hätte stehen können. Als sie die Augen wieder öffnete, lächelte ihm Maya tröstlich zu. »Kopf hoch, Dr. Haynes.«

»Ich sollte Sie aufmuntern und nicht umgekehrt.«

»Ich glaube nicht, dass Sie eine gute Nachricht für mich haben.« Das war eine ruhige Feststellung, keine Frage.

»Nein, Maya. Wir haben die Ergebnisse der Röntgenaufnahme von Ihrer Lunge. Sie haben Tuberkulose.« Er nahm ihre Hand und fuhr fort. »Das heißt: sorgfältige Pflege, gutes Essen und viel Ruhe.«

»Ich muss nicht weg von hier?«

»Nicht im Moment. Die Grippe verursacht zusätzliche Komplikationen. Wir müssen einfach einen Tag nach dem anderen abwarten. Am besten bleiben Sie hier.«

Für Tyndall und Olivia war die Nachricht niederschmetternd. »Wäre ein Sanatorium nicht besser für sie? Obwohl ich es nicht ertragen könnte, wenn sie weit weg von uns wäre«, sagte Tyndall.

»Sie ist viel zu krank, John.«

Sie verbrachten jede verfügbare Minute an ihrem Bett,

doch trotz der Pflege schien Maya vor ihren Augen dahinzuschwinden, Tag für Tag. Schließlich flüsterte sie, sie wolle nach Hause gebracht werden.

In ihrem eigenen Zimmer schien Maya viel gücklicher, doch mit ihrer Gesundheit ging es weiter bergab. Olivia schlug vor, Georgie ein Telegramm zu schicken.

Eines Abends setzte sich Olivia zu Maya, die in ihrem Abendessen nur herumgestochert hatte, ins Zimmer. Maya schlug die Augen auf und sah Olivia mit einer Stickerei beschäftigt neben ihrem Bett sitzen. »Olivia …?«

Olivia legte die Nadel aus der Hand. »Ja, Kleines?«

Maya hob ihre dünnen Arme und zog sich die Kette mit dem Muschelanhänger über den Kopf. Die Anstrengung ermüdete sie, Olivia beugte sich über sie und strich ihr über die Wange. »Was ist denn, Maya, Liebes?«

Maya redete leise, aber entschlossen. »Ich möchte, dass du das nimmst. Pass gut darauf auf. Gib es an Georgie weiter.« Maya drückte ihr den Anhänger mit der Kette in die Hand.

»Pass gut darauf auf, Olivia«, wiederholte Maya.

Olivia wollte protestieren und Maya drängen, den Anhänger doch zu behalten, aber ihr wurde klar, dass Maya diese Geste viel bedeutete. »Ich werde den Anhänger an meiner Perlenkette befestigen.« Sie strich behutsam über die Muschel mit dem eingeritzten Muster. »›Tränen des Mondes‹ hat Minnie die Perlen genannt … klingt traurig, aber sehr schön.«

Maya lächelte leise. »Ich denke immer, es sind Freudentränen. Perlen sind so schön und etwas ganz Besonderes. Für unser Volk haben sie eine große Symbolkraft …« Die Stimme versagte ihr, und sie schloss die Augen.

Später zeigte Olivia den Anhänger ihrem Mann. »Sie möchte, dass ich ihn an Georgie weitergebe …«

»Das scheint ja eine sehr endgültige Geste. Hat Georgie sich gemeldet?«, fragte Tyndall.

»Nein. Anscheinend ist sie umgezogen, ohne eine Adresse zu hinterlassen.«

Bald bekam Maya auch noch eine Lungenentzündung. Tyndall saß neben ihr, hielt ihre zarte kleine Hand, erzählte ihr Geschichten aus alten Tagen, auch wenn sie nichts davon aufnahm und schon in eine Welt davonzutreiben schien, in der ihr röchelnder Atem, ihre rasselnden Lungen und ihr Husten den Ton angaben.

Die Entscheidung, ob man sie ins Krankenhaus verlegen sollte oder nicht, war schwierig. Doch in kurzen Momenten klaren Bewusstseins schüttelte Maya den Kopf, deutete auf die Aussicht, den Blick auf die Bucht, und gab damit zu verstehen, dass sie zu bleiben wünschte.

»Wir könnten im Krankenhaus auch nicht viel mehr für sie tun«, sagte Dr. Haynes. »Wenn sie hier bleiben möchte, halte ich es für das Beste. Aber rufen Sie mich, sobald eine Verschlimmerung eintritt. Wir werden alles tun, was wir können.«

Es war ein heller, sonniger Morgen, und eine leise, feuchte Brise wehte aus der Bucht in Mayas Zimmer. Tyndall nahm seinen Tee und seinen Toast mit ans Krankenbett, um bei Maya zu frühstücken.

Olivia stand auf der Veranda, in Gedanken an die Vergangenheit verloren. Die Zeiten, als das Leben hell, fröhlich und voller Hoffnung war, hatten sich wie in Dunst aufgelöst. Der Krieg kam näher, schien aber immer noch weit weg, weit jedenfalls von dem kleinen Kampf, den Maya kämpfte.

Seufzend drehte sie sich um und ging in Mayas Zimmer.

Tyndall saß auf dem Bett, strich seiner Tochter zärtlich über die Haare und murmelte leise vor sich hin, während er sie in seinen Armen wiegte. Mit schmerzerfüllten Augen blickte er Olivia an. »Sie ist von uns gegangen, Olivia. Mein kleines Mädchen … hat sich einfach davongestohlen.«

Mit dem Fall Singapurs stand der Krieg auch vor der Schwelle Australiens. Im Hafen war viel Betrieb, weil die Logger von der Marine angefordert wurden, man munkelte, dass weiße Familien evakuiert werden sollten.

Dann kam die Anordnung, die Japaner sollten nach Süden in ein Internierungslager verschifft werden.

Alle versammelten sich am Kai wie zu einem lockeren Treffen, zwischen den Japanern, ihren Familien und den anderen Bewohnern von Broome herrschte ein reges Hin und Her. Olivia und Tyndall gesellten sich bei der Abfahrt zu den Mettas und halfen Päckchen mit selbst gebackenen Plätzchen und kleine Erinnerungen an die Männer zu verteilen, die im Leben von Broome eine so entscheidende Rolle gespielt hatten. Als das Schiff in See stach, hingen die Japaner über der Reling und winkten aus Leibeskräften der zurückwinkenden Menge zu, auf beiden Seiten flossen viele Tränen.

Tyndall sprach im Gebäude der Zollbehörde vor, wo der Offizier, der die Marineeinheit kommandierte, seinen Stützpunkt aufgeschlagen hatte. Tyndall stand in seiner schmucken weißen Uniform vor dem jungen Offizier. »Ich wollte nur meine Dienste anbieten, vielleicht bei einer Küstenpatrouille. Ich kenne diese Gewässer sehr gut.«

Der Leutnant musterte den hoch gewachsenen, braun gebrannten älteren Mann. »Wir wissen Ihr Angebot zu schätzen, Kapitän Tyndall, aber ich glaube, die Marine hat die Sache im Griff. Sollte sich jedoch etwas ergeben, wobei uns Ihre Erfahrung nützlich werden kann …« Der Offizier blieb abweisend, bei aller Höflichkeit.

Doch Tyndall ließ sich nicht so schnell abwimmeln. Am

folgenden Abend, als er spät aus der Logger-Bar heimkehrte, machte er ein äußerst zufriedenes Gesicht.

»Ich habe einen Auftrag ... werde mich ein bisschen im Busch rumtreiben. Einen Trupp Krieger ausbilden.«

»Krieger! Was meinst du damit?« Es gelang Olivia nicht zu verbergen, wie sehr sie sich über Tyndall amüsierte.

»Sergeant MacIntyre und ein Kerl, der für die so genannten ›Eingeborenenangelegenheiten‹ zuständig ist, haben einen Plan entwickelt, der uns retten soll, wenn die Japaner auf unserem Küstenstreifen landen.«

»Nur weiter.« Olivia blieb zurückhaltend.

»Also, die Aborigines sollen für die Überwachung der Küste und den Kampf mit dem Feind ausgebildet werden.«

Er begann sich auszukleiden, und Olivia setzte sich im Bett auf. »Glaubt man ernsthaft an die Möglichkeit einer Invasion?«

»Die Regierung rechnet durchaus damit. Sie sind nicht so weit nördlich von uns, Olivia. Und wie sollen wir unsere ganze unbewohnte Küste schützen? Man kann sie nicht ausreichend überwachen. Deshalb ist irgendein kluger Beamter auf die Idee gekommen, dass wir die Aborigines ausbilden könnten. Nur die Spitzenkrieger. Sie haben bereits zwei Dutzend handverlesene Männer aus dieser Gegend rekrutiert. Ich soll ihnen den Umgang mit dem Gewehr beibringen, Nahkampftechnik und so weiter. Obwohl sie das besser beherrschen als wir selbst. Im Grunde sollen wir die Stämme vor allem über die Lage informieren, damit die Japaner, falls sie wirklich an Land kommen, aufgespürt und angegriffen werden können.«

»Und sind die Aborigines dazu bereit?«

»Die Leute von der Blue Mud Bay ganz oben in Arnhem-Land machen schon mit. Die hohen Tiere vom Militär sind jedenfalls der Meinung, dass wir an der Nordwestküste auch so etwas aufziehen sollten.« Tyndall ließ sich in die Kissen fallen und verschränkte die Arme unter dem Kopf.

»Die kennen den Busch in- und auswendig, verstehen, mit Speeren umzugehen, können in der Nacht wie ein Schatten aus dem Nichts auftauchen, ohne das leiseste Geräusch. Mit den richtigen Waffen werden wir eins a Soldaten aus ihnen machen.«

Olivia hatte das erstickende Gefühl, die Wände würden gleich über ihr zusammenstürzen. Warum ließen sich Männer vom Krieg so begeistern? Hatten sie aus dem letzten tödlichen Fiasko nichts gelernt?

Sie drehte sich auf die Seite, und Tyndall, der ihre Trauer spürte, nahm sie in die Arme. »Mach dir keine Sorgen, wahrscheinlich wird gar nichts passieren. Wir müssen nur vorbereitet sein, weiter nichts.«

Fünfundzwanzigstes Kapitel

Tyndall und Olivia standen in dem schmalen Korridor vor ihren jeweiligen Büros. »Zwei kleine Räume in der Stadt und ein paar windschiefe Schuppen unten im Ufercamp, mehr ist uns von der *Star of the Sea* nicht geblieben. Dafür, dass es seinerzeit ein blühendes Unternehmen war, haben wir nicht mehr viel vorzuweisen, was?«, bemerkte Tyndall. Der Anflug von Bitterkeit in seiner Stimme war unüberhörbar.

»John, wir haben sehr viel vorzuweisen, und das weißt du auch. Denk an unsere Freunde, an die Abenteuer, an das Geld, das wir verdient – und verloren haben. Gib's zu, du hättest es nicht anders machen wollen.«

»Einige Dinge würde ich schon anders machen«, widersprach er traurig und nahm Olivias Hand.

»Wir können die Uhr nicht zurückdrehen, Liebling.« Olivia quetschte sich neben ihn, als sie das enge Treppenhaus hinuntergingen. »Vielleicht wäre es Zeit, dass wir all dem hier den Rücken kehren. In mein Haus nach Perth ziehen.«

»Ich bin kein Gärtner«, blaffte er nur.

»Schön, aber du könntest planen, was du nach dem Krieg unternehmen willst. Das Zuchtperlenprojekt wieder ankurbeln.« Sie traten auf die Straße hinaus, wo Ahmed auf sie wartete. Die drei schauten zum Fenster hoch, wo sie das Schild mit der Aufschrift *STAR OF THE SEA PEARL COMPANY* nur noch mühsam entziffern konnten, so ausgeblichen war es.

»Am liebsten würde ich den ganzen Schrott hier anzünden«, sagte Tyndall.

»Keine Logger, nur noch der Schoner, keine Arbeit, kein Glück. Was wir machen jetzt, Tuan?«

»Gehen wir nach Hause und halten ein Totenmahl für die *Star of the Sea*«, sagte Olivia. »Mollies Enkelin kann ein herrliches Curry kochen. Mabel und Toby laden wir auch noch ein.«

Ahmed freute sich über die Idee, auch Tyndall sah etwas besänftigt aus.

Sie fuhren zum Haus der Mettas, und als sie bei der Veranda ankamen, eilte Mabel auch schon heraus. Verzweiflung stand ihr ins Gesicht geschrieben. »Ach, ihr Lieben, ist es nicht furchtbar? Was wird noch aus uns allen werden ...«

»Mabel, was ist denn passiert?«

Sie tupfte sich das Gesicht mit einem Zipfel ihres Saris ab. »Habt ihr es noch gar nicht gehört, es kam im Radio ... Darwin ... ist bombardiert worden!«

»Mein Gott! Wie schlimm?«, stieß Olivia hervor.

Tyndall erstarrte. »Olivia, lassen wir das Essen. Ich sehe lieber nach, was sich da zusammenbraut. Wir könnten die Nächsten sein.«

»Broome zu weit für Flugzeuge von Japaner, Tuan«, sagte Ahmed, sah aber dennoch beunruhigt aus.

»Komm doch rein, Olivia. John, Toby ist schon im Conti.«

Ahmed trottete neben Tyndall durch den Garten, Tyndall rief den Frauen über die Schulter zu: »Ich gehe erst zum Amtssitz, dann ins Conti.«

Später, als sie alle in der Logger-Bar zusammenhockten, wo die Gespräche wie ein Bienenschwarm durcheinander summten, unterrichtete Tyndall seinen Freund Toby von den neuesten Plänen der Regierung. »Die weißen Familien hier sollen evakuiert werden. Die Perlenunternehmer müssen zusammenlegen und ihre malaiischen und asiatischen Seeleute auszahlen. Die Aborigines, die in der Stadt leben, gehen zusammen mit den Schwestern des Johanneskonvents in die Missionsstation nach Beagle Bay.«

»Was wird aus Ahmed?«, fragte Toby. »Wo ist sein Zuhause?«

»Bei mir«, sagte Tyndall. »Er kann bei uns in die Hinterzimmer einziehen.«

Die Regierung befürchtete eine Invasion und kaufte alle Logger auf, die, die nicht mehr als seetüchtig befunden wurden, wurden zerstört. Der Flughafen war weiter ausgebaut worden und diente jetzt schon als Auftankstation für die Maschinen der australischen Luftwaffe, die Kurs auf Niederländisch-Indien, das spätere Indonesien, nahmen.

Ende Februar 1941 war von Broome nicht mehr übrig geblieben als seine leere äußere Hülle.

Als die Mettas ankündigten, dass sie Broome verlassen und nach Perth übersiedeln würden, wurde Olivia schwer ums Herz. Toby setzte ein tapferes Gesicht auf, doch sein stämmiger Körper zitterte, während er Olivia umarmte und mit einem Sturm von Gefühlen kämpfte. Mabel schien weniger gefasst, und als Olivia ihre liebe Freundin aus Ceylon umarmte, spürte sie, wie schmal Mabel geworden war. Sie schien in ihrem düsteren dunkelbraunen Sari regelrecht unterzugehen, graue Strähnen durchzogen ihre langen Haare, die sie in einem Nackenknoten trug, doch ihr Lächeln war so hinreißend wie eh und je.

»Wartet nicht zu lange und kommt bald nach«, flehte Mabel. »Sorg dafür, dass sich John von hier losreißt. Das seid ihr uns einfach schuldig.«

Mehrere staatliche Schiffe hatten bereits zahlreiche Familien evakuiert, dieses Schiff würde das letzte sein. Einige Leute wollten Broome mit dem Flugzeug verlassen.

»Erster Klasse reisen wir nicht gerade, wir sind alle auf dem Schiff zusammengepfercht, und es ist fürchterlich heiß, aber damit müssen wir uns eben abfinden«, seufzte Mabel.

Viele Männer blieben, weil sie in Broome vielleicht noch gebraucht wurden, und Olivia brach fast das Herz, als sie zusah, wie sie ihren Frauen und Kindern zum Abschied zuwinkten. Als das Schiff auslief, brach Olivia an Tyndalls Brust wieder in Tränen aus. »Ich habe das Gefühl, ich werde sie nie wieder sehen.«

»Unsinn. Du kannst jederzeit nach Perth zurück. Du hast ja immer noch dein Haus dort. Du brauchst nur ein Wort zu sagen.«

»Ich werde dich oder Broome nicht verlassen.«

»Dann wisch deine Tränen ab. Du hast deinen Entschluss gefasst, mein Schatz.«

Die Straßen von Broome waren still, die Gebäude standen leer, Sheba Lane lag verlassen da. Und während die Evakuierungsschiffe Kurs auf die offene See nahmen, verschwanden die verlassenen Männer in die Pubs, um sich sinnlos voll laufen zu lassen.

Als die Japaner über die Philippinen und Niederländisch-Indien immer weiter nach Süden vorstießen, fiel Broome plötzlich die Rolle einer Durchgangszentrale für Flüchtlingsfamilien zu. Alliierte, Zivilisten mit ihren Familien, amerikanisches Militärpersonal von den Philippinen und verzweifelte holländische Familien aus Niederländisch-Indien wurden über Broome nach Australien evakuiert, zum größten Teil auf dem Luftweg.

Das Krankenhaus wurde in ein medizinisches Versorgungszentrum umgewandelt, Olivia arbeitete unermüdlich in der Flüchtlingshilfe. Es gab nur noch wenige Frauen in der Stadt, eine Krankenschwester, die Telefonistin in der Fernvermittlungsstelle und einige Schwestern im Johanneskonvent. Die Hotels waren überfüllt, alle dagebliebenen Familien öffneten ihre Häuser, um die Tausende von Flüchtlingen, die durch Broome geschleust wurden, unterzubringen.

Auch Tyndall half nach Kräften unten im Hafen mit, wo

man nur schlecht für die Flugboote eingerichtet war. Wegen der starken Flut mussten viele Flugboote eine Meile vor der Küste zu Wasser gehen. Bis zum Anleger war es ein langer Marsch durch den Schlick, von dort aus noch ein ganzes Stück bis zum Ufer. Viele der älteren Leute und Mütter mit Kindern blieben lieber an Bord der Flugboote, obwohl dort eine drangvolle Enge herrschte. Ahmed arbeitete Seite an Seite mit Tyndall, half die Flugboote ankern und schaffte auf einem ausgedienten Logger Treibstoff heran.

»Der Flughafen ist in einem schlimmen Zustand. Diese *Flying Fortresses* und *Liberators* sind so riesig, dass die Bahn nach jeder Landung ausgebessert werden muss.«

»Alle Malaien und Kupanger sind draußen und helfen Schäden beheben«, sagte Ahmed. »Schütten Kies auf. Harte Arbeit für die Jungs, müssen draußen am Flughafen wohnen.«

»Diese Piloten müssen ja völlig erschöpft sein, tanken bloß auf und dann geht's gleich wieder zurück, noch eine Ladung Flüchtlinge holen. Ich hab gehört, heute sind über fünfzig Flugzeuge gelandet. Die armen Leute. Klingt schrecklich, was da oben im Osten passiert«, sagte Olivia. »Die werden noch in letzter Minute rausgeholt, während die Japaner schon im Anzug sind.«

Am Abend rief Tyndall nach Olivia und bat sie, sich zu ihm auf die Veranda zu setzen. Doch statt des friedlichen Sonnenuntergangs, den sie sonst immer genossen, bot sich ihnen in der Bucht ein Anblick geschäftigen Treibens. Zwei Dornier-Flugboote der niederländischen Marine glitten herab und schlitterten bei der Landung wie riesige silberne Meeresvögel übers Wasser.

Nach dem Abendessen kehrten Tyndall und Olivia auf die Veranda zurück. Die Regenzeit war fast vorüber, ein weich schimmernder Dunstring lag um den Mond. Das ruhige Wasser war mit *Qantas-Catalinas-* und *Short-Sunderland*-Flugbooten gesprenkelt. »Sie sehen aus wie große

Vögel, die da draußen in der Bucht schaukeln«, sagte Olivia. »So friedlich.«

»Das scheint nur so. Aber da unten ist immer noch viel los. Die Boote müssen mit der Flut auslaufen. Das ist nicht so einfach.«

»Was wird noch aus uns werden, John?«, flüsterte Olivia.

»Wer weiß? Wir können nur, wie immer, unser Bestes tun. Willst du fort von Broome? Vielleicht solltest du doch lieber gehen. Vielleicht sollten wir beide gehen.«

»Möchtest du denn?«

»Nein. Ein Kapitän verlässt niemals sein Schiff. Mach dir keine Sorgen, mein Schatz.« Er küsste sie auf den Scheitel.

»Ich bleibe bei dir, Kapitän.« Olivia fühlte sich getröstet, als Tyndall seinen Arm um sie legte.

Als zwei Tage später der Leichter *Nickol Bay*, beladen mit Fässern voll Flugbenzin, quer durch die Bucht auf eines der drei ankernden Flugboote zupflügte, unterbrachen Tyndall und Ahmed ihre Arbeit in der Nähe des Piers und blickten hoch. Ein fernes Brummen hoch über ihren Köpfen nahm die Gestalt eines kleinen Flugzeugs an, das in trägem Bogen in die Bucht einschwenkte, einige Male über ihnen kreiste und dann wieder in Richtung Nordwesten abzog.

Tyndall lief eilig zu einem Ingenieur, der in ihrer Nähe arbeitete und ebenfalls zum Himmel starrte. »Was halten Sie davon?«, fragte Tyndall.

»Ein japanisches Aufklärungsflugzeug, glaube ich.«

»Das gefällt mir ganz und gar nicht. Das Militär ist der Meinung, wir lägen außer Reichweite der japanischen Flugzeuge, aber bei der Geschwindigkeit, mit der sie ihre Stützpunkte in unsere Richtung verlegen, glaube ich nicht mehr daran.«

»Gut, dass nur wenige Flugboote hier sind.«

»Heute Abend werden es mehr sein. Die liegen dann da

wie auf einem Serviertablett – verdammt leichte Beute«, murmelte Tyndall beklommen.

»Siehst du, ich wusste ja, dass noch mehr kommen würden«, erklärte Tyndall am nächsten Morgen, als er mit seiner Teetasse auf der Veranda stand. »Sechzehn Flugboote sind da draußen.«

»Wie es aussieht, alles Holländer«, sagte Olivia, die sich neben ihn stellte.

»Ich gehe lieber mal runter und helfe beim Auftanken, die sollten machen, dass sie wegkommen, sobald der Wasserstand stimmt.« Er küsste Olivia und reichte ihr seine leere Tasse. »Bis später, Liebling.«

Während die Flugboote aufgetankt wurden, feierten einige der Besatzungsmitglieder in der Bar des Conti, dass sie die letzte Ladung Flüchtlinge glücklich in Sicherheit gebracht hatten. Die meisten der holländischen Frauen und Kinder warteten in den Flugbooten. Auf dem Flughafen bereitete sich das erste von einem halben Dutzend Transportflugzeugen auf den Start vor. Im Morgengrauen war ein *Liberator* mit Verwundeten aus Jogjakarta gelandet, der als Erster wieder starten durfte.

Olivia hatte sich spontan entschlossen, zum Kai hinunterzugehen und den Start der Maschine zu verfolgen. Sie schloss sich dem Grüppchen noch vorhandener Stadtbewohner an, eine Schar von Frauen und Kindern wartete auf eine Barkasse, die sie zu ihrem Flugboot bringen sollte.

Im Conti sahen die Mannschaften auf die Uhr und kippten den Rest ihrer Drinks herunter. Es war ein strahlender, klarer Vormittag gegen 9.30 Uhr.

Aus dem Norden kam Flugzeuggebrumm, auf das niemand achtete, bis ein paar Sekunden später am Himmel neun silberne Punkte auftauchten, die sich in raschem Sturzflug über die Roebuck Bay senkten.

Olivia blickte hoch und kreischte auf, als sie die tödlichen kleinen *Zeros* mit der grellroten Scheibe der aufgehenden Sonne auf dem Flugzeugrumpf erkannte. Starr vor Entsetzen sah sie zu, wie die Flugzeuge mit präziser Genauigkeit ihren Überraschungsangriff flogen.

Als die Maschinengewehre losratterten, rannten die Männer aus dem Conti und mussten hilflos mit ansehen, wie ein Flugboot nach dem anderen getroffen wurde und in Flammen aufging.

Olivias erster Gedanke war es, sich flach auf den Boden zu werfen und sich die Hände über die Ohren zu pressen, damit sie die Schreie der Frauen und Kinder in den sinkenden, brennenden Booten nicht hören musste.

Die *Zeros* wendeten zu einem weiteren Angriff, und ihre Leuchtspurgeschosse schlugen in andere Boote und Flugzeuge ein, die der ersten Attacke entgangen waren.

Plötzlich kam Leben in die Anwesenden, die sehen mussten, wie sich schwarze Rauchwolken über das klare Wasser der Bucht wälzten.

»John!«, schrie Olivia auf und begann, auf der Suche nach ihm und Ahmed den langen Kai entlangzurennen.

Der Kapitän des Leichters legte ab, und seine Mannschaft begann in verzweifelter Aufregung, Überlebende aus dem Wasser zu fischen. Manche Frauen und Kinder, die nicht im Bauch der Flugboote eingeschlossen gewesen waren, waren ins Wasser gesprungen, nur wenige konnten schwimmen. Über den Lärm und die Schüsse hinweg ertönte auf einmal ein Schrei: »Haie!«

Ungeachtet der Gefahr machten sich auch andere kleine Boote auf in die brennende See und suchten nach Überlebenden. Alle Flugboote sanken innerhalb von Minuten.

Tyndall und Ahmed hatten sich ein Dinghi geschnappt, das am Ufer lag, und sich in die Rauchwolken gestürzt. Ahmed ruderte aus Leibeskräften, Tyndall schrie ihm Anweisungen zu. Sie zogen zwei Frauen und ein junges Mädchen ins Boot. Dann wurde eine weitere Frau über Bord gehievt, die von Husten geschüttelt wurde und ihr ertrunkenes Baby an sich geklammert hielt. Ein schwer verwundeter Mann war der Nächste.

»Da ist noch ein Kopf im Wasser, Ahmed.«

»Geht nich mehr, Tuan. Wir sinken. Wir kommen zurück.«

Eifrige Hände halfen, die Überlebenden aus dem Boot zu ziehen, und Ahmed und Tyndall kehrten in die Flammenhölle zurück.

Verzweifelt hörten sie, wie die *Zeros* erneut zum Angriff ansetzten. Sie zielten nur auf die Flugboote und ignorierten die Retter, die Menschenmenge auf dem Kai und die Stadt. Doch die Geschosse flogen in alle Richtungen. Ahmed legte sich in die Riemen und ruderte, was das Zeug hielt. Er spürte Tyndalls Blick auf sich ruhen, der Kapitän warf ihm ein kurzes, ermutigendes Lächeln zu.

»Soll ich übernehmen, Ahmed?«

Ahmed schüttelte den Kopf und erwiderte das Lächeln, dann sackte er plötzlich mit einem Schrei in sich zusammen.

»Mein Gott, Ahmed! Du bist verletzt!« Tyndall packte ihn, er sah, dass das Blut schon durch sein weißes Hemd quoll. Er legte ihn auf den Boden und übernahm die Ruder, wendete und ruderte mit seiner ganzen Kraft zum Ufer zurück. Er wollte nicht zulassen, dass sein treuer Gefährte sterben musste, und wandte den Blick nicht von Ahmeds Gesicht. »Halt durch, alter Freund, wir sind gleich da. Es kann doch nicht so enden, verdammt noch mal. Das geht einfach nicht.«

Ein Ruder schlug auf den schlammigen Boden auf, Tyndall sprang über Bord und hob Ahmed in seine Arme.

Olivia rannte in panischer Angst am Ufer entlang und versuchte, mit ihren Augen den Rauch und den Dunst zu durchdringen, die die Sonne verdunkelten. Die Schüsse, das Krachen der zerberstenden, brennenden Schiffe, die Entsetzensschreie brannten sich in ihre Seele ein. »John ... Ahmed ...«, rief sie. Eine Ewigkeit schien vergangen, seit sie in der Sonne am Kai gestanden hatte, in Wirklichkeit waren es nur fünfzehn Minuten.

Wie eine wunderbare Erscheinung entdeckte sie schließlich durch die dahintreibenden Rauchschwaden die hoch gewachsene Gestalt ihres geliebten Tyndall, der mit Ahmed in den Armen aus der Bucht watete.

Olivia versetzte es einen Stich ins Herz. »O Gott, Ahmed ...« Im nächsten Augenblick drehte sich alles um sie, und wie in Zeitlupe sah sie, wie Tyndalls Kopf mit einem Ruck zurückgeworfen wurde. Er brach in die Knie und sank in den Schlamm. Sein Körper machte noch eine Anstrengung, aufzustehen und Ahmed hochzuheben, doch dann schlug er auf den Boden auf. Beide lagen am Saum des Wassers im Schlick.

Als Olivia sie erreicht hatte, waren sie schon tot.

Olivia saß im Schlamm, Tyndalls Kopf auf dem Schoß, strich mit einer Hand über seine Haare, hielt mit der anderen Ahmeds Schulter und nahm nichts mehr von dem Chaos um sie herum wahr.

Von der Bucht schwenkten die *Zeros* zum Flughafen hinüber und zerstörten alles, was noch an Flugzeugen übrig war. Die Abwehr des Freiwilligen Verteidigungskorps feuerte voller Zorn und Erbitterung ihre Gewehre auf sie ab, aber sie waren kein ernsthafter Gegner für die *Zeros*, die nun, um ihren Ballast loszuwerden, ihre Brennstofftanks, denen sie ihre große Reichweite verdankten, leerten. Doch ein holländischer Maschinengewehrschütze, der seine Waffe in der Flugzeugwerkstatt repariert hatte, verfeuerte seine ganze Munition auf einen abdrehenden Japaner und landete einen Treffer.

Der japanische Pilot blickte über die Schulter, sah die getroffene *Zero* abtrudeln und sagte sich, dass der Verlust einer Maschine ein kleiner Preis für die Ehre war, die sie gerade dem Kaiser erwiesen hatten.

Nachdem die *Zeros* ihre Mission beendet hatten, kehrten sie um und nahmen Kurs auf Timor und ihren Stützpunkt bei der Stadt Kupang, wo seit dem Ende des 19. Jahrhunderts so viele Taucher für die Perlenfischerei in Broome angeworben worden waren.

Anders als sonst brauchte Takeo Yoshikuri ungewöhnlich lange, um sich in seine Formation einzureihen. Vorher flog er noch eine weite Runde über Broome und schaute mit großer Neugier auf die ziemlich heruntergekommene, sich wuchernd ausbreitende kleine Stadt hinunter. Er hatte so viel von ihr gehört, konnte aber nichts erkennen, was ihm die Anziehungskraft begreiflich gemacht hätte, die das Städtchen immer noch auf seinen Vater ausübte, der einen so großen Teil seines Lebens dort als Taucher verbracht hatte.

Takeo gab Gas, um die anderen einzuholen, und erinnerte sich an ein Foto, das sein Vater zu Hause aufgestellt hatte. Er war darauf als junger Mann in seinem Taucheranzug zu sehen, wie er an Deck eines Loggers stand, neben dem großen australischen Kapitän. Wie hieß der doch gleich? Vater hatte immer von ihm erzählt. Plötzlich fiel ihm der Name ein. Ach ja, Kapitän Tyndall. Und als er seine Position in der Formation einnahm, fragte sich Takeo, was Kapitän Tyndall wohl heute machte.

Broome 1995

Im Leseraum des Historischen Museums von Broome gelangte Lily zum letzten Eintrag in Olivias Tagebuch.

24. Juni 1953

Eine Woche ist es jetzt her, dass Georgiana und Lily nach Sydney zurückgeflogen sind, und ich vermisse sie so sehr!

Ihr Besuch hat so viel Licht in mein Leben gebracht wie die Sonne von Broome in der Trockenzeit. Georgie ist so flatterhaft wie schon immer, sprüht vor Begeisterung für alles und schmiedet tausend Pläne, nachdem sie nach der Scheidung Amerika verlassen und sich in Sydney niedergelassen hat. Lily ist ein wunderschönes Kind, das einen sehr ernsten Charakterzug besitzt und eine Intelligenz, mit der es die Kleine, wie ich meine, weit bringen wird. Sie erinnert mich so sehr an Hamish. Wir haben herrliche Momente zusammen erlebt, vor allem im Garten. In ihrer Gesellschaft fühlte ich mich um Jahre verjüngt und spürte eine Energie, die ich nicht mehr zu besitzen glaubte. Jetzt ist alle Energie verflogen, und ich bin wieder ganz meinen Erinnerungen überlassen …

Darunter hatte jemand gestempelt: Gestorben am 15. Juli 1953.

Lily schloss das Tagebuch, das sie in den letzten Tagen gelesen hatte, und stützte ihr Kinn auf die Hände. Das Tagebuch hatte ihr viel über das Leben der Menschen verraten, die jetzt eine solche Bedeutung für sie gewonnen hatten.

Sie fühlte sich unendlich erschöpft, hätte aber gleichzeitig jubeln können. So viele Gedanken, so bewegende Gefühle, überströmende Liebe, Stolz und ehrfürchtige Achtung hatte sie für diese Menschen empfunden, in deren Lebensweg sie nun eingetaucht war. Diese Frauen ihrer Vergangenheit waren ein Teil von ihr, doch dieses Wissen war fast zu überwältigend für sie.

Nachdem sie sich durch etwa zwei Drittel des Tagebuchs gelesen hatte, war der erste alarmierende Fingerzeig aufgetaucht, in ihr könnte das Blut von Aborigines fließen. Als sich ihre Verbindung zu Niah dann bestätigte – über Maya, die Großmutter, die sie nie kennen gelernt hatte –, stand sie zuerst unter Schock. Und sie hatte diese Tatsache bis jetzt nicht verarbeitet, sondern in eine Art Wartezone ihres Bewusstseins abgeschoben, bis sie die faszinierende Geschichte zu Ende gelesen hatte.

Nun saß sie reglos zwischen den Möbeln und Erinnerungsstücken einer anderen Ära, der Ära von John und Olivia Tyndall. Dass im letzten Eintrag mit so liebevoller Zuneigung von ihr gesprochen wurde, hatte sie tief bewegt. Sie kämpfte gegen ihre Tränen, als plötzlich jemand hereinplatzte.

»Ich habe das Museum für heute geschlossen und uns ein Tässchen Tee gekocht. Ich brauche jetzt einfach eine kleine Stärkung und wollte nicht warten, bis ich wieder zu Hause bin.« Es war Muriel, die überschwängliche, ältliche Archivarin.

Lily tupfte sich rasch die Augen trocken und rang sich ein Lächeln ab, als sie die Tasse entgegennahm. »Sie sind ein Schatz, Muriel. Sie haben keine Ahnung, wie nötig ich das in diesem Augenblick habe.«

Muriel setzte sich in einen der Sessel, die zur Ausstellung gehörten. »Fertig mit Schmökern?«, fragte sie und trank einen Schluck.

»Ja. Es war fast ein bisschen zu viel für mich, fürchte ich.«

Mit einem leisen Murmeln gab Muriel zu verstehen, dass sie keineswegs überrascht war.

»Viele Leute entdecken mehr, als sie erwartet haben. Oft nicht nur willkommene Dinge. Wie steht's mit Ihnen? Kommt mir vor, als wären Sie ein bisschen traurig.«

Lily nickte.

»Möchten Sie es sich gern von der Seele reden?«

»Nicht jetzt, Muriel, aber vielen Dank. Ich muss jetzt einfach viel nachdenken.«

Obwohl Muriel vor Neugier platzte, hatte sie ein feines Gespür dafür, wie sehr es einen Menschen aufwühlen konnte, wenn er sich in die eigene Familiengeschichte vertiefte.

Taktvoll wechselte sie das Thema. »Jetzt werden Sie sicher gleich zurück in den Süden flitzen, nachdem Sie Ihre Lektüre beendet haben. Wenigstens hatten Sie wunderbares Wetter hier.«

Lily war dankbar. »Jeder Tag war ein Juwel.« Sie kicherte leise über die hintersinnige Bedeutung ihrer Antwort. »Nein, ich werde wohl noch ein paar Tage bleiben. Ich muss noch die eine oder andere Kleinigkeit klären.«

Muriel stand auf und schob Olivias Tagebuch in ein Regal. »Eines Tages möchte ich die Tagebücher gern selbst lesen. Bin nie über die ersten Seiten hinausgekommen. Es gibt immer zu viel Arbeit und nie genug Zeit, um die Schätze, die wir hier haben, richtig zu würdigen.« Sie nahm die leeren Tassen. »In ein paar Minuten treffen wir uns an der Tür, ja?«

Lily ließ ihren Blick durch den Raum wandern und ging dann umher, strich behutsam über die Möbel und stellte sich vor, dass sie einmal im Haus von Olivia und John gestanden hatten. Sie hatten in diesen Sesseln gesessen, sich auf dieser Chaiselongue entspannt, dieses Porzellan benutzt, auf diese Uhr geschaut. Schließlich trat Lily wie am Ende eines jeden Tages, seitdem sie dieses Zimmer zum ersten Mal betreten hatte, vor das große Porträt John Tyndalls. Seine Augen lächelten ihr zu, doch diesmal bildete sie sich ein, in ihnen mehr Zuneigung und ein amüsiertes Funkeln zu entdecken. »Na, Urgroßvater«, sagte sie leise. »Du fragst dich wohl, wie ich mit der Geschichte fertig werde?« Sie lächelte ihm wehmütig zu. »Das frage ich mich auch.«

Sie nahm ihre Handtasche und ihr Notizbuch, wandte sich aber an der Tür noch einmal zu dem Gemälde um. »Als Erstes werd ich mir mal einen kräftigen Drink in der Logger-Bar genehmigen«, sagte sie, zwinkerte ihm zu und schloss leise die Tür.

Am nächsten Morgen rief Lily die schwarze Malerin Rosie Wallangou an, die sie kurz nach ihrer Ankunft bei ihrer Ausstellung im Cable Beach Club kennen gelernt hatte.

»Rosie, hier Lily Barton. Wir haben uns bei Ihrer Ausstellung gesehen. Ich bin aus Sydney, erinnern Sie sich?«

»Selbstverständlich. Sie haben hier doch etwas gesucht. Und? Glück gehabt?«

»Kann man wohl sagen. Die ›Tränen des Mondes‹ haben jetzt eine ganz neue Bedeutung für mich.«

Am anderen Ende herrschte Schweigen.

»Rosie …?«

»Entschuldigen Sie. Ich war nur etwas überrascht. Haben Sie Lust vorbeizukommen, damit wir uns ein bisschen unterhalten können?«

»Liebend gern.«

Rosie gab ihr eine Wegbeschreibung, die Lily in ihr Notizbuch kritzelte. »Kommen Sie doch zu Fuß, Lily. Es ist nicht so weit, dass Sie ein Taxi nehmen müssen.«

Lily ging durch die Stadt und betrachtete die Gebäude, die Straßen und den Kai mit ganz neuen Augen. Überall wurde für sie die Vergangenheit lebendig. Hinter den sauberen Straßen, modernen Läden und den bummelnden Touristen erstand vor ihr das Broome ihres Urgroßvaters. Es gab tatsächlich noch Reste davon, manches war liebevoll restauriert oder nachgebaut, einiges hatten die Jahrzehnte mit Rost überzogen – die alte Pferdebahn, den Dekompressionszylinder, die gesprungenen Eisengitter um die Gräber herum. Anderes war frisch gestrichen – das *Sun-Pictures*-Kino, Sheba Lane, die alten Schuppen, in denen nun Perlengeschäfte Einzug gehalten hatten. Und überall war vieles gleich geblieben – die Schilder mit den asiatischen Schriftzeichen, die Gesichter, in denen sich viele Kulturen mischten, die Gerüche, die Farben.

Lily folgte Rosies Anweisungen und stieg am Ufer hinauf, bis sie den Gipfel der Landspitze erreicht hatte, die sich über der Bucht erhob. Ein großes altes Haus schaute auf das smaragdgrüne Wasser hinaus, umgeben von einer schattigen, Kühle versprechenden Veranda. Als Lily auf das Haus zuging, erkannte sie es plötzlich wieder, und ihr Herz setzte einen Schlag aus, als sie den mächtigen Poinciana-Baum im Garten sah. Sie erinnerte sich an den bewegenden Eintrag im Tagebuch, in dem Olivia beschrieb, wie sie die Erde von James' Grab dort verstreut hatte. Lily wusste, dass sie vor dem Haus von Olivia und Tyndall stand. Sie blieb stehen, als sie das Tor erreichte, fürchtete sich fast, zur Veranda zu gehen. Während sie noch zögerte, kam Rosie an die Stufen und rief ihr einen fröhlichen Gruß zu. »Hallo, Lily. Hier sind Sie am richtigen Ort.«

»Der richtige Ort«, dachte Lily, als sie wie in Trance den Weg zum Haus hinaufging. Der richtige Ort? Sie blieb oben auf den Stufen stehen und sah Rosie an, die nun neben einem Korbstuhl auf der Veranda stand. Einen Augenblick lang sagte keine der beiden Frauen ein Wort, stattdessen blickten sie einander nur tief in die Augen.

Rosie brach schließlich das Schweigen. »Ja, jetzt kann ich es sehen. Sie sind eine von uns. Ich hatte schon so ein Gefühl am Abend der Ausstellung, als wir uns über das Bild unterhielten, aber damals dachte ich, das wäre alles nur Einbildung. Da zeigt sich mal wieder, dass wir immer auf die innere Stimme hören sollten. Wie haben Sie es rausgefunden?«

»Aus den Tagebüchern meiner Urgroßmutter, die im Historischen Museum liegen. Ich habe tagelang darin gelesen.« Lily hielt inne und nahm ihren Strohhut ab. »Ein bisschen schwer, das alles zu verdauen. Letzte Nacht habe ich kaum geschlafen.«

»Dann setzen Sie sich mal lieber«, schlug Rosie ihr lachend vor. »Der Kaffee ist gerade fertig, Sie kommen genau richtig.« Sie goss eine Tasse ein und reichte sie Lily. »Dann glauben Sie also, dass die ›Tränen des Mondes‹ etwas bedeuten? Und was wäre das?«

Lily erzählte die ganze Geschichte so knapp wie möglich, beschränkte sich auf ihre Verbindung zu Maya und Niah und zeigte Rosie dann den Anhänger, den sie in ihre Handtasche gesteckt hatte. Rosie ließ ehrfürchtig ihre Finger darüber gleiten und gab ihn dann zurück. »Der ist echt. Dann sind Sie – bist du also eine von Minnies Leuten, was?«

Lily holte tief Luft. »Sieht ganz danach aus.«

»Damit wären wir beide Verwandte, wir gehören zur selben Familie.« Sie sah Lily eindringlich an.

»Ja, so ist es wohl.« Lily brachte nur noch ein Flüstern zustande. Rosie lehnte sich in ihrem Stuhl zurück und sah Lily unentwegt an, während sie weitersprach: »Ihr müsst Geduld mit mir haben. Es ist nicht einfach …« Sie stockte und suchte nach dem richtigen Wort.

Rosies feierlicher Gesichtsausdruck löste sich in einem breiten Lächeln auf. »Sondern wie eine Bombe, die bei dir eingeschlagen hat, Lily. So wirst du es sicher empfinden, wenn du drüber nachdenkst. Du brauchst nicht sofort irgendwelche großen Entscheidungen zu fällen. Lieber Himmel, Leute wie du schießen überall wie die Pilze aus dem Boden. Komm erst mal ins Haus und schau dich um. Wahrscheinlich hast du aus Olivias Tagebüchern jede Menge Bilder im Kopf, wie es darin aussehen muss.«

Lily spürte, wie eine erdrückende Last von ihren Schultern glitt, als Rosie ihre Hand ergriff. Sie hielten sich immer noch an den Händen, als sie ins Wohnzimmer traten, wo eine wunderschöne Fotografie Olivias in einem ovalen Rahmen hing.

»Da ist sie«, sagte Rosie mit unverhohlener Bewunderung. »Großartig, findest du nicht? So stark, so schön. Das kommt in den Schnappschüssen unten im Museum gar nicht richtig zum Ausdruck. Dieses Foto wurde von einem reisenden japanischen Fotografen aufgenommen, kurz vor dem Krieg.« Olivia schaute verdutzt aus dem Foto heraus, als wollte sie jeden Moment in Gelächter ausbrechen. Ihre dicken Haare waren straff aus dem Gesicht gekämmt und zu einem komplizierten Knoten geschlungen, ein weiches Kleid aus bedrucktem Chiffon schmiegte sich um ihren Oberkörper, um ihren Hals hing eine Kette prachtvoller Perlen.

»Du warst ihr wohl sehr nahe«, sagte Lily, als sie die Wärme erkannte, mit der Rosie über Olivia sprach. »Ich bin ihr nur ein einziges Mal begegnet, in Perth, als ich noch sehr klein war. Meine Mutter war nach der Scheidung aus Amerika zurückgekehrt. Ich erinnere mich, wie ich mit Olivia im Garten umherlief. Und ich erinnere mich an den Anhänger. Sie muss ihn Georgie damals gegeben haben.«

»Wahrscheinlich«, stimmte Rosie lebhaft zu. »Ja, sie war wunderbar zu mir. Obwohl ich damals auch noch sehr klein war. Meine Großmutter, die noch für Olivia und John gearbeitet hat, hat mich großgezogen. Olivia unterstützte mich finanziell, damit ich auf der Schule bleiben konnte, und richtete dann eine Stiftung ein, damit ich die Kunstakademie besuchen konnte. ›Tränen des Mondes‹ war eines der ersten Bilder, die ich auf der Akademie gemalt habe. Die Lehrer waren davon begeistert, was mir half, einen gesunden Stolz auf mein Erbe zu entwickeln. Mir wurde klar, dass ich es zum Thema meiner Bilder machen musste. Die ›Tränen‹ liegen mir immer noch sehr am Herzen, aber das habe ich dir ja schon an jenem Abend erzählt.«

»Wie hast du das Haus bekommen? Hast du es gekauft?«

»Ja. Es wurde verkauft, als Olivia starb, wie auch das Haus in Perth. Deine Mutter hat es wohl zum Verkauf angeboten. Es hatte mehrere andere Besitzer, bevor ich es kaufen konnte … dank der Kunsthaie in New York.«

Sie erreichten die Veranda mit dem Blick über die Bucht. »Tolle Aussicht, was?«, sagte Rosie.

»Herrlich. Was für ein Anblick muss das gewesen sein, als die Logger mit geblähten Segeln in See stachen.« Sie standen schweigend da und ließen die Aussicht auf sich wirken, dann drehte sich Lily zu der attraktiven Frau an ihrer Seite um, die eine schicke Baumwollhose und dazu ein T-Shirt mit der Flagge der Aborigines und dem Aufdruck MABO trug, dem Namen Eddie Mabos, eines der Führer der Aborigine-Bewegung. »Du lebst in zwei Welten, Rosie. Wie bringst du das fertig?«

»Ganz einfach. Ich habe immer in zwei Welten gelebt, aber ich weiß, warum du fragst. Du willst wissen, ob du genauso wie ich in zwei Welten leben kannst. Also, das kannst nur du allein beantworten. Es hängt von dem Geist ab, der in dir steckt, vermute ich mal. Es ist ja schön und gut, wenn du dir eingestehst, dass es irgendwann in deinem Stammbaum auch ein paar Aborigines gegeben hat. Aber es ist noch einmal ganz etwas anderes, wenn du tief im Innersten wirklich weißt, dass du eine von uns bist.« Aus der Küche war ein Geräusch zu hören, und Rosie rief laut: »Hier draußen, Grandma. Komm raus und lass dir einen ganz besonderen Gast vorstellen.«

Lily drehte sich um und hielt überrascht die Luft an, als die alte Frau durch die Tür kam. Es war Biddy, die verschrumpelte Alte, die sie am Tag ihrer Ankunft am Strand beim Fischen getroffen hatte.

»Wieder genug zum Abendessen geangelt, Grandma?«

»Ja. Lief nicht schlecht.« Sie beäugte Lily ausgiebig. »Tag.«

»Hallo, Biddy«, sagte Lily leise.

Die alte Frau musterte sie scharf und strahlte sie dann mit einem zahnlückigen Lächeln an. »Wir haben drunten am Strand schon gequatscht. Hast meine Leine eingeholt.«

»Das stimmt«, erklärte Lily zu Rosie gewandt, »als ich hier ankam, bin ich ein bisschen herumgeschlendert, und da haben wir miteinander geplaudert.«

»Grandma Biddy ist da unten eine feste Einrichtung, wenn der Wasserstand günstig ist. Ganz schön rüstig für ihr Alter, sie geht auf die achtzig zu.« Rosie wandte sich zu Biddy, nahm sie an der Hand und zog sie näher zu Lily heran. »Das ist Lily. Sie ist die Urenkelin von John und Olivia. Mayas Enkelin.«

Die Augen der alten Frau begannen zu funkeln, und Lily wurde ganz warm ums Herz. »Ah, dann bist du also eine von uns. Hab den Namen deiner Mama vergessen. Ist in den Süden gegangen, nie zurückgekommen.«

»Georgiana«, sprang ihr Lily eifrig bei.

»Ja, richtig. Georgie haben wir sie gerufen. Ja, Georgie. Das war eine Wilde!« Biddy plumpste in einen Segeltuchklappstuhl und begann ihre ausgetretenen Sandalen aufzuschnüren.

»Großmama ist Mollies Enkelin oder Minnies Urenkelin. Sie hat für Olivia gearbeitet, bis sie nach dem Krieg die Stadt verließ und nach Perth übersiedelte. Zeig ihr den Anhänger.«

Wieder holte Lily den Anhänger aus der Tasche und gab ihn Biddy.

Die alte Frau untersuchte ihn sorgfältig, sagte aber nichts dazu, sondern nickte Lily nur wissend zu, als sie ihn zurückgab. Lily steckte ihn wieder in die Tasche, und Biddy fragte: »Hast du Kinder?«

»Ja. Nur eins. Samantha.«

»Na, dann bring sie mal her, damit sie ihre Familie kennen lernt. So gehört sich das.«

Lily verschlug es die Sprache. Dieser schlichte Satz, mit dem Biddy Familienbande und familiäre Verantwortung heraufbeschwor, traf Lily wie ein Keulenschlag. Ihre Gedanken drehten sich wie ein Karussell. Wie würde Samantha auf alle diese Dinge reagieren? Noch wurde sie, Lily, kaum selbst mit den Tatsachen fertig. Biddy, diese alte schwarze Frau, gehörte zu ihrer Familie – zumindest in der

Kultur der Aborigines. Lily fand diese Vorstellung so ungeheuerlich, dass sie sich einer Ohnmacht nahe fühlte.

Rosie sprang ihr bei. »Jetzt mal langsam, Grandma, Lily hatte noch gar keine Zeit, sich Gedanken über die Familie zu machen. Sie hat ihre Herkunft erst in den letzten Tagen entdeckt. Ihre Mutter hat ihr nie von uns erzählt.«

Biddy hievte sich mühsam aus dem Stuhl. »Fisch soll besser in Kühlschrank. Kommst du heute Abend rüber zum Essen?«

»Danke, Biddy, diese Einladung nehme ich sehr gerne an«, sagte Lily und wechselte dann mit Rosie ein breites Lächeln.

An jenem Abend lag Lily nach dem Abendessen auf dem Bett und starrte den sich langsam drehenden Ventilator an. Wie die Flügel des Ventilators kreisten ihre Gedanken immer wieder aufs Neue um die Ereignisse des Tages. Die Begegnung mit Rosie und Biddy, das Essen, dann das lange Gespräch mit Rosie auf der Veranda. Während sie dem Mond zusahen, wie er in langem Bogen die Bucht überquerte, hatten sie sich über den Familienbegriff der Aborigines und die Weitläufigkeit ihrer Verwandtschaftsbeziehungen unterhalten. Lily beschwor auch jenes quälende Gefühl der Verwirrung wieder herauf, das durch die Begegnung mit Biddy noch verstärkt worden war. Die Worte der alten Frau hallten wie ein Echo in ihr wider: *Dann bist du also eine von uns.* Plötzlich grübelte Lily über Rosies Bemerkung nach, es sei etwas anderes, von Aborigines abzustammen, als wirklich eine Aborigine zu sein. Gehörte sie wirklich zu Biddys Leuten? War sie auch geistig wirklich ein Mitglied der Familie? Darauf wusste Lily keine Antwort.

Sie schaute auf das Telefon neben ihrem Bett und erwog einen Moment lang, ob sie nicht ihre Tochter anrufen sollte, ihren Freund, ihre beste Freundin, verwarf aber all diese Möglichkeiten gleich wieder. Keiner von ihnen würde begreifen, was sie gerade durchlebte. Das war ihr eigener Kampf, den sie ganz alleine ausfechten musste. Der Schlaf der Erschöpfung hatte sie schon fast übermannt, als aus dem Nebel ihres Bewusstseins noch ein Gedanke nach oben drängte. Morgen würde sie zu Niah gehen. Dann sank sie in tiefen Schlaf.

Am nächsten Vormittag rief Lily bei der Autovermietung an und bat darum, ihr einen wirklich robusten Wagen mit Allradantrieb zum Continental zu bringen. Voller Zuversicht schlug sie ein zweites Mal dieselbe rote Sandstraße ein. Anders als beim ersten Mal machten ihr die strahlende Helligkeit des Himmels, der puderweiche orangefarbene Staub unter den Rädern und die heiße Brise, die zum Fenster hereinwehte, nichts aus.

Auf ihrer Fahrt in den Norden ging Lily ihre Geschichte noch einmal durch und tastete hin und wieder nach dem Anhänger, den sie sich um den Hals gehängt hatte. Wie einfach war es doch, ihre weißen Vorfahren aus Broome ins Herz zu schließen. Wie faszinierend war deren Lebensgeschichte! Sie hatten gekämpft und gesiegt. Doch mit diesem Kampf war auch die Geschichte der Verschmelzung verschiedener Völker verbunden, ineinander verschlungene Lebenspfade, die Lily dorthin geführt hatten, wo sie heute war. Lily begriff jetzt, warum ihre Mutter ihrer Familie den Rücken gekehrt und ihr Erbe verworfen hatte. In jenen Zeiten bedeutete es in der weißen Oberschicht ein gesellschaftliches Todesurteil, wenn man gemischtes oder schwarzes Blut in den Adern hatte. Eine solche Person besaß keinerlei Rechte.

Lily konnte die Einstellung ihrer Mutter nicht einfach übernehmen und ihr Wissen wie Georgie verleugnen. Doch je mehr sie über die Haltung ihrer Mutter nachdachte, desto klarer erkannte sie, wie sehr Georgiana ein Kind ihrer Zeit war. Dennoch musste sie tief im Innersten von ihrer Herkunft berührt gewesen sein, denn sie hatte die Fäden nicht vollständig abreißen lassen. Georgiana war es schließlich gewesen, die Olivias Tagebücher, Briefe und Fotos an das Historische Museum von Broome übergeben hatte. Das geschah wohl in der Annahme, Lily würde, wenn sie an ihren Wurzeln wirklich interessiert wäre, ihrer Geschichte nachspüren. Was sie dann mit ihrem Wissen anfangen würde, bliebe ganz allein ihr überlassen.

Und wie würden ihre Freunde in Sydney reagieren? Rosie würden sie mit offenen Armen aufnehmen. Doch Biddy? In Broome und im Norden war das überhaupt keine Frage. Doch in den Städten verhielt man sich gern politisch korrekt, solange man nicht selbst hautnah davon betroffen war. Lily war überzeugt, dass einige ihrer Freunde aus besseren Kreisen über ihre Familienverbindungen zu Aborigines entsetzt wären.

Am Spätnachmittag erreichte sie die Missionsstation in Beagle Bay und fand Bruder Wilhelm in ein kleines Gebetbuch vertieft auf einem Stuhl vor der Kirche sitzen.

»Guten Tag, da bin ich wieder, Bruder Wilhelm.«

»Hallo! Stimmt, Sie waren schon mal da. Die Frau mit den vielen Fragen.«

»Richtig.« Sie schwenkte eine Plastiktüte. »Das ist für Sie. Ich habe Ihnen aus dem Feinkostladen in Broome Schwarzbrot und Leberwurst mitgebracht.«

Die Augen des alten Mannes leuchteten auf. »Das ist aber nett von Ihnen. Kommen Sie, wir trinken eine Tasse Tee.«

Sie gingen zur Küche hinüber, wo die junge schwarze Mutter Tassen und Teller aufdeckte, während Lily das Brot in Scheiben schnitt. Sie lächelten einander an, und Lily spürte mit einem Schlag, dass sie Aborigines jetzt mit ganz anderen Augen sah. Könnte sie überhaupt nach Sydney zurückfahren und Broome für immer hinter sich lassen, niemals einer Menschenseele von ihrer Familiengeschichte erzählen und einfach so tun, als gäbe es sie gar nicht?

Lily unterhielt sich mit Bruder Wilhelm über die alten Zeiten, sie sprach vor allem über das Leben Olivias und Tyndalls, nachdem sie geheiratet hatten, und vermied jeden Hinweis auf den Anteil von Aborigines an ihrer Familiengeschichte. Dann wechselte sie das Thema. »Ich habe die Tagebücher des Bischofs dem Historischen Museum übergeben. Man war dort sehr dankbar für diese wertvolle Bereicherung der Archive.«

Bruder Wilhelm freute sich über diese Nachricht. »Dann konnten wir uns also gegenseitig helfen, genauso soll es sein. Und welchen Anlass hat Ihr Besuch dieses Mal? Noch mehr Fragen?«

»In mancher Hinsicht schon, Pater, aber ich glaube nicht, dass Sie mir darauf eine Antwort geben können. Die muss ich selbst finden. Tut mir Leid, wenn das etwas mysteriös klingt.«

Bruder Wilhelm warf die Hände in die Luft und lachte. »In unserer Branche sind wir daran gewöhnt, mit Mysterien zu leben. Kann ich Ihnen irgendwie helfen?«

»Eigentlich nicht. Ich würde nur gern einige Zeit alleine herumwandern. Hätten Sie etwas dagegen?«

»Natürlich nicht. Nur zu, gehen Sie ruhig und lassen Sie sich Zeit. Die Kirche ist offen, falls Sie beten möchten. Das könnte helfen.«

Er sah von der Veranda aus zu, wie Lily langsam durch die Mission zum Friedhof ging, beim Tor stehen blieb, dann eintrat und die Grabsteine einen nach dem anderen betrachtete. Geistesabwesend kratzte er sich am Kopf, nickte mehrmals bedächtig, als wäre ihm plötzlich ein Licht aufgegangen, und ging dann rasch zur Kirche hinüber, um für diese unerwartete Besucherin zu beten.

Der Grabstein lag in einer ziemlich vernachlässigten Ecke des Friedhofs, wo sich das Unkraut nach der letzten Regenzeit wuchernd ausgebreitet hatte. Der Stein trug keine Inschrift, sein einziger Schmuck war die Muschel mit dem eingeritzten Muster, genau wie in Olivias Tagebuch beschrieben.

Lily kniete sich hin und strich mit den Fingern behutsam über die Linien, die nach neun Jahrzehnten fast glatt geschliffen waren vom wirbelnden Staub in der Trockenzeit und den peitschenden Wassergüssen der Regenperioden. Doch das Muster war unverkennbar, die Symbole der Fahrt übers Meer und die Kreise, die Perlen darstellten. Lily hockte sich auf die Fersen und richtete ihren Blick fest auf den schlichten Grabstein, der ihr ohne Worte so viel zu sagen hatte.

Alle Erkenntnisse, die in den letzten, außergewöhnlichen Tagen auf sie eingeströmt waren, all die heftigen Gefühle brachen noch einmal über sie herein. Und mehr als an jedem anderen Tag dieser Woche wurde ihr deutlich, dass nun sie im Rampenlicht stand, im Mittelpunkt jenes Dramas, das Olivia in ihrem Tagebuch aufgezeichnet hatte. Hier am Grab, ganz nah bei dieser Frau, die in der Reihe ihrer Ahnen einen so fernen Platz einnahm, sah Lily den Zusammenhang des Ganzen glasklar vor sich, aber auch die aufwühlenden Folgen, die für sie möglicherweise damit verbunden wären. Dies war keine Geschichte mehr, die in irgendeinem Tagebuch stand. Dies war die Wirklichkeit, eine Wirklichkeit, die eine gewaltige Herausforderung für sie bedeutete.

Sie zupfte gedankenverloren ein paar lange Grashalme ab und erinnerte sich, was Rosie gestern Abend gesagt hatte. *Eine Aborigine zu sein ist kein Hut, den du nach Belieben aufsetzen und wieder abnehmen kannst, Lily. Es ist eine Verpflichtung, etwas Spirituelles. Ohne diese Verpflichtung anzunehmen, kannst du nicht dazugehören. Doch wenn du den Geist in dir hast, dann besitzt du etwas Wunderbares. Vielleicht ist es nicht immer leicht zu tragen, doch glaub mir, es ist wirklich etwas Besonderes, das zu bewahren sich lohnt. Dann wirst du es vor niemandem mehr verbergen wollen.*

Lily hatte die Wahl – sie konnte diese Wahrheit enthüllen oder für sich behalten. Es würde nicht einfach sein, nach Sydney in ihre alte Welt zurückzukehren und sich vor allen Leuten zu ihrer neuen Identität zu bekennen. Aber auch sie zu verdrängen wäre nicht einfach, denn das Wissen darum war nun ein Teil von ihr und ließ sich nicht mehr löschen. An den Tatsachen selbst gab es nichts mehr zu rütteln; ob allerdings ihre Aborigine-Familie sie ohne Vorbehalt aufnehmen würde, war noch eine ganz andere Frage, die von ihrer Aufrichtigkeit abhing. Gehörte sie auch spirituell wirklich zur Familie?

Gestern Abend, als sie mit Rosie auf der mondbeschienenen Veranda gesessen hatte, hatte alles viel klarer ausgesehen. Aber jetzt …?

Lily ließ die Grashalme fallen, streckte noch einmal die Hand aus und streifte ganz sanft über die Muschel auf dem Stein. »Trage ich den Geist in mir, Niah? Bin ich eine von euch?«